Von Jeffrey Archer erschienen bei BASTEI-LÜBBE:

12 014 Der Aufstieg
12 343 Kain und Abel
12 379 Die Stunde der Fälscher
12 428 Falsche Spuren
12 513 Abels Tochter

JEFFREY ARCHER
EIN MANN VON EHRE

Berechtigte Übersetzung aus dem Englischen
von Heinrich Rast

BASTEI-LÜBBE-TASCHENBUCH
Band 12555

Titel der englischen Originalausgabe:
A Matter of Honour
© 1985 by Jeffrey Archer
Für die deutschsprachige Ausgabe:
© Paul Zsolnay Verlag Gesellschaft m.b.H., Wien/Hamburg 1987
Lizenzausgabe: Bastei Verlag Gustav H. Lübbe GmbH & Co.,
Bergisch Gladbach
Printed in Great Britain Oktober 1996
Einbandgestaltung: K. K. K., Köln
Titelfoto: Pictor International
Satz: hanseatenSatz-bremen, Bremen
Druck und Bindung: Cox & Wyman, Ltd.
ISBN 3-404-12555-X

Der Preis dieses Bandes versteht sich einschließlich
der gesetzlichen Mehrwertsteuer.

Für Will

Erster Teil

KREML, MOSKAU

19. Mai 1966

1

KREML, MOSKAU

19. Mai 1966

»Es ist eine Fälschung!« sagte der russische Parteichef, ohne den Blick von dem exquisiten kleinen Gemälde zu wenden, das er in der Hand hielt.

»Unmöglich«, erwiderte sein Kollege vom Politbüro. »Die Zaren-Ikone vom heiligen Georg mit dem Drachen hängt seit mehr als fünfzig Jahren unter strengster Bewachung im Winterpalast in Leningrad!«

»Sehr richtig, Genosse Zaborski«, sagte der alte Herr.

»Nur haben wir eben seit fünfzig Jahren eine Fälschung bewacht. Allem Anschein nach hatte der Zar das Original schon längst weggeschafft, als die Rote Armee in Sankt Petersburg einmarschiert ist und den Winterpalast stürmte.«

Der Chef des Staatssicherheitsdienstes rutschte nervös auf seinem Stuhl, während das Katz-und-Maus-Spiel weiterging. Nach all den Jahren an der Spitze des KGB hatte Zaborski auf der Stelle erfaßt, wem diesmal die Rolle der Maus zufiel, als um vier Uhr morgens das Telefon geklingelt hatte und ihm ausgerichtet worden war, der Generalsekretär fordere ihn dringend auf, sich bei ihm im Kreml zu melden — und zwar sofort.

»Wie können Sie so sicher sein, daß es eine Fälschung ist, Leonid Iljitsch?« erkundigte sich der zwergenhaft kleine Mann.

»Weil, mein lieber Zaborski, während der letzten achtzehn Monate das Alter sämtlicher Kunstschätze im Winterpalast mit Hilfe der Radiokarbonmethode bestimmt worden ist; und dieses wissenschaftliche Verfahren macht jedes weitere Gutachten unnötig.« Genüßlich breitete Breschnew sein neuerworbenes Wissen vor dem Kollegen aus. »Und dabei stellte sich heraus, daß dieses Bild, das wir für eines der Meisterwerke unserer Nation hielten, fünfhundert Jahre später als Rubljews Original gemalt worden ist.«

»Aber von wem und zu welchem Zweck?« fragte der Vorsitzende des Staatssicherheitsdienstes ungläubig.

»Von den Experten höre ich, daß es sich wahrscheinlich um die Arbeit eines Hofmalers handelt«, erklärte der sowjetische Parteichef, »der nur wenige Monate vor der Revolution den Auftrag erhalten hatte, die Kopie anzufertigen. Es hat den Kustos des Winterpalastes schon immer beunruhigt, daß bei diesem Bild die traditionelle Silberkrone des Zaren fehlt, die bei allen anderen Meisterwerken auf der Rückseite des Rahmens angebracht war«, fügte Breschnew hinzu.

»Ich habe angenommen, daß die Silberkrone von irgendeinem Souvenirjäger entfernt wurde, noch bevor wir in Sankt Petersburg einmarschiert sind.«

»Nein«, bemerkte der Generalsekretär trocken. Nach jedem Satz hoben sich seine buschigen Augenbrauen. »Nicht die Silberkrone des Zaren ist entfernt worden, sondern das Bild selbst.«

»Was hat der Zar dann bloß mit dem Original gemacht?« murmelte der Vorsitzende, fast so, als richtete er die Frage an sich selbst.

»Das möchte ich auch gern wissen«, sagte Breschnew und stützte die Hände rechts und links von dem kleinen Bild auf, das noch immer vor ihm lag. »Und Sie, Genosse, sind ausersehen, die Antwort auf diese Frage zu finden.«

Zum erstenmal wirkte der Vorsitzende des KGB verunsichert.

»Aber haben Sie irgendwelche Anhaltspunkte, von denen ich ausgehen kann?«

»Sehr wenige«, gab der Generalsekretär zu. Er schlug eine Akte auf, die er aus der obersten Schublade seines Schreibtisches gezogen hatte, und fixierte die eng getippten Aufzeichnungen mit der Überschrift »Die Bedeutung der Ikone in der Geschichte Rußlands«. Irgend jemand war die ganze Nacht über aufgeblieben, um einen Zehn-Seiten-Bericht zu verfassen, den der Parteichef bis jetzt nur hatte überfliegen können. Breschnew überblätterte rasch die ersten drei Seiten; sein eigentliches Interesse begann bei der vierten Seite. Er las laut vor:

»›Zur Zeit der Revolution betrachtete Zar Nikolaus II. Rubljews Meisterwerk offensichtlich als einen Passierschein, der ihm den Weg in die Freiheit und in den Westen sichern sollte. Anscheinend ließ er eine Kopie anfertigen, die er an der Wand seines Arbeitszimmers zurückließ, dort, wo ursprünglich das Original gehangen hatte.‹« Der russische Parteichef blickte auf: »Davon abgesehen haben wir kaum Anhaltspunkte.«

Der Chef des KGB sah verwirrt drein. Er zerbrach sich nach wie vor den Kopf darüber, aus welchem Grund Breschnew wollte, daß der Staatssicherheitsdienst sich mit dem Diebstahl eines Kunstwerks befaßte. »Und wie wichtig ist es, daß wir das Original finden?« fragte er in dem Bemühen, einen weiteren Hinweis zu erhalten.

Leonid Breschnew blickte starr auf den KGB-Chef hinunter. »Nichts könnte wichtiger sein, Genosse«, lautete die unerwartete Antwort. »Und ich stelle Ihnen sämtliche Mittel zur Verfügung, personeller wie finanzieller Art, die Sie für nötig erachten, um die Zaren-Ikone ausfindig zu machen.«

»Aber wenn ich Sie beim Wort nehme, Genosse Generalsekretär«, stammelte der KGB-Chef und bemühte sich, seinen Unglauben zu verbergen, »gebe ich vielleicht weit mehr aus, als das Bild wert ist.«

»Das ist gar nicht möglich«, sagte Breschnew. Er legte eine kleine Pause ein, um die Wirkung der folgenden Worte zu steigern. »Weil ich nämlich nicht hinter der Ikone selbst her bin.« Er drehte dem Vorsitzenden des Staatssicherheitsdienstes den Rücken zu und blickte aus dem Fenster. Es hatte ihn schon immer gestört, daß er nicht über die Kremlmauern hinweg auf den Roten Platz sehen konnte. Er wartete noch einige Augenblicke, bevor er erklärte: »Mit dem Erlös aus dem Verkauf eines solchen Kunstwerkes hätte Zar Nikolaus nur ein paar Monate, allerhöchstens ein Jahr lang seinen gewohnten Lebensstil finanzieren können. Nein, nein, nicht die Ikone selbst, sondern das, was er — wie wir glauben — *in* der Ikone versteckt hatte, hätte ihm und seiner Familie Sicherheit bis ans Ende ihrer Tage garantiert.«

Auf der Fensterscheibe vor dem Generalsekretär bildete sich ein kleiner, kreisrunder Kondensfleck.

»Was, um alles in der Welt, könnte so viel wert sein?« fragte der KGB-Chef.

»Erinnern Sie sich, Genosse, was der Zar Lenin versprach, wenn er ihn am Leben ließe?«

»Ja, aber es hat sich doch herausgestellt, daß das ein Bluff war, weil überhaupt kein Dokument in der . . .« Er hielt gerade noch inne, bevor er den Satz zu Ende gesprochen hatte: Weil überhaupt kein Dokument in der Ikone versteckt gewesen war.

Zaborski stand schweigend da; das triumphierende Lächeln auf Breschnews Gesicht entging ihm.

»Na, endlich ist der Groschen gefallen. Wissen Sie, Genosse, das Dokument war tatsächlich die ganze Zeit über in der Ikone verborgen; nur hatten wir die falsche Ikone.«

Der russische Parteichef wartete ein Weilchen, bevor er sich umdrehte und seinem Kollegen ein Blatt Papier reichte. »Das ist die schriftliche Aussage des Zaren, in der er angibt, was wir in der Ikone vom heiligen Georg mit dem Drachen finden würden. Es wurde aber in der Ikone damals nichts gefunden —, woraus Lenin folgerte, daß es sich nur um einen lächerlichen

Bluff des Zaren handelte, um seine Familie vor der Hinrichtung zu retten.«

Zaborski las mit Bedacht die handgeschriebene Aussage durch, die der Zar wenige Stunden vor seiner Hinrichtung unterzeichnet hatte. Seine Hände begannen zu zittern, auf seiner Stirn bildeten sich Schweißperlen, lange bevor er den letzten Absatz erreichte. Er sah zu dem kleinen Gemälde hinüber, das, kaum größer als ein Buch, noch immer mitten auf dem Schreibtisch des Parteichefs lag.

»Seit Lenins Tod«, fuhr Breschnew fort, »hat niemand der Behauptung des Zaren Glauben geschenkt. Heute aber bestehen kaum noch Zweifel, daß wir, falls wir das Original des Kunstwerks aufspüren können, auch in den Besitz des versprochenen Dokuments gelangen.«

»Und angesichts der Autorität derer, die es unterzeichnet haben, könnte niemand unseren rechtmäßigen Anspruch in Frage stellen«, sagte Zaborski.

»So ist es, Genosse Vorsitzender«, antwortete Breschnew. »Ich bin zuversichtlich, daß wir die Vereinten Nationen und den Internationalen Gerichtshof auf unserer Seite hätten, sollten die Amerikaner uns unser Recht bestreiten wollen. Ich fürchte nur eins — daß die Zeit gegen uns arbeitet.«

»Wieso?« fragte der Vorsitzende des Staatssicherheitsdienstes.

»Werfen Sie doch mal einen Blick auf das Ablaufdatum in der Erklärung des Zaren. Dann werden Sie verstehen, wie wenig Zeit uns bleibt, unseren Teil des Abkommens zu erfüllen«, sagte Breschnew.

Zaborski blickte auf das Datum, das in der Handschrift des Zaren hingekritzelt war: 20. Juni 1966. Er reichte Breschnew das Schriftstück zurück, während ihm die Ungeheuerlichkeit der Aufgabe bewußt wurde, die ihm sein Vorgesetzter gestellt hatte.

Leonid Iljitsch Breschnew setzte seinen Monolog fort. »Wie

Sie also erkennen, Genosse Zaborski, bleibt uns bis zu dem Stichtag nur ein Monat. Wenn es Ihnen jedoch gelänge festzustellen, wo die Ikone geblieben ist, könnten wir Präsident Johnsons gesamte Verteidigungsstrategie mit einem Schlag durchkreuzen. Dann wären die Vereinigten Staaten nur noch ein Bauer auf dem russischen Schachbrett.«

2

APPLESHAW, ENGLAND

Juni 1966

»Und meinem geliebten einzigen Sohn, Captain Adam Scott, MC, vermache ich den Betrag von fünfhundert Pfund.«

Adam hatte mit einer armseligen Erbschaft gerechnet und blieb kerzengerade sitzen, als der Anwalt über seine Lesebrille hinweg in die Runde blickte.

Der alte Advokat hinter dem riesigen Schreibtisch der Kanzlei hob den Kopf und blinzelte dem gutaussehenden jungen Mann vor ihm zu. Das machte Adam ganz nervös; er fuhr sich durch sein dichtes, schwarzes Haar. Aber Mr. Holbrookes Blick war bereits wieder zu den Papieren zurückgewandert, die vor ihm lagen.

»Und meiner geliebten Tochter Margaret Scott vermache ich den Betrag von vierhundert Pfund.« Ein leichtes Grinsen konnte Adam da nicht zurückhalten. Bis in die kleinsten Details seines letzten Willens war Vater Chauvinist geblieben.

»Dem Hampshire Country Club«, leierte Mr. Holbrooke weiter, ohne sich durch Miss Scotts relative Benachteiligung im mindesten beeindruckt zu zeigen, »fünfundzwanzig Pfund für die Mitgliedschaft auf Lebenszeit.« Endlich bezahlt, dachte Adam. »Dem Verein Old Contemtibles fünfzehn Pfund. Und der Pfarrkirche von Appleshaw zehn Pfund.« Für die Mitgliedschaft auf Ewigkeit, dachte Adam. »Wilf Proudfoot, unserem treuen Halbtags-Gärtner, zehn Pfund; und Mrs. Mavis Cox, unserer Haushaltshilfe, fünf Pfund. Meiner geliebten Frau Susan schließlich vermache ich unser Haus und den Rest des Vermögens.«

Bei dem Satz hätte Adam am liebsten laut aufgelacht: Selbst wenn die Aktienpapiere und die Golfschläger aus der Vorkriegszeit verkauft würden, das restliche Vermögen des Vaters würde kaum mehr als nochmals tausend Pfund ausmachen.

Aber Mutter war durch und durch Soldatenfrau, sie würde bestimmt nicht klagen. Sie klagte nie. Wenn der liebe Gott selbst, und nicht der Papst in Rom, Menschen heiligspräche, gäbe es vielleicht einmal neben Maria und Elisabeth die heilige Susan aus Appleshaw.

Pa, wie Adam ihn immer nannte, hatte sein Leben lang höchste Maßstäbe gesetzt, sich selbst und der ganzen Familie. Vielleicht bewunderte Adam ihn deshalb noch immer so uneingeschränkt. Manchmal fühlte er sich beim Gedanken an das Vorbild des Vaters seltsam fehl am Platz in diesen leichtlebigen sechziger Jahren.

In der Erwartung, daß sich die Prozedur ihrem Ende näherte, begann Adam unruhig auf seinem Stuhl zu rutschen: Je früher sie alle diese kalte, schäbige kleine Kanzlei verließen, desto besser.

Mr. Holbrooke blickte noch einmal kurz auf und räusperte sich plötzlich so feierlich, als bliebe zu verlautbaren, wer den Goya oder die Habsburg-Diamanten geerbt hatte. Er schob die Halbbrille den Nasenrücken hoch und schaute noch einmal auf die letzten Absätze des Testaments seines verstorbenen Klienten. Die drei überlebenden Mitglieder der Familie Scott saßen schweigend da. Was kann er wohl noch zu sagen haben? fragte sich Adam.

Was auch immer es sein mochte — der Advokat hatte dieses letzte Legat offensichtlich eingehend studiert, denn er rezitierte wie ein Schauspieler, der seine Rolle kannte, und mußte den Text nur ein einziges Mal zu Rate ziehen.

»Außerdem hinterlasse ich meinem Sohn«, Mr. Holbrooke legte eine Pause ein, »beiliegenden Briefumschlag.« Holbrooke hielt ihn hoch. »Ich hoffe nur, daß er ihm mehr Glück bringen wird als mir. Sollte er sich entschließen, den Umschlag zu öffnen, dann nur unter der Bedingung, daß er niemals irgendeinen anderen Menschen etwas über seinen Inhalt wissen läßt.«

Adam fing den Blick seiner Schwester auf. Sie schüttelte kaum merklich den Kopf. Offenbar war sie so verblüfft wie er. Adam schaute zu seiner Mutter hinüber; sie schien erschrocken. War es Angst oder Sorge, die sich in ihrem Gesicht spiegelte? Adam konnte sich nicht darüber klarwerden. Wortlos überreichte Mr. Holbrooke dem einzigen Sohn des Colonels den vergilbten Briefumschlag.

Alle blieben sitzen; niemand wußte so recht, was tun. Endlich schloß Mr. Holbrooke die dünne Mappe mit der Aufschrift »Colonel Gerald Scott, DSO, OBE, MC«, schob seinen Stuhl zurück und trat langsam auf die Witwe zu. Er schüttelte ihr die Hand, und sie sagte: »Vielen Dank« — eine, wie Adam fand, eher lächerliche Artigkeit, denn wirklich verdient hatte an der ganzen Transaktion eigentlich nur Mr. Holbrooke im Namen der Anwaltskanzlei Holbrooke, Holbrooke & Gascoigne. Adam stand auf und stellte sich neben seine Mutter.

»Kommen Sie mit zu uns zum Tee, Mr. Holbrooke?« fragte sie.

»Das wird mir leider nicht möglich sein, verehrte gnädige Frau...« hob der Anwalt an. Adam hörte einfach nicht weiter zu: Das Honorar war Holbrooke wohl nicht hoch genug, um auch noch die Zeit zu opfern, die mit einer Einladung zum Tee verbunden gewesen wäre.

Sie verließen die Kanzlei. Sobald Adam Mutter und Schwester bequem im Fond des kleinen Morris Minor sitzen sah, klemmte er sich hinter das Lenkrad. Er hatte unmittelbar vor Mr. Holbrookes Kanzlei geparkt, mitten auf der Hauptstraße; in den Straßen von Appleshaw gab es keine gelben Randstreifen mit Halteverbot — noch nicht, dachte Adam. Er hatte kaum die Zündung angelassen, als seine Mutter nüchtern feststellte: »Von dem Wagen werden wir uns auch trennen müssen, weißt du. Bei den heutigen Benzinpreisen kann ich mir Autofahren nicht mehr leisten.«

»Darüber sollten wir uns ein andermal Gedanken machen«, meinte Margaret tröstend, aber ihr Tonfall gab zu erkennen, daß sie ihrer Mutter recht gab. Sie wandte sich, um rasch das Thema zu wechseln, an Adam: »Ich frage mich bloß, was in dem Briefumschlag ist.«

»Zweifellos detaillierte Instruktionen, wie ich meine fünfhundert Pfund anlegen soll«, sagte ihr Bruder scherzend, um die Stimmung zu heben.

»Sei nicht so respektlos gegenüber dem Toten«, tadelte seine Mutter mit dem gleichen ängstlichen Gesichtsausdruck wie zuletzt in der Anwaltskanzlei. »Ich habe euren Vater angefleht, diesen Umschlag zu vernichten«, fuhr sie plötzlich fast flüsternd fort.

Adam spitzte die Lippen, als ihm aufging, daß es sich offenbar um *den* Briefumschlag handelte — das Kuvert, auf das sein Vater damals, vor vielen Jahren, angespielt hatte, als Adam Zeuge der einzigen Auseinandersetzung zwischen seinen Eltern geworden war, die er erlebt hatte. An die erhobene Stimme und die zornigen Worte des Vaters konnte er sich allzugut erinnern; es war wenige Tage nach seiner Rückkehr aus Deutschland gewesen.

»Ich muß ihn aber öffnen! Siehst du das denn nicht ein?« hatte Pa mit Nachdruck erklärt.

»Niemals«, hatte die Mutter erwidert. »Nach all den Opfern, die ich dir gebracht habe, bist du mir wenigstens das schuldig.«

Seit der Auseinandersetzung waren über zwanzig Jahre vergangen, und das Thema war nie wieder berührt worden. Er selbst hatte den Vorfall nur ein einziges Mal im Gespräch mit seiner Schwester erwähnt, aber auch sie hatte über den Anlaß der elterlichen Auseinandersetzung nicht das Mindeste gewußt.

Adam trat bei der T-förmigen Kreuzung am Ende der Hauptstraße auf die Bremse. Er bog rechts ab, ließ das Dorf hinter sich zurück, fuhr etwa zwei Kilometer weiter über eine kurvenreiche Landstraße, bis er anhielt, aus dem Wagen sprang und das Gittertor aufstieß, hinter dem durch gepflegten Rasen ein Weg zu einem kleinen, strohgedeckten Haus führte.

»Solltest du nicht nach London zurückkehren?« erkundigte sich seine Mutter, kaum daß sie das Wohnzimmer betreten hatten.

»Ich habe keine Eile, Mutter. Da gibt es nichts, was nicht bis morgen warten könnte.«

»Ganz wie du willst, mein Lieber. Nur brauchst du dir um mich keine Gedanken zu machen«, versicherte sie ihm. Sie schaute zu dem hochgewachsenen jungen Mann auf, der sie so unglaublich an Gerald erinnerte. Vom leichten Knick der Nase einmal abgesehen, war er seinem Vater wie aus dem Gesicht geschnitten — das gleiche dunkle Haar, die gleichen tiefbraunen Augen, das gleiche offene, ehrliche Gesicht, er hatte sogar die gleiche freundliche Art gegenüber jedem Menschen, mit dem er zu tun hatte. Vor allem aber verbanden sie die gleichen hohen moralischen Ideale — die Ideale, denen sie ihre momentane betrübliche finanzielle Lage zu verdanken hatten.

»Außerdem habe ich ja Margaret, die sich um mich kümmert.« Adam drehte sich nach seiner Schwester um; er überlegte, wie sie mit der heiligen Susanna von Appleshaw jetzt wohl zurechtkommen würde.

Margaret hatte sich vor kurzem mit einem Börsenmakler aus der City verlobt; die Hochzeit war wegen des Trauerfalls zwar verschoben worden, doch Margaret würde gewiß bald ihr eigenes Leben führen wollen. Das Häuschen, das ihr Verlobter sich mit einer ersten Anzahlung gesichert hatte, lag Gott sei Dank nur fünfundzwanzig Kilometer von Appleshaw entfernt.

Nach dem Tee und einem langen, traurigen Monolog der Mutter über die Tugenden ihres leidgeprüften Mannes, räumte

Margaret das Geschirr fort und ließ Mutter und Sohn allein. Sie hatten ihn — jeder auf seine Weise — sehr geliebt; Adam litt unter dem bedrückenden Gefühl, Pa nie deutlich gezeigt zu haben, welche Hochachtung er für ihn empfand.

»Ich hoffe nur, daß du eine gute Stellung finden wirst — nachdem du die Offizierslaufbahn aufgegeben hast«, sagte seine Mutter leicht nervös, weil sie sich erinnerte, welche Schwierigkeiten Adams Vater nach dem Abschied vom Militär gehabt hatte.

»Es wird schon wieder alles werden, Mutter«, antwortete er. »Das Foreign Office hat mich zu einem zweiten Bewerbungsgespräch eingeladen«, fügte er hinzu, in der Hoffnung, sie damit beruhigen zu können.

»Nun ja, mit den fünfhundert Pfund, die du geerbt hast, stehst du ja vielleicht nicht mehr gar so unter Druck«, meinte sie. Adam warf ihr ein liebevolles Lächeln zu. Wann hatte sie wohl das letztemal einen Tag in London verbracht? Allein sein Beitrag für die Miete der Wohnung in Chelsea betrug vier Pfund pro Woche, und ab und zu mußte er ja auch mal essen. Sie sagte mit einem Blick zur Uhr auf dem Kaminsims: »Du solltest dich wirklich auf den Weg machen, mein Lieber. Wenn ich daran denke, daß du mit dem Motorrad im Dunkeln unterwegs sein könntest, werde ich ganz unruhig.«

Adam gab ihr einen Kuß auf die Backe. »Ich rufe dich morgen an«, versprach er. Auf dem Weg zur Haustür steckte er den Kopf in die Küche und rief seiner Schwester zu: »Ich gehe jetzt. Den Scheck über fünfzig Pfund schicke ich dir.«

»Wieso?« fragte Margaret und blickte erstaunt vom Spülbecken auf.

»Nimm's als meinen Beitrag zur Gleichberechtigung der Frau.« Er konnte die Küchentür gerade noch rechtzeitig zuknallen, um dem Geschirrtuch zu entkommen, das auf ihn zuflog.

Adam brachte seine BSA auf Touren und fuhr die A 303

hinunter, durch Andover weiter in Richtung London. Da um diese Tageszeit der Verkehr im Londoner Umkreis hauptsächlich stadtauswärts nach Westen floß, brauchte er für den Rückweg zur Wohnung in der Ifield Road relativ wenig Zeit.

Adam hatte sich entschlossen, den Briefumschlag erst in der Abgeschiedenheit seines Zimmers zu öffnen. So aufregend war sein Leben in letzter Zeit nicht gewesen, um auf einen kleinen feierlichen Akt zu verzichten. Und er hatte schließlich gewissermaßen den größten Teil seines Lebens darauf gewartet, das Geheimnis des Briefumschlags zu erfahren, den er nun geerbt hatte.

Die Geschichte der Familientragödie hatte Adam von seinem Vater oft genug gehört — »Es geht eben darum, ob du ein Mann von Ehre bist oder nicht«, hatte er jedesmal zum Schluß gesagt und das Kinn vorgereckt und die Schultern gestrafft. Ihm hatten fast sein ganzes Leben lang verächtliche Bemerkungen von Männern, die ihm nicht das Wasser reichen konnten, und Seitenblicke von Offizieren gegolten, die sorgsamst darauf bedacht waren, möglichst selten mit ihm zusammen gesehen zu werden. Miese Kerle mit miesem Charakter: Adam hatte seinen Vater viel zu gut gekannt, um es für möglich zu halten, daß an dem Verdacht des ungeheuerlichen Verrats, von dem gemunkelt wurde, auch nur das Geringste dran sein konnte. Adam fühlte mit einer Hand nach dem Brief in der Innentasche seiner Jacke — wie ein kleiner Junge, der am Tag vorm Geburtstag das Päckchen abtastet, um an der Form den Inhalt des Geschenks zu erraten. Was immer in dem Umschlag stecken mochte — Adam war fest überzeugt, daß es jetzt nach Vaters Tod niemand etwas bringen würde, aber deswegen ließ seine Neugierde nicht nach.

Was er im Lauf der Jahre an genauen Tatsachen erfahren hatte, war wenig genug: Ein Jahr vor seinem fünfzigsten Geburtstag hatte Vater 1946 seinen Abschied eingereicht. Die *Times* hatte Pa als brillanten Taktiker gewürdigt, der im Krieg höchste Tapferkeit bewiesen habe: Sein Abschied sei eine persönliche Entscheidung, die den Korrespondenten der *Times* überrascht, seine nächsten Angehörigen erstaunt, sein Regiment schockiert hatte; alle, die ihn kannten, hatten erwartet, daß er innerhalb weniger Monate zum General befördert worden wäre.

Weil der Colonel sein Regiment so plötzlich und ohne Erklärung verlassen hatte, kamen bald Geschichten auf, die absonderlichsten Gerüchte schossen ins Kraut. Der Colonel erklärte auf Fragen lediglich, er habe genug vom Krieg, es sei an der Zeit, endlich mal, bevor es zu spät sei, Geld zu verdienen, damit seine Frau und er für den Lebensabend versorgt seien. Damals schon stießen solche Aussagen meist auf Skepsis; und ihre Glaubwürdigkeit wurde nicht eben dadurch erhärtet, daß der Colonel es nur zum Geschäftsführer des lokalen Golfclubs und sonst zu nichts brachte.

Nur dank der Großzügigkeit seines inzwischen verstorbenen Großvaters, des Generals Sir Pelham Westlake, hatte Adam auf dem berühmten Internat Wellington College bleiben und der Familientradition entsprechend eine militärische Laufbahn einschlagen können.

Nach erfolgreichem Schulabschluß bekam Adam einen Platz an der Königlichen Militärakademie in Sandhurst, wo er sich mit großem Fleiß dem Studium der Militärgeschichte, Taktik und Strategie widmete. An den Wochenenden stürzte er sich in den Sport — auf Rugby und Squash; am erfolgreichsten war er allerdings bei diversen Rennwettkämpfen querfeldein. Zwei Jahre lang sahen die keuchenden Kadetten von Cromwell und Dartmouth ihn immer nur lehmbespritzt von hinten; Adam wurde am Ende sogar Sieger bei den Militärmeisterschaften in dieser Disziplin. Er wurde auch Sieger im Mittelgewicht, obwohl ihm in der ersten Runde des Finales ein nigerianischer Kadett das Nasenbein brach; der Nigerianer machte nur den Fehler, den Boxkampf danach bereits für gewonnen zu halten.

Adam verließ Sandhurst 1956 als neuntbester Absolvent, wurde aber — was niemand überraschte — wegen seiner Führungseigenschaften und seines vorbildlichen Verhaltens außerhalb des Hörsaals mit dem *Sword of Honour* ausgezeichnet. Von dem Zeitpunkt an war Adam fest überzeugt, daß er in die Fußstapfen seines Vaters treten und eines Tages das Kommando des Regiments übernehmen würde.

Das Royal Wessex Regiment nahm den Sohn seines früheren Chefs auf, sobald er das Offizierspatent erhalten hatte. Von den Soldaten wurde Adam bald hoch geschätzt; bei den Offizieren, die sich nicht um Gerüchte kümmerten, war er beliebt. Bei den Übungen im Feld war niemand ein so fähiger Taktiker wie er, und bei den ersten Fronteinsätzen zeigte sich sofort, daß er vom Vater auch die Tapferkeit geerbt hatte. Doch als das Kriegsministerium sechs Jahre später in der *London Gazette* die Namen der Subalternoffiziere veröffentlichte, die zum Captain befördert wurden, befand sich kein Lieutenant Scott auf der Liste. Seine Altersgenossen waren überrascht, die älteren Offiziere des Regiments hüllten sich in Schweigen. Und schließlich mußte Adam sich eingestehen, daß es ihm nicht gestattet werden würde, wiedergutzumachen, was seinem Vater vorgeworfen worden war — was auch immer es gewesen sein mochte.

Zum Captain wurde Adam erst befördert, nachdem er sich im malaiischen Dschungel beim Nahkampf gegen die unaufhörlichen Angriffswellen chinesischer Soldaten hervorgetan hatte. Dann nahmen ihn die Kommunisten gefangen und steckten ihn in ein Lager, wo er Einsamkeit und Qualen von einer Grausamkeit durchlitt, auf die ihn die gründlichste Ausbildung nicht hätte vorbereiten können. Acht Monate später gelang ihm die Flucht — bei der Rückkehr zur Front erfuhr er, daß ihm »posthum« die höchste Tapferkeitsauszeichnung verliehen worden war. Als Captain Scott im Alter von neunundzwanzig Jahren sein Stabsexamen ablegte, anschließend aber an der Generalstabsakademie nicht aufgenommen wurde, gab er endgültig jede Hoffnung auf, einmal Regimentskommandeur zu werden. Er reichte einige Wochen danach seinen Abschied ein; Erklärungen, er habe diesen Schritt getan, um mehr Geld zu verdienen, hätte ihm aber auch niemand abgenommen.

Adam diente seine letzten Monate beim Regiment ab, als seine Mutter ihm mitteilte, der Vater habe nur noch wenige Wochen zu leben. Adam beschloß, ihm seinen Abschied vom Militär zu verschweigen; er wußte, daß Pa nur sich selbst die Schuld dafür gegeben hätte. Und so hatte der Vater nun wenigstens sterben können, ohne erfahren zu müssen, wie sehr noch das Leben seines Sohnes von dem geheimnisvollen Stigma geprägt war.

Beim Erreichen der Londoner Vororte mußte Adam, wie so oft in letzter Zeit, erneut an die drängende Frage denken, wie er eine gutbezahlte Arbeit finden sollte. Seit sieben Wochen war er arbeitslos, aber in dieser Zeit hatte er häufiger mit dem Filialleiter seiner Bank als mit potentiellen Arbeitgebern gesprochen. Sicher, das Foreign Office hatte ihn zu einem zweiten Vorstellungsgespräch gebeten; aber die Mitbewerber, die er beim ersten Termin kennengelernt hatte, waren beeindruckende Leute, und im Unterschied zu ihnen hatte er kein Universitätsstudium vorzuweisen. Trotzdem, das erste Gespräch schien ihm recht günstig verlaufen zu sein, und er war sogar bald darauf hingewiesen worden, das Foreign Office habe schon viele ehemalige Offiziere übernommen. Als Adam am Vorsitzenden des Auswahlkomitees dann auch noch das Abzeichen eines hohen Ordens für militärische Tapferkeit auffiel, kam ihm die Vermutung, daß er vielleicht gar nicht für eine Schreibtischtätigkeit in Betracht gezogen wurde.

Adam tastete noch einmal nach dem Brief in der Innentasche seines Jacketts, als er mit seinem Motorrad in die King's Road einbog, und ertappte sich bei dem lieblosen Wunsch:

Hoffentlich ist Lawrence noch nicht von der Arbeit in seiner Bank zurück. Nicht, daß Adam sich hätte irgendwie beklagen können, im Gegenteil: Es war außerordentlich großzügig von seinem alten Schulfreund gewesen, ihm in seiner geräumigen Wohnung für nur vier Pfund pro Woche ein so nettes Zimmer unterzuvermieten.

»Du kannst mir ja mehr zahlen, wenn du erst einmal Botschafter bist«, hatte Lawrence gesagt.

»Du redest schon wie ein Mietwucherer«, hatte Adam erwidert und den Mann, den er während der gemeinsamen Schulzeit auf dem Wellington College bewundert hatte, breit angegrinst. Lawrence war so ganz anders als er; Lawrence schien alles nur so zuzufliegen: gute Examen, Jobs, sportliche Erfolge und Frauen — Frauen ganz besonders. Es hatte niemanden überrascht, als er einen Studienplatz am Balliol College in Oxford bekommen und sein Studium der Politik- und Wirtschaftswissenschaften dann mit Auszeichnung abgeschlossen hatte. Als Lawrence anschließend eine Stellung in einer Bank annahm, blieb freilich allen fast die Spucke weg. Es war das erstemal, so kam es jedenfalls allen vor, daß Lawrence sich auf etwas einließ, was eigentlich unter seinem Niveau lag.

Adam stellte sein Motorrad in unmittelbarer Nähe zur Ifield Road ab. Er würde es verkaufen müssen, falls er die Position im Foreign Office nicht bekommen sollte — so wie seine Mutter ihr Auto verkaufen mußte. Auf dem Weg nach Hause warf ihm ein Mädchen beim Vorübergehen einen koketten Blick zu; er bemerkte es nicht einmal. Auf der Treppe nahm er drei Stufen auf einmal, erreichte im Nu den fünften Stock, und als er den Schlüssel ins Schloß steckte, rief von drinnen eine Stimme: »Die Tür ist doch nur eingeklinkt!«

»Mist!« brummte Adam leise.

»Wie war's?« wollte Lawrence wissen, als Adam ins Wohnzimmer trat.

»In Anbetracht der Umstände ganz erträglich«, antwortete

Adam, dem nichts einfiel, was er hätte sonst noch sagen können. Er lächelte verlegen. Lawrence hatte seine Banker-Montur bereits ausgezogen. Er trug Blazer und Flanellhose. Ein wenig kleiner und gedrungener als Adam, mit drahtigem blondem Haar und einer mächtigen, gewölbten Stirn schien er mit seinen grauen, prüfenden Augen jede Situation gleich zu erfassen.

»Ich habe deinen Vater bewundert«, sagte Lawrence. »Er hat alle Menschen so behandelt, als ob sie ihm ebenbürtig wären.« Adam konnte sich noch genau erinnern, wie nervös er gewesen war, als er Lawrence auf einem Elternsprechtag im Wellington College seinem Vater vorgestellt hatte; doch die beiden hatten sich sofort angefreundet. Lawrence hatte allerdings nie viel auf Gerüchte gegeben.

»Mit deiner Erbschaft kannst du jetzt wahrscheinlich privatisieren«, meinte Lawrence dann in etwas leichterem Ton.

»Nur wenn die fragwürdige Bank, bei der du arbeitest, innerhalb weniger Tage aus fünfhundert fünftausend Pfund machen kann.«

»Zur Zeit ist das eher schwierig — Harold Wilson hat doch gerade erst verkündet, daß Löhne wie Preise eingefroren werden sollen.«

Adam schaute mit einem freundlichen Lächeln hinüber. Obwohl er inzwischen über Lawrence hinausgewachsen war, erinnerte er sich noch gut an die Zeit, als Lawrence ihm wie ein Riese vorgekommen war.

»Schon wieder zu spät, Scott«, pflegte Lawrence zu sagen, wenn Adam im Korridor der Schule an ihm vorbeihastete, und Adam hatte den Tag herbeigesehnt, an dem auch er einmal alles so locker und überlegen im Griff haben würde. Oder war Lawrence einfach von Natur aus so perfekt? Seine Anzüge wirkten stets frisch gebügelt, seine Schuhe frisch gewichst, sein Haar war nie unordentlich. Und dabei machte er den Eindruck, als koste ihn das keinerlei Mühe. Adam konnte es nicht begreifen, wie Lawrence das schaffte.

Adam hörte die Badezimmertür aufgehen. Er warf Lawrence einen fragenden Blick zu.

»Das ist Carolyn«, flüsterte Lawrence. »Sie wird über Nacht bleiben . . . glaube ich.«

Eine hochgewachsene, schöne Frau trat ein, der Adam ein schüchternes Lächeln zuwarf. Das lange blonde Haar wippte ihr auf den Schultern; was jeden Mann schwach machen mußte, war jedoch ihre Figur. Wie machte Lawrence das bloß?

»Hättest du nicht Lust, mit uns essen zu gehen?« fragte Lawrence, während er einen Arm um Carolyns Schultern legte, eine Spur zu begeistert. »Ich habe da ein neues italienisches Restaurant an der Fulham Road entdeckt. Es hat kürzlich erst eröffnet.«

»Vielleicht komme ich später nach«, meinte Adam. »Ich muß mir auch noch ein paar Dokumente von heute nachmittag ansehen.«

»Ach, halt dich doch nicht mit unbedeutenden Details deiner Erbschaft auf. Komm mit, und gib alles bei einer Spaghettischlacht aus.«

»O la la, Sie haben einen Haufen Pinke-Pinke geerbt?« fragte Carolyn mit hoher, kieksiger Stimme. Es hätte wohl niemand überrascht zu erfahren, daß sie eben zur Debütantin des Jahres gewählt worden war.

»Ach nö«, entgegnete Adam. »Beim Minus auf meinem Konto bleibt gar nicht viel.«

Lawrence lachte. »Na schön, du kannst ja nachkommen, wenn du ausgerechnet hast, daß für einen Teller Spaghetti genug übrigbleibt.« Er zwinkerte Adam zu — der übliche Wink: Sieh zu, daß du nicht in der Wohnung bist, wenn wir zurückkommen; oder bleib wenigstens auf deinem Zimmer, und tu so, als würdest du schlafen.

»Ja, kommen Sie doch nach«, gurrte Carolyn; es klang ganz so, als meinte sie es wirklich. Der Blick ihrer haselnußbraunen Augen blieb an Adam haften, als Lawrence sie entschlossen zur Tür führte.

Adam blieb regungslos stehen, bis Carolyns durchdringende Stimme nicht mehr vom Treppenhaus zu hören war. Erst dann zog er sich zufrieden in sein Zimmer zurück und sperrte sich ein. Er ließ sich in den einzigen bequemen Sessel, den er besaß, fallen und zog den Umschlag, den ihm sein Vater hinterlassen hatte, aus der Brusttasche. Das Kuvert gehörte zu jener schweren, teuren Sorte Briefpapier, das Pa immer verwendet hatte und bei Smythson in der Bond Street zu kaufen pflegte — fast zum doppelten Preis, als er im nächstgelegenen Laden der W. H. Smith-Kette gezahlt hätte. »Captain Adam Scott, MC« stand in der sauberen, wie gestochenen Handschrift seines Vaters auf dem Umschlag.

Behutsam öffnete Adam das Kuvert. Ihm zitterte leicht die Hand, als er einen Brief in der unverkennbaren Handschrift des Vaters und ein zweites, kleineres Kuvert herausnahm; es war offensichtlich älteren Datums; das Papier war vergilbt, es war in einer ihm unbekannten Schrift, in verblaßter Tinte von undefinierbarer Farbe, adressiert an »Colonel Gerald Scott«. Adam legte es neben sich auf das kleine Tischchen, entfaltete den Brief seines Vaters und begann zu lesen. Der Brief war undatiert.

Mein lieber Adam!
Im Laufe der Jahre wirst Du viele Erklärungen für meinen plötzlichen Abschied vom Regiment gehört haben. Die meisten waren sicherlich absurd und einige verleumderisch, aber im Interesse aller Beteiligten habe ich es vorgezogen, meine Meinung für mich zu behalten. Doch glaube ich, Dir eine ausführliche Erklärung zu schulden, und dazu soll dieser Brief dienen. Wie Du weißt, war ich vom Februar 1945 bis Oktober 1946 — unmittelbar vor meinem Abschied vom Dienst — in Nürnberg stationiert. Nach vierjährigem, fast

ununterbrochenem Fronteinsatz war mir das Kommando über jene britische Abteilung übertragen worden, in deren Aufgabenbereich die Bewachung der hohen Nazis fiel, die auf ihren Kriegsverbrecherprozeß warteten. Die Gesamtverantwortung lag bei den Amerikanern, aber ich lernte die Gefangenen doch recht gut kennen, und nach etwa einem Jahr konnte ich einige von ihnen sogar ertragen — vor allem Heß, Dönitz und Speer —, und ich habe oft darüber nachgedacht, wie die Deutschen wohl uns behandelt hätten, wenn die Sache anders ausgegangen wäre. Solche Überlegungen waren damals verpönt. All jene, die sich noch nie viel Gedanken gemacht hatten, kamen immer gleich mit dem Vorwurf der »Fraternisierung«.

Unter den hohen Nazis, mit denen ich täglich Kontakt hatte, befand sich auch Reichsmarschall Göring, den ich jedoch im Unterschied zu den drei vorhin Erwähnten von Anfang an verabscheute. Ich fand ihn arrogant, hochfahrend, und er schien sich für die Barbarei, die er im Namen des Krieges begangen hatte, nicht im mindesten zu schämen. Er gab mir übrigens auch kein einziges Mal Anlaß, meine Meinung über ihn zu ändern. Manchmal wunderte ich mich, wie ich in seiner Gegenwart die Selbstbeherrschung zu wahren vermochte.

Am Abend vor seiner Hinrichtung bat Göring mich um eine persönliche Unterredung. Es war ein Montag, und ich kann mich an jedes Detail erinnern, als hätte das Gespräch erst gestern stattgefunden. Sein Gesuch wurde mir übermittelt, als ich die Wache von den Russen übernahm — ihr verantwortlicher Offizier war Major Wladimir Koski; Koski übergab mir das Schreiben persönlich. Sobald ich die Wachmannschaft inspiziert und den üblichen Papierkram erledigt hatte, suchte ich den Reichsmarschall zusammen mit dem diensthabenden Korporal in seiner Zelle auf. Göring stand stramm neben seinem kleinen, niedrigen Bett und salutierte,

als ich eintrat. Beim Anblick der kargen Zelle mit den graugestrichenen Ziegelwänden schauderte mir jedesmal.
»Sie haben um meinen Besuch gebeten?« fragte ich. Ich konnte es nie über mich bringen, ihn mit Rang und Namen anzureden.
»Ja«, antwortete er. »Nett von Ihnen, daß Sie gekommen sind, Colonel. Ich möchte nur meinen letzten Wunsch äußern — den Wunsch eines Mannes, der zum Tode verurteilt worden ist. Könnte der Korporal uns wohl einen Augenblick allein lassen?«
Da ich annahm, daß es sich um eine intime Angelegenheit handelte, bat ich den Korporal, draußen zu warten. Ich muß gestehen, ich hatte nicht die geringste Ahnung, was jemand, der nur noch wenige Stunden zu leben hatte, auf dem Herzen haben konnte. Als die Tür wieder geschlossen war, salutierte Göring noch einmal und überreichte mir den Briefumschlag, der sich jetzt in deinem Besitz befindet. Er sagte nur: »Seien Sie so gut und öffnen Sie ihn erst morgen nach meiner Hinrichtung.« Und er fügte noch hinzu: »Ich kann nur hoffen, daß es Sie für jegliche Vorwürfe entschädigen wird, die Ihnen später gemacht werden könnten.« Ich konnte damals nicht wissen, worauf er anspielte; ich vermutete, daß er seelisch irgendwie die Fassung verloren hatte. In den letzten Tagen ihres Lebens hatten sich mir viele Gefangene anvertraut; und einige standen eindeutig am Rande des Wahnsinns.

Adam hielt inne, um darüber nachzudenken, wie er sich unter solchen Umständen verhalten hätte; er beschloß weiterzulesen; er wollte sehen, ob sein Vater gehandelt hatte, wie er es sich vorstellte.

Allerdings klangen die letzten Worte, die Göring dann noch an mich richtete, kaum wie die eines Verrückten. Er sagte schlicht: »Seien Sie versichert: Es ist ein Meisterwerk. Sie sollten seinen Wert auf keinen Fall unterschätzen.« Er zündete sich eine Zigarre an, genauso wie jemand, der es sich nach einem guten Essen im Club gemütlich macht. Jeder von uns hatte seine eigene Theorie darüber, wer ihm die Zigarren hereinschmuggelte. Wir fragten uns auch, was wohl von Zeit zu Zeit hinausgeschmuggelt worden war.

Ich steckte den Brief in meine Rocktasche und trat zu dem Korporal auf den Korridor hinaus. Gemeinsam kontrollierten wir anschließend die anderen Zellen, um uns zu vergewissern, daß alle Gefangenen auch in dieser Nacht sicher hinter Schloß und Riegel saßen. Nach der Inspektion kehrte ich in mein Büro zurück. Da ich überzeugt war, daß weiter nichts Dringendes zu erledigen war, machte ich mich daran, meinen Tagesrapport zu schreiben. Den Briefumschlag behielt ich in der Tasche meiner Uniformjacke, mit dem festen Vorsatz, ihn gleich nach Görings Hinrichtung am nächsten Morgen zu öffnen.

Ich prüfte eben noch einmal die Tagesbefehle, als der Korporal ohne anzuklopfen zu mir ins Zimmer stürzte. »Göring, Sir, Göring!« schrie er völlig außer sich. Das panische Entsetzen, das ihm ins Gesicht geschrieben stand, ersparte mir jede Frage. Wir rannten zur Zelle des Reichsmarschalls zurück.

Göring lag, das Gesicht nach unten, auf seinem Feldbett. Ich drehte ihn um. Er war bereits tot, wie ich feststellte. In dem darauffolgenden Durcheinander habe ich Görings Brief völlig vergessen. Die Autopsie, die einige Tage danach durchgeführt wurde, ergab, daß der Reichsmarschall an Gift gestorben war. Und das Gericht kam zu dem Schluß, daß die Zyankalikapsel, die in seinem Körper gefunden worden war, in einer seiner Zigarren versteckt gewesen sein mußte. Da ich Göring als letzter, allein, ohne Zeugen gesehen hatte, reichte schon ein bißchen Getuschel, und im Zusammenhang mit seinem Tod wurde mein Name genannt. An solchen Anschuldigungen ist selbstverständlich nicht das Geringste wahr. Ich hatte nie auch nur einen Augenblick gezweifelt, daß das Nürnberger Tribunal in diesem Fall ein korrektes Urteil gefällt und daß Göring es verdient hatte, für seine Rolle im Krieg gehenkt zu werden.

Die ständigen Beschuldigungen hinter meinem Rücken — ich hätte die Zigarren eingeschmuggelt und Göring möglicherweise absichtlich zu einem leichten Tod verholfen — kränkten mich dermaßen, daß ich den einzigen ehrenhaften Ausweg aus diesem Dilemma darin sah, sofort meinen Abschied einzureichen, um nicht weiter Schande über mein Regiment zu bringen. Als ich dann gegen Ende des Jahres nach England zurückkehrte und mich endgültig entschloß, die Uniform an den Nagel zu hängen, stieß ich wieder auf den Briefumschlag. Und als ich Deiner Mutter den genauen Hergang des Vorfalls schilderte, flehte sie mich an, das Kuvert zu vernichten; sie war der Ansicht, daß die ganze Sache unserer Familie schon genug Unheil gebracht hätte, und selbst wenn das Kuvert irgendeinen Hinweis enthielte, wer Göring zu seinem Selbstmord verholfen hat, würde das ihrer Meinung nach auch niemandem mehr nützen. Ich erklärte mich bereit, ihren Wunsch zu erfüllen.

Obwohl ich den Brief nie geöffnet habe, brachte ich es dann aber doch nie über mich, ihn zu vernichten, da ich Görings letzte Worte mit dem Hinweis auf ein Meisterwerk nicht vergessen konnte. Und so versteckte ich den Brief schließlich zwischen meinen Personaldokumenten.

Da die vermeintlichen Sünden der Väter auch den Kindern angerechnet werden, sollten Dich, glaube ich, Bedenken dieser Art nicht beeinflussen. Wenn also aus dem Inhalt dieses Briefes irgendein Gewinn gezogen werden kann, so bitte ich Dich nur um eines, nämlich, daß vor al-

lem Deine Mutter etwas davon hat; in dem Fall darf sie jedoch niemals erfahren, woher der Wohlstand kommt.
Ich habe Deine Entwicklung all die Jahre hindurch mit beträchtlichem Stolz verfolgt und bin fest überzeugt, daß ich es Dir überlassen kann, die richtige Entscheidung zu treffen.
Solltest Du jedoch irgendwelche Zweifel hegen, ob Du den Briefumschlag öffnen sollst oder nicht, so vernichte ihn, ohne lange zu überlegen. Solltest Du ihn aber öffnen und erfahren, daß er Dich nur in eine unehrenhafte Sache verwickeln könnte, so entledige Dich seiner, und verschwende keinen weiteren Gedanken daran.

>Möge Gott Dir beistehen!
Dein Dich liebender Vater
Gerald Scott<

Adam las den Brief ein zweites Mal und war von dem Vertrauen gerührt, das der Vater ihm entgegengebracht hatte. Ihm stockte das Herz bei dem Gedanken daran, wie das Leben des Vaters durch das ewige Getuschel und die Sticheleien kleinkarierter, mißgünstiger Kollegen ruiniert worden war — derselben Männer, die auch seiner Karriere in der Armee ein verfrühtes Ende zu setzen vermocht hatten. Nach der dritten Lektüre faltete Adam den Brief ordentlich zusammen und steckte ihn wieder in den Umschlag.

Er hob das zweite Kuvert vom Tischchen. »Colonel Gerald Scott« hatte jemand in schwungvollen, inzwischen verblaßten Buchstaben quer darüber geschrieben.

Adam zog einen Kamm aus seiner Brusttasche, schob ihn in eine Ecke des Umschlags und schlitzte das Kuvert behutsam auf. Er zögerte einen Augenblick, bevor er zwei gänzlich vergilbte Blätter herausnahm. Das eine schien eine Art Dokument zu sein, das andere ein Brief mit dem Namen des Reichsmarschalls Hermann Göring unter dem Wappen des Dritten

Reiches. Adams Hände begannen schon beim Lesen der ersten Zeilen zu zittern.
Sehr geehrter Herr Oberst Scott!
Der Brief war auf deutsch geschrieben.

3

Als die schwarze Tschaika-Limousine vom Spasskaja Baschnja kommend auf den Roten Platz fuhr, standen zwei. Kreml-Wachtposten in Khakiuniform stramm und präsentierten das Gewehr. Ein schrilles Pfeifen ertönte; es sicherte Juri Efimowitsch Zaborski auf der Rückfahrt zum Dscherschinskij-Platz freie Fahrt.

Mit einem kräftigen Antippen der Krempe seines Filzhuts erwiderte Zaborski mechanisch den Gruß; in seinen Gedanken war er ganz woanders. Während der rumpeligen Fahrt über das Kopfsteinpflaster warf er nicht einen Blick auf die lange Menschenschlange, die sich vom Lenin-Mausoleum bis an den Rand des Roten Platzes erstreckte. Er hatte eine erste Entscheidung zu treffen, und sie war zweifelsohne auch die wichtigste: Welchem seiner führenden Mitarbeiter sollte er die Aufgabe anvertrauen, die Suche nach der Zaren-Ikone zu leiten? Sein Wagen überquerte den Roten Platz, fuhr an der grauen Fassade des GUM-Kaufhauses und die Ulica Kujbyschewa entlang, während er darüber nachdachte.

Daß überhaupt nur zwei Kandidaten in Frage kamen, hatte für den Vorsitzenden des Staatssicherheitsdienstes bereits wenige Augenblicke nach dem Abschied von seinem Vorgesetzten festgestanden. Zu schaffen machte ihm die Entscheidung, welchen von beiden er bevorzugen sollte, Waltschek oder Romanow? Unter normalen Umständen hätte er sich damit mindestens eine Woche Zeit gelassen, doch für Breschnew mußte die Sache bis spätestens am 20. Juni abgeschlossen sein, und da war keine Zeit zu verlieren. Er mußte seine Entscheidung treffen, bevor er sein Büro erreichte. Der Wagen fuhr unter einer weiteren grünen Ampel durch, ließ das Kultusministerium hinter sich zurück und bog in den Tscherkassij Bolschoi Perjulok mit seinen imposanten grauen Blocks ein. Er hielt sich auf der Innenspur, die eigens für hohe Parteifunktionäre reserviert war. In England, so hatte Zaborski gehört — und der Gedanke amüsierte ihn —, sei eine ähnliche Extraspur für Omnibusse in Planung.

Vor dem Hauptplatz des KGB blieb der Wagen ruckartig stehen. Es hatte Zaborski keineswegs geholfen, daß sie drei Kilometer in weniger als vier Minuten bewältigt hatten. Der Fahrer sprang aus dem Wagen, lief um das Auto herum und öffnete für seinen Chef den hinteren Wagenschlag, aber Zaborski rührte sich nicht. Der Mann, der sonst nie seine Meinung änderte, hatte sie während der Fahrt zum Dscherschinskij-Platz bereits zweimal geändert. Für die aufwendigen, mühevollen Kleinarbeiten konnte er sich auf zahllose Bürokraten und Akademiker stützen, aber er brauchte jemand mit einem besonderen Gespür, um sie zu leiten und ihm Bericht zu erstatten.

Sein Berufsinstinkt riet ihm zu Juri Waltschek, der sich seit Jahren als verläßlicher und vertrauenswürdiger Diener des Staates bewährt hatte. Waltschek war außerdem einer der dienstältesten Abteilungschefs im KGB. Langsam, aber systematisch und zuverlässig, war er ein volles Jahrzehnt erfolgreich als Agent im Außendienst tätig gewesen, bevor er sich schließlich auf einen Schreibtischposten zurückgezogen hatte.

Alex Romanow, der erst vor kurzem Abteilungschef geworden war, hatte dagegen im Außendienst immer wieder Ansätze zu wahrer Brillanz gezeigt, sie aber oft genug durch mangelndes persönliches Urteilsvermögen zunichte gemacht. Mit seinen neunundzwanzig Jahren war er nicht nur der Jüngste, sondern fraglos auch der Ehrgeizigste unter den Favoriten des KGB-Vorsitzenden.

Zaborski stieg aus, ging über den Gehsteig zum Tor, das bereits für ihn geöffnet worden war und begab sich gemessenen Schrittes über den Marmorfußboden zu den Fahrstühlen. Am Lift warteten schweigend einige Männer und Frauen, die aber keine Anstalten machten, dem KGB-Vorsitzenden zu folgen, als er den kleinen Fahrkorb betrat, der ihn ruhig und langsam zu seinem Büro hinauffuhr. Wie immer mußte er auch diesmal an den unvergleichlich schnelleren amerikanischen Lift denken, den er kennengelernt hatte. »Die Amis können ihre Raketen starten, bevor Sie überhaupt Ihr Büro erreichen«, hatte ihn schon sein Vorgänger gewarnt. Als im obersten Stockwerk vor ihm das Gitter hochgezogen worden war, hatte er sich entschieden: Waltschek war der richtige Mann.

Ein Sekretär half ihm aus dem langen, schwarzen Mantel und nahm ihm den Hut ab. Zaborski trat entschlossen an seinen Schreibtisch. Die zwei angeforderten Akten lagen schon für ihn bereit. Er setzte sich und begann mit der Lektüre von Waltscheks Akte. Kaum hatte er sie abgeschlossen, herrschte er seinen Sekretär an, der dienstbeflissen neben ihm stand: »Holen Sie Romanow.«

Genosse Romanow lag flach auf dem Rücken, den linken Arm unter dem Kopf, den Trainer und Gegner über sich, der, die Rechte an Romanows Kehle, zu einem Kniehebel ansetzte. Der Trainer führte ihn makellos aus. Romanow stöhnte, als er dumpf auf dem Boden aufschlug.

Ein Aufseher eilte auf die beiden zu und beugte sich flüsternd zum Trainer, der daraufhin widerstrebend seinen Schüler losließ. Leicht benommen richtete sich Romanow auf, verneigte sich vor seinem Lehrer, zog ihm mit einer einzigen raschen Bewegung des linken Beins und des rechten Arms urplötzlich die Beine unter dem Leib weg, so daß der Mann im

Nu flach auf dem Boden der Sporthalle lag, und sauste ins Büro zum Telefon. Der Hörer lag neben dem Apparat.

Das Mädchen, das den Anruf entgegengenommen hatte und ihm den Hörer reichte, ignorierte er. »Ich bin nach dem Duschen gleich bei ihm«, hörte sie ihn nur sagen. Das Mädchen fragte sich oft, wie Romanow wohl unter der Dusche aussähe. Wie alle Mädchen im Büro hatte sie ihn im Turnsaal immer wieder bewundert. Über ein Meter achtzig groß, mit langem, wehendem blonden Haar — er sah aus wie ein Filmstar aus dem Westen. Und dann diese Augen. »Durchdringend blau« hatte die Freundin geschwärmt, mit der sie den Schreibtisch teilte.

»Er hat eine Narbe auf seinem...«, hatte ihr dieselbe Freundin einmal anvertraut.

»Woher weißt du das?« hatte sie wissen wollen, aber daraufhin hatte die Freundin nur gekichert.

Der KGB-Vorsitzende hatte Romanows Personalakte inzwischen zum zweitenmal aufgeschlagen, um erneut sorgfältig alle Details zu prüfen. Nach der Lektüre verschiedener Eintragungen vertiefte er sich in die abschließende Zusammenfassung — ein Resümee, das Romanow sicher nie zu sehen bekäme, falls er nicht selbst einmal KGB-Vorsitzender würde.

Alexander Petrowitsch Romanow, geboren am 12. März 1937 in Leningrad. Vollmitglied der Partei seit 1958. Vater: Peter Nikolewitsch Romanow, diente 1942 an der Ostfront, lehnte es nach seiner Heimkehr im Jahre 1945 ab, der Kommunistischen Partei beizutreten. Aufgrund verschiedener Berichte über staatsfeindliche Aktivitäten, die von seinem Sohn geliefert wurden, zu zehn Jahren Gefängnis verurteilt. Am 20. Oktober 1948 im Gefängnis gestorben.

Zaborski blickte auf und lächelte; ja, Alex Romanow war ein Kind des Staates.

> Großvater: Nikolai Alexandrowitsch Romanow, Großkaufmann und einer der reichsten Grundbesitzer von Petrograd. Am 11. Mai 1918 erschossen bei dem Versuch, vor den Truppen der Roten Armee zu fliehen.

Zwischen dem aristokratischen Großvater und dem Vater, der nicht Parteigenosse werden wollte, *hatte* die Revolution stattgefunden.

Den Romanowschen Ehrgeiz hatte Alex, wie er sich gern nennen ließ, freilich geerbt. Mit neun Jahren war er der Pionierorganisation der Partei beigetreten. Mit elf war er an einer Fachschule in Smolensk aufgenommen worden — sehr zum Mißvergnügen einiger unterer Parteifunktionäre, die der Meinung waren, derartige Privilegien sollten einzig und allein den Söhnen treuer Parteimitglieder vorbehalten bleiben. Im Unterricht zeichnete sich Romanow von Anfang an aus — zur Bestürzung des Direktors, der gehofft hatte, am Beispiel Romanows die Darwinschen Theorien über die natürliche Auslese widerlegen zu können. Mit vierzehn Jahren gehörte Alex bereits zur Parteielite und wurde Komsomol-Mitglied. Mit sechzehn gewann er die Lenin-Medaille für Sprachen und den Jugendsportpreis, und trotz aller Versuche des Direktors, die Leistungen des jungen Romanow herabzusetzen, war der Mehrheit des Schulausschusses klar, was in Romanow steckte; man sorgte dafür, daß er auch die Universität besuchen durfte. Als Student zeichnete er sich weiterhin vor allem in den Fremdsprachen aus. Er spezialisierte sich auf Englisch, Französisch und Deutsch. Natürliches Talent und harte Arbeit sicherten ihm erste Plätze in praktisch allen Fächern, die er belegte.

Zaborski griff nach dem Telefon. »Wo bleibt Romanow?« fragte er barsch.

»Er hat sein Morgentraining in der Sporthalle absolviert, Genosse Vorsitzender«, antwortete der Sekretär. »Aber er ging sich sofort umziehen, als er hörte, daß Sie ihn sprechen wollen.«

Der Vorsitzende hängte ein. Sein Blick kehrte zur Akte zurück. Daß man Romanow zu jeder Tageszeit in der Sporthalle antreffen konnte, war nicht verwunderlich: Die überragenden sportlichen Fähigkeiten dieses Mannes waren weit über den Geheimdienst hinaus bekannt.

In seinem ersten Studienjahr hatte Romanow mit Feuereifer sein sportliches Training fortgesetzt; er wäre sogar für die UdSSR bei den Olympischen Spielen angetreten, hätte der Trainer nicht quer über einen seiner Berichte mit dicken Lettern geschrieben: »Dieser Student ist zu groß, um für olympische Wettkämpfe ernsthaft in Betracht gezogen zu werden.« Romanow hörte auf seinen Trainer, wechselte zu Judo, wurde bereits zwei Jahre später, 1958, für die COMECON-Spiele in Budapest nominiert; nach weiteren zwei Jahren schätzten seine Konkurrenten sich glücklich, wenn sie ihm auf seinem unaufhaltsamen Weg ins Finale nicht in die Quere kamen und nicht gegen ihn antreten mußten. Nach seinem Sieg bei den sowjetischen Meisterschaftskämpfen in Moskau verpaßte ihm die westliche Presse uncharmanterweise den Beinamen »die Axt«. Die Männer, die bereits Pläne für seine weitere Zukunft schmiedeten, hielten es für klüger, ihn nicht für die Olympischen Spiele aufzustellen.

Als Romanow sein Universitätsstudium nach fünf Jahren mit Auszeichnung abgeschlossen hatte, trat er in den Diplomatischen Dienst ein.

Zaborski erreichte in der Akte nun die Stelle, die seine erste Begegnung mit dem selbstsicheren jungen Mann vermerkte. Der KGB konnte alljährlich die jungen Leute, die ihm außergewöhnlich begabt erschienen, vom Diplomatischen Dienst abwerben. Romanow drängte sich als Kandidat natürlich geradezu auf. Zaborski hatte eine Grundregel: Er warb niemanden an, der den KGB nicht für die absolute Elite hielt — aus unwilligen Kandidaten wurden nie gute Agenten; es war gelegentlich sogar vorgekommen, daß sie absprangen, um für die Gegenseite zu arbeiten. Bei Romanow war die Sache klar gewesen: Er hatte sich nie etwas anderes gewünscht, als KGB-Offizier zu werden. Während der folgenden sechs Jahre absolvierte er seinen Turnus an den russischen Botschaften in Paris, London, Prag und Lagos. Als er nach Moskau zurückkehrte — er war ins Hauptquartier des KGB berufen worden —, wußte er sich als erfahrener Agent auf Botschaftsempfängen genauso sicher zu bewegen wie in der Sporthalle.

Zaborski las die Kommentare, die er während der letzten Jahre selbst hinzugefügt hatte — sie betrafen vor allem die Veränderungen, die im Laufe seiner Zugehörigkeit zum persönlichen Stab Zaborskis an Romanow sichtbar geworden waren. Nach seiner erfolgreichen Agententätigkeit hatte Romanow den Rang eines Majors erreicht. Die zwei roten Punkte neben seinem Namen markierten erfolgreiche Einsätze: Da war die Sache mit dem Geiger gewesen, der versucht hatte, über Prag in den Westen zu fliehen; und dann gab es da den Fall des Generals, der sich eingebildet hatte, das nächste Oberhaupt eines kleinen afrikanischen Staats zu werden. Was Zaborski an diesen Leistungen seines Protegés am meisten beeindruckte, war der Umstand, daß die westliche Presse im ersten Fall die Tschechen, im zweiten die Amerikaner verantwortlich gemacht hatte.

Romanows größter Erfolg bedeutete jedoch die Rekrutierung eines Agenten im britischen Außenministerium, dessen anschließender Aufstieg in London Romanows eigene Karriere nur noch gefördert hatte. Romanows Ernennung zum Abteilungschef hatte niemanden überrascht, ihn selbst eingeschlossen, aber Zaborski hatte bald darauf gespürt, daß dem jungen Mann in Moskau der Nervenkitzel des Außendienstes fehlte.

Der KGB-Vorsitzende wandte sich der letzten Seite zu. Romanows Charakterbeschreibung faßte die Meinung der meisten Kommentatoren zusammen: Romanow, hieß es, war ehrgeizig, raffiniert, skrupellos, arrogant, aber nicht immer zuverlässig — es waren die gleichen Eigenschaften, die in fast allen Einzelbeurteilungen mit schöner Regelmäßigkeit genannt wurden.

In diesem Moment klopfte es laut und energisch an der Tür. Zaborski schloß die Akte. Erst dann drückte er auf einen Knopf unter dem Schreibtisch. Mit einem leisen Klicken sprang die Tür auf, und Alexander Petrowitsch Romanow konnte herein.

»Guten Morgen, Genosse Vorsitzender«, sagte der elegante junge Mann, der nun vor seinem Vorgesetzten strammstand. Zaborski schaute zu dem Agenten auf, für den er sich entschieden hatte. Ihn durchzuckte ein Anflug von Neid — er beneidete Romanow um die Gaben, mit denen die Götter ihn, einen so jungen Menschen, so reichlich bedacht hatten. Aber dafür war es Zaborski gegeben, einen solchen Mann zum Besten des Staates einsetzen zu können.

Er starrte in die klaren blauen Augen und überlegte, daß Romanow, wäre er in Hollywood zur Welt gekommen, kaum Schwierigkeiten gehabt hätte, sich dort seinen Lebensunterhalt zu verdienen. Sein Anzug schien von einem exklusiven Herrenschneider in der Savile Row zu stammen. Zaborski beschloß, über solche Regelwidrigkeiten hinwegzusehen, obgleich er versucht war, den jungen Mann zu fragen, wo er seine Hemden schneidern ließ.

»Sie haben mich gerufen?« fragte Romanow.

Der Vorsitzende nickte. »Ich komme soeben aus dem Kreml«, sagte er. »Der Generalsekretär hat uns mit einer außerordentlich heiklen Aufgabe betraut, die für den Staat von enormer Wichtigkeit ist.« Zaborski legte eine Pause ein. »Sie ist so heikel, daß Sie nur mir persönlich Bericht erstatten werden. Sie können sich Ihre Mitarbeiter selbst auswählen, und wir werden Ihnen alle erforderlichen Mittel zur Verfügung stellen.«

»Ich fühle mich sehr geehrt«, erwiderte Romanow. Es klang ungewöhnlich aufrichtig.

»Geehrt werden Sie erst«, erwiderte der Vorsitzende, »wenn es Ihnen gelingt, die Zaren-Ikone aufzustöbern.«

»Aber ich dachte...«, setzte Romanow an.

4

Adam trat an sein Bett und nahm die Bibel vom Bücherbord, die ihm seine Mutter zur Konfirmation geschenkt hatte. Beim Aufschlagen löste sich eine Staubschicht oben vom Goldschnitt. Er steckte das Kuvert zwischen die Seiten der *Offenbarung* und stellte die Bibel auf das Bord zurück.

Adam schlenderte in die Küche, machte sich ein Spiegelei und wärmte den Rest der Dosenbohnen vom Vortag auf. Er mußte, als er das ungesunde Essen auf den Tisch stellte, unwillkürlich an das exquisite Mal denken, das Lawrence und Carolyn sicherlich zu eben dieser Zeit in dem neuen italienischen Restaurant genossen. Nach dem Essen und Abräumen kehrte Adam in sein Zimmer zurück und legte sich nachdenklich aufs Bett. Ob der Inhalt des vergilbten Briefumschlags endlich die Unschuld seines Vaters beweisen würde? Ein Plan begann in seinem Kopf Gestalt anzunehmen.

Als die alte Wanduhr in der Diele zehnmal schlug, schwang Adam die langen Beine über den Bettrand und nahm noch einmal die Bibel vom Wandbord. Mit einigem Bangen zog er den Briefumschlag heraus. Er knipste die Leselampe auf dem kleinen Schreibtisch an, faltete die zwei Blätter auseinander und breitete sie vor sich aus.

Das eine Schriftstück war offensichtlich ein persönlicher Brief Görings an Adams Vater, während das andere, ältere, eher wie ein offizielles Dokument aussah. Adam legte dieses zweite Papier zur Seite und ging den Brief Zeile für Zeile durch. Es war zwecklos.

Er riß ein unbeschriebenes Blatt von einem Notizblock, den er auf Lawrences Schreibtisch fand, und begann, den Text von Görings Brief zu kopieren. Nur die Anrede, und das, was er für einen Abschiedsgruß oder eine Schlußfloskel hielt — *hochachtungsvoll* —, gefolgt von der großen, schwungvollen Unterschrift des Reichsmarschalls, ließ er weg. Er überprüfte seine Abschrift sorgfältig, dann steckte er das Original wieder in den verblichenen Umschlag. Er hatte eben begonnen, auch das offizielle Dokument zu kopieren, als er einen Schlüssel im Schloß klicken und gleich darauf Stimmen an der Wohnungstür hörte. Es klang ganz so, als hätten Lawrence und Carolyn mehr als nur die eine Flasche Wein getrunken, von der sie gesprochen hatten, und besonders Carolyns Stimme bewegte sich in so hohen Tonlagen, daß kaum mehr von ihr zu hören war als sich überschlagendes Gekicher.

Adam seufzte und knipste das Licht auf dem Schreibtisch aus; so würden sie nicht merken, daß er noch wach war. In der Dunkelheit kam ihm jedes Geräusch noch viel lauter vor. Einer der beiden war offenbar auf die Küche zugesteuert, denn kurz darauf hörte Adam die Kühlschranktür mit einem klatschenden Laut zuschlagen, und wenige Sekunden später hörte er einen Korken ploppsen — vermutlich seine letzte Flasche Weißwein; die beiden konnten kaum so betrunken sein, daß sie sich schon über den Essig hermachten.

Widerwillig stand Adam auf und tastete sich, die Arme suchend vor sich ausgestreckt, auf das Bett zu. Als er gegen eine Ecke des Bettgestells stieß, ließ er sich lautlos auf die Matratze fallen. Ungeduldig wartete er darauf, daß endlich die Tür zu Lawrences Schlafzimmer geschlossen würde.

Er mußte eingeschlafen sein, denn auf einmal hörte er nur noch das gleichmäßige Ticken der Uhr in der Diele. Adam leckte sich die Fingerspitzen und rieb sich die Augen, während er versuchte, sich an die Dunkelheit zu gewöhnen. Er warf einen Blick auf die Leuchtziffern des Weckers: zehn nach drei. Sachte ließ er sich vom Bett gleiten — er fühlte sich ziemlich erschöpft und zerknittert — und tappte dann langsam auf seinen Schreibtisch zu; er prallte mit dem Knie gegen die Kante einer Kommode und stieß unwillkürlich einen lauten Fluch aus. Er fummelte nach dem Lichtschalter; als die Glühbirne aufleuchtete, mußte er in der plötzlichen Helligkeit ein paarmal zwinkern. Der vergilbte Briefumschlag sah so unbedeutend aus — vielleicht war er es ja auch. Das offizielle Dokument lag noch immer ausgebreitet auf dem Tisch, neben dem Blatt mit den ersten paar Zeilen seiner handgeschriebenen Kopie.

Adam gähnte, als er sich daranmachte, noch einmal Wort für Wort zu studieren. Das Dokument war nicht so leicht zu kopieren wie der Brief, weil die Handschrift krakelig, steil und schmal war, so als hätte der Schreiber Papier für ein teures Luxusgut gehalten. Adam ließ die Adresse in der rechten oberen Ecke weg und drehte die unterstrichene achtstellige Zahl am Beginn des Textes um, im übrigen fertigte er jedoch eine genaue Transkription des Originals an.

Es war eine mühselige Arbeit, die erstaunlich viel Zeit in Anspruch nahm. Adam schrieb jedes Wort in Blockbuchstaben ab, und wenn er nicht ganz sicher war, ob er es richtig entziffert hatte, malte er die möglichen anderen Buchstaben als Alternative darunter; er wollte auf Anhieb jede denkbare Übersetzung parat haben.

»Du meine Güte, Sie arbeiten aber spät in die Nacht hinein«, flüsterte eine Stimme hinter ihm.

Adam schnellte herum. Er kam sich wie ein Einbrecher vor, der gerade ertappt wurde, als er die Hand nach dem Familiensilber ausstreckte.

»Schauen Sie doch nicht so ängstlich drein — ich bin's nur!« sagte Carolyn von der Tür des Schlafzimmers her.

Adam starrte die hochgewachsene Blondine an. So wie sie

dastand — mit nichts am Leib als die weichen Pantoffeln und dem Pyjama von Lawrence, der ihr viel zu weit war und den sie nicht einmal zugeknöpft hatte —, sah sie noch verführerischer aus. Das lange, helle Haar fiel ihr unordentlich lose über die Schultern, und Adam begann zu verstehen, was Lawrence gemeint hatte; er hatte einmal behauptet, Carolyn könne ein Streichholz in eine dicke Zigarre verwandeln.

»Das Badezimmer ist am Ende des Flurs«, sagte Adam lahm.

»Aber ich hab doch gar nicht das Badezimmer gesucht, du Dummerchen«, kicherte sie. »Ich glaub, ich krieg Lawrence nicht mehr wach. Nach all dem Wein ist er abgesackt wie ein Schwergewichtsboxer nach dem K. o.« Sie seufzte. »Und das lange vor der fünfzehnten Runde. Ich kann mir nicht vorstellen, daß ihn vor morgen früh noch irgend etwas hochkriegt.« Carolyn tat einen Schritt auf Adam zu.

Adam begann zu stammeln, wie zerschlagen er sich selbst fühle, und vergewisserte sich rasch, daß er mit dem Rücken zum Schreibtisch stand und ihr so den Blick auf die dort liegenden Papiere verwehrte.

»Du lieber Himmel«, sagte Carolyn, »du bist doch nicht etwa andersrum?«

»Bestimmt nicht«, antwortete Adam ein wenig von oben herab.

»Magst du mich nicht?« fragte sie.

»Das würde ich nicht gerade behaupten«, erwiderte Adam.

»Hat's damit zu tun, daß Lawrence dein Freund ist?« fragte sie.

Adam antwortete nicht.

»Du meine Güte, wir leben doch in den sechziger Jahren des 20. Jahrhunderts, Adam. Heute heißt die Devise: Leben und leben lassen!«

»Es ist nur, daß . . .« setzte Adam an.

»Wie schade«, meinte Carolyn. »Na, vielleicht ein andermal.«

Sie schlich auf Zehenspitzen zur Tür und schlüpfte hinaus in den Flur, ohne auf dem Schreibtisch das bemerkt zu haben, was ihn stärker gefangennahm als ihre Reize.

Das erste, was Romanow unternahm, nachdem er das Büro des Vorsitzenden verlassen hatte, war eine Fahrt zu seiner alten *Alma Mater*, wo er mit größter Sorgfalt ein Team von zwölf Wissenschaftlern zusammenstellte. Sie hatten ihre Instruktionen kaum erhalten, da machten sie sich auch schon in Zweiergruppen an die Arbeit. Alle vier Stunden war Schichtwechsel, damit die Nachforschungen Tag und Nacht vorangetrieben werden konnten.

Erste Informationen trafen beinahe stündlich ein. Die Wissenschaftler hatten bald herausgefunden, daß sich die Ikone auf jeden Fall bis zum Dezember 1914 in den Privaträumen des Zaren im Winterpalast in Petrograd befunden hatte. Andächtig betrachtete Romanow eine Fotografie des exquisiten kleinen Gemäldes vom heiligen Georg mit dem Drachen. Die Gestalt des Heiligen war mosaikartig aus winzigen Teilchen in Blau und Gold zusammengesetzt, während der Drache in Feuerrot und Gelb leuchtete. Obwohl Romanow sich nie für Kunst interessiert hatte, konnte er gut verstehen, wieso dies kleine Meisterwerk so viele Menschen beeindruckt, ja ergriffen hatte. Er beschäftigte sich intensiv und in allen Details mit der Geschichte der Ikone. Warum sie von solcher Wichtigkeit für den Staat war, konnte er noch immer nicht begreifen. Vielleicht wußte nicht einmal Zaborski Bescheid, sagte er sich schließlich.

Ein Jahr nach der Revolution hatte ein Diener des Zaren vor Gericht ausgesagt, daß die Zaren-Ikone im Jahr 1915, nach einem Besuch des Großherzogs Ernst Ludwig von Hessen, einige Tage lang verschwunden gewesen sei. Für dieses vorübergehende Verschwinden hatten die Untersuchungsrichter damals wenig Interesse aufgebracht, da die Ikone ja im Arbeitszimmer des Zaren gehangen hatte, als der Winterpalast gestürmt wurde. Was sie eher beschäftigte, war die Frage, warum der Großherzog von Hessen inmitten des erbitterten Krieges zwischen dem deutschen Kaiserreich und Rußland den Zaren überhaupt besucht hatte.

Romanow ließ den Ordinarius für Geschichte an der Moskauer Universität um seine Meinung befragen, was den großen Gelehrten baß erstaunte, da der KGB bisher nie irgendein Interesse für die vorrevolutionäre Vergangenheit Rußlands gezeigt hatte, aber er teilte Romanow mit, was über das Ereignis bekannt war. Romanow brütete über diesem Bericht des Professors. Ursprünglich war angenommen worden, der Großherzog von Hessen habe seiner Schwester Alexandra, der Zarin, einen Privatbesuch abgestattet. Inzwischen waren die Historiker zu der Ansicht gelangt, er habe damals beabsichtigt, einen Waffenstillstand zwischen Deutschland und Rußland auszuhandeln, in der Hoffnung, daß Deutschland seine kriegerischen Aktivitäten so auf Großbritannien und Frankreich konzentrieren könnte.

Es gab keine Beweise, daß der Zar im Namen seines Volkes irgendwelche Versprechungen gemacht hätte, doch war der Großherzog damals anscheinend nicht mit leeren Händen nach Deutschland zurückgekehrt. Wie aus den Prozeßakten des Gerichts hervorging, hatte ein anderer Palastdiener Weisung erhalten, die Zaren-Ikone in Musselin zu wickeln und zu den Sachen des Großherzogs zu packen. Allerdings vermochte keiner der Diener dem Gericht zufriedenstellend zu erklären, wie die Ikone einige Tage danach wieder an ihren angestammten Platz im Arbeitszimmer des Zaren gelangt war.

Der von Romanow eingesetzte Forschungsbeauftragte, Professor Oleg Konstantinow, hatte seine Schlußfolgerung aus den Berichten des Ordinarius und der übrigen Wissenschaftler dick mit roter Tinte unterstrichen: »Allem Anschein nach hat der Zar das Original durch eine Kopie ersetzen lassen, nachdem er die echte Ikone seinem Schwager, dem Großherzog, zur Aufbewahrung übergeben hatte.«

»Aber warum«, fragte Romanow, »hat der Zar, der doch einen Palast voller Goyas, El Grecos, Tizians und Rubens hatte, sich die Mühe gemacht, eine einzige kleine Ikone hinauszuschmuggeln? Und warum will Breschnew sie so dringend zurückhaben?«

Romanow wies den Professor und seine Mitarbeiter an, ihre Bemühungen auf das großherzogliche Haus von Hessen zu konzentrieren, um so vielleicht herausfinden zu können, was später mit der Ikone geschehen war. Innerhalb von zehn Tagen besaßen die Wissenschaftler über den Großherzog und seine Familie an Information mehr, als jeder Professor an jeder beliebigen Universität in einem ganzen Leben hätte sammeln können. Jede einzelne Akte landete auf Romanows Schreibtisch; er arbeitete ganze Nächte durch, um jeden noch so kleinen Fetzen Information unter die Lupe zu nehmen, der ihn eventuell auf die Spur der echten Ikone führen konnte. Doch sämtliche Spuren endeten in einer Sackgasse: Nach dem Tod des Großherzogs war das Bild in den Besitz seines Sohnes übergegangen, der bei einem Flugzeugabsturz tragisch ums Leben kam, und danach war von der Ikone nie mehr etwas gehört oder gesehen worden.

Mit der dritten Woche seiner Nachforschungen kam Romanow widerstrebend zu der Erkenntnis, daß über die Ikone nichts Neues mehr in Erfahrung zu bringen sei. Er bereitete eben seinen Schlußbericht für den Vorsitzenden des KGB vor, als ein Mitglied des Forschungsteams, Genossin Petrowa — eine Wissenschaftlerin, die offenbar nicht in Rastern zu denken pflegte —, über einen Artikel der Londoner *Times* vom Mittwoch, dem 17. November 1937, stolperte. Anna Petrowa umging den Forschungsleiter und ließ die Fotokopie des Zeitungsausschnitts direkt zu Romanow bringen; und Romanow las den Artikel während der nächsten Stunden so oft, daß er den Text schließlich auswendig konnte.

Der Artikel, deren Verfasser nach guter alter *Times*-Tradition anonym blieb, hatte folgenden Wortlaut:

Ostende, 16. November 1937
Der Großherzog von Hessen und vier Mitglieder seiner Familie kamen heute morgen tragisch ums Leben, als ein Flugzeug der Sabena auf dem Flug von Frankfurt nach London im dichten Nebel über belgischem Gebiet abstürzte.
Der Großherzog befand sich auf dem Weg nach England, um der Vermählung seines jüngeren Bruders, Prinz Louis, mit der Ehrenwerten Joanna Geddes beizuwohnen. Der junge Prinz wartete am Croydon Airport, um seine Angehörigen zu begrüßen, als ihm die traurige Nachricht überbracht wurde. Der Prinz hat seine Hochzeit abgesagt und angekündigt, die Trauung werde zu einem späteren Zeitpunkt in kleinem Kreis in der Kapelle von Windsor stattfinden.

Weiter unten hieß es:

Prinz Louis, der seinem Bruder als Großherzog von Hessen nachfolgt, wird noch heute mit seiner Braut nach Ostende reisen, um die fünf Särge auf ihrer Reise zurück nach Deutschland zu begleiten. Die Begräbnisfeierlichkeiten werden am 23. November in Darmstadt stattfinden.

Den nächsten Absatz aber hatte Anna Petrowa dick umrandet:
Einige der persönlichen Habseligkeiten des Großherzogs, einschließlich mehrerer Hochzeitsgeschenke für Prinz Louis und seine Braut, wurden meilenweit um die Absturzstelle

des Flugzeugs verstreut. Die deutsche Regierung hat heute vormittag mitgeteilt, daß ein hochrangiger deutscher General mit der Leitung einer Suchaktion betraut wurde, um die Bergung aller Familienbesitztümer zu gewährleisten, die dem Nachfolger des Großherzogs gehören.

Romanow ließ die junge Wissenschaftlerin zu sich rufen. Als Anna Petrowa wenige Minuten später eintrat, war ihr nicht anzumerken, wie überwältigt sie von ihrem gegenwärtigen Chef war. Daß es ihr schwerfallen würde, in den Kleidern, die sie sich leisten konnte, Eindruck auf ihn zu machen, war ihr sofort klar, auch wenn sie ihre hübschesten Sachen trug und die Frisur, die sie bei einer amerikanischen Schauspielerin namens Mia Farrow in einem der wenigen amerikanischen Filme gesehen hatte, die von der Zensur freigegeben worden waren. Sie hoffte, daß Romanow es merken würde.

»Bitte forsten Sie alle Ausgaben der *Times* vom 17. November 1937 bis zum 16. Mai 1938 durch. Und falls Sie auf etwas stoßen, aus dem hervorgehen könnte, was die Bergungsmannschaft gefunden hat, überprüfen Sie auch die deutsche und die belgische Presse des gleichen Zeitraums.« Er entließ sie mit einem freundlichen Lächeln.

Es waren keine vierundzwanzig Stunden vergangen, als Genossin Petrowa wieder in Romanows Büro hereinschneite — ohne sich die Mühe zu machen anzuklopfen. Romanow, der ob solcher Unartigkeit leicht die Augenbrauen gehoben hatte, verschlang den Artikel, den sie in einer Berliner Zeitung vom Samstag, dem 19. Januar 1938, ausgegraben hatte.

Die Untersuchungen über den Absturz des Flugzeugs, das die großherzogliche Familie von Hessen nach London hätte bringen sollen, sind inzwischen abgeschlossen. Alle persönlichen Besitztümer der Familie, die in der Nähe des Wracks gefunden wurden, wurden dem Großherzog, Prinz Louis, zurückerstattet. Wie zu erfahren ist, war Prinz Louis insbesondere über den Verlust eines Familienerbstücks betrübt, das ihm sein Bruder, der verstorbene Großherzog, als Hochzeitsgeschenk zugedacht hatte. Es handelt sich um ein Gemälde, das als »Zaren-Ikone« bekannt ist und aus dem Besitz seines Onkels, des Zaren Nikolaus II. stammte. Wenngleich nur eine Kopie von Rubljews Meisterwerk, galt die Ikone vom heiligen Georg mit dem Drachen doch als eines der schönsten Beispiele künstlerischen Schaffens im frühen 20. Jahrhundert, das nach der Revolution aus Rußland zu uns gelangt ist.

Romanow schaute zu der jungen Wissenschaftlerin auf. »Von wegen 20. Jahrhundert«, sagte er. »Das war das Original aus dem 15. Jahrhundert, und keiner hat es erkannt — vielleicht nicht einmal der alte Großherzog selbst. Der Zar hätte bestimmt etwas anderes mit der Ikone angefangen, wenn ihm die Flucht gelungen wäre.«

Es graute Romanow davor, Zaborski von dem definitiven Nachweis berichten zu müssen, daß die echte Zaren-Ikone vor etwa dreißig Jahren bei einem Flugzeugabsturz vernichtet worden war. Es war eine Nachricht, die ihm als Überbringer gewiß nicht förderlich sein könnte; denn Romanow war nach wie vor davon überzeugt, daß es um weit mehr gehen mußte, als um die Zaren-Ikone, die für sich allein Zaborski gewiß nicht viel bedeutete.

Er starrte auf das Foto oberhalb des Zeitungsartikels. Es zeigte den jungen Großherzog, der dem General als Leiter jener Suchaktion, welche der großherzoglichen Familie zahlreiche Familienbesitztümer hatte zurückerstatten können, dankbar die Hand schüttelte. »Hat er wirklich alle zurückerstattet?« fragte Romanow laut.

»Wie meinen Sie das?« fragte die junge Wissenschaftlerin. Romanow winkte ab und hielt den Blick unverwandt auf das verblichene Vorkriegsfoto der beiden Männer gerichtet. Obwohl der General nicht namentlich genannt wurde, hätte jedes Schulkind in Deutschland das breite, ausdruckslose Gesicht mit dem massiven Kinn und den eiskalten Augen sofort erkannt; ein Gesicht, das bei den Alliierten später berühmt-berüchtigt werden sollte.

Romanow hob den Kopf und blickte die junge Wissenschaftlerin durchdringend an. »Den Großherzog können Sie jetzt vergessen, Genossin Petrowa. Konzentrieren Sie Ihre Bemühungen auf Reichsmarschall Hermann Göring.«

Als Adam aufwachte, galt sein erster Gedanke Carolyn. Er gähnte, doch sein Gähnen verwandelte sich in ein Grinsen, als er an ihre nächtliche Einladung dachte. Dann fiel es ihm wieder ein. Er sprang aus dem Bett und lief zum Schreibtisch: Da lag alles genauso, wie er es hingelegt hatte. Er gähnte ein zweites Mal.

Es war zehn vor sieben. Obwohl Adam sich so fit fühlte wie an dem Tage seines Abschieds vom Militär, absolvierte er jeden Morgen unerbittlich ein hartes Trainingsprogramm. Er wollte sich in Topform präsentieren, falls das Foreign Office ärztliche Untersuchungen wünschte. In Sekundenschnelle war er in ein ärmelloses T-Shirt und in Shorts geschlüpft, hatte er einen alten Armee-Trainingsanzug drübergezogen und seine Laufschuhe zugeschnürt.

Auf Zehenspitzen schlich Adam aus der Wohnung, um Lawrence und Carolyn nicht aufzuwecken — obwohl er den Verdacht hegte, daß Carolyn hellwach war und ihn eher ungeduldig erwartete. Keuchend jagte er während der nächsten vierunddreißig Minuten zum Themseufer hinüber, vom Embankment über die Albert Bridge, durch den Battersea Park und zurück über die Chelsea Bridge. Eine einzige Frage ging ihm die ganze Zeit durch den Kopf: Sollte das, nach zwanzig Jahren Klatsch und boshaften Anspielungen, endlich die

Chance sein, den Namen seines Vaters reinzuwaschen? Wieder daheim, prüfte er seinen Puls: hundertfünfzig Schläge in der Minute. Sechzig Sekunden später war der Pulsschlag herunter auf hundert, nach weiteren sechzig Sekunden auf siebzig, und bevor die vierte Minute verstrichen war, pochte der Puls schon wieder gleichmäßig mit achtundfünfzig Schlägen pro Minute. An der Erholungszeit — wie hatte ihm doch sein alter Militär-Trainer in der Kaserne von Aldershot eingebläut? Die Kondition läßt sich nicht an der Laufzeit abmessen. Wie fit man ist, erkennt man daran, wie rasch der Pulsschlag sich wieder normalisiert.

Im Flur, auf dem Gang zu seinem Zimmer, war von Carolyn nichts zu hören und zu sehen. Lawrence, ausgesprochen elegant in einem grauen Nadelstreifenanzug, machte sich eben in der Küche das Frühstück und überflog unterdessen die Sportseite des *Daily Telegraph*.

»Fünfhundertsechsundzwanzig Punkte für die West Indies«, informierte er Adam mit trostloser Miene.

»Waren unsere Leute schon am Schlag?« rief Adam aus dem Badezimmer.

»Nein. Zu schlechte Lichtverhältnisse. Das Cricket-Spiel wurde abgebrochen.«

Adam stöhnte beim Ausziehen zum Duschen. Sein allmorgendliches Ratespiel: Wie lange hielt er es unter dem eisigen Wasser aus? Die achtundvierzig nadeldünnen, kalten Strahlen brannten auf Brust und Rücken, daß er mehrmals heftig nach Luft schnappen mußte. Wer die ersten dreißig Sekunden durchsteht, hält es ewig aus, hatte der Militärsportlehrer versichert. Drei Minuten später trat Adam aus der Duschkabine. Er war mit sich zufrieden. Trotzdem verwünschte er seinen Trainer, weil er das Gefühl hatte, daß er wohl nie mehr von seinem Einfluß loskommen würde.

Er rieb sich trocken, kehrte auf sein Zimmer zurück, warf sich den Morgenmantel über und gesellte sich zum Frühstück zu seinem Freund in die Küche, wo Lawrence am Küchentisch eine Schüssel Cornflakes zu leeren versuchte, während er gleichzeitig mit dem Zeigefinger in der *Financial Times* die Kolumne mit den ausländischen Wechselkursen entlangfuhr.

Adam blickte auf die Uhr: schon zehn nach acht. »Wirst du nicht zu spät im Büro sein?« fragte er.

»Mein lieber Junge«, entgegnete Lawrence, »ich bin doch kein Dienstmann in einer Bank, wo die Kunden sich an Geschäftszeiten halten.«

Adam lachte.

»Na ja, um halb zehn sollte ich schon hübsch brav an meinem Schreibtisch in der City sitzen«, räumte Lawrence ein. »Und es wäre heutzutage zwecklos, mir einen Chauffeur zu schicken«, erklärte er. »Ich habe den Herrschaften zu verstehen gegeben, daß man bei *dem* Verkehr mit der U-Bahn schneller ist.«

Adam begann sein eigenes Frühstück vorzubereiten.

»Ich könnte dich mit dem Motorrad hinbringen.«

»Stell dir mal vor, wie es aussähe, wenn ein Mann in meiner Position auf einem Motorrad vor dem Hauptsitz von Barclays Bank vorfährt! Der Bankpräsident würde vor Wut toben«, fügte er hinzu, während er die *Financial Times* zusammenfaltete.

Adam schlug ein zweites Ei in die Bratpfanne.

»Ich sehe dich also am Abend wieder, ruhmreich, verlottert und arbeitslos«, sagte Lawrence gutmütig spöttelnd, als er seinen zusammengerollten Schirm vom Hutständer holte.

Adam räumte das Geschirr ab, spülte es; er konnte sich wenigstens im Haushalt nützlich machen, solange er arbeitslos war. Obwohl ihn über viele Jahre ein Offiziersbursche bedient hatte, machte ihm das keine Mühe. Da er bis zum Anstellungsgespräch mit dem Foreign Office sonst nichts vorhatte, wollte er sich vor dem Rasieren noch genüßlich in die Badewanne setzen, als ihm plötzlich Reichsmarschall Göring einfiel, dessen Brief noch immer auf dem Tisch in seinem Zimmer lag.

»Haben Sie irgendeinen Hinweis gefunden, daß Göring die Ikone vielleicht für sich behalten hat?« fragte Romanow hoffnungsvoll die junge Wissenschaftlerin.

»Nur Dinge, die ohnehin auf der Hand liegen«, antwortete Anna Petrowa lässig.

Romanow wollte die junge Frau schon für diese Unverschämtheit zurechtweisen, entschloß sich dann aber dieses eine Mal zur Nachsichtigkeit. Die Genossin Petrowa hatte sich immerhin als die absolut tüchtigste und findigste Kraft seines Forschungsteams bewährt.

»Und die wären?« erkundigte sich Romanow.

»Es ist allgemein bekannt, daß Hitler Göring die Aufsicht über sämtliche erbeuteten Kunstwerke des Dritten Reichs übertrug. Da der Führer jedoch enge Ansichten von Qualität hatte, wurden viele dieser Meisterwerke als ›entartet‹ abklassifiziert; sie waren es seiner Meinung zufolge nicht wert, zur Erbauung der Herrenrasse öffentlich gezeigt zu werden.«

»Und was geschah dann mit ihnen?«

»Hitler gab Befehl, sie zu vernichten. Unter diesen zur Verbrennung bestimmten Werken befanden sich auch Bilder von Meistern wie van Gogh, Manet, Monet und dem jungen Picasso — Picasso galt als ganz besonders unwürdig: Seine Werke durften der blaublütigen arischen Rasse, die Hitler heranzüchten wollte, um die Welt zu beherrschen, auf keinen Fall unter die Augen kommen.«

»Sie wollen mir doch nicht einreden, daß Göring die Zaren-Ikone gestohlen haben könnte«, sagte Romanow und richtete den Blick zur Decke, »nur um sie dann zu verbrennen?«

»Aber nein. So dumm war Göring nicht. Er hat, wie wir heute wissen, nicht immer jedes Wort seines Führers befolgt.«

»Göring sollte Hitlers Befehle nicht ausgeführt haben?« fragte Romanow ungläubig.

»Kommt ganz darauf an, von welchem Standpunkt aus man das betrachtet«, erwiderte Anna Petrowa. »Sollte er tun, was sein wahnsinniger Herr verlangte? Oder sollte er sich auf seinen gesunden Menschenverstand verlassen und manchmal ein Auge zudrücken?«

»Halten Sie sich an Tatsachen«, sagte Romanow. Seine Stimme hatte plötzlich einen scharfen Klang.

»Jawohl, Genosse Major«, sagte die junge Wissenschaftlerin in einem Ton, der deutlich machte, daß sie sich — zumindest vorläufig — für unentbehrlich hielt.

»Am Ende hat Göring«, fuhr Anna Petrowa fort, »kein einziges der gebrandmarkten Meisterwerke vernichtet. Er ließ etwa in Berlin und Düsseldorf Werke weniger bekannter deutscher Künstler verbrennen, die auf dem freien Markt ohnehin höchstens ein paar hundert Mark erzielt hätten. Aber die Meisterwerke, die Werke der wahren Genies, wurden diskret über die Grenze geschafft und in den Tresoren von Schweizer Banken deponiert.«

»Es besteht also durchaus noch eine Möglichkeit, daß Göring die Ikone gefunden...«

»... und dann in eine Schweizer Bank geschafft hat«, ergänzte Anna Petrowa. »Wenn es doch nur so einfach wäre, Genosse Major! Leider war Göring jedoch bei weitem nicht so naiv, wie ihn die Karikaturisten in den Zeitungen damals darstellten. Ich glaube, er hat die verschiedenen Bilder und Antiquitäten in mehreren Banken deponiert; und bis heute hat noch niemand herausfinden können, in *welchen* Banken. Es ist leider auch nicht bekannt, welche Decknamen er benutzte.«

»Dann werden *wir* es eben herausfinden«, sagte Romanow. »Wo sollten wir Ihrer Meinung nach anfangen?«

»Nun, seit Kriegsende sind viele der Bilder aufgefunden und ihren rechtmäßigen Besitzern zurückerstattet worden, auch den Museen der Deutschen Demokratischen Republik. Andere wiederum sind — manchmal ohne befriedigende Erklärung — an den Wänden von so weit auseinanderliegenden Institutionen wie dem Getty Museum in Kalifornien und dem Gothol Museum in Tokio aufgetaucht. So hängt zum Beispiel eines der bedeutendsten Werke von Renoir gegenwärtig im Metropolitan Museum in New York. Es ist mit Sicherheit durch Görings Hände gegangen, auch wenn der Museumsdirektor nie Auskunft geben wollte, wie sein Haus an das Gemälde gekommen ist.«

»Sind inzwischen alle vermißten Bilder gefunden worden?« fragte Romanow besorgt.

»Über siebzig Prozent. Es gibt immer noch viele, deren Verbleib ungeklärt ist. Einige sind vielleicht endgültig verloren gegangen oder zerstört; ich bin mir aber sicher, daß sich eine erkleckliche Anzahl noch heute im Gewahrsam der Schweizer Banken befindet.«

»Wieso sind Sie da so sicher?« wollte Romanow wissen. Er schien besorgt, daß sich ihm dieser letzte Zugang auch noch verschließen könnte.

»Weil die Schweizer Banken Wertgegenstände, bei denen sie vom rechtmäßigen Besitzanspruch einer Nation oder einer Einzelperson überzeugt sind, stets retournieren. Bei der Zaren-Ikone gab es keinen Eigentumsnachweis des Großherzogs von Hessen; der letzte offizielle Eigentümer war Zar Nikolaus II. Und der hatte, wie jeder gute Russe weiß, verehrter Genosse, keine überlebenden Nachkommen.«

»Also muß ich Görings Spuren folgen, indem ich mich direkt an die Banken wende. Weiß man, wie sich die Banken bisher in ähnlichen Fällen verhalten haben?« fragte Romanow.

»Das ist von Bank zu Bank verschieden«, sagte Anna Petrowa. »Manche Banken warten zwanzig Jahre oder noch länger, und versuchen dann, durch intensive Nachforschungen oder über Annoncen den Eigentümer oder seine nächsten Verwandten zu ermitteln und mit ihnen Kontakt aufzunehmen. Bei Juden, die unter dem Naziregime ums Leben gekommen sind, ist es oft unmöglich gewesen, einen rechtmäßigen Eigentümer aufzuspüren. Da haben die Banken, wie ich vermute – Beweise gibt es natürlich nicht – die deponierten Werte oder den Erlös aus ihrem Verkauf einfach behalten«, sagte Petrowa. »Typisch kapitalistisch.«

»Was Sie da behaupten, ist unfair und außerdem falsch, Genossin«, widersprach Romanow, der froh war, endlich mit eigenen Informationen auftrumpfen zu können. »Das ist auch eins von diesen Märchen, die der Fantasie der Armen entsprungen ist. Solche Kunstschätze, deren Besitzer sich nicht ermitteln lassen, überlassen die Banken nämlich dem Schweizerischen Roten Kreuz zur Versteigerung.«

»Wenn die Zaren-Ikone versteigert worden wäre, hätten wir das doch durch einen unserer Agenten erfahren.«

»Sehr richtig«, sagte Romanow. »Ich habe die Inventarlisten des Roten Kreuzes inzwischen überprüfen lassen: In den letzten zwanzig Jahren sind vier Ikonen unter den Hammer gekommen, aber der heilige Georg mit dem Drachen war nicht darunter.«

»Das kann doch nur heißen, daß skrupellose Bankiers die Ikone privat veräußert haben, nachdem sie sich überzeugt hatten, daß niemand einen Anspruch erheben würde.«

»Da denken Sie schon wieder falsch, Genossin Petrowa.«

»Aber wieso denn?« fragte die junge Wissenschaftlerin.

»Aus einem einfachen Grund, Genossin. Die Schweizer Bankiersfamilien kennen sich gut untereinander, und sie haben bislang nie dazu geneigt, das Gesetz zu brechen. Gegen korrupte Bankiers geht die Schweizer Justiz genau so hart vor wie gegen Kapitalverbrecher. Deshalb hat auch die Mafia eigentlich nie viel Glück gehabt, wenn sie ihr Geld von den etablierten Banken sauberwaschen zu lassen versuchte. Die Schweizer Banken verdienen an ihren Geschäften mit ehrlichen Leuten so viel Geld, daß es gar nicht in ihrem Interesse liegen kann, sich mit Gaunern auf krumme Touren einzulassen. Ausnahmen sind selten. Das ist übrigens auch der Grund, warum sich so viele Leute gern an Schweizer Banken halten.«

»Wenn Göring die Zaren-Ikone gestohlen und im Tresor einer Schweizer Bank deponiert hat, könnte sie heute also irgendwo in der Welt sein.«

»Das wage ich zu bezweifeln.«

»Warum?« seufzte Anna Petrowa gereizt, weil sie mit allen Schlußfolgerungen danebengetroffen hatte.

»Weil ich ganz Europa von weiß Gott wie vielen Agenten habe durchkämmen lassen, um die Ikone aufzustöbern. Sie haben praktisch mit jedem besseren Kustos, Kunsthändler und Hehler gesprochen, und wir haben trotzdem keinen einzigen Hinweis erhalten. Der Grund? Seit 1917 hat außer der hessischen Fürstenfamilie und Göring niemand die Ikone gesehen. Falls die Ikone bei dem Flugzeugabsturz nicht zerstört wurde, bleibt uns also ein Hoffnungsschimmer«, erklärte Romanow.

»Und worin sollte dieser Hoffnungsschimmer bestehen?« fragte Anna Petrowa.

»Daß das Original nicht, wie alle Welt glaubt, seit zwanzig Jahren im Winterpalast hängt, sondern im Tresor einer Schweizer Bank liegt und darauf wartet, daß jemand kommt und Anspruch darauf erhebt.«

»Eine äußerst kühne Vermutung.«

»Dessen bin ich mir durchaus bewußt«, erwiderte Romanow scharf. »Aber vergessen Sie bitte nicht, daß viele Schweizer Banken eine Frist von fünfundzwanzig Jahren vorschreiben, bevor sie einen Safe öffnen, manche warten sogar dreißig Jahre. Und einige sehen überhaupt keine zeitliche Begrenzung vor, wenn eine ausreichende Summe hinterlegt wurde, um die Safemiete für die Aufbewahrung der Wertgegenstände abzudecken.«

»Weiß der Himmel, auf wie viele Banken das zutrifft«, seufzte die Petrowa.

»Weiß der Himmel«, bekräftigte Romanow, »aber bis morgen früh um neun Uhr wissen es hoffentlich auch Sie. Und dann werde ich wohl dem einzigen wirklichen Bankenkenner hierzulande einen Besuch abstatten müssen.«

»Soll ich mich gleich an die Arbeit machen, Genosse Major?« fragte die Wissenschaftlerin.

Romanow lächelte. Er schaute in die grünen Augen des Mädchens. In ihrer unförmigen grauen Berufskleidung wirkte sie unscheinbar, aber darunter — sie mußte geradezu umwerfend sein. Er beugte sich vor, bis ihre Lippen sich fast berührten.

»Du wirst dich morgen sehr früh an die Arbeit machen müssen, Anna, für den Augenblick reicht es, wenn du das Licht ausknipst.«

5

Zur nochmaligen Durchsicht der beiden Dokumente brauchte Adam nur wenige Minuten. Er schob das Original in den vergilbten Briefumschlag zurück, den er dann wieder in die Bibel auf dem Bücherbrett steckte. Er falzte die Anschrift von Görings Brief und schnitt das Blatt an den Buglinien behutsam in drei Streifen, die er in ein unbeschriebenes Kuvert steckte, das er auf den Nachttisch legte. Wie konnte er sich von Brief und Dokument eine Übersetzung beschaffen, ohne unnötig Neugier zu wecken? Er hatte beim Militär gelernt, sich in ungewohnten Situationen mit äußerster Vorsicht zu verhalten. Es bei der deutschen Botschaft, dem deutschen Fremdenverkehrsamt oder der deutschen Presseagentur zu versuchen, kam nicht in Frage; offizielle Stellen würden wahrscheinlich unliebsame Fragen stellen.

Er zog sich an und schlug in der Diele im Telefonbuch nach:
Deutsches Alters heim
Deutsche Botschaft
Deutsches Krankenhaus
Deutsches Kulturinstitut
Deutscher Rundfunk

Sein Zeigefinger rutschte weiter. Er stockte. Auf ein »Deutsches Übersetzungsbüro für technische Texte« folgte ein vielversprechender Eintrag. Die Adresse lautete Bayswater House, 35 Craven Terrace, W 2. Adam blickte auf die Armbanduhr. Mit den drei Teilen des Briefes in der Innentasche verließ Adam kurz vor zehn die Wohnung. Er bummelte Edith Grove hinunter, die King's Road entlang, und genoß die Morgensonne. Die Straße wirkte so gänzlich anders als er sie aus seiner Zeit als junger Subalternoffizier in Erinnerung hatte. Boutiquen hatten die Antiquariate ersetzt; statt der Flickschuster gab es Schallplattengeschäfte; das alte Dolcis-Schuhgeschäft hatte einem Mark-Quant-Modeladen Platz gemacht. Man braucht nur vierzehn Tage auf Urlaub zu fahren, dachte er wehmütig, und bei der Rückkehr ist oft nichts mehr dort, wo es einmal war.

Die Menschenmenge quoll von den Gehsteigen über die ganze Straße. Je nach Alter glotzten die Menschen sich die Augen aus dem Kopf oder legten es drauf an, selbst angestarrt zu werden. Als Adam an dem ersten der vielen Plattengeschäfte vorbeikam, mußte er sich *I want to hold your hand* anhören, ob man wollte oder nicht — es wurde allen Passanten in Rufweite ins Ohr geschmettert.

Am Sloane Square schien wieder die Welt einigermaßen in Ordnung — da standen, wie eh und je, das alte Peter-Jones-Kaufhaus, ein W. H. Smith-Laden und die Londoner Untergrundbahn. Am Sloane Square fiel Adam jedesmal das Liedchen ein, das seine Mutter oft beim Geschirrspülen in der Küche gesungen hatte:

Und du lädst zu 'nem Schmaus dir Freunde ins Haus
Es gibt Eis und kalte Pasteten.
Der gefräßige Haufen kommt schon gelaufen,
Sloane Square platzt fast aus den Nähten.

Er zahlte einen Shilling für die Fahrkarte nach Paddington. Er nahm in einem halbleeren Abteil Platz und ließ sich seinen Plan noch einmal durch den Kopf gehen. Als er bei Paddington Station wieder ins Tageslicht trat, orientierte er sich an den Straßenschildern und marschierte dann die Craven Road hoch, wo er sich beim ersten Zeitungsverkäufer nach Craven Terrace erkundigte.

»Vierte Straße links, Kamerad«, erwiderte der Mann am Zeitungsstand, ohne von dem Stoß *Radio Times*, auf den er irgend etwas kritzelte, aufzublicken. Adam dankte und befand sich wenige Minuten später am Ende einer kurzen Gasse, wo ihm ein gelbgrünes Schild entgegenleuchtete: Deutscher YMCA — Christlicher Verein junger Männer.

Er öffnete das Hoftor, ging die Einfahrt hoch und mit festem Schritt durch die Eingangstür des Gebäudes. In der Vorhalle hielt ein Portier ihn an. »Kann ich Ihnen helfen?«

Er suche, erklärte Adam betont militärisch, einen jungen Mann namens Kramer.

»Nie von ihm gehört, Sir«, antwortete der Portier, der beim Anblick von Adams Regimentskrawatte fast strammstand. Mit einem nikotingebräunten Zeigefinger suchte er die Namenslisten des Buches auf dem Pult ab.

»Is' nicht eingetragen, Sir«, sagte er. »Versuchen Sie's doch mal im Gemeinschaftsraum oder im Spielzimmer«, schlug er vor und deutete mit dem Daumen zur Tür hinten rechts.

»Danke«, sagte Adam wiederum. Forsch durchquerte er die Halle und trat durch die Schwingtür, die, dem abgetretenen unteren Teil nach zu urteilen, öfter mit dem Fuß als mit der Hand aufgestoßen worden war. Er sah sich im Raum um. Da lungerte eine Handvoll Studenten herum, die deutsche Zeitungen und Illustrierte lasen. Er wußte nicht so recht, wo er anfangen sollte, bis er ein intelligent und fleißig aussehendes Mädchen entdeckte, das mit einem *Time*-Magazin in einer Ecke saß. Auf dem Titelblatt Leonid Breschnew. Adam schlenderte zu dem Mädchen hinüber, setzte sich auf den leeren Stuhl neben ihr. Sie warf ihm einen Seitenblick zu, der ihre Verwunderung über seine formelle Kleidung offen ausdrückte.

Als sie die Zeitschrift beiseite legte, fragte er zögernd: »Entschuldigen Sie, aber könnten Sie mir vielleicht helfen?«

»Inwiefern?« Das Mädchen schien ein wenig ängstlich.

»Ich hätte nur gern etwas übersetzt.«

Sie wirkte erleichtert. »Ich will gern helfen, wenn's geht. Haben Sie den Text da?«

»Hoffentlich ist es nicht schwierig«, meinte Adam, während er den Briefumschlag aus der Tasche zog, den ersten Absatz von Görings Brief herausnahm, das Kuvert wieder einsteckte, ein kleines Notizbuch aufschlug und das Mädchen erwartungsvoll anblickte. Er kam sich vor wie ein unerfahrener junger Reporter.

Sie las den Absatz zwei-, dreimal durch und schien zu zögern.

»Ist etwas nicht in Ordnung?«

»Es ist nur ein bißchen altmodisch«, erwiderte sie und konzentrierte sich angestrengt auf das Schriftstück. »Ich weiß nicht, ob ich's Wort für Wort genau hinkriege.«

Adam atmete sichtlich auf.

Sie las Satz für Satz vor, zuerst auf deutsch und dann in englischer Übersetzung, so langsam, als habe sie Mühe, die einzelnen Wörter in ihrer Bedeutung zu erfassen.

»›Im Laufe ... des vergangenen Jahres ... haben wir ... einander ... sehr gut ...‹ nein, nein«, korrigierte sie sich, »es muß heißen: ›recht gut kennengelernt.‹« Adam schrieb jedes Wort nieder.

»›Sie haben nie verborgen ...‹ nein, besser wäre vielleicht: ›Sie haben nie ein Hehl aus Ihrer Abneigung gegen die Nationalsozialistische Partei gemacht.‹« Das Mädchen hob den Kopf und sah Adam verwirrt an.

»Der Text stammt aus einem Buch«, versicherte er, was sie nicht sonderlich zu überzeugen schien, aber sie fuhr fort: »›Dennoch sind Sie mir immer ...‹ nein: ›jederzeit mit der Höflichkeit eines Offiziers und Gentleman begegnet.‹«

Damit brach der Text auf dem Stück Papier ab, was das Mädchen völlig perplex machte.

»Soll das alles sein?« fragte sie. »Das ergibt doch keinen Sinn. Da muß doch noch etwas folgen.«

»Nein, das ist alles«, erwiderte Adam und nahm ihr das Stückchen Papier rasch aus der Hand. »Vielen Dank«, fügte er hinzu. »Es war sehr liebenswürdig von Ihnen, mir zu helfen.«

Er verabschiedete sich und war erleichtert, daß sie nur resigniert die Achseln zuckte und sich wieder ihrem *Time*-Magazin zuwandte. Er machte sich auf die Suche nach dem Spielzimmer, wo ihm gleich ein Junge in einer kurzen braunen Lederhose und einem T-Shirt mit der Aufschrift *World Cup* auffiel, der ziemlich lustlos einen Tischtennisball auf der Platte hüpfen ließ.

»Machen Sie ein Spiel mit mir?« fragte der Junge, allerdings ohne große Hoffnung.

»Aber sicher«, sagte Adam, zog das Jackett aus und griff nach dem Tischtennisschläger auf seiner Seite des Tisches. Zwanzig Minuten lang mußte er sich gewaltig anstrengen, um so schlecht zu spielen, daß er am Ende 18:21, 21:12, 17:21 verloren hatte. Als er wieder in sein Jackett schlüpfte und seinem Gegner gratulierte, war er fast überzeugt, das Vertrauen des jungen Mannes gewonnen zu haben.

»Ein famoses Match«, sagte der Deutsche. »Sie sind ein guter Spieler.«

Adam trat zu ihm hinüber. »Dürfte ich Sie wohl um einen Gefallen bitten?«

»Hat's mit Ihrer Rückhand zu tun?« fragte der junge Mann.

»Nein, nein«, erwiderte Adam. »Ich hätte nur gerne einen kurzen Absatz vom Deutschen ins Englische übersetzt.« Er reichte ihm den Mittelteil des Briefes. Aber auch diesmal schaute der Übersetzer bald verloren drein.

»Es ist aus einem Buch und wirkt daher vielleicht ein wenig aus dem Zusammenhang gerissen«, erläuterte Adam ohne große Überzeugungskraft.

»Also gut, ich will's versuchen.« Der junge Mann betrachtete den Text, als das junge Mädchen, das den ersten Teil übersetzt hatte, ins Spielzimmer trat und direkt auf die beiden zuging.

»Ich bin kein guter Übersetzer. Und der Text ist schwer«, erklärte der junge Mann. »Meine Bekannte könnte das sicher besser, ich werde sie mal fragen.«

»Kannst du das hier bitte für den Herrn ins Englische übersetzen?« wandte er sich an sie und reichte ihr, ohne Adam anzusehen, den Zettel, worauf das Mädchen ausrief: »Ich hab doch gewußt, daß es nicht der ganze Text gewesen sein konnte!«

»Bitte bemühen Sie sich nicht«, unterbrach Adam und nahm den Zettel an sich. »Danke für das Spiel«, sagte er zum Jungen. »Tut mir leid, daß ich Sie gestört habe.« Und er eilte nach draußen.

»Haben Sie ihn gefunden, Sir?«

»Wen gefunden?« fragte Adam zurück.

»Hans Kramer«, antwortete der Portier.

»Ach so. Ja, danke«, sagte Adam. Auf dem Weg zur Straße sah Adam noch, daß der Junge und das Mädchen ihm folgten.

Adam lief die Straße hinunter und winkte einem Taxi.

»Wohin?« fragte der Fahrer.

»Zum Royal Cleveland Hotel.«

»Aber das ist doch gleich um die Ecke.«

»Weiß ich«, erwiderte Adam. »Hab mich leider sehr verspätet.«

»Ganz wie Sie wollen, Chef«, sagte der Taxifahrer. »Ist ja Ihr Geld.«

Durch das Rückfenster des Taxis sah Adam noch seinen Tischtennisgegner im Gespräch mit dem Portier; das Mädchen neben ihnen zeigte auf das Taxi.

Adam wurde erst ruhiger, als das Taxi um die Ecke bog und das Mädchen, der Junge und der Portier aus dem Blickfeld verschwunden waren. Eine Minute später drückte er dem Fahrer vor dem Royal Cleveland Hotel ein Halbkronenstück in die Hand, drängte sich durch die Drehtür ins Foyer des Hotels, das er einige Minuten später wieder verließ. Er sah auf die Uhr: halb eins. Da bleibt mir, überlegte er, bis zum Interview mit dem Foreign Office noch reichlich Zeit für ein Mittagessen.

Adam überquerte flott die Bayswater Road, steuerte auf den Park zu; vor Knightsbridge würde er kaum ein Pub finden. Verdammt, sagte er sich bei einer plötzlichen Erinnerung an das Tischtennismatch, ich hätte den Jungen doch schlagen sollen.

Romanows Blick flog über die Liste der vierzehn Banken, von denen eine vielleicht im Besitz der Zaren-Ikone war; die Namen sagten ihm gar nichts. Sie gehörten zu einer ihm fremden Welt, in der er sich ohne den Rat eines Fachmanns nicht zurechtfinden konnte.

Er sperrte die oberste Schublade seines Schreibtisches auf. In dem roten Büchlein, das nur die höchsten KGB-Beamten besaßen, waren viele Namen durchgestrichen oder überschrieben. Funktionäre kamen und gingen, aber Alexej Andrewitsch Poskonow war seit fast einem Jahrzehnt der Direktor der Nationalbank geblieben; nur Gromyko als Außenminister hatte länger in ein und demselben Amt gedient. Romanow suchte die Nummer des Privatanschlusses und ließ sich mit dem Direktor der Gosbank verbinden — es schien eine Ewigkeit zu dauern, bis er sich meldete.

»Genosse Romanow, was kann ich für Sie tun?«

»Ich muß Sie dringend sehen«, sagte Romanow.

»Tatsächlich!« Die rauhe Stimme am anderen Ende der Leitung klang nicht sonderlich beeindruckt. Romanow hörte das Rascheln von hastig umgeblätterten Seiten. »Ich könnte am Dienstag, sagen wir um halb zwölf?«

»Es ist dringend«, wiederholte Romanow. »Es geht um eine Staatsangelegenheit, die keinen Aufschub duldet.«

»Es mag Sie vielleicht überraschen, aber ich leite die Nationalbank, die so manches eigene Problem mit sich bringt«, gab Poskonow unbeirrt zurück.

Romanow riß sich zusammen. Wieder konnte er ein Umblättern von Seiten hören. »Na schön. Vielleicht kann ich Sie heute um viertel vor vier einschieben. Für fünfzehn Minuten«, sagte der Bankier. »Ich möchte Sie aber gleich darauf aufmerksam machen, daß mein Termin um vier Uhr nicht verschiebbar ist.«

»Also, dann um viertel vor vier«, sagte Romanow.

»In meinem Büro«, bestätigte Poskonow. Und schon war die Verbindung unterbrochen.

Romanow stieß einen lauten Fluch aus. Warum fühlte sich nur jeder verpflichtet, dem KGB gegenüber die eigene Machtposition zu beweisen? Er machte sich daran, sämtliche Fragen zu notieren, auf die er zur Durchführung seiner Pläne unbedingt eine Antwort brauchte. Er durfte nicht eine einzige Minute der ihm eingeräumten Viertelstunde vergeuden. Eine Stunde später bat er um eine Unterredung mit dem Vorsitzenden des KGB. Diesmal ließ man ihn nicht warten.

»Sie wollen die Kapitalisten mit ihren eigenen Waffen schlagen, wie?« bemerkte Zaborski, als Romanow sein Vorhaben umrissen hatte. »Passen Sie bloß auf! In dem Spiel haben die mehr Erfahrung!«

»Ist mir klar«, sagte Romanow. »Aber wenn sich die Ikone im Westen befindet, bleibt kaum eine andere Wahl, um das Bild in die Hände zu bekommen.«

»Schon möglich«, bemerkte der Vorsitzende. »Doch bei Ihrem Namen könnte es da leicht zu Mißverständnissen kommen.«

Romanow hütete sich, das anschließende Schweigen zu brechen.

»Keine Sorge. Sie bekommen von mir *jede* erforderliche

Unterstützung – obgleich ich zugeben muß, ein Ansuchen dieser Art ist bisher noch nie an mich gestellt worden.«

»Dürfte ich erfahren, warum die Ikone so wichtig ist?« erkundigte sich Romanow.

Der Vorsitzende des KGB runzelte die Stirn. »Ich bin nicht befugt, diese Frage zu beantworten. Da die Begeisterung des Genossen Breschnew für die schönen Künste hinlänglich bekannt ist, können Sie sich doch selbst ausrechnen, daß es uns eigentlich nicht um das Gemälde geht.«

Was für ein Geheimnis kann dies Bild wohl in sich bergen? fragte sich Romanow und beschloß, nicht lockerzulassen. »Ich hätte nur gern gewußt . . .«

Der KGB-Vorsitzende schüttelte energisch den Kopf.

Weißt du nun, worum es geht, fragte sich Romanow, oder weißt du es auch nicht?

Der KGB-Vorsitzende erhob sich von seinem Schreibtisch und trat zur Wand, um ein Blatt vom Kalender zu reißen. »Uns bleiben nur noch zehn Tage, um das verdammte Ding zu finden«, stellte er fest. »Der Generalsekretär ruft mich inzwischen tagtäglich um ein Uhr früh an.«

»Um ein Uhr morgens?« Romanow ging auf das Spiel ein.

»Der arme Mann kann nicht schlafen, heißt es«, sagte der Vorsitzende, während er zu seinem Schreibtisch zurückwanderte. »Wir alle werden bald keinen Schlaf mehr finden – vielleicht sogar Sie nicht, wenn Sie mit Fragen nicht aufhören.« Er bedachte seinen jungen Kollegen mit einem gequälten Lächeln.

In seinem eigenen Büro überprüfte Romanow wenig später noch einmal die Fragen, die ihm der Direktor der Gosbank beantworten sollte. Die Frage, warum ein so kleines Bild so wichtig sein konnte, lenkte ihn dauernd ab, aber erst einmal, so viel war ihm klar, mußte er seine ganze Kraft darauf konzentrieren, es zu finden. Um sein Geheimnis könnte er sich anschließend noch kümmern.

Romanow rannte die Stufen zum Eingang der Neglinnaja 12 hoch, obwohl es erst halb vier Uhr war — viel zu früh, doch die Viertelstunde, die Poskonow ihm eingeräumt hatte, würde nie ausreichen. Es gab einfach zu viele Fragen, auf die er Antwort brauchte. Hoffentlich konnte er sofort zu Poskonow vordringen.

Romanow meldete sich beim Portier. Ein uniformierter Wachtposten begleitete ihn über die breite Marmortreppe in den ersten Stock, wo Poskonows Sekretär bereits wartete und Romanow ins Vorzimmer führte. »Ich werde den Direktor benachrichtigen, daß Sie eingetroffen sind, Genosse.« Der Sekretär verschwand in sein Büro. Mit wachsender Unruhe tigerte Romanow im kleinen Vorzimmer auf und ab, bis er — endlich! die Wanduhr zeigte zehn vor vier — zum Bankpräsidenten vorgelassen wurde.

Die Üppigkeit des Raums traf ihn im ersten Augenblick wie ein Schock. Rote Samtvorhänge, Marmorfußboden und zierliche französische Möbel hätte er in der Vorstandsetage der Bank of England vermutet, nicht aber hier — Geld, mußte sich Romanow wieder einmal klarmachen, regiert die Welt, selbst die kommunistische. Der gebeugte alte Herr mit dem schütteren grauen Haar und dem Walroßschnurrbart — Romanow musterte ihn scharf — steuerte das gesamte Staatsvermögen; er wußte, so hieß es, über die intimsten Geheimnisse *aller* Bescheid — aller außer *mir*, korrigierte Romanow. Sein karierter Anzug hätte aus der vorrevolutionären Zeit stammen können; Poskonow war kaum der Mann, ihn zu tragen, nur weil er im Westen bald wieder der letzte Schrei sein könnte.

»Was kann ich für Sie tun, Genosse Romanow?« fragte der Bankier seufzend, als habe er es mit einem lästigen Kleinkreditkunden zu tun.

»Ich benötige auf der Stelle einhundert Millionen amerikanische Dollar in Gold«, erklärte Romanow ruhig.

Der gelangweilte Gesichtsausdruck des Bankiers war

schlagartig verschwunden. Poskonow lief purpurrot an, sank in seinen Sessel zurück, schnappte nach Luft, holte eine kleine eckige Schachtel aus der Schublade und steckte sich eine dicke weiße Pille in den Mund. Er schien sich erst wieder beruhigt zu haben, als eine volle Minute verstrichen war.

»Haben Sie den Verstand verloren, Genosse?« wollte der alte Herr wissen. »Sie ersuchen mich — ohne Angabe eines Grundes — um einen Termin. Sie stürzen ohne Erklärung, bitte sehr! — mit der Forderung von hundert Millionen Dollar in mein Büro. Darf ich Sie fragen, was Sie zu solch groteskem Verhalten veranlaßt?«

»Es handelt sich um eine Staatsangelegenheit«, erwiderte Romanow. »Und ich will's gleich vorweg sagen: Ich habe die Absicht, diese Summe in gleichen Teilen auf verschiedene Nummernkonten in der Schweiz einzuzahlen.«

»Wer hat Ihre Forderung autorisiert?« fragte der Bankier kühl.

»Der Generalsekretär der Partei.«

»Wie wunderbar«, meinte Poskonow. »Da treffe ich Leonid Iljitsch persönlich mindestens einmal in der Woche, und er hat mir nichts davon gesagt«, der Bankier konzentrierte sich auf den Notizblock auf seinem Schreibtisch, »daß ein gewisser Major Romanow, ein KGB-Offizier« — er betonte — »*mittleren* Ranges mit solch ungeheuerlicher Forderung an mich herantreten würde.«

Romanow trat einen Schritt vor, nahm den Hörer vom Telefon auf dem Schreibtisch und reichte ihn dem alten Poskonow. »Fragen Sie Leonid Iljitsch doch selbst. Es würde uns viel Zeit sparen.«

Poskonow hielt Romanows unerbittlichem Blick lange stand, bevor er den Hörer ergriff und sich ans Ohr hielt. Im Zimmer herrschte eine Spannung, wie Romanow sie nur vom Einsatz im Ausland her kannte.

Eine Stimme: »Sie wünschen, Genosse Direktor?«

»Sagen Sie meinen Vier-Uhr-Termin ab«, befahl der alte Mann, »und achten Sie darauf, daß ich nicht gestört werde, solange ich mit Major Romanow zusammen bin.«

»Jawohl, Genosse Direktor.«

Poskonow legte den Hörer auf die Gabel zurück. Wortlos stand er auf, ging um den Schreibtisch herum, auf Romanow zu, führte ihn zu einem bequemen Sessel unter dem Erkerfenster und setzte sich ihm gegenüber.

»Ich habe noch Ihren Großvater gekannt«, begann er in ruhigem, sachlichem Tonfall. »Als junger Praktikant, ich hatte aber erst die Schule absolviert, bin ich ihm zum erstenmal begegnet. Er ist mir gegenüber sehr liebenswürdig gewesen. Aber er war genauso ungeduldig wie Sie. Eben deshalb war er der beste Pelzhändler in Rußland – und der wahrscheinlich schlechteste Pokerspieler.«

Romanow lachte. Er hatte seinen Großvater nicht mehr gekannt, und die wenigen Bücher, in denen er erwähnt wurde, waren vor langer Zeit vernichtet worden. Von seinem Reichtum und seiner gesellschaftlichen Stellung wußte er durch die Erzählungen des Vaters – Romanow hatte die Informationen als Belastungsmaterial an die Behörden geliefert, die es zur Vernichtung des Vaters verwendeten.

»Sie müssen meine Neugierde verzeihen, Major, aber wenn ich Ihnen hundert Millionen Dollar in Gold aushändigen soll, wüßte ich schon ganz gerne, was mit dem Geld geschieht. Ich habe bisher immer angenommen, Summen dieser Größenordnung, sofort, gegen einfache Quittung, ohne weitere Erklärung, könne sich nur der CIA verschaffen.«

Romanow lachte aufs neue, berichtete dem Direktor der Gosbank von der Fälschung der Zaren-Ikone, deren Original er nun wiederfinden müsse und reichte dem alten Herrn die Liste mit den Namen der vierzehn Schweizer Geldinstitute, die der Bankier aufmerksam studierte, während Romanow ihm in wenigen Worten seine weiteren Pläne erläuterte – und zum

Schluß, wie er nach dem Auffinden der verschollenen Ikone die volle Summe zurückerstatten würde.

»Aber wie kann eine kleine Ikone für den Staat so wichtig sein?« Poskonow schien Romanows Anwesenheit vergessen zu haben. Er dachte laut nach.

»Keine Ahnung«, erwiderte Romanow wahrheitsgemäß, um den Bankier dann über die Ergebnisse seiner Nachforschungen zu informieren, auf die er mit einem gereizten Grunzen reagierte.

»Darf ich eine Alternative zu Ihrem Plan vorschlagen?«

»Gerne«, entgegnete Romanow, der ganz erleichtert war, daß er den alten Herrn zur Mitarbeit hatte bewegen können.

»Rauchen Sie?« fragte der Bankier und zog eine Packung Dunhill aus der Tasche.

»Nein«, antwortete Romanow und hob beim Anblick des roten Päckchens die Augenbrauen.

»Ihr Anzug«, meinte der alte Mann, nachdem er sich eine Zigarette angezündet hatte, mit der er nun auf Romanow zeigte, »ist doch auch nicht in Moskau geschneidert worden. Aber nun zum Geschäftlichen — und, bitte, korrigieren Sie mich, falls ich Sie in irgendeinem Punkt mißverstanden haben sollte. In einer von diesen vierzehn Banken« — der Gosbank-Vorsitzende tippte mit dem Zeigefinger auf die Liste — »vermuten Sie die echte Zaren-Ikone. Bei jeder dieser Banken soll ich auf Ihren Wunsch große Goldmengen deponieren — damit erhoffen Sie unmittelbar Zugang zum Oberhaupt der Bankierfamilie beziehungsweise zum Bankchef zu gewinnen. Den ködern Sie dann mit dem Versprechen, ihm die Verwaltung über die gesamten hundert Millionen zu übertragen, sofern er zur Kooperation mit Ihnen bereit wäre.«

»Genau«, bestätigte Romanow. »Bestechung zieht im Westen doch wohl immer.«

»Wenn ich nicht Ihren Großvater gekannt hätte — aber schließlich hat er Millionen verdient, und nicht ich —, so würde ich jetzt wohl sagen: Sind Sie vielleicht naiv! Lassen wir das: Was bedeutet Ihrer Meinung nach für eine Schweizer Privatbank viel Geld?«

Romanow überlegte. »Zehn Millionen? Zwanzig Millionen?«

»Auf die Moskauer Narodny Bank mag das zutreffen«, widersprach Poskonow. »Die Banken, mit denen Sie ins Geschäft kommen wollen, haben allesamt mehrere Kunden mit Einlagen über *hundert* Millionen.«

Romanow hielt es nicht für möglich. Er gab sich nicht einmal Mühe, zu verbergen, daß er Poskonow nicht glaubte.

»Ich will Ihnen zugute halten«, schob der Bankier ein, »daß unser hochverehrter Genosse Generalsekretär genauso ungläubig dreinschaute, als ich ihm diese Tatsache vor einigen Jahren mitteilte.«

»Soll das heißen, daß ich also tausend Millionen bräuchte?« fragte Romanow.

»Aber nicht doch. Wir müssen das Problem von einer anderen Seite her angehen. Zum Mäusefangen braucht man Speck.«

»Was soll Schweizer Bankiers denn reizen können, wenn sie nicht einmal mit hohen Geldsummen zu gewinnen sind?«

»Vielleicht der simple Hinweis, daß ihre Bank für kriminelle Handlungen mißbraucht wurde«, erwiderte Poskonow.

»Aber wie . . .« setzte Romanow an.

»Lassen Sie mich erläutern. Sie behaupten, die Zaren-Ikone, die im Winterpalast hängt, sei nicht das Original, sondern eine Kopie. Eine gute Kopie, angefertigt von einem Hofmaler des 20. Jahrhunderts, aber nichtsdestoweniger — eine Kopie. Warum erklären wir also den vierzehn Bankvorständen nicht einfach — streng vertraulich natürlich —, wir hätten nach intensiven Nachforschungen Grund zu der Annahme, einer der wertvollsten Kunstschätze unseres Volkes sei durch eine Kopie ersetzt und das Original in ihrer Bank deponiert worden? Um keinen diplomatischen Zwischenfall zu verursachen — Schweizer Bankiers versuchen dergleichen um jeden Preis zu vermeiden —, würden sie sich dann möglicherweise bereit erklären, im Interesse der guten Beziehungen alle jene Gegenstände in ihren Tresoren zu überprüfen, auf die seit über zwanzig Jahren kein Anspruch mehr erhoben worden ist.«

Romanow schaute dem alten Mann offen ins Gesicht. Allmählich begann er zu verstehen, warum dieser Bankier alle politischen Säuberungswellen überlebt hatte. »Ich muß mich bei Ihnen entschuldigen, Genosse Poskonow.«

»Aber nicht doch. Jeder von uns hat doch seine kleinen Spezialtalente. Ich wäre in Ihrer Welt so verloren wie Sie offensichtlich in meiner. Gestatten Sie mir deshalb, die Inhaber oder Leiter der Banken auf dieser Liste anzurufen. Ich werde ihnen nur die Wahrheit sagen — das entspricht der Methode, der ich mich immer verpflichtet gefühlt habe, wenngleich ich mir vorstellen kann, daß sie Ihren Leuten nicht sonderlich vertraut ist. Ich werde den Schweizer Kollegen also mitteilen, ich hege den Verdacht, daß die Zaren-Ikone sich ausgerechnet in *ihrer* Bank befindet. Die meisten werden abgeneigt sein, das Meisterwerk zu behalten, wenn sie sich damit eines Verbrechens gegen einen souveränen Staat schuldig zu machen glauben.«

»Ich muß Sie noch einmal darauf hinweisen, wie dringend die Sache ist«, sagte Romanow.

»Ganz wie der Großvater«, wiederholte Poskonow. »Also gut. Mit den Schweizern, die telefonisch erreichbar sind, werde ich noch heute sprechen. Den einen Vorteil haben wir immerhin gegenüber der westlichen Welt: Die stehen nicht so früh auf! Sie können sich darauf verlassen: sobald ich etwas Neues weiß, werde ich Sie sofort benachrichtigen.«

»Danke«, sagte Romanow und erhob sich zum Abschied. »Sie haben mir einen großen Dienst erwiesen.« Wie er es in solchen Fällen zu tun pflegte, wollte er schon hinzufügen: »Ich werde meinen Vorsitzenden davon in Kenntnis setzen«, aber er konnte sich gerade noch zurückhalten; der alte Herr hätte nichts darauf gegeben.

Der Direktor der Gosbank schloß hinter seinem Besucher die Tür und sah Romanow wenig später vom Erkerfenster aus die Stufen vor dem Bankgebäude hinuntereilen. Selbst wenn der Generalsekretär persönlich den Befehl erteilt hätte, dachte er, die hundert Millionen in Gold hätte ich dir überhaupt nicht liefern können. Ich habe zur Zeit wahrscheinlich nicht mal Gold im Wert von zehn Millionen Dollar in den Tresoren, weil ich auf Anweisung des Generalsekretärs nämlich jede verfügbare Unze Gold auf dem Luftweg zur Bank of New York transferiert habe — und dieser Schachzug war so schlau getarnt worden, daß der CIA bereits eine Stunde nach Eintreffen des Goldes in New York Bescheid wußte. Über siebenhundert Millionen Dollar in Gold lassen sich nicht leicht verstecken, auch in Amerika nicht. Ich habe es ihm zu erklären versucht. Der Bankier sah Romanow in seinem Wagen fortfahren. Würdest du nicht nur die *Prawda*, sondern — wie dein Großvater — auch die *Washington Post* lesen, hättest du das alles längst gewußt, dachte er noch, bevor er an seinen Schreibtisch zurückkehrte und die Namen der vierzehn Banken durchging. Er wußte sofort, wen er anrufen mußte.

Adam trat aus der Kneipe *Tattersalls Tavern* an der Ecke von Knightsbridge Green und wanderte, am Hyde Park Hotel vorbei, auf den Royal Thames Yacht Club zu — ein eher ungewöhnlicher Ort für ein Bewerbungsgespräch beim Foreign Office, wie er meinte, aber im Zusammenhang mit dieser Bewerbung war bisher alles irgendwie merkwürdig gewesen.

Beim Ex-Sergeanten der Königlichen Marine am Eingang des Hochhauses erkundigte er sich, wo die Interviews stattfänden. Adam hatte sich verfrüht.

»Sechster Stock, Sir. Nehmen Sie den Lift dort hinten«, er zeigte an Adam vorbei, »und melden Sie sich beim Empfang.«

Adam drückte auf den Rufknopf, wartete bis der Lift eintraf, dessen Türen sich automatisch öffneten. Ihm folgte gemächlich ein etwa gleichaltriger Mann mit Brille, der, dem Gewicht nach zu urteilen, bei keiner Mahlzeit auf die Nachspeise zu verzichten schien. Adam drückte die Taste für den sechsten Stock. Keiner sagte ein Wort.

»Mein Name ist Wainswright«, sagte der stattliche Herr zum Mädchen am Empfang.

»Ja, Sir«, sagte das Mädchen. »Sie kommen ein bißchen zu früh, aber nehmen Sie doch bitte dort drüben Platz.« Sie wies auf einen Stuhl in der Ecke und lächelte Adam zu.

»Scott«, stellte Adam sich vor.

»Ja, Sir«, sagte sie wieder. »Schließen Sie sich bitte dem anderen Herrn an. Sie kommen aber vor ihm dran.« Adam nahm sich ein Heft der Zeitschrift *Punch* vom Tisch und ließ sich neben Wainwright nieder, der bereits das Kreuzworträtsel im *Telegraph* auszufüllen begonnen hatte.

Weil ihn ein *Punch* nach dem anderen langweilte, wandte er sich an Wainwright. »Sie sprechen nicht zufällig deutsch?«

»Deutsch, Französisch, Italienisch und Spanisch«, antwortete Wainwright aufblickend. »Vermutlich bin ich deswegen auch so weit gekommen«, fügte er ein wenig selbstgefällig hinzu.

»Könnten Sie mir vielleicht einen Absatz aus einem deutschen Brief übersetzen?«

»Mit Vergnügen, mein Guter.« Wainwright nahm wartend die dickgläsrige Brille von der Nase, als Adam den mittleren Absatz des Briefes aus dem Umschlag zog.

»Lassen Sie mal sehen.« Wainwright griff nach dem Stückchen Papier und setzte die Brille wieder auf. »Na, das ist aber eine echte Herausforderung! Sagen Sie, mein Bester, Sie gehören nicht zufällig zu den Interviewern?«

»Aber nein«, wehrte Adam lächelnd ab. »Wir befinden uns in der gleichen Situation — nur daß ich eben nicht Deutsch, Französisch, Italienisch oder Spanisch kann.«

Wainwright war spürbar erleichtert. »Also, dann will ich mal sehen«, sagte er. Adam zückte sein kleines Notizbuch.

»›Es kann Ihnen nicht entgangen sein, daß ich von einem der Wachtposten regelmäßig mit einem ... einem ... einem Vorrat‹«, plötzlich hatte er es »ja, ›einem Vorrat an Havanna-Zigarren versorgt worden bin. Es ist dies eine der wenigen Annehmlichkeiten, die mir trotz meiner Inhaftierung zugestanden‹ nein: ›genehmigt‹ — oder noch besser: ›gestattet worden sind‹. Ich übersetze so wörtlich wie möglich«, fügte Wainwright erklärend hinzu. »›Die Zigarren dienten allerdings auch einem anderen Zweck‹«, fuhr Wainwright offensichtlich mit großem Vergnügen fort. »›Sie enthielten winzige Kapseln mit ...‹«

»Mr. Scott!«

»Ja«, Adam sprang auf.

»Die Kommission bittet Sie herein«, sagte die Empfangsdame.

»Soll ich das hier fertig machen, mein Guter, während Sie drinnen fertiggemacht werden?« Wainwright zeigte auf den Zettel.

»Bitte«, erwiderte Adam. »Wenn es Ihnen nicht zuviel Mühe bereitet.«

»Weniger als das Kreuzworträtsel«, meinte Wainwright. Er schob die Zeitung zur Seite.

Alex Romanow war selbst unter optimalen Arbeitsbedingungen kein geduldiger Mensch; wenn aber der Generalsekretär, wie zur Zeit, Romanows Chef zweimal täglich anrief, konnte man gewiß nicht von optimalen Arbeitsbedingungen sprechen.

Während er auf Nachrichten des Direktors der Gosbank wartete, studierte er noch einmal die Berichte des Forschungsteams, die sich auf seinem Schreibtisch türmten; er überprüfte alle neuen Informationen der Agenten im Außendienst. Romanow ärgerte sich blau bei dem Gedanken, daß der Generalsekretär der Gosbank stündlich Neuigkeiten erfuhr; trotz des ungeheuren Zeitdrucks, der auf ihm lastete, unternahm er jedoch keinen Versuch, den alten Herrn zu drängen.

Als Poskonows Anruf endlich kam, wurde Romanow sofort zur Gosbank in der Neglinnaja 12 geladen und dort unverzüglich ins elegante Direktionszimmer geleitet. Poskonow — wieder in einem dieser exquisiten Anzüge, diesmal mit noch größeren Karos — empfing ihn an der Tür.

»Sie haben sich gewiß schon gefragt, ob ich Sie vergessen habe«, Poskonow führte Romanow zu dem bequemen Sessel. »Aber ohne positive Nachrichten hätte ich nur Ihre kostbare Zeit verschwendet, und das lag mir natürlich fern. Wenn ich mich recht entsinne, sind Sie Nichtraucher.« Er zog sich eine Zigarette aus seiner Packung Dunhill.

Romanow lehnte dankend ab. Ob Poskonow seinem Arzt wohl erzählte, wieviel er qualmte?

Poskonows Sekretär brachte zwei Gläser, eine eisgekühlte Flasche und Kaviar.

Romanow wartete schweigend.

»In den letzten beiden Tagen habe ich mit den Direktoren von zwölf Banken auf Ihrer Liste sprechen können«, hob Poskonow an, während er zwei Wodka eingoß. »Mit den restlichen zwei Banken bin ich bewußt nicht in Kontakt getreten.«

»Bewußt nicht?« fragte Romanow ungläubig.

»Geduld, Genosse«, riet Poskonow wie ein wohlmeinender Onkel. »Sie haben länger zu leben als ich — wenn Zeit vergeudet werden muß, dann lieber die Ihre.«

Romanow senkte die Augen.

»Den einen Bankier habe ich nicht zu erreichen versucht, weil er sich in Mexiko befindet und Präsident Ordaz gerade erläutert, wie die Mexikaner sich um die Rückzahlung ihrer Kredite an die Chase Manhattan Bank drücken und gleichzeitig von der Bank of America weitere Dollar leihen können. Sollte ihm das gelingen, werde ich dem Generalsekretär empfehlen müssen, bei meiner Pensionierung meinen Posten diesem Herrn anzubieten. Den anderen habe ich nicht angerufen, weil er offiziell zum Abschluß eines wichtigen Eurobond-Abkommens mit der Bank Continental Illinois in Chicago weilt, in Wahrheit mit seiner Mätresse im St. Francis Hotel in San Francisco abgestiegen ist.

Sie werden mir gewiß beipflichten, Genosse Major, daß es unserer Sache nicht förderlich wäre, einen dieser Herren ausgerechnet jetzt zu stören. Der eine wird für den Rest der Woche noch genügend Probleme haben, und beim anderen wird möglicherweise das Telefon abgehört — und wir wollen den Amerikanern doch nicht etwa stecken, was wir suchen, nicht wahr?«

»Das sehe ich ein, Genosse«, sagte Romanow.

»Gut. Die beiden kehren ja Anfang nächster Woche sowieso in die Schweiz zurück, und für den Augenblick haben wir an Betätigungsmöglichkeiten keinen Mangel.«

»Ja, aber was ist, wenn . . .« unterbrach Romanow.

»Es wird Sie freuen, zu erfahren«, schnitt Poskonow ihm das Wort ab, »daß die übrigen zwölf Bankiers zur Kooperation mit uns bereit sind. Fünf haben bereits zurückgerufen: Vier, um mitzuteilen, daß sie bei sorgfältiger Überprüfung aller Besitztümer von Kunden, die seit über zwanzig Jahren keinen Kontakt mit der Bank mehr haben, auf nichts gestoßen seien, was auch nur entfernt einer Ikone ähnelt. Einer der vier hat sogar in Anwesenheit von drei weiteren Direktoren einen Safe geöffnet, der seit 1931 nicht mehr angerührt worden war: Er enthielt allerdings außer dem Korken einer Flasche 1929er Taylor's Port gar nichts.«

»Nur den Korken?«

»1929 war ein sehr guter Jahrgang«, erklärte Poskonow.

»Und der fünfte?« wollte Romanow wissen.

»Der könnte vielleicht sogar unser erster Durchbruch sein«, fuhr Poskonow fort, wies auf die Akte vor sich und rückte mit dem rechten Zeigefinger die Brille zurecht. »Herr Dieter Bischoff von Bischoff et Cie.« — er blickte auf, als erwarte er, daß Romanow der Name bekannt war —, »ein ehrenwerter Mann, mit dem ich in der Vergangenheit wiederholt zu tun hatte — *ehrenwert* natürlich nur im Sinne westlicher Maßstäbe, Genosse«, fügte Poskonow hinzu, der die Situation sichtlich genoß, »Bischoff also erwähnte da eine Sache, die der Bank im Jahr 1938 übergeben worden war. Daß es sich dabei um eine Ikone handelt, steht außer Zweifel. Bischoff hat nur keine Möglichkeit, herauszufinden, ob es die ist, die wir suchen.«

Romanow sprang erregt auf. »Dann sollte ich wohl am besten hinfahren und selbst nachsehen«, sagte er. »Ich könnte heute noch fliegen«, ergänzte er.

Der Gosbank-Generaldirektor bedeutete ihm, sich zu setzen. Romanow sank in seinen Sessel zurück.

»Die Maschine, die *Sie* nehmen, fliegt erst um 16 Uhr 45 vom Flughafen Scheremetjewo ab. Ich habe vorsichtshalber bereits zwei Plätze für Sie gebucht.«

»Zwei?« fragte Romanow.

»Es liegt doch auf der Hand, daß Sie als Begleiterin eine Expertin brauchen — es sei denn, Sie verstünden von Ikonen erheblich mehr als vom Bankgeschäft«, betonte Poskonow. »Ich habe Ihnen in der *Swissair*-Maschine Plätze reservieren lassen, weil man mit Aeroflot möglichst nie fliegen sollte. Seit ihrem Bestehen hat unsere Fluglinie in den Annalen der Fliegerei alljährlich nur einen Rekord zu verzeichnen: die höchste Zahl von toten Passagieren pro Flugkilometer. Und Bankiers gehen nie unnötige Risiken ein. Ferner habe ich für morgen vormittag zehn Uhr einen Termin bei Herrn Bischoff für Sie arrangiert — natürlich nur unter der Voraussetzung, daß Sie nichts Dringlicheres in Moskau zurückhält, Genosse?«

Romanow mußte lächeln.

»Ihrer Akte entnehme ich, daß Sie nie in der Schweiz eingesetzt worden sind«, sagte der alte Herr. »Ich darf Ihnen daher vielleicht empfehlen, in Zürich im St. Gothard abzusteigen. Jacques Pontin wird sich beispielhaft um Sie kümmern. Was für die Schweizer zählt, ist nie die Nationalität, sondern immer nur die Valuta. Und damit wären meine bescheidenen Ermittlungen vorläufig abgeschlossen. Mit den beiden verreisten Direktoren werde ich gleich nach ihrer Rückkehr in Verbindung treten. Im Moment kann ich Ihnen nur noch viel Glück wünschen.«

»Danke«, sagte Romanow. »Und lassen Sie mich hinzufügen, wie sehr ich Ihre Gründlichkeit zu schätzen weiß.«

»Es war mir ein Vergnügen, Genosse. Sagen wir, daß ich Ihrem Großvater noch einen Gefallen schulde, und vielleicht kommen Sie eines Tages drauf, daß Sie *mir* einen schulden. Dabei sollten wir es belassen.«

Romanow zerbrach sich den Kopf, was der alte Herr mit dieser rätselhaften Bemerkung meinte; da Poskonows Miene nichts verriet, verabschiedete er sich kurz, ohne beim Herabschreiten der breiten Marmortreppe die fast schon gefühlsbetonte Bemerkung des Bankiers vergessen zu können; einem KGB-Offizier sagt niemand etwas rein zufällig und absichtslos.

Kaum wieder am Dscherschinskij-Platz angelangt, erfuhr Romanow von seinem Sekretär, aus Zürich habe der Assistent eines Herrn Bischoff angerufen und eine Verabredung um zehn Uhr vormittag des folgenden Tages bestätigt. Romanow ließ seinen Sekretär beim Manager des St. Gothard telefonisch zwei Zimmer buchen. »Ach ja, und lassen Sie meinen Flug bestätigen. Ich fliege mit der *Swissair*«, fügte er noch hinzu, bevor er zwei Stockwerke höher ging und seinem Vorgesetzten Bericht über die Unterredung mit dem Nationalbankchef erstattete.

»Dem Himmel sei Dank«, stieß Zaborski hervor. »Wir haben nur noch neun Tage Zeit, und jetzt haben Sie mir wenigstens etwas gegeben, worüber ich mit dem Generalsekretär sprechen kann, wenn er mich um ein Uhr morgens anruft.«

Romanow lächelte.

»Viel Glück, Genosse. Wir werden unsere Schweizer Botschaft alarmieren, sie wird Ihnen in allem zur Verfügung stehen. Hoffen wir inständig, daß Sie das Kunstwerk wieder an seinen angestammten Platz im Winterpalast zurückbringen können.«

»Wenn es sich in dieser Bank befindet, werden Sie es morgen abend haben«, sagte Romanow. Der KGB-Vorsitzende verabschiedete ihn freundlich.

In Romanows Büro wartete schon die Genossin Petrowa auf ihn.

»Du hast mich rufen lassen, Genosse?«

»Ja. Wir fliegen nach Zürich.« Romanow sah auf die Armbanduhr. »In drei Stunden. Flug und Hotel sind schon gebucht.«

»Auf Herr und Frau Schmidt?« fragte seine Geliebte.

6

Gelassen und zuversichtlich verließ Adam zum Schluß des Interviews das Sitzungszimmer, nachdem ihn der Leiter der Kommission gefragt hatte, ob er einer ärztlichen Untersuchung in der folgenden Woche zustimme. Er wüßte keinen Grund, ein solches Ersuchen abzulehnen, hatte Adam erwidert; schließlich würde er gern im britischen Foreign Service arbeiten.

Im Vorraum gab Wainwright ihm das Zettelchen zurück, das Adam, dankend, mit einem möglichst gleichgültigen Gesicht in seiner Jacke unterbrachte, ohne Wainwrights Bemühungen auch nur eines Blickes gewürdigt zu haben.

»Wie war's, alter Knabe?« fragte Wainwright besorgt.

»Für einen Mann, der Deutsch, Französisch, Spanisch und Italienisch beherrscht, dürfte es eigentlich kein Problem sein«, versicherte ihm Adam. »Ich wünsche Ihnen jedenfalls alles Gute.«

»Mr. Wainwright«, rief die Sekretärin. »Die Kommission läßt bitten.«

Als Adam mit dem Lift im Parterre ankam, beschloß er, zu Fuß nach Hause zu gehen. An der Ecke von Wilton Place kaufte er bei einem Straßenhändler, der sich hauptsächlich nach möglicherweise aufkreuzenden Polizisten umzusehen schien, eine Tüte Äpfel und gab es beim Weitergehen zu guter Letzt doch auf, sich noch einmal alle Fragen der Kommission samt seiner Antworten in Erinnerung zu rufen, war sich aber nach wie vor sicher, daß das Gespräch ganz in seinem Sinne verlaufen war. Plötzlich blieb er unter einem Schild mit der Aufschrift »Deutscher Feinkostladen« stehen, so unvermittelt, daß der Mann hinter ihm ihn beinahe umgerannt hätte − sein Blick war auf ein hübsches junges Mädchen mit fröhlicher Miene und lachenden Augen hinter der Kasse am Eingang gefallen. Adam marschierte in den Laden und direkt auf das Mädchen zu, ohne auch nur den Anschein zu erwecken, etwas gekauft zu haben.

»Sie haben gar nichts gekauft?« fragte sie mit leichtem Akzent.

»Nein, das werde ich gleich nachholen«, versicherte er. »Ich wollte nur erst fragen, ob Sie deutsch sprechen.«

»Die meisten Mädchen aus Mainz sprechen deutsch«, antwortete sie mit einem verschmitzten Lächeln.

»Da haben Sie gewiß recht«, sagte Adam. Er fühlte sich von dem Mädchen, das er auf zwanzig schätzte, und von ihrer ganzen freundlichen Art auf der Stelle angezogen. Das glänzend dunkle Haar war mit einer dicken roten Schleife zu einem Pferdeschwanz gebunden; die Rundungen des weißen Pullovers und der süße Faltenrock hätten jeden Mann zu einem eingehenderen zweiten Blick verführt. »Würden Sie mir vielleicht den Gefallen tun, einen kurzen Absatz für mich zu übersetzen?«

»Ich kann's ja mal versuchen«, sagte sie, noch immer lächelnd.

Adam reichte ihr den Umschlag mit dem letzten Teil des Briefes.

»Der Stil ist ein bißchen altmodisch«, meinte sie plötzlich ernst. »Ich brauch dazu vielleicht ein bißchen Zeit.«

»Ich gehe einstweilen einkaufen«, sagte er und begann, die langen Reihen der wohlgefüllten Regale gemächlich entlangzuwandern, legte eine kleine Salami, eine Dose Frankfurter Würstchen, Speck und deutschen Senf nach übertriebener

Prüfung in den Einkaufskorb und warf gelegentlich einen Blick zur Kasse. Da das Mädchen immer wieder von Kunden unterbrochen wurde, so daß sie jeweils wenige Worte übersetzen konnte, verstrichen beinahe zwanzig Minuten, bis Adam sie endlich das Stückchen Papier beiseite legen sah, woraufhin er gleich zur Kasse eilte und seine Einkäufe ausbreitete.

»Ein Pfund, zwei Shilling und Sixpence«, sagte sie. Als Adam ihr zwei Pfundnoten reichte, gab sie ihm mit dem Wechselgeld auch den Zettel zurück.

»Nur eine Rohübersetzung, aber der Sinn wird, glaube ich, einigermaßen deutlich.«

»Ich weiß gar nicht, wie ich Ihnen danken soll«, sagte Adam.

Hinter ihm plazierte sich eine ältere Dame.

»Sie könnten mich zum Beispiel einladen, Ihre Würstchen mit Ihnen zu teilen«, antwortete das Mädchen lachend.

»Eine gute Idee«, sagte Adam. »Kommen Sie doch heute zu mir zum Abendessen.«

»Es war nicht ernst gemeint«, protestierte sie.

»Von mir schon.« Adam strahlte sie an. Die Reihe wurde um einen weiteren Kunden länger, die Frau gleich nach Adam zunehmend nervös.

Adam nahm sich einen farbigen Faltprospekt vom Ladentisch, zog sich hinten ins Geschäft zurück, kritzelte Namen, die Adresse und die Telefonnummer drauf, wartete, bis die beiden Kunden an der Kasse bezahlt hatten und streckte dem Mädchen den Prospekt eines Persil-Sonderangebots hin.

»Was ist das?« fragte das Mädchen unschuldig.

»Ich habe meinen Namen und die Adresse auf die Innenseite geschrieben«, erwiderte Adam. »Was auf der Speisekarte steht, wissen Sie ja bereits.«

Sie wirkte ein wenig unsicher. »Ich habe wirklich nur Spaß gemacht.«

»Ich werde Sie doch nicht auffressen«, sagte Adam. »Mir reichen die Würstchen.«

Das Mädchen blickte lachend auf den Prospekt in ihrer Hand. »Ich werde es mir überlegen.«

Fröhlich vor sich hinpfeifend, ging Adam hinaus: Dem schlechten Vormittag war ein guter Nachmittag gefolgt und — vielleicht — würde alles noch besser werden.

Er kam gerade pünktlich zu den Fernsehnachrichten heim, sah Indira Gandhi, die neue indische Premierministerin, mit einer offenen Revolte im eigenen Kabinett kämpfen, überlegte, ob Großbritannien wohl je eine Premierministerin haben könnte, erkannte, daß die englische Kricketmannschaft bei ihren ersten Innings nach sieben Spielen hundertsiebzehn Punkte herausgeholt hatte, aber noch immer weit hinter der westindischen Mannschaft zurücklag, seufzte und schaltete den Fernseher ab. Er legte die Lebensmittel in den Kühlschrank und zog sich auf sein Zimmer zurück, um die drei Teile des Göring-Briefes zusammenzufügen, las die kleinen Zettel durch, holte sein Notizbuch aus der Tasche und begann, die Übersetzungen der Reihe nach abzuschreiben: nach dem Absatz, den das Mädchen im YMCA geliefert hatte, denjenigen in Wainwrights Handschrift auf dem Zettel aus dem Notizblock und zuletzt den Teil des Briefes in der Übersetzung der hübschen kleinen Mainzerin. Daraufhin las er den kompletten Brief ganz langsam ein zweites Mal.

Nürnberg, 15. Oktober 1946

Sehr geehrter Herr Oberst!
Im Laufe des letzten Jahres haben wir einander recht gut kennengelernt. Sie haben nie ein Hehl aus Ihrer Abneigung gegen die Nationalsozialistische Partei gemacht, dennoch haben Sie sich jederzeit mit der Höflichkeit eines Offiziers und Gentleman benommen.

Es wird im Lauf des Jahres Ihnen nicht entgangen sein, daß

mich ein Wachtposten regelmäßig mit einem Vorrat an Havanna-Zigarren versorgt hat — eine der wenigen Annehmlichkeiten, die mir in meiner Haft zugebilligt worden sind. Die Zigarren dienten allerdings auch einem anderen Zweck: Jede von ihnen enthielt eine Kapsel mit einer kleinen Menge Gift, genug, um zu gewährleisten, daß ich die Gerichtsverhandlung zwar überleben, dem Scharfrichter jedoch entkommen würde.
Ich bedaure einzig, daß Sie als der in dem Zeitraum, da ich voraussichtlich sterben werde, für die Bewachung verantwortlicher Offizier möglicherweise für etwas zur Rechenschaft gezogen werden, mit dem Sie nie etwas zu tun hatten. Zur Entschädigung lege ich diesem Brief ein auf den Namen Emmanuel Rosenbaum ausgestelltes Dokument bei, das Ihnen aus sämtlichen allfälligen finanziellen Schwierigkeiten helfen sollte, denen Sie sich in nächster Zukunft gegenübersehen könnten.
Sie brauchen nichts weiter zu tun . . .

»Jemand zu Hause?« rief Lawrence laut durch die Wohnung. Adam faltete die Papierstückchen rasch zusammen und konnte sie, bevor Lawrence den Kopf ins Zimmer steckte, gerade noch zum Originalbrief in die Bibel auf dem Bücherregal schieben.

»Saumäßiger Verkehr«, sagte Lawrence fröhlich. »Ich kann es kaum erwarten, endlich zum Bankdirektor ernannt zu werden und in der Luxuswohnung im obersten Stock des Bankgebäudes wohnen zu können. Von Chauffeur und Dienstwagen ganz zu schweigen.«

Adam lachte. »Hast du im Büro einen *so* schweren Tag gehabt, Schatz?« lispelte er mit verstellter Stimme, ehe er Lawrence in die Küche folgte und die Lebensmittel aus dem Kühlschrank holte.

»Wen hast denn du heut abend als Gast?« wollte Lawrence

wissen, als die Delikatessen eine nach der anderen aufgetischt wurden.

»Ein ziemlich reizendes deutsches Mädchen, hoffe ich«, antwortete Adam.

»Was heißt: du hoffst?«

»Na ja, protokollgerecht ist meine Einladung nicht gerade gewesen, und deshalb bin ich mir nicht ganz sicher, ob sie auch wirklich kommt.«

»Da bleib ich mal in der Nähe, für den Fall, daß sie dich sitzenläßt, damit du das nicht alles allein essen mußt.«

»Dein Vertrauensbeweis ist rührend. Man dankt. Aber wahrscheinlich wirst du doch erkennen müssen, daß es heut abend an dir ist, dich aus dem Staube zu machen. Was ist eigentlich mit Carolyn?«

»Ach, Carolyn war das Mädchen von gestern, um unseren geschätzten Premierminister Harold Wilson zu zitieren. Wie hast du denn dein gnädiges Fräulein aufgegabelt?«

»Sie arbeitet in einem Lebensmittelladen in Knightsbridge.«

»Ich verstehe. Wir geben uns also inzwischen bereits mit kleinen Verkäuferinnen ab.«

»Ich habe keine Ahnung, was sie ist. Ich weiß nicht einmal, wie sie heißt«, sagte Adam. »Aber ich hoffe doch sehr, daß ich das alles heute abend herausfinden werde. Wie gesagt, mit dem Verschwinden bist heute du an der Reihe.«

»Natürlich. Aber falls du einen Dolmetscher brauchen solltest, kannst du auf mich zählen.«

»Es wäre nützlicher, wenn du den Wein in den Kühlschrank stellen könntest und den Tisch deckst.«

»Gibt es für einen Mann meiner Fähigkeiten wirklich nichts Anspruchsvolleres zu tun?« Lawrence mußte laut lachen.

Punkt acht war der Tisch gedeckt — nur das Wasser für die Würstchen mußte noch erhitzt werden. Um halb neun gab Adam es auf, Lawrence und sich etwas vorzumachen, legte Frankfurter, Salami, Salat, je eine gebackene Kartoffel und

Sauerkraut auf die zwei Teller, hängte seine Schürze hinter die Küchentür und setzte sich Lawrence gegenüber, der bereits den Wein einschenkte.

»Ach, meine Liebe, Sie sehen in diesem Harris-Tweed-Jakkett wirklich entzückend aus«, flötete Lawrence, hob sein Glas, und Adam wollte sich eben mit dem Gemüselöffel rächen, als es an der Wohnungstür klopfte. Die zwei Männer starrten sich einen Augenblick verblüfft an, dann sprang Adam auf, um zu öffnen. Vor der Tür stand ein Mann, über einen Meter achtzig groß, mit Schultern wie ein Preisboxer, und neben ihm, vergleichsweise winzig, das Mädchen, das Adam eingeladen hatte.

»Das ist mein Bruder Jochen«, erklärte das Mädchen. Wie hübsch es in der dunkelblau gemusterten Bluse und dem blauen Faltenrock aussah, der bis knapp unter die Knie fiel — Adam war hingerissen. Das lange, dunkle, jetzt lose fallende Haar in seinem Glanz schien frisch gewaschen; es glänzte sogar unter der trüben Vierzig-Watt-Birne im Flur.

»Herzlich willkommen«, sagte Adam, der sich mühsam von seinem Erstaunen erholte.

»Jochen hat mich nur hergebracht.«

»Ja, natürlich«, sagte Adam. »Kommen Sie doch auf einen Drink herein, Jochen.«

»Nein, danke. Ich habe selbst eine Verabredung. Aber ich werde Heidi um elf Uhr abholen. In Ordnung?«

»Aber sicher«, sagte Adam. Jetzt wußte er wenigstens, wie das Mädchen hieß.

Der Riese bückte sich, gab seiner Schwester auf beide Bakken einen Kuß, schüttelte Adam die Hand und ließ die beiden allein.

»Tut mir leid, daß ich mich verspätet habe«, sagte Heidi. »Mein Bruder ist erst nach sieben von der Arbeit gekommen.«

»Das macht doch nichts«, sagte Adam, während er sie in die Wohnung führte. »Ich wäre gar nicht fertig gewesen, wenn

Sie früher gekommen wären. Das ist übrigens Lawrence Pemberton, mit dem ich die Wohnung hier teile.«

»Brauchen in England auch die Männer einen Anstandswauwau?«

Beide lachten. »Ach wo«, widersprach Lawrence. »Ich bin eh schon auf dem Sprung. Wie Ihr Bruder habe nämlich auch ich eine Verabredung — sehen Sie den Beweis: es ist nur für zwei gedeckt. Ich werde etwa um elf zurück sein, Adam — nur um mich zu vergewissern, daß dir auch nichts passiert ist.« Er lächelte Heidi zu und hatte die Tür hinter sich zugezogen, ehe Adam oder das Mädchen Einwände erheben konnten.

»Hoffentlich habe ich ihn nicht verjagt«, sagte Heidi.

»Natürlich nicht«, erwiderte Adam, als sie sich auf Lawrences Stuhl setzte. »Er kommt ohnedies schon zu spät zu seiner Freundin. Ein reizendes Mädchen — Carolyn heißt sie und ist Sozialarbeiterin.« Blitzschnell füllte er das Weinglas vor ihr nach; sie durfte nicht merken, daß schon eingeschenkt gewesen war.

»Jetzt esse ich also endlich mal meine eigenen Würstchen«, sagte Heidi lachend, und die fröhliche Stimmung dauerte den ganzen Abend über an. Heidi erzählte von ihrem Leben in Deutschland, von ihrer Familie und dem Job, den sie während der Semesterferien angenommen hatte. Sie studierte an der Universität in Mainz.

»Der Englandaufenthalt soll meinem Sprachstudium helfen. Meine Eltern haben mir jedoch nur erlaubt herzukommen, weil mein Bruder schon in London ist. Aber jetzt, Adam, möchte ich endlich wissen, was Sie tun, wenn Sie nicht gerade Mädchen in Supermärkten auflesen.«

»Ich bin neun Jahre lang Berufsoffizier gewesen und hoffe, jetzt im Foreign Office unterzukommen.«

»In welcher Funktion, falls das der richtige Ausdruck ist?« fragte Heidi.

»Es ist durchaus der richtige Ausdruck, aber ich bin mir

nicht sicher, ob ich Ihre Frage richtig beantworten kann«, sagte Adam.

»So etwas, noch dazu im Zusammenhang mit dem Foreign Office, heißt gewöhnlich: der Mann ist ein Spion.«

»Ehrlich gesagt, ich weiß in meinem Fall überhaupt nicht, was es heißen könnte, werde es in der nächsten Woche aber sicher erfahren. Jedenfalls wäre ich mit Sicherheit kein besonders guter Spion. Was werden denn Sie nach Ihrer Rückreise in Deutschland machen?«

»Mein Studium in Mainz abschließen. Anschließend würde ich gern in einer Fernsehredaktion arbeiten. Vielleicht in der Dokumentationsabteilung.«

»Und Jochen?« fragte Adam.

»Er wird in die Anwaltskanzlei meines Vaters eintreten, sobald er nach Hause zurückkehrt.«

»Wie lange bleiben Sie noch in London?«

»Zwei weitere Monate«, sagte sie. »Falls ich den Job so lang aushalte.«

»Warum arbeiten Sie gerade dort, wenn es wirklich so schlimm ist?«

»Es gibt keine bessere Gelegenheit, seine Englischkenntnisse zu erproben, als im Umgang mit ungeduldigen Kunden, die alle mit einem anderen Akzent sprechen.«

»Hoffentlich bleiben Sie die ganzen zwei Monate«, seufzte Adam.

»Das hoffe ich auch«, sagte sie freundlich.

Adam und Heidi waren beim Geschirrspülen, als Jochen Punkt elf wieder auftauchte.

»Vielen Dank für einen wirklich interessanten Abend«, sagte sie und trocknete sich die Hände ab.

»Das sagt man so nicht«, verbesserte Jochen. »Man sagt nicht: interessant. Reizend, angenehm, schön, unterhaltsam. Aber nicht: interessant.«

»All das trifft auf diesen Abend durchaus zu«, warf Adam ein, »aber interessant war er auch.«

Heidi lächelte.

»Darf ich morgen in Ihrem Laden noch ein paar Würstchen kaufen?«

»Ich würde mich freuen«, erwiderte Heidi. »Aber halten Sie diesmal keine säuerlichen alten Damen mit irgendwelchen Übersetzungswünschen auf. Sie haben mir übrigens nie gesagt, warum Sie diesen absonderlichen Absatz übersetzt haben wollten. Ich wüßte zu gern, wer dieser Rosenbaum ist und was er wem vermacht hat!«

»Das nächste Mal vielleicht«, sagte Adam. Er wirkte plötzlich ein wenig verlegen.

»Und nächstes Mal können Sie meine Schwester selbst nach Hause bringen«, erklärte Jochen, während er zum Abschied Adam energisch die Hand schüttelte.

Nachdem Heidi gegangen war, setzte sich Adam noch einmal hin und leerte versonnen das letzte Glas Wein. Einen so reizenden, angenehmen, schönen, unterhaltsamen und interessanten Abend hatte er seit langem nicht erlebt.

Im VIP-Gelände des Flughafens Zürich-Kloten wartete eine schwarze Limousine mit getönten Scheiben; die Kennzeichentafeln des Wagens waren unbeleuchtet. Zweimal bereits waren übergenaue Schweizer Polizisten an den Wagen herangetreten und hatten die Papiere des Fahrers kontrolliert, bevor Major Romanow und Anna Petrowa aus der Zollabfertigungshalle auftauchten und im Fond des Wagens verschwanden.

Es war völlig dunkel geworden, als sich das Auto dem Neonglanz der Stadt näherte. Kurz vor dem Hotel St. Gothard teilte Romanow dem Fahrer mit: »Ich werde am Dienstag mit der Vormittagsmaschine nach Moskau zurückfliegen.« Sonst wurde während der Fahrt kein Wort gesprochen.

Jacques Pontin, der Hotelmanager, erwartete sie schon zur Begrüßung am Eingang, stellte sich vor, meldete Romanow nebst Begleiterin persönlich an der Rezeption an und rief mit einem Schlag der flachen Hand auf eine kleine Glocke einen jungen Hoteldiener in grüner Livrée, der nur mit einem Hinweis aufs Gepäck die Anweisung bekam: »Suite 702 und Zimmer 704«, und schon hatte Jacques Pontin sich wieder Romanow zugewandt. »Ich wünsche Ihnen einen angenehmen Aufenthalt und hoffe, daß er Ihnen viel Erfolg bringt. Bitte wenden Sie sich gleich an mich, falls Sie irgend etwas brauchen.«

»Danke«, sagte Romanow und schritt zum offenen Lift, wo stramm und reglos wie eine Schildwache der Grünlivrierte stand. Romanow ließ Anna vorausgehen. Der Lift hielt im siebenten Stock, wo der junge Mann die russischen Gäste einen langen Korridor entlang zu einem Eckapartment führte und Romanow und Anna nach dem Aufschließen höflich aufforderte, vor ihm einzutreten. Die Suite entsprach Romanows Erwartungen — sie war um Klassen besser als die Angebote der nobelsten Leningrader oder Moskauer Hotels, die er kannte. Angesichts der überreichlichen Angebote an Toilettenartikeln und -utensilien im marmorgetäfelten Badezimmer mußte er unwillkürlich daran denken, daß in Rußland wohlhabende, erfahrene Reisende sogar vorsichtshalber einen Badewannenstöpsel mitnahmen.

»Sie wohnen hier, gnädige Frau«, sagte der Hoteldiener, während er die Zwischentür zum angrenzenden Zimmer aufsperrte, das kleiner, doch von der gleichen schlichten Eleganz war. Der Diener erkundigte sich nach etwaigen Wünschen, als er, zurückkehrend, Romanow den Schlüssel zur Suite übergab. Romanow verneinte und drückte ihm ein Fünf-Franken-Stück in die Hand. Der Hoteldiener schloß die Tür mit einer leichten Verbeugung hinter sich zu. Romanow begann auszupacken; Anna Petrowa ging in ihr Zimmer.

Romanow zog sich aus und verschwand im Badezimmer. Er betrachtete sich im Spiegel. So stolz er auf sein blendendes Aussehen war, so empfand er doch noch größeren Stolz über

Kondition und Statur. Mit neunundzwanzig Jahren und einer Größe von ein Meter achtzig wog er fünfundsiebzig Kilo wie eh und je, und seine Muskeln waren hart und straff geblieben.

Wieder im Schlafzimmer hörte Romanow das Prasseln der Dusche im Bad nebenan. Er schlich zur Tür und drückte sie vorsichtig auf: Anna stand unter den dampfenden Wasserstrahlen. Er lächelte, als er die deutlichen Umrisse ihres Körpers sah, zog sich lautlos über den dicken weichen Teppich zurück und schlüpfte erwartungsvoll zwischen die Laken in Annas Bett.

Adam stellte die eisige Dusche ab und begab sich Minuten später angezogen in die Küche, um mit Lawrence zu frühstücken.

»Für Warmwasser kann ich dir immer noch nichts verrechnen, stimmt's«, sagte Lawrence aufblickend, als Adam ihm über die Schulter auf den neuesten Kricketbericht in die Zeitung schaute.

»Warum haben wir bloß keine überragenden Werfer?« fragte Adam mit gespielter Entrüstung.

»Zum Tratsch mit Arbeitslosen fehlt mir die Zeit.« Lawrence griff nach seiner Aktenmappe. »Der Schah von Persien möchte finanzielle Probleme mit mir erörtern. Tut mir leid, daß du deine Cornflakes allein essen mußt, aber ich darf Seine Kaiserliche Hoheit nun mal nicht warten lassen.« Sprach's und überließ Adam seinem Schicksal.

Adam kochte sich ein weiches Ei. Ihm verbrannten ein paar Scheiben Toast — ›Hausfrau des Jahres‹ beim Preisausschreiben der *Daily Mail* werde ich so wohl nicht werden, dachte er —, bevor er sich in der Zeitung über die neuesten Verlustmeldungen aus Vietnam und über Präsident Johnsons geplante Fernostreise informierte. Er spülte ab, machte sein Bett, räumte bei Lawrence auf — die neunjährige Selbstdisziplin beim Militär ließ sich nicht so rasch verleugnen — und ließ sich nachdenklich im Sessel nieder.

Daß er eine Entscheidung fällen mußte, war klar. Aber wie, überlegte er dann am Schreibtisch, könnte er sich eine Übersetzung des offiziellen Dokuments beschaffen, ohne Argwohn zu erwecken?

Wie geistesabwesend holte er die Bibel vom Regal und nahm den Brief heraus, den er am Vorabend gelesen hatte. Der letzte Absatz gab ihm einfach nach wie vor Rätsel auf. Er las Heidis Übersetzung noch einmal gründlich durch:

> Sie brauchen nichts weiter zu tun, als sich bei der Adresse einzufinden, die auf dem beigelegten Dokument oben rechts angegeben ist, und einen Nachweis mitzubringen, daß Sie Colonel Gerald Scott sind. Ein Paß dürfte genügen. Daraufhin wird Ihnen ein Legat übergeben werden, das ich Ihnen unter dem Namen Emmanuel Rosenbaum vermacht habe. Ich hoffe, es bringt Ihnen Glück.

Es war Adam völlig schleierhaft, worin dieses Vermächtnis bestehen konnte, ganz zu schweigen davon, welchen Wert es haben mochte. Mit dem Dokument in der Hand überlegte er, wie es einem schlechten Menschen wenige Stunden vor seinem Tod — und Göring hatte gewußt, daß er sterben würde — noch eine gute Tat in den Sinn kommen konnte — eine Tat, mit der er, Adam, sich jetzt auseinandersetzen mußte, ob er wollte oder nicht.

Romanow raffte die Decken zusammen und schleuderte sie mit einem Ruck zu Boden, so daß Anna wie ein kleines Kind zusammengerollt, nackt dalag; ihre Knie berührten beinahe ihre Brüste. Unsicher tastete sie nach einem Zipfel des Lakens, um sich zu bedecken.

»Frühstück im Bett?« murmelte sie hoffnungsvoll.

»In zehn Minuten bist du angezogen, sonst gibt's überhaupt kein Frühstück!« befahl er.

Behutsam setzte Anna die Füße auf den dicken Teppich und blieb sitzen, bis sich ihr das Zimmer nicht mehr vor den Augen drehte; Romanow mußte grinsen, als sie entschlossen im Bad verschwunden war und von der prasselnden Dusche plötzlich ihr greller Aufschrei herüberklang — er hatte den Temperaturregler auf Dunkelblau stehen gelassen.

Beim Frühstück im Speisesaal dachten sie angestrengt über die beste Strategie gegenüber der Bank nach, falls Anna Petrowa die Ikone tatsächlich als Rubljews Meisterwerk bestätigen könnte. Romanow schaute sich unablässig um und sagte plötzlich, ohne jede Vorwarnung:

»Gehen wir.«

»Aber warum?« fragte Anna, die eben in einen frischen Toast biß. Aber Romanow war schon aufgestanden und schritt unbeirrbar aus dem Saal, schnurstracks auf den Lift zu. Anna Petrowa konnte ihren Chef gerade noch einholen, bevor sich die Lifttüren schlossen. »Aber warum?« fragte sie erneut. Romanow jedoch schwieg, bis sie in seiner Suite waren, wo er sofort das große Fenster mit Blick auf den Bahnhof aufriß.

Er schaute nach rechts. »Aha, sie ist von deinem Fenster aus erreichbar«, sagte er nur, raste ins Nebenzimmer, am Bett mit den zerknüllten Laken vorbei, stieß das nächstliegende Fenster auf und kletterte hinaus, die Feuerleiter hinunter — Anna Petrowa schwindelte es, als sie ihm aus der Höhe des siebenten Stockwerks nachstarrte —, erreichte die unterste Sprosse und rannte zur Haltestelle, wo eben eine Straßenbahn einlief. Hätte Romanow Anna, die ihm dann doch nachkletterte, nicht mit aller Kraft noch in die Straßenbahn hochgezerrt, er wäre ihr entschwunden.

»Was ist denn los?« fragte sie völlig verwirrt.

»Ich bin mir ja über vieles noch nicht im klaren«, erwiderte Romanow, während er aus der Straßenbahn mit äußerster Vorsicht nach hinten spähte. »Ich weiß mit Bestimmtheit nur eins: wie der hiesige CIA-Agent aussieht.«

So angestrengt sich Anna Petrowa aber auch mit Blickrichtung zum Hotel die Augen aus dem Kopf schaute, sie sah nur unbekannte Menschen auf dem Gehsteig auf und ab spazieren.

Etwa anderthalb Kilometer weiter sprang Romanow aus der Straßenbahn und hielt ein Taxi an, das aus der Gegenrichtung kam.

»Bischoff et Cie.«, sagte er, während er auf seine Begleiterin wartete, die ihm nachkeuchte.

Das Taxi schob sich durch den morgendlichen Stoßverkehr zurück in Richtung Hotel und blieb schließlich vor einem großen, braunen Granitquaderbau stehen. Romanow zahlte, stieg aus, und neben den imposanten Glastüren, deren schmiedeeiserne Schutzgitter dem Astwerk eines Baumes nachgestaltet waren, entdeckte er, unauffällig in den Stein gemeißelt und mit Gold ausgelegt, die Inschrift »Bischoff et Cie.« — keinerlei Hinweis, welcher Art diese Institution war, die sich hinter dem Tor verbarg.

Romanow drehte den schweren schmiedeeisernen Türknauf und trat mit seiner Begleiterin in ein geräumiges Vestibül, in dem zur Linken hinter einem ganz für sich stehenden Schreibtisch ein elegant gekleideter junger Mann saß.

»Guten Morgen, mein Herr«, grüßte er.

»Guten Morgen«, erwiderte Romanow. »Wir haben eine Verabredung mit Herrn Dieter Bischoff.«

Der Rezeptionist prüfte die Namensliste vor ihm: »Herr Romanow, nicht wahr? Fahren Sie bitte mit dem Lift in den fünften Stock. Herrn Bischoffs Sekretärin wird sie dort empfangen«, und in der Tat, oben wurden sie von einer Dame in einem schicken, schlichten Kostüm erwartet, die sie durch einen mit Bildern geschmückten Korridor in ein gemütliches Zimmer zu folgen bat, das eher dem Empfangssalon einer Landvilla als einer Bank glich. »Herr Bischoff wird gleich da sein«, sagte sie und ließ die beiden allein.

Romanow sah sich stehend im Raum um; an der Wand gegenüber dominierten drei gerahmte Schwarzweißfotografien mit ernst dreinblickenden Männern in grauen Anzügen, die auch wie ernste, alte Männer in grauen Anzügen auszusehen versuchten; an den übrigen Wänden hingen unauffällige, aber ansprechende Ölgemälde mit Stadt- und Landschaftsansichten aus der Schweiz des neunzehnten Jahrhunderts. Ein prachtvoller ovaler Tisch im Stil Louis XIV. mit acht geschnitzten Mahagonistühlen in der Mitte des Zimmers ließ Romanow bei der Einsicht, daß ihm ein Leben in solchem Stil wohl immer versagt bleiben würde, vollends vor Neid zusammenzucken.

Die Tür öffnete sich. Ein Mann Mitte der Sechzig trat ein; ihm folgten drei weitere Herren in Grau. Ein Blick, und Romanow wußte, wessen Fotografie eines schönen Tages neben den drei ernsten, grauen Herren an der Wand hängen würde.

»Welche Ehre für unsere kleine Bank, Herr Romanow«, begann Herr Bischoff mit einer Verneigung und schüttelte dem Russen die Hand, worauf Romanow nach einem Nicken seine Assistentin vorstellte, die daraufhin mit der gleichen höflichen Verneigung und dem gleichen Händedruck bedacht wurde.

»Darf ich Ihnen meinerseits meinen Sohn und zwei meiner Partner vorstellen — Herr Müller und Herr Weißkopf.« Die drei Herren verbeugten sich gleichzeitig, blieben jedoch stehen, als Bischoff am Tischende Platz nahm. Auf seinen Wink setzten Romanow und Anna sich neben ihn.

»Würden Sie mir wohl erlauben, einen Blick in Ihren Paß zu werfen?« fragte Bischoff, als wollte er auf diese Weise andeuten, daß der formelle, geschäftliche Teil des Gesprächs begonnen hatte. Romanow zog den kleinen blauen Paß mit dem weichen Einband aus der Innentasche und reichte ihn dem Bankier, der das Dokument eingehend begutachtete — ganz wie ein Briefmarkenspezialist eine alte Marke überprüft, bevor er sie für tadellos erklärt. »Danke«, sagte er und reichte ihn seinem Besitzer zurück.

Auf eine Handbewegung Herrn Bischoffs verließ einer der

übrigen Bankiers unverzüglich den Raum. »Nur einen Augenblick bitte. Mein Sohn wird die Ikone bringen, die sich bei uns in sicherem Gewahrsam befindet. Darf ich Ihnen inzwischen einen Kaffee anbieten? Russischen«, fügte er hinzu.

Der Kaffee wurde wenige Sekunden später von einer weiteren elegant gekleideten Dame hereingetragen.

»Danke«, sagte Anna Petrowa, die ein wenig eingeschüchtert wirkte, aber Romanow blieb stumm, bis Herr Bischoff junior mit einer kleinen Kassette in der Hand zurückkehrte, die er seinem Vater übergab.

»Sie werden verstehen, daß ich in dieser Angelegenheit mit äußerster Delikatesse vorgehen muß«, sagte der alte Herr in vertraulichem Ton. »Es wäre ja durchaus möglich, daß diese Ikone nicht derjenigen entspricht, die Ihre Regierung sucht.«

»Ich verstehe«, sagte Romanow.

»Dieses hervorragende Beispiel russischer Kunst befindet sich seit 1938 in unserer Obhut, als es auf den Namen eines gewissen Herrn Emmanuel Rosenbaum in der Bank deponiert wurde.«

Die beiden Besucher sahen sich entgeistert an.

»*Newosmoschno*«, flüsterte Anna ihrem Chef zu. »Er hätte doch nie einen . . .«

»Der Name ist vermutlich genau aus diesem Grund gewählt worden.« Im Ärger über ihre Unvorsichtigkeit schnitt Romanow Anna grob das Wort ab. »Ist das so schwer zu begreifen? Völlig einleuchtend«, er wandte sich wieder dem Bankier zu. »Darf ich die Ikone sehen?«

Herr Bischoff stellte die Kassette auf den Tisch. Die drei Männer in Grau traten einen Schritt vor. Romanow blickte auf. »Das Schweizer Gesetz schreibt drei Zeugen vor, wenn wir ein Schließfach auf den Namen eines anderen öffnen«, erläuterte der alte Herr.

Romanow nickte einmal kurz.

Herr Bischoff zog einen Schlüssel aus der Tasche und machte sich daran, die Metallkassette aufzuschließen, während sein Sohn sich vorbeugte und mit einem anderen Schlüssel ein zweites Schloß öffnete. Nach dieser kleinen Zeremonie drückte Herr Bischoff den Deckel der Kassette auf und drehte sie so, daß seine Gäste hineinsehen konnten. Wie ein Kind, das voller Erwartung in den Sack des Weihnachtsmannes greift, griff Romanow ins Kistchen und zog mit großen Augen die Ikone heraus: ein wunderschönes Bild: eine kleine, rechteckige Holztafel voller winziger Farbmomente in Rot, Gold und Blau, aus denen sich mosaikartig die Figur eines Mannes zusammensetzte, auf dessen Schultern die Sorgen der ganzen Welt zu lasten schienen, obwohl das Gesicht bei aller Traurigkeit eine heitere Gelassenheit ausstrahlte. Was Romanow da in der Hand hielt, war so großartig und wundervoll wie das schönste Bild, das er im Winterpalast gesehen hatte.

Da Romanow ergriffen schwieg, wußte keiner im Raum so recht, wie man sich verhalten sollte, bis schließlich Anna das Wort ergriff: »Das ist ein Meisterwerk«, sagte sie. »Es stammt auch ohne Zweifel aus dem fünfzehnten Jahrhundert. Wie Sie aber erkennen können, stellt es keineswegs den heiligen Georg mit dem Drachen dar.«

Romanow stimmte ihr zu, brachte es jedoch nicht über sich, das Bild aus der Hand zu geben. »Wissen Sie aber auch, woher *diese* Ikone stammt?« wollte er wissen.

»Natürlich«, antwortete Anna, die gern einmal selbst hervortrat. »Die Ikone zeigt den heiligen Petrus — Sie erkennen es an dem Schlüssel in seinen Händen —, und gemalt hat sie Dionysij im Jahr 1471. Zweifelsohne ist sie eines der schönsten Beispiele seines Schaffens. Nur, die Zaren-Ikone ist sie nicht.«

»Aber sie gehört dem russischen Volk?« fragte Romanow, der wenigstens *einen* Lohn für all seine Mühen erhoffte.

»Nein, Genosse Major«, erwiderte die Wissenschaftlerin mit Bestimmtheit. »Sie gehört der Bayerischen Staatsgemäldesammlung, aus der sie seit dem Tag, an dem Hitler zum Reichskanzler ernannt wurde, verschwunden ist.«

Bischoff kritzelte etwas auf ein Blatt Papier, das vor ihm lag. Er wußte gleich mindestens eine Bank in München, die in Zukunft mit ihm gerne ein Geschäft abschließen würde.

Romanow, der außer einem »Danke sehr« kein Wort über die Lippen brachte, legte die Ikone wieder in die Kassette, und nachdem er seinen Schlüssel im Schloß gedreht hatte, schloß Herr Bischoff junior seinerseits ab und verließ mit dem nicht beanspruchten Schatz den Raum. Romanow, der zwar jetzt wenigstens Görings Decknamen oder einen seiner Decknamen zu kennen glaubte, versprach sich von diesem Treffen weiter nichts und wollte sich schon erheben, als der alte Bankier ihn bat:

»Dürfte ich Sie wohl ein paar Minuten vertraulich sprechen, Herr Romanow?«

»Selbstverständlich.«

»Die Angelegenheit, die ich zur Sprache bringen möchte, ist eher heikel«, sagte Bischoff. »Es wäre Ihnen vielleicht angenehmer, wenn Ihre Kollegin uns einen Augenblick allein ließe.«

»Das wird kaum nötig sein«, sagte Romanow. Er konnte sich nicht vorstellen, daß Bischoff ihm etwas zu sagen haben könnte, das er nicht ohnehin mit Anna Petrowa besprechen müßte.

»Ganz wie Sie wünschen«, meinte Herr Bischoff. »Darf ich fragen, ob es für Ihren Besuch hier einen weiteren Grund gibt?«

»Ich weiß nicht, wovon Sie sprechen«, entgegnete Romanow.

»Ich glaubte, möglicherweise den wahren Grund zu kennen, warum Sie zu Beginn Ihrer Ermittlungen ausgerechnet unsere Bank ausgesucht haben.«

»Ich habe mir Ihre Bank nicht ausgesucht«, korrigierte ihn Romanow. »Sie ist nur eine von . . .« Er hielt inne.

»Ich verstehe«, sagte Herr Bischoff, nun ebenfalls leicht verwirrt. »Gestatten Sie mir einige Fragen?«

»Wenn es sein muß«, erwiderte Romanow, der bereits ungeduldig wurde; er wollte so rasch wie möglich weg.

»Sie sind Alexander Petrowitsch Romanow?«

»Davon haben Sie sich bereits überzeugt. Sonst wären wir nie so weit gekommen.«

»Der einzige Sohn des Peter Nikolajewitsch Romanow?«

»Ja.«

»Und Enkel des Grafen Nikolai Alexandrowitsch Romanow?«

»Wollen Sie mir Geschichtsunterricht über meinen Stammbaum erteilen?« fragte Romanow sichtlich irritiert.

»Nein, ich wollte mir nur meiner Sache sicher sein und hielte es nun wirklich für klüger, wenn Ihre Kollegin uns für einen Augenblick allein ließe«, bat der alte Herr noch einmal fast schüchtern.

»Auf keinen Fall«, sagte Romanow ablehnend. »In der Sowjetunion sind wir alle gleich«, fügte er großspurig hinzu.

»Selbstverständlich.« Herr Bischoff warf einen raschen Blick auf Anna, ehe er fortfuhr: »Ihr Vater ist 1948 gestorben?«

»Ja.« Romanow begann sich nun doch allmählich unbehaglich zu fühlen.

»Und Sie sind das einzige überlebende Kind?«

»So ist es«, bestätigte Romanow stolz.

»In diesem Fall ist meine Bank im Besitz...« Herr Bischoff zögerte, während einer der Männer in Grau eine Akte vor ihn hinlegte, und setzte sich umständlich eine goldene Halbbrille auf die Nase — wie in einer kleinen Zeremonie, die er so lang wie möglich hinzog.

»Sprechen Sie nicht weiter«, bat Romanow leise.

Bischoff blickte auf. »Es tut mir leid, aber ich hatte jeden Grund zu der Annahme, daß Ihr Besuch geplant war.«

Anna Petrowa, die auf die Kante ihres Stuhls rutschte, genoß jeden Augenblick des Dramas, das sich da vor ihr entfaltete. Sie ahnte schon, wie es weitergehen würde, war aber doch enttäuscht, als Romanow sich ihr zuwandte.

»Warten Sie bitte draußen auf mich«, sagte er kurz. Anna Petrowa verzog schmollend die Lippen, bevor sie sich widerstrebend erhob und hinausging.

Herr Bischoff wartete, bis er sicher sein konnte, daß sie die Tür auch wirklich hinter sich geschlossen habe, dann erst schob er die Akte über den Tisch, die Romanow mit spitzen Fingern aufschlug. Oben auf der ersten Seite, dreimal unterstrichen, prangte der Name seines Großvaters. Die Zahlenreihen, die unter dem Namen ausgedruckt waren, bedeuteten Romanow nichts.

»Wie Sie sehen, haben wir die Anweisungen Ihres Großvaters befolgt und sein Vermögen nur in grundsoliden Werten investiert.« Herr Bischoff beugte sich zu Romanow hinüber und zeigte auf eine Zahl, die auswies, daß die Bank in den vorausgegangenen neunundvierzig Jahren einen durchschnittlichen Gewinn von jährlich 6,7 Prozent erzielt hatte.

»Was bedeutet die Zahl ganz unten auf der Seite?« wollte Romanow wissen.

»Sie beziffert den Gesamtwert Ihrer Aktien, Wertpapiere und Barmittel auf dem Stand von heute morgen neun Uhr. Seit Ihr Großvater im Jahre 1916 das Konto bei unserer Bank eröffnet hat, ist es an jedem Montag auf den neuesten Stand gebracht worden.« Der alte Mann blickte voller Stolz zu den drei Bildern an der Wand auf.

»*Bosche moj*«, sagte Romanow, als ihm die Höhe der Endsumme aufging. »Und in welcher Währung?«

»Ihr Großvater hat nur zum englischen Pfund Vertrauen gehabt«, antwortete Bischoff.

»*Bosche moj*«, wiederholte Romanow.

»Darf ich Ihrem Kommentar entnehmen, daß Sie mit unserer Vermögensverwaltung nicht ganz unzufrieden sind?«

Romanow war sprachlos.

»Es wird Sie vielleicht interessieren, daß es außerdem eine Reihe von Safes gibt, deren Inhalt uns nicht bekannt ist. Ihr Vater, der uns kurz nach dem Krieg einmal einen Besuch abgestattet hat, schien zufrieden und versicherte mir, er würde bald wiederkommen, aber wir haben nie mehr etwas von ihm gehört. Die Nachricht von seinem Tod haben wir mit großem Bedauern aufgenommen. Vielleicht ziehen auch Sie es unter den gegebenen Umständen vor, den Inhalt der Safes ein anderes Mal in Augenschein zu nehmen«, fuhr der Bankier fort.

»Ja«, sagte Romanow leise. »Könnte ich vielleicht heute nachmittag noch einmal kommen?«

»Die Bank steht Ihnen stets zu Diensten, Eure Exzellenz«, erwiderte Herr Bischoff.

Seit der Revolution hatte in Rußland niemand mehr einen Romanow mit diesem Titel angesprochen. Alex Romanow saß eine Weile schweigend da. Schließlich erhob er sich und schüttelte Herrn Bischoff die Hand. »Ich bin am Nachmittag wieder da«, versprach er, bevor er zu seiner Begleiterin hinausging.

Bis sie unten die Straße erreichten, sagte keiner von beiden ein Wort. Romanow war so überwältigt von dem, was er eben erfahren hatte, daß er unter den Wartenden an der Straßenbahnhaltestelle gegenüber den Mann nicht bemerkte, dem er vorhin beim Hotel so geschickt entkommen war.

7

Der Pastor ließ sich am Tisch nieder und studierte das Dokument, äußerte sich dazu aber erst nach geraumer Zeit. Er hatte Adam gleich nach den ersten Worten in die Abgeschiedenheit seines kleinen Büros hinter der Deutschen Lutherischen Kirche gebeten.

Den kahlen Raum dominierte ein mächtiger Holztisch und ein paar Holzstühle, die nicht so recht zusammenpaßten. Einziger Schmuck an den leeren, weißgetünchten Wänden war ein kleines, schwarzes Kruzifix. Auf zwei der ungleichen Stühle saßen jetzt Adam und der Pastor: Adam kerzengerade, der Gottesmann in seiner langen schwarzen Soutane die Ellbogen auf den Tisch, den Kopf in die Hände gestützt. Er starrte auf die Kopie des Dokuments.

Ohne den Blick von dem Blatt zu heben, erklärte er nach längerer Zeit: »Das ist, wenn ich mich nicht irre, ein Depotschein. Ich kenne mich in diesen Dingen nicht sonderlich gut aus, bin mir aber ziemlich sicher, daß Roget et Cie. — offenbar eine Schweizer Bankgesellschaft mit Sitz in Genf — im Besitz eines Gegenstandes sind, der hier als ›Zaren-Ikone‹ bezeichnet wird. Und wenn ich mich recht erinnere, kann das Original irgendwo in Moskau besichtigt werden. Es scheint«, fuhr er fort, »daß der Besitzer dieses Dokuments, falls er bei der Schweizer Bank vorstellig wird, Anspruch auf besagte Ikone vom heiligen Georg mit dem Drachen erheben kann, die ein gewisser Emmanuel Rosenbaum dort deponiert hat. Ich muß zugeben«, fügte der Pastor hinzu und schaute zum erstenmal auf, »daß ich so etwas noch nie zu Gesicht bekommen habe.« Er gab Adam die zusammengefaltete Kopie zurück.

»Danke«, sagte Adam. »Sie haben mir sehr geholfen.«

»Ich bedaure nur, daß mein Bischof sich zur Zeit momentan auf seinen alljährlichen Exerzitien befindet. Er könnte sicherlich mehr Licht in diese Angelegenheit bringen als ich.«

»Sie haben mir alles gesagt, was ich wissen muß«, erwiderte Adam, konnte dann jedoch der Versuchung nicht widerstehen und fragte: »Sind Ikonen wertvoll?«

»Auch für solche Auskünfte, ich muß es bekennen, bin ich nicht der ideale Ansprechpartner. Ein Kunstgegenstand kann praktisch jeden Wert haben — vom niedrigsten bis zum höchsten —, ohne daß es dafür eine Erklärung gäbe, die uns gewöhnliche Sterbliche zufriedenstellen könnte. Mehr weiß ich nicht.«

»Also ist es unmöglich, den wirklichen Wert dieser Ikone zu erfahren?« fragte Adam.

»Ich wage dazu keine Meinung zu äußern, aber die Auktionshäuser Sotheby's oder Christie's wären dazu sicher bereit. Schließlich behaupten sie in ihrer Werbung, für jedes Gebiet einen Experten zu haben, der nur darauf wartet, die geschätzten Kunden zu beraten.«

»Dann werde ich mal die Probe aufs Exempel machen«, sagte Adam, »und ihnen einen Besuch abstatten.« Er bedankte sich zum Abschied.

»Aber nicht doch«, wehrte der Pastor ab. »Es war mir ein Vergnügen, Ihnen behilflich sein zu können. Einmal was anderes als Frau Gerbers Eheprobleme oder eine Diskussion über die Größe der Kürbisse, die der Kirchenvorsteher zieht.«

Adam fuhr mit dem Bus bis Hyde Park Corner, sprang ab, als der Richtung Knightsbridge links abbog, lief durch die Fußgängerunterführung und marschierte Piccadilly hinunter zum

Ritz. Sotheby's so hatte er irgendwo gelesen, befand sich in der Bond Street, wenngleich er das Auktionshaus dort nie bewußt gesehen hatte.

Hundert Meter weiter wandte er sich nach links, ging langsamer, um auf beiden Seiten der Straße die Firmenschilder zu studieren, passierte Gucci, Cartier und Asprey und begann sich schon zu fragen, ob ihn vielleicht sein Gedächtnis im Stich gelassen hatte und er nicht lieber gleich im Telefonbuch nachschlagen sollte, als er, nach dem Irish Tourist Board und nach Celine oberhalb eines kleinen Zeitungskiosks gegenüber endlich den goldenen Schriftzug entdeckte.

Adam überquerte die Einbahnstraße und trat durch den Haupteingang neben dem Kiosk. Eingeschüchtert von der ungewöhnlichen Umgebung, kam er sich vor wie ein kleiner Junge am ersten Schultag; er wußte nicht, an wen er sich wenden sollte. Die meisten Leute hasteten an ihm vorbei die Treppe hoch, und er wollte ihnen schon folgen, als Adam – er blickte sich um – einen Mann in langem grünem Mantel mit »Sotheby's« als gestickte Aufschrift, auf einmal sagen hörte: »In den ersten Stock und dann immer geradeaus, Madam. Die Auktion beginnt in wenigen Minuten.«

»Wo kann ich etwas schätzen lassen?« erkundigte Adam sich bei ihm.

»Den Korridor entlang bis zum Ende geradeaus, Sir, dann sehen Sie linker Hand gleich das Mädchen hinter dem Annahmeschalter«, bellte ihn der Angesprochene mit einer Stimme an, die nur einem ehemaligen Drill-Sergeanten aus Aldershot gehören konnte ... An der Annahmestelle erklärte eine alte Dame einem der Mädchen hinter dem Schalter, ihre Großmutter habe ihr die Vase vor einigen Jahren hinterlassen und sie hätte gern gewußt, wieviel wohl das Stück wert sei.

Das Mädchen warf einen raschen Blick auf das Erbstück. »Könnten Sie bitte in etwa fünfzehn Minuten wiederkommen? Bis dahin hat unser Mr. Makepeace sicherlich Zeit gefunden, sich die Vase einmal anzusehen und kann Ihnen einen ungefähren Schätzwert nennen.«

»Vielen Dank, meine Liebe«, flüsterte die alte Dame erwartungsvoll. Das Mädchen hob die große, üppig verzierte Vase hoch und trug sie nach hinten. Wenige Augenblicke später war sie zurückgekehrt und stand vor Adam.

»Kann ich Ihnen behilflich sein, Sir?«

»Ich weiß nicht so recht«, setzte Adam an. »Ich brauche ein Gutachten über eine Ikone.«

»Haben Sie das Stück mitgebracht, Sir?«

»Nein, es befindet sich zur Zeit noch im Ausland.«

»Können Sie irgendwelche näheren Angaben machen?«

»Nähere Angaben?«

»Name des Künstlers, Datierung, Format. Oder, was noch besser wäre, haben Sie eine Fotografie des Objekts bei sich?«

»Nein«, antwortete Adam hilflos. »Ich kenne nur das Sujet. Aber ich habe ein Dokument, das sich auf das Bild bezieht«, fügte er hinzu. Er reichte ihr den Depotschein, den er schon dem Pastor gezeigt hatte.

»Sehr aufschlußreich ist das nicht gerade«, meinte das Mädchen, während sie die deutsche Abschrift studierte. »Aber ich werde den Leiter unserer Abteilung für griechische und russische Ikonen fragen. Vielleicht kann Mr. Sedgwick Ihnen weiterhelfen.«

»Danke«, sagte Adam zum Mädchen, das bereits den Hörer abnahm.

»Hätte Mr. Sedgwick Zeit, einen Kunden zu beraten?« erkundigte sie sich. Sie lauschte einen Moment, dann legte sie wieder auf.

»Mr. Sedgwick kommt gleich herunter. Wenn Sie bitte einen Augenblick warten wollen.«

»Aber gewiß«, erwiderte Adam, der sich schon fast wie ein Betrüger vorkam. Das Mädchen hatte sich längst dem nächsten Kunden zugewandt. Adam betrachtete während seines

Wartens auf Mr. Sedgwick aufmerksam die Bilder an der Wand — Fotos von Kunstobjekten, die bei den letzten Versteigerungen unter den Hammer gekommen waren, so ein großes Gemälde von Picasso mit dem Titel »Trois baigneuses«, das für vierzehntausend Pfund verkauft worden war und, soweit Adam das zu erkennen vermochte, stellte das in leuchtenden Farben gehaltene Ölbild drei an einem Strand tanzende Frauen dar; auf Frauen schloß Adam, weil die Gestalten Brüste hatten, wenn auch nicht dort, wo sie eigentlich hingehörten, nämlich in der *Mitte* des Oberkörpers. Neben dem Picasso hing ein Degas, ein Mädchen in der Ballettstunde; in dem Fall war das Mädchen eindeutig. Am stärksten fesselte Adam jedoch das großformatige Ölbild eines Künstlers, dessen Name — Jackson Pollock — er noch nie gehört hatte; das Gemälde war um elftausend Pfund versteigert worden. Adam wunderte sich, welche Leute sich derartige Summen für Kunstwerke leisten konnten.

»Ein wundervolles Beispiel für den Pinselstrich des Künstlers«, sagte eine Stimme hinter ihm. Adam wandte sich um und sah vor sich einen hochaufgeschossenen, leichenblassen Mann mit gelblichbraunem Schnurrbart und schütterem rotem Haar, an dem der Anzug wie an einem Kleiderbügel hing.

»Mein Name ist Sedgwick«, verkündete er.

»Scott.« Adam reichte ihm die Hand.

»Nun, Mr. Scott, setzen wir uns dort drüben zusammen, und Sie erzählen mir, wie ich Ihnen behilflich sein kann.«

»Ich bin nicht sicher, ob Sie mir helfen können«, gestand Adam und nahm auf dem Stuhl ihm gegenüber Platz. »Es geht darum, daß mir eine Ikone vererbt wurde, die vielleicht — jedenfalls hoffe ich es — einen gewissen Wert besitzt.«

»Ein vielversprechender Anfang«, meinte Sedgwick, zog eine Brille aus der Brusttasche und klappte sie auseinander.

»Es könnte sich natürlich auch herausstellen, daß gar nicht viel dahinter steckt«, erwiderte Adam. »Ich verstehe nämlich überhaupt nichts von Bildern und möchte Ihre Zeit nicht vergeuden.«

»Meine Zeit vergeuden Sie bestimmt nicht«, versicherte Sedgwick freundlich und entgegenkommend. »Wir verkaufen auch eine Menge Gegenstände für weniger als zehn Pfund, müssen Sie wissen«, was Adam selbstverständlich nicht gewußt hatte, was aber seine Besorgnis verringerte. »Eine Fotografie dieser Ikone haben Sie nicht, wie ich höre?«

»Leider nein«, gab Adam zu. »Die Ikone befindet sich noch im Ausland; um ganz ehrlich zu sein: ich habe sie noch nie zu Gesicht bekommen.«

»Verstehe«, bemerkte Sedgwick und steckte die Brille wieder weg. »Aber können Sie mir etwas über ihre Herkunft sagen?«

»Nur wenig. Sie wird als ›Zaren-Ikone‹ bezeichnet; ihr Sujet ist der heilige Georg mit dem Drachen.«

»Wie merkwürdig«, sagte Sedgwick. »Vor einer Woche etwa hat sich noch jemand nach eben dieser Ikone erkundigt, wollte uns aber seinen Namen nicht hinterlassen.«

»Es hat noch ein anderer nach der Zaren-Ikone gefragt?«

»Ja, ein Herr aus Rußland, wenn ich mich nicht irre.« Sedgwick klopfte sich mit der Brille aufs Knie. »Ich habe auf seinen Wunsch hin weitreichende Nachforschungen über diese Ikone angestellt, aber nur wenig herausgefunden, was nicht bereits gut dokumentiert war. Der Herr wollte wissen, ob die Ikone jemals durch unsere Hände gegangen sei, beziehungsweise, ob wir überhaupt je von ihr gehört hätten. Ich setzte ihm dann auseinander, daß Rubljews Meisterwerk sich wie eh und je im Winterpalast befindet, wo es von jedermann besichtigt werden kann. Ein Original aus dem Winterpalast läßt sich übrigens stets mit Sicherheit daran erkennen, daß in die Rückseite des Rahmens die Silberkrone des Zaren eingelassen ist. Seit dem vierzehnten Jahrhundert wurden von Rubljews Meisterwerk zahlreiche Kopien unterschiedlicher Qualität hergestellt. Den

Russen interessierte die Kopie eines Hofmalers aus der Zeit um 1914, aber es war mir nicht möglich, in einem der Standardwerke auch nur die Spur einer solchen Ikone zu finden. Haben Sie Unterlagen, die sich auf Ihre Ikone beziehen?« erkundigte sich Sedgwick.

»Nicht sehr viel«, sagte Adam. »Nur eine Abschrift des Depotscheins, der mir in dem Testament vermacht wurde«, fügte er hinzu und reichte dem Experten das Papier.

Wieder klappte Mr. Sedgwick die Brille auseinander, bevor er das Blatt studierte. »Ausgezeichnet, ganz ausgezeichnet«, meinte er schließlich. »Anscheinend sind Sie Besitzer einer Kopie der Zaren-Ikone vom damaligen Hofmaler — vorausgesetzt, das Haus Roget et Cie. gibt sie frei. Sie werden sie jedoch persönlich abholen müssen, soviel steht fest.«

»Aber ist das Bild solche Mühe überhaupt wert?« fragte Adam. »Können Sie mir ungefähr sagen, wieviel es wert ist?«

»Schwierig, genaue Angaben zu machen, ohne es tatsächlich gesehen zu haben«, erklärte Sedgwick und reichte Adam das Dokument zurück.

»Also, wie hoch ist die Mindestsumme, die ich dafür bekommen könnte?«

Mr. Sedgwick runzelte die Stirn. »Zehn«, sagte er, »vielleicht fünfzehn, zwanzig wäre die absolute Höchstgrenze.«

»Zwanzig Pfund!« sagte Adam, unfähig, seine Enttäuschung zu verbergen. »Es tut mir leid, daß ich Ihre Zeit vergeudet habe, Mr. Sedgwick.«

»Aber nein, Mr. Scott. Sie mißverstehen mich. Ich meinte zwanzig*tausend* Pfund.«

8

»Noch etwas Kaviar, Genosse?« erkundigte sich Anna Petrowa, die Romanow beim Mittagessen gegenübersaß.

Romanow runzelte die Stirn. Auf seinen Vorwand, es habe sich um eine »streng vertrauliche Information« gehandelt, die er nur auf höchster Ebene weitergeben dürfe, hatte seine Begleiterin nur mit einem wissenden Lächeln reagiert, und genauso wenig hätte sie ihm eine dringende Verabredung auf dem Konsulat am Nachmittag abgenommen; er erwähnte deshalb erst gar nichts.

Anna streckte Romanow einen gestrichen vollen Löffel Kaviar entgegen, als ginge es darum, ein eßunwilliges Baby zu füttern.

»Danke — *nein*«, erklärte Romanow mit Festigkeit.

»Ganz wie du willst«, sagte die junge Frau, bevor sie sich selbst den Kaviar in den Mund schob. Romanow verlangte die Rechnung; von dem Geld — es schoß ihm angesichts des kleinen Zettels dann unwillkürlich durch den Sinn — konnte eine russische Familie einen ganzen Monat lang leben. Er zahlte kommentarlos.

»Wir treffen uns dann später hier im Hotel«, sagte er schroff.

»Aber gewiß«, erwiderte Anna Petrowa, die noch immer mit ihrem Kaffee spielte. »Um wieviel Uhr darf ich dich denn erwarten?«

Wieder runzelte Romanow die Stirn. »Nicht vor sieben«, antwortete er.

»Und hast du irgendwelche Wünsche, was ich heute nachmittag anstellen soll, Genosse Major?«

»Mach, was du willst«, sagte Romanow und ließ sie ohne ein weiteres Wort allein zurück. Draußen auf der Straße marschierte er in zur Bank entgegengesetzter Richtung davon, zweifelte aber daran, ob er Anna, die ihm durch das Fenster des Restaurants mißtrauisch nachschaute, oder den Agenten, der seit fast zwei Stunden auf der anderen Straßenseite geduldig wartete, wirklich täuschen konnte.

Um genau drei Uhr saß Romanow, unter den Augen der drei Herren Bischoff an der Wand, mit dem fünften Herren Bischoff hinter sich, dem vierten Herrn Bischoff im fünften Stock der Bank gegenüber.

»Wir haben . . .«, begann Bischoff in der gleichen bedächtigen, formellen Art, die schon das Tempo der vormittäglichen Sitzung bestimmt hatte, ». . . fünf Safes, die seit dem Besuch Ihres Vaters im Jahre 1945 nicht mehr geöffnet worden sind. Sollten Sie den Wunsch hegen, den Inhalt zu inspizieren . . .«

»Wozu sonst wäre ich denn wieder hergekommen?« fragte Romanow, den der gemessene Tonfall und das gekünstelte Ritual sofort ungeduldig machte.

»Ja, allerdings«, sagte Bischoff, als habe er die Unhöflichkeit überhaupt nicht bemerkt. »Dann brauchen wir jetzt nur noch Ihre Unterschrift unter eine Verzichtserklärung, um dem Schweizer Gesetz Genüge zu tun, das in solchen Fällen eine derartige Erklärung verlangt.« Romanow wurde unruhig. »Es handelt sich um eine reine Formalität.« Der Russe blieb stumm. »Seien Sie versichert, Eure Exzellenz: Sie sind aus Ihrem Land nicht der einzige, der von Zeit zu Zeit in diesem Sessel sitzt.«

Herr Bischoff schob ein Blatt Papier mit über zwanzig kleingedruckten Klauseln über den Tisch. Romanow kritzelte mit dem ihm hingereichten goldenen Füllhalter seine Unterschrift zwischen die zwei Kreuze. Er versuchte gar nicht zu verstehen, was er da unterschrieb. Wenn sich diese Leute die Hinterlassenschaft seines Großvaters bis heute nicht angeeignet hatten, würden sie sich ausgerechnet jetzt die Mühe kaum machen.

»Darf ich Sie höflich bitten, mir zu folgen«, sagte Herr Bischoff und übergab das Blatt Papier seinem Sohn, der auf der Stelle den Raum verließ, erhob sich und führte Romanow schweigend auf den Korridor, von wo sie mit dem Privatlift des Bankpräsidenten in den Keller hinunterfuhren.

Wären die Stahlgitter nicht auf Hochglanz poliert gewesen, so wäre sich Romanow, als die Türen sich öffneten, fast wie in einem Gefängnis vorgekommen. Auf der anderen Seite des Gitters sprang beim Anblick des Bankchefs diensteifrig ein Mann hinter seinem Schreibtisch auf, um mit einem langschäftigen Schlüssel von innen das Schloß aufzusperren. Romanow folgte Bischoff durch die offene Tür, die hinter ihnen gleich wieder abgeschlossen wurde. Der Wächter führte sie durch einen Gang, der — ähnlich wie ein Weinkeller — alle paar Meter Temperatur- und Feuchtigkeitsmeßgeräte aufwies, in dem es aber kaum hell genug war, um sie — falls es am Boden Hindernisse gegeben hätte — vor Stolpern und Hinfallen zu bewahren. Am Ende des Ganges wartete vor einer gewaltigen, kreisrunden Stahltür Bischoff junior. Auf ein Nicken des alten Herrn steckte der Junior einen Schlüssel in ein Schloß, drehte ihn, und nachdem sein Vater vorgetreten und ein weiteres Schloß geöffnet hatte, stießen die beiden gemeinsam die zweiundzwanzig Zentimeter dicke Tür auf, ohne dann jedoch Anstalten zu machen, den Tresorraum zu betreten.

»Es gehören Ihnen fünf Safes, nämlich Nummer 1721, 1722, 1723, 1724 . . .«

»Und zweifelsohne auch 1725«, fiel ihm Romanow sarkastisch ins Wort.

»Ganz recht«, sagte Herr Bischoff nur, während er einen Umschlag aus der Tasche zog und hinzufügte: »Er gehört Ihnen, der Schlüssel, den Sie in ihm finden, öffnet alle fünf Fächer.« Romanow nahm das Kuvert entgegen und wandte sich dem gewölbten Raum zu, der offen vor ihm lag. »Zuerst einmal müssen wir das Bankschloß aufsperren«, erklärte Herr Bischoff. »Wollen Sie uns bitte folgen?« Romanow zog den Kopf ein, als er hinter den beiden Herren Bischoff ging. Der Junior öffnete das obere Schloß der fünf Safes, die, drei kleine über zwei großen, einen vollkommenen Würfel bildeten. »Sobald wir den Tresorraum verlassen haben«, sagte der Senior, »sperren wir die Tür hinter uns zu. Wenn Eure Exzellenz wieder heraus möchten, brauchen Sie uns nur durch einen Druck auf den roten Knopf hier an der Seitenwand zu rufen. Ich muß Sie aber darauf aufmerksam machen, daß der Tresorraum um sechs automatisch versperrt wird und vor neun Uhr des nächsten Morgens nicht wieder geöffnet werden kann. Um viertel vor sechs ertönt ein Warnsignal.« Romanow blickte auf die Uhr an der Wand: drei Uhr siebzehn. Er konnte sich nicht vorstellen, daß er zwei Stunden brauchen würde, um nachzusehen, was sich in den fünf Safes befand. Die zwei Herren Bischoff verabschiedeten sich mit einer Verbeugung.

Romanow wartete ungeduldig, bis sich die riesige Tür hinter ihm geschlossen hatte und schaute sich dann, endlich allein, in dem Gewölbe um. Er schätzte, daß etwa zwei- bis dreitausend Fächer in die vier Mauern eingelassen sein mußten, die wie die Wände einer Bibliothek aus Safes wirkten. Vermutlich, überlegte Romanow, befand sich allein in diesem einen Tresorraum mehr an Privatvermögen, als die meisten Länder der Erde an Staatsgeldern besaßen. Er überprüfte die Nummern seiner eigenen Schließfächer und stand vor ihnen wie ein hungriges Waisenkind, dem eine zweite Portion Essen versprochen worden war.

Er entschloß sich, mit einem der kleinen Fächer zu beginnen. Er drehte den Schlüssel und hörte das Schloß klicken. Er zog die dickwandige Schublade heraus: Sie war, wie er feststellte, voller Papiere. Schon bei einem raschen Durchblättern erkannte er, daß es sich um Besitzurkunden für ausgedehnte Ländereien in Böhmen und Bulgarien handelte — einst Millionen wert, heute Besitz sozialistischer Staaten. Mit jedem neuen Dokument kam ihm die alte Redewendung in den Sinn »nicht das Papier wert, auf dem es geschrieben steht«. Im nächsten Fach fand Romanow Schuldverschreibungen von Firmen, die einst von Seiner Exzellenz Graf Nikolai Alexandrowitsch Romanow geleitet worden waren und zuletzt 1914 einen Gewinn ausgewiesen hatten. Romanow verfluchte das Gesellschaftssystem, in das er hineingeboren worden war, während er sich bereits dem dritten Fach zuwandte, das nur ein einziges Dokument enthielt — das Testament seines Großvaters, der, wie Alex im Nu erkannte, alles seinem Sohn hinterlassen hatte, so daß nun er selbst der rechtmäßige Erbe war von allem — und von nichts.

Romanow war bestürzt. Er ließ sich auf die Knie nieder, um die beiden größeren Safes zu untersuchen, die jeder geräumig genug schienen, um ein Cello aufnehmen zu können. Nach einem kurzen Zögern öffnete er, zog den riesigen Behälter heraus und lugte gespannt hinein.

Das Fach war leer. Wahrscheinlich stand es seit über fünfzig Jahren leer — außer, sein Vater hätte alles herausgenommen, was aber nicht anzunehmen war.

Der Behälter des fünften Safes, den Romanow nach dem Aufsperren fast schon verzweifelt herauszog, war in zwölf gleich große Fächer unterteilt. Romanow wollte seinen Augen nicht trauen, als er den Deckel abgenommen hatte: Da lagen vor ihm Edelsteine, so groß, so mannigfaltig und farbenprächtig, daß ihr Anblick wohl nur reichen Königen nicht den Atem verschlagen hätte. Zärtlich fast hob er den Deckel des nächsten Fachs — unglaublich exquisite Perlen einer einreihigen Kette, die selbst das unscheinbarste Mädchen in eine betörende Schönheit verwandelt hätten. Beim Öffnen des dritten Kästchens begann es ihm zum erstenmal richtig bewußt zu werden, warum sein Großvater als einer der rührigsten Kaufleute des Jahrhunderts gegolten hatte. Und all das gehörte nun Alex Romanow, einem mittellosen Staatsbeamten, der sich allmählich von seiner Verblüffung erholte und zu fragen begann, wie er es anstellen konnte, um auch in den Genuß solcher Reichtümer zu kommen.

Für die restlichen neun Fächer brauchte Romanow noch eine ganze Stunde. Nach dem letzten, das — beinahe enttäuschend — nur Goldmünzen enthielt, fühlte er sich völlig erschöpft. Er schaute zur Uhr an der Wand: halb sechs. Er drückte die Deckel wieder auf ein Fach nach dem anderen. Ein prachtvolles Schmuckstück aber mußte er einfach herausnehmen, weil er sich davon nicht lösen konnte.

Nachdenklich hielt er die lange, massive Goldkette mit dem schweren goldenen Medaillon in der Hand, mit dem eingravierten Porträt des stolzen, stattlichen Grafen Nikolai Alexandrowitsch auf der einen, dem Profil seiner Großmutter auf der anderen Seite — einer so bezaubernd wirkenden Frau, daß an ihr jedes Juwel dieses Schatzes zu unvergleichlicher Geltung gekommen sein mußte.

Er brachte es nicht über sich, die Kette wieder zu verschließen und legte sie sich schließlich um den Hals; das Medaillon baumelte auf seiner Brust. Ein letzter Blick und er steckte es unter sein Hemd, bevor er das Übrige in die letzten Fächer zurücklegte und den Safe zusperrte.

Zum zweitenmal an diesem Tag mußte Romanow an seinen Vater denken und an die Entscheidung, die er angesichts solchen Reichtums offenbar getroffen hatte. Er hatte sein Geheimnis für sich behalten; er war nach Rußland zurückgekehrt. Hatte er das für seinen Sohn getan, um ihn vor einem Leben unvermeidlicher Plackerei zu bewahren? Der Vater hatte ihm immer wieder eine wunderbare, aufregende Zukunft versprochen, hatte gesagt, daß es da Geheimnisse gebe, in die Alex noch nicht eingeweiht werden könne, dafür sei er noch zu jung —, und Alex hatte *damit* seinen Vater bei den Behörden denunziert und war mit der Aufnahme in den Komsomol belohnt worden. Sein Vater aber hatte sein Geheimnis mit ins Grab genommen und, wäre Poskonow nicht gewesen, Alex hätte von dem Vermögen nie etwas gehört.

Hatte Poskonow davon gewußt? Oder war es purer Zufall, daß er ihn ausgerechnet zuerst zu dieser Bank geschickt hatte? Geheimdienstoffiziere, die an Zufälle glauben, werden nicht alt — Romanow gab sich einen Ruck.

Nur ein falscher Schachzug, und er würde seinem Vater und Großvater in den staatlich verordneten Tod folgen. Bei seiner nächsten Begegnung mit dem alten Bankier würde er seine ganze Geschicklichkeit aufbringen müssen, sonst hätte er keine Chance — und gewiß nicht mehr die Wahl zwischen einer Machtstellung daheim oder Reichtum im Westen.

»Sobald ich die Zaren-Ikone gefunden habe, werde ich mich entscheiden«, sagte er laut. Er fuhr jäh herum, als ihn das durchdringende Schrillen der Alarmglocke überraschte. Er blickte auf die Uhr und war erstaunt, daß er schon so lange in dem versperrten Raum gewesen war. Ohne sich noch einmal umzusehen, schritt er zur Tür des Tresorraumes und drückte auf den roten Knopf. Vor der gleich aufspringenden Tür draußen standen zwei besorgt wirkende Herren Bischoff. Der Junior versperrte eiligst die Bankschlösser zu den fünf Safes im Tresorraum.

»Wir begannen uns allmählich wegen der Zeit Sorgen zu machen«, entschuldigte sich der Senior. »Sie haben hoffentlich alles zu Ihrer Zufriedenheit vorgefunden.«

»Ganz und gar«, sagte Romanow. »Was geschieht aber, wenn ich in absehbarer Zeit nicht wiederkommen könnte?«

»Das spielt überhaupt keine Rolle«, antwortete Herr Bischoff.

»Die Safes werden bis zu Ihrem nächsten Besuch nicht

wieder angerührt, und da sie hermetisch verschlossen sind, bleibt der optimale Zustand Ihrer Besitztümer garantiert.«

»Welche Temperatur herrscht im Tresorraum?«

»Zehn Grad Celsius«, entgegnete Herr Bischoff, den die Frage merklich verblüffte.

»Sind die Fächer luftdicht?«

»Selbstverständlich«, erwiderte der Bankier. »Und wasserdicht. Das soll nicht heißen, das der Keller je überflutet worden wäre«, fügte er mit völlig ernster Miene hinzu.

»Alles im Tresorraum Aufbewahrte ist vor jeder Nachforschung sicher?«

»Sie sind in fünfzig Jahren erst der Dritte, der den Inhalt der fünf Safes zu Gesicht bekommen hat«, sagte der Bankier mit Bestimmtheit.

»Hervorragend«, sagte Romanow, während er auf den kleineren Herrn Bischoff herabblickte. »Dann werde ich morgen vormittag möglicherweise noch einmal vorbeikommen, um ein persönliches Paket zu deponieren.«

»Könnten Sie mich bitte mit Mr. Pemberton verbinden?« fragte Adam.

Lange Pause.

»Bei uns arbeitet kein Mr. Pemberton, Sir.«

»Ich spreche doch mit Barclays International in der City?«

»Ja, Sir.«

»Mr. Lawrence Pemberton. Er arbeitet ganz bestimmt in Ihrer Filiale.«

Eine noch längere Pause.

»Ach ja«, kam es zu guter Letzt durch die Leitung. »Jetzt habe ich die Abteilung, in der Mr. Pemberton arbeitet. Ich werde nachfragen, ob er da ist.« Adam hörte das Klingeln des Telefons im Hintergrund.

»Anscheinend befindet er sich zur Zeit nicht an seinem Schreibtisch, Sir. Möchten Sie eine Nachricht hinterlassen?«

»Nein, danke.« Adam legte auf. Er war so in Gedanken versunken, daß er nicht einmal die Lampe einschaltete, als es dunkel wurde. Für die Ausführung seines Planes fehlten ihm noch einige Bankinformationen, die Lawrence ihm sicherlich ohne Mühe geben konnte.

Ein Schlüssel drehte sich im Schloß. Adam sah Lawrence eintreten, Licht machen und verdutzt dreinschauen, als er den Freund vor sich sitzen sah.

»Wie eröffnet man ein Schweizer Bankkonto?« schoß Adam gleich los.

»Wenn man außer dem Arbeitslosengeld der nächsten Woche nichts zu bieten hat, dürfte das einigermaßen schwer sein«, neckte Lawrence. »Englische Kunden werden übrigens meist unter Codenamen geführt.« Er warf die *Evening News* auf den Tisch. »Für dich wäre der Codename ›Habenichts‹ sicherlich passend!«

»Auch wenn es dich überrascht — meine Frage war völlig ernst gemeint.«

»Na schön«, sagte Lawrence nun in ernsterem Tonfall. »Bei einer Schweizer Bank kann eigentlich jeder ein Konto eröffnen, sofern der Betrag, den er zu deponieren hat, den Aufwand für die Bank lohnt. Unter zehntausend Pfund lohnt es sich bestimmt nicht.«

»Und was muß man tun, um das Geld von einem solchen Konto wieder herauszubekommen?«

»Das kann man telefonisch oder persönlich erledigen — in dem Punkt unterscheiden sich die Banken in der Schweiz nicht wesentlich von anderen Banken. Das Risiko einer Anweisung per Telefon gehen aber wahrscheinlich nur wenige Kunden ein, falls sie ihren Wohnsitz nicht in einem Land haben, das keine Steuergesetze hat, so daß auch keine Steuergesetze gebrochen werden können. In dem Fall wiederum gäbe es eigentlich keinen Grund, warum sie sich überhaupt an die komischen Burschen in Zürich wenden sollten.«

»Was geschieht, wenn die Bank nach dem Tod eines Kunden nicht weiß, wer der rechtmäßige Eigentümer des Guthabens ist?«

»Da unternehmen die Banken selbst gar nichts. Wenn aber jemand Anspruch darauf erhebt, muß er sich als rechtmäßiger Erbe des auf der Bank hinterlegten Guthabens ausweisen können mit den korrekten Unterlagen wie einem Testament und einem Personalausweis. Kein Problem. Mit so was haben wir tagtäglich zu tun.«

»Aber du hast mir doch eben gesagt, das sei illegal!«

»Nicht — von unserer Warte — für Kunden mit Wohnsitz im Ausland, oder wenn wir gerade unsere Goldreserven aufstocken müssen — vom Ausgleichen des Handelsdefizits ganz zu schweigen. Aber die Bank of England wacht streng über jeden Penny, der ins Land kommt oder außer Landes gebracht wird.«

»Wenn mir also ein Onkel in Argentinien eine Million Pfund in Gold auf einer Schweizer Bank vermacht hätte und ich als bezugsberechtigter Erbe die gesetzlich vorgeschriebenen Dokumente besäße, bräuchte ich nur persönlich hingehen und das Gold einfordern?«

»So ist es«, antwortete Lawrence. »Nach geltendem Gesetz müßtest du das Gold allerdings dann mitnehmen und der Bank of England zum von ihr festgesetzten Preis verkaufen. Und von dieser Summe natürlich Erbschaftssteuer zahlen.« Adam schwieg. »Falls du also einen Onkel in Argentinien beerbt haben solltest und das viele Gold in der Schweiz deponiert ist, wärst du deshalb gut beraten, es dort zu lassen, wo es ist. Falls du dich nämlich an den Buchstaben des Gesetzes hältst, bleiben dir unter der gegenwärtigen Regierung schlußendlich etwa siebeneinhalb Prozent vom tatsächlichen Wert.«

»Schade, daß ich keinen argentinischen Onkel habe«, meinte Adam.

»Es muß ja kein Onkel in *Argentinien* sein«, tröstete Lawrence, der jede Reaktion seines Freundes genau beobachtete.

»Vielen Dank für die Auskunft.« Adam verschwand auf sein Zimmer.

Das Puzzle begann sich zusammenzufügen. Er besaß den Depotschein des Bankhauses Roget et Cie. für eine Ikone, die seinem Vater zugedacht gewesen war; als Beweis dafür, daß er dies Stück Papier geerbt hatte, brauchte er noch eine Abschrift des Testaments, und damit konnte er dann Anspruch erheben auf die Kopie der Zaren-Ikone — ob die wiederum völlig wertlos oder aber ungeheuer kostbar war, hatte er noch nicht mit Sicherheit in Erfahrung bringen können. Er lag in dieser Nacht lange wach. Die abschließende Aufforderung im Brief seines Vaters ging ihm nicht aus dem Sinn: »Wenn also irgendein Gewinn aus dem Inhalt dieses Briefes gezogen werden kann, so bitte ich Dich nur um eines, nämlich daß vor allem Deine Mutter davon profitieren soll; sie darf aber niemals erfahren, woher dieser Wohlstand kam.

Nach der Rückkehr — auf einem Umweg über das sowjetische Konsulat — ins Hotel fand er Anna Petrowa in Jeans und hellrotem Pullover lesend auf ihrem Zimmer; ihre Beine baumelten über eine Armlehne des Sessels.

»Ich hoffe, du hast einen nützlichen und angenehmen Nachmittag gehabt?« fragte er höflich.

»Und ob!« sagte Anna. »Die Galerien in Zürich sind wahrhaftig einen Besuch wert. Aber wie ist dein Nachmittag gewesen? Ebenso nützlich und angenehm?«

»Mir sind wahrhaftig die Augen aufgegangen, mein Kleines. Was hieltest du von einem gemütlichen Abendessen auf meinem Zimmer, bei dem ich dir, während wir stilvoll feiern, alles erzähle?«

»Großartig!« rief die Wissenschaftlerin. »Darf ich das Menü zusammenstellen?«

»Natürlich«, antwortete Romanow.

Anna Petrowa ließ das Buch auf den Boden fallen und begann nach der großen Speisekarte auf Romanows Nachttisch mit solcher Gewissenhaftigkeit und Geschmackssicherheit auszuwählen, daß Romanow beeindruckt war, als das Mahl serviert wurde.

Als Vorspeise gab es Lachs in Dillsauce, dazu eine halbe Flasche Chablis Premier Cru 1958, und mit jedem neuen Schatzstück seiner Erbschaft, die Romanow zwischen den einzelnen Bissen beschrieb, wurden die Augen der Wissenschaftlerin größer.

Nur einmal, als ein Kellner den Servierwagen mit dem silbernen Tablett hereinholte und beim Heben des hochgewölbten Deckels, umrandet von Zucchini und winzigen neuen Kartoffeln, gebratenen Lammrücken präsentierte, wurde Romanow in seinem Monolog unterbrochen. Zum Hauptgericht tranken sie einen Gevery Chambertin.

Zum letzten Gang, einem flaumigen Himbeersoufflé, konnte nach Ansicht Anna Petrowas nur der allerbeste Château Yquem passen, der 49er Jahrgang, unter dessen Einfluß sie dann allerdings russische Volkslieder anzustimmen begann — was Romanow unter den gegebenen Umständen als völlig unpassend empfand.

Anna schwankte leicht, als sie sich den letzten Tropfen Wein einschüttete, und, stehend, mit unsicherer Stimme anstieß: »Auf Alex, den Mann, den ich liebe.«

Romanow dankte mit einem Kopfnicken. Es sei an der Zeit, sich schlafen zu legen, mahnte er; am nächsten Morgen mußten sie ja die erste Maschine nach Moskau erreichen. Er rollte den Servierwagen in den Korridor und hängte an den Türgriff draußen das Schild »Bitte nicht stören«.

»Ein denkwürdiger Abend!« rief Anna und schleuderte mit einem wonnigen Lächeln die Schuhe von den Füßen. Romanow schaute ihr beim Auskleiden bewundernd zu, doch als er sein Hemd aufknöpfte, verschlug es *ihr* vor Überraschung den Atem.

»Wie prachtvoll!« flüsterte sie ehrfürchtig. Romanow hielt das goldene Medaillon in die Höhe. »Wertloser Plunder im Vergleich zu den Schätzen, die ich in der Bank gelassen habe«, versicherte er.

»Genosse Geliebter«, flötete Anna mit kindlich hoher Stimme, als sie Romanow zum Bett zog, »weißt du überhaupt, wie sehr ich dich anbete und bewundere?«

»Hm«, meinte Romanow.

»Weißt du übrigens auch«, fuhr sie fort, »daß ich dich bis heute noch nie um einen Gefallen gebeten habe?«

»Ich habe so ein Gefühl, als ob du das gleich nachholen würdest«, sagte Romanow. Sie warf das Laken zurück.

»Ich habe ja nur einen Wunsch: Wenn diese Goldkette bloß wertloser Plunder ist, erlaubst du mir dann, sie ab und zu zu tragen?«

»Ab und zu?« fragte Romanow und schaute Anna tief in die Augen. »Warum denn nur ab und zu? Warum denn nicht für immer, meine Süße?« Und ohne ein weiteres Wort nahm er die Kette von seinem Hals und zog sie ihr über den Kopf. Anna seufzte beim Abtasten der dicken goldenen Ringe, aus denen die Kette zusammengesetzt war, die Romanow immer noch festhielt, einmal tief auf.

»Du tust mir weh, Alex«, sagte sie mit einem kleinen Lächeln. »Bitte, laß los!« Doch Romanow zog die Kette nur noch ein wenig enger. Tränen begannen ihr über die Wangen zu rollen. Das Metall schnitt ihr langsam in die Haut.

»Ich bekomme kaum Luft«, keuchte Anna. »Quäl mich nicht so. Hör auf.« Aber Romanow spannte die Kette immer mehr, bis Annas Gesicht rot wurde von dem aufgestauten Blut.

»Du würdest doch von meinem unverhofften Reichtum niemand etwas erzählen, nicht wahr, meine Süße?«

»Nein, nie, Alex. Niemand. Du kannst dich drauf verlassen«, würgte sie verzweifelt hervor.

»Kann ich da völlig sicher sein?« fragte er plötzlich mit einer Spur von Drohung in der Stimme.

»Ja. Ja. Natürlich. Bitte! Hör auf.« Sie piepste nur noch. Ihre zarten Hände krallten sich in das blonde Haar ihres Chefs, aber Romanow drehte ihr die schwere Goldkette enger und enger, Windung um Windung, wie ein Zahnradgetriebe um den Hals. Romanow spürte die Hände des Mädchens überhaupt nicht, das in Todesangst an seinem Haar zerrte, als er die Kette ein letztes Mal drehte. »Du kannst doch begreifen, daß ich *absolut* sicher sein muß«, erklärte er. Sie hörte ihn nicht. Ihr Halswirbel war gebrochen.

Während seines morgendlichen Laufs am Embankment grübelte Adam darüber nach, was er noch — und zwar baldmöglichst — zu erledigen hatte.

Falls er am Mittwoch morgens von Heathrow abflog, konnte er am selben Abend oder spätestens am Donnerstag zurück in London sein. Vor dem Abflug nach Genf gab es jedoch noch einige Dinge zu ordnen.

Er blieb vor seinem Wohnblock auf dem Gehsteig stehen und kontrollierte seinen Puls, ehe er die Treppe zur Wohnung hinauflief.

»Drei Briefe für dich«, sagte Lawrence. »Kein einziger für mich. Übrigens«, fügte er hinzu, »zwei Briefe sehen amtlich aus — sie stecken nämlich in braunen Umschlägen.« Adam nahm die Briefe entgegen und ließ sie auf dem Weg zur Dusche aufs Fußende seines Bettes fallen. Fünf Minuten hielt er es unter dem eisigen Wasser aus, dann rieb er sich mit dem Handtuch trocken. Sobald er angezogen war, nahm er die Briefe wieder zur Hand. Das weiße Kuvert öffnete er zuerst: Heidi dankte ihm kurz für den Abend und hoffte, ihn irgendwann einmal wiederzusehen. Er lächelte, riß einen der beiden braunen Umschläge auf, der eine weitere Mitteilung der Koordinierungsstelle des Foreign Office enthielt: Captain Scott — die militärische Rangbezeichnung kam ihm bereits merkwürdig deplaciert vor — wurde ersucht, sich am kommenden Montag um drei Uhr nachmittag zu einer ärztlichen Untersuchung bei Dr. John Vance in 122 Harlem Street einzufinden.

Schließlich — der zweite braune Umschlag — teilte seine Bank, eine Filiale von Lloyd's, Cox und King's in Pall Mall — ihm mit, von Holbrooke, Holbrooke & Gascoigne sei ein Scheck über fünfhundert Pfund für ihn eingetroffen, und bei Geschäftsschluß vom Vortag habe er nunmehr ein Guthaben von 272 Pfund, 18 Shilling und 4 Pence. Beim Durchsehen der Bankauszüge fiel Adam ein, daß er zum erstenmal in seinem Leben sein Konto überzogen hatte — er hätte schärfste Mißbilligung riskiert, wäre er noch bei der Armee gewesen, wo in manchen Regimentern eine Kontoüberziehung vor erst zwanzig Jahren noch als Vergehen angerechnet wurde, für das ein Offizier vor ein Militärgericht gestellt werden konnte.

Was hätten seine Offizierskameraden wohl dazu gesagt, als er zweihundert Pfund vom Konto abhob, ohne zu wissen, wie er sie zurückzahlen konnte?

Adam ging angezogen zu Lawrence in die Küche.

»Wie war der Schah von Persien?« fragte er.

»Oh, in Anbetracht der Umstände eigentlich ganz vernünftig«, sagte Lawrence und blätterte eine Seite des *Daily Telegraph* um. Hat versprochen, alles in seiner Macht stehende zu tun, um seiner momentanen finanziellen Verlegenheit Herr zu werden. Er saß doch ein wenig in der Klemme, bis der Westen ihm eine Erhöhung des Ölpreises erlaubte.«

»Wo hast du denn mit ihm zu Mittag gegessen?« fragte Adam, dem das Spiel Spaß machte.

»Ich wollte ihn zum Eintopf in die Kneipe *Green Man* einladen, aber der olle Kerl ist plötzlich ganz großkotzig geworden. Behauptete, er müsse mit der Kaiserin auf einen Sprung zu

Harrod's, um sich für einen neuen Thron Maß nehmen zu lassen. Ich hätte die beiden ja begleitet, aber mein Chef bestand darauf, daß ich ihm den Papierkorb leerte, also habe ich auch noch die Sache bei Harrod's verpaßt.«

»Und was hast du heute vor?«

»Ich dürfte dir's eigentlich nicht erzählen«, betonte Lawrence, während er in der Zeitung ein Foto vom Kapitän der geschlagenen englischen Kricketmannschaft betrachtete. »Der Gouverneur der Bank of England hat meine Stellungnahme zu der Frage erbeten, ob wir das Pfund gegenüber dem Dollar von 2,80 auf 2,40 abwerten sollen.«

»Ja, und was meinst du dazu?«

»Ich habe ihm gleich auseinandergesetzt, der einzige 240er, den ich gelten lasse, sei die Buslinie zwischen Golders Green und Edgware. Wenn ich mich aber jetzt nicht auf die Socken mache, verpasse ich noch meinen geliebten 14er«, erwiderte Lawrence mit einem Blick auf die Uhr. Adam lachte, Lawrence schlug mit einem Knall seine Aktenmappe zu und verschwand.

Lawrence hatte sich seit Schulabschluß am Wellington College sehr verändert. Vielleicht lag es daran, daß Adam ihn bloß als Schulbesten in Erinnerung hatte, der anschließend das höchstdotierte Stipendium zum Studium am Balliol College in Oxford erhielt — aber Lawrence war ihm damals so ernsthaft und seriös vorgekommen, als wäre er für Höheres bestimmt. Daß er einmal als Wertpapieranalyst bei Barclays DCO enden würde, hätte niemand für möglich gehalten. In Oxford hatten seine Kommilitonen teils scherzend, teils überzeugt behauptet, er würde eines Tages Minister werden. Ob an die Jugendidole, die nur wenige Jahre älter sind als man selbst, nicht doch vielleicht zu hohe Erwartungen gestellt wurden? Adam dachte nach. Die Freundschaft zwischen den beiden war nach der Schule noch enger geworden. Den Armeebericht aus Malakka, der Adam als vermißt meldete, hatte Lawrence nicht einen

Augenblick für wahr gehalten. Er hatte auch keine Erklärungen verlangt, als Adam den Abschied vom Militär ankündigte; niemand hätte netter und diskreter sein können, als sich Adam dem Problem der Arbeitslosigkeit gegenübersah. Adam hoffte, daß er diese Freundschaftsschuld eines Tages zurückzahlen könnte.

Er machte sich ein Spiegelei mit Speck. Bis um halb zehn ließ sich nicht mehr viel erledigen; einer kurzen Nachricht an die Schwester legte er einen Scheck über fünfzig Pfund bei.

Mr. Holbrooke von Holbrooke, Holbrooke & Gascoigne — Adam fragte sich, ob der Anwalt überhaupt einen Vornamen hatte — konnte sein Erstaunen über den Anruf des *jungen Mr. Scott* um halb zehn nicht verbergen. Nach dem Tode meines Vaters, wollte Adam schon widersprechen, bin ich doch wohl der *alte* Mr. Scott. Aber Mr. Holbrookes Stimme klang noch erstaunter, als er Adams Anliegen vernahm. »Das muß mit diesem Brief zusammenhängen«, murmelte er und versprach, bereits am Nachmittag eine Abschrift des Testaments auf die Post zu geben.

Was Adam sonst noch brauchte, ließ sich per Telefon nicht anfordern, daher sperrte er die Wohnung zu, sprang in einen Bus Richtung King's Road, stieg am Hyde Park Corner aus und lief die Pall Mall hoch zu seiner Bank, wo er sich vor dem Wechselschalter in einer Schlange anstellen mußte.

»Was kann ich für Sie tun?« fragte eine höfliche Bankangestellte, als er endlich an die Reihe kam.

»Ich hätte gerne fünfzig Pfund in Schweizer Franken, fünfzig Pfund in bar und hundert Pfund in Reiseschecks.«

»Wie ist Ihr Name?« erkundigte sie sich.

»Adam Scott.«

Das Mädchen tippte in eine große Maschine einige Zahlenreihen ein, drehte ein paarmal die Kurbel, betrachtete das Ergebnis, verschwand und kehrte mit einer Kopie des Kontoauszugs zurück, den Adam mit der Morgenpost erhalten hatte.

»Die Gesamtsumme inklusive unserer Bankspesen beträgt 202 Pfund, 1 Shilling, 8 Pence. Damit verbleibt auf Ihrem Konto ein Guthaben von 70 Pfund, 16 Shilling und 4 Pence«, teilte sie Adam mit, der's für sich behielt, daß es in Wahrheit nur noch 20 Pfund, 16 Shilling und 4 Pence waren, weil er seiner Schwester den Scheck geschickt hatte. Er hoffte sehnlichst, daß das Foreign Office den Lohn wöchentlich auszahlte, sonst mußte er sich auf einen weiteren kargen Monat gefaßt machen. Außer natürlich . . .

Adam setzte in Gegenwart der Kassiererin seine Unterschrift in den oberen Teil der zehn Reiseschecks, worauf sie ihm noch fünfhundertvierundneunzig Schweizer Franken und fünfzig Pfund in bar aushändigte – die größte Summe, die Adam je auf einen Schlag abgehoben hatte.

Eine weitere Busfahrt brachte ihn zum Büro der British Airways in der Cromwell Road, wo er einen Rückflug nach Genf bestellte.

»Erster Klasse oder Economy?« fragte das Mädchen hinter dem Schalter.

»Economy«, erwiderte Adam. Bei der Vorstellung, jemand könnte annehmen, daß er erster Klasse zu fliegen gedenke, mußte er fast laut lachen.

»Das macht 31 Pfund, Sir.« Adam zahlte bar und kehrte mit dem Ticket in der Tasche heim, um eine Kleinigkeit zu essen. Am Nachmittag rief er Heidi an, die einwilligte, ihn um acht Uhr in der *Chelsea Kitchen* zum Abendessen zu treffen. Vor diesem Rendezvous mit Heidi gab es für Adam nur noch eins zu tun.

Romanow wurde durch das Klingeln des Telefons geweckt.

»Ja?«

»Guten Morgen, Genosse Romanow, hier spricht Melinak, der Zweite Botschaftssekretär.«

»Guten Morgen, Genosse. Was kann ich für Sie tun?«

»Es handelt sich um Genossin Petrowa.« Romanow grinste bei dem Gedanken, daß sie im Badezimmer nebenan lag. »Haben Sie irgend etwas von ihr gehört oder gesehen, seit Sie sie als vermißt gemeldet haben?«

»Nein«, antwortete Romanow. »Sie hat letzte Nacht auch nicht in ihrem Bett geschlafen.«

»So, so«, sagte der Zweite Sekretär. »Ihr Verdacht, daß sie vielleicht abgesprungen ist, muß dann wohl ernsthaft in Betracht gezogen werden.«

»Ich fürchte, ja«, bekräftigte Romanow, »und ich werde meinem Vorgesetzten in Moskau ausführlich Bericht erstatten müssen.«

»Natürlich, Genosse Major.«

»Ich werde darauf hinweisen, daß Sie alles darangesetzt haben, um mir in dieser schwierigen Situation beizustehen, Genosse Zweiter Sekretär.«

»Danke, Genosse Major.«

»Und verständigen Sie mich bitte unverzüglich, wenn Sie irgendeinen Hinweis erhalten, der uns auf ihre Spur führen könnte.«

»Selbstverständlich, Genosse Major.«

Romanow legte auf und ging in Annas Badezimmer hinüber. In der Wanne lag ihr gekrümmter Körper, die Augen quollen aus den Höhlen, das Gesicht war verzerrt, die Haut bereits grau. Romanow warf ein Handtuch über den Kopf der Toten. In seinem eigenen Badezimmer verbrachte er anschließend eine ungewöhnlich lange Zeit unter der Dusche.

Mit einem Handtuch um die Hüften setzte er sich im Schlafzimmer auf seine Seite des breiten Betts, griff zum Telefon und bestellte sein Frühstück. Als es fünfzehn Minuten später gebracht wurde, war er bereits angezogen. Er trank den Orangensaft, aß die Croissants, ging noch einmal zum Telefon und versuchte, sich an den Namen des Hotelmanagers zu erinnern. Die Rezeptionistin sagte »Guten Morgen, mein Herr«, als ihm der Name einfiel.

»Jacques Pontin, bitte«, sagte Romanow nur. Es dauerte kaum einen Augenblick, und er hörte die Stimme des Managers: »Guten Morgen, Herr Romanow.«

»Ich habe da ein Problem. Könnten Sie mir vielleicht helfen?«

»Ich werde mein Möglichstes tun«, versprach Pontin.

»Ich habe hier oben einen ziemlich wertvollen Gegenstand bei mir, den ich in meiner Bank deponieren möchte, und es wäre mir, Sie werden verstehen, sehr unangenehm . . .«

»Ich verstehe vollkommen«, sagte der Manager. »Wie kann ich Ihnen behilflich sein?«

»Ich brauche zum Transport einen großen Behälter.«

»Wäre ein Wäschekorb groß genug?«

»Ideal. Aber haben die Körbe einen festen Deckel?«

»Aber gewiß«, antwortete Jacques. »Sie müssen häufig durch Aufzugsschächte in den Keller hinunterbefördert werden, dabei können sie heftig aufschlagen und . . .«

»Großartig«, sagte Romanow.

»Ich laß Ihnen sofort einen bringen«, versprach Pontin. »Ich werde außerdem einen Hoteldiener schicken, der Ihnen helfen kann. Dürfte ich vielleicht noch vorschlagen, daß der Korb mit dem Lastenaufzug im hinteren Trakt des Hotels nach unten gebracht wird. So würden Sie beim Verlassen des Hotels nicht bemerkt.«

»Sehr umsichtig«, lobte Romanow.

»Werden Sie mit dem Auto abgeholt?«

»Nein«, sagte Romanow, »ich . . .«

»Dann werde ich ein Taxi rufen. Wann soll es da sein?«

»In spätestens einer halben Stunde.«

»In zwanzig Minuten wird es vor dem Lieferanteneingang auf Sie warten.«

»Sie haben mir sehr geholfen«, dankte Romanow, um noch

hinzuzufügen: »Der Vorsitzende der sowjetischen Nationalbank hat mit seinem Lob für Sie wirklich nicht übertrieben.«

»Zu freundlich, Herr Romanow«, sagte Jacques Pontin. »Kann ich sonst noch etwas für Sie tun?«

»Wenn Sie mir die Rechnung vorbereiten ließen — damit ich dann keine Zeit verliere.«

»Selbstverständlich.«

Solchen Service hätte er am liebsten nach Moskau exportiert. Er legte auf, wartete kurz, wählte eine Zürcher Nummer, nach dem Gespräch die nächste — seinen Wünschen wurde beide Male prompt Rechnung getragen. Er legte nach einem dritten Gespräch auf, als leise an die Tür geklopft wurde. Im Korridor stand ein junger Hoteldiener mit einem großen Wäschekorb, dessen freundliches Lächeln Romanow mit einem Nicken erwiderte. Er zog den Korb ins Zimmer. »Bitte kommen Sie wieder, wenn das Taxi da ist«, sagte er. Der junge Mann verneigte sich wortlos.

Romanow versperrte die Tür und legte die Kette vor, bevor er den Wäschekorb ins große Schlafzimmer rollte und neben dem Bett stehenließ. Er löste die starken Lederriemen und klappte den Deckel hoch.

Er hob im Badezimmer Anna Petrowas steifen Körper an, legte die Arme herum und versuchte, ihn in den Korb zu stopfen. Die Totenstarre war bereits eingetreten. Die Beine ließen sich nicht mehr biegen. Die Leiche paßte nicht in den Korb. Romanow legte sie auf den Boden. Er streckte die Finger durch und ließ seine Handkante mit solcher Wucht auf ihr rechtes Bein herabsausen, daß es brach, wie ein Ast im Sturm, und mit dem linken Bein machte er es ebenso; wie bei der Guillotine gelang es gleich beim erstenmal. Romanow klemmte Annas Beine unter ihren Rumpf. Ihn amüsierte der Gedanke, daß Anna ihn nie in den Korb hineingebracht hätte, wäre *er* das Opfer gewesen — ganz gleich, welche Knochen sie ihm zu brechen versucht hätte. Romanow rollte den Korb in Annas

Schlafzimmer, leerte sämtliche Schubladen und warf alles — die Kleider, die saubere wie die schmutzige Wäsche, ihre Schuhe, das Toilettentäschchen, die Zahnbürste und sogar eine alte Fotografie von ihm selbst, die er gar nicht in ihrem Besitz gewußt hatte — in den Korb. Er zog die goldene Kette vom Hals der Leiche, vergewisserte sich ein letztes Mal, daß von Annas Habseligkeiten aber auch nicht das Mindeste zurückgeblieben war, legte ein Handtuch des Hotels über die Leiche und besprühte sie großzügig mit Chanel No. 5, das als Aufmerksamkeit des Hauses im Badezimmer gestanden hatte, schnürte schließlich fest den Deckel zu und rollte den ächzenden Korb neben die Tür zum Korridor.

Romanow atmete auf. Er begann, seinen Koffer zu packen, und war noch nicht fertig, als es klopfte.

»Warten Sie«, rief er mit fester Stimme.

»Ja, mein Herr«, klang es gedämpft durch die Tür. Wenige Augenblicke später ließ Romanow den nickenden Hoteldiener herein, der gleich den Wäschekorb fortzerren wollte, doch der riesige Behälter ließ sich erst mit einem kräftigen Fußtritt Romanows in Bewegung setzen. Schwitzend mühte sich der Hoteldiener ab, den Korb im Korridor weiterzuschieben, Romanow, seinen Koffer in der Hand, ging nebenher. Im hinteren Hoteltrakt überwachte Romanow, wie der Korb vorsichtig in den Lastenaufzug gerollt wurde, bevor er selbst hineintrat.

Als sich die Türen im Erdgeschoß öffneten, stellte er mit Erleichterung fest, daß Jacques Pontin neben einem großen Mercedes mit geöffnetem Kofferraum bereits auf ihn wartete. Taxifahrer und Hoteldiener hoben den Wäschekorb und zwängten ihn in den Kofferraum, in dem für Romanows Koffer kein Platz blieb; er mußte vorne, neben dem Fahrersitz untergebracht werden.

»Dürfen wir Ihre Rechnung ans Konsulat schicken, Herr Romanow?« fragte Jacques.

»Ja, das wäre mir recht . . .«

»Ich hoffe, daß alles zu Ihrer vollen Zufriedenheit ausgefallen ist«, sagte Jacques, der die hintere Tür des Mercedes aufhielt.

»In jeder Hinsicht«, betonte Romanow.

»Sehr gut. Und Ihre junge Kollegin reist gemeinsam mit Ihnen ab?« fragte der Manager und warf einen Blick über die Schulter zurück zum Hotel.

Romanow verneinte. »Sie ist bereits zum Flughafen gefahren.«

»Aber natürlich«, sagte Jacques. »Ich bedaure nur, daß ich mich nicht persönlich von ihr verabschieden konnte. Bitte richten Sie ihr meine besten Grüße aus.«

»Ganz bestimmt«, versprach Romanow. »Und ich freue mich darauf, demnächst wieder in Ihrem Hotel abzusteigen.«

Der Hotelmanager dankte. Romanow glitt auf den Rücksitz und überließ es ihm, die Wagentür zu schließen.

Im Büro der Swissair wurde Romanows Koffer sofort zum Einchecken übernommen. Nach wenigen Augenblicken konnte er seinen Weg zur Bank fortsetzen, wo Bischoff junior ihn in Begleitung eines zweiten graugekleideten Herrn im Vestibül empfing.

»Wie nett, Sie so bald wiederzusehen«, grüßte der junge Herr Bischoff zuvorkommend mit einer Stimme, deren sonorer Ton Romanow überraschte. Der Taxifahrer wartete neben dem offenen Kofferraum, aus dem Bischoffs kräftig gebauter, mindestens eins neunzig großer Begleiter den Wäschekorb mit einem Schwung liftete, als handelte es sich um eine Biskuittorte. Romanow zahlte das Taxi und folgte Herrn Bischoff zum Lift am anderen Ende des Vestibüls.

»Nach Ihrem Anruf haben wir gleich alles für Ihr Depot vorbereitet«, erklärte Herr Bischoff. »Zu seinem größten Bedauern kann mein Vater leider selbst nicht anwesend sein. Er hat eine vor langem getroffene Verabredung mit einem anderen Kunden und bittet Sie um Verständnis.« Romanow winkte beschwichtigend ab.

Der Aufzug fuhr direkt ins Kellergeschoß, wo der Wächter den großen Stahlkäfig aufschloß, sobald er den jungen Herrn Bischoff erblickte. Romanow ging ruhigen Schrittes mit den beiden Bankleuten den Korridor entlang; der Riese mit dem Korb folgte ihnen auf dem Fuße.

Einer der Teilhaber — Romanow erkannte ihn vom Vortag wieder — stand mit verschränkten Armen vor der Tür des Tresorraums. Herr Bischoff nickte, woraufhin sein Partner einen Schlüssel schweigend ins obere Schloß der Tresortüre steckte, Herr Bischoff das zweite Schloß aufsperrte und beide gemeinsam die schwere Tür aufdrückten. Sie gingen Romanow in den Tresorraum voraus und öffneten das äußere Schloß zu seinen fünf Safes. Der Träger stellte den Wäschekorb neben Romanow auf den Boden.

»Werden Sie Hilfe brauchen?« fragte Herr Bischoff und überreichte seinem russischen Kunden ein versiegeltes Kuvert.

»Nein, danke«, versicherte Romanow, entspannte sich jedoch erst, als sich die große Tür von außen schloß und seine vier Schweizer Helfer nicht mehr zu sehen waren.

Erst als er ganz sicher war, daß er wirklich allein gelassen war, schaute er auf den Safe, der, wie er wußte, leer war.

Er hatte ihn größer in Erinnerung gehabt. Schweißperlen traten ihm auf die Stirn, während er ihn aufsperrte, den Behälter herauszog und den luftdichten Deckel abhob. Es würde knapp sein. Romanow schnallte den Wäschekorb auf und nahm bis auf die Leiche alles heraus. Er sah das verzerrte Gesicht; die tiefen Würgespuren am Hals hatten sich dunkelbraun verfärbt. Er beugte sich vor und hob Anna Petrowas Leiche an der Taille empor. Da sich außer den gebrochenen Beinen kein Körperteil bewegen ließ, mußte er die Leiche mit dem Kopf voran in den Behälter fallen lassen und ihre Gliedmaßen selbst dann noch zurechtrücken, um das Fach überhaupt wieder schließen zu können; wäre Anna auch nur zwei Zentimeter größer gewesen, hätte sich nichts machen lassen. Romanow stopfte die Habseligkeiten des Mädchens zwischen Körper und Wand; nur das mit Chanel besprühte Handtuch ließ er im Wäschekorb zurück.

Romanow setzte den Deckel wieder auf, schob den luftdicht abgeschlossenen Behälter an seinen Platz zurück, schloß ihn ein; zweimal überprüfte er, ob der Safe wirklich nicht ohne seinen persönlichen Schlüssel geöffnet werden konnte. Zu seiner Erleichterung ließ er sich nicht vom Fleck bewegen. Einen Moment blieb sein Blick auf dem anderen großen Safe ruhen, aber es schien ihm nicht der richtige Zeitpunkt, um sich an seinen Reichtümern zu berauschen; das mußte warten. Er warf den Deckel des Wäschekorbs zu und rollte den zugeschnallten Korb zum Eingang des Tresorraums, wo er auf den kleinen roten Knopf drückte.

»Sie haben hoffentlich alles in bester Ordnung vorgefunden?« erkundigte sich der junge Herr Bischoff, nachdem er die Tür zu den Safes im Tresorraum abgeschlossen hatte.

»Ja, vielen Dank«, sagte Romanow. »Wäre es Ihnen möglich, den Wäschekorb zum Hotel St. Gothard zurückzubringen?«

»Selbstverständlich.« Der Bankier gab dem hünenhaften Träger einen Wink.

»Und ich kann mich absolut darauf verlassen, daß die Safes in meiner Abwesenheit von niemand angerührt werden?« erkundigte sich Romanow im Korridor.

»Absolut, Eure Exzellenz«, bestätigte Herr Bischoff bereits fast gekränkt. »Wenn Sie wiederkommen, werden Sie alles genauso vorfinden, wie Sie es verlassen haben.«

Nun ja, nicht ganz, dachte Romanow.

Beim Verlassen des Lifts erspähte er im Erdgeschoß Herrn Bischoff senior mit einem anderen Kunden.

In einem eskortierten Rolls-Royce entschwand eben der Schah von Persien. Der Bankchef winkte ihm diskret nach.

Am Haupteingang des Bankhauses verneigte sich Herr Bischoff junior. »Wir würden uns freuen, Sie bei Ihrem nächsten Besuch in Zürich wieder bei uns begrüßen zu dürfen, Eure Exzellenz«, sagte er.

»Danke«, entgegnete Romanow, schüttelte dem jungen Mann die Hand und schritt zum Straßenrand, wo der anonyme schwarze Wagen wartete, der ihn zum Flughafen bringen sollte.

Er fluchte laut. Diesmal *hatte* er den Agenten bemerkt, der ihm tags zuvor beim Hotel aufgefallen war.

9

»Machen Sie ihn fertig, Sir«, flüsterte der Corporal Adam ins Ohr.

»Da besteht wenig Hoffnung«, murmelte Adam, als er in den Ring sprang.

Der hagere, muskelprotzende Ausbilder erwartete ihn. »Machen wir ein paar Aufwärmrunden, dann werden wir ja sehen, wie Sie abschneiden, Sir.« Adam hüpfte und tänzelte um den Trainer herum, überlegte, wie er eröffnen sollte, ging mit einer Linken zum Angriff über und bekam prompt eins über die Nase. »Deckung oben behalten!« riet der Sergeantmajor. Beim zweiten Angriff traf er den Ausbilder mit voller Wucht auf der Brust, mußte dafür aber sogleich eine linke Gerade auf die Schläfe einstecken. Er torkelte, ihm brannte das Ohr, aber er behielt oben Deckung, als eine Rechte und eine Linke folgten. »Sie haben keine Kraft, Sir. Das ist Ihr Problem. Sie können ja nicht mal die Haut von einem Reispudding ankratzen.« Adam täuschte mit der Rechten und knallte dann mit solcher Kraft eine Linke gegen das Kinn des Sergeantmajors, daß der taumelte und stürzte.

Der Corporal neben dem Ring grinste, als der Ausbilder auf dem Boden blieb und lange brauchte, um wieder auf die Beine zu kommen.

»Verzeihung«, sagte Adam, ohne die Arme zu senken. Er war bereit weiterzukämpfen.

»Da gibt es nichts zu entschuldigen. Sie verdammter . . . Sir.

Sie haben da einen verdammt guten Schlag gelandet. Technisches K. o., um genau zu sein; ich werde also ein, zwei Tage auf meine Revanche warten müssen.« Adam ließ erleichtert die Arme sinken. »Aber das heißt nicht, daß Sie heute schon aus dem Schneider sind. Jetzt kommen Gewichtstraining, Arbeit am Balken und Bodenübungen.«

In der nächsten Stunde trieb und quälte ihn der Sergeantmajor. Er hetzte, bis Adam schließlich wie ein Häufchen Elend auf dem Boden zusammenbrach und nicht einmal mehr eine Zeitung hätte aufheben können.

»Nicht schlecht, Sir. Das Foreign Office wird sicher ein Plätzchen für Sie finden. Bei dem Haufen von Waschlappen haben vielleicht sogar *Sie* eine Chance, zu glänzen!«

»Sehr schmeichelhaft, Sergeantmajor!« sagte Adam aus der Rückenlage.

»Hoch mit Ihnen, Sir«, bellte der Ausbilder. Adam rappelte sich widerwillig auf, so schnell sein erschöpfter Körper es erlaubte.

»Nicht schon wieder, Sergeantmajor!«

»An der Erholungszeit erkennt man die Kondition, nicht an der Laufzeit«, deklamierten beide im Chor.

»War ein trauriger Tag, als Sie die Armee verließen«, sagte der Ausbilder im Umkleideraum des Queen's Club zu Adam. »Gibt nicht viele Offiziere, die mich zu Boden geschickt haben.« Der Ausbilder faßte sich vorsichtig ans Kinn. »Wird mich lehren, keinen Mann zu unterschätzen, der neun Monate Chinesenfraß überlebt hat! Na, hoffentlich unterschätzt Sie das Foreign Office nicht ebenfalls.«

Der Sergeantmajor erhob sich von der Bank neben seinem Spind. »Mittwoch zur selben Zeit?«

»Mittwoch kann ich nicht, Sergeantmajor. Da bin ich möglicherweise noch nicht aus Genf zurück.«

»So, so. Treiben wir uns neuerdings auf dem Kontinent herum!«

»Donnerstag vormittag, falls es Ihnen paßt«, sagte Adam, ohne auf die Stichelei einzugehen.

»Ihren Termin bei dem Quacksalber haben Sie nächsten Montag, stimmt's?«

»Ja.«

»Also dann Donnerstag um zehn. Bis dahin haben Sie reichlich Zeit, über meinen rechten Haken nachzudenken.«

Der KGB-Vorsitzende studierte den Bericht auf seinem Schreibtisch; da stimmte doch etwas nicht. Er blickte zu Romanow auf. »Sie suchten Bischoff et Cie. auf, weil diese Leute behaupteten, eine Ikone aus dem fünfzehnten Jahrhundert zu besitzen, auf welche die Beschreibung jener Ikone passen könnte, hinter der wir her sind?«

»Ganz richtig, Genosse. Der Direktor der Gosbank wird bestätigen, daß er persönlich den Besuch arrangiert hat.«

»Aber dann stellt sich heraus, daß die Ikone bei Bischoff et Cie. gar nicht den heiligen Georg mit dem Drachen zeigt, sondern den heiligen Petrus.«

»Das bestätigt auch Genossin Petrowa in ihrem Bericht.«

»Ach ja, die Genossin Petrowa«, sagte Zaborski, und sein Blick kehrte zu dem Blatt Papier auf dem Schreibtisch zurück.

»Ja, Genosse.«

»Und stimmt es, daß die Genossin Petrowa am Abend desselben Tages eine Verabredung mit Ihnen hatte und mysteriöserweise nicht einhielt?«

»Es ist mir völlig unerklärlich«, bestätigte Romanow.

»Sie haben jedoch den Vorfall unverzüglich dem Genossen Melinski an der Botschaft gemeldet.« Er machte eine Pause. »Sie haben Anna Petrowa selbst ausgewählt, nicht wahr?«

»Das ist richtig, Genosse Vorsitzender.«

»Haben Sie mit der Wahl der Genossin nicht einen gewissen Mangel an Urteilskraft bewiesen?«

Romanow versuchte nicht einmal zu antworten.

Der Vorsitzende warf einen weiteren Blick in die Akte. »Als

Sie am nächsten Morgen aufwachten, gab es noch immer keinen Hinweis auf den Verbleib der jungen Frau?«

»Sie erschien auch nicht, wie verabredet, zum Frühstück«, erklärte Romanow. »Und als ich ihr Zimmer betrat, waren ihre Sachen verschwunden.«

»Weshalb Sie davon überzeugt waren, Sie sei übergelaufen.«

»Jawohl, Genosse Vorsitzender.«

»Die Schweizer Polizei«, fuhr Zaborski fort, »kann aber keine Spur von ihr entdecken. Ich frage mich daher die ganze Zeit, warum sie abgesprungen sein sollte? Ihr Mann und ihre nächsten Familienangehörigen leben in Moskau. Allesamt Staatsangestellte, und dieser Ausflug mit Ihnen war keineswegs Anna Petrowas erste Reise in den Westen.«

Romanow gab noch immer keine Stellungnahme ab.

»Vielleicht ist Anna Petrowa deshalb verschwunden, weil sie uns etwas hätte sagen können — etwas, das Sie uns nicht wissen lassen wollten.«

Romanow antwortete noch immer nicht.

Der Blick des Vorsitzenden wanderte von neuem zu der Akte.

»Ich frage mich nur, *was* die kleine Petrowa uns wohl sagen wollte? Vielleicht wollte sie uns sagen, mit wem Sie noch geschlafen haben?«

Ein kalter Schauer lief Romanow den Rücken hinunter, als er sich fragte, wieviel Zaborski tatsächlich wußte. Der KGB-Vorsitzende legte eine Pause ein und tat so, als prüfe er noch etwas in der Akte nach. »Vielleicht hätte sie uns sagen können, weshalb Sie es für angebracht hielten, Bischoff et Cie. ein zweites Mal aufzusuchen.« Zaborski legte eine Pause ein. »Ich werde wohl eine Untersuchung über das rätselhafte Verschwinden der Genossin Petrowa einleiten müssen. Denn, Genosse Romanow: Spätestens als Sie die Bank zum drittenmal aufsuchten«, fuhr der Vorsitzende nach einer kurzen Unterbrechung fort, und seine Stimme wurde nun mit jedem Wort lauter, »spätestens dann wußte jeder zweitklassige Agent von Moskau bis Istanbul, daß wir hinter etwas her waren.«

Er verstummte neuerlich. Romanow bemühte sich noch immer verzweifelt, herauszufinden, ob Zaborski irgendwelche Beweise hatte. Eine Zeitlang sprach keiner der beiden Männer. »Sie sind immer ein Einzelgänger gewesen, Major Romanow, und ich will auch gar nicht leugnen, daß die Resultate, die Sie erbrachten, es mir gestatteten, gewisse Indiskretionen zu übersehen. Aber ich bin kein Einzelgänger, Genosse! Ich bin ein Schreibtischmensch, und ich verfüge nicht über die gleiche Aktionsfreiheit wie Sie.«

Er spielte mit einem dem Raumschiff Luna 9 nachgebildeten Briefbeschwerer, der vor ihm auf dem Tisch lag.

»Ich bin ein Aktenmensch, ein Büromensch. Ich verfasse Berichte in dreifacher Ausfertigung. Ich beantworte Anfragen in vierfacher Ausfertigung. Ich begründe Entscheidungen in fünffacher Ausfertigung. Und jetzt werde ich dem Politbüro die Umstände von Anna Petrowas seltsamem Verschwinden in 14facher Ausfertigung erklären müssen.«

Romanow blieb stumm; der KGB hatte Jahre gebraucht, um ihm diese elementare Verhaltensmaßregel einzutrichtern. Allmählich gelangte er zu der Überzeugung, daß Zaborski bluffte und sich nur auf Vermutungen stützte. Denn hätte er die Wahrheit geahnt, wäre dieses Gespräch im Keller erfolgt, wo die Vernehmungen mit wesentlich weniger intellektuellen Methoden stattfanden.

»In der UdSSR«, fuhr Zaborski fort, während er plötzlich aufstand, »werden verdächtige Todesfälle« — er legte erneut eine Pause ein — »oder das Abspringen von Genossen genauer untersucht als in jedem anderen Land, auch wenn dies nicht jenem Bild entspricht, das sich der Westen von uns macht. Sie, Genosse Romanow, hätten es in dem Beruf, den

Sie sich aussuchten, wesentlich einfacher gehabt, wären Sie in Afrika, Südamerika oder meinetwegen in Los Angeles geboren worden.«

Noch immer wagte es Romanow nicht, irgendeine Meinung zu äußern.

»Der Generalsekretär hat mir heute um ein Uhr morgens mitgeteilt, daß er von Ihren jüngsten Untersuchungen nicht eben beeindruckt ist — nicht im geringsten beeindruckt, um ihn genau zu zitieren, und das um so weniger, als der Beginn Ihrer Tätigkeit ja so vielversprechend war. Aber er will nichts anderes, als daß die Zaren-Ikone aufgefunden wird, und aus diesem Grund, Genosse, hat er beschlossen, daß es im Augenblick keine Untersuchung geben wird. Sollten Sie aber jemals wieder so unverantwortlich handeln, werden Sie sich nicht nur einer Untersuchung, sondern auch einem Gerichtsverfahren stellen müssen, und wir alle wissen doch, wie es dem letzten Romanow, dem ein Prozeß gemacht wurde, erging!«

Zaborski schloß die Akte. »Gegen meinen Rat und nur, weil wir nicht einmal mehr eine Woche Zeit haben, will Ihnen der Generalsekretär eine zweite Chance geben. Er ist nämlich der Meinung, daß Sie die Ikone tatsächlich noch finden werden. Habe ich mich klar ausgedrückt, Genosse?« bellte er.

»Vollkommen klar, Genosse Vorsitzender«, entgegnete Romanow, drehte sich in Windeseile auf dem Absatz um und verließ den Raum.

Der Vorsitzende des KGB wartete, bis sich die Tür geschlossen hatte, dann blickte er von neuem auf die Akte. Was hatte Romanow vor? Er mußte es herausfinden. Denn mit einem Schlag war ihm klar geworden, daß nun möglicherweise seine eigene Karriere auf dem Spiel stand. Rasch drückte er einen Knopf auf der kleinen

Konsole, die neben ihm stand: »Lassen Sie Major Waltschek holen!« befahl er.

»Ehrlich gesagt — ich habe noch nie Champagner mit Kaviar gekostet«, gestand Adam, als er zu dem schönen Mädchen blickte, das ihm gegenüber am Tisch saß. Es gefiel ihm, wie Heidi ihr Haar hinten zusammenband, wie sie sich anzog, wie sie lachte. Aber am allermeisten gefiel ihm, wie sie lächelte.

»Nur keine Angst, ich kann mir absolut nicht vorstellen, daß Kaviar jemals auf dieser Speisekarte stehen wird«, neckte ihn Heidi. »Andererseits — sollten Sie tatsächlich bald stolzer Besitzer der Zaren-Ikone sein, das heißt, wenn Rosenbau . . .«

Adam legte einen Finger an seine Lippen. »Niemand außer Ihnen weiß davon, nicht einmal Lawrence.«

»Das ist nicht einmal so unklug«, flüsterte Heidi. »Er erwartet ohnedies nur, daß Sie all das Geld, das Sie aus dem Verkauf der Ikone bekommen, in seiner langweiligen Bank anlegen.«

»Warum sollte ich sie verkaufen?« fragte Adam. Er wollte herausfinden, wieviel sie tatsächlich mitbekommen hatte.

»Wenn man einen Rolls-Royce besitzt und arbeitslos ist, dann stellt man bestimmt keinen Chauffeur an.«

»Aber ich hab doch nur ein Motorrad!«

»Und selbst das werden Sie verkaufen müssen, sobald sich herausstellt, daß die Ikone nichts wert ist«, antwortete sie lachend.

»Wünschen Sie noch Kaffee?« fragte der Kellner, der bereits den Tisch abzuräumen begann, da er hoffte, auf diese Weise Platz für zwei neue Gäste zu bekommen.

»Ja, zwei Cappuccino bitte«, erwiderte Adam und sah wieder zu Heidi. »Eines ist wirklich komisch«, fuhr er fort, nachdem der Kellner sich zurückgezogen hatte. »Das erste

Mal, als ich Lawrence in der Bank anrief, hat ihn die Telefonistin nicht gleich finden können.«

»Was ist daran so ungewöhnlich?«

»Es klang so, als hätte sie noch nie von ihm gehört, aber vielleicht habe ich mir das auch nur eingebildet.«

»Eine Bank dieser Größenordnung hat bestimmt mehr als tausend Angestellte. Da kann man jahrelang herumlaufen und wird selbst dann nicht alle Mitarbeiter kennen.«

»Vermutlich haben sie recht«, sagte Adam, als die beiden Cappuccinos gebracht wurden.

»Wann wollen Sie denn nach Genf fahren?« fragte Heidi. Sie nippte an dem Kaffee, fand ihn aber zu heiß und stellte die Tasse rasch wieder zurück.

»Mittwoch, in aller Früh. Ich hoffe, noch am selben Abend wieder hier zu sein.«

»Wie rücksichtsvoll!«

»Was soll das heißen?«

»Daß Sie sich ausgerechnet meinen einzigen freien Tag aussuchen, um wegzufliegen, finde ich nicht sehr romantisch!«

»Dann fahren Sie doch mit«, sagte er, beugte sich über den Tisch und nahm ihre Hand.

»Es könnte sich aber herausstellen, daß das viel bedeutsamer wird, als gemeinsam Würstchen zu essen!«

»Das will ich auch hoffen! Jedenfalls könnten Sie mir sehr nützlich sein.«

»Sie haben wirklich eine reizende Art, sich auszudrükken«, meinte Heidi vorwurfsvoll.

»So war es nicht gemeint! Ich spreche nun einmal weder Deutsch noch Französisch, und ich bin noch nie in der Schweiz gewesen, außer bei einem Schulschikurs, und da war ich mehr im Schnee als auf den Schiern.«

Heidi nippte wieder an ihrem Kaffee.

»Nun?« frage Adam, ohne ihre Hand loszulassen.

»Die Schweizer sprechen perfekt Englisch«, erwiderte sie schließlich, »und sollte es Probleme mit der Bank geben, können Sie sich ja mit Lawrence in Verbindung setzen.«

»Es wäre doch nur für einen Tag!«

»Und eine ziemliche Geldverschwendung obendrein!«

»Auch nicht sehr romantisch!«

»Touché.«

»Überlegen Sie doch mal«, meinte Adam. »Abzüglich der Kosten für Ihren Hin- und Rückflug bleiben mir noch immer 19 969 Pfund. Ich weiß wirklich nicht, wie ich die ausgeben sollte...«

»Sie scheinen wirklich zu glauben, was Sie sagen.« Zum erstenmal klang Ernst in Heidis Stimme. »Aber Frauen sind nun mal keine impulsiven Geschöpfe.«

»Sie könnten ja ohne weiteres Jochen wieder mitbringen.« Heidi lachte. »Der paßt nicht ins Flugzeug!«

»Sagen Sie, daß Sie mitkommen«, bat Adam.

»Nur unter einer Bedingung«, antwortete Heidi nachdenklich.

»Getrennte Flugzeuge?« fragte Adam mit einem breiten Grinsen.

»Nein. Aber wenn sich herausstellt, daß die Ikone nichts wert ist, müssen Sie mich das Geld für mein Ticket zurückzahlen lassen.«

»Nachdem sie wohl nicht mehr als einunddreißig Pfund wert ist, nehme ich Ihre Bedingung an!« Adam beugte sich hinüber und küßte Heidi zärtlich auf die Lippen. »Wenn es aber länger als einen Tag dauert«, sagte er schließlich, »was würdest du dann sagen?«

»Ich würde auf getrennten Hotelzimmern bestehen«, erwiderte Heidi, — »wenn der Schweizer Franken nicht gar so hoch stünde...«

»Sie sind immer so zuverlässig, Genosse Romanow! Zuverlässigkeit ist übrigens für einen erfolgreichen Bankier die wichtigste Voraussetzung!«

Romanow musterte den alten Herrn eingehend; er hielt nach irgendeinem Anhaltspunkt Ausschau, der ihm hätte sagen können, daß Poskonow genau wußte, was ihn in der Zürcher Bank erwartet hatte.

»Und Sie sind immer so effizient, Genosse Poskonow«, — Romanow legte eine Pause ein — »die einzige Voraussetzung, die man für meinen Beruf benötigt.«

»Ach, du lieber Himmel! Wir reden schon wie ein Paar alternder Kommissare beim Jahrestreffen. Wie war Zürich?« fragte Poskonow, während er sich eine Zigarette anzündete.

»Wie ein polnischer Traktor. Die Teile, die funktionierten, waren großartig.«

»Daraus schließe ich, daß diese Teile insofern nicht funktioniert haben, als sie die Zaren-Ikone nicht zum Vorschein brachten«, bemerkte Poskonow trocken.

»So ist es, aber Bischoff erwies sich als ausgesprochen hilfsbereit, genauso wie Jacques. Es wurde mir wirklich jeder Wunsch erfüllt.«

»Wirklich jeder?«

»Ja!«

»Ein guter Mann, dieser Bischoff«, erwiderte der Bankier. »Nicht zuletzt deshalb habe ich Sie zu allererst zu ihm geschickt.« Der alte Mann ließ sich in seinen Sessel fallen.

»Gab es auch noch einen anderen Grund, weshalb Sie mich zuerst zu ihm geschickt haben?«

»Fünf andere Gründe«, antwortete Poskonow. »Aber mit denen wollen wir uns erst beschäftigen, wenn wir Ihre Ikone gefunden haben.«

»Vielleicht möchte ich mich lieber gleich damit beschäftigen«, erklärte Romanow mit Nachdruck.

»Ich habe zwei Generationen Romanows überlebt«, erwiderte der alte Mann und hob den Blick. »Ich möchte nicht gern noch eine dritte überleben. Belassen wir es vorläufig dabei; ich bin sicher, daß wir zu einem Einvernehmen kommen, sobald Sie nicht mehr im Scheinwerferlicht stehen.«

Romanow nickte.

»Nun denn: Es wird Sie freuen, zu hören, daß ich in Ihrer Abwesenheit nicht untätig war. Ich fürchte jedoch, daß auch die Resultate meiner Recherchen einem polnischen Traktor gleichen.«

Der Bankier bedeutete seinem Besucher, sich zu setzen. Dann schlug er seine Akte auf, die seit ihrem letzten Zusammentreffen an Umfang gewonnen hatte.

»Zunächst«, begann Poskonow, »haben Sie mir eine Liste von vierzehn Banken gegeben. Elf davon haben bis jetzt bestätigt, daß sie nicht im Besitz der Zaren-Ikone sind.«

»Ich weiß nicht recht...« überlegte Romanow. »Kann man das Wort dieser Leute für bare Münze nehmen?«

»Nicht unbedingt«, erwiderte der Bankier, »aber alles in allem: Bevor die Schweizer vorsätzlich lügen, ziehen sie es vor, nicht in etwas hineingezogen zu werden. Der Lügner wird früher oder später immer entlarvt, und ich kontrolliere von diesem Schreibtisch aus immer noch den Cash-flow von acht Nationen. Ich kann ihnen vielleicht nichts zufügen, was sie eine finanzielle Schlappe nennen würden, bin aber doch imstande, einigen Sand ins Getriebe des kapitalistischen Finanzsystems zu streuen.«

»Somit bleiben uns nur mehr drei Banken?« fragte Romanow.

»Ganz richtig, Genosse! Die eine, Bischoff et Cie., haben Sie bereits besucht. Doch die beiden anderen haben jede Art der Zusammenarbeit abgelehnt.«

»Wieso erstreckt sich Ihr Einfluß nicht auch auf sie?«

»Aus dem ganz einfachen Grund«, erwiderte Poskonow, »weil andere Interessen einen stärkeren Einfluß ausüben. Wenn zum Beispiel ihr Haupteinkommen von den führenden jüdischen Familien oder von den Amerikanern stammt, werden sie auch unter stärkstem Druck nicht zu bewegen sein, mit der Sowjetunion zu verhandeln.«

Mit einem Nickel gab Romanow zu erkennen, daß er verstanden hatte.

»Und da hier genau dieser Fall zutrifft«, fuhr Poskonow fort, »muß somit auch noch eine weitere Chance bestehen, daß sich die Zaren-Ikone im Besitz einer der beiden Banken befindet. Weil sie dies aber Mütterchen Rußland gegenüber niemals zugeben würden, weiß ich wirklich nicht so recht, zu welchem Schritt ich Ihnen nun raten soll.«

Der Bankier lehnte sich zurück und wartete, bis Romanow die Neuigkeiten verdaut hatte.

»Sie sind ungewöhnlich schweigsam«, bemerkte er, nachdem er sich eine neue Zigarette angezündet hatte.

»Sie haben mich auf eine Idee gebracht«, erwiderte Romanow. »Ich glaube, die Amerikaner würden sie als ›Weitschuß‹ bezeichnen. Wenn ich mich jedoch nicht irre, werden die Sowjets den ›Home run‹ machen und das Match gewinnen.«

»Baseball ist ein Spiel, das ich nie verstanden habe, aber jedenfalls freut es mich, wenn ich Ihnen heute irgendwie von Nutzen sein konnte. Dennoch glaube ich, daß Sie dies hier brauchen werden — wie auch immer Ihr ›Weitschuß‹ aussehen mag.« Poskonow entnahm der Akte ein einzelnes Blatt Papier und reichte es Romanow. Darauf war vermerkt: Daumier et Cie., Zürich (abgelehnt), Roget et Cie., Genf (abgelehnt).

»Zweifellos werden Sie bald wieder in die Schweiz reisen.«

Romanow sah dem Bankier fest in die Augen.

»Ich würde Ihnen nicht empfehlen, bei dieser Gelegenheit Bischoff et Cie. einen Besuch abzustatten, Alex! Dafür werden Sie noch Zeit genug haben.«

Romanow öffnete seine Fäuste und streckte die Finger durch.

Der alte Mann erwiderte seinen starren Blick. »Sie werden feststellen, daß ich nicht so leicht loszubringen bin wie Anna Petrowa«, fügte er hinzu.

10

Der Mann — er sah ziemlich alt aus — stellte sich an das Ende der Warteschlange vor dem Taxistandplatz. Es war schwer abzuschätzen, wie groß er tatsächlich war, denn er ging stark gebeugt und wirkte gebrechlich. Der weite Mantel, möglicherweise noch älter als sein Träger, reichte beinah bis zum Boden, und die Finger, die gerade noch aus den Ärmeln ragten, steckten in grauen Wollfäustlingen. Mit einer Hand umklammerte der Mann den Griff eines kleinen Lederkoffers, auf dem in schwarzer Schrift die Initialen E. R. zu lesen waren und der so abgetragen aussah, als hätte er schon dem Großvater des gegenwärtigen Besitzers gehört. Man hätte sich bücken oder selbst sehr klein sein müssen, um das Gesicht des alten Mannes zu erkennen — ein Gesicht, dessen dominierendes Merkmal eine Nase war, die einem Cyrano de Bergerac noch geschmeichelt hätte. Der Greis schlurfte langsam vorwärts, bis endlich er an die Reihe kam, in ein Taxi zu steigen. Es war ein höchst zeitaufwendiges Unterfangen, und der Fahrer trommelte bereits ungeduldig mit den Fingern auf das Lenkrad, bis sein Fahrgast ihm endlich mit heiserer Stimme mitteilte, daß er zum Bankhaus Daumier et Cie. gefahren zu werden wünsche. Der Chauffeur startete, ohne um die genaue Adresse zu fragen; Schweizer Taxifahrer kennen den Weg zu sämtlichen Banken, genauso wie Londoner Chauffeure stets jedes Theater finden oder die Yellow Cabs in New York eine Bar an der West Side.

Als der alte Mann an seinem Bestimmungsort ankam, kramte er eine Weile in seinem Portemonnaie nach Münzen, um das Taxi zu bezahlen. Dann schob er sich langsam auf den Gehsteig hinaus, wo er stehenblieb und die Marmorfassade der Bank anstarrte. Die Gediegenheit des Gebäudes verlieh ihm offenbar ein Gefühl der Sicherheit. Eben wollte er das Tor anfassen, als es von einem Mann in einer eleganten blauen Uniform geöffnet wurde.

»Ich bin gekommen, um mit Herrn . . .« begann der Greis in gespreiztem Deutsch, doch der Türsteher deutete bloß auf ein Mädchen, das hinter dem Empfangspult saß. Der Alte schlurfte hinüber und wiederholte: »Ich bin gekommen, um mit Herrn Daumier zu sprechen. Mein Name ist Emmanuel Rosenbaum.«

»Haben Sie einen Termin vereinbart?« erkundigte sich das Mädchen.

»Ich fürchte, nein.«

»Herr Daumier befindet sich im Augenblick in einer Besprechung«, erwiderte das Mädchen, »aber ich werde nachfragen, ob vielleicht einer seiner Partner verfügbar ist.« Nach einem Telefongespräch, das sie auf deutsch führte, sagte sie: »Würden Sie bitte mit dem Lift in den dritten Stock fahren?« Rosenbaum nickte mit deutlich sichtbaren Anzeichen von Widerwillen, kam aber der Aufforderung nach. Als er aus dem Fahrstuhl trat — gerade noch rechtzeitig, bevor sich die Türen wieder vor ihm schlossen —, wartete bereits eine junge Dame auf ihn, um ihn in Empfang zu nehmen. Sie führte ihn in ein kleines Zimmer und fragte ihn, ob er so freundlich sein wolle, hier zu warten; es handelte sich um einen Raum, den er als Abstellkammer mit zwei Stühlen bezeichnet hätte. Es verging einige Zeit, bevor jemand kam, bei dessen Anblick Emmanuel Rosenbaum seine Überraschung über das Alter des jungen Mannes, der da auftauchte, nicht verbergen konnte.

»Ich bin Wilfried Präger«, stellte sich der junge Mann vor, »einer der Teilhaber dieser Bank.«

»Setzen Sie sich, bitte, setzen Sie sich«, erwiderte Rosenbaum. »Ich kann nicht so lange zu Ihnen aufsehen.« Der junge Mann nahm auf dem zweiten Stuhl Platz. »Mein Name ist Emmanuel Rosenbaum. Ich habe 1938 ein Päckchen bei Ihnen deponiert und bin gekommen, um es abzuholen.«

»Selbstverständlich«, entgegnete der Juniorpartner, und sein Tonfall veränderte sich völlig. »Haben Sie irgendeinen Identitätsnachweis oder einen Beleg unserer Bank bei sich?«

»Gewiß«, antwortete der alte Mann und reichte ihm Paß sowie einen Depotschein, der schon so oft gefaltet und auseinandergefaltet worden war, daß er beinah nur mehr aus losen Teilen bestand.

Der junge Mann studierte beide Dokumente sorgfältig. Den israelischen Paß erkannte er sofort. Alles schien in Ordnung zu sein. Auch der Depotschein der Bank sah echt aus, wenngleich er im Geburtsjahr des Juniorpartners ausgestellt worden war.

»Darf ich Sie einen Augenblick allein lassen, Herr Rosenbaum?«

»Natürlich, ohne weiteres«, antwortete der alte Mann, »nach achtundzwanzig Jahren soll es mir auf ein paar Minuten nicht ankommen.«

Kurz nachdem der Juniorpartner den Raum verlassen hatte, erschien die junge Dame erneut und bat Rosenbaum in ein anderes Zimmer, welches größer und gemütlicher möbliert war. Innerhalb weniger Minuten kehrte der Juniorpartner zurück, zusammen mit einem Mann, den er als Herrn Daumier vorstellte.

»Ich glaube nicht, daß wir einander je begegnet sind, Herr Rosenbaum«, sagte der Bankpräsident höflich. »Sie hatten seinerzeit wohl mit meinem Vater zu tun.«

»Nein, nein«, erwiderte Rosenbaum. »Mit Ihrem Großvater, Helmut Daumier.«

Ein Ausdruck von Ehrfurcht spiegelte sich in Daumiers Augen.

»Ich traf Ihren Vater nur einmal, und es hat mir sehr leid getan, als ich von seinem frühen Tod erfuhr«, fügte Rosenbaum hinzu.

»Er war so aufmerksam! Sie tragen keine Rose im Knopfloch wie er . . .«

»Nein, Herr Rosenbaum! Das ist mein einziger, zaghafter Versuch einer Rebellion gegen das Establishment.«

Rosenbaum versuchte zu lachen, aber es wurde nur ein Husten daraus.

»Sie haben außer Ihrem Paß nicht vielleicht noch einen anderen Identitätsnachweis?« fragte Herr Daumier höflich.

Emmanuel Rosenbaum hob den Kopf und drehte mit müdem Blick die Innenseite seines Handgelenks nach oben. In die Hand war die Nummer 712 910 eintätowiert.

»Ich bedaure außerordentlich«, sagte Daumier sichtlich verlegen. »Ich benötige bloß ein paar Minuten, um Ihnen Ihre Kassette zu bringen. Wenn Sie bitte so freundlich wären, sich so lange zu gedulden . . .«

Rosenbaum blinzelte, als wäre er zu müde, um zustimmend zu nicken. Die beiden Männer ließen ihn allein. Wenige Minuten später kehrten sie mit einer flachen Kassette von etwa sechzig Zentimeter Seitenlänge zurück, die sie auf den Tisch in der Mitte des Zimmers stellten. Während der andere Teilhaber als Zeuge fungierte, sperrte Herr Daumier das obere Schloß auf. Dann überreichte er Rosenbaum einen Schlüssel und sagte: »Wir lassen Sie jetzt allein. Wenn Sie wünschen, daß wir wiederkommen, drücken Sie bitte einfach auf den Knopf unter dem Tisch.«

»Danke«, erwiderte Rosenbaum und wartete, bis sich die Tür hinter den beiden Männern geschlossen hatte. Dann drehte er den Schlüssel im Schloß und drückte den Deckel auf. In der Schatulle lag ein Päckchen, das die Form eines Bildes hatte, etwa fünfundvierzig mal dreißig Zentimeter groß, in Musselin gewickelt und fest verschnürt. Rosenbaum verstaute das Päckchen sorgfältig in seinem alten Koffer. Hierauf schloß er die Kassette und versperrte sie. Schließlich drückte er auf den Knopf unter dem Tisch, und innerhalb von Sekunden betraten Herr Daumier und der Juniorpartner wieder das Zimmer.

»Ich hoffe, daß Sie alles so vorgefunden haben, wie Sie es zurückgelassen hatten, Herr Rosenbaum«, sagte der Präsident. »Es ist seither schließlich einige Zeit vergangen.«

»Ja, danke.« Diesmal brachte der alte Herr ein Nicken zustande.

»Darf ich vielleicht noch eine ganz nebensächliche Angelegenheit erwähnen?« fragte Herr Daumier.

»Ich bitte darum«, erwiderte der alte Mann.

»Beabsichtigen Sie, das Schließfach weiterhin zu benützen? Der Betrag, den Sie für die Begleichung der Depotgebühr hinterlegt haben, ist seit kurzem aufgebraucht.«

»Nein, ich werde es nicht mehr benötigen.«

»Es war nur eine kleine Summe offen. Aber in Anbetracht der Umstände verzichten wir gerne darauf.«

»Das ist sehr freundlich von Ihnen!«

Herr Daumier verneigte sich. Der Juniorpartner begleitete den Kunden zum Eingangstor, half ihm in ein Taxi und wies den Fahrer an, Herrn Rosenbaum zum Flughafen zu bringen.

Dort benötigte der alte Herr eine Weile, bis er den Abfertigungsschalter erreichte, da ihm die Rolltreppe nicht geheuer zu sein schien, und mit dem nunmehr ziemlich schweren Koffer vermochte er die vielen Stufen kaum zu bewältigen.

Am Schalter angekommen, kramte Rosenbaum sein Flugticket heraus und reichte es dem Mädchen zum Einchecken.

Die Wartehalle, so stellte er erfreut fest, war ziemlich leer; er schlurfte quer durch die Lounge in eine Ecke, ließ sich auf eine bequeme Sitzbank fallen und vergewisserte sich, daß ihn die anderen Passagiere in der Halle nicht beobachten konnten.

So heftig er die kleinen Knöpfe des alten Koffers aber auch zur Seite drückte, es dauerte, bis die Verschlüsse aufschnappten. Er hob den Deckel, zog das Paket heraus und drückte es sich an die Brust. Ungeduldig nestelte er an den Knoten, bis sie sich endlich lockerten und er die Musselinhülle von seiner Beute streifen konnte, um sie zu begutachten.

Rosenbaum starrte das Meisterwerk an: »Die Kornfelder« von Vincent van Gogh, ein Gemälde, das — wovon er allerdings nichts wissen konnte — seit 1938 aus dem Wiener Kunsthistorischen Museum verschwunden war.

Emmanuel Rosenbaum begann wild drauflos zu fluchen — was gar nicht zu ihm paßte. Vorsichtig packte er das Bild wieder ein, legte es in den Koffer zurück und begab sich schleppenden Schrittes zum Swissair-Schalter, wo er die Hoteß bat, ihm einen Platz in der Maschine nach Genf zu buchen. Mit ein bißchen Glück konnte er Roget et Cie. noch vor Geschäftsschluß erreichen.

Die Viscount der BEA landete an diesem Vormittag mit einigen Minuten Verspätung um elf Uhr fünfundzwanzig Lokalzeit auf dem Genfer Flughafen. Die Stewardeß empfahl den Passagieren, ihre Uhren der mitteleuropäischen Zeit anzupassen und um eine Stunde vorzustellen.

»Großartig«, meinte Adam. »Da haben wir in Genf Zeit für ein gutes Mittagessen und für den Besuch in der Bank — und dann nichts wie zurück zum Flughafen, damit wir die Maschine nach London um fünf nach fünf erreichen.«

»Du ziehst das Ganze wie eine militärische Übung auf«, sagte Heidi lachend.

»Alles, außer den letzten Teil«, antwortete Adam.

»Den letzten Teil?«

»Unser Festessen am Abend.«

»Bestimmt wieder in der *Chelsea Kitchen*!«

»Ganz falsch! Ich habe einen Tisch für zwei bestellt, um acht Uhr im *Coq d'Or*, in der Nähe von Piccadilly.«

»Du verteilst wohl das Fell des Bären, bevor er erlegt ist«, sagte Heidi.

»Sehr witzig«, bemerkte Adam.

»Wieso witzig? Ich verstehe dich nicht.«

»Ich werde es dir heute abend anläßlich unseres Festmahles erklären.«

»Eigentlich hatte ich gehofft, daß wir es nicht an einem Tag schaffen . . .«

»Und warum?«

»Weil mich morgen doch wieder nur die Kasse im Deutschen Feinkostladen erwartet.«

»Das ist nur halb so schlimm wie mein Konditionstraining mit dem Sergeantmajor morgen um zehn«, stöhnte Adam. »Und um zehn nach zehn werde ich bereits flach auf dem Rücken liegen und bereuen, Genf jemals verlassen zu haben.«

»Dafür wirst du ihn früher oder später einmal k. o. schlagen können!« sagte Heidi. »Wer weiß, vielleicht sollten wir doch hierbleiben«, fügte sie hinzu und hakte sich bei ihm unter. Als sie so im Mittelgang des Flugzeugs standen und auf das Aussteigen warteten, beugte sich Adam zu ihr und küßte sie sanft auf die Wange. Ein leichter Sprühregen fiel auf die Gangway. Adam knöpfte seinen Regenmantel auf und versuchte, ihn schützend über Heidi zu halten, dann liefen sie über die Rollbahn zur Ankunftshalle.

»Wie gut, daß ich daran gedacht habe, den Mantel mitzunehmen«, sagte er.

»Der sieht ja mehr nach einem Zelt als nach einem Mantel aus!« rief Heidi belustigt.

»Das ist mein alter Militärregenmantel«, erklärte er ihr, während er das gute Stück noch einmal auseinanderschlug. »Hat Platz für Landkarten, Kompasse, ja sogar für eine ganze Biwakausrüstung.«

»Adam, wir sind weder im Schwarzwald noch ist es Winter! Wir wollen doch nur ein wenig in Genf umherspazieren, und das mitten im Sommer!«

Er lachte. »Ich werde dich an diese Worte erinnern, wenn es zu gießen beginnt.«

Der Bus, der zwischen Flughafen und Stadt verkehrte, benötigte nur zwanzig Minuten bis ins Zentrum von Genf.

Die Fahrt führte sie zunächst durch die Randgebiete der Stadt, dann gelangten sie an den prachtvollen, spiegelglatten See, den die Berge umranden. Der Bus fuhr am Ufer entlang; gegenüber der mächtigen Fontäne, deren Strahl mehr als hundertzwanzig Meter emporschießt, blieb Adam stehen.

»Ich fühle mich wie auf einem Tagesausflug«, sagte Heidi, als sie aus dem Fahrzeug stiegen. Zu ihrer Erleichterung hatte der Nieselregen aufgehört.

Sie wanderten über den breiten, blankgefegten Gehsteig, der am Seeufer entlangführte, und es fiel ihnen sofort auf, wie sauber diese Stadt war. Auf der anderen Seite der Straße befanden sich vorwiegend adrette Hotels, Geschäfte und Banken.

»Zunächst müssen wir herausfinden, wo unsere Bank ist«, erklärte Adam, »damit wir irgendwo in der Nähe zu Mittag essen können. Und dann holen wir unsere Beute ab.«

»Und wie packt ein guter Soldat eine derart anspruchsvolle Aufgabe an?« erkundigte sich Heidi.

»Ganz einfach! Wir statten der nächstbesten Bank einen

kurzen Besuch ab und fragen dort nach dem schnellsten Weg zu Roget et Cie.«

»Ich wette, daß dein kleines Ärmchen über und über mit Spezialabzeichen bedeckt war, als du mit den Pfadfindern England erobert hast.«

Adam brach in lautes Gelächter aus. »Bin ich wirklich so arg?«

»Viel ärger! Aber du bist außerdem die Verkörperung des perfekten englischen Gentleman, so wie ihn sich jedes deutsche Mädchen vorstellt.«

Adam wandte sich um, strich ihr sanft über das Haar, beugte sich zu ihr und küßte sie auf den Mund.

Heidi merkte plötzlich, wie sie von Passanten angestarrt wurden.

»Ich glaube nicht, daß die Schweizer von Küssen in aller Öffentlichkeit begeistert sind«, meinte sie. »Ja, ich hab sogar einmal gehört, daß manche von ihnen es nicht einmal im Privaten schätzen.«

»Soll ich die alte Schachtel dort drüben küssen, die noch immer zu uns herglotzt?« fragte Adam.

»Bloß nicht, Adam! Am Ende verwandelt sie dich in einen Frosch. Nein, wir sollten lieber deinen Schlachtplan in die Tat umsetzen«, fügte sie hinzu und wies auf die Banque Populaire auf der anderen Seite der Promenade.

Sie überquerten die Straße, und Heidi fragte den Türsteher der Bank nach dem Weg zu Roget et Cie. Sie folgten seinen Angaben und bewunderten noch einmal die großartige Fontäne, welche ihren mächtigen Strahl zum Himmel emporsandte, bevor sie ihren Weg ins Stadtzentrum fortsetzten.

Es war gar nicht so einfach, Roget et Cie. gleich zu finden, und erst nachdem sie schon zweimal daran vorbeigelaufen waren, entdeckte Heidi das diskrete, in Stein gemeißelte Schild neben einem hohen Tor aus Schmiedeeisen und Spiegelglas.

»Sieht eindrucksvoll aus«, murmelte Adam.

»Was hast du denn erwartet — eine kleine Provinzfiliale etwa? Ich weiß, ihr Engländer hört das nicht gerne — aber hier ist nun mal das Zentrum der Bankwelt.«

»Sehen wir lieber zu, daß wir ein Restaurant finden, bevor unsere Entente cordiale in die Brüche geht«, erwiderte Adam. Sie liefen denselben Weg bis zur Fontäne zurück, und da die Sonne sich zwischen den Wolken hervorstahl, entschieden sie sich für ein Straßencafé mit Blick auf den See. Sie bestellten Käsesalat und teilten sich eine halbe Flasche Weißwein. Adam genoß Heidis Gesellschaft so sehr, daß er anfing, ihr Geschichten aus seiner Militärzeit zu erzählen. Sie mußte ihn schließlich unterbrechen, als es fast zwei Uhr war. Widerstrebend verlangte er die Rechnung.

»Jetzt ist es soweit: Gleich werden wir wissen, ob es die Zaren-Ikone wirklich gibt«, stellte er fest.

Sie gingen zurück zur Bank. Adam stieß das schwere Tor auf, trat zögernd ein und sah sich in der düsteren Halle um.

»Dort drüben«, flüsterte Heidi ehrfurchtsvoll und zeigte auf eine Frau, die hinter einem Schreibtisch saß.

»Guten Tag! Mein Name ist Adam Scott. Ich möchte etwas abholen, das mir testamentarisch vermacht wurde«, sagte Adam auf englisch.

Die Frau lächelte. »Haben Sie mit jemandem von unserem Haus einen Termin ausgemacht?« erkundigte sie sich ebenfalls auf englisch mit kaum merklichem französischem Akzent.

»Nein«, erwiderte Adam. »Ich wußte nicht, daß das nötig ist.«

»Es dürfte auch so kein Problem sein.« Die Dame griff zum Telefon, wählte eine einzelne Nummer und führte ein kurzes Gespräch auf französisch. Dann legte sie auf und bat Adam und Heidi, in den vierten Stock hinaufzufahren.

Als die beiden aus dem Lift traten, wurden sie zu Adams Überraschung von einem Mann in Empfang genommen, der offenbar nicht älter war als er selbst.

»Guten Tag, mein Name ist Pierre Neffe. Ich bin einer der Teilhaber dieser Bank«, stellte sich der junge Mann in perfektem Englisch vor.

»Ich habe dir ja gleich gesagt, daß ich überflüssig sein werde«, flüsterte Heidi.

»Wart's nur ab!« erwiderte Adam. »Wir haben ja noch nicht einmal angefangen, unser Problem zu erläutern.«

Monsieur Neffe führte sie in ein kleines, exquisit möbliertes Zimmer.

»Hier könnte ich's aushalten«, bemerkte Adam, während er seinen Mantel ablegte. »Und zwar ohne die geringsten Schwierigkeiten!«

»Wir freuen uns, wenn sich unsere Kunden bei uns wie zu Hause fühlen«, erwiderte Monsieur Neffe gönnerhaft.

»Sie kennen offensichtlich mein Zuhause nicht . . .«

Monsieur Neffe verzog keine Miene. »Womit kann ich Ihnen dienen?« war alles, was er antwortete.

»Mein Vater«, begann Adam, »ist vor einem Monat gestorben. Er vermachte mir einen Depotschein für etwas, das Sie — wie ich glaube — seit 1938 in Verwahrung haben. Einer Ihrer Kunden hatte es ihm geschenkt . . .« Adam zögerte. »Ein gewisser Emmanuel Rosenbaum.«

»Verfügen Sie über irgendeinen Nachweis, ein Dokument, das sich auf dieses Geschenk bezieht?«

»Selbstverständlich«, sagte Adam und begann, in der Landkartentasche seines Trenchcoats zu wühlen. Dann reichte er dem jungen Bankier den Depotschein von Roget et Cie. Monsieur Neffe studierte ihn und nickte.

»Dürfte ich wohl Ihren Paß sehen, Mr. Scott?«

»Aber sicher«, entgegnete Adam, kramte noch einmal in seinem Trenchcoat und reichte Monsieur Neffe den Paß.

»Wenn Sie mich bitte einen Augenblick entschuldigen.«
Der junge Mann erhob sich und ließ die beiden allein.

»Was haben sie jetzt wohl vor?« erkundigte sich Heidi.

»Erstens werden sie überprüfen, ob sich die Ikone überhaupt noch hier befindet, und zweitens, ob mein Depotschein echt ist. Seit 1938 sind immerhin etliche Jahre vergangen.«

Die Minuten verstrichen. Adam fühlte sich zunächst enttäuscht, dann deprimiert, und schließlich begann er zu glauben, daß sich das gesamte Unternehmen als reine Zeitverschwendung erweisen würde.

»Du kannst ja immer noch eines der Bilder von der Wand nehmen und in deinen Mantel stecken«, neckte ihn Heidi. »Ich bin davon überzeugt, daß es in London einen ordentlichen Preis erzielen würde. Vielleicht sogar mehr als deine geliebte Ikone.«

»Zu spät«, erwiderte Adam, denn in dem Augenblick erschien Monsieur Neffe, zusammen mit einem anderen Herrn, den er als Monsieur Roget vorstellte.

»Guten Tag«, sagte Monsieur Roget. »Ich bedaure, daß mein Vater nicht hier ist, um Sie persönlich zu begrüßen, Mr. Scott, aber er hat geschäftlich in Chicago zu tun.« Er gab sowohl Adam als auch Heidi die Hand. »In unseren Akten befindet sich ein Brief von Herrn Rosenbaum, mit der klaren Anweisung, daß der Safe von niemandem anderen als« — er sah auf ein Blatt Papier, das er mitgebracht hatte — »Colonel Gerald Scott, DSO, OBE, MC geöffnet werden darf.«

»Das ist mein Vater«, antwortete Adam. »Wie ich jedoch Monsieur Neffe bereits erklärt habe, ist er letzten Monat verstorben und hat mir das Depot vererbt.«

»Ich will gerne glauben, was Sie sagen«, entgegnete Monsieur Roget, »wenn Sie mir gestatten, einen Blick auf die Kopie der Sterbeurkunde sowie auf das Testament selbst zu werfen.«

Adam lächelte stolz, weil er so vorausblickend gewesen war. Er kramte noch einmal in seinem Mantel und förderte schließlich ein großes, braunes Kuvert zutage, auf dessen oberem Teil in dicken, schwarzen Lettern »Holbrooke, Holbrooke und Gascoigne« aufgedruckt war. Er entnahm dem Umschlag die Kopie der Sterbeurkunde seines Vaters, das Testament sowie einen Brief mit der Aufschrift »An alle Beteiligten« und reichte alles Monsieur Roget, der die drei Dokumente langsam durchlas und sie an seinen Partner weiterreichte. Nachdem Monsieur Roget die Papiere seinerseits eingehend studiert hatte, flüsterte er dem Direktor etwas ins Ohr.

»Hätten Sie etwas dagegen, wenn wir — selbstverständlich in Ihrem Beisein — Mr. Holbrooke anriefen?« fragte Monsieur Roget.

»Nein«, antwortete Adam schlicht. »Aber ich warne Sie: Er ist ziemlich miesepetrig.«

»Miesepetrig?« wiederholte der Bankier. »Verzeihen Sie, daß mir dieses Wort nicht geläufig ist, wenn ich auch zu verstehen glaube, was es bedeutet.«

Er wandte sich an Monsieur Neffe, der sogleich den Raum verließ und eine Minute später mit einem Exemplar des britischen Anwaltsregisters von 1966 zurückkehrte.

Adam war von den Usancen dieser Bank tief beeindruckt: Monsieur Roget überprüfte, ob Nummer und Adresse auf dem Briefkopf mit Nummer und Adresse im Jahrbuch übereinstimmten. »Ich glaube, es wird nicht nötig sein, Mr. Holbrooke anzurufen«, sagte er schließlich. »Aber wir haben da noch ein kleines Problem, Mr. Scott.«

»Nämlich?« fragte Adam nervös.

»Herrn Rosenbaums Konto ist ein wenig überzogen, und den Vorschriften unseres Hauses gemäß müssen alle Außenstände beglichen sein, bevor ein Safe geöffnet werden darf.«

Adams Puls begann zu rasen, als er sich vorstellte, daß er

möglicherweise zuwenig Geld bei sich hatte, um diese Angelegenheit in Ordnung zu bringen.

»Das Konto ist bloß um hundertzwanzig Franken überzogen«, fuhr Monsieur Roget fort. »So viel beträgt die Safemiete für die letzten beiden Jahre, seit Herrn Rosenbaums hinterlegte Summe erschöpft ist.«

Adam atmete erleichtert auf, zog seine Brieftasche hervor, unterzeichnete einen Reisescheck und übergab ihn Monsieur Roget.

»Und nun«, sagte Monsieur Roget, »benötigen wir noch Ihre Unterschrift auf dem Entlastungsformular für die Bank.«

Er händigte Adam ein langes Formular aus, das eine Unzahl von Paragraphen in kleingedrucktem Französisch enthielt. Adam warf nur einen Blick darauf, dann gab er es Heidi, die es Absatz für Absatz sorgfältig durchlas. Monsieur Roget nützte die Zeit, um Adam zu erklären, daß es sich um eine Standard-Verzichtserklärung handle, die die Bank von jeglicher Haftung bezüglich des Inhalts des Schließfachs und Adams gesetzmäßigem Anspruch darauf befreite.

Heidi blickte auf und nickte zustimmend. Daraufhin unterzeichnete Adam mit einem schwungvollen Schnörkel auf der dafür vorgesehenen Linie.

»Somit wären alle Formalitäten erledigt«, sagte der Bankier. »Und jetzt müssen wir nur noch Ihre Kassette holen.«

»Ich könnte mir durchaus vorstellen, daß sie leer ist«, meinte Adam, sobald er und Heidi allein waren.

»Genausogut kann sie randvoll mit Golddublonen sein, du alter Pessimist!« gab das Mädchen zurück.

Als die beiden Bankleute wenige Minuten später zurückkehrten, trug Monsieur Neffe eine flache Metallkassette, die etwa dreißig mal fünfundzwanzig Zentimeter groß und ungefähr acht Zentimeter hoch war. Adam war von den eher bescheidenen Ausmaßen enttäuscht, ließ sich aber nichts anmerken. Inzwischen machte Monsieur Roget sich daran, das obere Schloß mit dem Bankschlüssel zu öffnen; dann reichte er Adam ein kleines, vergilbtes Kuvert mit einem Wachssiegel, über das Unterschriften gekritzelt waren.

»Was immer sich in dieser Kassette befindet, gehört Ihnen, Mr. Scott. Lassen Sie uns bitte wissen, wann Sie fertig sind. Bis dahin warten wir draußen auf dem Korridor.«

Die beiden Männer verließen den Raum.

»So mach doch endlich!« sagte Heidi. »Ich kann es ja kaum erwarten!«

Adam riß den Briefumschlag auf. Ein Schlüssel fiel heraus. Nervös fummelte er damit an dem Schloß herum, bis es endlich aufschnappte; dann drückte er den Deckel auf. In der Kassette lag ein kleines, flaches Päckchen, das in Musselin gehüllt und mit einem Bindfaden fest verschnürt war. Die Knoten ließen sich nicht so einfach lösen, so daß Adam schließlich ungeduldig wurde und die Schnur herunterriß. Vorsichtig entfernte er den Musselin. Ungläubig starrten Heidi und Adam auf das Meisterwerk.

Die schlichte Schönheit des in Gold, Rot und Blau gehaltenen kleinen Gemäldes verschlug ihnen die Sprache. Keiner von ihnen hatte erwartet, daß die Ikone so atemberaubend sein würde: Der heilige Georg, hoch über dem Drachen stehend, ein mächtiges Schwert in der Hand, das er dem Ungetüm mitten ins Herz stieß. Das Feuer, welches aus dem Rachen des Drachen loderte, war tiefrot; es bildete einen verblüffenden Kontrast zu dem goldenen Umhang, der den Heiligen einzuhüllen schien.

»Großartig!« stammelte Heidi, die als erste die Sprache wiederfand.

Adam ließ das kleine Bild nicht aus seiner Hand.

»Sag doch etwas!« bat ihn das Mädchen.

Doch Adam schüttelte nur den Kopf.

Endlich drehte er die Ikone um und entdeckte an ihrer

Rückseite eine in das Holz eingelassene, kleine silberne Krone. Er betrachtete sie eingehend und versuchte, sich zu erinnern, was Mr. Sedgwick von Sotheby's über dieses Zeichen gesagt hatte.

»Ich wollte, mein Vater hätte den Brief geöffnet«, sagte Adam endlich und drehte die Ikone wieder um, da er den Triumph des heiligen Georg noch einmal bewundern wollte. »Von Rechts wegen gehörte sie nämlich ihm.«

Heidi überprüfte, ob sich nicht noch etwas in der Kassette befand. Dann drückte sie den Deckel zu, und Adam versperrte das Kästchen wieder. Er wickelte den Musselin um das kleine Gemälde, verschnürte das Päckchen sorgfältig und verstaute es in der Kartentasche seines Trenchcoats.

Heidi lächelte. »Ich hab's ja geahnt! Nun ist es dir tatsächlich gelungen, zu beweisen, daß du den Mantel brauchen würdest, selbst wenn es nicht regnet . . .«

Adam ging zur Tür und öffnete sie. Die beiden Bankleute traten unverzüglich ein.

»Ich hoffe, daß Sie vorgefunden haben, was Ihnen versprochen wurde«, sagte Monsieur Roget.

»Ganz gewiß«, erwiderte Adam. »Aber ich werde die Kassette nun nicht mehr benötigen«, fügte er hinzu und gab den Schlüssel zurück.

»Wie Sie wünschen«, erwiderte Monsieur Roget, indem er sich leicht verbeugte. »Hier ist das restliche Geld von Ihrem Reisescheck, Mr. Scott.« Mit diesen Worten reichte er Adam einige Schweizer Banknoten.

»Wenn Sie mich nun bitte entschuldigen wollen — ich möchte mich von Ihnen verabschieden. Monsieur Neffe wird Sie hinausbegleiten.«

Er reichte Adam die Hand, verneigte sich andeutungsweise vor Heidi und fügte mit einem schwachen Lächeln hinzu:

»Ich hoffe, wir waren Ihnen nicht zu mie-se-petrig!«

Alle lachten.

»Und ich hoffe noch, daß Sie einen angenehmen Aufenthalt in unserer Stadt verbringen werden«, sagte Monsieur Neffe, während der Lift gemächlich abwärts fuhr.

»Ich fürchte, er wird sehr kurz sein«, erwiderte Adam. »Um siebzehn Uhr erwartet uns bereits wieder der Flughafen!«

Der Lift blieb im Erdgeschoß stehen, und Monsieur Neffe begleitete Adam und Heidi durch die Halle. Die Eingangstür wurde für sie geöffnet, doch sie traten beide zur Seite, um einem alten Mann Platz zu machen, der langsam an ihnen vorbeischlurfte. Die meisten Leute hätten wohl nur seine Nase angestarrt, aber Adam fiel vor allem der durchdringende Blick des Mannes auf.

Nachdem der Alte schließlich bei der Dame am Empfangstisch angelangt war, erklärte er: »Ich bin gekommen, um Monsieur Roget zu sprechen.«

»Ich bedauere, Monsieur, aber Monsieur Roget hält sich zur Zeit in Chicago auf. Ich werde gerne nachfragen, ob sein Sohn verfügbar ist. Wen darf ich melden?«

»Emmanuel Rosenbaum.« Die Dame nahm den Telefonhörer ab und führte wieder ein kurzes Gespräch auf französisch. Nachdem sie aufgelegt hatte, sagte sie:

»Würden Sie bitte in den vierten Stock hinauffahren, Monsieur Rosenbaum?«

Wieder mußte der Alte einen dieser furchterregenden Fahrstühle besteigen, und auch diesmal gelang es ihm nur mit knapper Not, wieder herauszukommen, bevor die großen Türen wie Kiefer zuschnappten und ihn einzwängten. Eine weitere Dame mittleren Alters führte ihn in das Wartezimmer. Als sie ihm Kaffee anbot, lehnte er höflich ab, indem er mit der rechten Hand gegen sein Herz klopfte.

»Monsieur Roget wird gleich bei Ihnen sein«, versicherte die Dame dem alten Herrn.

Er mußte nicht lange warten; kurz darauf trat Monsieur Roget ein und lächelte seinem Besucher zu.

»Ich freue mich, Ihre Bekanntschaft zu machen, Monsieur Rosenbaum, aber ich fürchte, Sie haben Mr. Scott soeben verpaßt.«

»Mr. Scott?« stammelte der alte Mann überrascht.

»Ja, er ist erst vor wenigen Minuten gegangen, aber wir haben die Anweisungen in Ihrem Brief genau befolgt.«

»Meinem Brief?« fragte Rosenbaum.

»Gewiß«, antwortete der Bankier und schlug zum zweitenmal an diesem Tag eine Akte auf, die seit mehr als zwanzig Jahren niemand mehr angerührt hatte. Dann reichte er dem alten Herrn den Brief.

Emmanuel Rosenbaum zog eine Brille aus der Brusttasche, klappte sie langsam auseinander und machte sich daran, den Brief zu lesen. Er war mit dicker schwarzer Tinte in einer schwungvollen Schrift geschrieben, die Rosenbaum sofort erkannte.

Forsthaus Haarhof
Amsberg 14
Voßwinkel
Sachsen
Deutschland
12. September 1946

Sehr geehrter Monsieur Roget!

In Ihrem Gewahrsam befindet sich eine kleine Ikone, darstellend den heiligen Georg mit dem Drachen. Sie liegt in meinem Schließfach mit der Nummer 718. Ich übertrage das Eigentum an diesem Gemälde einem Offizier der britischen Armee, Colonel Gerald Scott, DSO, OBE, MC. Sorgen Sie bitte dafür, daß Colonel Scott meinen Safeschlüssel unverzüglich erhält, wann immer er kommt.

Vielen Dank für Ihre Unterstützung in dieser Angelegenheit.

Ich bedaure aufrichtig, daß wir einander nie persönlich kennengelernt haben.

Ihr ergebener
Emmanuel Rosenbaum

»Und Sie sagen, daß Colonel Scott den Inhalt des Safes heute abgeholt hat?«

»Nein, nein, Monsieur Rosenbaum! Der Colonel ist erst vor kurzem verstorben und hat den Inhalt des Safes seinem Sohn Adam Scott vermacht. Monsieur Neffe und ich haben alle Dokumente einschließlich der Sterbeurkunde und des Testaments überprüft, und es bestand für uns keinerlei Zweifel, daß beide echt waren und alles seine Richtigkeit hatte. Adam Scott befand sich auch im Besitz Ihres Depotscheins.« Der Bankier zögerte. »Ich hoffe, daß wir das Richtige getan haben, Monsieur Rosenbaum.«

»Ja, selbstverständlich«, erwiderte der alte Herr. »Ich bin nur gekommen, um mich zu vergewissern, daß meine Wünsche auch respektiert wurden.«

Monsieur Roget war erleichtert; er lächelte. »Ich sollte Ihnen vielleicht noch mitteilen, daß auf Ihrem Konto ein kleines Defizit entstanden war . . .«

»Wieviel schulde ich Ihnen?« fragte der alte Mann und begann an seiner Brusttasche herumzufummeln.

»Nichts«, erwiderte Monsieur Roget, »gar nichts. Monsieur Scott hat das erledigt.«

»Ich stehe also in Mr. Scotts Schuld. Können Sie mir sagen, wie hoch der Betrag war?«

»Einhundertzwanzig Franken.«

»Dann muß ich ihm diese Summe möglichst rasch zurückerstatten«, entgegnete Rosenbaum. »Wissen Sie zufällig, unter welcher Adresse ich ihn erreichen kann?«

»Nein, ich bedaure. Ich weiß wirklich nicht, wo er in Genf abgestiegen ist.« Eine Hand berührte Monsieur Rogets Ellbogen, und Monsieur Neffe beugte sich zu ihm und flüsterte ihm etwas ins Ohr.

»Offensichtlich«, ergänzte Monsieur Roget, »hatte Mr. Scott vor, rasch nach England zurückzukehren. Er sagte, er müsse um spätestens siebzehn Uhr am Genfer Flughafen einchecken.«

Der alte Herr hievte sich aus dem Sessel hoch. »Sie haben mir sehr geholfen, meine Herren, und jetzt möchte ich Ihre Zeit nicht länger in Anspruch nehmen.«

»Flug BE 171, Ihre Sitze sind 14 A und B«, sagte der Mann hinter dem Abfertigungsschalter. »Die Maschine ist pünktlich, bitte finden Sie sich also in etwa zwanzig Minuten bei Ausgang 9 ein!«

»Danke«, erwiderte Adam.

»Haben Sie Gepäck zum Einchecken?«

»Nein. Wir waren nur einen Tag in Genf.«

»Dann wünsche ich Ihnen einen angenehmen Flug, Sir«, antwortete der Mann und händigte ihnen die Bordkarten aus. Adam und Heidi gingen auf die Rolltreppe zu, die hinauf zur Abflughalle führte.

»Ich besitze noch ganze siebenhundertzwanzig Schweizer Franken«, erklärte Adam, nachdem er die Banknoten, die ihm verblieben waren, durchgezählt hatte. »Und da wir nun schon einmal in der Schweiz sind, möchte ich unbedingt eine hübsche Bonbonniere mit Likörpralinen für meine Mutter kaufen. Als ich ein kleiner Junge war, habe ich ihr jedes Jahr zu Weihnachten eine ganz kleine Schachtel Pralinen geschenkt. Und da schwor ich mir: Wenn ich einmal groß bin und je in die Schweiz kommen sollte, bringe ich ihr die schönste Bonbonniere mit, die sich auftreiben läßt.«

Heidi zeigte auf einen Verkaufsstand, dessen Regale von

üppig verzierten Bonbonnieren geradezu überquollen. Adam suchte eine große, mit Goldfolie überzogene Schachtel Lindt-Pralinen aus, die das Mädchen hinter dem Ladentisch in Geschenkpapier verpackte und in eine Plastiktüte steckte.

»Warum schaust du denn so finster drein?« fragte Adam, nachdem er das Wechselgeld im Empfang genommen hatte.

»Die Verkäuferin hat mich daran erinnert, daß ich morgen vormittag wieder hinter meiner Kasse sitzen muß . . .«

»Aber zumindest haben wir noch das Abendessen im *Coq d'Or* vor uns, auf das wir uns freuen können!« Adam sah auf die Uhr. »Jetzt reicht die Zeit nur mehr, um ein paar Flaschen Wein im Duty Free Shop zu kaufen.«

»Ich möchte mir noch gern die neue Nummer des *Spiegel* besorgen, bevor wir durch den Zoll gehen.«

»In Ordnung«, erwiderte Adam. »Versuchen wir's doch bei dem Zeitungskiosk dort drüben in der Ecke.«

»Ein Aufruf für Passagier Mr. Scott! Mr. Scott wird gebeten, zum BEA-Schalter im Erdgeschoß zu kommen«, dröhnte es aus der Lautsprecheranlage.

Adam und Heidi sahen einander verwundert an. »Die haben uns sicher die falschen Sitze zugewiesen«, meinte Adam achselzuckend. »Egal, gehen wir hinunter, und erkundigen wir uns.«

Sie fuhren mit der Rolltreppe wieder ins Erdgeschoß zurück und gingen hinüber zu dem Mann, der ihnen die Bordkarten ausgestellt hatte.

»Ich glaube, Sie haben mich ausrufen lassen«, sagte Adam. »Mein Name ist Scott.«

»Ja«, erwiderte der Mann. »Wir haben eine dringende Nachricht für Sie«, fügte er nach einem Blick auf den Notizblock hinzu, der vor ihm lag. »Bitte rufen Sie Monsieur Roget et Cie. unter der Nummer 271278 an.« Er riß das Stück Papier ab und reichte es Adam. »Die Telefonzellen sind dort drüben, hinter dem KLM-Schalter, Sie benötigen zwanzig Rappen.«

»Danke!« Adam las die Nachricht genau durch, aber sie enthielt keinen Hinweis darauf, warum Monsieur Roget ihn so dringend sprechen wollte.

»Was soll das Ganze?« fragte Heidi betroffen. »Jetzt ist es wohl ein bißchen zu spät, um die Ikone zurückzuverlangen.«

»Keine Angst, ich werde das gleich herausfinden.« Adam hielt ihr die Plastiktüte hin. »Hier, nimm das, ich bin gleich wieder da!«

»Ich sehe unterdessen nach, ob es in dieser Etage einen Zeitungskiosk mit dem *Spiegel* gibt«, erwiderte Heidi und griff nach der bunten Plastiktüte mit der Bonbonniere.

»Gut! Dann treffen wir einander in ein paar Minuten hier.«

»*Roget et Cie.* Est-ce que je peux vous aider? Womit kann ich Ihnen behilflich sein?«

»Monsieur Roget hat um meinen Rückruf gebeten«, antwortete Adam, ohne auch nur den Versuch zu machen, auf französisch zu antworten.

»Ja, Sir. Wen darf ich melden?« erwiderte die Telefonistin sofort in englischer Sprache.

»Adam Scott.«

»Ich werde nachfragen, ob er erreichbar ist.«

Adam wandte sich rasch um; er wollte sehen, ob Heidi bereits wieder zum BEA-Schalter zurückgekehrt war. Da er sie nirgendwo entdeckte, vermutete er, daß sie noch immer nach der Zeitschrift suchte. Dann bemerkte er einen alten Mann, der mit schlurfenden Schritten die Halle durchquerte. Adam hätte schwören können, daß er ihn irgendwo bereits gesehen hatte.

»Mr. Scott?« Adam lehnte sich wieder in die Kabine.

»Ja, Monsieur Roget, Sie wollten mich sprechen?«

»Ich Sie sprechen?« Der Bankier schien verblüfft. »Ich verstehe nicht...«

»Am BEA-Schalter wurde die Nachricht für mich hinterlassen, ich solle Sie anrufen. Und zwar dringend.«

»Da muß ein Irrtum vorliegen. Ich habe keine Nachricht für Sie hinterlassen. Aber da Sie nun schon anrufen: Es wird Sie vielleicht interessieren, daß Herr Emmanuel Rosenbaum uns einen Besuch abgestattet hat, unmittelbar nachdem Sie weggegangen waren.«

»Emmanuel Rosenbaum?« erwiderte Adam. »Aber ich nahm doch an, er sei...«

»Entschuldigen Sie, junge Dame, könnten Sie mir behilflich sein?«

Heidi sah zu dem alten Mann auf, der sie auf englisch, allerdings mit stark mitteleuropäischem Akzent, angesprochen hatte. Sie fragte sich, warum er es als selbstverständlich annahm, daß sie Englisch verstand, gelangte aber zu dem Schluß, daß dies wahrscheinlich die einzige Fremdsprache war, die er gut genug beherrschte, um sich darin zu verständigen.

»Ich versuche, ein Taxi zu bekommen, und ich bin schon spät dran. Aber meine Augen sind längst nicht mehr so gut wie früher, fürchte ich.«

Heidi legte den *Spiegel* auf das Regal zurück. »Die Taxis stehen gleich dort vorne«, sagte sie, »vor den automatischen Doppeltüren. Kommen Sie, ich bring Sie hin.«

»Wie freundlich von Ihnen«, erwiderte der Alte. »Ich hoffe nur, Ihnen nicht zu viele Umstände zu machen.«

»Aber überhaupt nicht!« Heidi faßte ihn am Arm und führte ihn zu der Tür mit der Aufschrift *Taxi und Autobusse*.

»Sind Sie sicher, daß es Rosenbaum war?« frage Adam beunruhigt.

»Ganz sicher«, lautete die Antwort des Bankiers.

»Und er schien erfreut, daß ich die Ikone habe?«

»Ganz gewiß. Aber darum ging es ihm gar nicht. Seine einzige Sorge war, wie er Ihnen die hundertzwanzig Franken zurückerstatten könnte. Ich vermute, er wird vielleicht versuchen, sich mit Ihnen in Verbindung zu setzen.«

»Letzter Aufruf für Flug BE 171 nach London-Heathrow, Ausgang 9.«

»Ich muß jetzt gehen«, sagte Adam hastig. »Mein Flugzeug startet in ein paar Minuten.«

»Also dann, guten Flug!« erwiderte der Bankier.

»Danke, Monsieur Roget«, antwortete Adam und legte auf.

Er rannte zum BEA-Schalter und stellte überrascht fest, daß Heidi noch nicht da war. Hastig sah er sich im ganzen Erdgeschoß um und suchte nach einem Zeitungsladen; vielleicht, so fürchtete er, hatte Heidi den letzten Aufruf überhört.

Dann entdeckte er sie. Heidi begleitete den alten Mann, der ihm schon zuvor aufgefallen war, und half ihm durch die automatischen Türen.

Adam rief ihren Namen und beschleunigte seine Schritte. Irgend etwas stimmte da nicht! Als er die automatischen Türen erreichte, mußte er warten, bis sie wieder auseinanderglitten. Jetzt sah er Heidi direkt vor sich auf dem Gehsteig stehen. Eben hielt sie die Tür eines Taxis für den alten Mann auf.

»Heidi!« Der alte Herr drehte sich plötzlich um, und wieder sah sich Adam dem Mann gegenüber, dem er — das hätte er beschwören können — in der Bank begegnet war.

»Herr Rosenbaum?« fragte er.

Da stieß der Alte Heidi mit einer einzigen Armbewegung auf den Rücksitz des Taxis, so flink und kräftig, daß Adam völlig überrumpelt war, sprang zu ihr hinein, schlug die Tür zu und brüllte aus vollem Hals: »*Allez, vite, schnell!*«

Einen Augenblick lang stand Adam wie gelähmt da. Dann aber stürzte er auf das Taxi zu und bekam gerade noch den Türgriff zu fassen, als das Fahrzeug vom Randstein weg voll beschleunigte. Adam wurde zu Boden geworfen, doch zuvor sah er noch den Ausdruck auf Heidis Gesicht; sie wirkte wie versteinert. Er starrte auf die Kennzeichentafel des davonfahrenden Autos: GE-7-1-2 konnte er gerade noch entziffern, aber zumindest wußte er, daß es sich um einen blauen Mercedes handelte. Verzweifelt blickte er sich nach einem anderen Taxi um, doch das einzige, welches sich in Sichtweite befand, war bereits bis zum Dach voll mit Gepäck.

In diesem Augenblick hielt ein VW-Käfer auf der anderen Straßenseite. Eine Frau stieg aus und ging nach vorne, um den Kofferraum zu öffnen; ein Mann, der auf dem Beifahrersitz gesessen hatte, gesellte ich zu ihr und hob ein Gepäckstück heraus, bevor sie den Deckel des Kofferraums wieder zuschlug.

Die beiden umarmten einander auf dem Randstein. Adam sprintete über die Straße, riß die Beifahrertür des Volkswagens auf, sprang hinein und rutschte auf den Fahrersitz. Der Schlüssel steckte noch im Zündschloß. Adam drehte ihn, legte einen Gang ein, knallte den Fuß auf das Gaspedal, und der Wagen schoß nach hinten los. Das Pärchen — die beiden hielten sich noch immer umschlungen — starrte ungläubig auf das Auto. Adam riß den Schaltknüppel aus dem Rückwärtsgang und drückte ihn, wie er glaubte, in die Position des ersten Ganges. Der Motor kam allmählich auf Touren, aber doch rasch genug, so daß Adam dem Mann, der nun die Verfolgung aufnahm, davonfahren konnte. Es wird wohl doch der dritte Gang gewesen sein, schoß es ihm durch den Kopf. Er schaltete zurück und begann, nach

Wegweisern Ausschau zu halten; dann folgte er den Pfeilen zum Stadtzentrum.

Als Adam den ersten Kreisverkehr erreichte, hatte er die Gänge im Griff, aber er mußte sich eisern darauf konzentrieren, auf der rechten, der für ihn falschen Straßenseite zu bleiben. »GE 712 ... GE 712 ...«, sagte er sich immer wieder, um die Ziffern ja nicht zu vergessen. Aufgeregt kontrollierte er Kennzeichen und Passagiere jedes blauen Taxis, an dem er vorüberfuhr. Nach etwa einem Dutzend begann er sich zu fragen, ob Heidis Wagen vielleicht von der Autobahn in eine Nebenstraße abgezweigt war. Er trat noch stärker auf das Gaspedal — neunzig, hundert, hundertzehn, hundertzwanzig Stundenkilometer — und überholte drei weitere Taxis. Aber noch immer konnte er keine Spur von Heidi entdecken.

Endlich erblickte Adam in beträchtlicher Entfernung einen Mercedes auf der Überholspur, der mit aufgeblendeten Scheinwerfern und wesentlich rascher als erlaubt unterwegs war. Er war überzeugt, daß der Volkswagen den Mercedes einholen konnte, vor allem, wenn es sich um einen Diesel handelte. Meter für Meter verkürzte Adam den Abstand zu dem Mercedes, während er krampfhaft darüber nachdachte, warum der alte Mann Heidi überhaupt gekidnappt hatte. War es tatsächlich Rosenbaum? Aber Rosenbaum war doch damit einverstanden gewesen, daß er — Adam — die Ikone behielt; zumindest hatte der Bankler dies behauptet! Es ergab alles keinen Sinn, und Adam fragte sich, ob das alles nicht nur ein häßlicher Traum war, aus dem er gleich erwachen würde.

Als er die Peripherie der Stadt erreichte, war aus dem Traum noch immer nicht Wirklichkeit geworden: immer noch folgte Adam der Route, die das Taxi eingeschlagen hatte. Beim nächsten Kreisverkehr lagen nur mehr drei Wagen zwischen dem VW und dem Mercedes. Eine rote Ampel, eine rote Ampel muß her! hämmerte es Adam im Gehirn, doch die ersten drei Ampeln auf dem Weg ins Zentrum blieben hartnäckig grün. Und als endlich eine auf Rot wechselte, bremste plötzlich ein Lieferwagen vor dem VW, und der Abstand vergrößerte sich von neuem. Adam fluchte; er sprang aus dem Wagen und rannte auf das Taxi zu, doch die Ampel sprang wieder auf Grün, bevor er sie erreichte, und der Mercedes brauste davon. Voller Haß sprintete er zum Volkswagen zurück und brachte ihn eben noch über die Kreuzung, bevor die Ampel wieder rot wurde. Sein Entschluß, den Wagen zu verlassen, hatte ihn wertvolle Sekunden gekostet, und als er nun voller Sorge nach vorne blickte, konnte er das Taxi nur noch weit in der Ferne ausmachen.

Als die beiden Wagen die Avenue de France erreichten, die parallel zur Westseite des Sees verläuft, hatten sie auf den dichten Verkehr zu achten. Plötzlich bog der Mercedes links ab und fuhr eine kleine Anhöhe hinauf. Adam riß das Lenkrad herum und jagte ein paar Meter auf der falschen Straßenseite weiter. Nur mit knapper Not entging er dem Zusammenstoß mit einem Lieferwagen der Post, der in wildem Zickzack auf ihn zukam. Als das Taxi erneut nach links abbog, paßte Adam höllisch auf, um ja nicht abgehängt zu werden und bog so knapp neben einem Bus ein, daß der Fahrer voll auf die Bremsen steigen mußte. Einige Passagiere, die von ihren Sitzen gerissen wurden, drohten Adam mit den Fäusten, und die Bushupe plärrte.

Das Taxi war nur mehr wenige hundert Meter vor ihm. Wieder holte Adam ein wenig an Boden auf, dann schlitterte der Mercedes plötzlich zum Straßenrand hin und kam quietschend zum Stehen. In den folgenden wenigen Sekunden, in denen Adam auf das Taxi zupreschte, schien sich nichts zu ereignen. Genau hinter dem Mercedes bremste Adam den VW so hart ab, daß er ins Schleudern kam. Dann hechtete er aus dem Auto und spurtete auf das Taxi zu. Doch mit einem

Mal sprang der alte Mann auf der anderen Seite des Mercedes auf die Fahrbahn und rannte eine Seitenstraße hinauf; in der einen Hand Heidis Einkaufstüte, in der anderen einen kleinen Koffer.

Adam riß die hintere Wagentür auf und starrte auf das schöne Mädchen, welches regungslos dasaß. »Geht's dir gut?« schrie er, da er plötzlich erkannte, wieviel sie ihm bedeutete. Heidi aber gab keine Antwort. Adam legte seine Arme um ihre Schultern und sah ihr in die Augen — keine Reaktion. Behutsam strich er ihr über das Haar, und in diesem Augenblick fiel ihr Kopf schlaff auf seine Schulter, als wäre sie eine Stoffpuppe. Aus ihrem Mundwinkel rann ein dünner Blutfaden. Adam überlief es kalt. Übelkeit stieg in ihm hoch; er begann am ganzen Leib zu zittern. Er blickte nach vorn zu dem Taxifahrer, einem Mann mittleren Alters. Seine Arme hingen kraftlos herunter, der Oberkörper war über das Lenkrad gesunken. Auch er gab kein Lebenszeichen mehr von sich.

Es dauerte eine Weile, bis Adam zur Kenntnis nahm, daß beide tot waren. Er hielt Heidi noch immer in den Armen, und als er über sie aus dem Wagen hinausschaute, bemerkte er, daß der alte Mann die Anhöhe erreicht hatte. Glaubte er immer noch, daß dieser Mann wirklich alt war? Er war offensichtlich ganz und gar nicht alt, sondern jung und optimal durchtrainiert. Plötzlich verwandelte sich Adams Angst in abgrundtiefen Haß. Er ließ Heidi los, sprang aus dem Auto und begann den Hügel hinaufzulaufen, hinter dem Mörder her. Zwei oder drei Passanten hatten sich bereits am Straßenrand eingefunden und gafften Adam sowie die beiden Autos an. Er nahm alle Kraft zusammen, um den Mann, der immer noch lief, einzuholen; er rannte, so rasch er konnte, aber der Trenchcoat behinderte ihn, und als Adam die Anhöhe erreichte, war der Mörder gut hundert Meter vor ihm und bahnte sich durch die Hauptverkehrsstraße im Zickzack seinen Weg. Adam versuchte es mit längeren Schritten, mußte aber zusehen, wie der Mann auf eine vorbeifahrende Straßenbahn aufsprang. Adam war viel zu weit hinter ihm, als daß er ihn hätte noch erreichen können; tatenlos mußte er zusehen, wie die Straßenbahn sich entfernte.

Der Mann stand auf dem Trittbrett und blickte auf Adam zurück. Mit einer Hand hielt er herausfordernd die Plastiktüte hoch. Sein Rücken war nicht mehr gekrümmt, die Gestalt nicht mehr schwach und gebrechlich, und selbst aus der Entfernung konnte Adam den Triumph in der Haltung des Mannes erkennen. Er selbst stand ein paar Sekunden lang mitten auf der Straße und sah hilflos der Straßenbahn nach, bis sie seinem Blickfeld entschwand.

Adam versuchte, seine Gedanken zu ordnen; er wußte, daß es wenig Hoffnung gab, jetzt, in der Hauptverkehrszeit, ein Taxi zu bekommen. Hinter ihm ertönten Sirenen, vermutlich von Krankenwagen, wie er glaubte, die so rasch als möglich zur Unfallstelle gelangen wollten. Unfall! sagte Adam zu sich. Sie werden bald draufkommen, daß es Mord war. Er bemühte sich, die wahnwitzigen Ereignisse der letzten halben Stunde in seinem Gehirn zu sammeln: Nichts ergab einen Sinn. Gewiß würde er bald zur Erkenntnis kommen, daß alles nur ein Mißverständnis war ... Dann faßte er seitlich an seinen Mantel und tastete nach dem Päckchen, in dem sich die Zaren-Ikone befand. Der Mörder hatte dies doch alles nicht wegen lumpiger zwanzigtausend Pfund inszeniert und zwei unschuldige Menschen umgebracht, die ihm zufällig über den Weg gelaufen waren. Warum? *Warum* war die Ikone so wichtig? Wie hatte der Experte von Sotheby's nur gesagt? »Ein Herr aus Rußland hat sich nach dem Bild erkundigt...« In Adams Kopf begann sich alles zu drehen. Wenn dieser Herr tatsächlich Emmanuel Rosenbaum gewesen war, wenn er tatsächlich wegen dieser Ikone zwei Morde begangen hatte —, dann war ihm schlußendlich nichts in die Hände gefallen als ein großer Karton mit Schweizer Likörpralinen.

Adam hörte Trillerpfeifen hinter sich. Er war erleichtert, daß Hilfe nahte, doch als er sich umwandte, erblickte er zwei Polizisten, die ihre Pistolen auf ihn gerichtet hatten. Instinktiv begann er schneller zu laufen, und während er über die Schulter zurücksah, stellte er fest, daß nun eine ganze Meute von Polizeibeamten seine Verfolgung aufgenommen hatte. Er lief rascher und rascher; er bezweifelte, daß auch nur einer der Schweizer Sicherheitsleute das Tempo, das er ihnen trotz des hinderlichen Regenmantels vorlegte, länger als einen halben Kilometer mithalten konnte. Dann erreichte Adam ein Seitengäßchen, rannte hinein und steigerte seine Geschwindigkeit noch. Die Gasse war schmal — so schmal, daß darin nicht einmal zwei Fahrräder aneinander vorbeikommen konnten. Sobald Adam am anderen Ende des Gäßchens angelangt war, steuerte er auf eine Einbahnstraße zu. Sie war völlig verstopft von Autos, und er konnte sich rasch und gefahrlos durch die langsam dahinrollende Kolonne der entgegenkommenden Fahrzeuge schlängeln.

Nach wenigen Minuten hatte Adam seine Verfolger abgeschüttelt, aber er rannte trotzdem weiter, ständig die Richtung wechselnd, bis er glaubte, wenigstens drei Kilometer zurückgelegt zu haben. Schließlich bog er in eine wenig belebte Straße ein; und als er sie ungefähr bis zur Hälfte durchlaufen hatte, leuchtete ihm ein Neonschild entgegen, welches ein »Hotel Monarche« anpries. Das Gebäude sah eher nach einer einfachen Pension aus; die Bezeichnung »Hotel« war gewiß übertrieben. Adam blieb im Schatten der Häuser stehen, wartete und holte tief Luft. Nach etwa drei Minuten ging sein Atem wieder ruhig, er schritt geradewegs in das Hotel.

11

Er stand nackt vor dem Spiegel des Hotelzimmers und betrachtete das Abbild Emmanuel Rosenbaums. Was er sah, gefiel ihm gar nicht. Als erstes nahm er das Gebiß heraus; anschließend klappte er seinen Mund ein paarmal auf und zu: Man hatte ihn gewarnt, daß sein Zahnfleisch noch tagelang schmerzen würde. Danach löste er die große Knollennase sorgfältig Schicht um Schicht ab, voller Bewunderung für die Geschicklichkeit und Kunstfertigkeit dessen, der eine derartige Monstrosität geschaffen hatte. Die Nase würde viel zu auffällig sein, hatte er sich beschwert. Dafür würde sich niemand an anderes erinnern können, hatten die Fachleute erwidert.

Als die letzte Schicht entfernt war, wirkte die aristokratische Nase, die darunter zum Vorschein kam, in der Mitte eines solchen Gesichts geradezu lächerlich. Er begann die zerfurchte Stirn zu bearbeiten; sie bewegte sich sogar mit, wenn er die Augenbrauen hochzog. Mit den Falten schwanden auch die Jahre. Als nächstes kamen die schlaffen roten Wangen an die Reihe, und zum Schluß beseitigte er das Doppelkinn. Der Schweizer Bankier wäre höchst erstaunt gewesen, hätte er gesehen, wie mühelos sich die unauslöschliche Nummer an der Innenseite des Armes durch kräftiges Reiben mit einem Bimsstein entfernen ließ. Noch einmal prüfte er eingehend sein Spiegelbild. Mit dem kurzgeschnittenen Haar, das scheinbar allmählich ergraute, würde die Natur wohl länger zu tun haben — als man es ihm geschoren und das dicke, schlammartige Gebräu über die gesamte Kopfhaut geschmiert hatte, ahnte er, wie jemandem zumute sein mußte, der geteert und gefedert wurde. Augenblicke später stand er unter der warmen Dusche und rieb das Haar bis zu den Wurzeln gründlich mit den Fingern durch. Schwarzes, klebriges Wasser lief ihm wie Sirup über Gesicht und Körper und verschwand schließlich im Abfluß. Es brauchte eine halbe Flasche Schampon, bis das Haar wieder seine natürliche Farbe angenommen hatte, aber es wurde ihm klar, daß es um einiges länger dauern würde, bis er mit seinem kurzgeschnittenen Haar nicht mehr wie ein Sergeant der US-Marine aussah.

In einer Ecke des Zimmers lagen der lange, ausgebeulte Mantel, der abgetragene, formlose Anzug, der schwarze Schlips, das abgetragene, nicht mehr ganz weiße Hemd, die Wollfäustlinge und der israelische Paß: Stunden der Vorbereitung, abgetan in wenigen Minuten. Mit Wonne hätte er alles verbrannt, statt dessen ließ er die Sachen auf einem Haufen liegen. Er kehrte ins Zimmer zurück, streckte sich auf dem Bett aus und gähnte wie eine Katze. Ihm schmerzte der Rücken von all dem Bücken und Krümmen. Er stand daher wieder auf, beugte den Rumpf, griff nach den Zehen und warf die Arme hoch über den Kopf. Er wiederholte die Übung fünfzigmal, ruhte sich eine Minute aus und absolvierte noch fünfzig Liegestütze.

Hierauf ging er erneut ins Badezimmer und duschte noch einmal — diesmal kalt. Allmählich begann er sich wieder wie ein menschliches Wesen zu fühlen. Erleichtert zog er schließlich ein frisch gebügeltes, cremefarbenes Seidenhemd und einen neuen doppelreihigen Anzug an.

Bevor er seine Anrufe tätigte — einen nach London, zwei nach Moskau —, bestellte er sich das Abendessen aufs Zimmer; er hatte keine Lust, zu erklären, wieso der Mann, der sich an der Rezeption angemeldet hatte, um dreißig Jahre älter war als jener, der jetzt allein in seinem Zimmer aß. Wie ein hungriges Tier riß er an seinem Steak, verschlang es und stürzte den Wein hinunter.

Lange starrte er die bunte Plastiktüte an, aber er verspürte nicht den geringsten Wunsch, sein Mahl mit Schweizer Likörpralinen zu beschließen. Und wieder stieg die Wut in ihm hoch bei dem Gedanken, daß der Engländer ihn übertölpelt hatte.

Dann blieb sein Blick an dem kleinen Lederkoffer haften, der neben dem Bett auf dem Boden lag. Er öffnete ihn und nahm die Kopie der Ikone heraus, die er auf Zaborskis Wunsch immer bei sich trug, damit jeder Zweifel ausgeschlossen war, sobald er auf das Original des heiligen Georg mit dem Drachen stieß.

Kurz nach elf schaltete er den Fernseher ein uns sah sich die Spätnachrichten an. Offensichtlich stand noch kein Foto des Verdächtigen zur Verfügung, wohl aber ein Bild dieses vertrottelten Taxifahrers, der so langsam gefahren war, daß es ihm das Leben kosten *mußte*, diesem Idioten; und ein Foto der hübschen kleinen Deutschen, die versucht hatte, sich zu wehren. Es war wirklich rührend gewesen — ein einziger harter, sauberer Schlag, und ihr Hals war gebrochen. Der Fernsehsprecher berichtete, daß die Polizei nach einem Engländer sucht, dessen Namen nicht bekannt sei. Romanow lächelte bei dem Gedanken, daß die Polizei überall nach Scott fahndete, während er selbst in einem Luxushotel saß und ein Steak verzehrte. Im Gegensatz zur Schweizer Polizei benötigte Romanow keine Fotografie des Mörders. Der Mann hatte ein Gesicht, das er nie vergessen würde. Und außerdem hatte ihm sein Kontaktmann in England in einem einzigen Telefongespräch weit mehr über Captain Scott erzählt, als die Schweizer in einer ganzen Woche herauszufinden hoffen konnten.

Angesichts der Details aus Scotts Militärkarriere und seiner Tapferkeitsauszeichnungen rieb sich Romanow bei dem Gedanken, einen solchen Mann zur Strecke zu bringen, vor Vergnügen die Hände.

Adam lag reglos auf einem schäbigen schmalen Bett und versuchte, all den Teilchen, aus denen sich dieses unheimliche Puzzle zusammensetzte, irgendeinen Sinn zu entnehmen. Wenn Göring die Ikone seinem Vater vermacht hatte und Görings Deckname Emmanuel Rosenbaum gewesen war, dann gab es keinen lebenden Emmanuel Rosenbaum, jedenfalls keinen echten. Aber es gab einen Rosenbaum! Er hatte bei dem Versuch, die Zaren-Ikone in seinen Besitz zu bringen, sogar zwei Morde begangen. Adam beugte sich hinüber, drehte die Lampe auf dem Nachttischchen an, zog das Päckchen aus der Manteltasche, wickelte es vorsichtig aus und hielt die Ikone unter das Licht. Der heilige Georg starrte ihn an — er sah gar nicht mehr großartig aus, wie Adam fand, eher vorwurfsvoll. Adam hätte die Ikone Rosenbaum ohne Zögern ausgehändigt, wenn er damit Heidis Leben hätte retten können.

Um Mitternacht wußte Adam, was getan werden mußte, aber er wartete bis kurz nach drei, ließ sich dann leise aus dem Bett gleiten, öffnete die Tür, blickte prüfend über den Korridor und sperrte die Tür geräuschlos hinter sich zu, bevor er die Treppe hinabschlich. Auf der untersten Stufe blieb er stehen und lauschte. Der Nachtportier war vor dem Fernseher, der nur noch ein schwaches, monotones Summen von sich gab, eingenickt; in der Mitte des Bildschirms leuchtete ein silberner Punkt. Adam brauchte fast zwei Minuten bis zum Ausgang. Einmal trat er auf eine knarrende Bohle, doch der Portier schnarchte so laut, daß das Knarren übertönt wurde. Draußen auf der Straße ließ sich nirgends auch nur die leiseste Bewegung erkennen. Da er nicht weit wollte, hielt er sich im Dunkel des Straßenrands und bewegte sich in einem für ihn ungewöhnlich langsamen Tempo vorwärts, bis er am Ende der Straße etwa hundert Meter entfernt entdeckte, wonach er suchte.

Noch immer war niemand zu sehen, daher legte Adam das letzte Stück bis zur Telefonzelle im Laufschritt zurück. Er steckte ein Zwanzig-Rappen-Stück in den Schlitz und wartete. Eine Stimme sagte: »*Est-ce que je peux vous aider?*« Adam stieß nur ein Wort hervor: »Ausland!« Einen Augenblick später stellte eine andere Stimme die gleiche Frage.

»Ich möchte ein R-Gespräch nach London anmelden«, sagte Adam mit Nachdruck. Er nannte Namen und Nummer.

»In Ordnung« antwortete die Stimme. »Ihr Name?«

»Georg Cromer«, entgegnete Adam.

»Und der Anschluß, von dem aus Sie sprechen?«

»Genf 271982.« Die letzten drei Ziffern vertauschte er: Es war durchaus denkbar, daß die Polizei in dieser Nacht alle Anrufe nach England abhörte.

»Würden Sie bitte einen Augenblick warten.«

»Natürlich!« Wieder suchte Adam die Straße in beiden Richtungen nach verdächtigen Bewegungen ab, doch wie meist so früh am Morgen, fuhr nur ab und zu ein Auto vorüber. In eine Ecke der Telefonzelle gepreßt, wartete Adam, bis die Verbindung hergestellt wurde. »Bitte, wach auf!« flehte er innerlich. Nach einer schier endlosen Zeitspanne hörte das Klingeln auf, und Adam erkannte die vertraute Stimme am anderen Ende der Leitung.

»Wer spricht dort?« fragte Lawrence. Er klang verärgert, aber völlig wach.

»Nehmen Sie ein R-Gespräch von einem Mr. George Cromer aus Genf an?« fragte die Vermittlung.

»George Cromer, Lord Cromer, der Gouverneur der Bank of Eng ... Ja, selbstverständlich.«

»Ich bin's Lawrence«, meldete sich Adam.
»Gott sei Dank. Wo bist du?«
»Ich bin noch in Genf, aber ich weiß nicht, ob du mir glauben wirst, was ich dir jetzt erzählen werde. Während wir darauf warteten, daß unsere Maschine für den Rückflug nach London aufgerufen wurde, hat ein Mann Heidi in ein Taxi gezerrt und umgebracht, noch bevor ich sie und ihren Mörder einholen konnte. Und zu allem Unglück glaubt die Schweizer Polizei, daß ich der Mörder bin.«
»Jetzt beruhig dich mal, Adam! Das weiß ich alles schon. Die Abendnachrichten haben davon berichtet, und die Polizei war bereits hier, um mich zu befragen. Wahrscheinlich hat dich Heidis Bruder identifiziert.«
»Was soll das heißen — er hat mich *identifiziert?* Ich bin's doch nicht gewesen! Du weißt doch, daß ich so etwas nie tun könnte. Es war ein Mann namens Rosenbaum, nicht ich, Lawrence!«
»Rosenbaum? Adam, wer ist Rosenbaum?«
Adam versuchte, in ruhigem Ton zu sprechen. »Heidi und ich kamen heute morgen nach Genf, um etwas abzuholen, das mir Pa in seinem Testament vermacht hat; es war in einer Bank deponiert: ein Bild, wie sich herausstellte. Und als wir zum Flughafen zurückkehrten, schnappte sich dieser Rosenbaum Heidi, da er glaubte, *sie* hätte das Bild bei sich — was aber überhaupt keinen Sinn ergibt, denn diese verdammte Ikone ist nur zwanzigtausend Pfund wert.«
»Ikone?« wiederholte Lawrence.
»Ja, eine Ikone, die den heiligen Georg mit dem Drachen darstellt«, erwiderte Adam. »Doch das ist unwesentlich. Das Wesentliche ist . . .«
»Jetzt hör mir zu, hör mir bitte ganz genau zu!« unterbrach ihn Lawrence, »denn ich werde auch nicht ein einziges Wort wiederholen. Halte dich bis zum Morgen versteckt, und dann stell dich auf unserem Konsulat. Aber sieh zu, daß

du heil hinkommst. Ich werde mich darum kümmern, daß der Konsul dich erwartet. Sei nicht vor elf dort, da ich jede Minute brauchen werde, um alles zu organisieren und dafür zu sorgen, daß das Personal des Konsulats entsprechend vorbereitet ist.«

Adam ertappte sich dabei, daß er zum erstenmal seit zwölf Stunden wieder lächelte.

»Hat der Mörder bekommen, worauf er aus war?« fuhr Lawrence fort.

»Nein, er hat die Ikone nicht bekommen«, erwiderte Adam, »nur eine Bonbonniere für meine Mutter...«

»Gott sei Lob und Dank! Laß dich nur ja nicht von der Schweizer Polizei erwischen, denn die ist der festen Überzeugung, du hättest Heidi umgebracht.«

»Aber...«, begann Adam.

»Keine Erklärungen! Sieh zu, daß du um elf auf dem Konsulat bist. Und jetzt legst du besser auf«, befahl Lawrence. »Elf Uhr, und komm ja nicht zu spät.«

»Schön«, erwiderte Adam, »und...«

Aber aus dem Hörer tönte nur noch ein lautes Tuten. Ein Glück, daß es Lawrence gab, überlegte Adam. Den Lawrence von früher, der keine langen Fragen zu stellen brauchte, weil er die Antworten ohnehin schon kannte. Verdammt noch mal, in was war er da nur hineingeraten? Noch einmal spähte Adam die Straße hinauf und hinunter. Noch immer war niemand zu sehen. Er stahl sich die zweihundert Meter zum Hotel zurück. Die Eingangstür war nach wie vor unversperrt, der Portier schlief, der Fernseher summte leise, der silberne Punkt leuchtete immer noch auf dem Bildschirm. Fünf Minuten nach vier lag Adam wieder im Bett. Er konnte nicht schlafen. Rosenbaum, Heidi, der Taxifahrer, der russische Herr bei Sotheby's — so viele Teile eines Puzzles, und nichts paßte zusammen.

Was ihn aber am allermeisten beunruhigte: das Gespräch mit Lawrence — war das der Lawrence von früher?

An diesem Donnerstagmorgen trafen zwei Polizisten um zwanzig nach sieben beim Hotel Monarche ein. Sie waren müde, schlecht gelaunt und hungrig. Seit Mitternacht hatten sie dreiundzwanzig Hotels im Westen der Stadt erfolglos durchsucht. Sie hatten über tausend Anmeldescheine überprüft und sieben unschuldige Engländer geweckt, auf die die Beschreibung von Adam Scott nicht im entferntesten paßte.

Um acht hatten sie Dienstschluß, dann konnten sie nach Hause gehen, zu ihren Frauen, zum Frühstück. Aber zuvor mußten sie noch drei Hotels überprüfen. Als die Pensionswirtin sie in den Flur treten sah, kam sie aus dem Bürozimmer auf sie zugewatschelt, so rasch sie nur konnte. Sie haßte die Polizei und war bereit, jedem zu glauben, der behauptete, die Schweizer Bullen seien noch schlimmer als die deutschen. Im vergangenen Jahr war ihr zweimal eine Geldstrafe aufgebrummt worden, und einmal hatte man ihr sogar mit dem Gefängnis gedroht, da sie nicht jeden Gast polizeilich gemeldet hatte. Sie wußte, daß man ihr die Konzession entziehen und sie damit um ihren Lebensunterhalt bringen würde, wenn man sie noch einmal erwischte. Etwas langsam im Denken, versuchte sie sich nun zu erinnern, wer am Vorabend ein Zimmer genommen hatte. Acht Leute hatten sich eingetragen, aber nur zwei hatten bar bezahlt: der Engländer, der kaum ein Wort redete, Pemberton war der Name, den er auf den Anmeldeschein geschrieben hatte, der jetzt aber fehlte; und Maurice, der jedesmal mit einem anderen Mädchen auftauchte, wann immer er sich in Genf aufhielt. Sie hatte beide Scheine verschwinden lassen und das Geld eingesteckt. Maurice und das Mädchen waren um sieben gegangen, und sie hatte das Bett bereits wieder frisch bezogen, aber der Engländer war noch in seinem Zimmer und schlief.

»Wir müssen Ihre Anmeldescheine für die letzte Nacht überprüfen, Madame.«

»Selbstverständlich, Monsieur«, antwortete sie mit einem warmen Lächeln und raffte die sechs Scheine zusammen, die sie noch besaß: sie stammten von zwei Franzosen, einem Italiener, zwei Zürchern und einem Gast aus Basel.

»Ist heute nacht ein Engländer hiergewesen?«

»Nein«, erwiderte die Wirtin fest. »Bei mir hat seit mindestens einem Monat kein Engländer gewohnt«, fügte sie zuvorkommend hinzu. »Möchten Sie auch die Anmeldescheine von letzter Woche sehen?«

»Ist nicht nötig«, sagte der Polizist. Die Wirtin brummte zufrieden. »Aber wir müssen Ihre unbelegten Zimmer kontrollieren. Ihrer Konzessionsurkunde entnehme ich, daß das Hotel über zwölf Gästezimmer verfügt«, fuhr der Polizist fort. »Sechs müßten also leerstehen.«

»Die stehen alle leer«, antwortete die Wirtin. »Ich hab sie heute morgen bereits einmal kontrolliert.«

»Wir müssen sie uns selbst ansehen«, beharrte der andere Beamte.

Die Wirtin griff nach ihrem Hauptschlüssel und watschelte auf die Treppe zu, die sie zu erklimmen begann, als handelte es sich um die Gipfelpyramide des Mount Everest. Sie öffnete die Zimmer fünf, sechs, sieben, neun, zehn, elf. Das Zimmer, in dem Maurice übernachtet hatte, war wenige Minuten, nachdem er gegangen war, aufgeräumt worden. Die alte Frau wußte: in dem Augenblick, da die Polizisten Zimmer Nummer zwölf betraten, wäre sie ihre Konzession los. Sie hielt sich eben noch zurück, an die Tür zu klopfen, bevor sie den Schlüssel ins Schloß steckte. Die beiden Polizisten traten ein, während sie im Korridor stehenblieb, für den Fall, daß es irgendwelche Schwierigkeiten mit dem Gast geben sollte.

»Danke, Madame«, sagte der erste Polizist, als er wieder auf den Korridor hinaustrat. »Entschuldigen Sie bitte, daß wir Sie belästigt haben!« Dann hakte er das »Hotel Monarche« auf seiner Liste ab.

Während die beiden Beamten die Treppe hinabstiegen, betrat die Wirtin völlig verblüfft Zimmer Nummer zwölf. Das Bett war unberührt, als hätte niemand darin geschlafen; nicht das Geringste deutete darauf hin, daß hier jemand die Nacht verbracht hatte. Sie strengte ihr strapaziertes Gedächtnis an. Aber so viel habe ich doch gestern abend gar nicht getrunken, sagte sie sich und griff nach den fünfzig Franken in ihrer Tasche, um sich in diesem Punkt Gewißheit zu verschaffen.

»Wo kann er nur stecken?« murmelte sie.

Die letzte Stunde hatte Adam hinter einem verlassenen Waggon kauernd auf einem Abstellgleis verbracht, etwa einen halben Kilometer vom Hotel entfernt. Von hier aus konnte er in einem Umkreis von hundert Metern alles gut überblicken.

Er hatte die Fahrgäste beobachtet, die sich früh am Morgen auf dem Weg zum Arbeitsplatz scharenweise in die Züge drängten. Um zwanzig nach acht glaubte Adam die Stoßzeit auf ihrem Höhepunkt. Er vergewisserte sich, daß die Ikone an ihrem Platz war, verließ sein Versteck und mischte sich unter die Menschenmassen. Bei einem Kiosk blieb er kurz stehen. Die einzige neue englischsprachige Zeitung, die schon so früh zum Verkauf auslag, war die *Herald Tribune.* Die Londoner Zeitungen waren hier erst nach dem Eintreffen der ersten Maschine aus England erhältlich, während die *Herald Tribune* per Bahn aus Paris angeliefert wurde. Bevor er wieder in die dahinhastende Menge tauchte, kaufte er noch zweierlei: einen Plan von Genf und Umgebung sowie eine große Tafel Nestlé-Schokolade.

Zwei Stunden hatte er totzuschlagen, bevor er sich auf dem Konsulat melden konnte. Das Gebäude, das er sich als nächste Zufluchtsstätte ausgesucht hatte, lag, auch wenn er es sehen konnte, verhältnismäßig weit entfernt, und er wählte den Weg, auf dem er jederzeit in dichten Menschentrauben untertauchen konnte, ging nach dem Platz unter den Markisen der Geschäfte und hielt sich dicht an die Hausmauern, um jede ungedeckte Stelle zu meiden. Es kostete ihn beträchtliche Zeit, aber seine Berechnung stimmte: Er erreichte den Haupteingang der Kirche, als eben Hunderte von Gläubigen nach der Frühmesse ins Freie strömten.

Im Innern des Gotteshauses fühlte Adam sich sicher. Es war ähnlich angelegt wie die meisten großen Kathedralen der Welt, so daß Adam sich innerhalb weniger Augenblicke zurechtfand. Langsam wanderte er durch das Seitenschiff auf die Scheitelkapelle zu, ließ ein paar Münzen in einen der Opferstöcke fallen, zündete eine Kerze an, steckte sie auf einen leeren Ständer zu Füßen der Muttergottesstatue, und kniete nieder, ohne aber auch nur eine Sekunde lang die Augen zu schließen. Er war einst Katholik gewesen, glaubte aber schon lange nicht mehr an Gott — außer wenn er krank oder verängstigt war oder in einem Flugzeug saß. Nach etwa zwanzig Minuten stellte Adam beunruhigt fest, daß sich nur noch eine Handvoll Personen in der Kathedrale befand. Einige schwarzgekleidete alte Frauen in der ersten Reihe ließen die Rosenkranzperlen gleichmäßig durch die Finger gleiten, während sie »*Ave Maria, gratia plena, Dominus tecum, benedicta . . .*« sangen. Ein paar Touristen verrenkten sich die Hälse, um mit nach oben gerichtetem Blick die Balkendecke des Hauptschiffes zu bewundern.

Adam erhob sich langsam und schaute sich vorsichtig um. Er streckte die Beine und ging zu einem Beichtstuhl, der sich — halb verdeckt — hinter einer Säule befand. Ein kleines Schild an einer hölzernen Stütze zeigte ihm, daß der Beichtstuhl unbesetzt war. Adam schlüpfte hinein, setzte sich und zog den Vorhang zu.

Er nahm die *Herald Tribune* aus der Tasche seines Trenchcoats, dann die Tafel Schokolade. Er riß das Silberpapier auf, begann gierig zu kauen und suchte *den* Bericht in der Zeitung. Auf der Titelseite, die hauptsächlich amerikanischen Ereignissen gewidmet war, standen nur einige wenige kurze Artikel mit Nachrichten aus England. »Das Pfund mit 2,80 gegenüber dem Dollar noch immer zu hoch?« lautete eine Schlagzeile.

Adam überflog die kleineren Überschriften, bis er in der linken unteren Ecke den Absatz fand, nach dem er suchte: »Engländer nach Mord an deutscher Frau und Schweizer Taxilenker auf der Fahndungsliste.« Adam las den Artikel. Als er seinen Namen las, begann er zu zittern. »Gesucht wird Captain Scott, der erst kürzlich seinen Abschied vom Royal Wessex Regiment genommen hat . . . Bitte lesen Sie weiter auf Seite 15.« Das Umblättern war in dem engen Beichtstuhl gar nicht so einfach. Adam schlüpfte aus dem Gehäuse, versteckte sich hinter der Säule und sah sich nach einem neuen Zufluchtsort um. Plötzlich hallten Schritte durch das fast leere Gotteshaus; ein Priester kam auf den Beichtstuhl zu.

Adam wollte schon davonstürzen, besann sich dann aber eines Besseren. Seine katholische Erziehung fiel ihm wieder ein. Er kniete vor dem Beichtfenster nieder. *»Au nom du Père, du Fils et du Saint Esprit«*, murmelte der Priester, nachdem er im Beichtstuhl Platz genommen hatte, und Adam antwortete automatisch, allerdings auf englisch: »Ich bekenne vor Gott, daß ich gesündigt habe, und möchte die heilige Beichte ablegen.«

»Gut, mein Sohn, und worin bestehen deine Sünden?« fragte der Priester in nicht akzentfreiem, aber verständlichem Englisch.

Adam überlegte blitzschnell. Ich darf ihm keinen Hinweis darauf geben, wer ich bin, sagte er sich. Er drehte sich leicht um und erschrak, als er zwei Polizisten erblickte, die am Tor des Seitenschiffs einen anderen Priester befragten. »Ich bin aus Dublin, Hochwürden! Gestern habe ich in einer Bar ein Mädchen von hier kennengelernt und mit ins Hotel genommen.«

»Ja, mein Sohn!«

»Nun ja, und dann hat eins zum anderen geführt ...«

»Wozu hat es geführt, mein Sohn?«

»Also, ich hab sie auf mein Zimmer mitgenommen.«

»Ja, mein Sohn?«

»Und dann hat sie begonnen, sich auszuziehen.«

»Und was geschah dann?«

»Dann hat sie begonnen, mich auszuziehen.«

»Hast du versucht zu widerstehen, mein Sohn?«

»Gewiß, Hochwürden, aber es kam noch viel schlimmer.«

»Fand Geschlechtsverkehr statt?« fragte der Priester.

»Leider, Hochwürden, ich konnte mich nicht mehr zurückhalten. Sie war sehr schön«, fügte Adam wie zur Entschuldigung hinzu.

»Hast du vor, dieses Mädchen zu heiraten, mein Sohn?«

»Nein, Hochwürden! Ich bin doch schon verheiratet und habe zwei entzückende Kinder, Seamus und Maureen.«

»Dann mußt du diese Nacht für immer aus deinem Gedächtnis verbannen.«

»Das will ich tun, Hochwürden.«

»Ist so etwas schon einmal vorgekommen?«

»Nein, Hochwürden! Es ist das erste Mal, daß ich allein ins Ausland gereist bin. Ich schwöre es!«

»Dann laß es dir eine Lehre sein, mein Sohn, und möge der Herr in seiner unendlichen Güte dir diese abscheuliche Sünde vergeben. Jetzt mußt du dein Reuebekenntnis ablegen.«

»O Gott, du hassest die Sünde ...«

Nachdem Adam das Reuegebet heruntergeleiert hatte,

erteilte ihm der Priester die Absolution und gab ihm drei Rosenkränze als Buße auf.

»Und noch etwas . . .«

»Ja, Hochwürden?«

»Du wirst deiner Frau alles erzählen, wenn du wieder in Irland bist, sonst kannst du nicht auf Vergebung hoffen. Versprich mir das, mein Sohn!«

»Sobald ich meine Frau wiedersehe, werde ich ihr alles erzählen, was in der letzten Nacht vorgefallen ist, Hochwürden«, gelobte Adam und spähte noch einmal zum Tor des Seitenschiffs hinüber. Die Polizisten waren verschwunden.

»Gut, und bete zur heiligen Jungfrau Maria, damit sie dich vor allen bösen Versuchungen bewahre.«

Adam faltete die Zeitung zusammen, schob sie in eine Tasche des Trenchcoats, sprang rasch vom Beichtfenster weg und setzte sich ans Ende einer Bankreihe. Er senkte den Kopf und begann das Vaterunser vor sich hinzumurmeln, während er den Stadtplan von Genf öffnete und zu studieren anfing. Als er bei »und erlöse uns von dem Bösen« angekommen war, hatte er das britische Konsulat ausfindig gemacht: Es lag auf der anderen Seite einer kleinen quadratischen Parkanlage. Er schätzte die Entfernung von der Kirche auf zwei Kilometer; sieben Straßen und eine Brücke mußte er hinter sich bringen, bevor er in Sicherheit war. Er wanderte noch einmal in die Scheitelkapelle und kniete nieder. Er schaute auf die Uhr: es war noch zu früh, um die Kirche zu verlassen, daher blieb er, den Kopf in die Hände vergraben, noch weitere dreißig Minuten sitzen und ging im Geist die Strecke wieder und wieder durch. Er beobachtete eine Gruppe von Touristen, die durch die Kathedrale geführt wurde. Keine Sekunde wandte er den Blick von ihnen, während sie sich auf das Tor am westlichen Ende des Kirchenschiffs zu bewegten. Ein perfektes Timing war entscheidend.

Unvermittelt stand Adam auf, lief das Seitenschiff hinunter und erreichte das Portal, als die Touristen sich anschickten, das Gotteshaus zu verlassen; sie gingen einen Meter vor ihm und boten ihm, während sie auf den Platz hinaustraten, Deckung. Adam verbarg sich im Schatten der Markise eines Straßenladens, umlief drei Seiten des Platzes, um dem Polizisten in der nördlichen Ecke auszuweichen, überquerte rasch noch die erste Straße, als die Ampel auf Rot sprang und lief eine Einbahnstraße auf der Innenseite des Gehsteigs hoch, da er am Ende der Straße nach links abbiegen mußte. Zwei uniformierte Polizisten kamen um die Ecke und schritten direkt auf ihn zu. Adam stürzte blindlings in das erstbeste Geschäft und stellte sich so, daß man ihn vom Gehsteig aus nicht sehen konnte.

»*Bonjour, Monsieur*«, sagte eine junge Dame zu Adam. »*Vous désirez quelque chose?* Womit kann ich dienen?«

Adam blickte sich um. Rund um ihn standen bewegliche Kleiderpuppen in Schlüpfern, Büstenhaltern, Strapsen und langen schwarzen Nylonstrümpfen.

»Ich suche ein Geschenk für meine Frau.«

Das Mädchen lächelte. »Wie wär's mit einem Slip?« schlug sie vor.

»Das wäre genau das Richtige. Haben Sie einen in Burgunderrot?« Er drehte sich halb um und beobachtete, wie die Polizisten vorbeischlenderten.

»Ich denke schon, aber ich muß erst im Lager nachsehen.«

Adam hatte die nächste Straßenecke erreicht, lange bevor die Verkäuferin mit »genau dem Richtigen« zurückgekommen war.

Die folgenden drei Kreuzungen brachte er ohne Zwischenfall hinter sich. Als nur mehr hundert Meter vor ihm lagen, spürte er, wie sein Herz pochte, als wollte es die Brust sprengen. An der letzten Ecke befand sich nur ein Polizist in Sichtweite, und der war offensichtlich eifrig damit beschäftigt, den Verkehr zu regeln. Adam drehte dem Beamten den Rücken zu. Er konnte die Grünfläche vor dem Konsulat sehen, die auf seinem Plan nur ein winziger grüner Klecks gewesen war. Auf der anderen Straßenseite sah er den Union Jack über einem blau gestrichenen Tor flattern.

Lauf nie die letzten Meter, schon gar nicht über offenes Gelände, hatte ihm sein Sergeant einst auf den Patrouillen im malaiischen Dschungel eingebleut. Adam überquerte die Straße also bewußt gemächlich. Am Rand des kleinen Parks, nur fünfzig Meter vom Hort der Sicherheit entfernt, blieb er stehen. Ein Polizist marschierte offensichtlich ziellos auf und ab; wahrscheinlich war er nur da, weil hier mehrere Konsulatsgebäude dicht nebeneinander lagen. Adam beobachtete ihn genau. Bis zum französischen Konsulat brauchte der Polizist zwei Minuten, dann drehte er um und spazierte gemütlich zurück. Hinter einem Baum an der Ecke des kleinen Parks suchte Adam Deckung; auf der anderen Straßenseite stand nur wenige Meter vom Konsulat entfernt ein weiterer Baum, der ihn notfalls vor den Blicken des herannahenden Polizisten abschirmen würde. In unauffälligem Tempo, nicht zu schnell und nicht zu langsam, könnte Adam die letzten dreißig Meter in knapp zehn Sekunden zurücklegen. Er wollte nur warten, bis der Polizist am weitesten entfernt war.

Adam blickte zum Erkerfenster im ersten Stock hoch, von wo aus zwei Männer auf den Platz hinunterschauten, ganz als ob sie dringend jemand erwarteten. Lawrence hatte es also geschafft: in wenigen Augenblicken müßte Adam in Sicherheit sein.

Adam schlug den Kragen seines Trenchcoats hoch und setzte sich genau in dem Augenblick in Bewegung, als hinter ihm die Uhr der Kirche elfmal schlug. Der Polizist hatte nur mehr wenige Schritte bis zum entlegensten Punkt seiner Wegstrecke und marschierte noch in die Gegenrichtung. Adam überquerte gemessenen Schritts die Straße. In der

Mitte der Straße mußte er stehenbleiben, um ein Auto vorbeizulassen. Der Polizist drehte sich eben um und nahm seine Wanderung zurück in Adams Richtung auf.

Ein paar Sekunden lang blieb Adam reglos zwischen den Schienen stehen, dann ging er gemessenen Schritts auf das Eingangstor des Konsulats zu. Ein großer, athletisch gebauter Mann, blonde Haarstoppeln auf dem Kopf, trat heraus, um ihn zu begrüßen.

Adam hätte ihn nicht erkannt — wären nicht diese Augen gewesen.

Zweiter Teil

DOWNING STREET 10
LONDON SW 1

17. Juni 1966

12

DOWNING STREET 10
LONDON SW 1

17. Juni 1966

Als Sir Morris Youngfield sich vom Premierminister verabschiedet hatte, zerbrach er sich noch immer den Kopf darüber, wieso der Besitz einer Ikone — welcher Art auch immer — derart wichtig sein konnte.

Sir Morris ließ Downing Street 10 hinter sich, marschierte eilends in den Hof des Foreign Office, und wenige Augenblicke später stieg er im siebenten Stock aus dem Lift. Als er sein Büro betrat, war Tessa, seine Sekretärin, eben dabei, einige Unterlagen für ihn vorzubereiten.

»Wir müssen sofort eine D4-Sitzung einberufen«, sagte er zu der Frau, die ihm seit vierzehn Jahren treu diente. »Und bitten Sie Commander Bush, sich unserem Team anzuschließen und an der Sitzung teilzunehmen.«

Tessa zog die Augenbrauen hoch, aber Sir Morris ignorierte ihren stummen Kommentar, da er wußte, daß er in dieser Angelegenheit ohne die Mitarbeit der Amerikaner auf keinen grünen Zweig kommen würde. Noch einmal dachte er über die Instruktionen des Premierministers nach. Harold Wilson hätte nicht erst darauf hinweisen müssen, daß Lyndon Johnson ihn nicht eben oft über den Atlantik hinweg anrief, um ihn um Hilfe zu ersuchen.

Aber warum dann ausgerechnet wegen einer russischen Ikone, die einen englischen Heiligen darstellte?

Während Romanow auf ihn zuging, tat Adam einen Schritt rückwärts, von den Schienen weg, damit die Straßenbahn zwischen ihnen durchfahren konnte. Als sie vorüber war, war Adam verschwunden. Romanow hatte für diesen Amateurtrick nur ein Knurren übrig; er rannte der Straßenbahn die zwanzig Meter nach, die sie bereits zurückgelegt hatte, und sprang zum Erstaunen der Fahrgäste auf. Dann musterte er ihre Gesichter, Reihe um Reihe.

Adam wartete, bis die Straßenbahn weitere zwanzig Meter entfernt war, bevor er hinter dem Baum auf der anderen Straßenseite hervortrat. Er war überzeugt, daß er das Konsulat erreichen und in Sicherheit sein würde, lange bevor Heidis Mörder auch nur hoffen konnte, wieder zurück zu sein. Doch nach einem Blick auf die andere Straßenseite stieß er einen leisen Fluch aus. Der patrouillierende Polizist war nur wenige Schritte vom Konsulat entfernt und kam unbeirrbar näher. Adam blickte zurück zur Straßenbahn; aus der Gegenrichtung fuhr eine andere herbei. Und dann sah Adam zu seiner Verzweiflung, wie sein Verfolger mit der Behendigkeit eines Meisterturners von einer Plattform zur andern sprang. Da der Polizist nur noch wenige Meter von der Tür des Konsulats entfernt war, blieb Adam keine andere Wahl, als seinen Plan aufzugeben und wieder durch die Einbahnstraße zu rennen — genau in die Richtung, aus der er gekommen war. Nach fünfzig Metern wagte er einen Blick über die Schulter. Niemand hätte einem hilflosen Greis unähnlicher sein können als dieser Mann, den er nur unter dem Namen Emmanuel Rosenbaum kannte und der jetzt hinter ihm her sprintete.

Adam sprang zwischen Autos und Busse, drängte sich durch das Gewühl der Fußgänger und versuchte auf diese Weise, den Fünfzig-Meter-Abstand zwischen ihm und seinem Verfolger zu vergrößern. Bei der ersten Querstraße sah er, wie eine rundliche Dame eben aus einer nur wenige Meter entfernten Telefonzelle trat. Blitzschnell änderte er die Richtung, stürzte in die leere Zelle und kauerte sich in die

Ecke, die von außen am wenigsten eingesehen werden konnte. Die Tür fiel langsam und mit einem schnalzenden Geräusch zu. Rosenbaum schoß wie der Blitz um die Straßenecke und war bereits zwanzig Meter an der Telefonzelle vorbei, ehe er merkte, daß Adam wieder herausgestürzt war und die Straße nun in der Gegenrichtung hinunterlief. Adam wußte, daß ihm mindestens fünf Sekunden blieben, bevor Rosenbaum erkannt haben konnte, welche Richtung er eingeschlagen hatte. Eins und zwei und drei und vier und fünf, zählte er, bremste plötzlich ab, lief drei Stufen hoch, stieß eine Schwingtür auf und stand vor einem kleinen Kassenschalter, hinter dem eine junge Frau mit einem dünnen Bündel Karten saß.

»*Deux Francs, Monsieur*«, sagte sie. Adam musterte die kleine Kabine, in der die Frau saß, nahm zwei Franken aus der Tasche und machte sich auf den Weg durch einen langen, finsteren Korridor und eine weitere Schwingtür. Er blieb im Hintergrund stehen und wartete, bis sich seine Augen an die Dunkelheit gewöhnt hatten. Es war die erste Vorstellung an diesem Tag. Das Kino war beinahe leer. Adam wählte einen Sitz am Ende einer Reihe, die von beiden Ausgängen gleich weit entfernt war.

Er starrte auf die Leinwand, dankbar, daß der Film eben erst begonnen hatte, denn er brauchte Zeit, um sich einen Plan zurechtzulegen. Wann immer die Leinwand hell genug war, überprüfte er die kleine rote Straßenlinie auf seiner Karte, und mit seinem Daumen als Maßstab gelang es ihm, zu berechnen, daß die nächste Grenze zu Frankreich bei Ferney-Voltaire nur dreizehn Kilometer entfernt lag. Von dort könnte er über Dijon nach Paris fahren und beinah so rasch wieder zu Hause sein, wie es dauern würde, sich hier eine zweite Vorstellung von *Exodus* anzusehen.

Nachdem Adam seine Route festgelegt hatte, beschäftigte er sich mit dem nächsten Problem — nämlich *wie* er reisen sollte. Er schloß alle Arten von öffentlichen Verkehrsmitteln aus und beschloß, ein Auto zu mieten. Während der Pause blieb er sitzen und prüfte die Routen nochmals nach. Als Paul Newman wieder auf der Leinwand erschien, faltete Adam die Karte zusammen und verließ das Kino durch jenen Ausgang, der in den vergangenen vier Stunden am wenigsten benutzt worden war.

Als Sir Morris das Zimmer betrat, in dem die Sitzung des »Northern Department« stattfinden sollte, stellt er fest, daß die übrigen D4-Mitglieder bereits versammelt waren und sich mit den Unterlagen vertraut machten, die ihnen erst vor einer Stunde übermittelt worden waren.

Er blickte die um den Tisch sitzenden Männer an, allesamt speziell für diese Aufgabe ausgewählte D4-Leute; aber nur einen dieser Männer hielt er für ebenbürtig. Nicht das alte Schlachtroß Alec Snell, der länger als jeder andere im Foreign Office gedient hatte und nun nervös an seinem Schnurrbart zupfte, während er wartete, daß Sir Morris Platz nahm. Neben Snell saß Brian Matthews, im Department als »die ausgeglichene Natur« bekannt — ein Schullehrertyp mit mehreren Auszeichnungen und einem ausgeprägten Minderwertigkeitskomplex. Ihm gegenüber saß Commander Bush, als Vertreter des CIA, dem so leicht die Sicherungen durchbrannten. Nach fünf Jahren an der Botschaft am Grosvenor Square hielt er sich für britischer als die Briten, und zum Beweis dafür ahmte er sogar den Kleidungsstil der Foreign-Office-Beamten nach. Am anderen Ende des Tisches saß Sir Morris' Stellvertreter, von dem manche behaupteten, er sei eigentlich ein wenig zu jung für seine Stellung. Allerdings hatten alle außer Tessa vergessen, daß Sir Morris diese Stellung im gleichen Alter innegehabt hatte.

Sobald Sir Morris am oberen Ende des Tisches Platz genommen hatte, verstummten die vier Mitglieder des Komitees.

»Meine Herrn!« begann er — denn als einzige Dame war bloß Tessa anwesend, und deren Existenz nahm er kaum jemals zur Kenntnis —, »der Premierminister hat dem D4 seinen uneingeschränkten Segen erteilt. Und er wünscht, daß ihm alle zwölf Stunden ein genauer Lagebericht übermittelt wird — gleichgültig, wo er sich aufhält, und zu jeder Tages- und Nachtzeit, falls irgendwelche unerwarteten Entwicklungen eintreten sollten. Wie Sie sehen, haben wir keine Zeit zu verlieren. Diesem D4-Sonderteam wurde ein Verbindungsmann des CIA, Commander Ralph Bush, beigezogen. Ich habe mit Commander Bush in den letzten Jahren etliche Male zusammengearbeitet und bin hocherfreut, daß die amerikanische Botschaft gerade ihn entsandt hat.«

Der Mann zu Sir Morris' Rechten verneigte sich leicht. Er war eins fünfundsiebzig groß, hatte breite, muskulöse Schultern, einen gepflegten schwarzen Bart und sah vom Scheitel bis zur Sohle wie der Matrose auf der Schachtel von Player's Navy Cut-Zigaretten aus. Matrose schien übrigens gar nicht so weit hergeholt, denn Bush war im Zweiten Weltkrieg Kommandant verschiedener Torpedoboote gewesen.

»Aus den letzten Berichten, die ich erhalten habe«, fuhr Sir Morris fort, während er die Mappe vor sich aufschlug, »geht hervor, daß Scott das Konsulat heute vormittag offenbar nicht erreicht hat, obwohl wir die Polizei ersucht haben, in zweihundert Metern Umkreis vom Park nicht mehr als einen Beamten — und den nur zum Schein — patrouillieren zu lassen.« Sir Morris zog eine vor ihm liegende Notiz zu Rate. »Im Anschluß an unsere eher unvollständigen Informationen von gestern hat die BEA bestätigt, daß Scott einen Anruf von Roget et Cie. erhalten hat, während er sich im Flughafengebäude aufhielt. Nachdem unser Botschafter und die Interpol beträchtlichen Druck auf ihn ausgeübt haben, erfuhren wir von Monsieur Roget, daß Scott die Bank aufgesucht hatte, um das unbekannte Vermächtnis eines gewissen Emmanuel Rosenbaum abzuholen. Weitere Nachforschungen ergaben, daß ein Herr Rosenbaum gestern vormittag in Zürich eingetroffen und gleich am Nachmittag nach Genf weitergereist ist. Er hat sein Hotel heute sehr früh verlassen, seither scheint ihn der Erdboden verschluckt zu haben. Das alles wäre nicht sonderlich bedeutsam, hätte Rosenbaum das Flugzeug nach Zürich nicht in« — Sir Morris konnte der Versuchung nicht widerstehen, eine kurze dramatische Pause einzulegen — »Moskau bestiegen. Ich halte daher die Vermutung für nicht ganz unangebracht, daß Rosenbaum, wer immer er auch sein mag, direkt oder indirekt für den KGB arbeitet. Der KGB wird, wie wir nur allzugut wissen, in Genf von einer großen Anzahl von Osteuropäern ausgezeichnet versorgt, die unter dem Deckmantel der Vereinten Nationen für die Internationale Arbeitsorganisation und die Weltgesundheitsorganisation arbeiten. Sie alle haben Diplomatenstatus, der es ihnen ungemein erleichtert, ihrer Spitzeltätigkeit nachzugehen. Rätselhaft ist mir allerdings noch immer, weshalb Rosenbaum wegen einer relativ unbedeutenden Ikone zwei unschuldige Menschen getötet hat. Dies ist — soweit ich es überblicke — der letzte Stand der Dinge. Aber vielleicht haben Sie etwas Neues herausgefunden?« Sir Morris wandte sich an seine Nummer Zwei.

Lawrence Pemberton blickte von seinem Platz am anderen Ende des Tisches hinüber. »Seit unserer Zusammenkunft heute morgen, Sir Morris«, begann er seine Ausführungen, »habe ich mit Scotts Schwester, seiner Mutter und einer Anwaltskanzlei in Appleshaw gesprochen, die das Testament seines Vaters vollstreckte. Im Verlauf all dieser Gespräche ist durchgesickert, daß Scott nichts wirklich Bedeutendes geerbt hat — außer einem Kuvert, das, wie seine

Mutter sagte, einen Brief von Reichsmarschall Hermann Göring enthielt.«

Sofort erhob sich Gemurmel in der Runde, das anhielt, bis Sir Morris mit den Fingerknöcheln auf den Tisch klopfte.

»Haben Sie irgendeine Ahnung, worum es in Görings Brief geht?« fragte er.

»Nur zum Teil, Sir! Aber einer der Kandidaten, die sich bei uns um Aufnahme bewarben, ein gewisser Mr. Nicholas Wainwright, wurde von Scott gebeten, etwas für ihn zu übersetzen, von dem wir nun annehmen, daß es sich um einen Absatz des Briefes handelte. Mr. Wainwright fragte nämlich später die Prüfungskommission, ob diese Übersetzung ein Teil seines Tests gewesen wäre.«

Lawrence entnahm der Akte vor ihm ein Stück Papier und las vor:

Es wird Ihnen nicht entgangen sein, daß ich von einem der Wachtposten regelmäßig mit einem Vorrat an Havanna-Zigarren versorgt wurde — eine der wenigen Annehmlichkeiten, die mir trotz meiner Inhaftierung gestattet worden waren. Die Zigarren selbst dienten allerdings auch noch einem anderen Zweck: Jede von ihnen enthielt eine Kapsel mit einer geringen Giftmenge. Genug, um zu gewährleisten, daß ich zwar die Gerichtsverhandlung überleben, mich aber dem Scharfrichter entziehen würde.

»Ist das alles?« fragte Sir Morris.

»Leider ja«, antwortete Lawrence. »Allerdings glaube ich, daß es bestätigt, was Scott mir gestern abend als Grund für seine Reise nach Genf angab. Meiner Meinung nach besteht kein Zweifel daran, daß das Päckchen, welches er abholte, jene Ikone vom heiligen Georg mit dem Drachen enthielt, die Göring seinem Vater vermacht hatte.«

»Der heilige Georg mit dem Drachen?« unterbrach ihn

Matthews. »Das ist doch die Ikone, die der KGB schon seit zwei Wochen fieberhaft sucht! Und meine Abteilung plagt sich die ganze Zeit, herauszufinden, weshalb.«

»Und was *haben* Sie herausgefunden?« erkundigte sich Sir Morris.

»Sehr wenig«, gab Matthews zu. »Wir beginnen allmählich zu glauben, daß es sich um einen Köder handeln muß. Die Zaren-Ikone, welche den heiligen Georg mit dem Drachen darstellt, hängt nämlich im Winterpalast zu Leningrad — und das schon seit dreihundert Jahren.«

»Sonst noch etwas?« fragte Sir Morris.

»Nur, daß der Leiter der mit der Suche nach der Ikone betrauten Abteilung Alex Romanow ist...«

Snell stieß einen leisen Pfiff aus. »Dann wissen wir wenigstens, daß wir es mit der Nationalliga zu tun haben«, stellte er fest.

Eine lange Pause trat ein, bis Sir Morris sich endlich äußerte: »Zwei Dinge sind jedenfalls klar: Wir müssen die ersten sein, die an Scott herankommen, und wir haben allen Grund zur Annahme, daß unser Gegenspieler Romanow heißt. Was werden wir in dieser Sache also unternehmen?«

»Alles, was in unserer Macht steht«, erwiderte Lawrence. »Gemeinsam mit den Amerikanern verfügen wir in Genf über siebzehn Agenten, die alles daransetzen, um Scott ausfindig zu machen.«

»Die Schweizer Polizei hat zu genau demselben Zweck rund tausend Mann abgestellt — selbst wenn kein Mensch weiß, auf wessen Seite zu stehen sie sich eigentlich einbilden«, ergänzte Snell.

Lawrence ergriff das Wort. »Es war praktisch unmöglich, sie davon zu überzeugen, daß Scott nicht die geringste Schuld an den beiden Morden trägt. Wir werden ihn wahrscheinlich herausholen müssen, ohne uns allzusehr auf die Mitarbeit der Schweizer verlassen zu können.«

»Und was, meinen Sie, wäre die Folge, wenn es Romanow oder diesem Rosenbaum, der wohl auch zum KGB gehört, gelänge, vor uns an Scott heranzukommen?« fragte nun Matthews.

»Ein Zivilist gegen einen der skrupellosesten Agenten der Sowjetunion? Ich bitte Sie!« erwiderte Commander Bush.

Lawrence neigte sich zu dem Amerikaner hinüber. »Ich kenne Adam beinah mein ganzes Leben lang. Die Ironie seiner mißlichen Situation liegt darin, daß ich persönlich — ohne sein Wissen — empfohlen habe, ihn für einen Posten im ›Northern Department‹ zu testen. Ich wollte, daß er zu uns kommt, sobald er den Ausbildungskurs hinter sich gebracht hat. Wenn Romanow — oder irgendein anderer aus seiner Meute — an Scott gerät, wäre er gut beraten, daran zu denken, daß Adam mit dem Militärverdienstkreuz ausgezeichnet wurde, nachdem er sich mit Tausenden von Chinesen herumgeschlagen hatte.«

»Wenn es wirklich Romanow ist«, fragte Snell, »wäre Scott in der Lage, mit ihm fertigzuwerden?«

»Gestern noch hätte ich nein gesagt, — aber das war, bevor Rosenbaum Adams Freundin umgebracht hat«, entgegnete Lawrence.

»Selbst jetzt räume ich ihm nicht eben große Chancen ein«, meldete sich Bush zu Wort.

»Ich auch nicht«, stimmte ihm Matthews bei.

»Weil Sie Adam Scott nicht kennen!« rief Lawrence.

Matthews senkte den Blick; er wollte einen Zusammenstoß mit seinem unmittelbaren Vorgesetzten vermeiden. Sein Boß — und dabei zehn Jahre jünger als er. Zwei waren in die engere Wahl gekommen, und wieder hatte man einen »Oxbridge«-Mann zum Abteilungsleiter gewählt. Matthews wußte, daß er, was das Foreign Office betraf, die falsche Schule und die falsche Universität besucht hatte. Er hätte sich an den Rat seines Vaters halten und zur Polizei gehen sollen. Dort gab es keine Klassenschranken, und er wäre inzwischen gewiß schon längst Polizeichef.

Sir Morris überging den kurzen Ausbruch; derlei gehörte beinah zur Routine, seit er Pemberton Matthews vorgezogen hatte.

»Dürfen wir vielleicht erfahren«, schaltete sich Snell ein, wobei er Bush fest ansah, »weshalb eine verhältnismäßig unbedeutende Ikone sowohl für die Sowjets als auch für die Vereinigten Staaten von so unverhältnismäßig großer Bedeutung ist?«

»Das wundert uns genauso wie Sie«, erwiderte der Amerikaner. »Alles, was wir den gegenwärtigen Informationen hinzufügen können, ist, daß die Sowjets vor zwei Wochen Goldbarren im Wert von mehr als siebenhundert Millionen Dollar in New York deponiert haben — und das ohne jede Erklärung. Im Augenblick können wir freilich noch nicht mit Bestimmtheit sagen, ob hier ein Zusammenhang besteht.«

»Siebenhundert Millionen Dollar?« fragte Sir Morris. »Um dieses Geld könnte man die Hälfte aller Länder aufkaufen, die den Vereinten Nationen angehören.«

»Und jede einzelne Ikone, die jemals gemalt wurde«, fügte Matthews hinzu.

»Halten wir uns an das, was wir tatsächlich wissen, und hören wir auf, uns auszumalen, was sein könnte«, mahnte Sir Morris. Er wandte sich wieder an seine Nummer Zwei. »Wie sieht der genaue Operationsplan aus?«

Lawrence knüpfte ein rotes Band auf, das um eine Mappe mit der Aufschrift »Sofortmaßnahmen« geschlungen war. Er hatte es zwar nicht nötig nachzulesen, warf aber dennoch von Zeit zu Zeit einen Blick auf die Aufzeichnungen, um sich zu vergewissern, daß er auch nichts vergessen hatte. »Wie ich Ihnen bereits berichtet habe, stehen siebzehn unserer Agenten im Einsatz, und die Amerikaner fliegen heute zwölf weitere nach Genf ein. Da sowohl die Sowjets als auch die Schweizer die Stadt auf den Kopf stellen wie die Ritter von der Tafelrunde auf der Suche nach dem heiligen Gral, wird Scott vermutlich sehr bald jemandem zwischen die Finger geraten. Eines unserer größten Probleme besteht, wie erwähnt, darin, daß die Schweizer nicht mit uns kooperieren wollen. Soweit es sie angeht, ist Scott nur ein ganz gewöhnlicher Krimineller auf der Flucht, und sie haben klipp und klar erklärt, daß sie ihn — sollten sie ihn als erste in die Hände bekommen — garantiert nicht wie einen Diplomaten mit Immunitätsstatus behandeln werden. Wir haben, genau wie die Schweizer und zweifelsohne auch die Russen«, fuhr Lawrence fort, »damit begonnen, alle Orte zu überprüfen, an denen Scott sich aufhalten könnte: Hotels, Pensionen, Restaurants, Flughäfen, Autovermietungen, sogar die Bedürfnisanstalten, und wir halten ständigen Kontakt mit jedem einzelnen unserer Agenten in Genf. Sollte er plötzlich aus dem Nichts auftauchen, werden wir ihm, wie ich hoffe, sofort zu Hilfe kommen können.« Lawrence blickte auf und sah, daß ein Mitglied des Teams alle Einzelheiten mitschrieb. »Außerdem wird jeder Anruf für Barclay DCO, der aus Genf kommt, von der Post abgefangen. Sollte Scott noch einmal versuchen, mich in der Bank oder in meiner Wohnung zu erreichen, wird das Gespräch automatisch nach hierher durchgestellt.«

»Weiß er, daß Sie für den Geheimdienst arbeiten?« fragte Snell und raufte sich sein dunkles Haar.

»Nein. Er glaubt, wie meine liebe Mutter, daß ich leitender Angestellter in der Auslandsabteilung von Barclay's Bank bin. Aber es wird nicht mehr lange dauern, bis er draufkommt, daß das nur Fassade ist. Anders als meine Mutter glaubt er nämlich nicht immer alles, was ich ihm erzähle, und nach unserem Gespräch gestern nacht ist er garantiert mißtrauisch geworden.«

»Haben Sie sonst noch irgendwelche Anhaltspunkte?« fragte Sir Morris und sah Lawrence an.

»Im Augenblick leider nicht, Sir«, antwortete Lawrence. »Wir tun unser Bestes, aber dies ist nun mal kein Heimspiel. Dennoch erwarte ich, daß die Angelegenheit in spätestens vierundzwanzig Stunden erledigt ist — so oder so. Deswegen habe ich auch darum ersucht, daß hier im Haus Schlafgelegenheiten aufgestellt werden. Wenn Sie nach dem Abendessen zurückkommen, werden Sie in Ihrem Büro bereits Betten vorfinden.«

»Heute wird niemand zum Abendessen ausgehen«, erwiderte Sir Morris.

Die Türen des Kinos öffneten sich auf einen belebten Gehsteig, und Adam tauchte hinein in einen Strom von Menschen, die nun zum Abendessen nach Hause eilten. Im Weitergehen achtete er darauf, den Kopf so wenig wie möglich zu bewegen, aber seine Augen blieben keinen Augenblick ruhig und hatten in einem Umkreis von hundertachtzig Grad alles im Blick. Nachdem Adam drei Häuserblocks passiert hatte, entdeckte er auf der anderen Straßenseite das rote Firmenzeichen der Avis-Autovermietung, das in der leichten Nachmittagsbrise schwankte. Unbehelligt überquerte er die überfüllte Kreuzung, aber kaum am gegenüberliegenden Gehsteig angekommen, blieb er wie angewurzelt stehen. Vor ihm in der drängenden, stoßenden Menge stand ein Mann in einem Regenmantel, der sich unentwegt umschaute, aber keinerlei Anstalten traf, in irgendeine Richtung davonzugehen. War es einer von Rosenbaums Leuten, ein Polizist oder gar ein Brite? Adam vermochte nicht zu erkennen, welcher Seite der Mann angehörte, als der plötzlich ein Sprechfunkgerät herauszog, es an den Mund hob und etwas hineinflüsterte. »Nichts Neues, Sir! Noch immer keine Spur von unserem Mann; auch vom KGB hat sich niemand blicken lassen.«

Adam, der diese Worte nicht hatte hören können, bog schleunigst in eine Seitenstraße. Beinah hätte er einen Zeitungsjungen umgerannt. »*Le soldat anglais toujours à Génève* — Der englische Soldat ist immer noch in Genf«, verkündete die Schlagzeile. Im Eiltempo überquerte Adam eine weitere Straße und blieb hinter einer Marmorstatue in der Mitte einer kleinen Rasenrabatte erneut stehen. Er betrachtete das Gebäude vor sich, mußte sich aber eingestehen, daß es als Versteck unbrauchbar war. Er wollte sich davonmachen, als ein großer, leerer Reisebus vorfuhr und vor dem Häuserblock einparkte. Eine elegante blaue Beschriftung an der Seitenwand des Busses verkündete: »The Royal Philharmonic Orchestra«.

Adam sah einige Musiker mit Instrumentenkästen aus dem Haupttor des Gebäudes kommen und in den Bus steigen. Einer schleppte eine riesige Kesselpauke mit, die er im Kofferraum des Busses unterbrachte. Als immer weitere Musiker aus dem Hotel strömten, kam Adam zu der Überzeugung, daß er wohl kaum mehr eine bessere Gelegenheit finden würde: Er mischte sich unter die nächste Gruppe von Musikern, bevor ihn jemand hätte entdecken können, ging durch das offene Portal ins Hotel, wo ihm in der von Menschen überfüllten Halle gleich ein Kontrabaß ins Auge fiel, der an einer Wand lehnte. Er warf einen Blick auf das Namensschildchen am Hals des unhandlichen Instrumentenkastens: »Robin Beresford« stand darauf.

Adam trat an die Rezeption. »Ich brauche sofort meinen Zimmerschlüssel!« sagte er zu dem Hotelangestellten. »Ich habe meinen Bogen oben vergessen, und jetzt halte ich alle auf.«

»Selbstverständlich, Sir. Welche Zimmernummer?« fragte der Mann.

»Ich glaube 312, aber ich kann mich auch irren.«
»Wie ist Ihr Name, Sir?«

»Beresford — Robin Beresford.«

Der Angestellte reichte ihm den Schlüssel Nr. 612. »Sie haben sich nur um drei Stockwerke geirrt«, war sein einziger Kommentar.

»Danke«, antwortete Adam. Während er die Rezeption hinter sich ließ, blickte er nochmals zurück, um sich zu vergewissern, daß der Angestellte bereits mit einem anderen Hotelgast beschäftigt war, ging daraufhin forschen Schrittes zum Lift, aus dem neue Musiker drängten, und trat hinein, sobald sich die Kabine geleert hatte. Er drückte den Knopf für die sechste Etage und wartete. Als sich die Lifttüren endlich sachte schlossen und er zum erstenmal seit Stunden allein war, fühlte er sich wie neu belebt. Die Lifttüren glitten wieder auseinander, und zu Adams Erleichterung wartete niemand auf dem Korridor. Rasch lief er zu Zimmer 612.

Während er den Schlüssel umdrehte und die Tür aufstieß, rief er mit dem besten französischen Akzent, den er zustande brachte: »Room Service!« Da niemand antwortete, trat er ein und sperrte die Tür hinter sich zu. In einer Ecke war ein Koffer mit verschlossenem Deckel abgestellt. Adam überprüfte das Namensschildchen. Offensichtlich hatte Mr. Beresford nicht einmal Zeit zum Auspacken gehabt. Adam sah sich im Zimmer genau um, aber außer einem Blatt Papier auf dem Beistelltischchen hatte der Hotelgast keine Spuren hinterlassen. Es war ein maschinegeschriebener Reiseplan:

Europa-Tournee: Genf, Frankfurt, Berlin, Amsterdam, London.
Genf: 17.00 Bus zur Konzerthalle, 18.00 Probe, 19.30 Konzert, 22.00 Zugabe.
Programm: Mozart, Drittes Hornkonzert, erster Satz; Brahms, Zweite Symphonie; Schubert, Unvollendete.

Adam sah auf die Uhr: Wenn Robin Beresford die Unvollendete fertiggespielt hatte, würde er, Adam, längst über der Grenze sein; dennoch hielt er es für sicherer, bis zum Einbruch der Dunkelheit im Zimmer 612 zu bleiben.

Er nahm den Hörer vom Telefon neben dem Bett und wählte die Nummer des Zimmerservices. »Beresford, Zimmer 612«, sagte er und bestellte ein Abendessen. Im Badezimmer fand er neben dem Waschbecken ein kleines Plastiketui mit der Aufschrift »Mit besten Empfehlungen. Die Direktion«. Adam fand darin eine Seife, eine winzige Zahnbürste, Zahnpasta sowie einen Wegwerfrasierer.

Er hatte sich eben rasiert, als er ein Klopfen an der Tür hörte. Jemand rief: »Room Service!« Blitzschnell seifte Adam sein Gesicht von neuem ein und zog den vom Hotel bereitgestellten Morgenmantel an, bevor er öffnete. Der Kellner deckte den Tisch, ohne Adam sonderlich zu beachten. Als er fertig war, sagte er: »Würden Sie bitte die Rechnung unterschreiben, Sir?«

Er reichte ihm einen Zettel, den Adam mit »Robin Beresford« unterzeichnete; dann legte er fünfzehn Prozent des Betrages als Trinkgeld dazu.

»Danke sehr«, sagte der Kellner und verließ das Zimmer. Adam stürzte sich auf das Essen: Zwiebelsuppe, Rumpsteak mit grünen Bohnen und Kartoffeln und zum Abschluß Himbeersorbet. Eine Flasche Wein, Hausmarke, stand entkorkt daneben; Adam mußte ihn nur mehr einschenken. Aber plötzlich war er gar nicht mehr so hungrig.

Er konnte sich mit den Ereignissen der letzten Zeit noch immer nicht abfinden. Hätte er Heidi doch nicht gedrängt, ihn auf dieser unsinnigen Reise zu begleiten! Vor einer Woche noch hatte sie von seiner Existenz keine Ahnung gehabt — und jetzt war er an ihrem Tod schuld. Er würde ihren Eltern erklären müssen, welch entsetzliches Schicksal ihrer einzigen Tochter zugestoßen war. Aber erst einmal mußte er für sich selbst eine Erklärung für all die Dinge finden, die er im

Augenblick nicht einmal ansatzweise begriff. Am allerwenigsten war ihm klar, was es mit dieser unbedeutenden Ikone auf sich hatte. Unbedeutend?

Nach der Mahlzeit rollte er den Servierwagen in den Korridor, hängte das Schild mit der Aufschrift »Bitte nicht stören« an die Tür und stellte sich im Zimmer ans Fenster, um auf die Straße hinunter zu schauen. Die Sonne stand so hoch, als hätte sie für Genf eine Stunde mehr eingeplant. Adam legte sich auf das Bett und ließ in Gedanken die Ereignisse der letzten vierundzwanzig Stunden an sich vorüberziehen.

»Antarktis ist im Besitz einer Ikone, die den heiligen Georg mit dem Drachen darstellt. Aus unseren alten Akten geht jedoch hervor, daß genau diese Ikone vernichtet wurde, als das Flugzeug des Großherzogs von Hessen im Jahre 1937 über Belgien abgestürzt ist.«

»Was in Ihren Akten steht, mag ja durchaus stimmen!« erwiderte der Mann am anderen Ende der Leitung. »Was aber, wenn sich herausstellt, daß die Information, die Sie da in Langley haben, falsch ist und Göring die Ikone zwar gefunden, dem Großherzog jedoch nicht zurückgegeben hat?«

»Stalin hat aber in Jalta bestätigt, daß die Ikone samt Inhalt bei dem Flugzeugabsturz vernichtet wurde. Er erklärte sich bereit, nicht gegen den Vertrag zu protestieren, solange er nicht im Besitz des Originaldokuments sei. Das war ja auch der Grund, weshalb Roosevelt damals anscheinend so wenig, Stalin hingegen so viel in Jalta für sich herausschlug. Können Sie sich nicht mehr erinnern, welch ein Theater Churchill damals gemacht hat?«

»Selbstverständlich erinnere ich mich! Er konnte sich ja an zehn Fingern ausrechnen, daß Großbritannien davon nichts hatte.«

»Und wenn die Sowjets jetzt entdeckt haben, daß das Original der Ikone noch existiert?«

»Wollen Sie damit andeuten, daß sie in diesem Fall auch das Originaldokument in die Hände bekommen könnten?«

»Genau! Also müssen Sie dafür sorgen, daß Sie sich Antarktis schnappen, bevor es die Russen tun — oder gar das Foreign Office.«

»Aber ich gehöre doch zum Foreign Office!«

»Allerdings, und wir wünschen, daß das Foreign Office dies ruhig auch weiterhin glaubt . . .«

»›Wer hat in meinem Bettchen geschlafen?‹ fragte der siebente Zwerg.«

Adam fuhr aus seinen Träumen empor. Vor ihm stand ein Mädchen und blickte auf ihn herab. Mit der einen Hand umklammerte sie den Hals einer Baßgeige, in der anderen hielt sie den Bogen. Sie war beinah einen Meter achtzig groß und wog sicher beträchtlich mehr als Adam. Ihr langes, schimmerndrotes Haar bildete einen so krassen Gegensatz zu ihrer übrigen Erscheinung, daß es aussah, als hätte ihr Schöpfer oben angefangen und dann rasch das Interesse verloren. Sie trug eine weiße Bluse und einen schwarzen, wallenden Rock, der etwa zwei Zentimeter über dem Boden endete.

»Wer sind Sie?« fragte Adam erschrocken.

»Jedenfalls nicht Schneewittchen«, gab das Mädchen zurück.

»Wesentlich interessanter wäre es für mich, zu erfahren, wer *Sie* sind!«

Adam zögerte. »Selbst wenn ich es Ihnen sage — Sie würden mir ja doch nicht glauben.«

»Warum sollte ich Ihnen nicht glauben?« antwortete sie. »Sie sehen weder wie Prinz Charles aus noch wie Elvis Presley — also spucken Sie endlich Ihren Namen aus!«

»Ich bin Adam Scott.«

»Soll ich jetzt in Entzücken geraten und Ihnen um den Hals fallen oder vor Entsetzen schreiend davonrennen?«

Mit einem Schlag wurde Adam klar, daß dieses Mädchen seit mindestens zwei Tagen weder ferngesehen noch Zeitung gelesen haben konnte. Er änderte seine Taktik. »Ich habe geglaubt, Robin Beresford sei in diesem Zimmer einquartiert«, erklärte er keck.

»Das habe ich auch geglaubt, bis ich Sie auf meinem Bett liegen sah.«

»Sind *Sie* Robin Beresford?«

»Für jemanden, der eben erst aufgewacht ist, sind Sie ganz schön helle!«

»Aber wieso heißen Sie Robin?«

»Ist ja nicht meine Schuld, daß mein Vater unbedingt einen Jungen haben wollte«, erwiderte sie. »Aber Sie haben mir noch immer nicht erklärt, was Sie auf meinem Bett suchen«.

»Besteht irgendeine Chance, daß Sie mir fünf Minuten zuhören, ohne mich ständig zu unterbrechen?« fragte Adam.

»Gewiß, aber bemühen Sie sich nicht, mir ein Märchen aufzutischen. Mein Vater war ein geborener Lügner, und schon als ich zwölf war, habe ich ihn durchschaut, als sei er aus Fensterglas.«

»An Ihrer Stelle würde ich mich setzen«, erwiderte Adam. »Es wird um einiges länger dauern als die durchschnittlichen Kontrabaßstellen in einer Symphonie.«

»Ich bleib lieber stehen, wenn es Sie nicht stört«, antwortete Robin. »Wenigstens bis zur ersten Lüge.«

»Wie Sie wollen! Womit soll ich anfangen? Mit der guten oder mit der schlechten Nachricht?«

»Mit der schlechten!«

»Die Schweizer Polizei will mich festnehmen und . . .«

»Weswegen?« unterbrach ihn Robin.

»Mord!«

»Und wie lautet die gute Nachricht?« fragte sie.
»Ich bin unschuldig!«

Romanow stand im Büro des Konsuls; seine Finger ruhten auf der Tischplatte. »Ich mache mir selbst Vorwürfe«, begann er sehr leise, »sogar mehr als Ihnen. Ich habe den Engländer unterschätzt. Er ist ausgesprochen tüchtig, und wenn irgendeiner von Ihnen glaubt, ihn erledigen zu können, bevor *ich* ihn erwische, muß er *sehr* gut sein.«

Keiner der Männer, die in dieser Nacht im Büro des Konsuls versammelt waren, schien anderer Meinung zu sein als der Genosse Major.

Romanow musterte schweigend die Agententruppe, welche kurzfristig aus verschiedenen Satellitenstaaten eingeflogen worden war: Sie alle waren langjährige treue Diener des Staates, aber nur einen, Waltschek, kannte er persönlich, und der arbeitete zu eng mit Zaborski zusammen, als daß er tatsächlich vertrauenswürdig hätte sein können. Außerdem hatte sich Romanow bereits mit der Tatsache abfinden müssen, daß sich kaum einer der Männer in Genf auskannte. Er konnte daher nur inständig hoffen, daß die Engländer und Amerikaner mit dem gleichen Problem zu kämpfen hatten.

Romanow ließ seinen Blick durch das Zimmer wandern. Die besten Chancen, Scott zu finden, hatte die Schweizer Polizei, aber sie war alles andere als hilfsbereit, überlegte er unwirsch. Allerdings weigerten sich die Schweizer zu seiner Genugtuung auch, mit den Engländern oder den Amerikanern zusammenzuarbeiten.

»Genossen«, sagte er, nachdem alle Platz genommen hatten, »ich brauche Sie wohl nicht daran zu erinnern, daß wir eine Aufgabe vor uns haben, die für unser Vaterland von geradezu lebenswichtiger Bedeutung ist.« Er hielt inne, um festzustellen, ob sich auf einem der Gesichter auch nur das leiseste Anzeichen von Zynismus zeigte. Zufrieden fuhr er fort: »Daher werden wir Genf auch weiterhin schärfstens überwachen — für den Fall, daß Scott sich noch immer irgendwo in der Stadt versteckt hält. Ich persönlich glaube, daß er noch in Genf ist und, wie alle Amateure, bis zur Dunkelheit oder vielleicht sogar bis zur Morgendämmerung warten wird, bevor er versucht, die nächste Grenze zu erreichen. Höchstwahrscheinlich nimmt er die französische Grenze. Ungeachtet der Tatsache, daß die Engländer in den letzten fünfzig Jahren zwei Kriege gegen die Deutschen geführt haben, machten sie sich nie die Mühe, die deutsche Sprache zu erlernen, französisch sprechen einige Engländer dagegen leidlich. Scott wird sich daher vermutlich eher in Frankreich sicher fühlen. Außerdem hätte er so den Vorteil, nur eine Grenze passieren zu müssen, um an die Küste zu gelangen. Sollte er dumm genug sein und versuchen, mit dem Flugzeug zu entkommen, wird er rasch merken, daß wir den Flughafen ebenso wie die Bahnhöfe überwachen — für den Fall, daß er die Bahn nehmen möchte. Aber ich halte es für wahrscheinlicher, daß er alles daransetzen wird, mit einem Kraftfahrzeug zu fliehen. Daher werde ich mit fünf Mann zur französischen Grenze fahren, und Major Waltschek begibt sich mit fünf weiteren nach Basel und behält die deutsche Grenzstelle im Auge. Die übrigen bleiben zur weiteren Überwachung in Genf. Diejenigen von Ihnen, die eben erst angekommen sind, lösen unsere Agenten ab, die jetzt im Einsatz sind. Und erwarten Sie bitte nicht, daß Scott einfach wie ein Urlaubsreisender in der Gegend umherläuft. Prägen Sie sich das Foto des Engländers, das Sie erhalten haben, gut ein! Seien Sie auch darauf gefaßt, daß er versuchen wird, uns in irgendeiner Verkleidung zu entkommen.«

Romanow machte eine Pause und ließ seine Rede auf die Zuhörer einwirken. »Derjenige von Ihnen, der mir die Zaren-Ikone bringt, braucht sich um seine Zukunft keine Sorgen mehr zu machen, wenn wir wieder daheim sind.« Auf den Gesichtern der Männer erschien erstmals ein hoffnungsvoller Ausdruck, als Romanow die Kopie der Ikone aus der Manteltasche hervorholte und sie hoch über seinen Kopf hielt, damit alle sie sehen konnten.

»Wenn Sie das Original dieses Bildes finden, ist Ihre Aufgabe erfüllt. Schauen Sie es sich genau an, Genossen, Fotografien gibt es keine! Und vergessen Sie nicht«, fügte er hinzu, »daß es nur einen einzigen Unterschied zwischen dieser Ikone und jener gibt, die Scott in seinem Besitz hat: In die Rückseite des Rahmens der echten Ikone ist eine kleine silberne Krone eingelassen. Wenn Sie diese Krone sehen, dann wissen Sie, daß es sich um das verschwundene Meisterwerk handelt.«

Romanow schob die Ikone wieder in seine Tasche und blickte auf die schweigenden Männer.

»Denken Sie daran: Scott ist gut, aber *so gut* ist er auch wieder nicht!«

13

»Sie machen wirklich Sachen, Scott, also ich muß schon sagen!« erklärte Robin, nachdem sie Adams Geschichte neben dem Kontrabaß stehend angehört hatte. »Entweder Sie sind ein Teufelskerl von einem Lügner, oder ich habe meine Nase für Schwindler verloren.« Adam blickte lächelnd zu der stattlichen jungen Frau auf, in deren Hand der Bogen des Instruments sich wie ein Zahnstocher ausnahm.

»Lassen Sie mich die Ikone anschauen, oder muß ich Ihnen einfach aufs Wort glauben?«

Adam sprang vom Bett und zog das Päckchen mit der Zaren-Ikone aus der Kartentasche seines Trenchcoats. Robin lehnte ihre Baßgeige gegen die Wand, legte den Bogen daneben und ließ sich in den einzigen Sessel im Zimmer fallen.

Adam reichte ihr das kleine Kunstwerk. Eine Zeitlang starrte Robin wortlos auf das Antlitz des heiligen Georg. »Großartig!« sagte sie schließlich. »Ich kann jeden verstehen, der es besitzen möchte. Aber kein noch so schönes Bild könnte je die Tragödie und Aufregungen wert sein, die Sie durchgemacht haben.«

»Ich finde es auch unerklärlich«, erwiderte Adam. »Aber Rosenbaum — oder wie auch immer er in Wirklichkeit heißt — hat zwei Morde begangen, um dieses Stück in seine Hände zu bekommen. Und er hat mich fest davon überzeugt, daß ich der nächste auf seiner Liste bin, zumindest solange sich die Ikone in meinem Besitz befindet.«

Robin starrte weiter auf die winzigen goldenen, roten und blauen Farbtupfer, aus denen sich der heilige Georg und der Drache zusammensetzten.

»Und sonst gibt es keine Hinweise?« fragte sie und sah auf.

»Nur den Brief, den Göring meinem Vater gab.«

Robin drehte das Bild um. »Was bedeutet das?« fragte sie und zeigte auf die zierliche silberne Krone, die in das Holz eingelassen war.

»Wie mir ein Experte von Sotheby's erklärte, beweist dies, daß die Ikone einmal einem Zaren gehört hat. Er versicherte mir auch, daß diese Krone den Wert des Stücks beträchtlich steigert.«

»Aber doch nicht so sehr, daß es einen Mord rechtfertigen würde!« rief Robin und gab Adam die Ikone zurück. »Ich möchte wirklich gern wissen, welches Geheimnis uns der heilige Georg noch vorenthält!«

Adam zuckte die Achseln und runzelte die Stirn. Die gleiche Frage hatte er sich seit Heidis Tod mehr als einmal gestellt. Er steckte den schweigsamen Heiligen wieder in den Trenchcoat.

»Wie hätten Ihre weiteren Pläne ausgesehen, wenn Sie wach geblieben wären?« erkundigte sich Robin. »Abgesehen davon, daß Sie natürlich das Bett machen müssen.«

Adam lächelte. »Ich hatte vor, Lawrence noch einmal anzurufen, sobald ich sicher sein konnte, daß er zu Hause ist, und ihn zu fragen, ob er irgendwelche Neuigkeiten für mich hat. Falls ich ihn nicht erreicht hätte oder er mir nicht hätte helfen können, wäre meine Absicht gewesen, ein Auto zu mieten und zu versuchen, über die Schweizer Grenze nach Frankreich und von dort nach England zu gelangen. Ich bin überzeugt, daß sowohl Rosenbaum und seine Leute als auch die Schweizer Polizei die Flughäfen und Bahnhöfe genau überwachen.«

»Das wird sich Rosenbaum zweifelsohne ebenfalls überlegt haben, wenn er nur halb so klug ist, wie Sie behaupten«, antwortete Robin. »Also wird es wohl das Beste sein, wenn wir versuchen, mit Ihrem Freund Lawrence Verbindung aufzunehmen. Vielleicht hat er irgendeinen genialen Plan.« Sie stemmte sich aus dem Sessel hoch und ging hinüber zum Telefon.

»Sie sollten sich lieber nicht in diese Sache hineinziehen lassen«, sagte Adam zögernd.

»Ich habe mich aber bereits hineinziehen lassen«, erwiderte Robin. »Und ich darf Ihnen versichern: das ist alles wesentlich aufregender als Schuberts Unvollendete. Sobald ich Ihren Freund an der Strippe habe, gebe ich Ihnen den Hörer, und niemand weiß, wer der Anrufer ist.«

Adam nannte ihr Lawrences Privatnummer, und Robin bat das Mädchen in der Zentrale, die Verbindung herzustellen.

Adam schaute auf die Uhr: elf Uhr vierzig. Hoffentlich würde Lawrence um diese Zeit schon zu Hause sein . . . Das Telefon hatte noch nicht zweimal geklingelt, als Robin eine Männerstimme vernahm. Sofort gab sie den Hörer an Adam weiter.

»Hallo, wer spricht?« fragte die Stimme. Adam erinnerte sich, wie seltsam er es immer gefunden hatte, daß Lawrence sich nie mit seinem Namen meldete.

»Lawrence, ich bin's!«
»Wo bist du?«
»Noch immer in Genf.«
»Meine Leute haben dich heute morgen um elf erwartet.«
»Rosenbaum auch.«
»Wer ist Rosenbaum?«
»Ein etwa eins achtzig großes, blondes, blauäugiges Scheusal, das offensichtlich fest entschlossen ist, mich umzubringen.«

Lawrence schwieg eine Zeitlang. »Und du hast immer noch unseren englischen Schutzheiligen bei dir?«

»Ja! Und ich möchte zum Teufel wissen, was denn daran bloß so wichtig sein...«

»Leg auf, und ruf mich in drei Minuten noch einmal an!«

Die Verbindung brach ab. Adam konnte die plötzliche Änderung im Verhalten seines alten Freundes beim besten Willen nicht begreifen. Was war ihm in den drei Monaten, die er nun bei Lawrence wohnte, entgangen? Er versuchte, sich Einzelheiten ins Gedächtnis zu rufen, die ihm bisher unwichtig erschienen waren und die Lawrence so geschickt verschleiert hatte.

»Alles in Ordnung?« unterbrach Robin seine Gedankengänge.

»Ich glaube schon«, erwiderte Adam ein wenig verwirrt. »Er will, daß ich ihn in drei Minuten noch einmal anrufe. Macht es Ihnen etwas aus?«

»Diese Tournee hat die Steuerzahler schon achttausend Pfund gekostet, was sollen da ein paar Auslandsgespräche mehr ausmachen?«

Drei Minuten später hob Robin wieder den Hörer ab und gab Lawrences Nummer von neuem durch. Gleich beim ersten Klingeln war er wieder am Apparat.

»Gib nur Antwort auf meine Fragen!« sagte Lawrence.

»Nein, ich werde dir deine Fragen nicht beantworten«, erklärte Adam heftig, der sich über Lawrences Benehmen mehr und mehr ärgerte. »Bevor du noch irgend etwas aus mir herauskriegst, möchte ich, daß du *mir* ein paar Fragen beantwortest! Hab ich mich klar ausgedrückt?«

»Ja!« Lawrences Stimme klang etwas freundlicher.

»Wer ist Rosenbaum?«

Lawrence antwortete nicht sofort.

»Du erfährst von mir nichts mehr, wenn du nicht endlich mit der Wahrheit herausrückst!« sagte Adam langsam.

»Deiner Beschreibung nach habe ich Grund zu der Annahme, daß Rosenbaum ein russischer Agent ist, dessen richtiger Name Alex Romanow lautet.«

»Ein russischer Agent? Aber weshalb um alles in der Welt sollte ein russischer Agent unbedingt meine Ikone haben wollen?«

»Ich weiß es nicht«, entgegnete Lawrence. »Wir hoffen vielmehr, daß *du* uns das sagen kannst.«

»Wer ist *wir*?«

Wieder schwieg Lawrence lange.

»Wer ist *wir*?« wiederholte Adam. »Du glaubst doch nicht im Ernst, daß ich dir weiterhin dein Märchen von Barclays' DCO ab nehme?«

»Ich arbeite im Foreign Office«, sagte Lawrence.

»In welcher Funktion?«

»Es steht mir nicht zu . . .«

»Red nicht so geschwollen, Lawrence! In welcher Funktion?«

»Ich bin die Nummer Zwei in einer kleinen Abteilung, die sich mit . . .« Lawrence zögerte.

»Spionage ist wohl der übliche Ausdruck, den Laien wie unsereiner dafür gebrauchen«, antwortete Adam, »und wenn ihr meine Ikone so dringend haben wollt, dann tu endlich was, damit ich lebendig aus diesem Schlamassel herauskomme! Romanow bringt ohne zu zögern jeden um, der ihm im Weg steht. Das weißt du doch selbst!«

»Wo bist du jetzt?«

»Im Hotel Richmond.«

»In einer öffentlichen Telefonzelle?« fragte Lawrence, und es klang ungläubig.

»Nein, in einem Zimmer.«

»Das doch hoffentlich nicht auf deinen Namen eingetragen ist?«

»Nein, auf den einer Bekannten.«

»Ist sie jetzt bei dir?«

»Ja!«

»Verdammt«, sagte Lawrence. »Also gut. Verlaß das Zimmer nicht bis sieben Uhr früh, dann ruf noch einmal unter dieser Nummer an. Bis dahin habe ich Zeit genug, um alles in die Wege zu leiten.«

»Ist das wirklich das Beste, was du für mich tun kannst?« fragte Adam, aber das Gespräch war bereits unterbrochen. »Es sieht so aus, als würden Sie mich heute nacht nicht mehr los«, sagte er zu Robin, während er den Hörer auflegte.

»Ganz im Gegenteil, Sie werden *mich* nicht los«, erwiderte sie und verschwand im Badezimmer. Adam lief ein paarmal im Zimmer auf und ab, ehe er das Sofa ausprobierte. Entweder müßte er den Kopf auf ein Kissen legen, das auf der schmalen Armlehne balancierte, oder die Beine am anderen Ende herunterbaumeln lassen. Als Robin in einem himmelblauen Pyjama wieder auftauchte, hatte Adam sich für den Fußboden als Schlafplatz entschieden.

»Nicht eben eine Luxuscouch!« meinte er. »Aber der britische Geheimdienst hat mich eben nicht rechtzeitig davon verständigt, daß ich ein Doppelzimmer nehmen soll.«

Sie kletterte ins Bett und machte das Licht aus. »Sehr bequem!« waren die letzten Worte, die sie von sich gab.

Adam streckte sich flach auf dem Boden aus: mit einem Polster, das er von dem Sessel genommen hatte, als Kopfkissen und einem Bademantel des Hotels als Decke. Er konnte nicht einschlafen. In seinem Kopf tauchten immer wieder die gleichen Fragen auf: Warum war die Ikone so wichtig? Wieso wußte Lawrence soviel darüber? Und — das Dringendste: wie, zum Teufel, würde man ihn lebend aus diesem Hotel herausbringen?

Romanow wartete ungeduldig, bis endlich der Hörer abgenommen wurde.

»Ja«, sagte eine Stimme, die er sofort erkannte.

»Wo ist er?« lauteten die einzigen Worte, die Romanow ausstieß.

Mentor gab ihm nicht mehr als vier Worte zur Antwort, bevor er wieder auflegte.

Eine Stunde, bevor er Lawrence zurückrufen sollte, schreckte Adam aus dem Schlaf hoch. Beinah vierzig Minuten blieb er reglos auf dem Boden liegen; nur Robins regelmäßiger Atem erinnerte ihn daran, daß er nicht allein war. Plötzlich hörte er vom Korridor her ein merkwürdiges Geräusch — zwei oder drei Schritte, Pause, wuschsch, zwei oder drei Schritte, Pause, wieder: wuschsch. Adam stemmte sich behutsam vom Fußboden hoch und schlich zur Tür. Robins Atem ging gleichmäßig weiter. Wuschsch: diesmal war das Geräusch viel näher. Adam holte einen schweren hölzernen Kleiderbügel vom Tisch neben der Tür, packte ihn fest mit der Rechten, hob ihn über den Kopf und wartete. Wuschsch — eine Zeitung wurde unter der Tür durchgeschoben, und die Schritte entfernten sich. Adam brauchte sich nicht einmal zu bücken, um festzustellen, daß es seine Fotografie war, die da großmächtig auf der Titelseite der internationalen Ausgabe der *Herald Tribune* prangte.

Adam nahm die Zeitung mit ins Badezimmer, schloß leise die Tür, drehte das Licht an und las den Leitartikel. Er brachte die Ereignisse des Vortags, ergänzt durch vorsichtige Kommentare seines ehemaligen Kommandeurs und das betretene Schweigen seiner Mutter. Adam fühlte sich entsetzlich hilflos.

Er schlich leise zum Bett, um Robin nicht zu wecken, und beugte sich über das Mädchen, aber sie rührte sich nicht. Behutsam hob er den Telefonapparat hoch und trug ihn, die Schnur hinter sich herschleifend, ins Badezimmer. Sie war gerade lang genug, daß er die Tür hinter sich schließen konnte. Dann wählte er die Vermittlung und gab Lawrences Nummer an.

Als das Klingeln abbrach, sagte er sofort: »Bist du's Lawrence?«

»Ja!«

»Mittlerweile ist alles noch schlimmer geworden. Ich bin zwar immer noch in meinem Versteck hier im Hotel, aber mein Foto ziert die Titelseiten sämtlicher Zeitungen.«

»Ich weiß«, erwiderte Lawrence. »Wir haben versucht, es zu verhindern, aber die Schweizer wollten auch diesmal nicht kooperieren.«

»Dann kann ich mich ja ihnen gleich stellen«, sagte Adam. »Verdammt noch mal, ich bin unschuldig!«

»Nein, Adam! In der Schweiz bist du schuldig, solange deine Unschuld nicht erwiesen ist, und inzwischen wirst du ja festgestellt haben, daß du da in eine Sache geraten bist, die weit größere Bedeutung hat als ein Doppelmord.«

»Was kann schon größere Bedeutung haben als ein Doppelmord, wenn der Rest der Welt glaubt, daß man der Mörder ist?« fragte Adam wütend.

»Ich weiß genau, wie dir zumute ist, aber deine einzige Chance besteht darin, meine Anweisungen buchstabengetreu zu befolgen und jedem anderen Menschen, mit dem du in Kontakt kommst, zu mißtrauen.«

»Ich höre!« antwortete Adam.

»Präge dir alles gut ein, was ich sage, denn ich werde es nur einmal erklären. Die Mitglieder des Royal Philharmonic Orchestra befinden sich im selben Hotel wie du. Heute vormittag um zehn Uhr reisen sie nach Frankfurt weiter. Verlaß dein Zimmer um fünf vor zehn, schließ dich den Musikern unten in der Halle an, und sieh zu, daß du zum Eingang kommst, wo der Bus des Orchesters geparkt sein wird. Auf der anderen Straßenseite wird dich einer unserer Wagen erwarten: ein schwarzer Mercedes. Ein Mann in einer grünen

Chauffeurlivree wird den Wagenschlag für dich aufhalten. Wir haben bereits dafür gesorgt, daß zwischen halb zehn und halb elf kein anderes Fahrzeug auf dieser Straßenseite parken kann, also besteht keine Gefahr, daß du das Auto verwechselst. Steig einfach hinten ein und warte! Auf dem Rücksitz neben dir wird noch ein anderer Mann sitzen, und du wirst dann auf das Konsulat und somit in Sicherheit gebracht. Muß ich irgend etwas wiederholen?«

»Nein«, antwortete Adam, »aber . . .«

»Viel Glück!« sagte Lawrence und legte auf.

Um sieben Uhr dreißig hatte Adam bereits geduscht und war rasiert, während Robin nach wie vor in tiefem Schlaf lag. Adam beneidete sie: Draußen brauchte nur ein Zweiglein zu knacken — und schon war er hellwach. Die zwei Jahre im malaiischen Dschungel, wo man nie länger als zwei oder drei Stunden hatte schlafen können, wenn man überleben wollte, ließen sich nicht so rasch abschütteln.

Auch in der nächsten halben Stunde rührte sich Robin nicht. Adam ging in Gedanken Lawrences Plan durch. Um zehn vor acht wachte Robin endlich auf, brauchte jedoch noch ein paar Minuten, bis sie ganz klar bei Bewußtsein war. Sie blinzelte Adam zu, dann erschien ein breites Grinsen auf ihrem Gesicht.

»Sie haben mich also nicht im Schlaf ermordet . . .«

»Wenn ich es getan hätte, hätten Sie jedenfalls nichts gemerkt«, erwiderte Adam.

»Wenn man einen Gewohnheitstrinker zum Vater hat, der in der Nacht nach Hause kommt, wann immer es ihm paßt, dann lernt man, sich durch nichts und niemand wekken zu lassen«, erklärte sie und setzte beide Füße fest auf den Boden. »Hätten Sie nicht schon längst in London anrufen sollen?«

»Hab ich bereits getan.«

»Und wie sieht der Schlachtplan aus?« fragte sie und

rieb sich die Augen, während sie auf das Badezimmer zusteuerte.

»Ich reise mit Ihnen ab«, sagte Adam.

»Die meisten meiner nächtlichen Bekanntschaften bleiben nicht so lange«, bemerkte sie und zog die Badezimmertür hinter sich zu. Adam versuchte, die Zeitung zu lesen, und hörte, wie das Wasser in die Badewanne lief.

»Heißt das, daß wir auch in Frankfurt ein Zimmer teilen werden?« fragte Robin etwas später, als sie die Badezimmertür wieder öffnete – als wäre das Gespräch nie unterbrochen worden.

»Nein! Sobald wir aus dem Hotel sind, begleite ich Sie zu Ihrem Bus und verlasse Sie dort; dann gehe ich zu einem Auto, das auf der anderen Straßenseite auf mich wartet.«

»Das klingt schon eher so, wie ich es von den Männern in meinem Leben gewohnt bin«, erwiderte sie. »Aber wenigstens bleibt uns noch Zeit für ein Abschiedsfrühstück«, fügte sie hinzu und griff nach dem Telefon. »Ich bin ganz wild auf geräucherte Heringe. Und Sie?«

Adam gab keine Antwort. Er hatte begonnen, alle paar Augenblicke auf die Uhr zu sehen. Fünfzehn Minuten später kam der Kellner und servierte das Frühstück; Adam flüchtete ins Badezimmer. Erst als der Mann das Zimmer wieder verlassen hatte, kam er wieder heraus. Er zeigte allerdings keinerlei Interesse an dem Essen, also verzehrte Robin allein vier Heringe und den Großteil der Toastschnitten. Neun Uhr war vorüber. Ein Hausdiener holte den Frühstückswagen ab. Robin begann zu packen. Das Telefon klingelte. Als Robin den Hörer abhob, sprang Adam nervös auf.

»Ja, Stephen«, sagte sie. »Nein, ich brauche diesmal keine Hilfe, ich komm mit dem Gepäck alleine zurecht.« Sie legte auf. »Wir fahren um zehn nach Frankfurt.«

»Ich weiß«, sagte Adam.

»Wir sollten Lawrence zum Orchestermanager ernennen.

Er scheint alles zu wissen, noch bevor es beschlossen ist.« Adam hatte eben genau das gleiche gedacht. »Nun, wenigstens habe ich zur Abwechslung jemanden, der mir hilft, mein Gepäck zu tragen«, fügte Robin hinzu.

»Ich nehme die Baßgeige, wenn Sie wünschen«, bot ihr Adam an.

»Das möchte ich sehen!« antwortete Robin. Adam ging auf das Rieseninstrument zu, das in seinem Kasten an der Wand lehnte, und wollte es hochheben. Er versuchte es von allen Seiten, aber alles, was er fertigbrachte, war, den Kontrabaß für einen Augenblick vom Boden hochzustemmen. Robin trat zu ihm. Mit einem einzigen Schwung hatte sie das Instrument geschultert und perfekt ausbalanciert. Demonstrativ lief sie damit im Zimmer auf und ab.

»Alles eine Frage der Geschicklichkeit, kleiner Schwächling«, sagte sie. »Wenn man bedenkt, daß ich Ihnen gestern abend all diese Geschichten geglaubt habe — wie Sie der halben Schweizer Polizei entwischt sind, nur um eine Nacht mit mir zu verbringen!«

Adam versuchte zu lachen. Er nahm seinen Trenchcoat und prüfte nach, ob der Reißverschluß der Tasche, in der die Ikone steckte, geschlossen war. Er zitterte am ganzen Körper vor Furcht und Erwartung, ohne daß er etwas dagegen tun konnte.

Robin sah ihn an. »Keine Angst«, sagte sie sanft. »In ein paar Minuten ist alles vorbei.« Dann entdeckte sie die Zeitung auf dem Fußboden. »An Ihrer Stelle würde ich klagen!«

»Weshalb?« fragte Adam.

»Sie sehen in Wirklichkeit viel besser aus als auf dem Bild.« Adam lächelte und trat auf sie zu. Er schaffte es mit knapper Not, seine Arme um ihre stattliche Gestalt zu legen und Robin an sich zu drücken.

»Danke für alles«, sagte er. »Aber jetzt müssen wir gehen.«

»Sie erinnern mich immer mehr an einen meiner Liebhaber«, stellte Robin düster fest.

Adam nahm ihren Koffer; sie hob den Kontrabaß mit einem Ruck am Hals hoch und schulterte ihn. Dann öffnete sie die Tür und spähte in den Korridor: Zwei ihrer Kollegen warteten beim Lift, sonst war niemand zu sehen. Robin und Adam gesellten sich zu den beiden Musikern, und nach kurzen Guten-Morgen-Grüßen sagte niemand ein Wort mehr, bis die Türen des Fahrstuhls auseinanderglitten. Im Lift konnten Robins Kollegen aber nicht der Versuchung widerstehen, Adam genauer in Augenschein zu nehmen, der zunächst befürchtete, daß sie das Bild in der Zeitung gesehen und ihn erkannt hätten, dann aber begriff, daß sie sich nur dafür interessierten, mit wem Robin die Nacht verbracht hatte. Robin warf ihm lüsterne Blicke zu, als sei sie fest entschlossen, diese Situation möglichst lange auszukosten. Adam seinerseits drückte sich, hinter der Baßgeige verborgen, tief atmend in die Ecke, während der Lift leise schaukelnd ins Erdgeschoß fuhr. Wieder glitten die Türen auf, und Robin wartete, bis ihre beiden Kollegen ausgestiegen waren, gab Adam dann auf dem Weg durch die Hotelhalle Deckung, so gut sie konnte. Sein Blick konzentrierte sich auf den Eingang des Hotels. Er sah den Bus, der fast die ganze Straße ausfüllte, und ein paar Orchestermitglieder, die bereits hineinkletterten. Und er beobachtete, wie die Schlaginstrumente vorsichtig in den großen Kofferraum gepackt wurden.

»O Gott, das habe ich ganz vergessen«, sagte Robin. »Ich soll doch den Kontrabaß hinten im Kofferraum verstauen.«

»Tun Sie es später«, zischte Adam. »Gehen Sie weiter, bis Sie die Bustür erreichen.« Dann entdeckte er das Auto auf der anderen Straßenseite. Adam wurde beinah schwindlig vor Erleichterung. Der Chauffeur hielt den Wagenaufschlag für ihn auf. Auf dem Rücksitz saß ein weiterer Mann, genau wie Lawrence versprochen hatte. Irgendwo in der Ferne schlug es zehn. Der Mann in der Chauffeurlivree, die Mütze tief ins Gesicht gezogen, stand neben der offenen Wagentür. Erwartungsvoll wandte er sich dem Hotel zu. Adam blickte zu dem Mann hin, dessen Augen den Hoteleingang scharf musterten. Die Uniform saß ihm nicht gut.

»In den Bus!« stieß Adam hastig hervor.

»Mit *dem* Ding da? Die bringen mich um!« erwiderte Robin.

»Wenn Sie es nicht tun, bringt *er* mich um!«

Robin gehorchte trotz der feindseligen Bemerkungen der Kollegen, die ihr entgegenschollen, als sie sich mit dem Kontrabaß mühsam durch den Mittelgang zwängte. Adam allerdings war auf diese Weise gegen alle Blicke von der anderen Straßenseite aus abgeschirmt. Am liebsten hätte er sich übergeben.

Er ließ sich auf den Platz neben Robin fallen; der Kontrabaß lehnte zwischen ihnen.

»Welcher ist es?« fragte sie flüsternd.

»Der in der Chauffeuruniform.«

Robin warf rasch einen Blick aus dem Fenster. »Er mag vielleicht ein schlechter Mensch sein, aber er sieht verdammt gut aus«, stellte sie ohne jegliche Logik fest. Adam sah sie ungläubig an. Robin lächelte reumütig.

»Wir sind vollzählig!« rief ein Mann von vorne. »Ich habe zweimal durchgezählt. Allem Anschein nach haben wir sogar einen zuviel.«

O Gott, ging es Adam durch den Kopf, er wird mich aus dem Bus werfen!

»Meinen Bruder«, brüllte Robin. »Er fährt bloß ein Stückchen mit uns.«

»Ach so, dann ist ja alles in Ordnung«, sagte der Manager.

»Los, fahren wir!« Er wandte sich zum Fahrer.

»Er schaut jetzt zum Bus her«, stellte Robin fest. »Aber

ich glaube nicht, daß er dich sehen kann. Nein, keine Sorge, jetzt konzentriert er sich wieder ganz auf den Hoteleingang.«

»Ich wußte gar nicht, daß Sie einen Bruder haben«, sagte der Manager, welcher plötzlich neben ihnen stand. Der Bus setzte sich langsam in Bewegung und verließ den Platz vor dem Hotel.

»Ich auch nicht – bis heute morgen«, murmelte Robin. Sie sah noch immer zum Fenster hinaus. Dann drehte sie sich um und blickte ihren Chef an. »Ich habe vergessen, Ihnen zu sagen, daß er vielleicht zur selben Zeit in der Schweiz sein wird wie das Orchester. Hoffentlich macht das keine Schwierigkeiten?«

»Aber nein, gar nicht«, antwortete der Manager.

»Adam, das ist Stephen Grieg, unser Manager.«

»Sind Sie auch Musiker?« erkundigte sich Stephen und gab Adam die Hand.

»Nein, ehrlich gesagt, es ist mir nie gelungen, irgendein Instrument zu erlernen.«

»Er hat überhaupt kein Gehör«, mischte sich Robin ein. »Genau wie mein Vater. Nein, Adam arbeitet in der Reifenbranche«, fuhr sie mit sichtlich großem Vergnügen fort.

»Ach, tatsächlich? Bei welcher Firma arbeiten Sie denn?« erkundigte sich Stephen.

»Bei Pirelli«, erwiderte Adam, der die erste Reifenmarke nannte, die ihm einfiel.

»Pirelli, das ist doch die Firma, die diese phantastischen Kalender herstellt?«

»Was ist denn so Besonderes an diesen Kalendern?« fragte Robin unschuldig. »Wenn Sie einen haben wollen, wird Adam Ihnen sicher einen besorgen.«

»Oh, das wäre wunderbar«, sagte Stephen. »Hoffentlich macht es Ihnen nicht zu viele Umstände.«

»Überhaupt nicht!« antwortete Robin und beugte sich verschwörerisch zu Adam hinüber. »Übrigens – um Sie in ein kleines Familiengeheimnis einzuweihen: In der Zentrale geht das Gerücht um, daß Adam bald in den Vorstand aufrückt. Das jüngste Vorstandsmitglied in der Firmengeschichte, verstehen Sie?«

»Das ist ja großartig!« antwortete der Manager und faßte den neuesten Zuwachs des Orchesters genauer ins Auge.

»Wohin soll ich den Kalender denn schicken?« fragte Adam.

»Am besten direkt an das Royal Philharmonic Orchestra.«

»Möglichst in einem neutralen Kuvert, was?« sagte Robin.

»Und mach dir keine Gedanken wegen des Jahres. Es sind schließlich nicht die Monats- und Tageszahlen, die sein Blut in Wallung bringen . . .«

»Um wieviel Uhr kommen wir in Frankfurt an, Stephen?« rief von vorn eine Stimme.

»Ich muß Sie jetzt allein lassen«, sagte der Manager. »Danke im voraus für den Kalender. Robin hat natürlich recht — das Jahr ist völlig gleichgültig.«

»Wer hat dir« — Adam blieb unwillkürlich beim Du — »bloß beigebracht, das Blaue vom Himmel zu lügen?« fragte Adam, sobald der Manager außer Hörweite war.

»Mein Vater«, antwortete Robin. »Du hättest ihn hören sollen, wenn er in Hochform war! Eine Klasse für sich! Das Problem war nur, daß meine Mutter jedes Wort glaubte.«

»Er wäre heute sehr stolz auf dich gewesen.«

»Nun, da wir herausgefunden haben, womit du deinen Lebensunterhalt verdienst«, sagte Robin, »dürfen wir vielleicht auch erfahren, was der nächste Punkt auf der Tagesordnung des jüngsten Direktors von Pirelli ist.«

Adam lächelte. »Ich habe den Versuch unternommen, Rosenbaums Gedankengänge nachzuvollziehen. Ich glaube, daß er noch mindestens eine, höchstens aber zwei Stunden in

Genf bleiben wird. Mit etwas Glück hole ich somit einen Vorsprung von achtzig Kilometern heraus.«

Er entfaltete die Landkarte und breitete sie über seinen und Robins Knien aus. Dann zeichnete er mit dem Finger die Straße nach, auf der der Bus fuhr.

»Das heißt, daß du den Zürcher Flughafen erreichen könntest, bevor er irgendeine Möglichkeit findet, dich einzuholen«, stellte Robin fest.

»Vielleicht«, antwortete Adam. »Aber das wäre zu riskant. Wer immer auch Rosenbaum sein mag«, fuhr er eingedenk Lawrences Rat fort, vorsichtig zu sein und sein Geheimnis mit niemandem — auch nicht mit Robin — zu teilen, »zumindest wissen wir mittlerweile mit Bestimmtheit, daß eine professionelle Organisation hinter ihm steht. Wir müssen daher davon ausgehen, daß er vor allem anderen die Flughäfen überwachen läßt. Und vergiß nicht, daß die Schweizer Polizei ebenfalls noch immer nach mir Ausschau hält.«

»Dann fahr doch bis Frankfurt mit uns«, schlug Robin vor, »ich glaube nicht, daß Stephen dir irgendwelche Schwierigkeiten machen würde.«

»Daran habe ich auch schon gedacht, diese Idee aber wieder fallengelassen«, sagte Adam. »Es ist einfach zu riskant.«

»Warum?«

»Weil Rosenbaum, sobald er Zeit gefunden hat, alles der Reihe nach zu durchdenken, sich nur an eine einzige konkrete Sache erinnern wird — nämlich an den Bus. Wenn er einmal festgestellt hat, in welche Richtung wir fahren, kommt er uns bestimmt nach.«

Robins Blick kehrte auf die Landkarte zurück. »Du mußt dich also entscheiden, wann und wo du aussteigst.«

»Ja«, flüsterte Adam. »Hundert bis hundertzwanzig Kilometer kann ich riskieren, viel mehr nicht.«

Robins Finger fuhr auf der Karte die kleine Straße entlang. »Ungefähr hier«, sagte sie. Der Finger hielt bei der Stadt Solothurn inne.

»Scheint etwa die richtige Entfernung zu sein.«

»Aber wie kommst du weiter, sobald du aus dem Bus gestiegen bist?«

»Zu Fuß oder per Anhalter — eine andere Wahl bleibt mir nicht. Außer ich klau mir wieder ein Auto.«

»Bei deinem Glück wird sicher Rosenbaum der einzige sein, der anhält, um dich mitzunehmen...«

»Ja, das hab ich mir auch schon überlegt«, antwortete Adam.

»Ich müßte ein längeres Straßenstück finden, das ich etwa hundert Meter überblicken kann, ohne selbst gesehen zu werden, und dann würde ich nur englische Autos oder Autos mit englischen Kennzeichen anzuhalten versuchen.«

»Man hat dir bei der Army immerhin ein paar Tricks beigebracht«, hänselte ihn Robin. »Aber wie willst du mit deinem Paß über die Grenze kommen?«

»Das ist eines der vielen Probleme, für die ich noch keine Lösung gefunden habe.«

»Falls du dich doch entschließt, bei uns zu bleiben, so wäre dies kein Problem.«

»Wieso?«

»Jedesmal, wenn wir an eine Grenze kommen, wird nur die Zahl der Personen im Bus mit der Anzahl der Pässe verglichen, und solange beides übereinstimmt, nehmen sich die Zollbeamten nicht die Mühe, jeden einzelnen zu kontrollieren. Warum sollten sie auch? Unser Orchester ist ja nicht eben unbekannt. Ich brauche nur deinen Paß in den Stapel unserer Pässe zu stecken und es dem Manager zu sagen.«

»Eine gute Idee, aber es nützt nichts. Wenn Rosenbaum mich einholt, solange ich hier im Bus bin, sitze ich in der Falle, ohne jede Fluchtmöglichkeit.«

Robin verstummte für einen Augenblick.

»Wirst du wieder mit Lawrence Verbindung aufnehmen, sobald du allein bist?« fragte sie schließlich.

»Ja. Ich muß ihm mitteilen, was heute morgen vorgefallen ist, denn allem Anschein nach steht derjenige, mit dem er zusammenarbeitet — wer immer es auch sein mag — mit Rosenbaum in direktem Kontakt.«

»Könnte es Lawrence selbst sein?«

»Niemals!«

»Deine Loyalität ist ja rührend«, sagte Robin, wandte ihm das Gesicht zu und sah ihn direkt an. »In Wirklichkeit willst du einfach nicht zur Kenntnis nehmen, daß es Lawrence sein könnte.«

»Wie meinst du das?«

»Auch meine Mutter wollte nicht glauben, daß mein Vater ein Lügner und ein Trinker war. Sie hat sich seinen kleinen Schwächen gegenüber blind gestellt. Weißt du, selbst als er an Leberzirrhose starb, sagte sie nur: Seltsam — und dabei hat er doch nie getrunken!«

Adam dachte über sein Verhältnis zu Lawrence nach und fragte sich, ob es möglich war, jemanden zwanzig Jahre lang zu kennen — und ihn in Wirklichkeit überhaupt nicht zu kennen.

»Gib bloß acht, daß du ihm nicht zuviel sagst«, riet ihm Robin.

Schweigend saßen sie nebeneinander. Adam studierte die Landkarte und prüfte die verschiedenen Routen, die er einschlagen konnte, sobald er den Bus verlassen hätte. Er beschloß, die deutsche Grenze anzupeilen, die längere Strecke zu wählen und über Hamburg oder Bremerhaven statt über Calais oder Ostende England zu erreichen; dieser Weg wäre zwar der kürzere, aber auch der augenscheinlichste gewesen.

»Ich hab's«, sagte Robin plötzlich.

»Was hast du?« fragte Adam und sah von der Landkarte auf.

»Wie wir das Problem mit dem Paß lösen«, murmelte sie. Adam blickte sie hoffnungsvoll an, und sie lächelte verschmitzt. »Wenn du mir deinen Paß gibst«, erklärte sie, »tausche ich ihn gegen den Paß desjenigen Kollegen aus, der dir am ähnlichsten sieht. Keiner der anderen wird etwas merken, bis wir Sonntag abend wieder zu Hause in London sind.«

»Keine schlechte Idee, sofern es jemanden gibt, der mir wenigstens entfernt ähnlich sieht.«

»Sehen wir mal zu, was sich machen läßt«, überlegte Robin. Sie richtete sich auf und ließ ihren Blick langsam von einem zum anderen der vor ihr Sitzenden wandern.

Als sie alle von der ersten bis zur letzten Reihe genau gemustert hatte, erschien ein kleines Lächeln auf ihrem Gesicht.

»Es gibt zwei in unserer Gruppe, die dir leidlich ähnlich sehen. Der eine ist etwa fünf Jahre älter, der andere zehn Zentimeter kleiner als du, aber tüftle du nur weiter den sichersten Fluchtweg aus, während ich ein paar Nachforschungen anstelle. Gib mir deinen Paß!«

Adam reichte ihr den Paß und beobachtete, wie Robin nach vorne ging und sich neben den Manager setzte. Er beriet sich mit dem Fahrer über den geeignetsten Ort für die Mittagsrast.

»Ich muß etwas in meinem Paß nachsehen«, unterbrach Robin das Gespräch. »Tut mir leid, wenn ich störe.«

»Sie stören nicht! Die Pässe sind alle in einer Plastiktüte unter meinem Sitz«, sagte Stephen und nahm die Diskussion mit dem Fahrer wieder auf.

Robin bückte sich und begann in den Pässen zu wühlen, als suchte sie ihren eigenen. Sie holte die Reisedokumente der beiden Kollegen heraus, die sie als mögliche »Stellvertreter« für Adam ins Auge gefaßt hatte, und verglich die Fotografien. Der kleinere Mann sah Adam überhaupt nicht ähnlich. Das Foto des Älteren war mindestens fünf Jahre alt, aber man konnte es für Adams Bild halten, solange die Beamten das Geburtsdatum nicht zu genau überprüften. Robin schob Adams Paß unter die übrigen Pässe, verstaute alles wieder in der Plastiktüte und legte sie unter den Sitz des Managers.

Anschließend ging Robin wieder an ihren Platz zurück. »Wirf mal einen Blick auf dein Ebenbild«, sagte sie, während sie Adam den Paß zusteckte. Aufmerksam studierte er das Foto.

»Abgesehen von dem Schnurrbart ist es gar nicht so unähnlich, und unter den gegebenen Umständen weiß ich keine bessere Chance. Aber was geschieht, wenn ihr nach London zurückkehrt und man dahinterkommt, daß ein Paß ausgetauscht wurde?«

»Du wirst lange vor uns in England sein«, erwiderte Robin. »Dort steckst du den Paß zusammen mit dem Kalender in ein Kuvert und schickst ihn an das Royal Philharmonic Orchestra, Wigmore Street, W1, und ich werde schon dafür sorgen, daß man dir deinen zurückgibt.«

Sollte er jemals heil nach London zurückkehren, gelobte Adam im stillen, wollte er unbedingt Mitglied des Vereins der Freunde des Royal Philharmonic Orchestra werden — auf Lebenszeit . . .

»Damit scheint wenigstens eines deiner Probleme gelöst.«

»Zumindest für den Augenblick«, antwortete Adam. »Ich wünschte bloß, ich könnte dich für den Rest der Reise bei mir behalten.«

Robin lächelte. »Unsere weiteren Stationen sind Frankfurt, Berlin, Amsterdam — nur für den Fall, daß dir langweilig werden sollte. Ich hätte nichts dagegen, mit Rosenbaum zusammenzutreffen; aber diesmal von Angesicht zu Angesicht.«

»Wer weiß, vielleicht hätte er dann endlich seinen Meister gefunden!«

»Darf ich noch einen letzten Blick auf die Ikone werfen?« fragte Robin, ohne auf Adams Bemerkung einzugehen.

Er bückte sich, holte seinen Trenchcoat unter dem Sitz hervor und zog das Bild aus der Kartentasche, wobei er sorgfältig darauf achtete, daß niemand anderer es bemerkte. Robin blickte hinunter in die Augen des heiligen Georg. »Während ich gestern nacht wach lag und darauf wartete, daß du mich vergewaltigst, hab ich mir die ganze Zeit den Kopf darüber zerbrochen, welches Geheimnis diese Ikone bergen könnte.«

»Und ich habe gedacht, du schläfst«, antwortete Adam und lächelte. »Dabei waren wir die ganze Zeit mit demselben Problem beschäftigt. Und — bist du zu irgendeinem Schluß gekommen?«

»Zunächst habe ich vermutet, daß du dich wohl mehr für Kontrabassisten interessierst als für Kontrabassistinnen«, sagte Robin. »Wie sonst hättest du mir widerstehen können?«

»Was hat das mit dem heiligen Georg und dem Drachen zu tun?« gab Adam grinsend zurück.

»Ich habe mich anfangs gefragt, ob dieses Mosaik aus kleinen Flecken vielleicht einen Code darstellt. Das Bild ist jedoch so meisterhaft ausgeführt, daß der Code sicher erst im nachhinein hätte ausgearbeitet werden können. Und das hielt ich nicht für sehr wahrscheinlich.«

»Gar nicht übel für den Anfang!«

»Laß den Unsinn! Dann habe ich mich gefragt, ob sich unter diesem hier vielleicht noch ein anderes Bild verbirgt. In der Schule haben wir gelernt, daß Rembrandt und Constable ihre Bilder oft übermalten, entweder weil ihnen der erste Versuch nicht gefiel; oder aber, weil sie sich — wie dies bei Rembrandt der Fall war — keine neue Leinwand leisten konnten.«

»Wenn das die Lösung wäre, hätte es nur ein Experte zustande gebracht, jedes einzelne Stückchen Farbe zu entfernen.«

»Allerdings«, antwortete Robin. »Daher wanderte auch diese Theorie in den Mülleimer. Meine dritte Idee war, daß die Krone an der Rückseite« — sie drehte die Ikone um und betrachtete das kleine Stück Silber, das in das Holz eingebettet war — »ein Indiz dafür ist, daß es sich, wie dein Experte andeutete, um Rubljews Original handelt und nicht, wie man dich glauben machen will, um eine Kopie.«

»Das habe ich mir in dieser schlaflosen Nacht auch überlegt«, gab Adam zu. »Aber selbst wenn diese Krone dem Bild einen wesentlich höheren Wert verleiht, so liefert sie doch keine ausreichende Erklärung dafür, warum Rosenbaum wahllos und blindwütig mordet, um sie in die Hand zu bekommen:«

»Vielleicht benötigt jemand anderer den heiligen Georg genauso dringend wie Rosenbaum«, meinte Robin.

»Aber wer und warum?«

»Weil es nicht die *Ikone* ist, hinter der alle her sind, sondern etwas anderes. Etwas, das in oder hinter dem Gemälde versteckt ist.«

»Das hab ich zuallererst schon untersucht«, sagte Adam selbstzufrieden. »Ich bin überzeugt, daß dies hier ein Stück massives Holz ist.«

»Da bin ich aber anderer Ansicht«, antwortete Robin und begann das Holz überall abzuklopfen, wie der Arzt die Brust seines Patienten. »Ich habe mein ganzes Leben lang mit Musikinstrumenten zu tun gehabt und zugesehen, wie sie gebaut werden. Ich habe darauf gespielt, ja ich habe sogar mit ihnen geschlafen. Und ich sage dir: diese Ikone ist nicht massiv, selbst wenn der Kuckuck weiß, wie ich das beweisen soll.

Falls in der Ikone etwas versteckt ist, dann sicher nie mit der Absicht, daß es von solchen Laien, wie wir es sind, entdeckt wird.«

»Deine Phantasie möchte ich haben«, sagte Adam.

»Die ist angeboren«, erklärte Robin und gab Adam die Ikone zurück. »Laß es mich wissen, wenn du je dahinterkommen solltest, was im Inneren des Bildes steckt«, fügte sie hinzu.

»Hätte ich nur fünf Minuten für mich allein, könnte ich der einen oder anderen meiner eigenen Theorien ein wenig Zeit widmen«, sagte Adam, während er die Ikone wieder in der Manteltasche verstaute.

»Zwei Kilometer bis Solothurn!« Robin deutete auf einen Wegweiser am Straßenrand. Adam knöpfte den Trenchcoat zu. »Ich bring dich zur Tür«, sagte sie.

Gemeinsam bahnten sie sich durch den Gang den Weg nach vorne.

Adam bat den Fahrer, ihn kurz vor dem nächsten Ort aussteigen zu lassen.

»Klar«, erwiderte der Chauffeur, ohne sich umzudrehen.

»Sie verlassen uns schon?« fragte Stephen.

»Leider ja! Und danke fürs Mitnehmen. Ich werde den Kalender bestimmt nicht vergessen.«

Der Fahrer hielt den Bus auf einem Rastplatz an, drückte auf einen Knopf, und die hydraulische Tür öffnete sich ruckartig nach innen. »Tschüß, Robin«, sagte Adam und drückte ihr einen brüderlichen Kuß auf die Wange.

»Tschüß, Brüderchen«, erwiderte sie. »Grüß Mutter von mir, wenn du vor mir nach Hause kommst.«

Sie lächelte und winkte ihm zu. Die Tür schloß sich mit einem Ruck, und der Bus rollte auf die Autobahn zurück, um die Fahrt nach Frankfurt fortzusetzen.

Adam war wieder sich selbst überlassen.

14

Professor Brunweld wurde selten respektvoll behandelt. Schon vor langer Zeit war er zu dem Schluß gekommen, dies sei eben Akademikerschicksal. »Der Präsident« — das war alles, was man ihm sagte, und er hatte sich gefragt, ob er es glauben sollte. Jedenfalls hatte man ihn mitten in der Nacht und in aller Stille zum Pentagon eskortiert. Man wollte Brunwelds Expertenmeinung hören, hatte man ihm versichert. War es möglich? Aber seit den Ereignissen von Kuba und Dallas hielt er alles für möglich.

Irgendwann einmal hatte Brunweld gelesen, das Pentagon habe unter der Erde genausoviele Stockwerke wie oberhalb. Jetzt konnte er bestätigen, daß dies unzweifelhaft den Tatsachen entsprach.

Sobald man ihm das Dokument ausgehändigt hatte, ließ man ihn allein. Man wollte nur eine einzige Frage beantwortet haben. Länger als eine Stunde studierte er die Klausel, dann rief er seine Gesprächspartner wieder zu sich. Seiner Meinung nach, erklärte er ihnen, sei das Dokument echt, und falls die Sowjets noch im Besitz ihrer ebenfalls im Jahre 1867 ausgestellten Kopie seien, dann steckte seine Wahlheimat — wie lautete nur dieser schreckliche Ausdruck? — tief in der Patsche.

Professor Brunweld begann den Ernst der Lage zu begreifen, als man ihm zu verstehen gab, daß er das Pentagon bis Montag nicht verlassen dürfe. Das überraschte ihn nicht, nachdem er das Datum am Ende des Vertrages gesehen hatte. Er hatte also drei einsame Tage vor sich, weit weg von seinen anspruchsvollen Studenten und seiner plappernden Frau. Nie wieder würde sich ihm eine bessere Gelegenheit bieten, sich gemütlich hinzusetzen und Prousts »Gesammelte Werke« zu lesen.

Romanow wußte, daß er es nicht riskieren konnte, noch viel länger neben dem Auto stehenzubleiben. Seine Aufmachung war viel zu auffällig; jeder, der aus dem Hotel kam, bemerkte ihn. Drei Minuten später warf er die grüne Kappe auf den Rücksitz, wies Waltschek an, das Auto irgendwie loszuwerden und zum sowjetischen Konsulat zurückzukehren.

Waltschek nickte. Er hatte Romanows Befehl bereits ausgeführt und die beiden britischen Agenten getötet, so gleichmütig, als wäre von ihm verlangt worden, einen Wasserrohrbruch zu reparieren. Nur ein einziges Detail war nicht nach Plan verlaufen, nämlich Waltscheks Versuch, die Uniform des toten Chauffeurs zuzuknöpfen, die er sich angezogen hatte. Romanow glaubte die Andeutung eines Grinsens auf Waltscheks Gesicht zu sehen, als er erkannte, wer den Chauffeur würde darstellen müssen.

Romanow drückte sich in den Schatten des Gebäudes und wartete noch eine halbe Stunde — dann war er überzeugt, daß der Plan vom Londoner Ende aus vermasselt worden war. Er hielt ein Taxi an und befahl dem Chauffeur, ihn zum sowjetischen Konsulat zu fahren. Das ungläubige Staunen des Taxifahrers beim Anblick seines Fahrgastes in Chauffeuruniform ignorierte er.

War es tatsächlich möglich, daß Scott ihn zum zweitenmal abgehängt hatte? Hatte auch er ihn unterschätzt? Sollte dies noch einmal vorkommen, würde Zaborski eine sehr überzeugende Erklärung von ihm verlangen . . .

Auf dem Weg zurück zum Konsulat blitzte immer wieder

ein Bild durch Romanows Gehirn, aber es gelang ihm nicht, dessen Sinn zu erfassen. Irgend etwas war vor dem Hotel geschehen, das nicht so richtig gepaßt, das ihn irritiert hatte. Er war überzeugt, daß er dahinterkommen würde, wenn es ihm nur einen Augenblick lang gelänge, klar zu denken. Immer wieder ließ er die letzten dreißig Minuten vor seinem inneren Auge ablaufen, wie einen alten Film, der umgespult wird, aber einzelne Szenen blieben weiterhin unscharf.

Als Romanow im Konsulat eintraf, händigte ihm Waltschek ein großes Kuvert aus, das — wie er erklärte — soeben mit dem diplomatischen Kurier aus Moskau eingetroffen sei.

Romanow las das entschlüsselte Telex zweimal durch, ohne seine Bedeutung enträtseln zu können.

»Neue Informationen bezüglich des verstorbenen Colonel Gerald Scott, DCO, OBE, MC aufgetaucht, die sich als nützlich erweisen könnten, wenn Sie Ihr Wild stellen. Ausführlicher Bericht folgt morgen früh, A1.«

Romanow fragte sich, was das Hauptquartier wohl über Scotts Vater in Erfahrung gebracht hatte, das für ihn von Belang sein konnte. Es war nach wie vor seine erklärte Absicht, den Sohn dem Vater unverzüglich ins Jenseits nachzuschikken, ehe ein weiteres Schreiben aus Moskau eintraf.

Romanow dachte an seinen Vater und an die Fluchtmöglichkeit, die er ihm mit der Hinterlassenschaft gegeben hatte; er dachte auch daran, wie er ihn um einer Beförderung willen an den Staat verraten hatte. Jetzt mußte er — um einer weiteren Beförderung willen — Scott töten und die Ikone nach Hause bringen. Wenn er scheiterte ... Er schob den Gedanken beiseite.

»Entweder ist er sehr schlau, oder er hat das Glück des Dummen«, sagte Romanow und trat in das kleine Büro, das ihm zur Verfügung gestellt worden war. Waltschek, der ihm auf dem Fuß folgte, enthielt sich jeglichen Kommentars. Er fragte nur, was er als nächstes tun sollte.

»Sagen Sie mir, was Sie gesehen haben, als wir vor dem Hotel warteten.«

»Wie meinen Sie das?« erkundigte sich Waltschek.

»*Sie* sollen keine Fragen stellen«, erwiderte Romanow, während er in seine eigenen Kleider schlüpfte, »sondern beantworten. Sagen Sie mir alles, woran Sie sich erinnern können, von dem Moment an, in dem wir vor dem Hotel vorfuhren.«

»Wir kamen ein paar Minuten vor zehn beim Richmond an«, begann Waltschek, »parkten den Mercedes auf der gegenüberliegenden Straßenseite und warteten auf Scotts Erscheinen. Wir haben uns nicht von der Stelle gerührt bis kurz nach zehn, aber Scott ist nie aufgetaucht.«

»Nein, nein, nein... Seien Sie präziser! Ich will keine Zusammenfassung. Können Sie sich zum Beispiel daran erinnern, ob irgend etwas Ungewöhnliches während unseres Wartens geschah?«

»Eigentlich nicht. Es gab nichts Besonderes«, sagte Waltschek. »Beim Hotel kamen und gingen die Leute — aber, davon bin ich überzeugt, Scott war nicht darunter.«

»Wie schön für Sie, daß Sie sich dessen so sicher sind. Was geschah als nächstes?« bohrte Romanow weiter.

»Als nächstes? Sie haben mir die Weisung gegeben, zum Konsulat zurückzufahren und dort auf Sie zu warten.«

»Um wieviel Uhr war das?«

»Das muß etwa sieben Minuten nach zehn gewesen sein. Ich weiß es so genau, weil ich auf meine Uhr sah, als der Bus losfuhr.«

»Der Bus?« fragte Romanow.

»Ja, der Bus, der mit Musikinstrumenten beladen wurde. Er fuhr um...«

»Die Instrumente, das war's!« rief Romanow. »Jetzt fällt mir wieder ein, was mich gestört hat. Cellos, Geigen — und ein Kontrabaß, der *nicht* im Kofferraum verstaut wurde.«

Waltschek blickte verwirrt drein, sagte aber nichts. »Rufen Sie sofort im Hotel an, und erkundigen Sie sich, wer in diesem Bus war und wohin er fährt.« Waltschek huschte davon.

Romanow sah auf die Uhr: zehn Uhr fünfundzwanzig. Höchste Zeit, daß wir etwas unternehmen, sagte er sich, und zwar rasch! Er drückte auf den Knopf der Gegensprechanlage neben dem Telefon. »Ich brauche ein schnelles Auto und, was noch wichtiger ist, einen erstklassigen Fahrer!«

Waltschek kehrte in dem Augenblick zurück, als Romanow den Hörer auflegte. »Der Bus wurde vom Royal Philharmonic Orchestra gemietet, das sich auf Europatournee befindet...«

»Wohin fahren sie als nächstes?«

»Nach Frankfurt.«

Adam hatte das Terrain mit den Augen des Berufssoldaten rekognosziert, und nun schlenderte er langsam aus dem Dorf. Die Hauptstraße schien wie ausgestorben, nur ein kleiner Junge schoß unverdrossen einen Plastikfußball in eine flache Mulde an einem Abhang, die ihm als Tor diente. Er wandte sich um, als er Adam sah, und schoß ihm den Ball zu. Adam beförderte ihn mit dem Fuß zurück, der Junge fing den Ball mit den Händen, und ein breites Lächeln erschien auf seinem Gesicht, das verschwand, als er sah, wie Adam rasch weiterging und die Anhöhe emporeilte. An der Hauptstraße standen nur ein paar alte Häuser. Auf der einen Seite befand sich eine gefährliche Schlucht; jenseits, in der Ferne, erhoben sich bewaldete Hügel. Auf der anderen Seite der Straße breiteten sich grüne Weiden aus, auf denen Kühe mit Glocken um den Hals zufrieden wiederkäuten. Ihr Anblick machte Adam ganz hungrig.

Er ging die Straße weiter hinauf, bis er zu einer Kehre

kam, von der aus er beinahe einen Kilometer weit sehen konnte, ohne selbst gesehen zu werden. Er übte einige Minuten, ob sich sein Plan durchführen ließ, und war bald schon fähig, englische Automarken oder Wagen mit englischen Kennzeichen auf zwei- oder dreihundert Meter Entfernung zu erkennen. Er brauchte nicht lange, um zu begreifen, wie wenige Ausländer englische Autos kauften.

Innerhalb der nächsten zwanzig Minuten fuhren sieben Wagen mit englischen Kennzeichen in Richtung Lausanne vorbei, und voller Optimismus versuchte Adam, sie anzuhalten, aber umsonst. Er erinnerte sich, wie einfach doch Autostoppen gewesen war, als er noch die Kadettenuniform trug; damals hatte beinahe jeder gehalten. Dann sah er auf die Uhr: Er konnte es nur noch ein paar Minuten lang riskieren. Drei weitere Autos brausten vorbei; und ein viertes verlangsamte zunächst das Tempo, beschleunigte aber sofort wieder, als Adam drauf zulief.

Um zwanzig nach elf gelangte Adam zur Überzeugung, daß es für ihn gefährlich wäre, noch länger auf der Straße gesehen werden zu können. Er sah in die Schlucht hinunter und stellte fest, daß ihm keine andere Wahl blieb, als seinen Weg zu Fuß fortzusetzen. Achselzuckend begann er, einen der steilen Steige, die ins Tal führten, hinabzuklettern, in der Hoffnung, dort auf die andere Straße zu stoßen, die auf der Karte deutlich eingezeichnet war.

Er stieß einen Fluch aus, als er auf das weite offene Gelände blickte, welches zwischen ihm und der Sicherheit lag. Wäre er doch nur eine Stunde früher losmarschiert!

»Ich fürchte, Antarktis ist entbehrlich geworden.«
»Warum?«
»Weil wir unterdessen erfahren haben, daß sein Vater einer von jenen war, die Göring zu einem leichten Tod verholfen haben.«

»Ich verstehe nicht.«

»Warum sollten Sie auch, obwohl es eigentlich ganz einfach ist! Euer unerschütterlicher englischer Patriot ist der Sohn jenes Schweinehundes, der eine Zyankali-Kapsel in Görings Zelle in Nürnberg geschmuggelt hat. Der Lohn für seine Dienste war, wie sich jetzt herausstellt, die Zaren-Ikone:«

»Aber alle D4-Mitglieder sind überzeugt, daß Antarktis unsere einzige Hoffnung ist.«

»Ist mir doch scheißegal, wovon Ihre D4-Leute überzeugt sind! Wenn es der Vater im Krieg mit den Deutschen gehalten hat – warum sollte es der Sohn im Frieden nicht mit den Russen halten?«

»Wie der Vater, so der Sohn.«

»Eben.«

»Was soll ich also tun?«

»Halten Sie uns nur auf dem laufenden über die Pläne des Foreign Office. Unsere Agenten in der Schweiz erledigen den Rest.«

»Schneller«, sagte Romanow, obwohl er genau wußte, daß es unmöglich war: der Fahrer des Konsuls erwies sich als absoluter Profi. Kein einziges Mal hatte Romanow das Gefühl, daß der Chauffeur eine Lücke, eine grüne Ampel, eine Überholmöglichkeit verpaßt hätte. Fünf Stundenkilometer mehr auf dem Tachometer, und sie lägen aller Wahrscheinlichkeit nach im Straßengraben. Sobald sie sich auf der offenen Landstraße befanden – die Scheinwerfer voll aufgeblendet, die Hand des Fahrers beinah ständig auf der Hupe –, fiel die Tachonadel kaum jemals unter die Hundertdreißig-Stundenkilometer-Marke. »Wir müssen sie vor der Grenze einholen«, wiederholte Romanow immer wieder und drosch mit der Faust gegen das mit Leder bezogene Armaturenbrett. Nachdem die drei Männer in fünfundfünfzig Minuten hundert Kilometer zurückgelegt hatten, begannen sie nach dem Bus Ausschau zu halten, der irgendwo vor ihnen sein mußte, aber erst nach weiteren dreißig Kilometern deutete Waltschek nach vorne und rief: »Das müssen sie sein, dort, etwa einen Kilometer vor uns auf dem Hügel!«

»Drängen Sie ihn von der Straße«, erwiderte Romanow, ohne den Blick von dem Bus zu wenden. Der Diplomatenwagen setzte zum Überholen an und schnitt, sobald er vorne war, so knapp vor dem Bus hinüber, daß der Busfahrer scharf abbremsen und seitlich ausweichen mußte. Waltschek deutete ihm gebieterisch, stehenzubleiben, und der Mann hielt am Fahrbahnrand an, direkt am Kamm des Hügels.

»Ihr sagt beide nichts, überlaßt alles mir!« befahl Romanow. »Und bleibt in der Nähe des Fahrers, für den Fall, daß es Schwierigkeiten gibt.« Dann stürzte er aus dem Wagen und rannte zum Bus. Noch im Laufen bemühte er sich, festzustellen, ob jemand auszusteigen versuchte. Romanow hämmerte ungeduldig gegen die Tür, bis der Fahrer auf einen Knopf drückte und die großen Türflügel sich mit einem Ruck nach innen öffneten. Romanow sprang in den Bus, die beiden anderen Männer wenige Schritte hinter ihm, zog seinen Ausweis aus der Brusttasche, fuchtelte damit vor dem Gesicht des erschrockenen Fahrers herum und brüllte: »Wer ist hier der Verantwortliche?«

Stephen Grieg stand auf. »Ich bin der Manager des Orchesters, und ich kann . . .«

»Schweizer Polizei«, antwortete Romanow heftig. Grieg wollte eben eine Frage stellen, doch Romanow fuhr fort: »Als Sie heute morgen Genf verließen – haben Sie einen zusätzlichen Passagier mitgenommen?«

»Nein«, antwortete Grieg.

Romanow runzelte ärgerlich die Stirn.

»Außer Sie zählen Robin Beresfords Bruder mit.«

»Robin Beresfords Bruder?« wiederholte Romanow und zog fragend die Augenbrauen hoch.

»Ja«, antwortete der Manager. »Adam Beresford. Aber er hat uns nur bis in die Gegend von Solothurn begleitet. Im ersten Dorf nach der Stadt ist er ausgestiegen.«

»Wer von Ihnen ist Robin Beresford?« fragte Romanow und starrte in das Meer von Männergesichtern vor ihm.

»Ich!« kam eine piepsende Stimme von hinten.

Romanow ging durch den Bus, sah den Kontrabaß in seinem Kasten — und plötzlich paßte alles zusammen. Es störte ihn immer, wenn etwas nicht so war, wie es sein sollte. Ja, das also hatte so falsch gewirkt! Weshalb hatte die Lady den Kontrabaß nicht zu den anderen Instrumenten in den Kofferraum gegeben? Er starrte auf die kräftig gebaute Frau herab, die hinter dem monströsen Instrument saß.

»Ihr Bruder heißt Adam?«

»Ja«, erwiderte Robin.

»So ein Zufall!«

»Ich verstehe nicht, was Sie meinen«, sagte Robin und versuchte, die Nervosität in ihrer Stimme zu verbergen.

»Der Mann, den ich suche, heißt ganz zufällig auch Adam.«

»Ein ziemlich häufiger Name«, versetzte Robin. »Haben Sie nie das erste Kapitel der Bibel gelesen?«

»Etwa ein Meter achtzig bis fünfundachtzig groß, dunkles Haar, dunkle Augen, schlank und durchtrainiert. Mit der Ähnlichkeit zwischen Ihnen beiden ist es nicht weit her«, fügte Romanow hinzu und musterte Robin von oben bis unten.

Robin warf ihr rotes Haar zurück, stand aber nicht auf.

Romanow erkannte an der Nervosität, die sich auf den Gesichtern der Umsitzenden abzeichnete, daß Scott in dem Bus gewesen sein mußte.

»Wohin wollte Ihr Bruder, nachdem er ausgestiegen war?« fragte Romanow, während er mit seinem Ausweis wie mit einem Gummiknüppel gegen seine andere Hand klopfte.

»Keine Ahnung«, erwiderte Robin, noch immer mit demselben Ausdruck desinteressierter Höflichkeit.

»Ich gebe Ihnen eine letzte Chance, die Sache gütlich mit uns zu regeln: Wohin wollte Ihr Bruder?«

»Und ich sage Ihnen zum letztenmal: Ich weiß es nicht!«

»Wenn Sie sich weigern, meine Fragen zu beantworten, muß ich Sie festnehmen.«

»In wessen Auftrag?« fragte Robin ruhig.

»Im Auftrag der Schweizer Polizei«, gab Romanow selbstsicher zurück.

»Dann werden Sie mir gewiß gerne Ihren Amtsausweis zeigen.«

»Werden Sie nicht unverschämt!« sagte Romanow scharf. Drohend blickte er auf Robin hinab.

»Sie sind unverschämt«, sagte diese und stand auf. »Sie fahren wie ein Verrückter vor unseren Bus und drängen uns beinahe in den Abgrund. Dann platzen Sie zu dritt hier herein wie eine Gangsterbande aus Chicago und behaupten, Sie wären von der Schweizer Polizei. Ich habe keine Ahnung, wer oder was Sie sind, aber ich werde Ihnen zwei Dinge verraten. Erstens: Sie brauchen mich nur anzurühren, und schon sind vierzig Mann in diesem Bus zur Stelle und schlagen Sie und Ihre beiden Kumpane zu Brei. Und zweitens: Selbst wenn es Ihnen gelingen sollte, aus dem Bus lebend herauszukommen — wir sind Mitglieder des Royal Philharmonic Orchestra aus Großbritannien und als solche Gäste der Schweizer Regierung. In wenigen Augenblicken, sobald wir die Grenze passiert haben, werden wir Gäste der bundesdeutschen Regierung sein. Sie stehen also im Begriff, in der gesamten Weltpresse Schlagzeilen zu machen. Der Begriff ›diplomatischer Zwischenfall‹ wird durch Sie eine völlig neue Bedeutung erhalten.« Sie beugte sich vor, zeigte mit dem Finger auf Romanow und fuhr fort: »Daher sage ich

Ihnen, wer immer Sie auch sind, und so damenhaft, wie es mir nur möglich ist: Verpiß dich!«

Romanow stand ein paar Augenblicke reglos da, starrte Robin fassungslos an und wich langsam zurück, während ihr Blick auf ihn geheftet blieb. Als er vorne ankam, winkte er Waltschek und seinem Chauffeur, den Bus zu verlassen. Widerstrebend gehorchten sie. Kaum daß Romanows Fuß den Boden berührt hatte, schloß der Busfahrer die Tür, dann legte er rasch den ersten Gang ein und fuhr wieder auf die Straße.

Alle Orchestermitglieder drehten sich um und bereiteten Robin jene Art von Ovation, die sie normalerweise dem Auftritt des Dirigenten vorbehielten.

Der Beifall verklang. Robin war auf ihren Sitz zurückgesunken. Sie zitterte am ganzen Leib, ohne daß sie dagegen etwas tun konnte. Denn sie wußte nur allzu gut, daß kein einziger der vierzig Männer in diesem Bus auch nur den Finger gegen Rosenbaum erhoben hätte ...

Sir Morris Youngfield blickte in die Runde: Alle waren um den Tisch versammelt, obwohl der Leiter des D4 sie erst vor wenigen Minuten verständigt hatte.

»Lassen Sie uns den letzten Bericht hören«, sagte Sir Morris und sah erneut zu seiner Nummer Zwei hinüber. Lawrence saß wieder am anderen Tischende.

»Wir haben, fürchte ich, die Sache nicht sehr geschickt angefangen, Sir«, begann Lawrence. »Zwei unserer erfahrensten Agenten wurden ausgewählt, um Scott wie geplant beim Hotel Richmond abzuholen und in das britische Konsulat zu bringen.«

»Was ist geschehen?« fragte Sir Morris.

»Niemand in unserem Genfer Büro weiß das genau. Unsere Leute sind jedenfalls nie vor dem Hotel angekommen, sie wurden seither auch nicht mehr gesehen.«

»Was sagt die Schweizer Polizei?« erkundigte sich Bush.

»Sie ist eben leider nicht sehr hilfsbereit«, antwortete Lawrence.

»Man weiß dort, daß wir nicht die einzige ausländische Macht sind, die in die Sache verwickelt ist, und — wie es bei ihnen unter solchen Umständen üblich ist — die Schweizer haben nicht die Absicht, sich dabei ertappen zu lassen, daß sie irgendeine Seite unterstützen.«

»Verdammt«, knurrte Snell erbittert.

»Wissen wir wenigstens ungefähr, wo Scott jetzt stecken könnte?« fragte Matthews.

»Auch in dem Punkt haben wir eine Niete gezogen«, mußte Lawrence zugeben. Matthews grinste über seine Verlegenheit. »Wir sind sicher, daß er mit diesem Mädchen namens« — Lawrence blickte auf ein Blatt Papier, das vor ihm lag — »Robin Beresford in den Bus gestiegen ist. Aber er war nicht mehr drinnen, als wir das Fahrzeug an der Grenze erwarteten. Das Orchester soll in etwa einer Stunde in seinem Hotel in Frankfurt eintreffen, dann werden wir mehr erfahren. Die deutsche Polizei ist weitaus kooperativer«, fügte Lawrence hinzu.

»Und was tun wir inzwischen?« wollte Sir Morris wissen.

»Wir überwachen weiterhin all die üblichen Stellen; wir haben auch ein wachsames Auge auf Romanow, der, nebenbei bemerkt, an der französischen Grenze aufgetaucht ist. Einer von unseren alten Hasen erkannte ihn, obwohl er sein Haar jetzt ganz kurz geschnitten trägt; es soll ihm gar nicht stehen.«

»Heißt das, daß Scott mittlerweile praktisch überall sein könnte?« fragte Matthews. »Glauben Sie, daß er sich noch in der Schweiz aufhält? Oder daß es ihm gelungen sein könnte, über eine der Grenzen zu gelangen?«

Lawrence zögerte. »Ich habe keine Ahnung«, erklärte er ausdruckslos.

Sir Morris blickte ihn vom anderen Ende des Tisches her forschend an, äußerte sich aber nicht.

»Wird er Sie wieder kontaktieren?« fragte Snell.

»Das ist so gut wie sicher — falls er noch lebt.«

»Wenn sich Romanow noch in der Schweiz aufhält, dann muß Scott am Leben sein«, bemerkte Bush. »Denn sobald er die Ikone hat, wird er sich sofort in den Osten absetzen.«

»Da haben Sie völlig recht«, pflichtete ihm Lawrence bei. »Wir haben deshalb auch einige Leute am Flughafen stehen, die alle Maschinen in den Osten unter die Lupe nehmen. Ich schlage daher vor, daß wir sämtliche uns zur Verfügung stehenden Spuren weiterverfolgen und uns morgen früh um sieben Uhr wieder versammeln — es sei denn, Scott nimmt vorher mit mir Kontakt auf.«

Sir Morris nickte und erhob sich, um zu gehen. Alle standen auf.

»Ich danke Ihnen, meine Herren«, sagte er. Als er an Lawrence vorbeikam, murmelte er: »Kommen Sie doch bitte in mein Büro, wenn Sie einen Augenblick Zeit haben.«

Adam rutschte und stolperte die letzten Meter den Abhang hinunter; schließlich landete er mit einem heftigen Ruck auf dem Hinterteil. Seine Hände waren an mehreren Stellen aufgeschürft und blutig; die Hose war zerrissen und mit Lehm und Erde verschmiert. Er blieb zwei Minuten still sitzen, während er sich bemühte, wieder zu Atem zu kommen, und blickte noch einmal zurück, hinauf zu der Straße. Für eine Strecke, die ein Stein in drei Sekunden hinabzurollen vermag, hatte er beinahe eine Stunde benötigt. Doch einen Vorteil hatte die Sache gehabt: Niemand konnte ihn von der Straße aus gesehen haben. Er sah das Tal vor sich. Hier konnte ihn jeder sehen, aber das hatte er sich selbst eingebrockt — es blieb ihm nun keine andere Wahl.

Urteile nach dem Augenschein, kontrolliere mit der Karte... Die Karte, die er bei sich trug, war keine große Hilfe, aber Adam schätzte, daß die Hügelkette auf der anderen Seite des Tales etwa drei Kilometer entfernt war. Es war ihm wenigstens ein geringer Trost, daß sich, wie die Karte zeigte, auf der anderen Seite der Hügelkette, aber von hier aus nicht zu sehen, eine Straße befand. Adam studierte das Terrain. Da waren wellige grüne Felder, aber keine Hecken, die ihm Deckung bieten konnten, und dann ein breiter, seichter Fluß. Seiner Berechnung nach würde er für die Strecke bis zur Straße etwa zwanzig Minuten brauchen. Nachdem er sich vergewissert hatte, daß die Ikone an ihrem Platz war, lief er los und behielt ein gleichmäßiges Tempo bei.

Seit Romanow samt seinen Begleitern sang- und klanglos aus dem Bus geworfen worden war, hatte er kaum einen Ton von sich gegeben. Waltschek und der Fahrer hüteten sich wohlweislich, etwas zu äußern. Romanow wußte, daß das Mädchen seinen Bluff durchschaut hatte, und er wußte ferner, daß er sich keinen weiteren diplomatischen Zwischenfall mehr leisten konnte. Zweifelsohne würde dem Vorsitzenden davon berichtet werden. Eines schwor er sich: das Mädchen mit dem Männernamen nie zu vergessen.

Solothurn lag etwa vierzig Kilometer entfernt; es lag in jener Richtung, aus der sie gekommen waren, und der Fahrer hätte die Strecke bis zu dem Dorf, in dem Scott den Bus verlassen hatte, in zwanzig Minuten zurückgelegt. Doch Romanow bestand darauf, das Tempo zu verlangsamen, sobald ihnen ein Wagen entgegenkam. Eingehend musterten sie die Insassen eines jeden Fahrzeugs für den Fall, daß es Scott gelungen sein sollte, ein Auto anzuhalten. Romanows Meinung zufolge stellte dies eine notwendige Vorsichtsmaßnahme dar, die nur den einen Nachteil hatte, daß sie einunddreißig Minuten benötigten, bis sie das Dorf in der Nähe von Solothurn wieder erreichten. Immerhin war sich Romanow inzwischen ganz sicher, daß Scott nicht auf die deutsche Grenze zuhielt — es sei denn, er hätte sich geschickt verkleidet oder führe in einem Kofferraum mit.

Sobald sie in dem Dorf eintrafen, das ihnen der Orchestermanager angegeben hatte, befahl Romanow dem Fahrer, den Wagen mitten im Ort stehenzulassen. Sie trennten sich, um jeder für sich allein nach Hinweisen zu suchen, welche Richtung Scott eingeschlagen hatte. Keiner der Einheimischen, die sie befragten, hatte an diesem Morgen jemand bemerkt, der Scott ähnlich sah. Romanow begann schon zu überlegen, auf welche Grenze er nun lossteuern sollte, als er bemerkte, wie sein Fahrer einem kleinen Jungen einen Fußball zuschoß. Romanow rannte den Hügel hinunter und wollte ihm schon einen Verweis erteilen, als sich der Junge umdrehte und den Ball ihm selbst mit einem scharfen Schuß zuspielte. Romanow stoppte ihn automatisch und schoß ihn kraftvoll an dem Jungen vorbei ins Tor. Dann drehte er sich zum Fahrer um und wollte ihn eben anbrüllen, als der Ball schon wieder vor seinen Füßen landete. Wütend hob er ihn auf, um ihn dem Jungen zuzuwerfen. Da sah er dessen hoffnungsvolles Lächeln. Er hielt den Ball hoch über dem Kopf; der Junge rannte herbei und sprang zu ihm empor, aber so sehr er sich auch anstrengte, er konnte ihn nicht erreichen.

»Hast du heute vormittag irgendwelche Fremde hier gesehen?« fragte Romanow in gedehntem, bedächtigem Französisch.

»Ja!« rief der Junge, »aber der hat kein Tor geschossen...«

»Und wohin ist er gegangen?«

»Den Hügel hoch«, lautete die Antwort. Zur großen Enttäuschung des Kindes ließ Romanow den Ball fallen und begann zu rennen. Waltschek und der Fahrer folgten ihm.

»*Non, non*«, rief der kleine Junge und lief hinter ihnen her. Romanow blickte zu ihm zurück. Er stand genau an der

Stelle, an der Adam versucht hatte, einen Wagen anzuhalten, und deutete hinüber über die Schlucht.

Romanow wandte sich rasch an den Fahrer. »Holen Sie den Wagen, ich brauche das Fernglas und die Karte!« Der Chauffeur lief, gefolgt von dem Jungen, die Anhöhe wieder hinunter. Wenige Minuten später bremste der Mercedes neben Romanow. Der Fahrer sprang heraus und reichte ihm das Fernglas, während Waltschek auf der Kühlerhaube eine Landkarte ausbreitete. Romanow stellte den Feldstecher ein und begann die Hügel in der Ferne abzusuchen. Es dauerte einige Minuten, bis das Fernglas auf einen braunen Punkt gerichtet blieb, der eben den am weitesten entfernten Hügel hinaufkletterte.

»Das Gewehr!« befahl Romanow.

Waltschek eilte zum Kofferraum und holte ein Dragunow-Scharfschützengewehr mit Zielfernrohr heraus. Er baute die lange, schlanke Waffe mit dem charakteristischen hölzernen Mantelschaft zusammen und prüfte, ob sie geladen war. Er hob das Gewehr, rückte es zurecht, bis es bequem auf seiner Schulter lag, und suchte das Gelände ab, bis er Scott im Visier hatte. Romanow verfolgte im Feldstecher, wie Adam sich mit gleichmäßigen Schritten entfernte. Waltscheks Arm bewegte sich, Adams Tempo angepaßt, mit.

»Erledigen Sie ihn!« sagte Romanow. Waltschek war dankbar für den klaren, windstillen Tag. Er hielt das Visier des Gewehrs auf Adams Rücken gerichtet, wartete, bis dieser drei weitere Schritte gemacht hatte, und drückte langsam den Abzug durch. Adam hatte die Anhöhe fast erreicht. Da traf ihn die Kugel. Sie durchschlug seine Schulter. Mit einem dumpfen Aufprall stürzte er zu Boden. Romanow lächelte und senkte das Fernglas.

Adam wußte genau, was da seine Schulter getroffen hatte und woher der Schuß gekommen war. Instinktiv ließ er sich bis zum nächsten Baum rollen. Da setzte der Schmerz ein. Obwohl das Geschoß wegen der Entfernung viel von seiner Kraft verloren hatte, brannte die Wunde wie ein Schlangenbiß. Schon begann Blut aus dem zerrissenen Muskel durch den Trenchcoat zu sickern. Adam wandte sich um, sah aber niemand. Er wußte jedoch, daß Romanow noch dort drüben stehen mußte, und daß er mit Sicherheit nur darauf wartete, einen zweiten Schuß abzufeuern.

Mühsam drehte er sich wieder um und blickte hoch, zum Kamm des Hügels. Nur mehr dreißig Meter, und er befände sich hinter dem Hügel und in Sicherheit. Aber dazu mußte er den Scheitelpunkt passieren — was bedeutete, daß er einige lebenswichtige Sekunden lang völlig ungeschützt blieb. Und selbst wenn er es schaffen sollte, konnte Romanow mit dem Wagen ihn in längstens dreißig Minuten einholen.

Dennoch war es Adams einzige Chance. Langsam, ganz langsam, kroch er Zentimeter für Zentimeter den Hang hinauf, dankbar für den Baum dort oben, den er immer noch als Deckung benutzen konnte. Erst ein Arm, dann ein Bein, wieder ein Arm, wieder ein Bein — er kam sich vor wie eine gestrandete Krabbe. Nachdem er zehn Meter hinter sich gebracht hatte, stellte er fest, daß der Winkel denkbar ungünstig für ihn war und er Romanow ein flaches, sich nur langsam bewegendes Ziel bot. Adam robbte vier Körperlängen weiter und hielt dann inne.

Man kann ein Gewehr nicht ewig in Anschlag haben, überlegte er. Langsam zählte er bis zweihundert.

»Ich vermute, daß er versuchen wird, hinaufzurennen«, sagte Romanow zu Waltschek und hob wieder das Fernglas. »Das heißt, Sie haben etwa drei Sekunden Zeit. Ich rufe, sobald er sich bewegt.« Er hielt das Fernglas auf den Baum gerichtet.

Plötzlich sprang Adam in die Höhe und sprintete los, als

hätte er die letzten zwanzig Meter eines olympischen Finallaufs vor sich. Romanow brüllte: »Jetzt!« Waltschek riß das Gewehr an die Schulter, zielte auf den laufenden Mann und drückte ab, als Adam eben über die Kuppe des Hügels hechtete. Die zweite Kugel pfiff haarscharf an seinem Kopf vorbei.

Romanow schaute durch das Fernglas und stieß einen wilden Fluch aus: Waltschek hatte sein Ziel verfehlt. Er wandte sich der Landkarte auf der Kühlerhaube zu. Die anderen traten neben ihn. Romanow überlegte, welche Möglichkeiten ihnen noch blieben.

»Diese Straße da könnte er in etwa zehn Minuten erreichen«, sagte er und legte den Finger mitten auf eine kleine rote Linie, die zwischen Neuchatel und der französischen Grenze verlief.

»Es sei denn, die erste Kugel hat ihn getroffen. Dann wäre es denkbar, daß er länger braucht. Wie lange benötigen Sie bis zu dieser Grenze?« fragte er den Fahrer.

Der Chauffeur beugte sich über die Landkarte. »Etwa fünfundzwanzig, höchstens dreißig Minuten, Genosse Major«, lautete die Antwort.

Romanow wandte sich um und blickte nochmals zu den Hügeln hinüber.

»Dreißig Minuten, Scott, so lange hast du noch zu leben...«

Als der Wagen davonraste, rannte der kleine Junge so schnell er konnte nach Hause. Atemlos berichtete er seiner Mutter von seinen Erlebnissen. Diese lächelte verständnisvoll. Kinder haben ja eine so lebhafte Phantasie!

Als Adam aufsah, stellte er erleichtert fest, daß die Straße nur etwa anderthalb Kilometer entfernt war. Er trabte in gleichmäßigem Tempo auf sie zu, stellte aber bald fest, daß ihm das Laufen noch schwerer fiel als das Robben. Er wäre gerne stehengeblieben, um die Wunde zu untersuchen, aber er wartete, bis er die Straße erreichte. Die Kugel hatte die äußeren Fleischteile seines Schultermuskels verletzt, und die Schmerzen, die er verspürte, waren inzwischen beträchtlich. Nur zwei Zentimeter tiefer — und er hätte sich nicht mehr bewegen können. Er war sehr froh, als er merkte, daß das Blut nur einen kleinen Fleck auf dem Trenchcoat hinterlassen hatte. Adam faltete sein Taschentuch so, daß es vier Lagen bildete, und schob es zwischen Hemd und Wunde; er wußte, daß er es nicht riskieren konnte, ein Krankenhaus aufzusuchen. Vorausgesetzt, daß er vor Einbruch der Nacht eine Apotheke fand, würde er damit, wie er hoffte, schon allein fertig werden.

Adam beugte sich über die Karte. Er war nur noch wenige Kilometer von der französischen Grenze entfernt und beschloß, vor allem wegen der Wunde, so rasch als möglich Frankreich zu erreichen, statt sich, wie er ursprünglich geplant hatte, über Basel nach Bremerhaven durchzuschlagen.

Verzweifelt winkte er jedem vorbeifahrenden Auto, ohne sich weiter um dessen Nationalität zu kümmern. Zwanzig Minuten lang, überlegte er, wäre er wohl noch in Sicherheit, dann aber würde er einfach wieder in den Hügeln untertauchen müssen. Unglücklicherweise fuhren weit weniger Autos in Richtung französische Grenze als zuvor auf der Basler Straße, und keiner nahm Notiz von seinen Bemühungen, mitgenommen zu werden. Er fürchtete schon, bald wieder den Schutz der Wälder aufsuchen zu müssen, als ein gelber Citroën wenige Meter vor ihm am Straßenrand anhielt.

Als Adam den Wagen erreichte, hatte die Frau auf dem Beifahrersitz das Fenster bereits heruntergelassen.

»Wohin — fahren — Sie?« fragte Adam, indem er jedes Wort langsam und überdeutlich artikulierte.

Der Fahrer beugte sich herüber, musterte Adam sehr

eingehend und meinte dann in breitestem Yorkshire-Dialekt: »Wir sind unterwegs nach Dijon. Hilft Ihnen das was?«

»O ja, sehr«, erwiderte Adam. Er war erleichtert, daß sich die Autoinsassen von seinem heruntergekommenen Aussehen nicht hatten abschrecken lassen.

»Dann springen Sie hinten hinein, zu meiner Tochter!«

Adam kam der Aufforderung nach. Als der Citroën losfuhr, sah er vorsichtig aus dem Rückfenster; zu seiner Beruhigung war die Straße hinter dem Auto, soweit er sie überblickte, völlig leer.

»Ich heiße Jim Hardcastle«, sagte der Mann, während er in den dritten Gang schaltete. Das herzliche, breite Grinsen schien sich für alle Zeiten in sein pausbäckiges rotes Gesicht eingeprägt zu haben. Das dunkle, rötlichbraune Haar war glatt zurückgekämmt und mit Brillantine festgeklatscht. Jim trug ein Harris-Tweed-Sakko sowie ein Hemd mit offenem Kragen; im Ausschnitt des Hemdes war ein kleines Dreieck roten Haars sichtbar. Adam gewann den Eindruck, daß Jim längst alle Versuche aufgegeben hatte, etwas gegen seinen wachsenden Bauchumfang zu unternehmen. »Und das ist meine Ehegesponsin Betty«, sagte Jim und deutete mit dem Ellbogen auf die Frau neben sich. Sie wandte Adam das Gesicht zu: Betty war ebenso rotbackig und hatte das gleiche zuvorkommende Lächeln wie ihr Ehemann. Ihr Haar war blond gefärbt, aber an den Wurzeln zeigte sich ein hartnäckiges Schwarz. »Und neben Ihnen sitzt unsere Linda«, fügte Jim Hardcastle hinzu, so als wäre es ihm erst jetzt eingefallen. »Ist eben mit der Schule fertig geworden und tritt demnächst eine Stelle bei der Stadtverwaltung an, stimmt's Linda?«

Das Mädchen blickte mürrisch. Adam stellte von der Seite her fest, daß ihre ersten Versuche mit Make-up nicht sonderlich gelungen waren; der dunkle, viel zu üppig aufgetragene Lidschatten und der rosa Lippenstift waren nicht sonderlich vorteilhaft für dieses siebzehn- oder achtzehnjährige Ding, das er für ein im Grund gar nicht unattraktives Mädchen hielt.

»Und wie heißen Sie, mein Junge?« wollte Mr. Hardcastle wissen.

»Dudley Hulme«, antwortete Adam. Noch im letzten Augenblick erinnerte er sich an den Namen, der in seinem neuen Paß stand. »Sind Sie auf Urlaubsreise?« fragte er und versuchte, den pochenden Schmerz in der Schulter zu ignorieren.

»Wir verbinden das Geschäftliche mit dem Vergnügen«, entgegnete Jim. »Aber dieser Teil der Reise stellt für mich und Betty etwas Besonderes dar. Am Samstag sind wir nach Genua geflogen und haben den Wagen für eine Italienrundreise gemietet. Zuerst sind wir über den Simplon-Paß gefahren, ganz schön atemberaubend im Vergleich zu unserem Heimatstädtchen Hull!«

Adam hätte sich gern nach Einzelheiten erkundigt, aber Jim schien nicht geneigt, sich unterbrechen zu lassen. »Ich mache nämlich in Senf, Exportdirektor von Colman's, und jetzt sind wir auf dem Weg zur Jahreskonferenz der ISV. Sie haben vielleicht schon von uns gehört!«

Adam nickte verständnisvoll. »Internationale Senfvereinigung«, fügte Jim hinzu. Adam hätte beinah laut aufgelacht, aber der Schmerz in der Schulter half ihm, ein ernstes Gesicht zu wahren.

»In diesem Jahr wurde ich zum Präsidenten der ISV gewählt, der Höhepunkt meiner Karriere im Senfgeschäft, gewissermaßen, und — wenn ich das so sagen darf — auch eine Ehre für Colman's, den besten Senf der Welt«, fügte Jim hinzu, so als sagte er es wenigstens hundertmal am Tag. »Als Präsident muß ich die Sitzungen leiten und den Vorsitz bei dem jährlichen Festbankett führen. Heute abend werde ich eine Begrüßungsrede an die Delegierten aus aller Welt halten.«

»Ist ja hochinteressant!« stieß Adam hervor und zuckte zusammen, als der Wagen über ein Schlagloch holperte.

»Allerdings«, setzte Jim seine Erläuterungen fort. »Die Leute haben ja keine Ahnung, wie viele verschiedene Senfmarken es gibt.« Er machte eine kurze Pause und sagte dann: »Einhundertdreiundvierzig! Es läßt sich nicht abstreiten, daß die Franzmänner einige ganz ansehnliche Ansätze machen, und selbst die Deutschen sind besser als ihr Ruf, aber an Colman's Senf kommt trotzdem keiner ran. Britische Qualität geht über alles, wie ich zu sagen pflege. Ist in Ihrer Branche wahrscheinlich genauso ... Übrigens, in welcher Branche arbeiten Sie denn?«

»Ich bin in der Army«, sagte Adam.

»Was um alles in der Welt hat ein Soldat an der Schweizer Grenze verloren, noch dazu als Autostopper?«

»Kann ich ganz im Vertrauen mit Ihnen sprechen?«

»Aber klar!« antwortete Jim. »Wir Hardcastles können schon die Klappe halten.«

Zumindest seine Frau und seine Tochter können es, überlegte Adam; die beiden hatten bis jetzt kein Wort an ihn gerichtet.

»Ich bin Captain im Royal Wessex, zur Zeit auf NATO-Truppenübung«, begann Adam. »Letzten Samstag wurde ich vor der italienischen Küste bei Brindisi abgesetzt, mit einem falschen Paß und zehn englischen Pfund, und bis Samstag mitternacht muß ich zurück in Aldershot in der Kaserne sein.« Als er den beifälligen Ausdruck sah, der nun auf Jims Gesicht erschien, hatte er das Gefühl, daß sogar Robin stolz auf ihn gewesen wäre. Mrs. Hardcastle drehte sich um, um ihn genauer in Augenschein zu nehmen.

»Ich habe gleich gewußt, daß Sie Offizier sind, als Sie das erste Mal den Mund aufmachten«, sagte Jim. »Mich hätten Sie nicht täuschen können. Ich war im letzten Krieg Sergeant im Transport- und Versorgungskorps. Klingt nicht nach viel, aber auch ich habe mein Scherflein fürs Vaterland beigetragen. Waren Sie selbst schon im Einsatz, Dudley?«

»Ein wenig, auf Malakka!«

»Das habe ich leider verabsäumt«, meinte Jim bedauernd. »Nach dem Krieg bin ich wieder ins Senfgeschäft eingestiegen. Aber sagen Sie — weshalb ist es so schwierig für Sie, nach England zurückzukommen?«

»Etwa acht unserer Leute versuchen, Aldershot zu erreichen, aber an die tausend Amerikaner wollen uns dabei aufhalten...«

»Yankees!« schnaubte Jim verächtlich. »Die treten immer erst dann in einen Krieg ein, wenn wir eben dabei sind, ihn zu gewinnen. Nichts als Orden und Klimbim, der ganze Haufen. Nein, ich meine, gibt es irgendwelche echten Schwierigkeiten?«

»Ja, die Grenzpolizei wurde benachrichtigt, daß acht britische Offiziere versuchen, nach Frankreich zu gelangen, und die Schweizer würden uns mit Wonne daran hindern. Letztes Jahr haben es nur zwei von zwölf Offizieren bis zurück in die Kaserne geschafft«, ergänzte Adam, der allmählich in Fahrt kam. »Beide wurden innerhalb weniger Wochen befördert.«

»Diese Schweizer!« sagte Jim verächtlich. »Die sind noch ärger als die Amerikaner. Treten überhaupt nie in einen Krieg ein — sie sind glücklich, wenn sie beide Seiten gleichzeitig rupfen können. Die kriegen Sie nicht, mein Junge, glauben Sie mir! Dafür werde ich schon sorgen!«

»Wenn Sie mich heil über die Grenze bringen, Mr. Hardcastle, schaffe ich es auch bis nach Aldershot, dessen bin ich mir sicher.«

»Sie sind schon so gut wie dort, mein Junge!«

Das Lämpchen der Benzinuhr leuchtete rot auf. »Wie viele Kilometer können wir jetzt noch fahren?« fragte Romanow.

»Ungefähr zwanzig, Genosse Major«, erwiderte der Wagenlenker.

»Dann schaffen wir es also noch bis zur französischen Grenze?«

»Vielleicht sollten wir sicherheitshalber stehenbleiben und auftanken«, schlug der Fahrer vor.

»Wir haben keine Zeit für Sicherheitsmaßnahmen«, antwortete Romanow. »Fahren Sie schneller!«

»Jawohl, Genosse Major«, sagte der Fahrer. Offenbar war es nicht der geeignete Moment, um darauf hinzuweisen, daß das Benzin nur noch rascher ausgehen würde, wenn er den Wagen bis ans Limit beschleunigte.

»Warum haben Sie denn heute morgen nicht vollgetankt, Sie Blödmann?«

»Ich dachte, daß ich heute nur den Konsul zum Mittagessen ins Rathaus zu bringen hätte. Während der Mittagspause wollte ich tanken.«

»Dann beten Sie, in Ihrem eigenen Interesse, daß wir es bis zur Grenze schaffen!« antwortete Romanow. »Los, schneller!«

Der Mercedes brauste mit beinah hundertvierzig Stundenkilometern dahin, aber Romanow beruhigte sich erst wieder, als er ein Schild mit der Aufschrift »Rapelle Douanes dix kilomètres — zehn Kilometer bis zur Staatsgrenze« erblickte. Ein paar Minuten später breitete sich ein Grinsen über sein Gesicht: Sie passierten das Fünf-Kilometer-Schild. Aber dann begann der Motor plötzlich zu stottern; er mühte sich vergeblich, auf Touren zu bleiben und die Geschwindigkeit beizubehalten, die der Fahrer von ihm forderte. Die Tachometernadel fiel gleichmäßig, und der Motor tuckerte weiter. Der Fahrer schaltete die Zündung aus und stieß den Schaltknüppel in die Leerlaufposition. Der bloße Schwung des Wagens reichte für einen weiteren Kilometer, dann blieb er endgültig stehen. Ohne auch nur einen Blick auf den Fahrer zu werfen, sprang Romanow aus dem Wagen und rannte los. Bis zur Grenze waren es noch drei Kilometer.

»Ich hab da eine Idee«, sagte Jim. Eben fuhren sie an einem Schild vorbei, das die Fahrer darauf hinwies, daß es nur mehr zwei Kilometer bis zur Grenze waren.

»Und welche, Sir?« fragte Adam. Das Pochen in seiner Schulter kam ihm nun wie eine monotone Weise vor, die ein Kind auf einer Blechtrommel hämmert. »Sobald wir unsere Pässe vorweisen müssen, legen Sie den Arm um Linda und fangen an, mit ihr zu knutschen. Den Rest überlassen Sie mir.«

Mrs. Hardcastle drehte sich erneut um und musterte Adam genauer als zuvor. Linda wurde purpurrot. Adam sah das junge Mädchen mit den rosa bemalten Lippen an, das in seinem Minikleidchen dasaß und ihn anstarrte. Es war ihm peinlich, in welch unangenehme Situation Mr. Hardcastle seine Tochter gebracht hatte.

»Keine Widerrede Dudley«, fuhr Jim voll Zuversicht fort. »Ich verspreche Ihnen, daß mein Plan klappt.«

Adam gab keinen Kommentar ab, und auch Linda äußerte sich nicht. Als sie wenige Augenblicke später die Grenze erreichten, sah Adam, daß es auf der Schweizer Seite zwei Kontrollposten gab, die nebeneinander in einem Abstand von etwa hundert Metern Dienst machten. Die eine Fahrspur, auf der soeben ein lautstarker Streit zwischen wütenden Lastwagenfahrern im Gang war, wurde von den übrigen Fahrern gemieden. Jim jedoch fuhr direkt hinter den wild gestikulierenden Franzosen.

»Geben Sie mir Ihren Paß, Dudley«, sagte er.

Adam reichte ihm den Paß des Geigers.

Adam wollte ihn eben fragen, warum er ausgerechnet diese Spur gewählt hatte, als Jim fortfuhr: »Ich habe diese Spur ausgesucht, weil uns der Zollbeamte, wie ich vermute, ohne größere Schwierigkeiten durchlassen wird, sobald wir nur endlich an der Reihe sind.« Als hätten sie seine logische Beweisführung gehört, reihten sich die nachkommenden Fahrer nun in eine lange Schlange hinter Jims Auto an, aber die wütende Streiterei vor ihnen dauerte an. Adam blieb wachsam, blickte unentwegt aus dem Rückfenster, erwartete jeden Augenblick, daß Romanow auftauchte. Als er sich wieder umdrehte, stellte er zu seiner Erleichterung fest, daß der Lastwagen vor ihnen angewiesen wurde, an die Seite zu fahren und zu warten.

Jim fuhr rasch auf den Grenzposten zu. »Fangt mit der Knutscherei an, ihr beiden!« befahl er.

Bis zu dem Zeitpunkt hatte Adam seine Hände in den Manteltaschen versteckt, da sie voller Schrammen und blauen Flecken waren. Aber er gehorchte, nahm Linda in die Arme und küßte sie mechanisch, während er mit einem Auge weiterhin nach Romanow Ausschau hielt. Zu seiner Überraschung drängte sie ihre Zunge zwischen seine Lippen und tief in seinen Mund. Adam wollte schon protestieren, sah jedoch ein, daß ein Protest in dieser Situation weder besonders höflich noch glaubwürdig klingen würde.

»Frau, Tochter und künftiger Schwiegersohn«, sagte Jim leichthin und reichte die vier Pässe hinaus.

Der Zollbeamte begann mit der Kontrolle.

»Was war denn da eigentlich los, Inspektor?«

»Nichts, was Sie betrifft, keine Sorge«, entgegnete der Beamte und blätterte in den Pässen. »Ich hoffe, es hat Ihnen keine Unannehmlichkeiten bereitet.«

»Aber nein«, antwortete Jim. »Die beiden da hinten haben nicht mal was mitgekriegt!« Er deutete über seine Schulter und lachte.

Der Zollbeamte zuckte die Achseln, sagte *»Allez!«*, während er die Pässe zurückreichte, und winkte den Citroën weiter.

»Scharf-wie-Senf, so nennen sie mich zu Hause in Hull!«
Jim blickte über die Schulter zu Adam. »Sie können jetzt aufhören, Dudley, danke!«

Adam spürte, daß Linda ihn nur widerwillig freigab.

Sie warf im einen schüchternen Blick zu, dann wandte sie sich an ihren Vater: »Aber wir haben doch noch die französische Grenze vor uns, nicht wahr?«

»Wir wurden bereits angewiesen, nach ihm Ausschau zu halten, und ich versichere Ihnen, daß er hier nicht durchgekommen ist«, beteuerte der Oberinspektor der Zollwache. »Sonst hätte einer meiner Leute ihn entdeckt. Aber wenn Sie sich selbst überzeugen wollen, werde ich Sie nicht aufhalten.«

Romanow schritt rasch von einem Beamten zum anderen und zeigte jedem eine Vergrößerung von Adams Foto, aber keiner von ihnen konnte sich an jemand erinnern, der ihm ähnlich gesehen hätte. Waltschek kam einige Minuten später nach und bestätigte, daß Scott in keinem der Autos saß, die auf die Abfertigung warteten. Er berichtete auch, daß der Mercedes zur Grenztankstelle geschoben wurde.

»Also zurück in die Berge, Genosse Major?« fragte Waltschek.

»Noch nicht! Ich möchte hundertprozentig sicher sein, daß es ihm nicht gelungen ist, die Grenze zu passieren.«

Der Oberinspektor trat wieder aus seinem Häuschen in der Mitte der Straße heraus. »Glück gehabt?«

»Nein«, murrte Romanow verdrießlich. »Sie dürften doch recht haben.«

»Dachte es mir! Hätte einer meiner Leute den Engländer durchgelassen, müßte er sich schon jetzt nach einem neuen Job umsehen.«

Romanow nickte zustimmend. »Wäre es möglich, daß ich einen Ihrer Beamten übersehen habe?«

»Das glaube ich kaum — es sei denn, daß ein paar von ihnen eben Pause machen, die finden Sie in der Imbißstube, hundert Meter weiter auf den französischen Grenzposten zu.«

In der Imbißstube befand sich außer einer französischen Kellnerin und vier Zollbeamten niemand. Zwei spielten Billard, die anderen beiden saßen an einem Ecktisch und tranken Kaffee. Romanow zog das Foto hervor und zeigte es den Männern am Billardtisch. Sie schüttelten gleichgültig die Köpfe und beugten sich wieder über die Bande, um die bunten Bälle in die Löcher zu treiben.

Die beiden Russen traten an die Theke. Waltschek schob Romanow eine Tasse Kaffee und ein Sandwich zu; Romanow nahm beides an den Tisch mit, an dem die Zollbeamten saßen. Einer von ihnen erzählte dem Kollegen gerade von seinen Schwierigkeiten mit einem französischen Lastwagenfahrer, der versucht hatte, Schweizer Uhren über die Grenze zu schmuggeln. Romanow schob das Foto von Scott über den Tisch.

»Haben Sie diesen Mann heute gesehen?«

Keiner der beiden zeigte irgendein Zeichen des Erkennens, und der jüngere nahm rasch wieder seine Erzählung auf. Romanow schlürfte seinen Kaffee und überlegte, ob er so rasch wie möglich nach Basel fahren oder Verstärkung holen sollte, um die Hügel zu durchkämmen, als er bemerkte, wie der Blick des jungen Mannes immer wieder zu dem Foto zurückkehrte. Er fragte ihn noch einmal, ob er Scott gesehen habe.

»Nein, nein«, erwiderte dieser ein wenig zu hastig. In Moskau hätte Romanow innerhalb von Minuten ein »Ja« aus ihm herausgepreßt, aber hier hieß es wohl sanfter vorgehen.

»Wie lange ist es her?« fragte Romanow leise.

»Wie meinen Sie das?«

»Wie lange ist es her?« wiederholte Romanow mit größerem Nachdruck.

»Er war es nicht«, erwiderte der Beamte, dem leicht der Schweiß auf die Stirn trat.

»Wenn er es nicht war — wie lange ist es her, daß er es nicht war?«

Der Beamte zögerte. »Zwanzig Minuten, vielleicht dreißig.«

»Welche Automarke?«

Wieder ein Zögern. »Ich glaube, es war ein Citroën.«

»Farbe?«

»Gelb.«

»Weitere Insassen?«

»Ja, drei. Sah aus wie eine Familie. Mutter, Vater, Tochter. Er saß mit der Tochter hinten. Der Vater sagte, sie wären verlobt.«

Romanow stellte keine weiteren Fragen mehr.

Jim Hardcastle gelang es, das einseitige Gespräch über eine Stunde lang in Gang zu halten. »Selbstverständlich«, erzählte er, »hält die ISV ihre Jahreskonferenz jedes Jahr in einer anderen Stadt ab. Letztes Jahr hatten wir sie in Denver in Colorado, nächstes Jahr findet sie in Perth, Australien, statt. Ich komme also ganz schön herum! Aber als Exportleiter muß man sich an das viele Reisen gewöhnen.«

»Das glaube ich gerne«, erwiderte Adam. Er versuchte, sich auf die Worte seines hilfreichen Geistes zu konzentrieren, doch in seiner Schulter pochte und pochte es.

»Ich bin freilich nur für ein Jahr Präsident«, fuhr Jim fort, »aber ich werde dafür sorgen, daß die übrigen Delegierten das Jahr 1966 nicht so schnell vergessen.«

»Das werden sie bestimmt nicht«, sagte Adam beifällig.

»Ich werde sie darauf hinweisen, daß Colman's wieder

einmal ein Rekordjahr hinter sich hat, was den Export betrifft.«

»Ist ja wirklich großartig«, warf Adam ein.

»Ja, aber ich muß zugeben, daß der Großteil unserer Profite noch am Tellerrand liegenbleibt«, antwortete Jim lachend.

Adam lachte ebenfalls; er hatte aber das Gefühl, daß Mrs. Hardcastle und Linda dieses Bonmot nicht zum erstenmal hörten.

»Ich hab nachgedacht, Dudley, und meine Frau wird mir sicher zustimmen: Es würde uns sehr freuen, wenn Sie heute abend zu uns an den Präsidententisch kommen könnten — als mein Gast selbstverständlich!«

Mrs. Hardcastle und Linda nickten — letztere voll Begeisterung.

»Nichts würde mir mehr Vergnügen bereiten«, antwortete Adam, »aber ich fürchte, mein Kommandeur wäre nicht sehr begeistert, wenn er erfährt, daß ich auf dem Weg zurück nach England haltgemacht habe, um an einem Bankett teilzunehmen. Ich hoffe, Sie verstehen das.«

»Wenn er nur im entferntesten meinem alten Kommandeur ähnlich ist, verstehe ich das nur allzu gut«, erklärte Jim. »Aber sollten Sie je in die Nähe von Hull kommen, müssen Sie uns besuchen.« Er zog ein Kärtchen aus der Brusttasche und reichte es Adam über die Schulter.

Adam betrachtete die Schrift in Prägedruck und überlegte, was »SIFT« wohl heißen mochte. Aber er erkundigte sich nicht danach.

»Wo in Dijon wollen Sie denn abgesetzt werden?« fragte Jim, als sie die Vororte der Stadt erreichten.

»Irgendwo in der Nähe des Zentrums, wenn es Ihnen recht ist.«

»Schreien Sie einfach, wenn Sie aussteigen wollen«, antwortete Jim. »Selbstverständlich behaupte ich immer, eine Mahlzeit ohne Senf ist . . .«

»Würden Sie mich bitte an der nächsten Ecke absetzen?« sagte Adam unvermittelt.

»Oh«, erwiderte Jim traurig, da er einen dankbaren Zuhörer verlor. Widerwillig fuhr er den Wagen an den Straßenrand.

Adam küßte Linda auf die Wange und kletterte aus dem Fond des Wagens. Dann schüttelte er Mr. und Mrs. Hardcastle die Hand.

»Hab mich wirklich sehr gefreut, Ihre Bekanntschaft zu machen«, sagte Jim. »Sollten Sie Ihre Meinung ändern, finden Sie uns im Hotel . . . Ist das da auf Ihrer Schulter Blut, mein Junge?«

»Nur eine Schramme von einem Sturz — nichts Ernstes. Ich werde sicher nicht zum Bankett kommen, denn ich möchte nicht, daß die Yankees glauben, sie hätten mich ausgestochen.«

»Ganz klar!« entgegnete Jim. »Also dann: Viel Glück!«

Der Wagen fuhr los. Adam blieb auf dem Gehsteig stehen und blickte ihm nach, bis er verschwunden war. Er lächelte und versuchte zu winken; dann wandte er sich um, bog um die Ecke und ging rasch eine Seitenstraße hinunter. Er suchte eine Gegend, in der es Geschäfte gab. In kürzester Zeit befand er sich im Stadtzentrum. Zu seiner Erleichterung entdeckte er, daß die Geschäfte noch offen hatten. Er begann beide Straßenrichtungen nach einer Ladentür mit einem grünen Kreuz darüber abzusuchen.

Adam mußte nur fünfzig Meter weit gehen, bis er einen Laden mit diesem Zeichen entdeckte. Zögernd trat er ein und musterte die Regale.

Ein hochgewachsener Mann mit kurzem blondem Haar, der einen langen Ledermantel trug, stand mit dem Rücken zum Eingang in einer Ecke. Adam erstarrte. Dann drehte sich der Mann um, mißbilligend die Packung Tabletten betrachtend, die er kaufen wollte, während er sich gleichzeitig über den dicken rotblonden Schnurrbart strich.

Adam trat an den Ladentisch. »Sprechen Sie zufällig englisch?« fragte er den Apotheker. Es sollte möglichst selbstsicher klingen.

»So halbwegs, hoffe ich«, lautete die Antwort.

»Ich brauche ein Fläschchen Jod, eine Bandage und starkes Elastoplast. Ich bin gestürzt und habe mir die Schulter an einem Felsen aufgeschürft.«

Der Apotheker stellte rasch das Gewünschte zusammen, ohne allzu großes Interesse zu zeigen.

»Hier haben Sie alles, was Sie brauchen, nur die Firmennamen sind andere«, erklärte er. »Macht dreiundzwanzig Francs«, fügte er hinzu.

»Nehmen Sie auch Schweizer Franken?«

»Selbstverständlich.«

»Gibt es hier in der Nähe ein Hotel?« fragte Adam.

»Gleich um die Ecke, auf der anderen Seite des Platzes.«

Adam dankte, bezahlte mit den Schweizer Banknoten und verließ die Apotheke. Das »Hotel Frantel« befand sich, wie versprochen, ganz in der Nähe. Adam überquerte den Platz und nahm die paar Stufen zum Eingang. An der Rezeption warteten einige Personen. Adam warf sich den Mantel über die blutbefleckte Schulter, ging aufrecht an ihnen vorbei, während er die Hinweistafeln an der Wand musterte, und schritt durch das Foyer, als wäre er selbst ein Hotelgast, der für mehrere Tage hier abgestiegen war. Dem Zeichen folgend, nach dem er Ausschau gehalten hatte, ging er eine Treppe hinab; unten angelangt erblickte er direkt vor sich drei weitere Schilder. Das erste zeigte den Umriß eines Mannes, das zweite den einer Frau, das dritte einen Rollstuhl.

Probeweise öffnete er die Tür mit dem dritten Schild und entdeckte dahinter zu seiner Überraschung nichts anderes als einen verhältnismäßig großen, quadratischen Raum mit einem WC, das an der Wand angebracht war; der Sitz war etwas höher als gewöhnlich. Adam schloß sich ein und ließ den Trenchcoat zu Boden fallen.

Er verschnaufte ein paar Minuten, ehe er sich langsam bis zur Taille auszog. Dann ließ er das Waschbecken mit warmem Wasser vollaufen.

Jetzt war Adam dankbar für die endlosen Erste-Hilfe-Kurse, die man als Offizier absolvieren mußte, obwohl jeder überzeugt war, daß sie zu nichts gut seien. Zwanzig Minuten später hatte der Schmerz nachgelassen. Adam fühlte sich sogar einigermaßen wohl. Er hob mit der rechten Hand den Mantel auf und versuchte, ihn sich wieder über die Schulter zu werfen. Durch den Schwung fiel die Ikone aus der Kartentasche auf den verfliesten Boden. Das Geräusch beim Aufschlag war so hart, daß Adam befürchtete, sie könnte entzweigebrochen sein. Besorgt starrte er hinunter, dann sank er in die Knie.

Die Ikone lag aufgeschlagen da, wie ein Buch.

15

Als Adam eine Stunde später wieder das »Hotel Frantel« betrat, hätte kaum einer der Gäste den Mann wiedererkannt, der sich vorhin, am frühen Nachmittag, hereingeschlichen hatte.

Er trug ein neues Hemd, eine neue Hose, eine neue Krawatte und einen zweireihigen Blazer, der in Großbritannien frühestens in einem Jahr in Mode kommen würde. Sogar den Trenchcoat hatte er weggeworfen, da die Ikone haargenau in die Tasche des Blazers paßte. Adam vermutete, daß man ihm in dem Herrenmodengeschäft einen schlechten Kurs für seine Reiseschecks verrechnet hatte, aber das war es nicht, was ihn seit einer Stunde beschäftigte.

Er buchte ein Einzelzimmer auf den Namen Dudley Hulme; wenige Minuten später fuhr er mit dem Lift in den dritten Stock.

Lawrence hob ab, noch bevor Adam das zweite Klingeln hörte.

»Ich bin's!« sagte Adam.

»Wo bist du?« waren Lawrences erste Worte.

»Ich stelle hier die Fragen«, erwiderte Adam.

»Ich verstehe ja, wie dir zumute ist«, antwortete Lawrence, »aber ...«

»Kein Aber! Dir muß doch mittlerweile klar geworden sein, daß jemand in eurem sogenannten Team in direkter Verbindung mit Romanow steht, denn es waren Romanow und seine Freunde, die mich vor dem Hotel in Genf erwarteten — und nicht deine Leute.«

»Darüber sind wir uns inzwischen auch im klaren.«

»Wir?« fragte Adam. »Wer ist *wir?* Es fällt mir nämlich ziemlich schwer, dahinterzukommen, wer auf meiner Seite steht.«

»Du glaubst doch nicht etwa...«

»Wenn einem die Freundin umgebracht wird, wenn man von Profikillern durch halb Europa gejagt, wenn auf einen geschossen wird...«

»Geschossen?«

»Ja, dein Freund Romanow hat heute auf mich geschossen und mich an der Schulter getroffen. Bei unserer nächsten Begegnung werde ich jedoch dafür sorgen, daß *er* getroffen wird, und dann wird es nicht nur die Schulter sein!«

»Es wird kein nächstes Mal geben«, antwortete Lawrence, »weil wir dich rausholen. Wenn du mir bloß verraten würdest, wo du steckst!«

Die Erinnerung an Robins Worte — »Gib bloß acht, wieviel du ihm sagst!« — hielt Adam davon ab, Lawrence seinen genauen Aufenthaltsort mitzuteilen.

»Adam, um Gottes willen! Du bist völlig auf dich gestellt. Wenn du nicht einmal mir mehr traust, wem kannst du dann überhaupt noch trauen? Zugegeben, es sieht so aus, als hätte ich dich im Stich gelassen. Aber so etwas wird nicht wieder vorkommen!«

Beide schwiegen lange. Dann sagte Adam: »Ich bin in Dijon.«

»Wieso ausgerechnet in Dijon?«

»Weil der einzige Mensch, der mich im Auto mitgenommen hat, sich auf dem Weg zu einer Senf-Konferenz in Dijon befand.«

Lawrence mußte unwillkürlich lachen. »Gib mir deine Nummer, und ich ruf dich in einer Stunde zurück.«

»Nein«, antwortete Adam. »Ich rufe *dich* in einer Stunde zurück.«

»Adam, du mußt ein wenig Vertrauen zu mir haben!«

»Seit ich weiß, *was* es ist, hinter dem ihr alle her seid, kann ich es mir nicht mehr leisten, irgendwem zu vertrauen.«

Adam legte den Hörer auf und starrte hinab auf die Ikone, die offen auf dem Bett lag. Es waren nicht die Unterschriften von Stoeckle und Seward, die ihn beunruhigten. Es war das Datum — 20. Juni 1966 —, und es las sich wie ein Todesurteil.

»Gute Nacht, Sir«, sagte der Portier, als der hohe Staatsbeamte an diesem Abend Century House verließ. »Ist wieder spät geworden«, fügte er teilnahmsvoll hinzu.

Der Beamte erwiderte den Gruß des Portiers, indem er kurz seinen zusammengerollten Schirm hochhob; es war spät geworden, aber zumindest waren sie Scott nun wieder auf der Spur. Allmählich bekam er beträchtliche Hochachtung vor diesem Mann. Warum es ihnen jedoch nicht gelungen war, ihn in Genf abzufangen, verlangte nach einer genaueren Erklärung als das, was Lawrence Pemberton dem D4 heute nachmittag aufgetischt hatte.

Er marschierte in flottem Tempo in Richtung Old Kent Road — eine auffällige Erscheinung in seinem schwarzen Mantel und der Nadelstreifenhose. Nervös klopfte er mit dem Schirm auf den Boden, ehe er ein vorbeifahrendes Taxi anhielt.

»Dillon's Buchhandlung, Malet Street«, gab er dem Fahrer an, bevor er hinten einstieg. Schon halb acht, aber er war eigentlich nicht zu spät — auf ein paar Minuten mehr oder weniger würde es kaum ankommen dürfen. Pemberton hatte sich bereit erklärt, an seinem Schreibtisch auszuharren, bis all die losen Enden verknüpft waren. Diesmal konnte nichts schiefgehen. Er gestattete sich ein gequältes Lächeln bei dem

Gedanken an die Bereitwilligkeit, mit der alle seinen Plan akzeptiert hatten. Der Plan bot zwei Vorteile: erstens ließ er ihnen genügend Zeit, um ihren besten Mann in Stellung zu bringen, und zweitens bot er die Möglichkeit, Scott in einem verlassenen Schlupfwinkel zu verstecken. Hoffentlich, dachte er bei sich, war es das letzte Mal, daß sie einen eigenen Vorschlag von ihm erwarteten.

»Acht Shilling, Chef«, sagte der Taxifahrer, als der Wagen vor der Buchhandlung hielt. Der Beamte reichte das Geld nach vorne und gab Sixpence als Trinkgeld dazu. Dann blieb er stehen und beobachtete das Spiegelbild des davonfahrenden Taxis im Schaufenster der Universitätsbuchhandlung. Kaum war der Wagen in die Gower Street abgebogen, schritt der Beamte weiter.

Nach wenigen Augenblicken hatte er eine Seitenstraße erreicht. Ridgmount Gardens war eine jener Adressen, die sogar Londoner Taxifahrern ein paar Augenblicke des Nachdenkens kosten. Nach wenigen Minuten stieg der Beamte über ein paar Steinstufen zu einer Souterrainwohnung hinab. Er steckte einen Yale-Schlüssel ins Schloß, sperrte auf, trat ein und zog die Tür hinter sich zu.

In den nächsten zwanzig Minuten erledigte er zwei Telefonate — ein Auslandsgespräch, ein Ortsgespräch — und nahm im Anschluß daran ein Bad. Eine knappe Stunde später trat er in einem saloppen braunen Anzug, einem offenen rosa Hemd mit Blumenmuster und braunen, derben Schuhen wieder auf die Straße hinaus. Der Scheitel in seinem Haar befand sich nun auf der anderen Seite. Zu Fuß kehrte er zu Dillon's Buchhandlung zurück, wo er wieder ein Taxi anhielt.

»Zum Britischen Museum«, befahl er dem Fahrer. Er blickte auf die Uhr: beinahe zehn nach acht. Mittlerweile hatte Scott wohl sämtliche Instruktionen erhalten, überlegte er, wenngleich seine Verbündeten sicher schon längst auf dem Weg zurück nach Dijon waren, da er in seinen Plan eine Verzögerung von zwei Stunden eingebaut hatte.

Das Taxi hielt vor dem Britischen Museum. Der Beamte zahlte und schritt, wie in jeder Woche einmal, die zwölf Stufen vor dem Museum hinauf, um gleich wieder herunterzukommen und von neuem ein Taxi anzuhalten.

»Middlesex Hospital, bitte«, sagte er nur. Das Taxi wendete und fuhr in westlicher Richtung weiter. Armer Kerl! Hätte Scott dieses Kuvert nicht gleich geöffnet, wäre die Ikone gleich bei ihrem rechtmäßigen Besitzer gelandet.

»Soll ich bis zum Eingang fahren?« fragte der Taxilenker.

»Ja, bitte!«

Einen Augenblick später schlenderte er ins Krankenhaus, studierte die Tafel an der Wand, als suche er eine bestimmte Abteilung, und trat wieder auf die Straße hinaus. Vom Middlesex Hospital zur Charlotte Street brauchte er zu Fuß immer rund drei Minuten. Dort drückte er auf eine Hausklingel neben einer kleinen Gegensprechanlage.

»Sind Sie Mitglied?« fragte eine Dame mißtrauisch.

»Ja!«

Nach einer Stunde rief Adam erneut an und merkte sich jedes Wort, das Lawrence ihm zu sagen hatte.

»Einmal riskiere ich es noch«, überlegte Adam laut. »Aber wenn Romanow diesmal wieder auftaucht, übergebe ich ihm persönlich die Ikone und mit ihr dieses Besitztum, das so wertvoll erscheint, daß keine Geldsumme, die die Amerikaner dafür bieten könnten, hoch genug wäre, um es zurückzukaufen.«

Nachdem Adam aufgelegt hatte, hörten Lawrence und Sir Morris das Gespräch immer wieder von neuem ab.

»Ich glaube, *Besitztum* ist das Schlüsselwort«, sagte Sir Morris.

»Schon möglich«, meinte Lawrence. »Nur: Welches Besitztum könnte für die Amerikaner wie für die Russen so wertvoll sein?«

Sir Morris gab dem Globus, der neben seinem Schreibtisch stand, einen leichten Stoß, so daß er sich langsam zu drehen begann.

»Was bedeutet dieses Summen?« fragte Romanow. »Geht etwa schon wieder das Benzin aus?«

»Nein«, erwiderte der Chauffeur. »Das ist ein neues Rufsystem, das in alle Wagen der Botschaft und des Konsulats eingebaut wurde. Es bedeutet, daß ich rückfragen soll.«

»Drehen Sie um, und fahren Sie zu der Tankstelle zurück, an der wir vorhin vorbeigekommen sind«, sagte Romanow leise.

Ungeduldig trommelte er gegen das Armaturenbrett und wartete darauf, daß die Tankstelle endlich wieder am Horizont auftauchte. Schon ging die Sonne unter, und er befürchtete, daß es in einer Stunde völlig dunkel sein würde. Sie waren neunzig Kilometer über Dijon hinaus gefahren, und weder er noch Waltschek hatten — nicht vor ihnen, auch nicht auf der Gegenfahrbahn — einen gelben Citroën ausfindig machen können.

»Tanken Sie auf. Ich rufe in der Zwischenzeit in Genf an«, sagte Romanow, als die Tankstelle ins Blickfeld kam. Er lief zur Telefonzelle. Waltschek beobachtete die vorüberfahrenden Autos.

»Sie wollten mich sprechen?« fragte Romanow, als sich jener Mann meldete, der in einer verharmlosenden Umschreibung als Zweiter Sekretär bezeichnet wurde.

»Wir haben einen weiteren Anruf von Mentor bekommen«, sagte der Zweite Sekretär. »Wie weit sind Sie von Dijon entfernt?«

Der Beamte, der Mitglied des Clubs war, tastete sich durch

den schummrig beleuchteten Raum, bis er bei einem Eckpfeiler einen unbesetzten Tisch fand und auf dem kleinen Lederhocker daneben Platz nahm. Er war nervös, wie immer während des Wartens auf seinen gewohnten Malzwhisky mit Eis. Als der Drink gebracht wurde, nippte er, während er zwischen den einzelnen kleinen Schlucken in dem halbdunklen Raum nach neuen Gesichtern suchte — was insofern gar nicht einfach war, als er sich hütete, seine Brille aufzusetzen. Doch seine Augen gewöhnten sich allmählich an das schwache Licht, das eine lange rote Leuchtstoffröhre über der Bar ausstrahlte. Er sah überall nur die gleichen bekannten Gesichter, die ihm erwartungsvoll entgegenblickten; doch er wollte etwas Neues.

Der Eigentümer des Clublokals merkte, daß ein Stammgast allein geblieben war und setzte sich ihm auf den Hocker gegenüber. Der Beamte konnte sich nie überwinden, dem Mann in die Augen zu sehen.

»Ich habe da jemand, der Sie sehr gerne kennenlernen würde«, flüsterte der Eigentümer.

»Wo?« fragte der Gast und sah nochmals auf, um die Gesichter an der Bar zu mustern.

»Er lehnt an der Jukebox dort in der Ecke. Der Große, Schlanke. Und jung ist er auch«, fügte der Eigentümer noch hinzu. Der Beamte schaute zu dem dröhnenden Automaten hinüber. Ein angenehmes neues Gesicht — der Junge lächelte ihm zu. Er lächelte nervös zurück.

»Nun, hab ich recht gehabt?« fragte der Besitzer.

»Kann man sich auf ihn verlassen?« wollte der Gast wissen.

»Mit dem gibt's keine Schwierigkeiten. Aus guter Familie, kommt direkt aus einer piekfeinen Privatschule. Möchte sich bloß nebenbei ein kleines Taschengeld dazuverdienen.«

»Schön!« Der Gast trank einen Schluck Whisky.

Der Eigentümer ging zur Jukebox, um mit dem jungen

Mann zu sprechen. Der Junge stellte sein Glas ab, zögerte einen Moment, schlenderte dann durch das überfüllte Lokal und ließ sich auf dem leeren Hocker nieder.

»Ich heiße Piers«, stellte sich der junge Mann vor.

»Und ich heiße Jeremy«, antwortete sein Gegenüber.

»Hübscher Name«, gab Piers zurück. »Jeremy hat mir schon immer gut gefallen.«

»Möchtest du etwas trinken?«

»Einen trockenen Martini, bitte!«

Der Ältere bestellte einen trockenen Martini und einen zweiten Malzwhisky. Der Kellner eilte davon.

»Ich habe dich hier noch nie gesehen.«

»Ich bin erst zum zweitenmal da«, erklärte Piers. »Früher hab ich in Soho gearbeitet, aber in letzter Zeit ist das Leben dort unerfreulich geworden. Man weiß nie, bei wem man landet.«

Die Getränke kamen. Der Beamte machte einen hastigen Schluck.

»Möchtest du tanzen?« fragte Piers.

»Es ist dringend«, sagte die Stimme. »Ist das Tonband eingeschaltet?«

»Ich höre.«

»Antarktis befindet sich in Dijon. Er ist dahintergekommen, was in der Ikone steckt.«

»Hat er seinen Leuten irgendeinen näheren Hinweis gegeben?«

»Nein, er hat Pemberton nur mitgeteilt, er verfüge über ein so wertvolles Besitztum, daß kein Betrag, den wir dafür bieten könnten, hoch genug wäre, um es zurückzukaufen.«

»So, so!« sagte die Stimme.

»Die Engländer glauben, das Schlüsselwort lautet auf *Besitztum*«, meinte der Anrufer.

»Da sind sie im Irrtum«, erwiderte die Stimme am anderen Ende der Leitung. »*Kaufen* ist das Schlüsselwort.«

»Wieso sind Sie sich dessen so sicher?«

»Weil der sowjetische Botschafter in Washington beim Außenminister am 20. Juni um eine Audienz ersucht hat. Außerdem bringt er eine Wertschrift über siebenhundertzwölf Millionen Dollar in Gold mit.«

»Was bedeutet das für uns?«

»Daß wir uns schnellstens auf den Weg nach Dijon machen müssen, damit wir uns die Ikone *vor* den Engländern oder den Russen schnappen! Die Russen sind offensichtlich überzeugt, daß *sie* die Ikone bald haben werden. Sie sind garantiert schon unterwegs.«

»Aber ich habe mich schon bereit erklärt, bei den geplanten Operationen der Engländer mitzumachen.«

»Vergessen Sie bitte nicht, auf welcher Seite Sie stehen, Commander!«

»Ja, Sir! Was aber machen wir mit Antarktis, wenn wir die Ikone haben?«

»Wir sind nur an der Ikone interessiert. Wenn wir die haben, können wir auf Antarktis verzichten.«

Adam schaute auf die Uhr: ein paar Minuten nach sieben.

Es war Zeit, aufzubrechen. Er hatte beschlossen, Lawrences Anweisungen nicht ganz wörtlich zu befolgen. Er hatte vor, auf *sie* zu warten — und nicht, wie Lawrence es plante, umgekehrt. Adam schloß die Zimmertür ab und begab sich nach unten zur Rezeption, wo er die Rechnung beglich.

»Danke.«

Er wollte gehen.

»Dudley!« Adam blieb wie angewurzelt stehen.

»Dudley!« rief die Stimme noch einmal laut. »Beinahe hätte ich Sie gar nicht wiedererkannt. Haben Sie es sich doch noch überlegt?«

Eine Hand schlug ihm auf die Schulter — wenigstens nicht auf die linke Schulter, dachte Adam unwillkürlich erleichtert. Vor ihm stand Jim Hardcastle. Er sah ihn entgeistert an.

»Nein«, stammelte Adam nur — in diesem Augenblick wünschte er nichts sehnlicher, als die Lügenphantasie von Robins Vater. »Ich glaube, daß man mich in der Stadt entdeckt hat! Deswegen mußte ich die Kleider wechseln und für einige Stunden von der Bildfläche verschwinden.«

»Dann kommen Sie doch mit zum Senf-Bankett!« schlug Jim vor. »Dort wird Sie bestimmt niemand suchen.«

»Nichts täte ich lieber, aber ich darf einfach nicht noch mehr Zeit verlieren.«

»Kann ich Ihnen nicht irgendwie behilflich sein?« fragte Jim mit Verschwörermiene.

»Nein, ich muß ... Ich habe in nicht ganz einer Stunde eine Verabredung außerhalb der Stadt.«

»Ich würde Sie ja gerne selbst hinbringen«, erwiderte Jim. »Ich täte alles, um einem alten Kameraden zu helfen, aber heute abend kann ich nicht weg — ausgerechnet heute abend!«

»Machen Sie sich keine Sorgen, Jim. Ich schaffe es schon.«

»*Ich* könnte ihn doch hinbringen, Dad«, warf Linda ein, die unbemerkt an die Seite ihres Vaters getreten war und gespannt zuhörte.

Beide drehten sich nach ihr um. Sie trug ein langes, enges schwarzes Crêpekleid, das oben so früh aufhörte, als eben noch vertretbar war. Das frischgewaschene Haar fiel ihr lose auf die Schultern. Sie blickte hoffnungsvoll zu den beiden Männern auf.

»Sei nicht albern, Mädchen! Du hast eben erst deinen Führerschein gemacht!«

»Du behandelst mich immer wie ein Kind, vor allem,

wenn's mal um was Interessantes geht«, gab sie prompt zurück.

Jim zögerte. »Wo findet denn dieses Rendezvous statt? Weit von hier?«

»Etwa fünfzehn Kilometer, vielleicht sechzehn vor der Stadt«, antwortete Adam. »Aber ich komme schon zurecht. Ich werde einfach ein Taxi nehmen.«

»Das Mädel hat recht«, sagte Jim unvermittelt. Er zog den Autoschlüssel aus der Tasche. »Aber wenn du deiner Mutter was sagst, bring ich dich um!« Jim ergriff Adams Hand und schüttelte sie heftig.

»Aber ich komm doch allein zurecht«, widersprach Adam noch einmal schwach.

»Keine Widerrede, mein Junge! Sie dürfen nie vergessen, daß wir beide auf derselben Seite stehen, nicht wahr? Und viel Glück!«

»Danke, Sir«, antwortete Adam widerstrebend.

Jim strahlte. »Mach dich auf den Weg, Mädchen, bevor deine Mutter auftaucht!«

Linda nahm Adam beglückt an der Hand und führte ihn zum Parkplatz hinüber.

»Welche Richtung?« fragte sie im Wagen.

»Die Straße nach Auxerre«, entgegnete Adam nach einem Blick auf das kleine Stück Papier, auf dem er Lawrences telefonische Anweisungen notiert hatte.

Linda, die sich mit dem Wagen nicht ganz zurechtzufinden schien, fuhr langsam, so daß Adam sie beim Erreichen der Stadtgrenze bat, ein höheres Tempo einzuschlagen.

»Ich bin ziemlich nervös«, sagte sie und legte eine Hand auf Adams Knie.

»Man merkt's!« Adam schlug hastig die Beine übereinander. Er entdeckte einen Wegweiser, der nach links zeigte. »Verpaß die Abzweigung nicht«, fügte er hinzu.

Linda bog schwungvoll von der Hauptstraße in eine

schmale Landstraße ein. Adam hielt angestrengt nach dem Gebäude Ausschau, das Lawrence ihm beschrieben hatte. Drei Kilometer weiter kam es in Sicht.

»Fahr an den Straßenrand«, befahl Adam, »und mach die Scheinwerfer aus!«

»Na endlich!« erwiderte Linda ein wenig hoffnungsfroher und brachte den Wagen zum Stillstand.

»Vielen Dank«, sagte Adam und faßte nach dem Türgriff.

»Ist das alles, was ich dafür bekomme, daß ich Kopf und Kragen riskiere?« fragte Linda enttäuscht.

»Ich will nicht, daß du zu spät zum Empfang kommst.«

»Der Empfang wird genauso spannend sein wie ein Tanzabend bei den Jungen Konservativen von Barnsley.«

»Aber deine Mutter wird sich Sorgen machen!«

»Dudley, du bist wirklich ganz schön verklemmt!«

»Überhaupt nicht. Aber wenn du jetzt noch länger bleibst, könntest du in Lebensgefahr geraten«, sagte Adam leise.

Linda wurde aschfahl. »Das ist doch nur ein Witz, oder?«

»Wenn es bloß ein Witz wäre! Paß auf: Sobald ich ausgestiegen bin, wendest du, fährst zum Hotel zurück und erzählst keiner Menschenseele von diesem Gespräch, niemand — schon gar nicht deiner Mutter.«

»In Ordnung«, antwortete Linda, und ihre Stimme klang jetzt nervös.

»Du bist ein prachtvolles Mädchen«, sagte Adam. Er nahm sie in die Arme und gab ihr den längsten und liebevollsten Kuß, den sie je in ihrem Leben bekommen hatte. Dann stieg er aus dem Auto und sah zu, wie sie mit Elan wendete und in Richtung Dijon davonbrauste.

Er blickte auf die Uhr: Noch anderthalb Stunden, bis sie eintreffen sollten. Bis dahin würde es bestimmt stockfinster sein. Er begab sich geruhsam zum Flugfeld hinüber und inspizierte die ausgebrannten Gebäude entlang der Straße. Es war alles genau so, wie Lawrence es beschrieben hatte — wie eine Geisterstadt. Adam war überzeugt, daß noch niemand da sein konnte; so rasch hätten die Leute, auf die er hier warten sollte, Lawrences Plan nicht ausführen können.

Adam blickte zur anderen Seite der Rollbahn und entdeckte ein ideales Versteck, wo er warten konnte, bis sich eindeutig herausstellte, welcher der beiden Pläne, die er ausgeklügelt hatte, im Endeffekt der bessere wäre.

Flight Lieutenant Alan Banks war dankbar für den hellen Mond in dieser Nacht, auch wenn er die kleine Beaver, vollbeladen mit Soldaten, schon unter wesentlich schlechteren Bedingungen gelandet hatte. Banks zog eine Schleife über dem Flugfeld und prüfte die beiden Landebahnen. Der Flugplatz war bereits so lange außer Betrieb, daß keines der einschlägigen Handbücher einen detaillierten Bodenplan enthielt.

Banks brach sämtliche im Handbuch angeführten Vorschriften — das Steuern eines nicht gekennzeichneten Flugzeuges eingeschlossen, das laut Mitteilung an die Franzosen in Paris landen sollte. Daß man im übrigen einen Flugplatz um mehr als hundertfünfzig Kilometer verfehlen konnte, stand noch auf einem anderen Blatt ...

»Auf dem Nord-Süd-Rollfeld ist die Landung einfacher«, sagte Banks zum Captain der SAS-Eliteeinheit, der mit seinen fünf Mann im hinteren Teil des Flugzeuges kauerte. »Wie nahe soll ich heranfahren an den Hangar?« Er deutete aus dem Fenster.

»Halten Sie einen beträchtlichen Abstand, auf jeden Fall ein paar hundert Meter«, kam es zurück. »Wir wissen nicht, was uns erwartet.«

Die sechs Mann der SAS-Einheit lugten vorsichtig aus den Seitenfenstern. Sie hatten den Auftrag, einen Engländer namens Scott aufzunehmen, der auf sie warten würde, und möglichst rasch wieder zu verschwinden. Es klang alles ganz einfach — aber so einfach konnte es auch wieder nicht sein, sonst hätte man *sie* nicht herbeordert.

Banks steuerte die Beaver in einem Bogen südwärts und senkte die Nase der Maschine. Beim Anblick der ausgebrannten Spitfire am Ende der Rollbahn mußte er lächeln: So eine Maschine hatte sein Vater im Zweiten Weltkrieg geflogen, und die da unten hatte es zweifelsohne nicht mehr bis nach Hause geschafft. Zuversichtlich ließ er die kleine Maschine tiefer sinken. Nach dem Aufsetzen hüpfte und holperte sie dahin — nicht weil es dem Piloten an Erfahrung mangelte, sondern weil die Landebahn voller Schlaglöcher war.

Flight Lieutenant Banks brachte die Maschine etwa zweihundert Meter vom Hangar entfernt zum Stehen. Er schwenkte den Rumpf um hundertachtzig Grad, für den raschen Start, auf den der Captain offenbar so großen Wert legte, schaltete die Propellermotoren ab und ließ die Lichter erlöschen. Das Surren ging in ein unheimliches Flüstern über. Sie waren um dreiundvierzig Minuten zu früh gelandet.

Vom Cockpit der Spitfire, deren Wrack etwa vierhundert Meter von der Beaver entfernt an der Rollbahn lag, beobachtete Adam mißtrauisch das Geschehen. Er hatte nicht die Absicht, über das freie Feld zum Flugzeug hinüberzurennen, solange der Mond so hell schien. Er ließ die kleine Maschine ohne Kennzeichen keinen Moment aus den Augen. Er wartete auf irgendeinen Hinweis, wer die Besatzung sein könnte. Seiner Schätzung nach würde der Mond frühestens in fünfzehn Minuten hinter den Wolken verschwinden. Minuten vergingen. Adam sah, wie sich auf der anderen Seite des Flugzeugs sechs Männer flach auf die Rollbahn warfen — sie trugen Kampfanzüge der SAS-Eliteeinheit, doch Adam, dem die Erinnerung an Romanows Chauffeuruniform noch im Magen lag, war so rasch nicht zu überzeugen. Die sechs Soldaten rührten sich nicht von der Stelle. Adam war sich noch immer nicht im klaren, auf welcher Seite sie standen.

Die sechs Soldaten auf dem Boden verfluchten den Mond und, noch mehr, die offene Fläche vor ihnen. Der Captain sah auf die Uhr: noch sechsunddreißig Minuten. Er hob die Hand. Sie begannen auf den Hangar zuzurobben, wo Scott — wie Pemberton erklärt hatte — warten sollte. Sie brauchten beinah zwanzig Minuten. Mit jeder Bewegung wurden sie zuversichtlicher: Pembertons Warnung vor einem Feind, der sie möglicherweise erwartete, war offensichtlich grundlos gewesen.

Endlich schob sich eine Wolkenbank vor den Mond. Das gesamte Flugfeld lag im Schatten. Der Captain vergewisserte sich: noch fünf Minuten bis zum vereinbarten Treffen! Er erreichte die Tür des Hangars als erster, schob sie mit der Hand auf und zwängte sich durch den Spalt hinein. Die Kugel traf in mitten in die Stirn, ehe er sein Gewehr heben konnte.

»Macht schnell, Burschen!« brüllte der stellvertretende Offizier. Mit einem Satz waren die anderen auf den Beinen, feuerten in einem Bogen vor sich her und rannten auf das Gebäude zu, um Deckung zu suchen.

Als Adam den schottischen Akzent hörte, sprang er aus dem Cockpit und rannte über das Flugfeld auf die Beaver zu, deren Propeller schon zu rotieren begannen. Er sprang auf die Tragfläche und kletterte neben dem verblüfften Piloten in die Kanzel.

»Ich bin Adam Scott, der Mann, den Sie abholen sollen«, schrie er.

»Ich bin Flight Lieutenant Alan Banks, alter Junge«, erwiderte der Pilot und streckte ihm die Hand entgegen. Nur ein britischer Offizier konnte in einer derartigen Situation an Shakehands denken, überlegte Adam erleichtert, doch saß ihm der Schrecken in den Gliedern.

Beide Männer wandten sich um und beobachteten die Schießerei.

»Wir müssen starten«, sagte der Pilot. »Mein Auftrag lautet, Sie heil nach England zurückzubringen.«

»Erst bis wir ganz sicher sind, daß es keiner Ihrer Leute mehr bis zum Flugzeug schafft.«

»Tut mir leid, Kamerad! Ich habe den Befehl, Sie hier herauszuholen. Die Kameraden müssen schon auf sich selber aufpassen.«

»So warten Sie doch noch eine Minute!« bat Adam. Wenig später rotierten die Propeller mit voller Geschwindigkeit. Mit einem Male hörte die Schießerei auf. Adam spürte, wie sein Herz pochte.

»Wir müssen starten«, wiederholte der Pilot.

»Ist mir klar«, erwiderte Adam. »Aber halten Sie die Augen offen! Etwas muß ich noch herausfinden.«

Die jahrelange Übung auf zahllosen Nachtmärschen hatte zur Folge, daß Adam den Mann im Dunkeln lange vor dem Piloten erspähte.

»Los!« rief Adam.

»Wie bitte?« fragte der Pilot.

»Starten Sie, Mann!«

Der Pilot drückte den Steuerknüppel nach vorne. Die Beaver rollte langsam über die holprige Piste.

Plötzlich raste die dunkle Gestalt auf das Flugzeug zu und feuerte lange Salven auf die beiden Männer im Cockpit. Als sich der Pilot umwandte, sah er einen hochgewachsenen Mann, dessen blondes Haar im Licht des Mondes leuchtete.

»Schneller, Mann, schneller!« brüllte Adam.

»Ich bin schon auf Vollgas«, sagte der Pilot, als das Feuer von neuem eröffnet wurde. Die Kugeln schlugen in den Rumpf der Maschine ein. Eine dritte Salve peitschte durch die Finsternis, doch inzwischen war das Flugzeug schneller als der Schütze. Adam stieß einen Freudenschrei aus, als es abhob.

Romanow hatte sich umgedreht. Er blickte zurück und feuerte auf jemanden, der keine britische Uniform trug.

»Jetzt haben sie keine Chance mehr, uns zu treffen — es sei denn, sie haben eine Bazooka bei sich«, stellte Flight Lieutenant Banks fest.

»Bravo, gut gemacht!« rief Adam dem Piloten zu.

»Dabei wollte meine Frau heute mit mir ins Kino gehen«, erwiderte Banks lachend.

»Was wollten Sie sich denn ansehen?«

»*My fair Lady.*«

»Wie wär's, wenn wir nach Hause gingen?« fragte Piers und nahm die Hand vom Knie seines Partners.

»Gute Idee«, erwiderte der Mann. »Ich laß mir nur rasch die Rechnung geben.«

»Und ich hole Mantel und Schal«, erwiderte Piers. »Wir treffen einander in ein paar Augenblicken oben, ja?«

»Ausgezeichnet!« Der Mann fixierte den Clubinhaber und gab ihm ein Zeichen. Die Rechnung wurde gebracht, einfach eine Zahl auf einem Stück Papier, ohne jegliche Erklärung — wie immer horrend hoch. Und wie immer zahlte der Mann kommentarlos, bedankte sich beim Eigentümer und ging die staubige, knarrende Treppe zur Straße hoch, wo ihn sein Begleiter erwartete. Er rief ein Taxi, und während Piers hinten einstieg, gab er dem Fahrer als Ziel Dillon's Buchhandlung an.

»Nicht im Taxi«, sagte er, als sich die Hand des neuen Freundes schmeichelnd an seinem Bein hochschob.

»Ich kann nicht warten«, antwortete Piers. »Meine Schlafenszeit ist längst vorüber.«

»Meine auch«, sagte sein Begleiter und sah unwillkürlich

auf die Uhr. Die Würfel mußten inzwischen gefallen, die Männer bereits an Ort und Stelle sein. Diesmal hatten sie Scott bestimmt erwischt; aber, was noch wichtiger war, hatten sie auch die . . .?

»Vier Shilling«, sagte der Fahrer, als er das Zwischenfenster aufschob. Der ältere Fahrgast reichte ihm fünf Shilling, ohne auf das Wechselgeld zu warten.

»Es ist gleich um die Ecke«, sagte er und führte Piers an dem Buchladen vorbei in eine kleine Seitengasse. Sie gingen leise die Steinstufen hinunter; Piers wartete, bis sein Begleiter aufgesperrt und Licht gemacht hatte.

»Oh, wie gemütlich!«, sagte Piers. »Wirklich sehr gemütlich!«

Flight Lieutenant Alan Banks spähte aus seinem winzigen Fenster. Das Flugzeug gewann stetig an Höhe.

»Wohin jetzt?« fragte Adam, und eine grenzenlose Erleichterung durchflutete ihn.

»Ich hatte gehofft, nach England! Aber die richtige Antwort lautet wohl, so weit wir es schaffen.«

»Wie meinen Sie das?« fragte Adam besorgt.

»Schauen Sie auf die Benzinuhr«, antwortete Alan Banks und deutete auf eine kleine weiße Nadel, die in der Mitte zwischen »Viertelvoll« und »Leer« stand. »Wir wären mit dem Sprit bis Northold in Middlesex gekommen, wenn mir diese verdammten Kugeln nicht den Tank durchsiebt hätten.«

Die Nadel rückte dem roten Feld immer näher. Wenige Augenblicke später begannen sich die Propeller an der linken Seite der Maschine langsamer zu drehen und fielen schließlich ganz aus.

»Ich werde auf einem Feld landen müssen. Ich kann es nicht riskieren, weiterzufliegen, und hier gibt es weit und breit keinen Flugplatz. Ein Glück nur, daß die Nacht klar und mondhell ist.«

Plötzlich begann die Beaver jäh zu sinken. »Ich versuch's auf dem Feld dort drüben«, sagte der Pilot bemerkenswert gelassen und deutete auf ein großes Stück Land westlich der Maschine. »Festhalten!« rief er, als sie unaufhaltsam abwärts trudelte. Das große Stück Land wurde von Sekunde zu Sekunde kleiner . . . Adam ertappte sich dabei, wie er sich mit den Händen am Sitz festklammerte und mit den Zähnen knirschte.

»Nur ruhig«, beschwichtigte ihn Banks. »Diese Beavers sind schon auf weit ärgeren Flecken gelandet als diesem.«

Die Räder berührten die braune Erde. »Verdammter Morast! Damit habe ich nicht gerechnet«, fluchte er. Die Räder fanden in dem weichen Boden keinen Halt. Das Flugzeug kippte plötzlich vornüber. Sekunden verstrichen. Adam stellte fest, daß er noch am Leben war, aber mit dem Kopf nach unten in seinem Sicherheitsgurt hing.

»Was nun?« fragte er den Piloten, aber der gab keine Antwort.

Adam versuchte, sich zu orientieren. Er begann sich vor und zurück zu schaukeln, bis er mit einer Hand die Seitenwand der Maschine berühren konnte. Seine Füße hielten den Steuerknüppel fest umklammert. Als er sich endlich an der Seitenwand abstützen konnte, öffnete er den Gurt und fiel herunter, gegen das Dach des Flugzeugs. Er rappelte sich mühsam hoch und stellte erleichtert fest, daß er sich nichts gebrochen hatte. Adam schaute sich um. Vom Piloten war noch immer nichts zu sehen. Schließlich kletterte Adam aus dem Flugzeug, froh, daß er wieder festen Boden unter sich spürte. Er krabbelte eine Weile herum, bis er etwa dreißig Meter vor der Maschine Alan Banks reglos auf dem Rücken liegen sah.

»Alles in Ordnung?« fragte Banks, noch ehe Adam die gleiche Frage stellen konnte.

»Mir fehlt nichts, aber was ist mit Ihnen, Alan?«

»Keine Probleme! Ich bin wohl glatt aus der Maschine hinausgeschleudert worden. Tut mir leid wegen der Landung, alter Junge! Ich gestehe, daß es nicht eben eine Meisterleistung war. Das müssen wir irgendwann noch mal probieren, vielleicht klappt's dann besser!«

Adam brach in Gelächter aus. Der Pilot setzte sich langsam auf. »Und jetzt?« fragte Banks.

»Können Sie laufen?«

»Ich denke schon«, antwortete Alan und stemmte sich behutsam hoch.

»So ein Mist!« sagte er wenig später. »Es ist zwar nur der Knöchel, aber ein rasches Tempo kann ich sicher nicht mithalten. Sie sollten sich ohne mich auf die Socken machen. Die Meute mit ihrem Waffenarsenal kann höchstens dreißig Minuten hinter uns sein.«

»Was werden Sie tun?«

»Mein Vater ist im Zweiten Weltkrieg auf einem dieser verdammten Felder gelandet und hat es dennoch geschafft, sich nicht von den Nazis fangen zu lassen, sondern heil nach *Old England* heimzukehren. Ich bin Ihnen zu großem Dank verpflichtet, Adam. Wenn es mir nämlich gelingt, nach Hause zu kommen, werde ich meinem alten Herrn endlich den Mund stopfen können. Übrigens, welche Kerle sind eigentlich diesmal hinter uns her?«

»Die Sowjets«, erwiderte Adam. Allmählich begann er sich zu fragen, ob es nicht auch noch einen zweiten Feind gab.

»Die Sowjets – ist ja phantastisch! Die wird mein Dad als Gegner im Vergleich mit den Nazis gelten lassen.«

Adam lächelte. Er mußte an seinen eigenen Vater denken, dem Alan Banks auch gefallen hätte. Instinktiv griff er nach der Ikone. Er atmete erleichtert auf. Sie war noch an ihrem Platz. Banks Worte hatten ihn in seinem Entschluß nur noch bestärkt, möglichst rasch nach England zurückzugelangen.

»Welche Richtung werden Sie einschlagen?« fragte Adam. Der Flieger blickte zum Sternbild des Großen Bären hinauf. »Ich laufe Richtung Osten, was mir in diesem ganz speziellen Fall besonders angebracht scheint. Daher gehen Sie am besten nach Westen, alter Junge. War nett, Sie kennenzulernen!«

Er humpelte davon.

»Ich weiß nicht, wie lange ich es noch schaffe, Genosse Major!«

»Versuchen Sie durchzuhalten, Waltschek! Sie müssen es versuchen! Wir können jetzt nicht stehenbleiben«, erwiderte Romanow. »Das Flugzeug muß ganz in der Nähe sein. Ich habe es doch abstürzen gesehen.«

»Ich glaube Ihnen ja, Genosse, aber lassen Sie mich doch bitte in Frieden am Straßenrand sterben! Ersparen Sie mir den Kampf bis zum bitteren Ende in diesem Wagen.«

Romanow warf einen Blick auf seinen Kollegen. Waltschek hatte einen Bauchschuß abbekommen. Seine Hände waren mit Blut beschmiert, Hemd und Hose bereits durchtränkt. Hilflos versuchte er, sich zu beherrschen, indem er die Hand krampfhaft gegen den Bauch preßte wie ein kleines Kind, dem übel geworden ist. Auch der Fahrer war getroffen worden, als er eben zu fliehen versuchte — in den Rücken. Wäre der Feigling nicht auf der Stelle tot umgefallen, Romanow hätte seine nächste Kugel auf ihn abgefeuert. Aber mit Waltschek war das etwas anderes. Seinen Mut hätte niemand in Frage gestellt. Er hatte es zunächst mit den Engländern aufgenommen, die auf ihn zugerobbt waren, dann mit den Amerikanern, die wie die Siebente Kavallerie herbeigestürmt kamen. Romanow war Mentor zu Dank verpflichtet — er hatte dafür gesorgt, daß sie als erste an Ort und Stelle gewesen waren. Allerdings mußte er Mentor möglichst rasch warnen: Auch die Amerikaner hatten einen Informanten im englischen Geheimdienst. Dennoch empfand Romanow eine gewisse Befriedigung — er hatte die Amerikaner so hervorragend getäuscht, daß sie das Feuer eröffneten auf die Briten. Waltschek und er brauchten nur noch die Überlebenden abzuknallen. Der letzte Überlebende war ein Amerikaner gewesen; er hatte ununterbrochen auf Waltschek geschossen, als sie sich aus dem Staub machten.

Romanow schätzte, daß ihm eine gute Stunde blieb, bis die Franzosen, Engländer und Amerikaner für die Leichen auf dem aufgelassenen Flugfeld eine plausible Erklärung würden finden müssen.

Seine Gedanken kehrten zu Waltschek zurück, der neben ihm stöhnte.

»Biegen wir ab. Fahren wir in den Wald hinein«, bat Waltschek. »Ich mach's nicht mehr lange.«

»Durchhalten, Genosse, durchhalten!« wiederholte Romanow. »Wir können nicht mehr weit von Scott entfernt sein. Denken Sie an Mütterchen Rußland!«

»Zum Teufel mit Mütterchen Rußland«, antwortete Waltschek. »Lassen Sie mich doch in Frieden sterben!« Romanow sah noch einmal zu seinem Kameraden hinüber. Er erkannte, daß er in wenigen Minuten wahrscheinlich eine Leiche am Hals haben würde. Inzwischen sickerte das Blut wie ein undichter Wasserhahn, der nicht zu tropfen aufhört, auf den Boden des Wagens.

Romanow entdeckte vor sich eine Lücke zwischen den Bäumen. Er blendete voll auf, lenkte den Wagen von der Straße in einen Waldweg, fuhr, so rasch es ging, ins Gebüsch hinein, bis es zu dicht wurde, schaltete die Scheinwerfer aus, lief um das Auto herum und öffnete die Beifahrertür.

Waltschek schaffte nur zwei oder drei Schritte, dann sank er zu Boden, die Hände gegen die Eingeweide gepreßt. Romanow beugte sich hinab und half, als Waltschek sich ein wenig aufrichtete und vorsichtig am Stamm eines großen Baumes anlehnte.

»Lassen Sie mich hier sterben, Genosse Major! Verlieren Sie keine Zeit mit mir.«

Romanow runzelte die Stirn. »Wie möchten Sie sterben, Genosse?« fragte er. »Langsam unter großen Schmerzen, oder rasch und in Frieden?«

»Lassen Sie mich allein, Genosse! Lassen Sie mich langsam sterben. Aber gehen Sie, solange Scott noch in Reichweite ist.«

»Und wenn die Amerikaner Sie finden, werden sie Sie vielleicht zum Reden bringen . . .«

»Bestimmt nicht, Genosse! Das wissen Sie selbst am besten.« Romanow steckte den Verweis schweigend ein, richtete sich auf und lief nach kurzem Nachdenken zum Auto zurück.

Waltschek begann zu beten, irgend jemand möge ihn finden, sobald dieser Hurensohn endlich weg war. Er hatte diesen Auftrag von allem Anfang an nicht gewollt, aber Zaborski konnte man sich unmöglich widersetzen. Reden würde Waltschek bestimmt nicht, aber sein Lebenswille war noch immer stark.

Die Kugel aus der 9-mm-Makarow schlug ihm direkt durch die Schläfe und zertrümmerte die eine Hälfte des Kopfes. Waltschek sackte zusammen und sank zu Boden; einige Sekunden lang wurde sein Körper von konvulsivischen Krämpfen geschüttelt, die in Zuckungen übergingen, als sich Blase und Darm auf die braune Erde entleerten.

Romanow blieb über Waltschek gebeugt stehen, bis er ganz sicher sein konnte, daß der Agent tot war. Auch wenn Waltschek vermutlich nicht geredet hätte — jetzt war nicht der Zeitpunkt, unnötige Risiken einzugehen.

Als er am nächsten Morgen aufwachte, hatte er — wie jedesmal — die gleichen vertrauten Schuldgefühle. Wieder einmal schwor er sich, daß es das letzte Mal gewesen war. Es war doch nie so gut, wie er sich's vorgestellt hatte, und die Reue hielt stundenlang an.

Die Kosten für die zweite Wohnung, die Taxifahrten und die Clubrechnungen machten alles beinah unerschwinglich. Und dennoch kehrte er immer wieder zurück, wie ein Lachs zu seinen Laichplätzen.

Als Piers aufwachte, ließ er in den nächsten zwanzig Minuten seinen Gefährten alle Gewissensbisse vergessen. Nach einem Augenblick erschöpften Stilliegens und Schweigens schlüpfte der ältere Mann aus dem Bett, nahm zehn Pfund aus seiner Geldtasche, legte sie auf die Kommode und ging nach nebenan, um sich ein Bad einzulassen. Er wußte im voraus, daß Junge und Geld verschwunden sein würden, wenn er aus dem Badezimmer kam.

Er tauchte tief ein in das warme Wasser und dachte über Scott nach. Es war ihm klar, daß er sich wegen Scott's Tod schuldig fühlen sollte — ein Tod, der, wie in schon so vielen Fällen zuvor, damit zusammenhing, daß er einmal einen jungen Polen mit nach Hause genommen hatte, den er für sauber hielt. Es war bereits so viele Jahre her, daß er sich nicht einmal an den Namen erinnern konnte.

Nie aber konnte Mentor den Namen jenes jungen, aristokratisch aussehenden KGB-Offiziers vergessen, der, als er am folgenden Morgen erwachte, an seinem Bettende gesessen hatte. Und den angeekelten Blick, mit dem er ihn und den Polen betrachtet hatte . . .

16

Adam lag flach auf dem Bauch, gegen den Boden des leeren Lastkahns gepreßt. Den Kopf hielt er aufgestützt zur Seite. Er achtete auf jedes noch so leise, ungewohnte Geräusch.

Der Kahnführer stand hinter dem Steuerrad und zählte zum zweitenmal die dreihundert Schweizer Franken. Es war mehr, als er normalerweise in einem ganzen Monat verdiente. Eine Frau stand auf Zehenspitzen neben ihm und sah beglückt über seine Schulter auf die Scheine.

Der Kahn glitt in gleichmäßigem Tempo den Kanal hinab. Das abgestürzte Flugzeug war aus Adams Blickfeld entschwunden. Plötzlich hörte er in der Ferne ganz deutlich einen Knall wie von einem Gewehrschuß. Die Frau flüchtete wie eine aufgescheuchte Ratte unter Deck. Der Kahn pflügte langsam weiter durch die Nacht. Adam horchte besorgt nach weiteren unnatürlichen Geräuschen, aber da war nur das sanfte Plätschern des Wassers gegen den Schiffsrumpf. Die Wolken waren weitergezogen; das Licht des Vollmonds schien auf die Ufer zu beiden Seiten des Kanals. Adam beobachtete den Treidelpfad. Ihm wurde bald klar, wie langsam der Kahn sich fortbewegte. Zu Fuß wäre er rascher vorangekommen. Aber obwohl es ihn den Rest seines Geldes gekostet hatte, dankte er Gott, daß ihm jedenfalls die Flucht gelungen war. Er duckte sich wieder und rollte sich im Schiffsbug zusammen, tastete nach der Ikone — wie alle paar Minuten, seit er von ihrem Geheimnis wußte. Die nächste halbe Stunde lang rührte er sich nicht vom Fleck, obwohl der Kahn, wie er sich sagen mußte, unterdessen kaum mehr als acht Kilometer zurücklegte. Alles schien friedlich, aber er blieb auf der Hut. Der Kanal war inzwischen wesentlich breiter geworden.

Der Kahnführer ließ Adam nie für längere Zeit aus den Augen. Er stand am Steuerrad, das er fest gepackt hatte, und sein ölverschmiertes Gesicht sah kaum sauberer aus als seine Arbeitskluft, die er allem Anschein nach vermutlich nie auszog. Ab und zu hob er eine Hand, aber nur, um die längst erkaltete Pfeife aus dem Mund zu nehmen, zu husten, auszuspucken und sie sich wieder zwischen die Lippen zu stecken.

Der Mann lächelte. Er nahm beide Hände vom Rad, preßte sie zusammen und legte sie sich seitlich an den Kopf, um Adam zu verstehen zu geben, daß er schlafen sollte, doch Adam schüttelte nur den Kopf und sah auf die Armbanduhr. Mitternacht war vorüber. Er wollte den Kahn vor Anbruch der Dämmerung verlassen.

Adam stand auf, streckte sich und wankte ein wenig. Seine Schulter heilte zwar langsam, schmerzte aber noch immer höllisch. Er ging in die Mitte des Kahns und stellte sich neben das Steuerrad.

»*La Seine?*« fragte er und deutete auf das Wasser.

Der Kahnführer schüttelte den Kopf. »*Canal de Bourgogne*«, grunzte er.

Dann deutete Adam in die Richtung, in der sie fuhren: »*Quelle ville?* — Welche Stadt?«

Der Kahnführer nahm die Pfeife aus dem Mund. »*Ville? Ce n'est pas une ville, c'est Somberon* — Das ist keine Stadt, das ist Somberon«, erwiderte er und klemmte sich wieder den Pfeifenstiel zwischen die Zähne.

Adam kehrte an sein Plätzchen im Bug zurück, versuchte eine bequemere Stellung ausfindig zu machen, um sich ein wenig auszuruhen. Er rollte sich, gegen die Bootswand gedrückt, zusammen, den Kopf auf ein paar alte Tauenden gebettet. Die Augen fielen ihm zu, ohne daß er dagegen angekämpft hätte.

»Sie kennen Scott besser als jeder andere von uns«, sagte Sir Morris, »und dennoch haben Sie keine Ahnung, wo er jetzt stecken könnte oder was er als nächstes unternehmen wird, oder?«

»Nein, Sir«, gestand Lawrence. »Mit Sicherheit wissen wir nun, daß er am Montagnachmittag hier in London einen Termin für eine ärztliche Untersuchung hat. Aber ich nehme nicht an, daß er ihn nicht einhalten wird.«

Sir Morris überging diese Bemerkung. »Irgendwer war aber sehr wohl in der Lage, an Scott heranzukommen, obwohl wir keine D_4-Sitzung einberufen haben«, fuhr er fort. »Diese Ikone scheint ein Geheimnis zu bergen, dessen Bedeutung wir nicht einmal annähernd richtig einschätzen.«

»Und falls Scott noch lebt«, sagte Lawrence, »wird ihn keine Macht der Welt mehr davon überzeugen können, daß wir unschuldig sind.«

»Ja, wenn nicht wir schuld sind — wer dann?« fragte Sir Morris. »Offensichtlich hat sich jemand derart verzweifelt bemüht, unseren nächsten Schachzug herauszufinden, daß er innerhalb der letzten Stunden ein unglaubliches Risiko eingegangen ist. — Es sei denn, Sie waren es«, fügte Sir Morris hinzu. Der Staatssekretär erhob sich von seinem Schreibtisch und blickte durch das Fenster auf die Parade der Horse Guards hinab.

»Selbst wenn ich es wäre«, entgegnete Lawrence, und seine Blicke blieben auf dem Bild der jungen Königin haften, das schräg vorne auf dem Schreibtisch seines Vorgesetzten stand, »selbst wenn ich es wäre, würde das nicht erklären können, weshalb auch die Amerikaner dort aufgetaucht sind.«

»Ach, das hat einen einfachen Grund«, antwortete Sir Morris. »Bush hat ihnen direkte Anweisungen gegeben. Ich habe keinen Augenblick daran gezweifelt, daß er dies tun würde. Allerdings hatte ich nicht vorhergesehen, wie weit die Amerikaner gehen würden, ohne uns auf dem laufenden zu halten.«

»Dann haben also Sie Bush informiert?« fragte Lawrence.

»Nein«, erwiderte Sir Morris. »Man landet nicht hinter diesem Schreibtisch, wenn man die eigene Haut riskiert. Ich habe dem Premierminister Bericht erstattet. Bei Politikern kann man sich immer darauf verlassen, daß sie Informationen weitergeben, sofern sie glauben, daraus einen Vorteil ziehen zu können. Also, um fair zu sein: Ich wußte, daß der Premierminister den amerikanischen Präsidenten benachrichtigen würde. Sonst hätte ich ihm überhaupt nichts gesagt. Aber, und das scheint mir wesentlich wichtiger: Glauben Sie, daß Scott noch am Leben ist?«

»Ja«, antwortete Lawrence. »Es besteht jeder Grund zur Annahme, daß jener Mann, der über das Flugfeld zur Maschine lief, Scott gewesen ist. Die französische Polizei – sie erwies sich übrigens wesentlich kooperativer als die schweizerische – hat uns informiert, daß unsere Maschine zwanzig Kilometer nördlich von Dijon über einem Feld abgestürzt ist. Aber weder Scott noch der Pilot wurden an der Unglücksstelle gefunden.«

»Und wenn der Bericht der Franzosen über die Vorfälle auf dem Flugfeld den Tatsachen entspricht«, sagte Sir Morris, »dann ist Romanow entkommen, und die Russen haben uns gegenüber einen mehrstündigen Vorsprung.«

»Möglicherweise.«

»Halten Sie es für möglich«, fragte Sir Morris, »daß sie Scott eingeholt haben und im Besitz der Ikone sind?«

»Ja, Sir. Das halte ich leider durchaus für möglich«, entgegnete Lawrence. »Aber ich kann nicht so tun, als bestünde darüber bereits hundertprozentige Gewißheit. Auf jeden Fall registrierte der Abhördienst der BBC in Caversham Park im Verlauf der Nacht zusätzliche Funksignale an alle sowjetischen Botschaften.«

»Das kann alles und nichts bedeuten«, erwiderte Sir Morris, während er die Brille abnahm.

»Zugegeben, Sir. Aber die NATO berichtet, sowjetische strategische Truppen seien in Bereitschaft versetzt worden. Außerdem hätten die Sowjetbotschafter in vielen europäischen Ländern um formelle Audienzen bei den Außenministern eben dieser Staaten ersucht. Auch an unseren Außenminister wurde ein derartiges Gesuch gerichtet.«

»Das beunruhigt mich schon eher«, meinte Sir Morris. »Was haben die Sowjets vor, wenn sie auf unsere Unterstützung hoffen?«

»Ganz richtig, Sir! Am aufschlußreichsten scheint mir jedoch die Tatsache, daß die Abteilung für Aktivmaßnahmen des KGB — sie gehört zur Ersten Hauptverwaltung — in allen wichtigen Zeitungen Europas und wahrscheinlich auch der USA — ganze Seiten für Inserate bestellt hat.«

»Und jetzt sagen Sie mir nur noch, daß die Sowjets den Werbepapst J. Walter Thompson angeheuert haben, um ihnen die Anzeigen zu texten«, knurrte Sir Morris.

»Den werden sie kaum benötigen«, entgegnete Lawrence. »Diese Geschichte, fürchte ich, wird auch so überall Schlagzeilen machen.«

Das pausenlose Pochen in seiner Schulter war schuld, daß Adam ziemlich bald wieder aufwachte. Der Kahn hatte sich plötzlich um neunzig Grad gedreht und glitt ostwärts. Adam schreckte aus dem Schlaf hoch. Er warf dem Kahnführer einen Blick zu und bat ihn durch Zeichen, näher ans Ufer heranzufahren — das Gewässer war an dieser Stelle recht breit —, damit er vom Boot an Land springen könnte. Der alte Mann zuckte nur die Achseln und tat, als verstünde er nicht, während der Kahn weitertrieb.

Adam blickte über die Bordwand: Trotz der späten Stunde war das Flußbett einigermaßen gut zu sehen. Er warf einen Stein ins Wasser und beobachtete, wie er rasch bis zum Grund sank — tief konnte der Grund auf keinen Fall sein. Noch einmal sah er hilflos zum Kahnführer hinüber, der unbeirrt über seinen Kopf hinweg in die Ferne starrte.

»Verdammt!« sagte Adam. Er nahm die Ikone aus der Tasche des Blazers und hielt sie hoch über seinen Kopf. Er kam sich am Rand des Boots vor wie ein Fußballtrainer, der den Entscheid des Schiedsrichters zum Austausch eines Spielers abwartet. Adam sprang ins Wasser. Seine Füße schlugen hart auf dem Grund des Kanals auf. Der Aufprall nahm Adam den Atem, obwohl ihm das Wasser nur bis zur Taille reichte.

Er stand im Kanal und hielt die Ikone hoch, während der Kahn an ihm vorbeitrieb. Adam watete auf das nächstgelegene Ufer zu und kletterte auf den Treidelpfad hoch. Um sich besser orientieren zu können, drehte er sich ganz langsam einmal um. Den Großen Bären hatte er bald wieder entdeckt. Damit wußte Adam nun, in welche Richtung er zu marschieren hatte: genau nach Westen. Völlig durchnäßt lief er eine Stunde lang, bis er etwa einen Kilometer entfernt ein Licht sah. Seine tropfnassen Hosenbeine fühlten sich eiskalt an; in seinen Schuhen gluckste es, als er quer durch ein Feld auf die ersten Strahlen der Morgensonne zulief.

Bei jedem Gatter und jeder Hecke kroch er unten durch oder kletterte darüber, wie ein römischer Centurio, der den Weg zu seinem Bestimmungsort in möglichst gerader Linie zurückzulegen hat. Er erkannte die Umrisse eines Hauses; beim Näherkommen stellte er fest, daß es sich bloß um eine Kate handelte. Der Ausdruck »Kleinhäusler« aus dem Geographieunterricht fiel ihm wieder ein. Ein schmaler, gepflasterter Pfad führte zu einer Holztür, die halb offenstand.

Adam betätigte den Türklopfer und stellte sich unter die Lampe über dem Eingang, damit man ihn gleich sehen konnte.

Die Tür wurde zur Gänze geöffnet. Auf der Schwelle stand eine etwa dreißigjährige Frau in einem einfachen schwarzen Kleid und einer fleckenlos weißen Schürze. Ihre rosigen Wangen sowie die stattliche Figur verrieten unmißverständlich den Beruf ihres Mannes.

Sie konnte ihre Überraschung nicht verbergen — sie hatte den Postboten erwartet, aber der kam nie in einem tadellosen blauen Blazer und in einer triefnassen grauen Hose.

Adam lächelte. »*Anglais*«, erklärte er, »Engländer«, und fügte hinzu: »Ich bin in den Kanal gefallen.«

Die Frau brach in Gelächter aus und winkte ihn in die Küche. Beim Eintreten sah er einen Mann, der sich offensichtlich eben zum Melken umgezogen hatte und in das Lachen einstimmte, als er Adam erblickte — es war ein warmes, freundliches Lachen; er lachte mehr mit Adam als über ihn.

Die Frau bemerkte, daß Adam den blitzblanken Boden mit kleinen Wasserlachen übersäte, holte ein Handtuch von dem Trockengestell über dem Herd und sagte, indem sie auf Adams Hose zeigte: »*Enlevez moi câ* — ziehen Sie das aus!«

Adam wandte sich ratlos an den Bauern, aber der nickte nur zustimmend und bekräftigte die Aufforderung noch durch eine Gebärde — so als wollte er seine eigene Hose herunterlassen.

»*Enlevez-les*, ziehen Sie sie aus!« wiederholte die Frau und reichte Adam ein Handtuch.

Adam schlüpfte aus Schuhen und Socken, aber die Bauersfrau machte so lange Zeichen, bis er auch die Hose ausgezogen hatte; sie rührte sich erst von der Stelle, als er schließlich auch Hemd und Unterwäsche abgelegt und das Handtuch um seine Taille geschlungen hatte. Sie warf einen langen prüfenden Blick auf den dicken Verband auf Adams Schulter, hob sämtliche Kleidungsstücke außer dem Blazer auf und trug sie zum Spülbecken, während Adam sich zum Trocknen an den Herd stellte.

Der Bauer winkte ihn zu sich an den Tisch und goß für den Gast und für sich selbst je ein großes Glas Milch ein. Adam knotete das Handtuch fester, hängte den Blazer über die Lehne des Stuhls, der neben dem Herd stand, und ließ sich neben dem Bauern nieder. Ein köstlicher Duft stieg aus der Pfanne, in der die Bäuerin von dem großen Stück Speck ins Kamin eine dicke Scheibe briet.

Der Bauer hob sein Glas Milch in die Höhe.

»Auf Winston Churchill!« rief er.

Adam hob sein Glas ebenfalls hoch.

»Charles de Gaulle!« erwiderte er und trank die warme Milch aus, als wäre es sein erstes Pint Bier in der Stammkneipe.

Der Bauer griff nochmals nach dem Milchkrug und füllte nach. »*Merci*«, sagte Adam zur Bäuerin, als sie einen großen Teller mit brutzelndem Speck und Eiern vor ihn hinstellte. Sie nickte, reichte ihm Messer und Gabel und sagte: »*Mangez* — essen Sie!«

Sie säbelte eine dicke ovale Schnitte von einem riesigen Brotlaib, der auf dem Tisch lag. »*Merci, merci*«, wiederholte Adam.

Er machte sich gierig über das Essen her; es war seine erste Mahlzeit seit dem Menü, das er sich auf Robins Kosten bestellt hatte.

Plötzlich stand der Bauer von seinem Stuhl auf und streckte die Hand aus, die Adam dankbar schüttelte. Dabei wurde er aber schmerzhaft daran erinnert, wie weh ihm seine Schulter tat.

»*Je dois travailler à la laiterie*«, erklärte der Bauer. »Ich muß in den Stall, melken«, und wiederholte beim Verlassen des Raumes noch einmal: »Mangez!«

Adam aß wie ein Verhungernder, gerade daß er nicht auch noch den Teller ableckte. Er brachte ihn zur Bäuerin an den Herd, die ihm daraufhin eine große Tasse dampfend heißen Kaffee einschenkte. Adam nahm wieder Platz und begann zu trinken.

Er klopfte schon fast automatisch auf die Tasche seines Blazers, um sich zu vergewissern, daß die Ikone noch da war, zog sie heraus und betrachtete den heiligen Georg und den Drachen. Dann drehte er sie zögernd um und drückte einmal fest auf die Silberkrone, woraufhin die Ikone wie ein Buch auseinanderklappte, und innen kamen zwei winzige Scharniere zum Vorschein.

Adam schaute zur Bäuerin hinüber, die seine Socken auswrang. Seine Unterhose hing bereits neben der Hose auf dem Trockengestell über dem Herd. Die Frau holte ein Bügelbrett aus einer kleinen Nische und begann es aufzustellen, ohne für Adams Entdeckung das geringste Interesse zu zeigen.

Er blickte auf die geöffnete Ikone, die flach vor ihm auf dem Tisch lag. Es war eine Situation voller Ironie — die Frau, die dort eben seine Hose bügelte, hätte jedes Wort der Urkunde verstehen können und wäre doch nicht in der Lage gewesen, ihm ihre volle Bedeutung zu erklären. Die Innenseite der Ikone war mit einer pergamentenen Urkunde bedeckt, die auf das Holz geklebt war und bis auf einen Zentimeter an die vier Kanten heranreichte. Adam drehte die Ikone ein wenig, um das Schriftstück genauer betrachten zu können. Die in schwarzer Tinte hingekritzelten Unterschriften am unteren Ende sowie die Siegel verliehen ihm das Aussehen eines vertraglichen Dokuments. Mit jedem Durchlesen erfuhr Adam etwas Neues. Es hatte ihn zunächst überrascht, daß der Text in französischer Sprache niedergeschrieben war, doch erinnerte er sich beim Anblick des Datums zum Schluß — 20. Juni 1867 —, an militärgeschichtliche Vorlesungen, denen zufolge die meisten internationalen Abkommen noch lange nach Napoleon auf französisch abgefaßt worden waren. Er las das Schriftstück ein weiteres Mal langsam durch.

Sein Französisch war nicht so gut, als daß er mehr als einige einzelne Wörter übersetzen hätte können. Unter die Worte *Etats Unis* — die Vereinigten Staaten also — hatte Willi am Seward seine Unterschrift schwungvoll quer über ein Wappen mit einem zweiköpfigen Adler gesetzt. Daneben hatte Edward de Stoeckle unterzeichnet, unter einer Krone, die das genaue Abbild des silbernen Ornaments auf der Rückseite der Ikone war. Adam sah sich alles genau an. Es handelte sich eindeutig um eine Art Abkommen zwischen den Russen und den Amerikanern, das im Jahre 1867 durch Unterschrift besiegelt worden war.

Er suchte nach weiteren ihm begreiflichen Wörtern, um so vielleicht die Bedeutung des Dokuments entschlüsseln zu können. In einer Zeile war die Rede von »*Sept millions deux cent mille dollars d'or (7,2 millions)* — Sieben Millionen zweihunderttausend Dollar in Gold« — in einer anderen von »*Sept cent dixhuit millions deux cent mille dollars d'dor (718,2 millions)* le 20 Juin 1966 — also: Siebenhundertachtzehn Millionen zweihunderttausend Dollar in Gold am 20. Juni 1966«.

Sein Blick blieb am Kalender haften, der an einem Nagel an der Wand hing. Heute war Freitag, der 17. Juni 1966. Wenn man dem im Abkommen genannten Datum glauben durfte, so verlor das Dokument in drei Tagen seine Rechtsgültigkeit. Da ist es kein Wunder, überlegte Adam, daß die beiden mächtigsten Nationen der Welt so verzweifelt bemüht waren, es in ihre Hand zu bekommen.

Er las das Dokument noch einmal, Zeile für Zeile, Wort

für Wort. An dem einzigen Wort, das in beiden Sprachen gleich lautete, saugte sein Blick sich fest.

Dieses Wort hatte er Lawrence verschwiegen.

Wie, fragte sich Adam, war die Ikone nur in Görings Hände geraten? Als der Reichsmarschall sie Adams Vater vermacht hatte, war er sich ihrer Bedeutung nicht im mindesten bewußt; hätte er nämlich die geradezu ungeheuerliche Wichtigkeit ihres Inhalts gekannt, wäre es ihm ein leichtes gewesen, mit einer der beiden Großmächte um seine Freilassung zu feilschen.

»*Voilà, voilà*«, sagte die Bäuerin und legte die warmen Socken, Unterwäsche und Hose vor Adam hin. Wie lange war er in seine Gedanken versunken gewesen? Er klappte rasch die Ikone zu und untersuchte sorgfältig das kleine Kunstwerk: Das Holz war so geschickt zugeschnitten, daß die Fuge nicht zu sehen war. Er dachte an die Worte in dem Brief seines Vaters: »Solltest du ihn aber öffnen und erfahren, daß er nur dazu dient, dich in eine unehrenhafte Sache zu verwickeln, entledige dich seiner, ohne auch nur einen weiteren Gedanken daran zu verschwenden.« Er brauchte in diesem Augenblick jedenfalls nicht lange nachzudenken, um zu wissen, wie sein Vater unter diesen Umständen gehandelt hätte.

Vor ihm stand die Bäuerin, die Hände in die Hüften gestützt, und blickte ihn verwundert an. Hastig schob Adam die Ikone in die Rocktasche und fuhr in seine Hose. Da ihm nichts einfiel, womit er der Bäuerin für ihre Gastfreundschaft und ihr spontanes Vertrauen danken konnte, ging er zu ihr, nahm sie zärtlich an den Schultern und küßte sie einfach auf die Backen. Sie überreichte ihm errötend eine kleine Plastiktüte, in der er drei Äpfel, Brot und ein großes Stück Käse entdeckte. Die Frau wischte ihm mit einem Zipfel ihrer Schürze einen Krümel von der Lippe und geleitete ihn zur offenen Tür.

Dankend schritt Adam in eine andere Welt hinaus.

Dritter Teil

WEISSES HAUS
WASHINGTON D. C.

17. Juni 1966

17

WEISSES HAUS
WASHINGTON D.C.

17. Juni 1966

»Ich will, verdammt noch mal, nicht der erste Präsident in der Geschichte der USA sein, der amerikanisches Territorium zurückgibt, statt neues zu gewinnen!«

»Das verstehe ich ja, Mr. President«, erwiderte der Außenminister, »aber...«

»Welche rechtlichen Schritte können wir in dieser Angelegenheit unternehmen, Dean?«

»Gar keine! Abraham Brunweld, die führende Kapazität für Dokumente dieser Epoche, hat bestätigt, daß die Bestimmungen dieses Pachtvertrages mit neunundneunzigjähriger Laufzeit für beide Seiten bindend sind. Der Vertrag wurde für Rußland von Edward de Stoeckle und für die USA von dem damaligen Außenminister William Seward unterzeichnet.«

»Und die Vereinbarung hat heute noch Gültigkeit?« wandte sich der Präsident an Nicholas Katzenbach, seinen Justizminister.

»Selbstverständlich, Sir«, erwiderte Katzenbach. »Allerdings nur unter der Voraussetzung, daß die andere Seite ihr Original vorlegen kann. In dem Fall bliebe den Vereinigten Nationen und dem Internationalen Gerichtshof in Den Haag nichts übrig, als die Forderung der Sowjets zu unterstützen. Andernfalls würden alle internationalen Abkommen, die wir je unterzeichnet haben oder noch unterzeichnen werden, jegliche Glaubwürdigkeit verlieren.«

»Sie verlangen also von mir, daß ich mich brav hinlege

und wie ein preisgekrönter Labrador mit dem Schweif wedle, während die Sowjets uns von oben bis unten bescheißen!« rief der Präsident aus.

»Ich kann ja verstehen, wie Ihnen zumute ist, Mr. President«, antwortete der Justizminister, »aber ich bin nun mal verpflichtet, Sie von der Rechtslage in Kenntnis zu setzen.«

»Verdammter Unsinn! Gibt es einen Präzedenzfall? Hat irgendwo auf der Welt sonst noch ein Staatsoberhaupt einen solchen Mist gebaut?«

»Die Briten«, warf Dean Rusk ein, »werden 1999 ein ähnliches Problem mit Rotchina haben. Sie haben sich jedoch damit bereits abgefunden und der Regierung in Peking zu verstehen gegeben, daß sie bereit sind, zu einer Einigung zu gelangen.«

»Das ist nur *ein* Beispiel«, sagte der Präsident, »und die Briten und ihre Diplomatie des fairen Spiels kennen wir zur Genüge.«

»1898«, fuhr Rusk fort, »handelten die Russen einen Pachtvertrag mit neunundneunzig Jahren Laufzeit für Port Arthur in Nordchina aus. Der Hafen war lebenswichtig für sie, weil er, im Gegensatz zu Wladiwostok, das ganze Jahr über eisfrei ist.«

»Ich wußte gar nicht, daß die Russen einen Hafen in China haben.«

»Sie haben ihn ja auch nicht mehr, Mr. President. 1955 gaben sie ihn an Mao zurück, zum Zeichen der Freundschaft unter sozialistischen Bruderstaaten.«

»Sie können Gift darauf nehmen, daß die Sowjets *uns* dieses Stück Land nicht zum Zeichen der Freundschaft überlassen werden«, antwortete der Präsident. »Bleibt mir denn keine Alternative?«

»Abgesehen von einer militärischen Aktion, durch die wir die Sowjets an der Einforderung ihres rechtmäßigen Anspruchs hindern — nein, Sir«, antwortete der Außenminister.

»Ein Johnson kauft also im Jahre 1867 den Russen das Land ab, und ein anderer muß es ihnen 1966 wieder verkaufen. Warum haben Seward und der damalige Präsident der USA nur einer so schwachsinnigen Idee zugestimmt?«

Der Justizminister nahm seine Brille ab. »Der Kaufpreis für das betreffende Stück Land belief sich damals auf sieben Komma zwei Millionen Dollar, und Inflation war damals praktisch unbekannt. Andrew Johnson konnte sich beim besten Willen nicht vorstellen, daß es den Russen jemals einfallen würde, dieses Gebiet um das Neunundneunzigfache seines ursprünglichen Wertes oder, in realen Zahlen ausgedrückt, um siebenhundertzwölf Komma acht Millionen Dollar in Gold zurückzukaufen. In Wirklichkeit ist der jetzt anstehende Preis infolge der jahrelangen Inflation geradezu billig, wie sich zeigt: Die Russen haben den gesamten Betrag bereits bei der New Yorker Bank deponiert.«

»Eine Hoffnung, daß sie vielleicht nicht rechtzeitig zahlen, gibt es für uns also auch nicht mehr«, stellte der Präsident fest.

»Offenbar nicht, Sir!«

»Warum zum Teufel wollte Zar Alexander dieses verdammte Land damals überhaupt verpachten? Das kapier' ich einfach nicht.«

»Er hatte damals gewisse Schwierigkeiten mit einigen seiner Minister, weil er russische Besitzungen in Ostasien verkaufte. Alexander glaubte wohl, seinen Vertrauten diese Transaktionen schmackhafter machen zu können, indem er sie ihnen bloß als langfristigen Pachtvertrag mit Rückkaufklausel und nicht einfach als Verkauf präsentierte.«

»Und warum erhob der amerikanische Kongreß keinen Einspruch?«

»Nachdem Ihr Vorgänger den Hauptvertrag ratifiziert hatte, mußten die Zusatzklauseln — genaugenommen — von den Abgeordneten nicht mehr sanktioniert werden, da sie für die Regierung der Vereinigten Staaten keine weiteren Ausgaben nach sich zogen«, erklärte Rusk. »Seward war sogar noch stolz darauf, daß er in der Rückkaufklausel einen derart hohen Betrag festgesetzt hatte. Er hatte damals jeden Grund zur Annahme, daß es unmöglich sein würde, die Summe für den Rückkauf je aufzubringen.«

»So viel machen heute allein die jährlichen Einnahmen aus dem Erdölgeschäft aus«, antwortete der Präsident. Er war ans Fenster des Oval Office getreten und blickte zum Washington Monument hinüber. »Und von dem militärischen Chaos, das hierzulande ausbrechen wird, wenn die Sowjets tatsächlich ihre Kopie des Vertrages in die Hände bekommen, möchte ich gar nicht reden. Vergessen Sie nicht, daß ausgerechnet ich als Präsident vom Kongreß Milliarden von Dollar für die Errichtung des Frühwarnsystems unmittelbar hinter der Grenze verlangt habe, damit das amerikanische Volk ruhig schlafen kann. Was unternehmen also die Briten in dieser Sache?«

»Sie halten dicht, wie üblich, Mr. President. Angeblich befindet sich gegenwärtig ein britischer Staatsbürger im Besitz des Dokuments, und unsere englischen Kollegen scheinen insgeheim noch immer davon auszugehen, daß sie vor den Sowjets an ihn und die Ikone herankommen. Wer weiß, vielleicht erweisen sie sich tatsächlich als unsere Retter in der Not.«

»Wie schön, daß sie zur Abwechslung einmal *uns* zu Hilfe kommen«, antwortete der Präsident. »Soll das heißen, daß wir nur auf dem Hintern gesessen und Daumen gedreht haben, während sie unsere Probleme für uns zu lösen versuchen?«

»Nein, Sir! Der CIA befaßt sich seit über einem Monat mit dieser Angelegenheit.«

»Dann ist es aber höchst erstaunlich, daß die Sowjets die Ikone nicht längst in ihren Händen haben.«

Niemand lachte.

»Was soll ich machen? Dasitzen und darauf warten, daß die Sowjets vor Montag mitternacht von ihrer New Yorker Bank siebenhundertzwölf Millionen Dollar in Gold ins US-Schatzamt transferieren?«

»Die Sowjets müssen gleichzeitig ihr Original des Abkommens an mich abliefern«, erwiderte Rusk. »Und dazu haben sie nur noch sechzig Stunden Zeit.«

»Wo befindet sich unsere Kopie im Augenblick?« wollte der Präsident wissen.

»Irgendwo in den Kellergewölben des Pentagon. Nur zwei Personen wissen genau, wo. Seit der Konferenz von Jalta hat unsere Vertragskopie das Tageslicht nicht mehr gesehen.«

»Warum habe *ich* bis heute nichts davon erfahren?« fragte der Präsident. »Dann hätte ich wenigstens diese irrwitzigen Verteidigungsausgaben stoppen können!«

»Wir haben über fünfzig Jahre lang geglaubt, die russische Kopie sei im Verlauf der Revolution vernichtet worden, und mit der Zeit wurde es unverkennbar, daß die Sowjets selbst dies als *fait accompli* ansahen — die letzte Bestätigung erhielten wir von Stalin in Jalta. Innerhalb des letzten Monats muß Breschnew jedoch irgendwie zu der Überzeugung gekommen sein, daß die russische Kopie nur verlegt wurde.«

»Verdammt! Einen Monat später, und das alles wäre uns erspart geblieben...«

»Völlig richtig, Sir«, bemerkte der Außenminister.

»Eines ist Ihnen ja wohl klar, Dean: Wenn die Sowjets vor Montag mitternacht mit ihrer Kopie tatsächlich aufkreuzen, dann Gnade uns Gott!«

18

Die Tür des Bauernhauses schloß sich hinter Adam, vor ihm lagen die Randbezirke einer kleinen Stadt. In dieser Herrgottsfrühe erschien es ihm ungefährlich, im Laufschritt auf das *centre ville* zuzueilen; als die Arbeiter aus der Frühschicht in den Straßen auftauchten, fiel er jedoch wieder in Schrittempo. Er beschloß, das Stadtzentrum doch lieber nicht gleich aufzusuchen, sondern sich erst einmal nach einem Versteck umzusehen, wo er sich die nächsten Schritte in Ruhe überlegen konnte. Vor einer mehrstöckigen Parkgarage blieb er stehen: ein geeigneterer Ort ließ sich kaum finden, um einen neuen Plan zu schmieden.

Er betrat die Garage durch einen Ausgang im Erdgeschoß und kam zu einem Lift; wie an den Leuchtziffern oberhalb der Tür abzulesen war, hatte das Parkhaus vier Geschosse. Er lief die Treppe ins Kellergeschoß bis ganz nach unten, da er annahm, daß die unterste Etage sich zuletzt mit Wagen füllen würde. In der hintersten Ecke parkten zwei Autos, die, der dicken Staubschicht nach zu urteilen, hier schon seit einiger Zeit stehen mußten. Hinter einem der beiden Fahrzeuge hockend, fühlte er sich einigermaßen in Sicherheit — solange nicht ein außergewöhnlich Neugieriger auftauchte.

Vielleicht, überlegte er hoffnungsvoll, hatte jemand seinen Wagen in diesem Geschoß geparkt und die Schlüssel im Zündschloß vergessen. Er kontrollierte die Türen beider Wagen. Sie waren fest versperrt. Wie konnte er nur, realistisch betrachtet, bei Einbruch der Dunkelheit die Küste erreichen?

Adam war tief in Gedanken versunken, als er plötzlich ein scharrendes Geräusch vernahm und hochfuhr. Aufmerksam schaute er sich im Kellergeschoß um. Aus dem Dunkel tauchte ein Mann auf, der eine halbvolle Plastikmülltonne hinter sich herschleifte — ein alter Mann in einem schmutzigen, braunen Mantel, der fast bis zum Boden reichte und ohne Zweifel einen größeren Vorbesitzer gehabt hatte. Fieberhaft überlegte Adam, was tun, falls der Mann zu ihm herüberkäme, konnte dann aber endlich erkennen, wie alt und gebeugt der Mann war, zwischen dessen Lippen eine Zigarettenkippe steckte. Der Alte blieb stehen, entdeckte eine Zigarettenpackung auf dem Boden, hob sie auf, vergewisserte sich, daß sie tatsächlich leer war und warf sie in die Mülltonne, in die anschließend auch Bonbonpapier, eine Cola-Dose sowie eine alte Ausgabe des *Figaro* wanderten. Langsam sah sich der Alte im Kellergeschoß nach anderen Abfällen um. Vor seinen Blicken zog Adam sich immer weiter hinter den Wagen zurück und atmete schon auf, als der Alte endlich, zufrieden, seine Aufgabe erledigt zu haben, die Mülltonne zum Ausgang zerrte. Doch zwei Minuten später war der alte Mann zurück und ging zur Wand gegenüber, wo er eine Tür öffnete, die Adam gar nicht bemerkt hatte. Er zog den langen braunen Mantel aus und schlüpfte in einen grauen, der zwar nicht viel besser aussah, aber wenigstens paßte. Adam sah den Alten durch den Ausgang verschwinden. Wenige Augenblicke später schlug eine Tür zu. Der Putzmann hatte sein Tagewerk beendet.

Adam wartete noch ein Weilchen, ehe er aufstand und sich streckte. Er schlich an der Wand entlang, drückte sich in die Ecken, erreichte schließlich die kleine Tür an der Wand gegenüber, zog sie auf, nahm den langen braunen Mantel vom Nagel und hastete zu seinem Versteck hinter dem geparkten Wagen zurück, als das erste Auto des Tages einfuhr. Adam duckte sich. Der Fahrer war so schwungvoll und gekonnt am anderen Ende der Garage eingebogen, daß es sich nur um eine täglich geübte Routine handeln konnte. Heraus sprang ein kleiner adretter Herr in einem eleganten Nadelstreifenanzug, ein bleistiftdünnes Schnurrbärtchen über den Lippen, in der Hand eine Aktenmappe, der nach dem Zusperren seines Wagens mit schnellen Schritten dem Ausgang zustrebte. Adam wartete, bis die schwere Tür erneut ins Schloß fiel, stand auf und probierte den braunen Mantel über seinem Blazer an. Er war ihm an den Schultern ein wenig eng und zu kurz an den Armen, aber in dieser Aufmachung mußte Adam zumindest den Eindruck erwecken, als arbeite er hier in der Garage. Innerhalb der nächsten Stunde wurden etliche Autos im Kellergeschoß abgestellt, deren Besitzer, wie Adam verärgert feststellen mußte, die Wagentüren sorgsam versperrten, ehe sie mitsamt den Schlüsseln verschwanden.

In der Ferne schlug es zehn Uhr. Es hatte keinen Sinn, hier noch länger herumzuhängen. Adam kroch also hinter dem Wagen hervor und durchquerte den Garagenraum zum Ausgang hin, als plötzlich ein Rover mit englischem Kennzeichen um die Ecke bog; beinah hätten ihn die Scheinwerfer geblendet. Adam sprang zur Seite, um den Wagen vorbeizulassen, doch der Wagen blieb quietschend neben ihm stehen, und der Fahrer kurbelte das Fenster herunter.

»Hier — parken — erlaubt?« fragte er unbeholfen mit englischem Akzent auf französisch.

»*Qui, monsieur*«, erwiderte Adam.

»Andere Etagen — überall Schilder — *privé*«, fuhr der Mann langsam fort, als habe er es mit einem Vollidioten zu tun. »Irgendwo parken?« Er zog mit seinem Arm einen großen Kreis.

»*Qui*«, antwortete Adam. »Abörr isch muß für Ihnönn

einparkönn«, fügte er hinzu, wobei er sich bemühte, nicht allzusehr wie der Komiker Peter Sellers zu klingen.

Er erwartete irgendeine Unhöflichkeit als Antwort, doch der Mann sagte: »Schön!«, stieg aus und reichte Adam die Autoschlüssel sowie einen Zehn-Francs-Schein.

»*Merci!*« Adam tippte mit der Hand an eine imaginäre Bedienstetenkappe und steckte das Geld ein. »*Quelle — heure — vous — retournez?* — Wann Sie kommen zurück?« fragte er genauso dümmlich wie vorhin der Engländer.

»In längstens einer Stunde!« rief der Mann und verschwand hinter der Tür. Adam wartete einige Minuten neben dem Wagen, aber der Engländer kehrte nicht zurück. Er öffnete die Beifahrertür, ließ seinen Proviant auf den Vordersitz fallen, ging um das Auto herum, stieg auf der Fahrerseite ein, startete — die Benzinuhr zeigte einen etwas mehr als halbvollen Tank an. Adam brachte den Motor auf Touren, fuhr die Rampe hinauf, erreichte das Erdgeschoß, wo ihn eine Sperre am Weiterfahren hinderte, die er mit einem Zwei-Francs-Stück hochbringen mußte — die Dame im Wagen hinter ihm wechselte ihm, wenn auch widerwillig, seinen Zehn-Francs-Schein; ihr wurde rasch klar, daß sie sonst selber nicht hinauskam.

Adam fuhr zügig auf die Straße hinaus und suchte nach einem Wegweiser mit der Aufschrift *Toutes directions*. Danach hatte er die Stadt innerhalb weniger Minuten hinter sich gebracht und fuhr auf der N6 Richtung Paris.

Adam blieben bestenfalls zwei Stunden — dann wäre der Autodiebstahl mit Sicherheit der Polizei gemeldet worden. Er wußte, daß er genügend Benzin hatte, um bis Paris zu kommen, aber er wußte auch, daß es bis Calais nicht reichen würde. Adam hielt sich fast während der ganzen Fahrt auf der Hauptspur der N6, und er achtete darauf, daß der Tachometer stets fünf Stundenkilometer unter der Geschwindigkeitsbegrenzung blieb. Nach der ersten Stunde hatte er beinah neunzig Kilometer hinter sich gebracht.

Er öffnete die Tüte, die ihm die Bäuerin mitgegeben hatte, und nahm einen Apfel und ein Stück Käse heraus. Seine Gedanken wanderten — wie so oft in den vergangenen beiden Tagen — zu Heidi.

Hätte er den Brief doch nie geöffnet!

Nach einer Stunde sah er ihn, wenige hundert Meter von der Hauptstraße entfernt, einen Hügel hinaufhumpeln. Ein breites Grinsen ging über Romanows Gesicht — er würde Scott einholen, bevor Scott auch nur hoffen konnte, die Straße zu erreichen. Romanow war wenige Schritte hinter ihm, als sich Banks umdrehte und dem Fremden zulächelte.

Dreißig Minuten später hatte Romanow Banks mit gebrochenem Hals als Leiche hinter einem Baum versteckt, und sich widerwillig eingestanden, daß der junge Fliegeroffizier so tapfer gewesen war wie Waltschek. Aber Romanow hatte nicht noch mehr Zeit damit vergeuden dürfen, um aus Banks herauszubekommen, welche Richtung Scott eingeschlagen hatte. Romanow wandte sich westwärts.

Adam hörte die Sirene. Er schreckte aus seinen Gedanken auf. Ein Blick auf die kleine Uhr am Armaturenbrett sagte ihm, daß er erst etwa eineinhalb Stunden unterwegs war. Hatte er die französische Polizei doch unterschätzt? Der Streifenwagen kam auf der Überholspur rasch näher. Adam behielt seine Geschwindigkeit bei, ganz im Gegensatz zu seinem Herz, das immer schneller schlug — aber dann war der Polizeiwagen an ihm vorbeigebraust.

Während er Kilometer um Kilometer zurücklegte, überlegte Adam, ob es nicht klüger sei, auf eine ruhigere Straße auszuweichen, beschloß dann jedoch, das Risiko einzugehen, um so rasch wie möglich nach Paris zu kommen.

Mit gespannter Aufmerksamkeit horchte er nach weiteren Streifenwagen, erreichte die Vororte der Hauptstadt, fuhr weiter Richtung Boulevard de l'Hospital und fühlte sich sogar entspannt genug, um in den zweiten Apfel zu beißen. An den Seineufern hätte er die prachtvolle Architektur sicherlich gern bewundert, aber sein Blick kehrte immer wieder zum Rückspiegel zurück.

Adam beschloß, den Wagen auf einem großen öffentlichen Parkplatz abzustellen und dort stehenzulassen, wo er mit etwas Glück erst ein paar Tage später entdeckt werden würde.

Er fuhr den Rover in den äußersten Winkel des Parkplatzes, verschlang das letzte Stück Käse und versperrte den Wagen. Er wanderte langsam dem Ausgang zu, stellte aber bereits nach wenigen Metern fest, daß sich die umherschlendernden Urlauber über seinen schlecht sitzenden braunen Mantel lustig machten. Er hatte völlig vergessen, daß er ihn trug. Also machte Adam sich auf den Weg zurück zum Auto, um den Mantel, den er eiligst auszog und säuberlich zu einem kleinen quadratischen Bündel zusammenfaltete, im Kofferraum zu verstauen.

Adam war noch ein paar Meter vom Rover entfernt, als er den Polizisten sah — einen jungen Polizisten, der das Kennzeichen des Rovers überprüfte und über Funk weitergab. Ohne den Polizisten aus den Augen zu lassen, bewegte Adam sich äußerst langsam rückwärts. Nur sechs oder sieben Schritte noch, und er könnte in der Menge untertauchen.

Fünf, vier, drei, zwei zählte Adam in Gedanken. Der Polizist sprach noch immer in sein Gerät. Nur mehr ein Schritt... »*Alors!*« schrie plötzlich hinter ihm eine Frau auf. Adam war ihr auf den Fuß getreten.

»Verzeihung!« sagte Adam verwirrt in seiner Muttersprache. Der Polizist schaute hoch, starrte Adam an, rief etwas in sein Funkgerät und begann auf ihn zuzulaufen.

Adam ließ den Mantel fallen, wirbelte herum, stieß um

ein Haar die Frau um, die sich eben bückte, und raste zum Ausgang. Der Parkplatz wimmelte von Touristen, die sich an den Kunstschätzen des Louvre erfreuen wollten, so daß Adam Mühe hatte, in der dichten Menge rasch voranzukommen. Er erreichte die Einfahrt, hörte die Trillerpfeife des Polizisten nur wenige Meter hinter sich, rannte über die Rue de Rivoli, durch einen Bogengang und wieder ins Freie auf einen großen Platz.

In dem Augenblick näherte sich von rechts ein zweiter Polizist. Adam konnte nur noch die Stufen hinauflaufen, die er vor sich sah. Oben wandte er sich um und erblickte mindestens drei weitere Polizisten, die ihm auf den Fersen waren. Er stürmte durch die Drehtür, rannte bei der Rodin-Statue in der Eingangshalle an einer Gruppe japanischer Touristen vorbei, passierte einen völlig verblüfften Kartenkontrolleur und hastete die lange Marmortreppe hinauf. »*Monsieur, monsieur, votre billet!* Ihre Eintrittskarte!« hörte er hinter sich rufen.

Auf dem obersten Treppenabsatz wandte Adam sich nach rechts und rannte durch die »Sonderausstellung 66«, dann durch den Saal zeitgenössischer Kunst — Pollock, Bacon, Hockney — in den Impressionisten-Saal mit Monet und Courbet. Verzweifelt hielt er nach einem Ausgang Ausschau, gelangte ins 18. Jahrhundert — Fragonard, Goya, Watteau —: immer noch kein Ausgang. Durch einen großen Torbogen geriet er ins 17. Jahrhundert — Murillo, van Dyck, Poussin. Statt sich dem Kunstgenuß hinzugeben, begannen die Menschen sich umzudrehen, um zu sehen, wer einen derartigen Aufruhr verursachte. Adam rannte weiter, ins 16. Jahrhundert — Raffael, Caravaggio, Michelangelo —, und plötzlich wurde ihm bewußt, daß er nur mehr zwei Jahrhunderte Malerei vor sich hatte.

Rechts oder links? Er entschied sich für rechts und gelangte in einen riesigen, rechteckigen Saal mit drei Ausgängen, bremste kurz ab, überlegte, welchen Ausgang er wählen sollte — da fiel ihm auf, daß der Saal voller russischer Ikonen war. Vor einem leeren Schaukasten blieb er atemlos stehen: »Wir bedauern, Ihnen dieses Bild zur Zeit nicht zeigen zu können, da es restauriert wird«, stand auf einem Schild zu lesen. Da kam Adam der rettende Einfall . . .

Der erste Polizist war bereits in den Saal gestürmt und befand sich nur wenige Schritte hinter ihm. Adam stürzte auf den am weitesten entfernten Ausgang los — ein Polizist; er schlug einen Haken nach rechts zum nächsten Ausgang — auch hier kam ein Polizist auf ihn losgestürmt. Nach links: zwei weitere. Geradeaus: noch einer.

Adam blieb mitten im Ikonen-Saal des Louvre stehen und hob die Hände über den Kopf. Er war von Polizisten umzingelt, die ihre Pistolen gezogen hatten.

19

Sir Morris hob den Hörer von seinem Telefon am Schreibtisch.

»Ein dringender Anruf aus Paris, Sir«, sagte seine Sekretärin.

»Danke, Tessa!«

Rasch begann er die aufregenden Neuigkeiten im Geist zu übersetzen. »*Merci, merci*«, bedankte sich Sir Morris bei seinem Kollegen im französischen Außenministerium. »Wir setzen uns mit Ihnen in Verbindung, sobald wir alle Vorbereitungen getroffen haben, um ihn abzuholen. Lassen Sie ihn bitte bis dahin nicht aus den Augen.« Sir Morris schwieg einen Augenblick, bevor er hinzufügte: »Sollte er irgendwelche Sachen bei sich haben, so halten Sie diese bitte unter sicherem Verschluß. Und nochmals vielen Dank!« Die Sekretärin stenographierte jedes Wort des Gesprächs mit, wie sie es in den letzten siebzehn Jahren stets getan hatte.

Die Polizisten ließen die Handschellen um Adams Handgelenke klicken und führten ihn zu einem wartenden Wagen. Adam war erstaunt, als er feststellte, wie gelöst und geradezu freundlich sie ihm gegenüber wurden. Der Polizist, an den er gefesselt war, zog ihn mit einem Ruck auf den Rücksitz. Dann bemerkte Adam, daß vor und hinter ihnen ein Polizeiauto fuhr. Zwei Polizisten auf Motorrädern führten die kleine Wagenkolonne an. Adam kam sich vor wie ein Monarch auf Staatsbesuch, nicht wie ein Krimineller, der wegen zweifachen Mordes, zweier Autodiebstähle und des Diebstahls unter der Benutzung von falschen Papieren gesucht wurde. Hatte endlich jemand erkannt, daß er unschuldig war?

Auf der Sureté wurde ihm sofort befohlen, alle Taschen zu leeren, zum Vorschein kamen eine Armbanduhr, ein Apfel, vierzig Pfund Sterling in Reiseschecks, acht Francs sowie ein britischer Reisepaß auf den Namen Dudley Hulme. Der Polizeiinspektor bat Adam höflich, sich bis auf Unterhemd und Unterhose auszuziehen. Es war an diesem Tag bereits das zweite Mal, daß Adam einer solchen Aufforderung nachkommen mußte. Der Inspektor durchsuchte sorgfältig jede Tasche des Blazers und tastete sogar das Innenfutter ab. Seinem Gesichtsausdruck konnte Adam zweifelsfrei entnehmen, daß er nicht gefunden hatte, was er suchte.

»Besitzen Sie sonst noch etwas?« fragte der Polizist in langsamem, korrektem Englisch.

Idiotische Frage! dachte Adam. Das siehst du doch selbst! »Nein«, antwortete er nur. Der Inspektor durchsuchte den Blazer noch einmal, entdeckte aber nichts Neues. »Ziehen Sie sich wieder an«, sagte er kurz angebunden.

Adam schlüpfte in Hemd, Hose und Sakko; seine Krawatte und die Schnürsenkel behielt der Inspektor zurück.

»Sie bekommen Ihre Sachen wieder, sobald Sie entlassen werden«, erklärte er.

Adam nickte und zog sich die Schuhe an. Anschließend wurde er im selben Stockwerk in eine kleine Zelle eingesperrt und allein gelassen. Er sah sich in dem karg möblierten Raum um. In der Mitte stand ein kleiner hölzerner Tisch mit zwei Holzstühlen. Neugierig betrachtete er das Bett in der Ecke, auf dem eine alte Roßhaarmatratze lag. Eigentlich konnte man den Raum gar nicht als Zelle betrachten — es gab nirgends Gitter, nicht einmal vor dem einzigen Fenster.

Adam zog sein Sakko aus, hängte es über einen Stuhl und

legte sich aufs Bett — zweifelsohne eine deutliche Verbesserung gegenüber allem, worauf er in den letzten beiden Nächten geschlafen hatte. War es wirklich erst zwei Nächte her, seit er auf dem Fußboden von Robins Hotelzimmer in Genf genächtigt hatte?

Drei Minuten verstrichen. Adam beschloß, einen Rechtsanwalt zu verlangen, sobald der Inspektor zurückkam. »Aber was, zum Teufel, heißt Rechtsanwalt auf französisch?« fragte er laut.

Etwa eine halbe Stunde später erschien endlich ein Beamter. Er trug ein Tablett, das mit einem Teller heißer Suppe, einem Brötchen und, soweit Adam erkennen konnte, mit einem Steak samt allen dazu gehörenden Beilagen sowie mit einem randvoll mit Rotwein gefüllten Plastikbecher beladen war. Adam fragte sich, ob die Franzosen ihn mit jemand anderem verwechselt hatten oder ob es sich um seine letzte Mahlzeit vor der Guillotine handelte. Adam folgte dem Polizisten zur Tür.

»Ich möchte mit einem Rechtsanwalt sprechen«, sagte er mit Nachdruck, doch der Polizist zuckte nur die Achseln.

»*Je ne comprends pas l'anglais* — ich verstehe kein Englisch.« Dann knallte die Tür hinter ihm zu.

Adam setzte sich und begann zu essen; er empfand Dankbarkeit darüber, daß die Franzosen, ungeachtet aller äußeren Umstände, nie die Notwendigkeit eines guten Essens vergaßen.

Eine Stunde später teilte Sir Morris seinen Mitarbeitern die Neuigkeit mit und musterte eindringlich alle um den Tisch Versammelten. Er hätte nie eine D4-Sitzung einberufen, wäre er nicht überzeugt gewesen, daß sich Adam endlich in Sicherheit befand. Matthews verriet, wie immer, keinerlei Gefühle, Bush war ungewöhnlich still, Snell wirkte zur Abwechslung beinah gelöst. Ein Ausdruck der Freude schien nur bei Lawrence erkennbar.

»Scott befindet sich im Innenministerium in der Nähe der Place Beauvais in Haft«, fuhr Sir Morris fort. »Ich habe bereits mit unserem Militärattaché an der Botschaft Kontakt aufgenommen ...«

»Colonel Pollard«, unterbrach Lawrence.

»Colonel Pollard«, bestätigte Sir Morris. »Er wurde mit dem Wagen der Botschaft hinübergefahren und wird Scott zu einer ersten Einvernahme in unsere Botschaft am Faubourg St. Honoré bringen. Die Sureté rief vor wenigen Augenblicken an und hat bestätigt, daß Colonel Pollard eingetroffen ist.« Sir Morris wandte sich an seine Nummer Zwei. »Sie werden heute abend nach Paris fliegen und die Einvernahme persönlich leiten.«

»Gewiß, Sir!« antwortete Lawrence, und ein Lächeln leuchtete auf seinem Gesicht, als er seinen Chef anschaute.

Sir Morris nickte. Eine ausgekochte Bande! dachte er bei sich, als er die um den Tisch Sitzenden prüfend anblickte. Aber die nächste halbe Stunde würde schon ans Licht bringen, wer von ihnen zwei Herren diente ...

»Gut! Ich glaube nicht, daß ich Sie heute noch benötigen werde«, sagte Sir Morris. Er erhob sich und verließ den Raum.

Mentor lächelte; seine Aufgabe war erfüllt. Aber wie gut, daß er Kurzschrift spiegelbildlich lesen konnte ...

Einige Minuten früher als geplant traf ein schwarzer Jaguar mit CD-Kennzeichen vor dem Polizeihauptquartier ein. Der Verkehr war nicht so stark gewesen, wie der Colonel erwartet hatte. Der Inspektor erwartete ihn bereits. — Pollard sprang aus dem Wagen. Der Polizist warf einen Blick auf den Union Jack, der auf der Motorhaube flatterte; er fand, daß hier alles allmählich melodramatische Züge annahm.

Pollard — ein kleiner untersetzter Mann in einem dunklen Anzug mit Regimentskrawatte und einem zusammengerollten Schirm unter dem Arm — sah aus wie so viele dieser Engländer, die einfach nicht zur Kenntnis nehmen wollen, daß sie sich im Ausland befinden.

Der Inspektor führte Pollard geradewegs in den kleinen Raum, in dem Adam festgehalten wurde.

»Pollard mein Name, Colonel Pollard! Britischer Militärattache in Paris. Ich bedaure, daß Sie diese Nervenprobe mitmachen mußten, mein Guter, aber es gab erst jede Menge Papierkram zu erledigen, um Sie herauszubekommen! Verdammte Bürokratie!«

»Ich verstehe«, entgegnete Adam und sprang von dem Bett hoch. Er gab dem Colonel die Hand. »Ich war selbst bei der Army.«

»Ich weiß! Royal Wessex, nicht wahr?«

Adam begann sich allmählich zuversichtlicher zu fühlen.

»Auf jeden Fall ist das Problem jetzt gelöst«, fuhr der Colonel fort. »Die französische Polizei war äußerst kooperativ. Sie ist damit einverstanden, daß Sie mich zur Botschaft begleiten.«

Adam betrachtete die Krawatte des Colonels. »Das Regiment des Duke of York?«

»Keineswegs«, verbesserte Pollard und fingerte an seiner Hemdbrust herum. »Green Jackets.«

»Ach ja, selbstverständlich«, sagte Adam erfreut, daß der Colonel seine bewußte Fehlangabe korrigiert hatte.

»Jetzt sollten wir uns aber auf den Weg machen, mein Guter! Ihnen wird gewiß ein Stein vom Herzen fallen, wenn ich Ihnen sage, daß die Franzosen keinerlei Anklage erheben werden.«

Der Colonel hatte keine Ahnung, *wie* groß der Stein war, der Adam vom Herzen fiel.

Der Inspektor führte die beiden in den Vorraum zurück. Adam brauchte nur noch eine Übernahmebestätigung für seine persönlichen Habseligkeiten zu unterschreiben. Er steckte alles in die Tasche seines Blazers, außer der Uhr, die er über das Handgelenk streifte, fädelte die Schnürsenkel ein und knüpfte sie zu. Dudley Hulmes Paß wurde ihm nicht zurückerstattet, was ihn jedoch keineswegs verwunderte.

»Machen wir, daß wir weiterkommen, mein Guter«, sagte der Colonel. Er schien ein wenig nervös zu werden.

»Ich bin genauso scharf wie Sie, hier herauszukommen«, sagte Adam, »doch bitte, einen Augenblick noch.« Er prüfte die Schnürsenkel und folgte Colonel Pollard und dem Inspektor zu dem Jaguar. Zum erstenmal fiel ihm auf, daß der Colonel leicht hinkte. Ein Chauffeur hielt Adam die Tür auf. Adam begann zu lachen.

»Ist etwas nicht in Ordnung, mein Guter?« erkundigte sich der Colonel.

»Mir ist nur eingefallen, daß der Chauffeur, der das letztemal die Wagentür für mich aufgehalten hat, wesentlich unfreundlicher aussah . . .«

»Zur Botschaft!« befahl Pollard. Der Wagen fuhr los. In panischem Schrecken starrte Adam auf den flatternden Union Jack.

20

Als Adam aufwachte, war er nackt.

Er sah sich in dem kahlen Raum um, konnte aber — im Gegensatz zu dem französischen Gefängnis — hier nicht erkennen, was sich hinter ihm befand. Er war an Armen, Beinen und Rumpf mit einer Nylonschnur fest an einen Stuhl in der Mitte des Raumes gefesselt, so daß er praktisch keine Bewegungsfreiheit hatte.

Er blickte auf. Vor ihm stand Colonel Pollard, der den Raum rasch wieder verließ, als er mit Befriedigung festgestellt hatte, daß Adam wieder bei Bewußtsein war.

Adam drehte den Kopf. Seine Kleider lagen ordentlich auf einem Bett am anderen Ende der Zelle ausgebreitet. Er versuchte, den Stuhl von der Stelle zu bewegen, doch gelang es ihm kaum, ihn zum Schaukeln zu bringen. Nach etlichen Minuten hatte er ihn nur wenige Zentimeter in Richtung Tür versetzt. Adam wechselte die Taktik; er setzte alle seine Energien drauf an, die Stricke an den Handgelenken zu lockern. Aber seine Arme waren so eng gefesselt, daß er die Stricke nur schwach an der Stuhlkante scheuern konnte.

Einige Minuten lang mühte Adam sich vergebens ab. Dann hörte er, wie schwungvoll die Tür geöffnet wurde. Er blickte hoch. Romanow trat ein. So aus der Nähe, sagte sich Adam, wirkte er um nichts weniger furchteinflößend. Ihm folgte ein Mann, den Adam nicht kannte. Er hielt etwas unter dem Arm geklemmt, das wie eine Zigarrenkiste aussah.

Der Mann stellte sich irgendwo hinter Adam auf. Dann kam Pollard mit einer großen Plastikfolie in der Hand zurück.

Romanow blieb unmittelbar vor dem Stuhl stehen, sah auf Adams nackten Körper herab und lächelte. Er schien Adams Demütigung zu genießen.

»Mein Name ist Alexander Petrowitsch Romanow«, verkündete er mit nur ganz leichtem Akzent.

»Oder Emmanuel Rosenbaum«, ergänzte Adam und musterte seinen Gegner scharf.

»Ich bedaure, daß wir einander nicht die Hände schütteln können«, fuhr Romanow fort und begann den Stuhl zu umkreisen. »Aber unter den gegebenen Umständen hielt ich gewisse Vorsichtsmaßnahmen für unerläßlich. Zunächst möchte ich Ihnen gratulieren, daß Sie sich mir so lange entziehen konnten. Mittlerweile werden Sie wohl erkannt haben, daß meine Quelle in London einen Anruf genauso rasch zu lokalisieren vermag wie Ihre Leute.«

»Ihre Quelle?« fragte Adam.

»Tun Sie nicht so naiv, Captain! Seien Sie sich lieber darüber im klaren, daß Sie hier keine Fragen zu stellen, sondern zu beantworten haben!«

Adam fixierte einen Ziegel in der Wand gegenüber. Er legte keinen Wert darauf, Romanows Rundummärsche zu verfolgen.

»Pollard!« sagte Romanow scharf. »Schieben Sie Scott wieder in die Mitte des Raumes. Offensichtlich ist es ihm bei seinem Fluchtversuch gelungen, sich gut dreißig Zentimeter vom Fleck zu bewegen.«

Pollard tat wie befohlen, breitete die Plastikfolie auf dem Boden aus und schob Adam samt dem Stuhl so lange hin und her, bis er mitten auf der Folie stand.

»Danke«, sagte Romanow. »Unseren Colonel Pollard haben Sie ja schon kennengelernt«, fuhr er fort. »Allerdings ist das nicht sein richtiger Name, und ein richtiger Colonel ist er auch nicht. Er wäre nur schon immer gern einer gewesen, und deshalb sind wir ihm bei dieser passenden Gelegenheit gern entgegengekommen. Doch in der britischen Armee hat unser guter Colonel tatsächlich gedient. Leider ist er nur als gemeiner Soldat in die Dienste des Königs getreten, und als er diese Dienste achtzehn Jahre später quittierte, war er noch immer nur ein Gemeiner. Trotz einer Beinverletzung hatte er keinerlei Anspruch auf eine Invalidenrente; er stand also völlig mittellos da. Aber, wie gesagt, er wollte schon immer Colonel sein«, schloß Romanow seine Ausführungen. »War wirklich nicht schlecht, Ihre Fangfrage mit dem ›Duke of York's‹. Aber da der Colonel bei den Green Jackets gedient hat, ist dies die einzige Krawatte, die er ohne Bedenken trägt.«

Adams Blick blieb weiterhin an die Wand geheftet.

»Ich muß zugeben, daß unser Fehler mit dem Union Jack am Wagen ein Zeichen von Nachlässigkeit war. Da es aber unmöglich ist, die russische Fahne verkehrt herum aufzuhängen, ohne daß es sofort auffällt, ist unser Fehler vielleicht verständlich. Bei der englischen Flagge ist das nicht so eindeutig. Zweifelsohne hätte Pollard die Panne bemerken müssen. Ein Glück, daß sie Ihnen erst aufgefallen ist, als die Türen des Wagens bereits fest verriegelt waren.«

Romanow unterbrach seine Rundwanderung und blickte auf den nackten Körper herab.

»Ich denke, es ist an der Zeit, Ihnen unseren Dr. Stawinsky vorzustellen. Er hat sich schon sehr auf Sie gefreut, da in letzter Zeit nicht eben viel zu tun war, und er schon befürchten mußte, daß seine Fertigkeiten ein wenig einrosten könnten.«

Romanow trat einen Schritt zurück, um Stawinsky vorzulassen, der sich, die Zigarrenkiste immer unter dem Arm geklemmt, vor Adam aufpflanzte und ihn taxieren zu wollen schien. Stawinsky war kaum größer als ein Meter fünfzig; er trug ein graues Hemd mit offenem Kragen und einen arg zerknitterten grauen Anzug, in dem er wie ein Praktikant einer nicht allzu erfolgreichen Anwaltskanzlei aussah. Ein zwei Tage alter Bart, der darauf hinzudeuten schien, daß er an diesem Tag nicht mit Arbeit gerechnet hatte. Die dünnen Lippen teilten sich plötzlich und verzogen sich zu einem Grinsen.

»Es ist mir eine große Freude, Ihre Bekanntschaft zu machen, Captain Scott«, begann Stawinsky. »Auch wenn Sie ein unerwarteter Gast unserer Botschaft sind, wollen wir Sie doch herzlichst willkommen heißen. Es liegt ausschließlich an Ihnen, unser Beisammensein erheblich abzukürzen; Sie müssen mir nur eine einzige kleine Auskunft geben. Eigentlich« — er ließ ein kleines Lachen hören — »möchte ich bloß erfahren, wo sich die Zaren-Ikone befindet.« Er machte eine kleine Pause. »Ich fürchte nur, daß diese Angelegenheit leider nicht ganz so einfach über die Bühne gehen wird. Habe ich recht?«

Adam gab keine Antwort.

»Das wundert mich überhaupt nicht! Ich habe Genossen Romanow bereits gewarnt: Dank seiner ausführlichen Beschreibung Ihrer Person hielt ich es eher für unwahrscheinlich, daß es bei einer Reihe von Fragen und Antworten bleibt. So sehe ich mich leider gezwungen, die unter solchen Umständen übliche Verfahrensweise beizubehalten. Sie werden sehen, daß die Sowjets in dieser Hinsicht genauso penibel sind wie die Briten. Nun, Sie werden sich vielleicht schon gefragt haben«, fügte Stawinsky hinzu, als fiele es ihm erst nachträglich ein, »weshalb ein Mann, der niemals raucht, eine Havanna-Zigarrenkiste mit sich herumträgt?«

Stawinsky wartete auf Antwort, aber Adam blieb stumm.

»Sie wollen sich also mit mir nicht unterhalten? Ich merke, daß Sie bereits einschlägige Erfahrungen gesammelt haben. Nun, dann werde ich meine Ausführungen einfach fortsetzen, ob es Sie interessiert oder nicht. Ich habe an der Moskauer Universität im Hauptfach Chemie studiert, mich jedoch auf einen bestimmten Bereich dieser Wissenschaft spezialisiert.«

Adam heuchelte weiter Desinteresse, während er sich krampfhaft bemühte, nicht an seine schlimmste Zeit in den Händen der Chinesen zu denken.

»Nur wenige Leute im Westen wissen, daß wir Russen auf Universitätsebene als erste ein Institut für Wissenschaftliche Vernehmung eingerichtet haben; mit einer ordentlichen Professur und mehreren Assistenten. Ich habe gehört, daß weder Oxford noch Cambridge bis heute über derartige Institute verfügen. Allerdings hat der Westen noch immer höchst weltfremde Ansichten über den Wert des Lebens und die Rechte des einzelnen. Nun, Sie können sich ja vorstellen, daß auch bei uns nur bestimmte Angehörige der Universität von der Existenz dieses Instituts wußten; abgesehen davon hatten auch nur wenige Studenten die Möglichkeit, sich an diesem Institut einzuschreiben — es tauchte ja auch nicht im Vorlesungsverzeichnis auf. Aber da ich bereits Mitglied des Perwijotdel war, schien es vernünftig, meine fachlichen Kenntnisse auch um die Kunst des Folterns zu erweitern. Im Grund bin ich ein einfacher Mensch«, fuhr Stawinsky fort, »und ich habe mich früher nur mäßig für Forschung interessiert. Aber nachdem ich die ›Zigarrenkiste‹ einmal kennengelernt hatte, wurde ich über Nacht ein begeisterter und gelehriger Schüler. Ich konnte es kaum erwarten, daß mir endlich einmal gestattet wurde, selbst zu experimentieren.«

Er hielt inne, um zu sehen, welchen Eindruck sein Monolog auf Scott machte, und war enttäuscht, als er dem gleichen unbeteiligten Blick begegnete.

»Foltern ist freilich ein altes und ehrwürdiges Handwerk«, nahm Stawinsky seine Ausführungen wieder auf. »Die Chinesen beschäftigen sich damit beinah seit dreitausend Jahren. Soweit ich unterrichtet bin, wissen Sie, Captain Scott, das bereits aus eigener Erfahrung. Selbst Ihr Briten seid seit den Zeiten der Folterbank ein ganz beträchtliches Stück weitergekommen. Die Folterbank hat sich jedoch als zu unhandlich erwiesen; in einer Zeit wie der heutigen kann man sie nicht überallhin mitschleppen. Aus diesem Grund hat mein Lehrer in Moskau, Professor Metz, etwas ganz Kleines, Einfaches, entwickelt. Selbst ein durchschnittlich intelligenter Mensch kann nach wenigen Stunden damit umgehen.«

Adam hätte allzugern gewußt, was in der Zigarrenkiste steckte, aber sein Gesicht blieb teilnahmslos.

»Bei der Folter spielt — übrigens ganz wie bei der Liebe, Captain Scott — das Vorspiel eine äußerst wichtige Rolle. Können Sie mir folgen, Captain?«

Adam versuchte entspannt und ruhig zu bleiben.

»Noch immer keine Antwort, Captain Scott? Nun, ich bin ja, wie ich dargelegt habe, nicht in Eile. Außerdem rechne ich ohnehin damit, daß die Prozedur in Ihrem Fall länger als gewöhnlich dauern dürfte. Ich gestehe, daß dies mein Vergnügen nur steigern wird. Auch wenn wir uns noch nicht im Besitz der Zaren-Ikone befinden, so befinden wir uns doch wenigstens im Besitz der einzigen Person, die *weiß*, wo sie sich befindet.«

Adam äußerte sich noch immer nicht.

»Bevor ich die Kiste öffne, frage ich Sie daher nur ein einziges Mal: Wo ist die Ikone?«

Adam spuckte Stawinsky an.

»Sie sind nicht nur ungezogen«, stellte Stawinsky fest, »sondern auch dumm! In kürzester Zeit nämlich werden Sie jeden Tropfen Flüssigkeit, den wir Ihnen freundlicherweise zugestehen, bitter nötig haben. Aber ich gestehe der Fairneß halber, daß Sie dies natürlich nicht wissen konnten.«

Stawinsky stellte die Kiste auf den Boden und öffnete sie behutsam.

»Zunächst habe ich hier«, erklärte er wie ein Zauberer, der seine Künste vor einem kleinen Kind demonstriert, »eine Sechs-Volt-Nickel-Cadmium-Batterie der britischen Firma Ever Ready.« Er legte eine Pause ein. »Ich kann mir vorstellen, daß Sie dieses Detail zu würdigen wissen. Zweitens«, er steckte seine Hand erneut in die Kiste, »einen kleinen Impulsgenerator.« Er stellte das rechteckige Metallgehäuse neben die Batterie. »Drittens habe ich hier zwei Drähte, an deren Enden Elektroden befestigt sind, viertens zwei Injektionsspritzen, fünftens eine Tube Kollodiumkleber und schließlich eine Ampulle — aber davon später. Ich sagte zwar ›schließlich‹, aber es gibt noch zwei weitere Dinge in dieser Kiste, die ich allerdings nur einsetzen will, falls es sich als notwendig erweist, zu Stadium Zwei oder gar zu Stadium Drei überzugehen.«

Stawinsky stellte alles in einer Reihe vor Adam auf den Boden.

»Ich gebe zu, daß es nicht nach viel aussieht«, sagte er schließlich, »aber mit ein wenig Phantasie werden Sie sich die Möglichkeiten, die mit diesen Objekten gegeben sind, gewiß vorstellen können! Nun gut. Damit auch Genosse Romanow und der Colonel das Schauspiel genießen können, halte ich es für notwendig, einige Details über das menschliche Nervensystem zu erläutern. Ich hoffe doch, daß Sie gut zuhören, Captain Scott! Erst wenn das Opfer Bescheid weiß, vermag es das wahrhaft Geniale an der folgenden Prozedur auch gebührend zu würdigen.«

Es gefiel Adam gar nicht, daß Stawinsky so gut englisch sprach. Die Chinesen hatten ihm das, was sie mit ihm vorhatten, in einer ihm unverständlichen Sprache erzählt, und damals war es ihm leichter gefallen, während ihrer gehässigen Reden an andere Dinge zu denken; schlußendlich war er für vier Stunden in einem Kühlschrank gelandet.

»Jetzt also zur Praxis!« fuhr Stawinsky fort. »Wenn man

einen schwachen elektrischen Impuls an das Ende der Synapse schickt, können innerhalb eines Sekundenbruchteils Tausende anderer Nerven erreicht werden. Das verursacht ein recht unangenehmes Gefühl, wie beim Berühren einer nicht isolierten Leitung — was Ihnen, Scott, unter der Bezeichnung ›elektrischer Schlag‹ bekannt sein dürfte. Unangenehm, aber keineswegs tödlich. Im Sprachgebrauch der Moskauer Schule wird das als Stadium ›Eins‹ bezeichnet. Wir können es Ihnen natürlich ersparen, wenn Sie mir nur sagen würden, wo ich die Zaren-Ikone finden kann.«

Adam blieb teilnahmslos.

»Sie haben meinem kleinen Vortrag offenbar keinerlei Aufmerksamkeit geschenkt! Es wird mir zu meinem größten Bedauern also nichts anderes übrigbleiben, als wirklich von der Theorie zur Praxis überzugehen.«

Adam begann im stillen, alle siebenunddreißig Theaterstücke von William Shakespeare aufzuzählen. Sein alter Englischlehrer wäre bestimmt begeistert gewesen, hätte er gewußt, daß sein unwilliger Schüler nach all den Jahren noch imstande war, sich die Dramen des Meisters ins Gedächtnis zurückzurufen.

Heinrich VI., Erster Teil, Heinrich VI., Zweiter Teil, Heinrich VI., Dritter Teil, Richard II . . .

Stawinsky hob die Tube mit dem Kollodiumkleber vom Boden auf, nahm den Verschluß ab und verrieb zwei Klumpen Klebstoff auf Adams Brust.

. . . Komödie der Irrungen, Titus Andronicus, Der widerspenstigen Zähmung . . .

Der Russe drückte die beiden Elektroden an den Klebstoff, nahm die Drähte und schraubte sie an der Sechs-Volt-Batterie fest, die wiederum an den winzigen Generator angeschlossen war.

. . . Die beiden Veroneser, Verlorene Liebesmüh, Romeo und Julia . . .

Ohne Vorwarnung drückte Stawinsky den Hebel des Generators zwei Sekunden lang hinunter. Zweihundert Volt fuhren durch Adams Körper. In diesen zwei Sekunden unerträglicher Schmerzen schrie er auf; aber die Qual war sofort wieder vorbei.

»Legen Sie sich keinen Zwang auf. Teilen Sie uns bitte mit, in allen Einzelheiten, wie es Ihnen geht! Wir befinden uns in einem schalldichten Raum, werden also niemand stören...«

Adam ignorierte Stawinskys Bemerkung. Er klammerte sich an den Kanten des Stuhls fest.

»... *Richard III., Ein Sommernachtstraum, König Johann*...«, murmelte er.

Wieder drückte Stawinsky den Hebel zwei Sekunden lang hinunter, und wieder durchfuhr Adam ein peinigender Schmerz. Er verspürte anschließend heftige Übelkeit, doch gelang es ihm, bei Bewußtsein zu bleiben.

Stawinsky wartete einen Augenblick. »Höchst eindrucksvoll«, meinte er schließlich. »Sie haben sich zweifelsohne für Stadium Zwei qualifiziert. Dazu muß es aber nicht kommen, wenn Sie mir folgende Frage beantworten: Wo ist die Zaren-Ikone?«

Adams Mund war so ausgetrocknet, daß er nicht sprechen konnte — von spucken ganz zu schweigen.

»Ich möchte Sie warnen, Captain Scott!« Stawinsky wandte sich zur Tür. »Bringen Sie dem Captain doch bitte ein wenig Wasser, Colonel!«

... *Der Kaufmann von Venedig, Heinrich IV, Erster Teil, Heinrich IV, Zweiter Teil* ...

Einen Augenblick später war Pollard zurück. Eine Flasche wurde in Adams Mund geschoben. Er schluckte hastig die Hälfte des Inhalts hinunter, dann wurde sie wieder weggezogen.

»Nur nicht übertreiben! Vielleicht brauchen Sie später

noch etwas Flüssigkeit. Aber Sie könnten sich das alles ersparen, wenn Sie mir mitteilten, wo sich die Ikone befindet.«

Adam spuckte den Rest des Wassers dorthin, wo sein Gegner stand.

Stawinsky machte einen Satz und schlug Adam mit dem Handrücken ins Gesicht. Adams Kopf sank nach vorn.

»Sie lassen mir keine andere Wahl, als zu Stadium Zwei überzugehen«, sagte Stawinsky. Er blickte zu Romanow hinüber, der nickte. Stawinskys dünne Lippen verzogen sich zu einem Lächeln. »Sie werden sich vielleicht gefragt haben«, fuhr er fort, »wieviel gesundheitliche Schäden ich Ihnen mit einer einfachen Sechs-Volt-Batterie zufügen kann. In amerikanischen Gangsterfilmen haben Sie gewiß Exekutionen durch den elektrischen Stuhl gesehen. Sie werden daher wissen, daß ein großer Generator erforderlich ist, um einen Menschen zu töten. Aber erstens müssen Sie sich darüber im klaren sein, daß ich Sie gar nicht töten will. Und zweitens war meine wissenschaftliche Ausbildung nicht mit dem Stadium Eins beendet. Auch Professor Metz hat sich über die Insuffizienz dieses Stadiums Gedanken gemacht. Nach langen, hingebungsvollen Forschungen fand er eine geniale Lösung, die unter der Bezeichnung ›M‹ bekannt ist — von der Akademie der Wissenschaften ihm zu Ehren so benannt. Injiziert man ›M‹ in das Nervensystem, können Botschaften viel rascher und gründlicher an alle Nerven übermittelt werden. Allerdings vervielfacht sich so auch der Schmerz — ohne daß es freilich zu tödlichen Folgen käme. Ich muß nur einige Milliampere mit einem geeigneten Faktor multiplizieren, um einen wesentlich interessanteren Effekt zu erzielen. Daher frage ich Sie nochmals: Wo ist die Zaren-Ikone?«

... *Viel Lärm um nichts, Heinrich V., Julius Caesar* ...

»Sie sind also fest entschlossen, mich weitermachen zu lassen«, sagte Stawinsky. Er nahm eine Injektionsspritze vom Boden, stieß die lange dünne Nadel in die Ampulle und zog den Kolben hoch. Stawinsky hielt die Nadel in die Höhe, drückte auf den Kolben und sah zu, wie ein feiner Strahl, einem winzigen Springbrunnen gleich, heraussprühte. Dann trat er hinter Adam.

»Ich werde Ihnen diese Flüssigkeit jetzt in den Lumbalkanal spritzen. Sollten Sie versuchen, sich währenddessen zu bewegen, werden Sie für den Rest Ihres Lebens vom Nacken abwärts gelähmt sein. Ich bin gewiß kein von Natur aus aufrichtiger Mensch, aber in diesem Fall möchte ich Ihnen doch empfehlen, mir Glauben zu schenken. Ich versichere Ihnen, daß die Injektion nicht tödlich ist. Sie wissen ja bereits, daß Ihr Tod nicht in unserem Interesse läge.«

Adam spürte die Nadel in seinen Rücken eindringen. Er bewegte keinen Muskel. *Wie es euch gefällt* . . . Dann flutete ein rasender Schmerz durch seinen Körper, und plötzlich spürte er, zu seinem Glück, nichts mehr . . .

Er wußte nicht, wieviel Zeit verstrichen war, als er aus seiner Ohnmacht erwachte. Er begann seinen Blick ganz allmählich wieder auf seinen Peiniger zu konzentrieren. Stawinsky lief ungeduldig im Zimmer auf und ab. Als er Adams Augen geöffnet sah, blieb er lächelnd stehen. Er trat an den Stuhl und strich mit den Fingern über das große Heftpflaster, das Adams zwei Tage alte Schulterwunde bedeckte. Die Berührung schien sanft und behutsam, doch Adam hatte das Gefühl, als ob jemand ein heißes Bügeleisen fest auf seine Schulter drückte.

»Wie ich Ihnen versprochen habe«, sagte Stawinsky, »können Sie sich nunmehr auf eine weitaus interessantere Empfindung gefaßt machen. Ich werde jetzt den Verband entfernen.« Er wartete einen Augenblick. Adam preßte die Lippen zusammen. Mit einem einzigen Ruck riß der Russe das Pflaster ab. Adam brüllte, als hätte ihn die Kugel noch einmal getroffen. Romanow trat vor und betrachtete die Wunde.

»Zu meiner grenzenlosen Freude stelle ich fest, daß mein Kollege Sie doch nicht ganz verfehlt hat«, sagte Romanow. »Was meinen Sie wohl, wie Ihnen zumute sein wird, wenn ich Herrn Stawinsky gestatte, die Drähte wieder anzuschließen und den Hebel des Generators hinunterzudrücken?« fügte er nach einer Weile hinzu.

».. . *Was ihr wollt, Hamlet, Die lustigen Weiber von Windsor* . . .«, sagte Adam zum erstenmal laut.

»Sie wollen offensichtlich nichts Ihrer Phantasie überlassen«, meinte Romanow und trat wieder hinter Adam zurück. Stawinsky überprüfte, ob die Drähte auch gut an dem Kollodiumkleber auf Adams Brust hafteten und ging zum Generator.

»Ich werde den Hebel für drei Sekunden hinunterdrücken. Sie wissen ja, wie Sie mich davon abhalten können.«

».. . *Troilus und Cressida, Ende gut, alles gut* . . .«

Als der Hebel hinabschnellte, schien der Stromstoß jedes einzelne Nervenende an Adams Körper zu durchpeitschen. Er stieß einen Schrei aus, den im Umkreis von einem Kilometer jeder gehört hätte, wäre der Raum nicht schalldicht gewesen. Als der erste Effekt abgeklungen war, zitterte und würgte Adam unkontrolliert. Stawinsky und Pollard stürzten auf den Stuhl zu und lösten die Nylonstricke. Adam fiel auf die Knie. Er erbrach noch immer.

»Keine Bange, wir wollen Sie doch nicht ersticken lassen«, sagte Stawinsky. »Bei unseren ersten Versuchen haben wir auf diese Weise ein oder zwei Personen verloren, aber man lernt ja aus der Erfahrung, nicht wahr?«

Sobald die Übelkeit abklang, stieß Stawinsky Adam auf den Stuhl zurück. Pollard fesselte ihn von neuem.

»Wo ist die Zaren-Ikone?« schrie Stawinsky.

»... *Maß für Maß, Othello, König Lear* ...«, antwortete Adam mit zitternder Stimme.

Pollard hob eine weitere Flasche Wasser vom Boden und schob sie Adam zwischen die Lippen. Gierig schluckte Adam die Flüssigkeit, aber es war wie ein Tropfen auf einen heißen Stein. Romanow kam nach vorn; Stawinsky nahm wieder neben dem Generator Platz.

»Sie sind ein tapferer Mann, Scott!« sagte Romanow. »Das haben Sie hinreichend bewiesen. Aber es ist doch heller Wahnsinn! Sagen Sie mir schlicht und einfach, wo die Ikone ist, und ich schicke Stawinsky fort und gebe dem Colonel den Auftrag, Sie auf den Stufen der britischen Botschaft abzusetzen.«

»... *Macbeth, Antonius und Kleopatra* ...«

Romanow stieß einen Seufzer aus und nickte. Wieder drückte Stawinsky den Hebel hinunter. Selbst der Colonel wurde weiß im Gesicht, als er Adams Reaktion beobachtete. Sein Schrei gellte, seine Muskeln verkrampften sich sichtbar, als der Stromstoß die Millionen kleiner Nervenenden in seinem Körper erreichte. Sie banden ihn wieder los. Er lag auf Händen und Knien auf dem Boden. Gab es in seinem Magen überhaupt noch etwas, das hochkommen konnte? Er hob den Kopf, wurde sofort auf den Stuhl zurückgerissen und von neuem gefesselt. Stawinsky starrte auf ihn herab.

»Wirklich höchst eindrucksvoll, Captain Scott! Sie haben sich für Stadium Drei qualifiziert ...«

Als Lawrence an diesem Abend auf dem Flughafen Orly ankam, freute er sich auf ein gemütliches Essen mit seinem alten Freund in der Residenz des Botschafters. Am Ausgang erwartete ihn Colonel Pollard.

»Wie geht es ihm?« waren Lawrences erste Worte.

»Ich habe gehofft, *Sie* würden uns das sagen können?« erwiderte Pollard und nahm Lawrence das Köfferchen ab.

Lawrence blieb wie angewurzelt stehen; er starrte den hochgewachsenen, hageren Soldaten, der in der Paradeuniform der Royal Dragoon Guards steckte, fassungslos an.

»Was soll das heißen?« fragte Lawrence.

»Das soll heißen«, erklärte Pollard, »daß ich Ihre Anweisungen genauestens befolgt habe und losgefahren bin, um Scott von der Sureté abzuholen. Aber als ich dort ankam, wurde mir mitgeteilt, er sei schon zwanzig Minuten zuvor von jemand anderem weggebracht worden; von jemandem, der sich meines Namens bedient hatte. Wir nahmen sofort Kontakt mit Ihrem Büro auf. Da Sie bereits unterwegs waren, schickte mich der Botschafter direkt zum Flughafen und rief Sir Morris an.«

Lawrence taumelte; fast wäre er gestürzt. Der Colonel trat ihm rasch zur Seite, verstand aber nicht, was Lawrence meinte, als er murmelte: »Er *muß* ja annehmen, daß *ich* es bin.«

Adam kam wieder zu Bewußtsein. Romanow stand allein vor ihm.

»Manchmal«, sagte der Russe, so als wäre Adam nie ohnmächtig gewesen, »ist ein Mann zu stolz, um vor seinem Peiniger Mangel an Entschlossenheit zu zeigen. Oder auch vor einem Landsmann — besonders, wenn dieser ein Verräter ist. Daher habe ich Stawinsky und den Colonel hinausgeschickt. Ich wünsche durchaus nicht, daß Stawinsky sein Experiment mit Stadium Drei fortsetzt. Aber ich kann ihn nur davon abhalten, wenn Sie mir verraten, wo Sie die Ikone versteckt haben.«

»Warum sollte ich?« fragte Adam aggressiv. »Sie gehört von Rechts wegen mir.«

»Das stimmt nicht, Captain Scott! Sie haben in der Genfer Bank Rubljews unschätzbar wertvolles Original abgeholt, und das gehört der Union der Sozialistischen Sowjetrepubliken. Sollte diese Ikone irgendwo auf der Welt in irgendeinem Auktionshaus oder in einer Gemäldegalerie auftauchen, würden wir unverzüglich Anspruch darauf erheben. Es handelt sich um nationales Eigentum, das der Verkäufer gestohlen hat.«

»Aber wie wäre das denn möglich . . .?« setzte Adam an.

»Sie sind nämlich jetzt«, unterbrach ihn Romanow, »im Besitz des Originals, das der Zar dem Großherzog von Hessen in Verwahrung gegeben hatte. Die Sowjetunion besaß seit mehr als fünfzig Jahren nur eine Kopie. Romanow zog aus der Innentasche seines Mantels eine Ikone, die den heiligen Georg mit dem Drachen zeigte.« Adams Augen weiteten sich ungläubig. Romanow zögerte, dann drehte er die Ikone um. Ein zufriedenes Lächeln huschte über sein Gesicht; er konnte an Adams Augen ablesen, daß Adam genau wußte, was das Fehlen der Krone bedeutete.

»So wie Ihnen«, fuhr Romanow fort, »wurde auch mir dieses Bild nur als Leihgabe zur Verfügung gestellt. Aber Sie brauchen mir nur zu sagen, wo die echte Ikone ist, und ich lasse Sie sofort frei und tausche die Kopie gegen das Original aus. Niemand würde es merken, und für Sie würde noch immer ein ordentlicher Profit herausschauen.«

»Alte Lampen gegen neue«, erwiderte Adam mit einem spöttischen Grinsen.

Romanows Augen wurden schmal und drohend. »Es ist Ihnen doch wohl klar, daß Sie sich im Besitz eines Meisterwerks von unschätzbarem Wert befinden, das der Sowjetunion gehört. Wenn Sie die Ikone nicht zurückgeben, bringen Sie Ihr Land in arge Verlegenheit. Sie selbst würden wahrscheinlich im Gefängnis landen. Sagen Sie mir doch, wo die Ikone ist, und Sie sind ein freier Mann!«

Adam schüttelte nicht einmal den Kopf.

»Dann ist es wohl an der Zeit, Sie in etwas Einblick nehmen zu lassen, das Sie vielleicht mehr interessieren wird«, sagte Romanow. Er zog ein Kuvert aus der Innentasche seines Sakkos und entnahm ihm ein einzelnes Blatt Papier. Adam war ehrlich verblüfft: er konnte sich beim besten Willen nicht vorstellen, worum es sich handelte. Romanow faltete das Blatt langsam auseinander und hielt es so, daß Adam nur die Rückseite zu sehen bekam.

»Dieses Blatt Papier gibt Zeugnis vom Vollzug eines Urteils, das 1946 von Richter I. T. Nikitschenko in Moskau gefällt wurde. Eines Todesurteils«, ergänzte Romanow. »Es wurde über einen gewissen Major Wladimir Koski verhängt, den diensthabenden Offizier der sowjetischen Wache an jenem Abend, an dem Reichsmarschall Hermann Göring starb.«

Er drehte das Blatt um. »Major Koski wurde der Kollaboration mit dem Feind um finanzieller Vorteile willen für schuldig befunden. Er war erwiesenermaßen persönlich dafür verantwortlich, daß an dem Abend, an dem der Reichsmarschall starb, Zyankali in die Zelle geschmuggelt wurde.«

Adams Augen weiteten sich. »Sie sehen also, daß ich die Atouts in der Hand habe«, meinte Romanow. »Vielleicht werden Sie mir jetzt endlich sagen, wo sich die Ikone befindet. Ihre Ikone gegen meine, und als Draufgabe das Gerichtsurteil, welches die Ehre Ihres Vaters wieder herstellt . . .«

Adam schloß die Augen. Zum erstenmal kam ihm zum Bewußtsein, daß Romanow überhaupt nicht wußte, was die Ikone verbarg.

Romanow ließ seiner Wut freien Lauf. Er lief zur Tür und riß sie auf. »Sie können ihn haben!«

Unverzüglich trat Dr. Stawinsky wieder ein, lächelnd fuhr er in seinem Vortrag fort, als wäre er nie unterbrochen worden: »Professor Metz war auch mit Stadium Zwei nie wirklich zufrieden, zumal er feststellen mußte, daß die Regeneration selbst bei einem so tapferen und gesunden Mann wie

Ihnen manchmal Stunden, ja sogar Tage dauern kann. Daher widmete er seine letzten Jahre an der Universität der Frage, wie der gesamte Prozeß beschleunigt werden könne. Die Lösung, die er schließlich fand, war in ihrer Einfachheit verblüffend und eines Genies würdig. Er mußte nur eine chemische Substanz entwickeln, die — in das Nervensystem injiziert — eine sofortige Regeneration des Organismus bewirkt — ein rasch wirksames Analgetikum. Zwölf Jahre und etliche Experimente mit tödlichem Ausgang waren erforderlich, bevor Metz die endgültige Lösung gefunden hatte«, fügte Stawinsky hinzu. Er entnahm der Zigarrenkiste eine weitere Ampulle und stieß die Nadel einer zweiten Spritze in den Verschluß des Fläschchens.

»Dies hier in Ihre Blutbahn injiziert, fördert die Regeneration dermaßen, daß Sie sich fragen werden, ob Sie überhaupt jemals einen Schmerz empfunden haben.« Triumphierend hielt er die kleine Ampulle hoch. »Für diese geniale Erfindung hätte Metz den Nobelpreis bekommen müssen, doch waren wir der Meinung, daß er sie nicht mit dem Rest der wissenschaftlichen Welt teilen sollte. Ihm habe ich es auch zu verdanken, daß ich die Prozedur, die Sie vorhin kennengelernt haben, beliebig oft wiederholen könnte, ohne daß Sie daran zugrunde gingen. Ich könnte den Hebel dieses Generators die ganze nächste Woche hindurch alle dreißig Minuten hinauf- und wieder hinunterdrücken, so dies Ihr Wunsch sein sollte«, erklärte Stawinsky mit starrem Blick auf Adams bleiches, ungläubiges Gesicht, in dem noch Reste des Erbrochenen hingen.

»Wir können das ganze Verfahren aber auch auf der Stelle beenden. Ich werde Ihnen jetzt das Regenerationsmittel verabreichen, und Sie werden mir dann sagen, wo sich die Ikone befindet...«

Stawinsky stellte sich vor Adam und zog die Spritze zur Hälfte auf. Adam spurte eine Eiseskälte aufkommen, obwohl ihm der Schock der Folter den Schweiß aus allen Poren getrieben hatte. »Bleiben Sie still sitzen, Captain Scott, ich will Ihnen keinen bleibenden Schaden zufügen.« Adam spürte, wie die Nadel tief eindrang; Sekunden später strömte die Flüssigkeit durch seine Blutgefäße.

Adam konnte kaum glauben, wie rasch er sich erholte. Innerhalb weniger Minuten war die Übelkeit verschwunden; er fühlte sich weder krank noch brummte ihm der Schädel. Das Empfindungsvermögen in Armen und Beinen normalisierte sich. Gleichzeitig verspürte Adam den brennenden Wunsch, Stadium Zwei nie wieder durchmachen zu müssen.

»Ein brillanter Mann, dieser Professor Metz, finden Sie nicht auch?« sagte Stawinsky. »Wenn er noch am Leben wäre, hätte er gewiß über Ihren Fall eine Abhandlung verfaßt.« Langsam begann er mit größter Sorgfalt frische Klumpen des geleeartigen Klebstoffs auf Adams Brust zu verreiben, bevor er mit einem zufriedenen Grinsen die Elektroden wieder gegen die klebrige Masse drückte.

». . . *Coriolan, Timon von Athen, Perikles.*«

Stawinskys Hand stieß nach unten. Adam betete inständig, sterben zu können. Seine Schreie gellten noch schriller, sein Körper wand sich in Krämpfen. Sekunden später wurde ihm eiskalt; er zitterte konvulsivisch und begann zu würgen.

Stawinsky band ihn los. Adam fiel zu Boden und hustete heraus, was noch in seinem Magen gewesen war. Als er nur mehr spuckte, setzte ihn Pollard wieder auf den Stuhl.

»So sehen Sie doch endlich ein, daß ich Sie nicht sterben lassen will, Captain!« brüllte Stawinsky. »Also, wo ist die Ikone?«

Im Louvre! wollte Adam schreien, doch er brachte kaum ein Flüstern zustande. Das Innere seines Mundes fühlte sich an wie Sandpapier. Stawinsky machte sich daran, die zweite Spritze zu füllen und injizierte Adam die Flüssigkeit. Wieder verschwand der unerträgliche Schmerz innerhalb weniger Augenblicke, und Adam fühlte sich völlig wiederhergestellt.

»Ich gebe Ihnen zehn Sekunden, dann geht es wieder los! Neun, acht, sieben...«

»*Cymbeline.*«

»... sechs, fünf, vier...«

»*Das Wintermärchen.*«

»... drei, zwei, eins!«

»*Der Sturm.* Ah!« brüllte Adam und fiel sofort in Ohnmacht.

Das nächste, woran er sich erinnern konnte, war, daß der Colonel kaltes Wasser über ihn schüttete; Adam begann von neuem zu würgen. Nachdem man ihn wieder an den Stuhl gefesselt hatte, stieß ihm Stawinsky die nächste Spritze ins Fleisch. Adam konnte nicht glauben, daß er sich jemals wieder erholen würde; bestimmt würde er sterben; er wollte sterben. Er spürte, wie die Nadel in seinen Körper drang.

Romanow trat vor ihn und blickte Adam kalt in die Augen. »Ich glaube, Dr. Stawinsky und ich haben uns ein kleines Abendessen verdient. Ursprünglich wollten wir Sie dazu einladen, doch fürchte ich, daß Ihr Magen dem nicht gewachsen wäre. Sobald wir uns gestärkt haben, wird Dr. Stawinsky die Prozedur so lange wiederholen, bis Sie mir sagen, wo Sie die Ikone verborgen halten.«

Romanow und Stawinsky wandten sich zum Gehen, da trat Colonel Pollard wieder ein. Romanow und der Colonel wechselten einige Sätze, die Adam nicht verstehen konnte, und Romanow verließ mit Stawinsky den Raum. Die Tür fiel leise hinter ihnen zu.

Pollard trat an Adam heran und setzte ihm die Wasserflasche an die Lippen. Adam schluckte. Er war völlig verblüfft, wie rasch er sich erholte. Obwohl sein Empfindungsvermögen bald wieder völlig normal war, bezweifelte er, daß er die Folter ein weiteres Mal überleben würde.

»Ich muß gleich wieder kotzen«, sagte Adam und warf plötzlich den Kopf nach vorne. Pollard löste die Fesseln und sah zu, wie Adam auf Knie und Hände fiel. Adam würgte ein wenig Speichel hervor und erholte sich ein wenig; dann half ihm der Colonel sanft auf den Stuhl zurück. Adam setzte sich hin und packte die Stuhlbeine fest an beiden Seiten. Dann sammelte er all seine Kräfte und ließ den Stuhl auf den arglosen Colonel niederkrachen. Pollard brach bewußtlos zusammen. Er konnte nicht mehr hören, wie Adam murmelte: »*Heinrich VIII.* und *Die beiden edlen Vettern* – ich wette, von diesem letzten Stück haben Sie noch nie gehört, Colonel! Ehrlich gesagt: Nicht alle sind der Ansicht, daß es von Shakespeare stammt.«

Adam kniete über dem Körper des Colonels. Fieberhaft überlegte er den nächsten Schritt. Der schalldichte Raum erwies sich jetzt für *ihn* als Vorteil. Er wartete ein paar Sekunden und versuchte abzuschätzen, wieviel Kraft ihm verblieben war. Dann hob er die umgefallene Wasserflasche auf und trank sie bis zum letzten Tropfen leer. Anschließend kroch er zu dem Bett hinüber, zog Unterhose und Socken an, die Schuhe und das nicht mehr allzu weiße Hemd; zuletzt die Hose. Er wollte in den Blazer schlüpfen, entdeckte aber, das dessen Futter in Fetzen gerissen war. Er besann sich eines Besseren, stolperte unsicher wie ein alter Mann auf den Colonel zu, zog ihm das Harris-Tweed-Sakko aus und schlüpfte hinein. An den Schultern war es ihm zu weit, an den Hüften zu kurz.

Adam machte sich auf den Weg zur Tür; beinah nahm er die Sache bereits von der komischen Seite. Sachte drückte er die Klinke hinunter und zog vorsichtig daran. Die Tür öffnete sich einen Zentimeter nach innen. Draußen rührte sich nichts. Zwei Zentimeter. Noch immer nichts. Adam spähte durch den Spalt, aber außer einem dunklen Korridor sah er nichts. Als er die Tür zur Gänze aufzog, quietschten die Angeln wie die Reifen eines Rennwagens. Sobald er sicher war, daß noch keiner seiner Peiniger auf dem Weg hierher zurück war, wagte er sich in den Korridor hinaus. Adam drückte sich gegen die Wand, blickte angestrengt in beide Richtungen und wartete, bis sich seine Augen an die Dunkelheit gewöhnten. Vom anderen Ende des Korridors drang schwaches Licht durch die Milchglasscheibe einer Tür. Er begann, mit kleinen Schritten darauf zuzugehen. Wie ein Blinder tastete er sich langsam weiter. Unter einer Tür zu seiner Rechten drang ein Lichtstrahl hervor. Die Tür, die er erreichen mußte, lag etwa zwanzig Meter weiter. Vorsichtig schob er sich vorwärts. Er hatte nur mehr einen Schritt bis zur ersten Tür zurückzulegen, da sprang sie plötzlich auf, und heraus trat ein kleiner Mann in einem kurzen weißen Kittel, vor den er sich eine blaue Küchenschürze gebunden hatte. Adam erstarrte. Er drückte sich förmlich in die Wand hinein. Der Küchengehilfe nahm ein Päckchen Zigaretten und eine Streichholzschachtel aus der Tasche und ging in die entgegengesetzte Richtung davon, erreichte die Glastür, öffnete sie und trat ins Freie. Adam beobachtete die schattenhafte Gestalt, die sich gegen die Milchglasscheibe abzeichnete. Er sah, wie ein Streichholz entflammt und eine Zigarette angezündet wurde. Er sah auch das erste Rauchwölkchen; sogar einen Seufzer konnte er hören.

Adam schlich an der Tür vorbei, die, wie er vermutete, in eine Küche führte, und dann weiter zur Außentür. Langsam drehte er den Türknauf und wartete, bis die Gestalt davor sich bewegte. Auch die Angeln dieser Tür waren offensichtlich seit Monaten nicht geölt worden. Der Raucher drehte sich lächelnd um. Da landete Adams Linke auf seinem Magen. Er kippte vornüber. Adam schlug ihm mit geballter Energie die rechte Faust gegen das Kinn. Der Mann sackte zu Boden. Adam blickte auf ihn hinunter; er war froh, daß sein Opfer sich nicht mehr rührte.

Er zerrte den schlaffen Körper über den Rasen und ließ ihn hinter einem Busch zu Boden fallen. Eine Weile blieb er knien, um sich zu orientieren. Adam sah eine hohe Mauer und davor einen mit Kies bestreuten Hof. Die Mauer warf im Mondlicht einen langen Schatten über die kleinen Steine. Zwanzig Meter ungefähr ...

Adam nahm alle seine Kräfte zusammen und rannte auf die Mauer zu. Er klebte an ihr wie eine Schnecke und verharrte reglos in ihrem Schatten. Langsam und lautlos bewegte er sich an ihr entlang vorwärts, Meter um Meter, bis er die Vorderseite des Gebäudes erreichte. Er war mittlerweile überzeugt, daß es sich um die sowjetische Botschaft handelte. Das große grüne Holztor am Haupteingang stand offen; alle paar Sekunden rauschte eine Limousine an Adam vorbei. Er blickte zur Eingangstür der Botschaft: Auf der obersten Stufe stand ein kräftig gebauter Mann, der ganze Reihen von Orden quer über die Jacke seiner Galauniform trug. Er schüttelte jedem der Gäste, die das Gebäude verließen, die Hand; wahrscheinlich der Botschafter, dachte Adam.

Ein oder zwei Gäste verließen die Botschaft zu Fuß. Am Tor standen zwei bewaffnete Gendarmen stramm; sie salutierten jedesmal, wenn ein Wagen durchfuhr oder ein Gast an ihnen vorbeiging.

Adam wartete, bis ein schwerer BMW, von dessen Kühlerhaube die bundesdeutsche Flagge flatterte, seine Geschwindigkeit verringerte und das Tor passierte. Adam benutzte den Wagen als Deckung und trat auf den Fahrweg; dann marschierte er dicht hinter dem BMW geradewegs zwischen den Wachen auf die Straße zu.

»*Bonsoir*«, sagte er gut gelaunt zu den Wachtposten, als der Wagen weiterfuhr. Nur noch ein Meter trennte ihn von der Straße. Geh! befahl er sich selbst, lauf nicht, sondern geh; geh, bis du außerhalb ihrer Sichtweite bist. Die Gendarmen salutierten ehrerbietig. Schau nicht zurück! Ein weiteres

Auto fuhr hinter ihm heraus, aber Adam hielt den Blick entschlossen nach vorne gerichtet.

»*Tu cherches une femme?* — Suchst du eine Frau?« fragte die Stimme aus dem Dunkel einer Hauseinfahrt. Adam war in einer schlechtbeleuchteten Einbahnstraße gelandet. Etliche Herren unbestimmbaren Alters spazierten anscheinend ziellos auf dem Gehsteig auf und ab. Adam beobachtete sie mißtrauisch.

Die Frage wiederholte sich.

»Wa...?« sagte Adam und machte einen jähen Schritt auf die Fahrbahn hinunter.

»Aus England, eh? Brauchst du eine Frau?« Die Stimme hatte einen unverkennbar französischen Akzent.

»Sprechen Sie englisch?« fragte Adam, der die Frau noch immer nicht deutlich sehen konnte.

»In meinem Beruf muß man jede Menge Sprachen können, *chéri,* sonst man ver'ungert.«

Adam versuchte zusammenhängend zu denken. »Wieviel für die Nacht?«

»*Eh bien,* es ist ja noch nicht einmal zwölf Uhr«, antwortete das Mädchen. »Da macht es zwei'undert Francs.«

Adam hatte zwar kein Geld, aber er hoffte, daß ihn das Mädchen wenigstens an einen sicheren Ort führen würde.

»Zweihundert — geht in Ordnung!«

»*D'accord,* einverstanden«, erwiderte sie und trat endlich aus dem Dunkel. Überrascht stellte Adam fest, wie hübsch sie war. »Nimm meinen Arm. Wenn du kommst vorbei an einem Polizist, du sagst nur ›ma femme‹, meine Frau.«

Adam stolperte vorwärts.

»O, ich glaube, du 'ast zuviel getrunken, *chéri.* Macht nichts, du kannst dich lehnen an mich, ja?«

»Nein, ich bin nur müde«, entgegnete Adam und bemühte sich sehr, mit ihr Schritt zu halten.

»Du warst auf einer Party in der Botschaft, nicht wahr?«

Adam schreckte zusammen.

»Mußt dich nicht wundern, *chéri*. Die meisten von meinen Stammkunden kommen von den Botschaften. Sie können nicht riskieren, sich einzulassen in irgendwelche Zufallsaffären, *tu comprends*? — verstehst du?«

»Ich glaube dir«, sagte Adam.

»Meine Wohnung ist gleich um die Ecke«, versicherte sie ihm. Adam war überzeugt, daß er es bis dorthin noch schaffen würde, aber als sie vor einem Mietshaus stehenblieben, und er die Treppe sah, mußte er tief Luft holen. Mit letzter Kraft kam er bis zur Haustür.

»Ich wohne im zweiten Stock, *chéri*, sehr schöne Aussicht«, erklärte sie sachlich, »aber leider — wie sagt man? — kein Lift!«

Adam gab keine Antwort, sondern lehnte sich nur schwer atmend an die Hausmauer.

»Du bist *fatigué* — müde«, stellte sie fest. Als sie den zweiten Stock erreichten, mußte das Mädchen ihn die letzten paar Stufen beinah hinaufzerren.

»Ich kann mir nicht vorstellen, daß du ihn 'eute noch 'ochkriegst, *chéri*,« sagte sie, während sie ihre Wohnungstür aufsperrte und Licht machte. »Nun ja, ist ja deine Sache.« Entschlossen ging sie hinein und knipste im Vorbeigehen weitere Lampen an.

Adam wankte durch den Raum zu dem einzigen Sessel in Sichtweite und ließ sich hineinfallen. Das Mädchen war mittlerweile in einem anderen Zimmer verschwunden; nur mit äußerster Anstrengung gelang es Adam, nicht einzuschlafen, bevor sie zurückkam.

Das Licht fiel durch die Türöffnung, in der sie stand. Adam konnte sie zum erstenmal richtig ansehen. Ihr blondes Haar war kurz und gelockt; sie trug eine rote Bluse und einen knielangen, hautengen schwarzen Rock. Ein breiter weißer Plastikgürtel betonte ihre schmale Taille. Sie trug schwarze Netzstrümpfe, und was Adam von ihren Beinen zu sehen bekam, hätte ihn unter normalen Umständen mehr als aufgeregt.

Sie näherte sich ihm mit einem leichten Wiegen der Hüften und kniete vor ihm. Ihre Augen waren von einem verblüffend klaren Grün.

»Gibst du mir bitte die Zwei'undert jetzt gleich?« bat sie Adam.

»Ich hab überhaupt kein Geld«, antwortete er schlicht.

»Was?« Zum erstenmal klang ihre Stimme ungehalten. Sie fuhr mit der Hand in seine Brusttasche und zog eine Brieftasche heraus. »Und was ist das? Mach keine dummen Spielchen mit mir!«

Sie reichte Adam die Brieftasche. Er öffnete die Lasche und sah, daß sie prall gefüllt war mit französischen Francs und einigen englischen Banknoten. Adam schloß daraus, daß der Colonel für seine Dienste ganz offensichtlich bar bezahlt wurde.

Er zog zwei Hundert-Francs-Scheine heraus und gab sie dem Mädchen.

»Das gefällt mir schon besser«, meinte sie und verschwand im Nebenzimmer. Adam durchsuchte rasch die Brieftasche. Er fand einen Führerschein sowie Kreditkarten, die auf den richtigen Namen des Colonels — Albert Tomkins — lauteten. Dann blickte er sich um: Da gab es ein Doppelbett, welches dicht an die gegenüberliegende Wand gerückt worden war und den größten Teil des Zimmers einnahm. Abgesehen von dem Sessel, in dem er saß, bestand das Mobiliar aus einem Frisiertisch und einem winzigen Hocker mit einem roten Samtkissen. Ein fleckiger brauner Teppich bedeckte den Großteil des Holzfußbodens.

Zu Adams Linker befand sich ein kleiner Kamin; in einer Ecke der Feuerstelle waren Holzscheite aufgeschichtet. Adam wollte nur mehr schlafen. Ein letztes Mal nahm er seine Kraft zusammen; er arbeitete sich mühsam aus dem Sessel hoch, wankte zu dem Kamin hinüber und versteckte die Brieftasche zwischen den Scheiten. Dann schlich er wieder zu seinem Sessel zurück. Die Tür öffnete sich in dem Augenblick, als er sich wieder hineinfallen ließ.

Das Mädchen stand neuerlich in der hellerleuchteten Türöffnung; diesmal trug sie nur ein rosa Negligé. Selbst in seinem gegenwärtigen Zustand konnte Adam durch den dünnen Stoff alles sehen, sobald sie auch nur die leiseste Bewegung machte. Langsam kam sie auf ihn zu, und wieder kniete sie sich vor ihn hin.

»Wie möchtest du es denn, *mon cher*? Normal oder französisch?«

»Ich möchte nur Ruhe!«

»Für zwei'undert Francs du kannst schlafen in jedem 'otel!« sagte sie mit großen Augen.

»Ich möchte mich nur ein paar Minuten lang ausruhen«, versicherte er ihr.

»Diese Engländer!« sagte sie und versuchte, Adam aus dem Sessel hoch und zum Bett hinüberzuziehen. Er stolperte, fiel hin und landete halb auf, halb neben der Kante der Matratze. Geschickt wie eine Krankenschwester zog ihn die junge Frau aus und hob seine Beine auf das Bett hinauf. Adam konnte ihr beim besten Willen nicht helfen, traf aber auch keine Anstalten, sie abzuhalten. Als sie die Verletzung an seiner Schulter sah, zögerte sie einen Augenblick und fragte sich bestürzt, welche Art von Unfall eine so tiefe Wunde wohl verursacht haben könnte. Sie rollte Adam auf die andere Seite des Bettes hinüber und schlug das obere Laken und die Decke zurück. Schließlich wälzte sie ihn flach auf den Rücken und zog Laken und Decke über ihn.

»Ich könnte es dir ja trotzdem französisch machen, wenn du willst«, schlug sie vor. Aber Adam war bereits eingeschlafen.

21

Als Adam endlich aufwachte, schien durch das kleine Fenster des Schlafzimmers die Sonne. Er blinzelte. Er versuchte sich zu erinnern, wo er war und was sich am Abend zuvor ereignet hatte. Dann fiel ihm alles wieder ein, und zusammen mit der Erinnerung stieg wieder die Übelkeit in ihm hoch. Er setzte sich auf die Bettkante; als er nach einer Weile aufstehen wollte, fühlte er sich so schwach und schwindlig, daß er zurücksank. Wenigstens bin ich ihnen entkommen, sagte er zu sich. Er sah sich im Zimmer um. Das Mädchen war nirgends zu sehen oder zu hören. Da fiel ihm die Brieftasche ein.

Adam setzte sich kerzengerade auf, sammelte sich, erhob sich und versuchte zu gehen. Er fühlte sich zwar noch recht wacklig auf den Beinen, doch gelang es ihm besser als erwartet. Vor dem Kamin kniete er sich hin und begann zwischen den Holzscheiten zu suchen. Die Brieftasche von Tomkins war nicht mehr da. So rasch er konnte, ging er zu dem Sessel, über dessen Lehne das Sakko hing. Er durchsuchte die Innentasche: da gab es einen Kugelschreiber, einen Kamm, dem die Hälfte der Zähne fehlte, einen Paß, einen Führerschein, einige andere Papiere — aber keine Brieftasche. Er griff in die Außentaschen: ein Schlüsselbund, ein Taschenmesser, verschiedene englische und französische Münzen — das war alles. Adam stieß einen Schwall von Verwünschungen aus und sank zu Boden. Eine Zeitlang blieb er sitzen, ohne sich zu rühren. Da hörte er einen Schlüssel im Schloß.

Die Wohnungstür flog auf. Das Mädchen schlenderte herein. In der Hand trug sie einen Einkaufskorb. Sie hatte einen hübschen geblümten Rock und eine weiße Bluse an, die jeder Kirchengeherin an einem Sonntagmorgen alle Ehre gemacht hätte. Der Korb war voller Lebensmittel.

»Nun, sind wir endlich aufgewacht, *chéri? Est-ce que tu prends le petit déjeuner?* — Willst du frühstücken?«

Adam sah sie ein wenig verblüfft an.

Sie erwiderte seinen Blick. »Auch berufstätige Mädchen brauchen Frühstück, *n'est-ce pas?* Manchmal ist es meine einzige Mahlzeit am Tag.«

»Wo ist meine Brieftasche?« fragte Adam kühl.

»Auf dem Tisch«, antwortete das Mädchen.

Adam schaute sich um und stellte fest, daß sie die Brieftasche an die augenfälligste Stelle gelegt hatte.

»War nicht nötig, sie zu verstecken«, tadelte sie ihn. »Nur weil ich bin eine Nutte, du brauchst nicht zu glauben, daß ich stehle.« Damit ging sie stolz in die Küche und ließ die Tür hinter sich offen.

Adam kam sich mit einemmal sehr klein vor.

»Kaffee und Croissants?« rief sie.

»Wunderbar«, erwiderte Adam. »Verzeih, ich habe mich saudumm benommen«, fügte er nach einer Weile hinzu.

»Vergiß es«, sagte sie. »*Ce n'est rien* — Es spielt keine Rolle.«

»Wie heißt du denn eigentlich?« wollte Adam wissen.

»Mein Berufsname ist Brigitte, aber da du meine Dienste gestern nacht und heute früh nicht in Anspruch genommen 'ast, du darfst mich nennen bei meinem richtigen Namen: Jeanne.«

»Darf ich ein Bad nehmen, Jeanne?«

»Die Tür in der Ecke! Aber beeil dich, außer du magst deine Croissants kalt.«

Adam ging ins Badezimmer und stellte fest, daß Jeanne für alles vorgesorgt hatte, was ein Mann brauchte: Rasierer, Rasierschaum, saubere Handtücher — und eine Großpackung Durex.

Nach einem warmen Bad und einer Rasur — Genüsse, an die Adam sich fast nicht mehr erinnern konnte — fühlte er sich beinah wieder auf dem Damm, wenn auch noch ein wenig schwach. Er knotete sich ein rosa Handtuch um die Hüften und ging zu Jeanne in die Küche. Der Tisch war schon gedeckt; sie holte eben ein warmes Croissant aus dem Backofen.

Jeanne drehte sich um und musterte Adam eingehend von oben bis unten. »Bist gut gebaut«, meinte sie schließlich. »Viel besser als die meisten, die ich sonst 'abe. Sie stellte den Teller vor ihn hin.

»Du siehst auch nicht uneben aus!« erwiderte Adam grinsend und nahm auf dem Stuhl ihr gegenüber Platz.

»Schön, daß dir das auffällt! Ich 'abe schon angefangen, mir Gedanken über dich zu machen...«

Adam bestrich das Hörnchen dick mit Marmelade. Ein paar Sekunden lang sagte er gar nichts.

»Wann 'ast du das letzte Mal etwas gegessen?« fragte Jeanne, als er das letzte Stück vom Teller nahm und verschlang.

»Gestern mittag, aber seitdem hat sich mein Magen entleert.«

»'Ast gekotzt, eh? Solltest dich nicht so vollaufen lassen.«

»Austrocknen wäre korrekter! Hör mal, Jeanne«, sagte Adam und sah ihr in die Augen. »Kannst du etwas Wichtiges für mich tun?«

Sie blickte auf die Uhr. »Um zwei ich 'abe einen Stammkunden, und um fünf ich muß wieder auf der Straße sein. Es ginge also nur 'eute vormittag«, erklärte sie sachlich.

»Nein, so hab ich das nicht gemeint«, protestierte er.

»Du könntest einem Mädchen in null Komma nichts einen — wie sagt man bei euch? — einen Komplex anhängen«, stellte Jeanne fest. »Du bist doch nicht etwa andersrum, oder doch?«

»Nein, wirklich nicht«, antwortete Adam lachend. »Aber ich wäre bereit, dir nochmals zweihundert Francs zu bezahlen.«

»Ist es legal?«

»Völlig legal.«

»*Alors*, das ist etwas anderes! Wie lange brauchst du mich?«

»Eine Stunde, höchstens zwei.«

»Besser als der Stundenlohn in meinem jetzigen Job. Was muß ich denn tun?«

»Ich möchte, daß jeder Mann in Paris auf dich fliegt — eine Stunde lang. Nur, daß du diesmal um keinen Preis zu haben bist.«

»Scott hat mich vor wenigen Minuten kontaktiert«, erklärte Lawrence dem versammelten D4.

»Und was hatte er zu sagen?« fragte Sir Morris. Er wirkte sehr besorgt.

»Nur, daß er die Uhr zurückdrehen würde.«

»Was, glauben Sie, hat er damit gemeint?« erkundigte sich Snell.

»Ich würde auf Genf tippen«, antwortete Lawrence.

»Wieso Genf?« wollte Matthews wissen.

»Ich bin mir nicht ganz sicher«, erklärte Lawrence. »Er sagte, es hätte etwas mit dem deutschen Mädchen zu tun oder mit der Bank. Ich weiß aber nicht genau, mit welchen von beiden.«

Eine Zeitlang meldete sich niemand zu Wort.

»Konnten Sie feststellen, woher der Anruf kam?« fragte Bush.

»Nur die Gegend«, lautete Lawrences Antwort. »Neuchâtel an der deutsch-schweizerischen Grenze.«

»Gut! Dann sind wir also wieder am Ball«, sagte Sir Morris. »Haben Sie die Interpol informiert?«

»Ja, Sir, und die deutsche, die französische und die Schweizer Polizei dazu.« Von allem, was er seit Beginn der Sitzung gesagt hatte, entsprach dies als einziges der Wahrheit.

Jeanne benötigte vierzig Minuten für ihre Vorbereitungen. Als Adam das Ergebnis sah, stieß er einen langgezogenen Pfiff aus.

»Kein Mensch wird mich auch nur einen Moment lang ansehen, selbst wenn ich vor aller Augen eine Bank ausräume«, erklärte er.

»Das also 'ast du vor, *n'est-ce pas?*« sagte Jeanne grinsend.

»Und weißt du auch ganz genau, was du zu tun hast?«

»Aber ja!« Jeanne warf einen letzten Blick in den Spiegel. »Wir 'aben geprobt wie bei der Truppenübung, schon viermal!«

»Gut«, antwortete Adam. »Es sieht ganz so aus, als könntest du dem Feind entgegentreten. Folglich beginnen wir mit dem, was beim Militär ›Vorrücken zur Feindberührung‹ genannt wird.«

Jeanne holte eine Plastiktüte aus einer Küchenschublade, auf der nur ein Wort — »Céline« — in großen Buchstaben gedruckt stand. Sie gab Adam die Tüte, der sie vierfach zusammenfaltete und in die Sakkotasche stopfte. Er ging hinaus ins Treppenhaus. Jeanne sperrte die Wohnungstür hinter ihm zu. Gemeinsam liefen sie die Treppe hinunter und auf die Straße.

Adam hielt ein Taxi an. »Zu den Tuilerien!« sagte Jeanne zum Fahrer. Dort bezahlte Adam und trat zu Jeanne auf den Gehsteig.

»*Bonne chance,* viel Glück!« sagte Adam. Er blieb an der Ecke stehen und wartete, bis sie einen Vorsprung von zwanzig Metern hatte. Er war zwar noch immer ein wenig unsicher auf den Beinen, doch gelang es ihm, ihr Tempo mitzuhalten. Die Sonne schien ihm heiß ins Gesicht. Adam beobachtete, wie Jeanne zwischen den üppigen Blumenbeeten hin und her spazierte. Sie trug einen rosa Lederrock und einen engen weißen Pullover. Fast jeder Mann, der an ihr vorbeikam, drehte sich um, um ihr nachzuschauen. Einige blieben wie festgewurzelt stehen und folgten ihr mit den Blicken, bis sie außer Sichtweite war.

Die Kommentare, die Jeanne und Adam zwanzig Meter dahinter vernehmen konnten, reichten von »*Je payerais n'importe quoi* — jeden Preis würde ich zahlen« — was sie mit Bedauern überging — bis zum einfachen »*Putain,* Nutte«; ein Wort, das zu ignorieren Adam ihr befohlen hatte. Sie mußte ihre Rolle zu Ende spielen, für zweihundert Francs eben gelegentliche Beleidigungen einstecken.

Jeanne erreichte das andere Ende der Parkanlage und lief weiter. Sie hatte die Anweisung erhalten, sich unter keinen Umständen umzudrehen. Geh immer weiter! hatte Adam ihr eingeschärft. Er war noch immer zwanzig Meter hinter Jeanne, als sie den Quai des Tuileries erreichte. Jeanne wartete, bis die Ampel auf Grün schaltete, dann überquerte sie inmitten einer dichten Menschentraube die breite Straße.

Am Ende des Quais bog sie scharf nach rechts und sah den Louvre direkt vor sich. Sie hatte es vermieden, Adam zu gestehen, daß sie noch nie dort gewesen war.

Jeanne stieg die Treppe zur Eingangshalle hoch. Als sie die Drehtür erreichte, war Adam eben an der untersten

Stufe angelangt. Sie setzte ihren Weg über die Marmortreppe fort; Adam folgte ihr unauffällig.

Jeanne kam am oberen Treppenabsatz an, ging an der Statue der geflügelten Nike von Samothrake vorbei und in den ersten der großen, überlaufenen Säle. Während sie so von Saal zu Saal schlenderte, stellte sie fest, daß sich in jedem wenigstens ein Aufseher aufhielt, meist in der Nähe eines Ausgangs. Eine Gruppe von Schulkindern betrachtete soeben Giovannis »Letztes Abendmahl«. Jeanne würdigte das Meisterwerk keines Blicks. Sie lief geradewegs weiter. Nachdem sie an sechs Aufsehern vorbeigekommen war, erreichte sie jenen Saal, den Adam ihr zuvor genau beschrieben hatte. Zielbewußt schritt sie in die Mitte des Raumes und blieb dort einige Sekunden lang stehen. Einige der männlichen Besucher begannen das Interesse an den Gemälden zu verlieren. Zufrieden mit der Wirkung, die sie erzielte, stürzte Jeanne dann plötzlich auf den Aufseher zu. Er zog seine Jakke zurecht und lächelte ihr entgegen.

»*Dans quelle direction se trouve la peinture du seizième siècle?* — In welche Richtung muß ich gehen, wenn ich die Gemälde des 16. Jahrhunderts sehen will?« fragte Jeanne unschuldig. Der Aufseher deutete in die Richtung des gesuchten Saals. Kaum hatte er sich wieder ihr zugewandt, als Jeanne ihm mit aller Kraft ins Gesicht schlug. »*Quelle horreur! Pour qui est-ce que vous me prenez?* — Wie abscheulich! Für wen halten Sie mich?« schrie sie mit sich überschlagender Stimme.

Nur eine einzige Person im Ikonen-Saal blieb nicht stehen, um das Schauspiel zu genießen. »*Je vais parler à la direction* — Ich geh' zum Direktor«, rief Jeanne und rauschte auf den Hauptausgang zu. Das ganze rätselhafte Geschehen war in weniger als dreißig Sekunden vorbei. Der völlig verwirrte Aufseher blieb wie vom Donner gerührt stehen und starrte Jeanne verblüfft nach.

Jeanne durchquerte drei Jahrhunderte schneller, als H. G. Wells es je in seinen Romanen getan hatte. Sie bog Adams Anweisung gemäß nach links in den Saal des 16. Jahrhunderts; eine weitere Linkswendung brachte sie wieder hinaus auf den langen Hauptkorridor. Wenige Augenblicke später traf sie oben an der Marmortreppe, die zur Eingangshalle hinunterführte, mit Adam zusammen.

Während sie gemeinsam die Stufen wieder hinabschritten, reichte Adam ihr die Céline-Tüte. Er wollte sich eben wieder aus dem Staub machen, da breiteten zwei Aufseher an der untersten Stufe der Treppe die Arme aus und deuteten ihnen stehenzubleiben.

»Soll ich damit abhauen?« flüsterte sie.

»Kommt nicht in Frage«, sagte Adam bestimmt. »Sag einfach kein Wort.«

»*Madame, excusez-moi, mais je dois fouiller votre sac.* — Entschuldigen Sie bitte, ich muß Ihre Tasche durchsuchen.«

»*Allez-y pour tout ce que vous y trouvez,* — Nur zu, was immer Sie darin finden«, antwortete Jeanne.

»Selbstverständlich dürfen Sie ihre Tasche durchsuchen«, mischte sich Adam ein. Er war wieder an ihre Seite getreten, noch bevor Jeanne etwas hinzufügen konnte. »Es ist eine Ikone drin, ein ziemlich gutes Stück sogar, wie ich meine. Ich hab sie erst heute vormittag in einem Geschäft in der Nähe der Champs-Elysées erstanden.«

»*Vous permettez, Monsieur?* — Erlauben Sie?« fragte der Oberaufseher barsch.

»Aber gerne«, erwiderte Adam. Er zog die Zaren-Ikone aus der Plastiktüte und reichte sie dem Wächter, der über die Entwicklung der Dinge einigermaßen überrascht schien. Zwei weitere Aufseher eilten herbei; sie pflanzten sich links und rechts von Adam auf.

Der Oberaufseher fragte in gebrochenem Englisch, ob

Adam es gestatten würde, wenn sich einer der Museumsexperten das Bild ansähe.

»Es wäre mir sogar ein Vergnügen«, sagte Adam. »Ich würde sehr gerne eine zweite Meinung darüber hören.«

Der Oberaufseher blickte nun immer weniger selbstsicher drein. »Bitte folgen Sie mir«, bat er Adam. Es klang gar nicht mehr unfreundlich. Er führte die beiden rasch in ein kleines Zimmer an einer Seite der Säulenhalle. Dann legte er die Zaren-Ikone auf einen Tisch in der Mitte des Raumes. Adam setzte sich. Jeanne nahm, noch ganz verwirrt, neben ihm Platz.

»Einen Augenblick, bitte!« Der Aufseher verließ den Raum beinah im Laufschritt. Seine beiden Kollegen bezogen neben der Tür Posten. Adam sagte noch immer nichts zu Jeanne, obwohl sie sich offenkundig zusehends ängstigte. Er lächelte ihr nur aufmunternd zu. So saßen sie da und warteten.

Schließlich öffnete sich die Tür, und ein älterer Herr mit einem Gelehrtengesicht trat ein, dicht gefolgt von dem Oberaufseher.

»Bonjour, Monsieur«, sagte der Herr zur Begrüßung und sah Adam an — zweifelsohne der erste Mann hier, der für Jeanne keinerlei Interesse zeigte. »Wie ich höre, sind Sie Engländer«, fuhr er fort und nahm sich einige Zeit, das Gemälde sorgfältig zu studieren.

Einen Augenblick lang verspürte Adam Angst. »Sehr interessant!« meinte der Herr schließlich. Einer der Aufseher legte die Hand auf seinen Gummiknüppel.

»Ja, interessant«, wiederholte er. »Spätes neunzehntes Jahrhundert, achtzehnhundertsiebzig, vielleicht achtzig«, fügte er nach einigem Zögern hinzu. »Faszinierend. Ein derartiges Kunstwerk hatten wir im Louvre noch nie — Sie sind sich ja hoffentlich darüber im klaren, daß es sich um eine Kopie minderer Qualität handelt«, sagte er, während er Adam die Ikone zurückreichte. »Das Original der Zaren-Ikone vom heiligen Georg mit dem Drachen hängt im Winterpalast zu Leningrad. Ich habe sie dort selbst gesehen, wissen Sie«, ergänzte er selbstgefällig nach einer Weile.

»Was Sie nicht sagen«, murmelte Adam leise. Er steckte die Ikone wieder in die Plastiktüte. Der alte Herr verneigte sich tief vor Jeanne. »Merkwürdig ist nur, daß sich erst vor wenigen Wochen jemand nach der Zaren-Ikone erkundigt hat«, sagte er, bevor er davonschlurfte, was zumindestens Adam nicht zu überraschen schien.

»Ich habe nur meine . . .« setzte der Oberaufseher an.

». . . Pflicht getan«, ergänzte Adam. »Eine ganz selbstverständliche Vorsichtsmaßnahme, wenn Sie mich fragen«, fügte er ein wenig großspurig hinzu. »Ich kann Ihre Art, derartige Zwischenfälle zu meistern, nur bewundern.«

Jeanne starrte die beiden an. Sie fühlte sich außerstande, auch nur einigermaßen zu begreifen, was hier vorging.

»Sie sind zu freundlich, Monsieur«, erwiderte der Aufseher erleichtert. »Ich hoffe, Sie besuchen uns wieder!« Er bedachte auch Jeanne mit einem Lächeln und geleitete die beiden zum Eingang des Louvre. Als sie durch die Tür ins Freie traten, nahm er Haltung an und salutierte schneidig.

Adam und Jeanne schritten über die Stufen in die Sonne hinaus, die auf Paris niederschien.

»Darf ich jetzt endlich erfahren, worum es geht?« fragte Jeanne.

»Du warst *magnifique*, großartig«, sagte Adam. Er versuchte erst gar nicht, ihr etwas zu erklären.

»Ich weiß, ich weiß«, sagte Jeanne. »Aber warum du brauchst eine oscarreife Leistung von mir, wenn das Bild sowieso dir ge'ört?«

»Du hast ja recht«, räumte Adam ein. »Ich hab es eben über Nacht im Gewahrsam des Louvre gelassen. Und ohne dein Bravourstück hätte es vielleicht viel länger gedauert, die

Gelehrten davon zu überzeugen, daß es überhaupt mir gehört.«

Er erkannte an ihrem Gesichtsausdruck, daß Sie keine Ahnung hatte, wovon er sprach.

»Weißt du, daß ich zum erstenmal im Louvre war?« sagte sie und hakte sich bei Adam unter.

»Du bist unbezahlbar«, antwortete Adam lachend.

»Nein, bin ich nicht«, erwiderte sie und wandte ihm das Gesicht zu. »Zwei'undert Francs waren abgemacht, ganz egal, ob es dir ge'ört oder nicht.«

»Das stimmt«, sagte Adam. Er zog die Brieftasche von Tomkins hervor und entnahm ihr zweihundert Francs, zu denen er noch hundert dazulegte. »Das hast du dir wirklich verdient«, stellte er anerkennend fest.

Jeanne steckte das Geld dankbar ein. »Ich denke, ich nehme mir den Abend frei«, verkündete sie.

Adam nahm sie in die Arme und küßte sie auf die Wangen.

Sie küßte ihn auf die Lippen und lächelte. »Wenn du bist das nächste Mal in Paris, *chéri*, besuch mich. Ich schulde dir eine Runde — auf Kosten des 'auses.«

»Wie können Sie so sicher sein?«

»Ich bin meiner Sache deswegen so sicher, weil Antarktis Pemberton bereitwillig so viele Hinweise gegeben hat.«

»Wie meinen Sie das?«

»Sie sagten, Pemberton hätte erklärt, Antarktis würde nie wieder anrufen, wenn Sie und Ihre Kollegen ihn noch einmal im Stich lassen. Nicht nur, daß er nochmals angerufen hat — er hat Sie geradezu mit Fakten bombardiert. Wohin, sagten Sie, wollte er?«

»Zurück nach Genf! Hat irgend etwas mit dem deutschen Mädchen und der Bank zu tun.«

»Das Mädchen ist tot, und die Bank ist am Wochenende

geschlossen. Er befindet sich garantiert auf dem Weg nach England.«

»Ich möchte einen Wagen mieten. Ich werde ihn an der Küste wieder zurückgeben — aber ich weiß noch nicht genau, in welchem Hafen«, erklärte Adam dem Mädchen hinter dem Schalter.

»Gewiß, *Monsieur*«, sagte sie. »Würden Sie bitte dieses Formular ausfüllen, und dann benötigen wir noch Ihren Führerschein.« Adam zog sämtliche Papiere aus der Sakkotasche und reichte dem Mädchen den Führerschein von Tomkins. Er füllte gemächlich das Formular aus und ahmte die Unterschrift des »Colonels« nach, die er auf der Rückseite von dessen Clubkarte fand. Er bezahlte alle Gebühren für den Mietwagen in bar, da er hoffte, das Verfahren dadurch beschleunigen zu können.

Das Mädchen nahm das Geld und zählte die Scheine sorgfältig, bevor sie die Rückseite des Führerscheins mit der Unterschrift auf dem Formular verglich. Zu Adams Erleichterung fiel ihr nicht auf, daß er viel jünger aussah, als das Geburtsdatum im Führerschein vermuten ließ. Er steckte die Dokumente und Albert Tomkins' Brieftasche wieder in die Innentasche seines Jacketts. Das Mädchen drehte sich zu einem Wandbrett um und nahm einen Autoschlüssel vom Haken.

»Ein roter Citroën. Er steht im ersten Obergeschoß der Garage«, erklärte sie ihm. »Das Kennzeichen ist auf den Schlüsselanhänger geprägt.«

Adam dankte und lief in die erste Etage. Dort händigte er den Schlüssel einem Angestellten aus, der den Wagen für ihn aus der Parklücke fuhr.

Als der Mann den Schlüssel zurückgab, reichte ihm Adam einen Zehn-Francs-Schein. Genau den gleichen Betrag hatte der Angestellte zuvor schon einmal erhalten: von jenem anderen Mann, der ihn gebeten hatte, ihn sofort zu benachrichtigen, sollte ein Engländer, dessen Beschreibung auf Adam paßte, einen Wagen mieten. Und der Mann hatte überdies weitere hundert Francs versprochen, sofern ihn der Angestellte innerhalb von fünf Minuten anrief . . .

Vierter Teil

KREML, MOSKAU

19. Juni 1966

22

KREML, MOSKAU

19. Juni 1966

Leonid Iljitsch Breschnew betrat das Konferenzzimmer. Er ließ den übrigen vier beschlußfähigen Mitgliedern des Verteidigungsrates kaum Zeit, sich zu erheben. Ihre Mienen verrieten grimmige Entschlossenheit. Dies entsprach — anders als bei westlichen Politikern — ganz ihrem Image. Der Generalsekretär nahm seinen Platz am Tischende ein und nickte den Kollegen zu, sich ebenfalls zu setzen.

Zum letztenmal war das innere Gremium des Verteidigungsrates auf Ansuchen Chruschtschows so kurzfristig einberufen worden, der sich damals Unterstützung für sein kubanisches Abenteuer erhofft hatte. Breschnew würde nie vergessen, wie sein Vorgänger plötzlich in Tränen ausbrach, als die Ratsmitglieder ihn zwangen, den sowjetischen Schiffen den Befehl zur Rückkehr zu erteilen. Von dem Augenblick an hatte Breschnew gewußt, daß es nur eine Frage der Zeit sein konnte, bis er Chruschtschow als Führer der kommunistischen Welt ablösen würde. Breschnew hatte jedenfalls nicht die Absicht, auf dieser Sitzung in Tränen auszubrechen.

Zu seiner Rechten saß Marschall Malinowski, der Verteidigungsminister, zu seiner Linken der junge Außenminister Andrej Gromyko. Daneben hatte der Chef des Generalstabs, Marschall Sacharow, Platz genommen, und zu dessen Linken Zaborski. Sogar am Sitzplan war Breschnews Unzufriedenheit mit dem Vorsitzenden des KGB deutlich abzulesen.

Breschnew hob den Blick und sah zu dem wuchtigen Ölgemälde auf, das Lenin darstellte, wie er eine der ersten Militärparaden auf dem Roten Platz abnahm; ein Bild, das niemand außer den Mitgliedern des Politbüros zu Gesicht bekommen hatte, seit es 1950 aus der Tretjakow-Galerie verschwunden war.

Hätte Lenin nur damals schon erkannt, daß die Ikone eine Fälschung ist... überlegte Breschnew. Doch im Gegensatz zu der traditionellen russischen Gepflogenheit, die Toten für alle Fehler und Mißstände verantwortlich zu machen, sagte er sich, daß Wladimir Iljitsch Lenin über jede Kritik erhaben sei. Er mußte sich daher wohl oder übel nach einem lebenden Sündenbock umsehen.

Sein Blick blieb an Zaborski haften. »Ihr Bericht, Genosse Vorsitzender!«

Zaborski fingerte an einer Akte vor ihm, obwohl er deren Inhalt beinah auswendig kannte. »Der Plan, die Zaren-Ikone ausfindig zu machen, wurde in vorbildlicher Weise realisiert«, begann er seine Ausführungen. »Als der Engländer Adam Scott gefangengenommen und später dann vom Genossen Dr. Stawinsky in der Abgeschiedenheit unserer Botschaft in Paris... befragt wurde« — ein Euphemismus, den alle akzeptierten —, »gab er uns keinerlei Hinweise darauf, wo sich die Ikone befindet. Es hat sich eindeutig herausgestellt, daß er ein westlicher Berufsagent ist. Nach drei Stunden wurde die Befragung vorübergehend unterbrochen, und während dieser Unterbrechung gelang es dem Gefangenen, zu entkommen.«

»Vollidioten!« warf Breschnew ein.

So, wie er es seinen Untergebenen seit Jahren eingetrichtert hatte, machte auch der Vorsitzende des KGB keinerlei Versuch zu antworten.

»Ist Ihnen denn nicht klar«, fuhr der Generalsekretär fort, »daß die Gelegenheit zum Greifen nahe war, genau jenes

Stück Land, auf dem die Amerikaner ihr Frühwarnsystem installiert haben, in einen Stützpunkt für unsere Kurzstreckenraketen zu verwandeln? Wäre es uns gelungen, die Ikone wiederzubekommen, hätten wir eben diese Raketen an einer Grenze stationiert, die weniger als eintausendachthundert Kilometer von Seattle und zweitausend Kilometer von Chicago entfernt ist. Damit wäre nicht nur das Frühwarnsystem der USA überflüssig geworden; wir hätten auch wesentlich bessere Möglichkeiten, feindliche Raketen zu orten, selbst wenn sie noch Tausende Kilometer von unserer nächsten Grenze entfernt sind!«

Der Generalsekretär legte eine Pause ein. Er wollte feststellen, ob der Vorsitzende des KGB noch irgendeine Erklärung anzubieten hatte, doch Zaborski blickte weiterhin starr auf den Tisch.

»Und wir hätten dafür«, fuhr Breschnew fort, und seine Stimme war fast nur mehr ein Flüstern, »nicht *ein* Leben opfern müssen, nicht *eine* Rakete, nicht *einen* Panzer oder auch nur *eine* Kugel — denn das Land, von dem ich gesprochen habe, gehört rechtmäßig uns. Wenn es uns innerhalb der nächsten sechsunddreißig Stunden nicht gelingt, die Zaren-Ikone zu finden, wird sich uns nie wieder eine derartige Chance bieten. Wir hätten *die* Gelegenheit ein für allemal verpaßt.«

Außenminister Gromyko wartete, bis er sicher sein konnte, daß Breschnew seine Ausführungen beendet hatte.

»Wenn Sie die Frage gestatten, Genosse Vorsitzender«, warf er schließlich ein, »aus welchem Grund durfte sich Major Romanow weiterhin an diesem so brisanten Unternehmen beteiligen, da er doch in Verdacht geraten war« — er warf einen Blick auf seine Unterlagen —, »die Wissenschaftlerin Petrowa ermordet zu haben?«

»Weil mir«, entgegnete Zaborski und sah zum erstenmal auf, »bei Bekanntwerden dieser Tatsache nur mehr sieben

Tage bis zum morgigen Stichtag zur Verfügung standen. Und weil ich der Meinung war, daß Romanow innerhalb so kurzer Zeit durch *niemanden* ersetzt werden könne.«

Es klopfte schüchtern an der Tür. Die um den Tisch Versammelten sahen einander überrascht an. Der Verteidigungsminister hatte ausdrücklich befohlen, daß sie von niemandem gestört werden durften.

»Herein!« brüllte Breschnew.

Die große Tür öffnete sich behutsam. In dem Spalt erschien ein Sekretär. Das Zittern des dünnen Blatt Papiers in seiner Hand verriet seine Nervosität. Breschnew machte keine Anstalten, sich umzudrehen und nachzusehen, wer gekommen war; daher winkte der Verteidigungsminister den Sekretär herein, der auf den Tisch zu huschte, das Telex hinlegte, sich umdrehte und beinah fluchtartig wieder das Zimmer verließ.

Langsam klappte Breschnew seine Schildpattbrille auseinander und nahm das Schreiben zur Hand. Nachdem er die Depesche durchgelesen hatte, blickte er in die erwartungsvollen Gesichter der übrigen Männer. »Allem Anschein nach hat ein Engländer im Louvre eine Ikone deponiert und heute vormittag wieder abgeholt.«

Das Blut wich aus Zaborskis Gesicht.

Die vier Minister rund um den Tisch sprachen alle durcheinander. Erst als Breschnew seine mächtige Rechte hob, trat Stille ein.

»Da ich annehme, daß wir den Engländer trotz allem als erste in die Hände bekommen, beabsichtige ich, meine Pläne weiterzuverfolgen.« Breschnew wandte sich an den Außenminister: »Alarmieren Sie alle unsere Botschafter im Westen! Sie sollen sich bereit halten, den Außenminister ihres Gastlandes über die Tragweite des Vertragszusatzes zu informieren. Und geben Sie Anatoli Dobrynin in Washington Weisung, am Montag eine offizielle Zusammenkunft mit dem amerikanischen Außenminister zu vereinbaren. Ferner wünsche ich, daß zum gleichen Zeitpunkt ein Treffen zwischen unserem Botschafter bei den Vereinten Nationen und U Thant arrangiert wird.«

Gromyko nickte. Breschnew wandte seine Aufmerksamkeit bereits dem Chef des Generalstabs zu. »Sorgen Sie dafür, daß unsere gesamten Streitkräfte in Bereitschaft versetzt werden, und zwar genau zu dem Zeitpunkt, wenn wir unsere diplomatische Initiative bekanntgeben.«

Malinowski lächelte.

Schließlich wandte sich der Generalsekretär an den Vorsitzenden des KGB. »Sind die Seiten für unsere Anzeigen in allen größeren westlichen Zeitungen noch immer reserviert?«

»Jawohl, Genosse Generalsekretär!« antwortete Zaborski. »Ich kann aber nicht versprechen, daß die Blätter tatsächlich bereit sein werden, Ihre vorbereitete Erklärung zu drukken.«

»Dann bezahlen Sie jede einzelne Zeitung im voraus«, sagte Breschnew. »Kaum ein westlicher Herausgeber wird freiwillig auf eine ganzseitige Anzeige in seinem Blatt verzichten, wenn das Geld schon auf seinem Konto liegt.«

»Und wenn wir die Ikone nicht finden...« setzte der Vorsitzende des KGB an.

»In dem Fall wird es Ihre letzte Aufgabe als Vorsitzender des Staatssicherheitsdienstes sein, sämtliche Anzeigen wieder zu stornieren«, erklärte der Generalsekretär der Kommunistischen Partei.

23

Adam kurbelte das Seitenfenster hinunter. Warme Sommerluft strömte in den Wagen. Er hatte beschlossen, die Hauptstraße nach Calais zu meiden und lieber die N1 nach Boulogne zu nehmen. Er hielt es noch immer für möglich, daß Romanow in allen Häfen an der Kanalküste seine Leute postiert hatte, obwohl Adam bezweifelte, daß seine Flucht Lawrence oder den Amerikanern schon bekannt geworden war.

Wenn er erst einmal die Vororte der französischen Hauptstadt hinter sich gelassen hatte, konnte er auf der restlichen Strecke gewiß eine Durchschnittsgeschwindigkeit von siebzig Stundenkilometern herausfahren. Allerdings geriet er völlig unvorhergesehen in einen Pulk von hundert oder mehr Radfahrern, die in ihren schlammbespritzten rot-, grün-, blau-, schwarz- oder goldgestreiften Nationaldressen vor ihm über die Straße strampelten. Als Adam an ihnen vorbeifuhr, konnte er ihr Tempo — fünfundsechzig Stundenkilometer — genau feststellen.

Er hatte in England die Vorbereitungen für die bevorstehende Weltmeisterschaft mitverfolgt und erkannte die Nationalfarben von Frankreich, Deutschland und Spanien. Adam hupte laut und überholte eine knapp hinter dem Spitzenfeld fahrende Vierergruppe in rot-weiß-blauen Dressen; unmittelbar vor ihr fuhr der Bus des britischen Teams. Augenblicke später war Adam an dem Führenden vorbei und schaltete wieder in den vierten Gang.

Er drehte das Autoradio an und spielte eine Zeitlang mit dem Sendersuchknopf. Endlich fand er das Home Service der BBC. Zum erstenmal seit Tagen hörte er Nachrichten in englischer Sprache: die üblichen Berichte über lange Streiks, die hohe Inflation und Englands Chancen im zweiten Krikketvergleichskampf, der im Lord's Stadion stattfand, verliehen ihm beinahe das Gefühl, schon zu Hause zu sein.

Und dann kam eine Meldung, bei der Adam um ein Haar von der Straße abgekommen und gegen einen Baum gefahren wäre: Frei von jeglicher Emotion berichtete der Nachrichtensprecher, daß ein junger Pilot der Royal Air Force auf einem Feld in der Nähe der Straße Auxerre-Dijon tot aufgefunden worden sei, nachdem seine Maschine unter mysteriösen Umständen abgestürzt war. Nähere Einzelheiten lägen derzeit nicht vor. Adam fluchte und schlug mit der Faust auf das Lenkrad. Also zählte nun auch Alan Banks zu Romanows Opfern. Er stieß gegen die Ikone und stammelte erregt weitere Verwünschungen.

»Es war äußerst unklug von Ihnen, sich mit mir in Verbindung zu setzen, junger Mann«, sagte der alte Bankier. »Sie sind im Augenblick nicht eben ein Held der Sowjetunion.«

»Hören Sie gut zu, Alterchen! Ich habe es nicht mehr nötig, ein Held zu sein, denn ich kehre vielleicht nie in die Sowjetunion zurück.«

»Ich warne Sie! Mütterchen Rußland hat lange Krallen.«

»Dank der weisen Voraussicht meines Großvaters kann ich mir leisten, sie zu stutzen«, sagte der Anrufer. Er tastete nach der großen Goldmünze, die er unter dem Hemd trug. »Ich möchte mich nur vergewissern, daß Sie nicht weitererzählen, wo ich die Nagelschere dazu aufbewahre.«

»Warum sollte ich schweigen?« fragte Poskonow.

»Weil ich Sie, falls ich in den nächsten vierundzwanzig Stunden den heiligen Georg nicht in Händen habe, noch einmal anrufen werde. Und dann will ich Ihnen Details verraten, wie Sie zu einem weit größeren Dankesbeweis kommen könnten, als Sie von Ihrem gegenwärtigen Arbeitgeber je zu erwarten haben.«

Der Bankier enthielt sich eines Kommentars.

In dem Augenblick stürzte der Botschaftssekretär ohne anzuklopfen ins Zimmer.

»Ich habe doch gesagt, daß ich nicht gestört werden will!« brüllte Romanow und hielt die Sprechmuschel mit der Hand zu.

»Aber wir haben Scott ausfindig gemacht!«

Romanow warf den Hörer auf die Gabel. Der alte Bankier in Moskau spulte das Tonband zurück. Lächelnd lauschte er Romanows Worten ein zweites Mal. Er kam zu dem Schluß, daß Romanow ihm nur eine Wahl gelassen hatte, und buchte einen Flug nach Genf.

»Robin?«

»Kleiner! Wo steckst du denn?«

»Ich bin in der Nähe von Paris, auf dem Weg nach Hause«, sagte Adam. »Haltet ihr noch immer euren Reiseplan ein?«

»Klar doch! Wieso? Möchtest du noch immer eine Nacht mit mir verbringen?«

»Klar doch!« äffte Adam Robin nach. »Wann seid ihr denn wieder zu Hause?«

»Das Orchester fährt heute abend um halb sieben mit der Fähre von Dünkirchen ab. Kommst du mit uns?«

»Nein«, antwortete Adam. »Ich muß eine andere Route nehmen. Aber wenn ich in London eintreffe — könntest du mich dann für eine Nacht bei dir aufnehmen, Robin?«

»So ein Angebot kann ich nur schwer ausschlagen...« Robin wiederholte langsam und deutlich ihre Adresse, um sicher zu sein, daß Adam genug Zeit zum Mitschreiben hatte. »Wann darf ich dich erwarten?« fragte sie.

»Heute gegen Mitternacht!«

»Meldest du dich bei allen Mädchen so lange im voraus an?«

Der junge KGB-Offizier in der Telefonzelle nebenan hatte den Großteil des Gesprächs mitgehört. Er lächelte, als er sich Major Romanows Worte ins Gedächtnis rief: »Derjenige, der mir die Zaren-Ikone bringt, braucht sich um seine Zukunft im KGB keine Sorgen zu machen...«

Adam sprang wieder in den Wagen und fuhr weiter. Er erreichte die Peripherie von Beauvais und beschloß, in einem Rasthaus an der Straße rasch zu Mittag zu essen.

Laut Fahrplan, den er vom Hertz-Schalter mitgenommen hatte, lief seine Fähre um drei Uhr von Boulogne aus; er würde es also auch noch leicht schaffen, wenn er jetzt eine Stunde Pause machte.

Wenig später saß Adam versteckt in einer Nische am Fenster; er ließ sich das Essen, das man in einem englischen Pub als »Hausmannskost« angepriesen hätte, gut schmecken. Mit jedem Bissen wurde ihm klarer, daß die französischen »Hausmänner« an ihre Wirte weitaus größere Ansprüche stellten als der Durchschnittsengländer.

Während Adam auf den Kaffee wartete, zog er Albert Tomkins' Papiere aus der Innentasche und begann sie eingehend zu studieren. Besonders interessierte ihn die Erkenntnis, wie viele Wochen Tomkins Arbeitslosengeld beansprucht hatte.

Durch das Fenster des Rasthauses beobachtete er, wie die ersten Radrennfahrer vorbeifuhren. Sie traten wie wild in die Pedale, fest entschlossen, den Platz in der Spitzengruppe zu halten. Während sie durch Beauvais hetzten, amüsierte sich Adam über die Tatsache, daß sie alle miteinander das Tempolimit überschritten. Der Anblick der Sportler erinnerte ihn auch daran, daß er morgen nachmittag zur letzten ärztlichen Untersuchung für die Anstellung im Foreign Office erwartet wurde.

Romanow las die dekodierte Nachricht ein zweites Mal durch. »Scott auf dem Rückweg nach Genf. Deutsches Mädchen und Bank überprüfen.« Er blickte zu dem hochrangigen KGB-Offizier auf, der ihm das Schreiben überbracht hatte.

»Hält Mentor mich für so naiv?« fragte er seinen Pariser Kollegen. »Wir wissen doch von unserem Agenten in Amsterdam, daß Scott sich derzeit auf dem Weg zur französischen Küste befindet.«

»Warum will Mentor Sie dann in die entgegengesetzte Richtung schicken?«

»Weil offensichtlich er derjenige ist, der die Amerikaner informiert hat«, erwiderte Romanow kalt.

Er wandte sich an den Colonel neben ihm. »Wir wissen, daß Dünkirchen nicht in Frage kommt. Also — wie viele andere Möglichkeiten gibt es noch?«

»Cherbourg, Le Havre, Dieppe, Boulogne oder Calais«, antwortete der Colonel nach einem Blick auf die Landkarte, die vor ihm ausgebreitet auf dem Tisch lag. »Ich würde auf Calais tippen«, fügte er hinzu.

»Unglücklicherweise«, bemerkte Romanow, »ist Captain Scott nicht ganz so naiv! Da die Autobahn direkt nach Calais führt, ist er gewiß davon überzeugt, daß wir diesen Teil seiner Reiseroute genau überwachen. Ich glaube, unser Freund wird es zunächst in Dieppe oder Boulogne versuchen.«

Er schlug in einem Fahrplan nach, den der Zweite Sekretär ihm besorgt hatte. »Das erste Schiff, das er vielleicht wird erreichen können, läuft um drei Uhr von Boulogne nach Dover aus. Dann gibt es noch eines um fünf von Dieppe nach Newhaven.«

Romanow überprüfte auch die Abfahrtszeiten von Calais und Le Havre. »Gut! Die Fähre von Calais ist schon um zwölf Uhr mittag ausgelaufen. Da Scott erst nach zwölf mit dem Mädchen telefoniert hat, kann er sie nicht erreicht haben. Und die Fähre von Le Havre geht erst am Abend um sieben Uhr fünfzehn ab. Er wird es kaum riskieren, so spät abzufahren. Gesetzt den Fall, daß wir ihm an der Küste zuvorkommen, wird Captain Scott bald wieder in unserer Gewalt sein. Was meinen Sie, Colonel?«

Nachdem Adam das Rasthaus verlassen hatte, dauerte es nur wenige Minuten, bis er die ersten Radfahrer auf der Straße nach Abbeville wieder einholte. Seine Gedanken kehrten zu Romanow zurück. Adam hegte den Verdacht, daß die russischen Agenten alle Flughäfen, Bahnhöfe, Autobahnen und Häfen überwachten. Aber nicht einmal der KGB konnte an fünfzig Orten gleichzeitig sein.

Hinter Abbeville schlug Adam die Straße nach Boulogne ein. Er war gezwungen, sich auf der Straßenmitte zu halten, um rechtzeitig den Sportlern ausweichen zu können. Einmal, als ein italienischer und ein britischer Radler unmittelbar vor ihm zusammenstießen, mußte er scharf abbremsen. Die beiden Rennfahrer, die gleich schnell gefahren waren, gingen unsanft zu Boden. Der Brite blieb verdächtig still am Straßenrand liegen.

Adam hatte Gewissensbisse. Er hätte am liebsten angehalten, um seinem Landsmann zu helfen, fürchtete jedoch, sein Schiff zu verpassen. Er sah den britischen Teambus vor sich und beschleunigte das Tempo. Endlich hatte er ihn eingeholt und fuhr auf gleicher Höhe neben ihm her. Adam gab dem Chauffeur ein Zeichen, an den Straßenrand zu fahren.

Der Mann hinter dem Lenkrad sah überrascht drein, bremste jedoch und kurbelte das Fenster herunter. Adam brachte seinen Wagen vor dem Kleinbus zum Stehen, sprang heraus, lief zum Bus.

»Einer eurer Leute hatte etwa eineinhalb Kilometer weiter hinten einen Unfall«, rief er.

»Danke, Kumpel!« erwiderte der Fahrer, wendete und brauste die Straße zurück.

Adam fuhr in gemessenem Tempo weiter. Endlich hatte er die gesamte Spitzengruppe überholt. Dann schaltete er wieder in den höchsten Gang. Ein Wegweiser zeigte ihm an, daß es nur mehr zweiunddreißig Kilometer bis Boulogne waren: Er würde das Schiff um drei bequem erreichen. Allmählich begann er mit dem Gedanken zu spielen, wie es wäre, wenn er den Montag überleben würde. Ob sein Leben jemals wieder in normalen, alltäglichen Bahnen verlaufen sollte? Jogging im Park, Anstellungsgespräche mit dem Foreign Office, Training mit dem Sergeantmajor... Ob er je dafür Anerkennung finden würde, daß er die Ikone in die richtigen Hände abgeliefert hatte? Das Problem war nur, daß er bis jetzt nicht einmal selbst wußte, wessen Hände die richtigen waren...

Ein Hubschrauber, der wie ein dicker grüner Ochsenfrosch aussah, strich über ihn hinweg — zweifelsohne die ideale Möglichkeit, zurück nach England zu gelangen, dachte Adam. So würde er sogar rechtzeitig zur ärztlichen Untersuchung in die Harley Street kommen.

Adam beobachtete, wie der Helikopter eine Schleife zog und ihm entgegenflog. Er vermutete, daß sich irgendwo in der Nähe ein Militärflugplatz befand, obwohl er sich aus seiner Armeezeit in dieser Gegend an keinen erinnern konnte. Wenige Augenblicke später kreuzte der Hubschrauber in deutlich geringerer Höhe seinen Weg. Adam hörte das Dröhnen des Rotors. Ein unglaublicher Gedanke schoß Adam durch den Kopf. Er umklammerte das Lenkrad, bis seine Fingerknöchel weiß hervortraten. In dem Augenblick drehte der Hubschrauber neuerlich um. Diesmal flog er direkt auf ihn zu.

Adam kurbelte das Fenster hoch und starrte, weit über das Lenkrad gebeugt, in den Himmel. Er sah die Umrisse dreier Gestalten im Cockpit des Hubschraubers. Wütend schlug er mit der Faust auf das Lenkrad. Er begriff, wie leicht es ihnen gefallen sein mußte, einen Wagen aufzuspüren, den er unter dem einen, einzigen Namen gemietet hatte, den sie sofort erkennen würden. Adam konnte Romanows triumphierendes Lächeln geradezu spüren, als der Helikopter über ihm schwebte.

Adam sah an der Straße vor sich einen Wegweiser auftauchen. Er bog von der Hauptstraße ab. Er fuhr auf ein Dorf namens Fleureville zu. Er trieb den Tachometer über neunzig, so daß der kleine Wagen über die Landstraße schlitterte. Der Hubschrauber schwenkte gleichfalls nach rechts. Er folgte ihm wie ein treuer Hund.

Adam riß das Lenkrad scharf nach links. Nur mit knapper Not vermied er den Zusammenstoß mit einem Traktor, der aus einem frischgepflügten Feld kam. Er schlug die nächste Querstraße rechts ein und hielt wieder auf die Straße nach Boulogne zu. Verzweifelt überlegte er, was er als nächstes tun sollte. Jedesmal, wenn er in die Höhe blickte, war der Hubschrauber direkt über ihm. Adam kam sich wie eine Marionette vor, die an Romanows Fäden tanzte.

Er schoß an einem Verkehrszeichen vorbei, das eine niedrige Unterführung ankündigte. Eine Sekunde lang kam ihm die melodramatische Idee, den Helikopter so tief herunterzulocken, daß er gegen die Straßenbrücke prallen müßte. Doch schon im nächsten Augenblick wurde ihm bewußt, daß *er* sich wie ein Anfänger aufführte.

Adam schätzte die Länge der Unterführung, die in Sicht kam, auf etwa sechzig oder siebzig Meter. Obwohl sie verhältnismäßig hoch war, hätte ein Doppeldeckerbus die Unterführung nicht passieren können, ohne daß die Fahrgäste im Oberdeck oben auf der Brücke gelandet wären. Für einen kurzen Moment fühlte Adam sich in Sicherheit. Er trat mit aller Kraft auf die Bremse des kleinen Citroën und kam etwa dreißig Meter vor Ende der Durchfahrt quietschend zum Stehen. Beinah wäre der Wagen gegen die Wand der Unterführung geschlittert. Adam schaltete die Begrenzungslichter ein; sie leuchteten hell in der Dunkelheit. Er sah die nachkommenden Wagen ihr Tempo verringern, ehe sie in sicherem Abstand an dem Citroën vorbeifuhren.

Schließlich sprang er aus dem Wagen und rannte zum Ende der Unterführung. Er drückte sich gegen die Mauer. Der Hubschrauber war eine kurze Strecke weitergeflogen, aber schon kam er wieder zurück, direkt auf den Tunnel zu. Adam beobachtete, wie er über seinen Kopf hinwegbrauste. Augenblicke später hörte er den Helikopter erneut kehrtmachen. Während Adam abwartend dastand, tauchten auf der anderen Seite zwei Tramper auf, die miteinander plauderten.

Verzweifelt blickte er zu den beiden jungen Männern hinüber. »Wollt ihr mitfahren?« rief er.

»Ja!« antworteten sie wie aus einem Mund. Adam taumelte auf sie zu.

»Fühlen Sie sich nicht wohl?« hörte er einen von ihnen fragen. Nur mit Mühe konnte er erkennen, welcher der beiden gesprochen hatte. Seine Augen hatten sich noch nicht an die Dunkelheit gewöhnt.

»Nein!« erklärte Adam schlicht. »Ich habe zum Mittagessen zuviel Wein getrunken, und wegen eines Radrennens wimmelt die Straße von Polizisten. Ich werde bestimmt angehalten, wenn ich noch eine längere Strecke fahre. Kann einer von euch Auto fahren?«

»Ich hab nur meinen kanadischen Führerschein«, sagte der größere der beiden Burschen. »Außerdem wollten wir nach Paris, und so wie Ihr Auto dasteht, wollten Sie offenbar in die Gegenrichtung.«

»Es ist ein Mietwagen von Hertz«, erklärte Adam. »Ich habe ihn heute morgen in der Rue St. Ferdinand abgeholt und muß ihn bis abends um sieben wieder zurückbringen. Ich glaube nicht, daß ich dies in meinem gegenwärtigen Zustand schaffe.«

Die beiden jungen Männer schauten ihn besorgt an. »Ich gebe euch hundert Francs, wenn ihr den Wagen für mich heil zurückbringt. Ich kann es mir nämlich nicht leisten, den Führerschein zu verlieren — ich bin Vertreter«, log Adam. Keiner der beiden sagte ein Wort. »Ich versichere euch, daß meine Papiere in Ordnung sind.« Er reichte sie dem Größeren, der im Schein der Innenbeleuchtung Albert Tomkins' Führerschein und die Versicherungskarte begutachtete, bevor er sich mit seinem Freund beriet.

Adam hörte den Rotor des Hubschraubers über der Einfahrt der Unterführung dröhnen.

»Die hundert Francs brauchen wir nicht«, sagte der Größere schließlich. »Aber eine schriftliche Bestätigung, in der Sie erklären, weshalb wir den Wagen in Ihrem Auftrag zu Hertz nach Paris zurückbringen.«

Adam zog den Kugelschreiber des »Colonels« Tomkins hervor und beugte sich über die Kühlerhaube des Citroën. Er fühlte sich bemerkenswert nüchtern und kritzelte rasch ein paar Zeilen auf die Rückseite des Vertragsformulars von Hertz.

»Möchten Sie nicht mit uns nach Paris zurückfahren?«

Adam zögerte kaum merklich. Hörten die beiden denn nicht auch das Geräusch? »Nein! Ich muß nach Boulogne.«

»Wir könnten Sie nach Boulogne fahren und hätten dann noch immer Zeit genug, das Auto nach Paris zu bringen.«

»Nein! Das ist zwar sehr freundlich von Ihnen, aber ich komme schon allein zurecht. Hauptsache, ich kann mich darauf verlassen, daß der Wagen so rasch wie möglich wieder abgeliefert wird.«

Der Größere zuckte die Achseln. Sein Begleiter öffnete eine der hinteren Wagentüren und warf die Rucksäcke auf die Sitzbank. Adam blieb unter der Straßenbrücke stehen. Der Kanadier ließ den Motor an. Adam hörte, wie der Rotor des Hubschraubers plötzlich in einem anderen Rhythmus dröhnte. Offenbar setzte er auf einem Feld in der Nähe zur Landung an.

Fahrt doch, um Himmels willen, fahrt! wollte Adam rufen, da fuhr der Wagen schon in Richtung Boulogne los. Er beobachtete, wie sich der Citroën ungefähr hundert Meter weit auf der Straße entfernte, in die Zufahrt zu einem Bauernhof einbog, wendete und wieder auf die Unterführung zusteuerte. Der Fahrer hupte, als der Wagen im Dunkel an Adam vorbei in Richtung Paris verschwand. Erleichtert sank Adam in die Knie.

Er wollte sich aufrappeln und auf Boulogne losmarschieren, da erblickte er am anderen Ende der Unterführung die Umrisse zweier großer, hagerer Männer, die sich gegen den hellblauen Himmel abzeichneten. Adam verharrte wie erstarrt und sandte ein Stoßgebet zum Himmel. Sie durften ihn einfach nicht entdecken.

Doch dann begann plötzlich einer der beiden auf ihn zuzugehen, während der andere reglos stehenblieb. Adam wußte, daß er keine Chance hatte, ihnen noch einmal zu entkommen. Da kniete er nun und verwünschte seine eigene Dummheit. Sie würden ihn binnen Sekunden deutlich sehen können.

»Vergeuden wir keine kostbare Zeit mehr, Marvin! Wir wissen doch schon, daß der Scheißtommy auf dem Weg zurück nach Paris ist.«

»Ich dachte nur, daß er vielleicht...« setzte der Mann namens Marvin im gedehnten Dialekt des amerikanischen Südens an.

»Überlaß das Denken mir! Zurück zum Hubschrauber, bevor wir ihn aus den Augen verlieren!«

Marvin war höchstens zwanzig Meter von Adam entfernt, als er plötzlich stehenblieb, sich umdrehte und zurücklief. Adam verharrte einige Minuten wie angewurzelt auf seinem Platz. Kalter Schweiß brach ihm aus den Poren. Diesmal war nicht Romanow sein Verfolger. Hätte ihn nicht einer der beiden »Scheißtommy« genannt, wäre er ihnen freudestrahlend in die Arme geeilt. Der Unterschied zwischen Phantasie und Wirklichkeit kam ihm plötzlich äußerst schmerzhaft zu Bewußtsein: Er war im Stich gelassen worden. Er hatte keine Freunde mehr.

Adam rührte sich erst wieder, als er den Hubschrauber abheben hörte. Er sah vorsichtig hinaus und erblickte vor der gewölbten Öffnung der Unterführung die Umrisse des Helikopters mit den Amerikanern; er flog bereits Richtung Paris. Dann endlich taumelte Adam ins Freie und legte die Hand über die Augen. Das Sonnenlicht kam ihm viel greller vor als noch vor wenigen Minuten. Was nun? Um die Fähre zu erreichen, blieb ihm weniger als eine Stunde. Aber er hatte kein Fahrzeug mehr. Adam fragte sich, ob er einen Wagen anhalten oder sich nach einer Bushaltestelle umsehen sollte. Vielleicht war es am besten, so weit wie möglich von der Hauptstraße wegzukommen. Sein Blick wanderte ständig zum Himmel. Wie lange würde es dauern, bis die Amerikaner den Citroën einholten und feststellten, daß er nicht drinnen saß?

Wieder fuhren die Radrennfahrer an ihm vorbei. Langsam joggte Adam in Richtung Boulogne. Er lief locker und brachte sogar die Kraft auf, die englischen Teilnehmer anzufeuern. Der britische Teambus folgte dicht hinter ihnen. Adam gab durch Zeichen zu verstehen, daß er mitgenommen werden wollte. Zu seiner Überraschung blieb der Bus tatsächlich vor ihm stehen.

Der Fahrer kurbelte das Fenster herunter; »Sind Sie nicht der Typ, der mich hinter Abbeville angehalten hat?«

»Stimmt!« sagte Adam. »Hat sich euer Mann erholt?«

»Nein, er liegt hinten im Wagen — Bänderzerrung. Was ist mit Ihrem Wagen passiert?«

»Der hat vor etwa anderthalb Kilometern den Geist aufgegeben«, erwiderte Adam und zuckte gleichmütig die Achseln.

»So ein Pech! Soll ich Sie mitnehmen? Wir fahren auf dieser Etappe zwar nur bis Boulogne, aber wenn Ihnen das hilft, springen Sie rein!«

»Danke«, sagte Adam mit der Erleichterung, die vermutlich ein vergammelter Beatnik empfinden mußte, der endlich von jemandem aufgelesen wurde. Der Fahrer lehnte sich hinüber und stieß den Wagenschlag auf.

Bevor Adam in den Bus kletterte, schirmte er die Augen mit der Hand ab und blickte nochmals zum Himmel hinauf. Der Hubschrauber war nirgends zu sehen. Aber Adam wußte genau, daß er nur allzubald zurückkehren würde. Die Amerikaner würden rasch darauf kommen, wo es Adam gelungen war, sie an der Nase herumzuführen ...

»Ich heiße Bob«, sagte der Fahrer im Trainingsanzug und streckte Adam die freie Hand entgegen. »Ich bin der britische Teamchef.«

»Und ich heiße Adam.« Er schüttelte ihm herzlich die Hand.

»Wohin sind Sie unterwegs?«

»Nach Boulogne«, antwortete Adam. »Mit ein wenig Glück erreiche ich noch die Drei-Uhr-Fähre.«

»Wir dürften ungefähr um halb drei dort sein«, erwiderte Bob. »Das heißt — wir müssen! Die Nachmittagsetappe beginnt nämlich um drei.«

»Wird der Mann auch fahren können?« fragte Adam und deutete über die Schulter.

»Nein, für den ist das Rennen vorbei«, antwortete der Teamchef. »Er hat sich ein Band hinten am Bein gezerrt. Es dauert Wochen, bis solche Verletzungen völlig ausgeheilt sind. Ich muß ihn in Boulogne zurücklassen und die letzte Etappe selbst fahren. Sie können nicht zufällig radfahren?« erkundigte sich Bob.

»Nein«, antwortete Adam. »Ich laufe ein wenig, aber mit Rädern habe ich nicht mehr viel zu tun, seit es meiner Schwester gelang, das Familienrad zu Schrott zu fahren.«

»Wir haben noch Chancen auf die Bronzemedaille«, meinte Bob, als sie wieder einmal die britischen Fahrer überholten.

Adam hielt zum Ansporn die Faust mit dem hochgestreckten Daumen hoch. Er blickte über die Schulter durch das Rückfenster. Tief aufatmend stellte er fest, daß von dem Hubschrauber noch immer nichts zu sehen war. Sie erreichten die Vororte von Boulogne. Bob brachte ihn sogar bis an die Docks. »Hoffentlich schafft ihr die Bronzemedaille«, sagte Adam und sprang aus dem Kleinbus. »Nochmals vielen Dank. Und viel Glück für die nächste Etappe!«

Dann sah Adam auf seine Uhr: in zwanzig Minuten lief das Schiff aus. Er reihte sich vor dem Fahrkartenschalter in der kurzen Warteschlange ein. Ständig blickte er sich um, ob ihn irgend jemand beobachtete. Aber kein Mensch schien das geringste Interesse an ihm zu haben. Mit der Fahrkarte begab Adam sich unverzüglich zum Schiff und begann eben, eine ziemlich unmelodische Version von »Yesterday« vor sich hinzupfeifen, da tauchte in der Ferne ein schwarzer Punkt am Himmel auf. Es gab keinen Irrtum — das Geräusch war unverkennbar.

Adam blickte zur Gangway hoch. Sie führte nur wenige Meter vor ihm auf das Deck des Schiffes. Dann schaute er zurück zu dem Punkt am Himmel, der rasch größer wurde. Er sah wieder auf die Uhr: In zwölf Minuten sollte die Fähre auslaufen — Zeit genug für seine Verfolger, um den Hubschrauber zu landen und sich an Bord der Fähre zu begeben, wo die Amerikaner ihn mit Sicherheit entdecken würden. Wenn allerdings sie aufs Schiff gingen, er jedoch hierbliebe, hätte er Zeit genug, die nächste Fähre in Dieppe zu erreichen ...

Adam lief eilends zur Menschenansammlung hinüber, die auf den Start der nächsten Etappe des Straßenrennens wartete. In dem Augenblick strich der Hubschrauber über ihn hinweg und blieb dann auf derselben Stelle schweben wie ein Falke, der nach einer Maus späht.

»Ich dachte, Sie wollten unbedingt auf dieses Schiff!«

Adam wirbelte herum und sah sich dem britischen Teamchef gegenüber, der jetzt im Rennfahrerdreß steckte.

»Ich hab meine Meinung geändert«, sagte Adam.

»Hätten Sie nicht Lust, auf der nächsten Etappe unseren Bus zu lenken?« fragte Bob hoffnungsvoll.

»Und wohin führt die Etappe?«

»Nach Dünkirchen!«

Adam überlegte fieberhaft, wann die Fähre aus dem Hafen von Dünkirchen auslief, mit der auch Robin fahren sollte.

»*Six minutes* — noch sechs Minuten«, verkündete eine Stimme über den Lautsprecher.

»Okay!« antwortete Adam.

»Fein!« Bob fiel sichtlich ein Stein vom Herzen. »Kommen Sie, bitte.«

Adam lief hinter dem Teamchef zum Bus.

»*Quatre minutes* — noch vier Minuten«, hörte er deutlich, als Bob den Bus aufsperrte und ihm die Schlüssel aushändigte. Angestrengt blickte er zum Fährschiff hinüber. Die beiden Amerikaner tauchten soeben aus dem Gebäude auf, in dem sich der Fahrkartenschalter befand.

»*Deux minutes* — noch zwei Minuten.«

Adam schwang sich in den Fahrersitz und blickte ein weiteres Mal zur Fähre. Marvin und sein Kollege schritten die Gangway hinauf.

»*Une minute* — noch eine Minute.«

»Fahren Sie den Bus einfach nach Dünkirchen, und geben Sie die Schlüssel am britischen Kontrollpunkt ab. Auf Wiedersehen!«

»Viel Glück!« antwortete Adam.

»Danke!« Bob rannte zur Startlinie und gesellte sich zu seinen Teamkollegen, die bereits sein Rad hielten und sich besorgt nach ihm umblickten.

»*Trente secondes* — noch dreißig Sekunden.«

Adam beobachtete, wie die Gangway hochgezogen wurde, als der Starter die Pistole hob.

»Auf die Plätze, fertig ...«

Das Nebelhorn des Schiffes stieß ein langgezogenes, dröhnendes Heulen aus. Für die beiden Amerikaner begann die Reise nach Dover. Eine Sekunde später ertönte ein Pistolenschuß. Adam legte den zweiten Gang ein und fuhr in Richtung Dünkirchen davon.

24

In dem kleinen Hafencafé wartete Adam ungeduldig auf die Ankunft des Reisebusses. Den Kleinbus des britischen Teams hatte er am Kontrollpunkt übergeben. Er war bereit, an Bord zu gehen, mußte sich aber zuvor überzeugen, daß Robin auch wirklich auf der Fähre sein wurde. Erst zehn Minuten vor der Abfahrtszeit trudelte der Bus ein.

»Du hast es wohl vor Sehnsucht nach mir nicht mehr ausgehalten, stimmt's?« fragte Robin, nachdem sie einander begrüßt hatten.

Adam brach in Gelächter aus. Er schaffte es, die Arme fast ganz um sie zu schlingen.

»Schön, dich zu sehen!« sagte er.

»Und ich dachte schon, du würdest irgendeine Geheimroute nach England einschlagen. In einer Spionagerakete oder in einem noch ausgefalleneren Ding!«

»Wollte ich auch«, erwiderte Adam, »aber die Amerikaner saßen am Steuer, eben als ich an Bord klettern wollte.«

»Die Amerikaner?«

»Ich erklär dir alles, wenn wir auf dem Schiff sind.«

Keiner der beiden bemerkte den jungen Agenten, der Robin von Berlin gefolgt war und in einer Telefonzelle am anderen Ende des Docks eine Nummer in Übersee wählte.

»Vor einer Woche noch hätte ich kein Wort von deinen Geschichten geglaubt«, sagte Robin. »Aber mittlerweile gibt es zwei Gründe, die dafür sprechen.«

»Nämlich?«

»Erstens wurde Dudley Hulme in Amsterdam von einem hohen Beamten des Foreign Office der Paß zurückerstattet. Was mich übrigens daran erinnert, daß ich dir deinen geben muß.« Sie kramte in ihrer Tasche, fand den dunkelblauen Paß und überreichte ihn Adam.

»Und der zweite Grund?« fragte er, während er den Paß einsteckte.

»Ich hatte das zweifelhafte Vergnügen, dem Genossen Romanow von Angesicht zu Angesicht gegenüberzustehen. Und du darfst davon überzeugt sein, daß ich dieses Vergnügen nicht noch einmal haben möchte.«

»Ich hingegen habe die feste Absicht, ihn sehr wohl noch einmal zu treffen.«

»Und warum?« fragte Robin.

»Weil ich ihn umbringen werde.«

Einige Minuten, bevor die Fähre anlegen sollte, kamen Romanow und Pollard in Dover an und sahen der Ankunft des Schiffes gespannt entgegen. Romanow postierte sich so, daß er durch die Fenster des Zollgebäudes die Fähre einlaufen sehen konnte. Er hatte den idealen Ausguck hinter einem Kaffeeautomaten gefunden; von hier aus konnte er jeden beobachten, der die Zollhalle betrat oder verließ, während er selbst vor allen Blicken verborgen blieb.

»Für den Fall«, erklärte Romanow, »daß er sich ausnahmsweise atypisch verhält und nicht geradlinig vorgeht, überwachen Sie die Autoausfahrt, und erstatten mir sofort Meldung, sobald Ihnen irgend etwas Ungewöhnliches auffällt.«

Der »Colonel« ließ Romanow in seinem Versteck hinter dem Kaffeeautomaten zurück und suchte sich einen Platz am Kai, von wo aus er die Autos, die etwa fünfzig Meter von der Anlegestelle entfernt in den Zollbereich einfuhren, gut überblicken konnte. Sollte Scott die Fähre tatsächlich in einem Wagen verlassen, hätte Pollard genügend Zeit, zurückzulaufen und Romanow zu alarmieren, ehe Scott hoffen konnte, den Zoll zu passieren und das Haupttor zu erreichen. Jedenfalls war dies hier der einzige Ort, an dem Scott es nicht riskieren konnte, sich in einem Kofferraum zu verstecken.

Die beiden Männer warteten.

Der Kapitän schaltete sein Bord-Land-Funkgerät auf Kanal neun und sprach deutlich in das kleine Mikrophon: »*MV Chantilly* ruft die Hafenmeisterei Dover. Hören Sie mich?«

Er wartete einen Augenblick, legte den Schalthebel um und hörte schließlich: »Hafenmeister an *MV Chantilly*. Ich höre Sie gut. Kommen!«

»Hier spricht der Kapitän. Wir haben einen Notfall an Bord. Ein männlicher Passagier ist aus einem Rettungsboot auf das Deck hinuntergefallen und hat sich Verletzungen an Armen und Beinen zugezogen.« Adam stöhnte. Der Kapitän fuhr fort: »Ich benötige sofort nach dem Anlegen einen Krankenwagen, der ihn am Kai aufnimmt und ins nächste Krankenhaus transportiert. Kommen!«

»Nachricht empfangen und verstanden! Ein Rettungswagen wird Sie erwarten, sobald das Schiff anlegt. Kommen. Ende.«

»Es wird sicher alles wieder gut, mein Schatz«, sagte Robin so sanft, wie Adam sie noch nie zuvor gehört hatte. »Wenn wir an Land sind, wirst du gleich in ein Krankenhaus gebracht.«

»Ich muß wieder auf die Brücke«, meinte der Kapitän mürrisch. »Ich werde zwei Stewards Anweisung geben, für Ihren Bruder eine Tragbahre herunterzubringen.«

»Danke, Herr Kapitän!« erwiderte Robin höflich. »Sie haben uns sehr geholfen.«

»Schon gut, Miss. Der Herr ist Ihr Bruder, sagten Sie?«

»Ja, Herr Kapitän.«

»Na schön! Sie sollten ihm in seinem eigenen Interesse zureden, weniger zu trinken, bevor er wieder an Bord eines Schiffes geht.«

»Ich hab's ja versucht«, antwortete Robin seufzend. »Sie würden nicht glauben, wie oft schon! Aber ich fürchte, er gerät meinem Vater nach.«

Adam hielt sein Bein umklammert und stöhnte erneut.

»Hm!« machte der Kapitän. Er sah auf die tiefe Wunde hinunter, die sich quer über Adams Schulter zog. »Na, hoffentlich ist es nicht allzu schlimm. Viel Glück!«

»Nochmals vielen Dank, Herr Kapitän!« Robin sah zu, wie sich die Kabinentür hinter dem Kapitän schloß.

»So weit, so gut«, stellte sie fest. »Hoffen wir nur, daß auch der zweite Teil des Plans funktioniert. Übrigens — dein Atem riecht abscheulich!«

»Kein Wunder, nachdem du mich gezwungen hast, meinen Mund zwanzig Minuten lang mit Whisky durchzuspülen und im Anschluß daran das gute Gesöff auf meine eigenen Kleider zu spucken...«

Adam wurde von den beiden Stewards behutsam auf die Bahre gelegt und aufs Deck getragen. Am oberen Ende der Gangway machten sie halt. Ein Zollbeamter kam in Begleitung eines Angehörigen der Einwanderungsbehörde zu ihnen gelaufen. Robin reichte ihnen Adams Paß. Der Beamte blätterte die Seiten durch und überprüfte das Foto.

»Das Foto sieht ihm zur Abwechslung tatsächlich einmal ähnlich«, sagte Robin, »aber dies hier, fürchte ich, wird man im nächsten Paß unter ›besondere Kennzeichen‹ eintragen müssen.«

Theatralisch zog sie die Decke zurück und entblößte die tiefe Fleischwunde an Adams Schulter. Er bot fürwahr ein Bild des Jammers.

»Hat er irgend etwas zu verzollen?« fragte der Beamte.

Adam konnte sich nicht zurückhalten; er mußte einfach nach der Ikone tasten.

»Nein, ich hab es ihm einfach nicht erlaubt, daß er auf dieser Fahrt noch mehr Fusel kauft. Und seine persönlichen Habseligkeiten nehme ich mit, wenn ich von Bord gehe.«

»In Ordnung! Danke, Miss. Und jetzt sehen Sie zu, daß er ins Krankenhaus kommt«, antwortete der Beamte, dem plötzlich auffiel, daß eine ungeduldige Menschenmenge oben an der Gangway bereits darauf wartete, endlich an Land gehen zu dürfen.

Die beiden Stewards trugen Adam die Laufplanke hinunter. Ein Sanitäter war schon zur Stelle und sah sich die Wunden an. Als Adam in den Krankenwagen geschoben wurde, winkte er Robin mit einer müden Geste zu.

Romanow entdeckte Robin, als sie durch den Zoll ging. »Jetzt ist mir völlig klar, wie Captain Scott vom Schiff gelangen will. Aber wir werden ihn abfangen, wenn er es am wenigsten erwartet. Los, mieten Sie einen Wagen, mit dem wir nach London fahren können!« bellte er »Colonel« Tomkins an.

Der Krankenwagen raste mit Blaulicht und Sirenengeheul durch das Tor des Zollfreigeländes. Auf der Fahrt zum Royal Victoria Hospital beobachtete der Sanitäter mit Staunen, wie unglaublich rasch sich der Zustand seines Patienten besserte. Allmählich konnte er sich des Gefühls nicht erwehren, daß der Kapitän den Grad der Verletzung vielleicht doch ein wenig überschätzt hatte.

Romanow stand neben dem Tor und lächelte. Er sah zu, wie der Bus mit den Musikern aus dem tiefen, dunklen Bauch des Schiffes auftauchte und sich in die Autoschlange vor der Zollabfertigung einreihte. Er spähte an den Seiten des Busses entlang und hatte Robin bald ausfindig gemacht. Wie er vorhergesehen hatte, lehnte der Kontrabaß neben ihr und verstellte die Sicht auf ihren Sitznachbarn.

»Ein zweites Mal legst du mich damit nicht hinein«, murmelte Romanow. In diesem Augenblick tauchte der »Colonel«, rot im Gesicht, neben ihm auf.

»Wo ist der Wagen?« fragte Romanow, ohne den Blick von dem Bus zu wenden.

»Ich habe einen reservieren lassen«, antwortete der Colonel. »Aber die Autovermietung braucht Ihren internationalen Führerschein. Ich hab ganz vergessen, daß Scott meinen hat, zusammen mit den anderen Papieren.«

»Sie bleiben hier und rühren sich nicht vom Fleck«, sagte Romanow. »Und passen Sie ja auf, daß Scott nicht versucht, den Bus zu verlassen.«

Zur selben Zeit, als Romanow zum Avis-Schalter rannte, wurde Adam in einen kleinen, abgeteilten Raum gerollt, wo ihn der diensthabende Notfallarzt untersuchen sollte.

Der junge Mediziner beugte sich ein paar Minuten lang über den Patienten. Eine derartige Verletzung hatte er noch nie gesehen. Er untersuchte Adam sorgfältig.

»Eine schlimme Fleischwunde«, sagte er schließlich, während er die Schulterverletzung reinigte. »Können Sie mit dem Arm Kreisbewegungen machen?«

Adam beschrieb mit dem Arm einen vollen Kreis und streckte ihn dann aus.

»Gut, wenigstens ist nichts gebrochen.« Der Arzt fuhr mit dem Säubern der Wunde fort. »Ich werde die offene Stelle mit Jod behandeln. Es wird vielleicht ein wenig brennen.« Er reinigte beide Ellbogen und legte anschließend ein Pflaster auf. »Das ist aber nicht heute passiert, oder?« fragt er und deutete auf Adams halbverheilte Schulter.

»Nein«, sagte Adam, ohne sich zu einer weiteren Erklärung herabzulassen.

»Sie sehen ziemlich mitgenommen aus! Ich gebe Ihnen eine Tetanusspritze.« Adam wurde weiß im Gesicht. »Seltsam, wie wenige erwachsene Männer den Anblick einer Injektionsnadel aushalten können«, stellte der Arzt fest. Adam stöhnte.

»So schlimm war es doch nicht, oder?« redete ihm der Arzt begütigend zu. Er brachte Adam oben an der Schulter einen breiten Verband an. »Haben Sie jemanden, der Sie abholt?« erkundigte er sich schließlich.

»Ja! Meine Frau wartet auf mich.«

»Gut! Sie können jetzt gehen. Aber melden Sie sich bitte bei Ihrem praktischen Arzt, wenn Sie wieder zu Hause sind.«

Romanow, der auf dem Fahrersitz saß, beobachtete, wie der Bus durch den Zollbereich rollte. Er fuhr hinter ihm her durch das Haupttor und auf die A2, Richtung London.

»Halten wir sie unterwegs auf?« fragte Pollard nervös.

»Diesmal nicht!« antwortete Romanow kurz. Während der Fahrt in die Hauptstadt ließ er den Bus keine Sekunde lang aus den Augen.

Adam verließ das Krankenhaus und vergewisserte sich, daß ihm niemand folgte. Die einzigen Personen, die er sah, waren ein Mann in einem blauen Dufflecoat, der in die entgegengesetzte Richtung ging, und eine Krankenschwester, die hastig an ihm vorbeitrippelnd auf ihre Uhr blickte. Zufrieden hielt Adam ein Taxi an, fuhr zur Dover Priory Station und löste eine einfache Fahrkarte nach London.

»Wann geht der nächste Zug?«

»Sollte jeden Moment eintreffen«, antwortete der Mann am Schalter. »Das Schiff hat vor vierzig Minuten angelegt. Es dauert aber immer eine gewisse Zeit, bis alle Passagiere an Land sind.«

Adam begab sich auf den Bahnsteig. Er blickte wachsam um sich, ob sich jemand verdächtig benahm. Den dunkelhaarigen Mann im blauen Dufflecoat, der am Rolladen des

W. H. Smith's-Verkaufstandes lehnte und den *Evening Standard* las, bemerkte er nicht.

Adams Gedanken kehrten zu Robin zurück. Sie saß schon in dem Bus, der sie ungefährdet nach Hause brachte. Der Londoner Zug fuhr ein; er war voll mit Reisenden von der Fähre. Adam suchte sich ein Abteil, in dem lauter Halbstarke saßen, die offenbar einen Ausflug zum Meer unternommen hatten. Er hielt es für unwahrscheinlich, daß außer ihm noch jemand Lust verspüren würde, sich zu ihnen zu gesellen. Adam setzte sich auf den einzigen freien Platz in einer Ecke des Abteils und blickte aus dem Fenster.

Als der Zug in Canterbury einfuhr, hatte niemand außer dem Schaffner das Abteil betreten, und selbst der hatte diskret übergangen, daß ihm einer der Jugendlichen statt einer Fahr- nur eine Bahnsteigkarte vorweisen konnte. Adam fühlte sich in der Ecke dieses Abteils merkwürdig sicher, selbst dann noch, als er einen dunkelhaarigen Mann in einem blauen Dufflecoat bemerkte, der an der Tür des Abteils vorbeiging und aufmerksam hereinsah.

Dann aber wurde Adam durch die lautstarke Beschwerde eines der Jugendlichen, offensichtlich des Rädelsführers der Bande, jäh aus seinen Gedanken gerissen.

»In diesem Abteil stinkt's«, erklärte der Jüngling und schnüffelte geräuschvoll.

»Find ich auch, Terry!« erwiderte sein Freund, der neben Adam saß, und begann das Geschnüffel nachzuahmen. »Mir scheint, es kommt ganz aus meiner Nähe.«

Adam sah zu dem jungen Mann hinüber. Seine schwarze Lederjacke war mit glänzenden kleinen Nieten übersät; quer über den Rücken stand »Heil Hitler« aufgedruckt. Adam erhob sich und zog das Fenster auf. »Vielleicht hilft ein wenig frische Luft«, meinte er, während er sich wieder setzte. Gleich darauf schnüffelten alle vier. »Mir scheint, der Gestank wird immer ärger«, stellte der Anführer fest.

»Dann bin's wahrscheinlich ich!« sagte Adam lakonisch.

Das Geschnüffel hörte auf. Die Jugendlichen starrten Adam verblüfft an — seine Gegenattacke hatte ihnen für den Moment die Rede verschlagen.

»Ich hatte nach meiner Judostunde keine Zeit zum Duschen«, ergänzte Adam, noch bevor einer von ihnen etwas sagen konnte.

»Biste gut in Judo?« fragte der Junge neben ihm.

»So halbwegs!«

»Welchen Gürtel haste denn?« erkundigte sich Terry angriffslustig. »Los, sag schon! Den schwarzen, stimmt's?« fügte er kichernd hinzu.

»Den schwarzen hab ich schon seit fast acht Jahren nicht mehr«, antwortete Adam leichthin. »Kürzlich hab ich meinen zweiten Dan bekommen.«

Drei der vier Gesichter sahen mit einemmal besorgt drein.

»Ich wollt auch mal mit Judo anfangen«, fuhr der Rädelsführer fort. »Wie lange braucht man denn, bis man halbwegs was kann?«

»Ich trainiere seit zwölf Jahren drei Stunden täglich und bin noch immer nicht olympiareif«, erklärte Adam. Da fiel ihm auf, daß der dunkelhaarige Mann im Dufflecoat zum zweitenmal an dem Abteil vorbeikam und Adam diesmal scharf anschaute, bevor er rasch weiterging.

»Bekanntlich«, fuhr Adam fort, »ist aber Mumm die einzige Voraussetzung, wenn man ernsthaft mit Judo anfangen will, und den kann einem niemand beibringen. Entweder man hat ihn, oder man hat ihn nicht.«

»Ich hab Mumm«, entgegnete Terry aggressiv. »Ich fürcht mich vor nichts und niemand!« Dabei sah er Adam fest in die Augen.

»Schön«, erwiderte dieser. »Vielleicht kannst du deine Behauptung vor Ende dieser Reise noch unter Beweis stellen.«

»Worauf willst du hinaus?« fragte der Bursche mit dem »Heil Hitler« auf dem Rücken. »Willst du dich vielleicht mit uns anlegen?«

»Nein«, antwortete Adam ruhig. »Aber leider ist ein Privatdetektiv hinter mir her. Der will mich offensichtlich *in flagranti* erwischen, wenn ich heute nacht mit der Frau seines Klienten bumse.«

Zum erstenmal saßen die vier Burschen mucksmäuschenstill und schauten Adam beinahe ehrfürchtig an.

»Und tust du's?«

Adam nickte verschwörerisch.

»Ist wohl ein steiler Zahn, deine Lady?« fragte Terry augenzwinkernd.

»Kann man wohl sagen . . .«

»Dann zeig uns den Schnüffler! Wir machen ihn für den Rest der Nacht fertig«, sagte der Rädelsführer. Er schlug sich mit der linken Hand auf den Bizeps des rechten Arms und reckte gleichzeitig die geballte Faust genußvoll hoch.

»Das wär vielleicht etwas zuviel des Guten«, entgegnete Adam. »Aber falls ihr ihn ein wenig aufhalten würdet, wenn ich in Waterloo East aussteige, könnte ich die Dame wenigstens warnen.«

»Alles klar, Casanova!« versicherte der Rädelsführer. »Dein Freund, der Schnüffler, wird von uns in Charing Cross abgeliefert, verschnürt wie ein Postpaket.«

Die anderen drei Jugendlichen brachen in Gelächter aus. Adam wurde allmählich klar, daß es Romanow in nur einer Woche gelungen war, aus ihm einen Märchenerzähler von Rang zu machen. Er kam beinah schon an Robins verstorbenen Vater heran.

»Das ist er!« flüsterte Adam, als der Mann im Dufflecoat zum drittenmal vorbeiging. Die Jugendlichen sahen auf den Gang hinaus, bekamen aber nur mehr den Rücken des Mannes zu sehen.

»Der Zug sollte in elf Minuten in Waterloo East eintreffen«, sagte Adam mit einem Blick auf seine Uhr. »Für den Fall, daß ihr noch immer mitmachen wollt, schlage ich daher vor . . .«

Die vier Angehörigen seiner Leibwache lehnten sich erwartungsvoll vor.

Wenige Augenblicke später schlüpfte Adam aus dem Abteil. Die Tür ließ er hinter sich weit offen. Gemächlich spazierte er in die Richtung, aus der der Mann im blauen Dufflecoat zuvor gekommen war. Als Adam das Ende des Waggons erreichte, drehte er sich um. Er stellte fest, daß der Mann ihm eilig folgte. Er kam an dem offenen Abteil vorbei und hob lächelnd die Hand, um Adams Aufmerksamkeit auf sich zu lenken. Da schnellten zwei in Leder gehüllte Arme heraus, und mit einem erstickten Schrei verschwand der Mann im Abteil. Die Tür wurde zugeknallt. Die Vorhänge waren im Nu zugezogen.

Langsam fuhr der Zug in Waterloo East ein.

Als der Bus in die Wigmore Street einbog und vor dem Hauptsitz des Royal Philharmonic Orchestra stehenblieb, waren Robins Nerven zum Zerreißen gespannt. Seit mindestens fünfzig Kilometern war ihnen ein dunkelgrüner Ford gefolgt. Robin hatte sich seither nicht mehr von ihrem Sitz weggerührt.

Während sie den Kontrabaß durch den Bus zerrte, warf sie einen Blick zurück. Der Ford parkte etwa fünfzig Meter weiter unten an der Straße; die Scheinwerfer waren ausgeschaltet. Romanow stand auf dem Gehsteig; er sah aus wie ein gefangenes Tier, das sich zum Angriff duckt. Ein zweiter Mann, den Robin nicht kannte, war hinter dem Lenkrad sitzengeblieben. Adam hatte ihr befohlen, sich nicht umzudrehen, sondern sich auf kürzestem Weg ins Gebäude zu begeben, in dem sich der Hauptsitz des Orchesters befand.

Trotzdem konnte Robin sich nicht zurückhalten, Romanow starr in die Augen zu sehen und den Kopf zu schütteln. Er aber blickte teilnahmslos geradeaus.

Nachdem der letzte Musiker ausgestiegen war, durchsuchten Romanow und »Colonel« Tomkins das Innere des Busses von vorne bis hinten. Schließlich machten sie sich, ungeachtet der lautstarken Proteste des Fahrers, auch noch über den Kofferraum her. Robin beobachtete von einem Fenster im ersten Stock aus nervös, wie Romanow und sein Begleiter wieder in den Ford sprangen und davonfuhren. Sie sah dem Wagen nach, bis seine Rücklichter in der Dunkelheit verschwunden waren.

Der »Colonel« bog von der Wigmore Street in die Baker Street ein und brachte den Wagen gegenüber Baker Street Station zum Stehen. Romanow hechtete heraus, lief zu einer leeren Telefonzelle und begann im Telefonbuch, Teil A-D, zu blättern. Er fand nur Robin Beresford, unter derselben Adresse, die der junge Agent ihm durchgegeben hatte. Er wählte die Nummer. Als nach zehnmaligem Klingeln niemand abhob, erschien ein Lächeln auf Romanows Gesicht. Jetzt wußte er, daß sie allein lebte. Es überraschte ihn nicht.

»Was nun?« fragte der »Colonel«, als Romanow wieder im Wagen saß.

»Wo liegt Argyle Crescent, NW 3?«

»Muß irgendwo außerhalb sein, Richtung Hampstead«, antwortete der Colonel. »Aber ich sehe besser erst im Londoner Straßenverzeichnis nach. Was haben Sie vor?«

»Statt zu warten, bis Miss Beresford herauskommt, werden wir lieber auf sie warten, bis sie hereinkommt«, erwiderte Romanow.

Etwa dreißig Minuten später schlüpfte Robin aus der Hintertür des Gebäudes. Sie ging rund um Portman Square, dann marschierte sie, so rasch sie konnte, bis hinunter an die Ecke. Sie sagte sich immer wieder, daß Romanow bestimmt nicht zurückkommen würde; dennoch zitterte sie am ganzen Leib. Sie hielt nach einem Taxi Ausschau. Ihr fiel ein Stein vom Herzen, als fast augenblicklich ein Mann neben ihr stehenblieb. Wie Adam ihr geraten hatte, kontrollierte sie Fahrer und Rücksitz, dann kletterte sie hinein.

Wenige Augenblicke, nachdem Robin das Taxi angehalten hatte, traf Romanow vor ihrem Haustor ein. Der Tafel mit den Namensschildern neben dem Tor entnahm er, daß Miss Beresford in der vierten Etage wohnte.

Das Haustor hätte selbst für einen kleinen Moskauer Gelegenheitsdieb, der auch nur etwas auf sich hielt, keinerlei Problem dargestellt. Romanow verschaffte sich innerhalb weniger Sekunden Einlaß. Der »Colonel« folgte. Leise stiegen sie durch das dunkle Treppenhaus in den vierten Stock.

Romanow knackte das Yale-Schloß schneller, als Robin es mit ihrem Schlüssel hätte öffnen können. Er überprüfte die Anordnung der Räume und vergewisserte sich, daß sonst niemand in der Wohnung war.

Der »Colonel« stand angespannt und zappelig herum.

»Beruhigen Sie sich, Colonel! Die Dame wird uns bestimmt nicht lange warten lassen.«

Ein nervöses Lachen war die Antwort.

Das Taxi hielt vor dem Haus, auf das Robin zeigte. Sie sprang aus dem Wagen und gab dem Taxifahrer ein reichliches Trinkgeld; nicht nur, weil die Geisterstunde lange vorbei war, sondern weil sie sich endlich in Sicherheit fühlte. Es kam ihr vor, als wäre sie seit Ewigkeiten nicht mehr zu Hause gewesen. Sie freute sich auf ein heißes Bad und auf einen langen, ungestörten Schlaf.

Adam stieg kurz nach Mitternacht in Waterloo East aus dem Zug. Er stellte erfreut fest, daß die Underground noch verkehrte. Er hatte es für besser gehalten, nicht bis Charing Cross weiterzufahren, zumal er nicht wußte, welche seiner Verfolger ihn dort empfangen würden. An der Sperre wies er eine Zeitkarte vor und wartete, bis schließlich ein Zug einfuhr.

Zwischen Waterloo East und seinem Zielort lagen mehrere Stationen, und selbst zu dieser Nachtzeit schien der Zug jeden Halt besonders lange auszudehnen. Am Embankment stiegen ein paar Nachtschwärmer zu; mehr noch am Leicester Square. In jeder Station saß Adam wie auf Nadeln — offensichtlich hatte er den letzten Zug gerade noch erreicht. Er hoffte nur, daß Robin seine Anweisungen getreulich befolgte. Adam sah sich um. Die Bänke waren vollbesetzt mit Nachtmenschen — Kellnern, Krankenschwestern, Partyheimkehrern, Betrunkenen. Zwanzig Minuten vor ein Uhr fuhr der Zug endlich in der Station ein, wo Adam aussteigen wollte.

Der Schaffner gab Adam die benötigte Auskunft. Er war froh, seinen Zielort doch noch so rasch erreicht zu haben. Um diese Zeit war niemand mehr auf der Straße, den er um Auskunft hätte bitten können. Langsam ging er auf Nummer dreiundzwanzig zu. Nirgends im Haus brannte Licht. Er öffnete das Gartentor und schritt den Weg hinauf. Er zog den Schlüsselbund aus der Tasche und steckte den Chubb-Schlüssel ins Schloß. Vorsichtig drückte Adam die Tür auf und schloß sie geräuschlos hinter sich.

Kurz nach zwölf fuhr der letzte Zug aus Dover in Charing Cross Station ein. Da Adam nirgends zu sehen war, wies

Lawrence seinen Chauffeur an, ihn zum Cheyne Walk zurückzufahren. Es war Lawrence unverständlich, weshalb der von ihm persönlich ausgewählte Agent ihm keine Meldung erstattet hatte. Als Lawrence vor seiner Wohnung ausstieg, hoffte er nur, daß Adam ihn bereits erwartete.

25

Er stieß das Gartentor auf und ging den Weg hoch. Es war stockdunkel. An der Ecke des Hauses suchte er nach dem dritten Stein links, nach dem Ziegel, hinter dem er stets seinen Reserveschlüssel versteckte. Zu seiner Erleichterung fand er nach einigem Herumtasten den Schlüssel an seinem Platz. Wie ein Einbrecher schob er ihn geräuschlos ins Schloß.

Er schlich in die Halle. Die Tür zog er hinter sich zu, knipste die Beleuchtung an, stieg die Treppe nach oben, wo er das Licht wieder ausschaltete, drehte den Knauf zu seiner Schlafzimmertür und stieß sie auf.

Er trat ein. Da schlang sich ihm wie ein Peitschenhieb ein Arm um den Hals. Er wurde mit ungeheurer Kraft zu Boden gerissen. Er spürte, wie sich ihm ein Knie gegen das Rückgrat drückte. Ein Arm wurde ihm im Halbnelson auf den Rücken gedreht und hochgezogen. Er lag flach auf dem Boden, einen Arm auf den Rücken gedreht und konnte sich kaum bewegen oder auch nur atmen. Adam knipste den Schalter an. Das Licht flammte auf. Das erste, was er sah, war der »Colonel«.

»Bringen Sie mich nicht um, Captain Scott! Bitte, bringen Sie mich nicht um«, flehte er.

»Ich habe nicht die Absicht, Sie umzubringen, Mr. Tomkins«, erwiderte Adam ruhig. »Zunächst aber sagen Sie mir bitte, wo sich Ihr geschätzter Arbeitgeber im Augenblick aufhält.«

Adam stemmte sein Knie weiter in den Rücken des »Colonels«, dessen Arm er noch um ein paar Zentimeter höherdrückte.

»Er ist zur Botschaft zurückgekehrt, als er gemerkt hat, daß das Mädchen nicht in die Wohnung zurückkehren würde«, stieß er weinerlich hervor.

»Genau, wie ich es geplant hatte«, sagte Adam. Er verminderte den Druck auf den Arm des »Colonel« nicht, als er ihm bis ins kleinste Detail erklärte, was er von ihm erwartete.

Das Gesicht des »Colonel« wurde immer ungläubiger. »Aber das klappt doch nie«, stieß er hervor. »Ich meine, er merkt doch bestimmt ... Ahhh!«

Der »Colonel« wimmerte, als sein Arm noch höher den Rücken hinaufgestoßen wurde. »Sie könnten die ganze Angelegenheit in weniger als zehn Minuten erledigen. Er wird niemals dahinterkommen«, sagte Adam. »Abgesehen davon bin ich der Meinung, daß es nur gerecht wäre, wenn Sie für Ihre Bemühungen entschädigt werden.«

»Danke, Sir«, erwiderte Tomkins unterwürfig.

»Wenn es Ihnen gelingt, mir diesen einen Gegenstand, den ich benötige, zu liefern und meine Anweisungen wortwörtlich auszuführen, biete ich Ihnen im Tausch dafür Ihren Paß, den Führerschein, die Papiere, die Brieftasche sowie die Garantie, daß Sie wegen Ihrer vergangenen Schurkerei nicht angeklagt werden. Sollten Sie allerdings bis morgen vormittag um halb zehn nicht mit dem bewußten Gegenstand zurück sein«, fügte Adam hinzu, »liegen alle diese Dokumente dreißig Minuten später auf dem Schreibtisch von Mr. Lawrence Pemberton im Foreign Office, gemeinsam mit meinem Bericht über die Einnahmequellen, die Sie in Ihrer Steuererklärung anzugeben wohl vergessen haben.«

»Das werden Sie mir doch nicht antun, Captain Scott! Überlegen Sie doch, was mit mir passiert, wenn Sie diese Drohung wahrmachen«, ächzte der »Colonel«.

»Das hab ich mir bereits überlegt«, antwortete Adam. »Und ich bin zu zweierlei Schlüssen gekommen.«

»Und die wären, Captain Scott?«

»Spione«, fuhr Adam fort, ohne seinen Griff zu lockern, »müssen derzeit, je nachdem, wie es Ihrer Majestät beliebt, mit Gefängnisstrafen zwischen achtzehn und zweiundvierzig Jahren rechnen. Bei guter Führung können Sie also frühestens vor der Jahrhundertwende wieder heraußen sein; vielleicht gerade noch rechtzeitig, um das zu diesem Anlaß übliche Glückwunschtelegramm der Queen in Empfang zu nehmen.«

Der »Colonel« war sichtlich beeindruckt. »Und die zweite Schlußfolgerung?« stieß er hervor.

»Oh, die ist ganz einfach! Es wäre doch denkbar, daß Sie Romanow von meinem nächtlichen Besuch erzählen. Als Gegenleistung würde er es Ihnen vielleicht ermöglichen, den Rest Ihrer Tage in einer kleinen Datscha in einem entsprechend unliebsamen Vorort Moskaus zu verbringen. Denn, mein lieber Tomkins, Sie sind ja schließlich nur ein sehr kleiner Spion. Ich persönlich wäre mir nicht sicher, welcher dieser Alternativen ich mit größerem Grauen entgegensehen würde.«

»Ich bringe Ihnen das Gewünschte, Captain Scott! Verlassen Sie sich auf mich.«

»Davon bin ich überzeugt, Tomkins! Würden Sie nämlich Romanow in unser kleines Geheimnis einweihen, wären Sie innerhalb weniger Minuten verhaftet. Sie könnten im besten Fall versuchen, mit einer Maschine der Aeroflot nach Moskau zu entkommen. Aber ich habe mich erkundigt — der nächste Flug geht erst am späten Nachmittag.«

»Ich bringe es Ihnen! Punkt halb zehn, Sir. Seien Sie ganz ohne Sorge! Aber halten Sie um Gottes Willen auch Ihren Beitrag zum Austausch bereit.«

»Das werde ich«, erwiderte Adam, »genauso wie alle Ihre Papiere, Tomkins.«

Adam zog den »Colonel« langsam vom Boden hoch und schob ihn auf den Treppenabsatz zu. Anschließend knipste er das Licht im Treppenhaus an und stieß den »Colonel« vor sich her die Treppe zur Haustür hinunter.

»Die Schlüssel!« befahl Adam.

»Sie haben doch schon meine Schlüssel, Captain Scott, Sir!«

»Die Autoschlüssel, Sie Idiot!«

»Aber es ist ein Mietwagen, Sir«, stammelte der Colonel.

»Den werde ich jetzt mieten«, erwiderte Adam.

»Ja, aber wie soll ich denn rechtzeitig nach London kommen, Sir?«

»Keine Ahnung! Sie haben ja noch die ganze Nacht Zeit, sich etwas einfallen zu lassen. Bis dahin könnten Sie es sogar zu Fuß schaffen. Die Schlüssel!« wiederholte Adam und schob den Arm des »Colonel« noch weiter, bis fast in die Höhe des Schulterblattes hinauf.

»In meiner linken Tasche«, stieß der »Colonel« hervor. Seine Stimme klang fast eine Oktave höher.

Adam steckte die Hand in das neue Jackett des »Colonel« und zog die Autoschlüssel heraus. Er öffnete die Eingangstür, stieß den »Colonel« auf den Gartenweg und führte ihn zum Gehsteig.

»Sie werden dort drüben auf der anderen Straßenseite stehenbleiben«, ordnete Adam an, »und erst dann ins Haus zurückkehren, wenn ich das Ende der Straße erreicht habe. Ist das klar, Tomkins?«

»Völlig klar, Captain Scott, Sir!«

»Gut«, sagte Adam und ließ ihn zum erstenmal los. »Und noch etwas, Tomkins: Für den Fall, daß Sie daran denken, mich hinters Licht zu führen: Ich habe das Foreign Office bereits veranlaßt, Romanow zu überwachen und zwei zusätzliche Beobachter in der Nähe der sowjetischen Botschaft zu postieren. Sie haben den Auftrag, sofort Meldung zu erstatten, sobald irgendein Verdächtiger vor morgen halb zehn das Gebäude betritt oder es verläßt.« Adam hoffte, einigermaßen überzeugend zu wirken.

»Sie haben wirklich an alles gedacht, Sir«, stellte der »Colonel« düster fest.

»Das möchte ich meinen«, antwortete Adam. »Ich habe sogar Ihr Telefon stillgelegt, bevor Sie zurückkamen.« Adam stieß den »Colonel« über die Straße und stieg in den Mietwagen. Er kurbelte das Fenster herunter. »Bis morgen um halb zehn. Pünktlich!« fügte er hinzu, während er den ersten Gang einlegte.

Der »Colonel« stand zitternd auf dem gegenüberliegenden Gehsteig und massierte seine rechte Schulter. Adam fuhr die Straße hinunter. Als er nach links abbog, auf das Zentrum von London zu, stand Tomkins noch immer dort.

Zum erstenmal seit Heidis Tod hatte Adam das Gefühl, daß nun Romanow der Gejagte war.

»Welch große Ehre für unser bescheidenes Haus!« sagte Herr Bischoff. Er war ganz offensichtlich entzückt, daß der wichtigste Bankier des Ostens mit ihm im Konferenzzimmer seiner Bank saß und den Nachmittagstee einnahm.

»Aber nicht doch, mein lieber Bischoff!« erwiderte Poskonow. »Nach all den Jahren ist die Ehre gänzlich meinerseits. Und wie reizend und verständnisvoll von Ihnen, die Bank auch an einem Sonntag zu öffnen. Aber nun zum Geschäft. Haben Sie Romanow dazu gebracht, die Verzichtserklärung zu unterschreiben?«

»Aber ja«, erklärte Bischoff sachlich. »Er hat es getan, ohne auch nur die Standardklauseln durchzulesen, von den drei zusätzlichen, die Sie uns hinzuzufügen baten, ganz zu schweigen.«

»Seine Erbschaft fällt somit automatisch dem sowjetischen Staat zu?«

»So ist es, Herr Poskonow! Und als Gegenleistung dafür...«

»... werden Sie uns bei allen unseren Geld- und Devisentransaktionen im Westen vertreten.«

»Danke«, erwiderte Herr Bischoff. »Wir werden Ihnen bei allen Ihren Anliegen, selbst den geringfügigsten, stets mit dem größten Vergnügen zu Diensten stehen. Was aber, wenn Romanow die Bank wieder aufsucht und wissen möchte, was aus seiner Erbschaft geworden ist?«

»Er wird die Bank nicht wieder aufsuchen«, erklärte der sowjetische Bankier mit Nachdruck. »Darauf gebe ich Ihnen mein Wort. Und jetzt würde ich gerne sehen, was sich in diesen Schließfächern befindet.«

»Selbstverständlich«, sagte Herr Bischoff. »Würden Sie mich bitte begleiten?«

Die beiden Bankdirektoren fuhren mit dem Privatlift in den Keller. Herr Bischoff geleitete seinen Gast zu dem unterirdischen Tresorraum.

»Ich werde die fünf Schließfächer, die nun auf Ihren Namen lauten, mit dem Bankschlüssel aufsperren. Aber nur Sie können Sie mit Ihrem eigenen Schlüssel öffnen.«

»Danke«, antwortete Poskonow. Er wartete, bis Bischoff die fünf Schlösser aufgesperrt hatte und zum Eingang des Tresorraums zurückkehrte.

»Lassen Sie sich Zeit, soviel Sie wollen«, sagte Herr Bischoff. »Um sechs Uhr wird allerdings die große Tür automatisch versperrt, und bis morgen früh um neun Uhr ließe sie sich eigentlich nur noch mit Hilfe einer Kernwaffe aufbrechen. Viertel vor sechs ertönt ein Warnsignal, welches Sie darauf aufmerksam macht, daß Sie nur mehr fünfzehn Minuten Zeit haben.«

»Großartig«, erwiderte Poskonow. Man hatte ihn in seiner

ganzen Karriere als Bankler noch nie fünfzehn Minuten im voraus vor irgend etwas gewarnt.

Herr Bischoff händigte ihm den Umschlag aus, in dem sich Romanows Schlüssel befand.

Die schwere Stahltür schlug hinter ihm zu. Der Russe sah auf die Wanduhr. Er hatte über zwei Stunden Zeit, um auszusortieren, was nach Brasilien transportiert und was zurückgelassen werden mußte. Eine staatliche Pension sowie der Leninorden Zweiter Klasse waren in Poskonows Augen keine verlockende Alternative.

Er drehte den Schlüssel, öffnete das erste der kleinen Schließfächer und entdeckte darin Urkunden über Ländereien, die sich seit Jahrzehnten im Besitz des Staates befanden. Er knurrte. Das zweite Schließfach enthielt Aktien von Unternehmen, die einst höchst erfolgreich, heute aber in jedem Sinn nur noch hohle Gerippe waren. Im dritten Schließfach fand sich zu Poskonows Enttäuschung nur ein Testament, aus dem hervorging, daß alles Romanows Vater und seinem unmittelbaren Erben gehörte. Hatte Poskonow all die Jahre gewartet, um jetzt erfahren zu müssen, daß die Geschichten von Gold, Juwelen und Perlen, die ihm der alte Mann erzählt hatte, nur Phantastereien gewesen waren? Oder hatte Romanow bereits alles mitgenommen?

Poskonow öffnete das erste große Schließfach und blickte auf die zwölf kleinen Abteile herab. Er lüftete den Deckel des ersten Abteils, und als er die Unmengen von Edelsteinen und Juwelen sah, die ihm entgegenfunkelten, wurden im die Knie weich. Mit beiden Händen griff er ins Kästchen und ließ die Steine durch seine Finger gleiten, wie ein Kind, das am Strand mit Kieseln spielt.

Im zweiten Fach kamen Perlen zum Vorschein; im dritten lagen Goldmünzen und Medaillons, die selbst die Augen eines alten Mannes zum Glänzen bringen konnten. Er merkte kaum, wie lange er brauchte, um die übrigen Abteile zu durchstöbern. Als das Alarmsignal ertönte, war ihm, als befände er sich bereits achttausend Kilometer entfernt und genösse seinen unerhörten neuen Reichtum. Er sah auf die Uhr. Es blieb ihm noch hinreichend Zeit, alles wieder in den Fächern unterzubringen. Am folgenden Tag würde er noch einmal kommen und ein für allemal mitnehmen, was er in fünfzig Jahren Plackerei für den Staat eigentlich mehr als verdient hatte.

Als sich der letzte Deckel wieder an seinem Platz befand, blickte er noch einmal auf die Wanduhr; sechs Minuten vor sechs. Gerade noch Zeit, kurz in das zweite große Schließfach zu sehen.

Er drehte den Schlüssel um und fuhr sich voll Vorfreude mit der Zunge über die Lippen. Dann zog er den großen Behälter heraus. Nur ein ganz kleiner Blick, gelobte er sich beim Abheben des Deckels.

Als er den verwesenden Körper mit der grauen Haut und den lose in den Höhlen hängenden Augen sah, taumelte er zurück, wankte und faßte sich im Fallen ans Herz.

Beide Leichen wurden um neun Uhr des folgenden Tages gefunden.

Das Telefon klingelte. Adam griff nach dem Hörer, bevor der schrille Ton ihm ein zweites Mal in den Ohren gellen konnte.

»Ihr Weckruf, Sir«, sagte eine weibliche Stimme freundlich.

»Es ist acht Uhr.«

»Danke«, erwiderte Adam und legte wieder auf. Der Anruf hatte sich als unnötig erwiesen. Adam lag bereits seit einer Stunde wach im Bett. Er war sämtliche Details und Konsequenzen seines Planes noch einmal durchgegangen. Endlich wußte er ganz genau, wie er es anstellen würde, um Romanow den Rest zu geben.

Er sprang aus dem Bett, zog die Vorhänge zurück und sah die sowjetische Botschaft. Er fragte sich, wie lange sein Gegenspieler wohl schon wach war.

Adam setzte sich wieder auf die Bettkante, nahm den Hörer und wählte die Nummer, die Robin ihm gegeben hatte. Das Signal ertönte einige Male. Schließlich meldete sich eine ältere Dame: »Beresford!«

»Guten Morgen, Mrs. Beresford. Mein Name ist Adam Scott. Ich bin ein Freund von Robin. Ich rufe bloß an, um mich zu erkundigen, ob sie gestern abend gut nach Hause gekommen ist.«

»O ja, danke«, erwiderte Robins Mutter. »Es war eine wunderbare Überraschung, sie schon vor dem Wochenende bei mir zu haben. Für gewöhnlich übernachtet sie in ihrer Wohnung in der Stadt, wenn sie so spät nach Hause kommt. Ich fürchte, sie schläft noch. Soll ich sie wecken?«

»Nein, stören Sie sie bitte nicht«, sagte Adam. »Ich würde mich nur gerne mit ihr zum Mittagessen verabreden. Könnten Sie ihr bitte bestellen, daß ich später nochmals anrufe?«

»Gerne!« sagte die alte Dame. »Danke für den Anruf, Mr. Scott.«

Adam legte auf und lächelte. Jedes Teilchen des Puzzles fügte sich inzwischen sauber zusammen — bis auf das alles entscheidende Eckstück, das ihm der »Colonel« noch beschaffen mußte. Adam machte sich daran, Paß, Personaldokumente und Brieftasche von Tomkins in einen großen Umschlag zu stecken. Er zog die Ikone aus der Tasche, drehte sie herum und untersuchte sorgfältig das kleine silberne Wappen des Zaren. Schließlich klappte er das Taschenmesser des »Colonel« auf und machte sich an die langwierige und heikle Arbeit, die Krone zu entfernen.

Dreißig Minuten später fuhr Adam mit dem Lift ins Kellergeschoß des Hotels, stieg aus und ging geradewegs hinüber zu dem Garagenplatz, wo er heute am frühen Morgen den dunkelgrünen Ford Cortina abgestellt hatte. Er sperrte die Wagentür auf, warf das alte Jackett des »Colonel« auf den Sitz, schloß den Wagen wieder ab und überprüfte alle Türen, bevor er mit dem Lift ins Erdgeschoß zurückfuhr.

Der Geschäftsführer des Herrenmodengeschäfts in der Passage hatte eben das kleine Schild mit der Aufschrift »Geschlossen« an der Tür umgedreht. Adam, der in der Umkleidekabine stand, ließ sich viel Zeit beim Anprobieren eines weißen Hemdes, einer grauen Flanellhose und eines blauen Blazers.

Um neun Uhr dreiundzwanzig beglich er seine Rechnung im Royal Garden Hotel und bat den Türsteher, den Ford aus der Parkgarage zu holen. Er selbst wartete vor dem Hoteleingang.

Die Minuten verstrichen. Adam begann allmählich zu befürchten, daß der »Colonel« doch nicht erscheinen würde. Sollte er tatsächlich nicht kommen, überlegte Adam, mußte er als nächsten Lawrence anrufen — und nicht etwa Romanow.

Seine düsteren Gedanken wurden durch das Hupen eines Autos unterbrochen. Der Mietwagen des »Colonel« war neben dem Hoteleingang abgestellt worden.

»Ihr Auto steht auf der Rampe für Sie bereit«, sagte der Türsteher und gab Adam die Schlüssel zurück.

»Danke«, erwiderte Adam. Er reichte ihm die letzte der Pfundnoten des »Colonel« und ließ die Brieftasche wieder in den Briefumschlag gleiten, den er zuklebte. Besorgt sah er von neuem auf die Uhr.

Nach weiteren unruhigen zwei Minuten sah er den »Colonel« endlich die leichte Steigung zum Hoteleingang hinaufkeuchen. In der Hand hielt er eine kleine Einkaufstüte.

»Ich habe es geschafft, Captain Scott, Sir! Ich habe es geschafft!« rief der »Colonel«, noch ehe er an Adams Seite getreten war. »Aber ich muß sofort wieder zurück, sonst merkt er bestimmt, daß sie weg ist.«

Er händigte Adam die Tüte aus. Adam schaute hinein.

»Sie haben Ihr Wort gehalten«, sagte er. »Wie versprochen, finden Sie hier alles, was Sie benötigen.« Schweigend überreichte er dem »Colonel« den Umschlag und die Autoschlüssel und deutete auf den Mietwagen.

Der »Colonel« rannte auf den Wagen zu, sprang hinein und fuhr rasch die Rampe des Royal Garden Hotels hinunter.

Adam sah auf die Uhr: neun Uhr fünfunddreißig.

»Würden Sie mir bitte ein Taxi rufen?« bat er den Türsteher.

Der Taxifahrer kurbelte das Fenster herunter und sah Adam fragend an.

»Chesham Place, SW1. Eine Tischlerei.«

Adam sah sich zwanzig Minuten lang in der Werkstatt um, während der Handwerker seinen ungewöhnlichen Auftrag ausführte. Das Resultat nahm Adam befriedigt zur Kenntnis, zahlte zwei Half Crowns und ging zurück zur King's Road, wo er erneut ein Taxi anhielt.

»Wohin der Herr?«

»Zum Tower of London.«

Alle waren zur Stelle, als um halb zehn die D4-Sitzung begann. Bush ging zum Angriff über, bevor Lawrence sich überhaupt setzen konnte.

»Wie, zum Teufel, haben Sie es diesmal fertiggebracht, ihn aus den Augen zu verlieren?«

»Ich nehme alle Schuld auf mich«, erwiderte Lawrence. »Wir haben jeden Hafen zwischen Newhaven und Harwich überwacht. Als mein Mann jedoch sah, wie Romanow und sein Helfershelfer die Hafenanlage von Dover verließen und hinter dem Bus auf die Autobahn rasten, vermutete er, daß sie Scott bemerkt hatten. Ich hatte den höchsten Beamten der Einreisebehörde am Hafen bereits angewiesen«, fuhr er fort, »Scott ohne großes Aufsehen von Bord gehen zu lassen. Ich plante, die ganze Sache zu übernehmen, sobald er den Zoll passiert hatte. Es schien keinerlei Grund zu geben, den Plan zu ändern, solange wir Romanow nur scharf überwachten. Aber dann legte Scott sowohl Romanow als auch unseren Mann in Dover herein.«

»Aber wir bekamen ja noch eine Chance, als Scott den Zug bestieg«, beharrte Bush. Lawrence sah den Amerikaner abwägend an. Ob Bush wohl zugeben würde, daß Scott in Dover auch seine beiden CIA-Agenten abgeschüttelt hatte?

»Mein Mann befand sich im Zug«, sagte Lawrence mit Nachdruck. »Er hatte nur eine einzige Gelegenheit, mit Scott Kontakt aufzunehmen. Aber ausgerechnet in diesem Augenblick wurde er von einer Bande besoffener Lümmel gepackt und zusammengeschlagen — Jugendliche, die von einem Tagesausflug am Meer zurückkehrten.«

»Vielleicht werben wir unsere Agenten nicht aus der richtigen Bevölkerungsschicht an«, sagte Matthews, ohne den Blick von seinen Instruktionen zu heben.

Lawrence machte keinerlei Versuch, eine Antwort zu geben.

»Soweit wir also wissen, sind Scott, die Zaren-Ikone und Romanow noch irgendwo in London versteckt?« fragte Snell.

»Es sieht so aus«, räumte Lawrence ein.

»Dann ist vielleicht doch noch nicht alles verloren«, meinte Snell. »Scott könnte ja nochmals versuchen, mit Ihnen Kontakt aufzunehmen.«

»Das glaube ich kaum«, erwiderte Lawrence leise.

»Wie können Sie das so sicher behaupten?« fragte Bush.

»Weil Scott weiß, daß einer von uns hier in diesem Raum ein Verräter ist. Und weil er glaubt, daß ich der Verräter bin.«

»Sowjetische Botschaft, guten Morgen!«

»Mein Name ist Adam Scott. Ich möchte gern mit Major Romanow sprechen.«

»Guten Morgen, Mr. Scott! Bei uns an der Botschaft ist kein Major Romanow beschäftigt«, kam es höflich zurück.

»Davon bin ich überzeugt.«

»Wenn Sie mir Ihre Telefonnummer geben, werde ich mich genauer erkundigen.«

»Ich warte! Es würde mich nicht wundern, wenn Sie ihn rasch fänden — sobald er weiß, wer am Apparat ist.«

Am anderen Ende der Leitung blieb es lange Zeit still. Adam hoffte nur, daß der Shilling reichen würde, den er in den Münzfernsprecher eingeworfen hatte. Endlich hörte er ein Klicken, dann eine Stimme.

»*Wer* spricht?« fragte die Stimme, unfähig, einen gewissen Unglauben zu verhehlen.

»Sie wissen sehr genau, wer spricht«, antwortete Adam schroff. »Ich möchte mit Ihnen ein Abkommen treffen.«

»Ein Abkommen?« wiederholte Romanow. Seine Stimme wechselte von Unglauben zu hellem Staunen.

»Ich werde meine Ikone, die, wie Sie mir so überzeugend dargelegt haben, für mich wertlos ist, gegen Ihre Kopie eintauschen. Aber zusätzlich verlange ich die Papiere, welche die Unschuld meines Vaters beweisen.«

»Und wie soll ich wissen, daß Sie mich nicht hereinlegen?«

»Das können Sie gar nicht wissen«, antwortete Adam. »Aber Sie haben schließlich nichts zu verlieren.«

In der Leitung war der Pfeifton zu hören, der anzeigte, daß der Shilling aufgebraucht war.

»Geben Sie mir Ihre Nummer«, sagte Romanow.

»738-9121«, antwortete Adam.

»Ich rufe Sie zurück«, sagte Romanow knapp, bevor die Verbindung abbrach.

»Wie schnell können wir feststellen, wo sich der Anschluß 738-9121 befindet?« fragte Romanow den KGB-Agenten ihm gegenüber.

»In etwa zehn Minuten«, antwortete dieser. »Aber vielleicht handelt es sich um eine Falle.«

»Möglich. Da uns aber nur noch neunzehn Stunden bleiben, bis die Ikone in Amerika sein muß, bleiben mir nicht viele Möglichkeiten.« Romanow wandte sich erneut an den KGB-Mann. »Wie stark ist der Verkehr in London an einem Freitag vormittag?«

»Äußerst lebhaft. Eine der schlimmsten Zeiten der ganzen Woche. Warum fragen Sie danach?«

»Weil ich ein Motorrad und einen ausgezeichneten Fahrer brauche«, gab Romanow zur Antwort.

Adam konnte nichts gegen die Dame mittleren Alters unternehmen, die die Telefonzelle in unmittelbarer Nähe des Tower, von der aus er Romanow angerufen hatte, besetzt hielt. Er war nervös aus der Zelle getreten, um die Brücke in Augenschein zu nehmen, und in eben diesem Augenblick war sie hineingeschlüpft. Sie wunderte sich bestimmt, daß der junge Mann nicht einfach die leere Zelle nebenan benutzte.

Besorgt schaute Adam auf die Uhr: zehn Uhr fünfundvierzig. Er konnte es nicht riskieren, auch nur eine Minute länger als bis elf zu warten, aber er war überzeugt, daß Romanow bereits wesentlich früher in Erfahrung gebracht hätte, von wo Adams Anruf gekommen war.

Die gesprächige Dame brauchte zwölf Minuten, bis sie endlich auflegte. Sie trat aus der Zelle und bedachte Adam mit einem herzlichen Lächeln.

Drei Minuten später und Adam hätte Lawrence anrufen und seinen ursprünglichen Plan fallenlassen müssen. Er begann die Beefeater zu beobachten, die unter dem Traitors' Gate patrouillierten. Traitors' Gate — »Brücke der Verräter« —, wie passend, dachte Adam. Er hatte die Stelle gewählt, weil er den Fußweg, der zur Zugbrücke führte, von hier aus in beiden Richtungen genau zu überblicken vermochte. Daß sie ihn überrumpeln würden, stand nicht zu erwarten. Und für den schlimmsten Fall gab es da noch den Graben.

Zum erstenmal im Leben erfuhr Adam am eigenen Leib, wie lange fünf Minuten sein können. Als das Telefon schrillte, klang es wie eine Alarmglocke. Nervös nahm er den Hörer ab, ohne den Blick auch nur einen Augenblick von der Hauptstraße zu wenden.

»Scott?«

»Ja.«

»Ich kann Sie deutlich sehen, da ich weniger als eine Minute von Ihnen entfernt bin. Ich werde nach Ablauf dieser Minute am Ende der Brücke stehen. Sehen Sie zu, daß Sie rechtzeitig mit Ihrer Ikone dort sind. Sonst werde ich die Dokumente, die die Unschuld Ihres Vaters beweisen, vor Ihren Augen verbrennen.«

Und schon hatte er wieder aufgelegt.

Adam war begeistert: Wieder hatte sich ein Teilchen in das Puzzle eingefügt. Er trat aus der Telefonzelle und suchte die Straße in beiden Richtungen ab. Am Ende der Brücke bremste ein BMW-Motorrad so scharf ab, daß es seitlich ausbrach. Der Fahrer trug eine Lederjacke; er saß rittlings auf der Maschine und schien sich nur für den vorbeiflutenden Verkehr zu interessieren. Der Mann hinter ihm sah aber direkt zu Adam herüber.

Adam ging langsam auf die Brücke zu. Er steckte eine Hand in die Tasche. Er wollte sich vergewissern, daß die Ikone noch an ihrem Platz war.

Er war etwa dreißig Meter vom Ende der Brücke entfernt, als der zweite Mann vom Motorrad stieg und ihm entgegenkam. Ihre Blicke trafen einander. Romanow blieb wie festgenagelt stehen und hielt einen kleinen viereckigen Rahmen in die Höhe. Adam klopfte nur gegen seine Tasche und marschierte weiter. Die beiden Männer gingen aufeinander zu wie Ritter in alten Zeiten. Als sie nur noch wenige Schritte voneinander entfernt waren, blieben sie fast gleichzeitig stehen und sahen sich an.

»Zeigen Sie sie mir«, sagte Romanow.

Adam zögerte kurz. Dann zog er die Ikone langsam aus der Tasche und hielt sie so an seine Brust, daß sein Gegner dem heiligen Georg direkt in die Augen blickte.

»Drehen Sie sie um«, befahl Romanow.

Adam kam der Aufforderung nach. Der Russe konnte seine Freude nicht verbergen, als er die kleine Silberkrone des Zaren in der Rückseite des Rahmens erblickte.

»Jetzt sind Sie an der Reihe«, sagte Adam. Romanow streckte seine Ikone vom Körper weg, als schwinge er ein Schwert. Das Meisterwerk glänzte in der Sommersonne.

»Und jetzt die Dokumente«, befahl Adam. Er zwang sich, ruhig zu sprechen.

Der Russe zog ein Päckchen aus seiner Tasche und faltete die Papiere auseinander. Zum zweitenmal hatte Adam nun das offizielle Gerichtsurteil vor Augen.

»Gehen Sie bis zur Mauer«, sagte Adam und deutete mit der linken Hand auf die Seite der Brücke. »Legen Sie die Ikone und die Dokumente darauf.«

Romanow folgte seinen Anweisungen. Adam schritt zu der Mauer auf der anderen Seite der Brücke und legte seine Ikone mitten darauf.

»Langsam wieder hinübergehen«, rief Adam. Die beiden Männer schritten seitwärts gewandt über die Brücke zurück. Sie hielten einen Abstand von einigen Metern, bis sie die Ikone des anderen erreichten. Kaum war das Bild in seiner Reichweite, da griff Romanow danach, rannte los und sprang aufs Motorrad, ohne sich nochmals umzublicken. Sekunden später war die BMW im dichten Verkehr verschwunden.

Adam rührte sich nicht. Obwohl sich das Original kaum länger als eine Stunde nicht in seinem Besitz befunden hatte, fühlte er sich erleichtert, als er es wieder bei sich hatte. Adam überflog die Papiere, die die Unschuld seines Vaters bewiesen, und steckte sie in die Tasche. Er achtete nicht auf die Touristen, von denen einige stehengeblieben waren und ihn erstaunt anstarrten. Eben begann er sich zu entspannen, da verspürte er plötzlich einen heftigen Stoß im Rücken. Entsetzt wirbelte er herum.

Ein kleines Mädchen schaute zu ihm auf.

»Geben Sie und Ihr Freund heute morgen noch eine Vorstellung?«

Die BMW war kaum vor der sowjetischen Botschaft in Kensington Palace Gardens vorgefahren, da sprang Romanow ab, rannte die Treppe hoch und stürzte ohne Anklopfen ins Büro des Botschafters, der gar nicht erst fragte, ob er Erfolg gehabt hatte.

»Alles hat geklappt, genau nach meinem Plan. Er war völlig überrumpelt«, sagte Romanow und überreichte dem Botschafter die Ikone.

Der Botschafter drehte das Bild um und erblickte die kleine Silberkrone des Zaren. Seine letzten Zweifel waren auf der Stelle zerstreut.

»Ich habe Anweisung, die Ikone sofort mit diplomatischem Kurier nach Washington zu schicken. Wir haben keine Zeit zu verlieren!«

»Ich wünschte, ich könnte sie personlich abliefern«, erwiderte Romanow.

»Geben Sie sich damit zufrieden, Genosse Major, daß Sie Ihren Teil des Unternehmens auf vorbildliche Weise durchgeführt haben.«

Der Botschafter drückte auf einen Kopf an der Seite seines Schreibtisches, woraufhin sofort zwei Männer erschienen. Einer hielt die Kuriertasche auf, der andere stand bewegungslos da. Der Botschafter reichte ihnen die Ikone und sah zu, wie sie in der Tasche verschwand. Die beiden Kuriere sahen so aus, als würden sie völlig mühelos auch den Schreibtisch des Botschafters hinaustragen, dachte Romanow.

»In Heathrow wartet ein Flugzeug, das Sie direkt nach Washington bringt«, sagte der Botschafter. »Alle notwendigen Zollformalitäten sind bereits erledigt. Sie dürften etwa um fünf Uhr Washingtoner Zeit am National Airport ankommen. Somit haben unsere Genossen in Amerika noch genügend Zeit, ihren Teil des Vertrages zu erfüllen.«

Die beiden Männer nickten, versiegelten vor den Augen des Botschafters die Kuriertasche und verabschiedeten sich. Romanow trat ans Fenster und beobachtete, wie ein Dienstwagen mit den beiden Kurieren über die Kensington High Street in Richtung Heathrow davonbrauste.

»Wodka, Genosse Major?«

»Danke«, erwiderte Romanow. Er trat erst vom Fenster weg, als das Auto außer Sichtweite war.

Der Botschafter trat zu einem Wandschrank und holte zwei Gläser und eine Flasche aus dem Kühlfach; dann schenkte er Romanow einen doppelten Wodka ein.

»Es ist keine Übertreibung, wenn ich behaupte, daß Sie nicht unerheblich dazu beigetragen haben, die Sowjetunion zur mächtigsten Nation der Welt zu machen«, sagte er, als er Romanow das Glas reichte. »Trinken wir daher auf die Wiedereingliederung der Einwohner der Aleuten als Vollbürger der Union der Sozialistischen Sowjetrepubliken.«

»Wieso das?« wollte Romanow wissen.

»Es ist wohl an der Zeit«, fuhr der Botschafter fort, »Sie über die Tragweite Ihrer Großtat zu unterrichten.« Und dann berichtete er Romanow von den Instruktionen, die er an diesem Morgen aus Moskau erhalten hatte.

Romanow dankte Gott, daß er nie geahnt hatte, wieviel auf dem Spiel gestanden hatte.

»Ich habe für heute nachmittag um drei Uhr ein Treffen mit dem Außenminister vereinbart, um ihn von der Situation in Kenntnis zu setzen. Wir können uns darauf verlassen, daß die Briten nur an ›fair play‹ interessiert sein werden«, erklärte der Botschafter. »Mir wurde berichtet, daß der Minister alles andere als erfreut ist, weil er eigentlich eine Festveranstaltung in seinem Wahlkreis eröffnen wollte. Die Briten haben höchst merkwürdige Vorstellungen, wie sie ihr Parteisystem in Schwung halten sollen.«

Romanow lachte. »Auf die Aleuten!« sagte er und hob sein Glas. »Und was geschieht in diesem Moment in Washington?«

»Unser Botschafter hat für acht Uhr abends um eine Unterredung mit dem amerikanischen Außenminister ersucht. Im Anschluß daran wird er eine Pressekonferenz in der Botschaft abhalten. Vielleicht freut es Sie, zu hören, daß Präsident Johnson eine für dieses Wochenende geplante Reise nach Texas absagen mußte und die Rundfunkanstalt gebeten hat, ihm am Montag die Hauptsendezeit für eine Rede an die Nation zur Verfügung zu stellen.«

»Wir haben es buchstäblich in letzter Minute geschafft«, sagte Romanow und goß sich noch einen Wodka ein.

»Es stand sozusagen auf des Messers Schneide! Seien wir dankbar für den Zeitunterschied zwischen hier und den Vereinigten Staaten, sonst hätten wir die Frist nie einhalten können.«

Romanow schauderte bei dem Gedanken, wie knapp das Unternehmen ausgegangen war, und stürzte seinen zweiten Wodka hinunter.

»Sie müssen mit mir zu Mittag essen, Genosse! Ihre Order lautet zwar, unverzüglich nach Moskau zurückzukehren, aber mein Sekretär hat mir versichert, daß die nächste Maschine nicht vor acht Uhr abends abfliegt. Ich beneide Sie um den Empfang, der Ihnen morgen im Kreml bereitet werden wird.«

»Ich brauche noch die tausend Pfund für . . .«

»Ach ja«, entgegnete der Botschafter. »Ich habe sie schon parat.« Er sperrte die kleine Schublade seines Schreibtisches auf und reichte Romanow ein dünnes Bündel Banknoten in einer unscheinbaren Zellophanhülle.

Romanow ließ das Päckchen in seine Tasche gleiten und ging mit dem Botschafter zum Mittagessen.

Bush platzte in Lawrences Büro.

»Romanow hat die Ikone!« brüllte er.

Lawrence sank die Kinnlade herab. Auf seinem Gesicht breitete sich ein Ausdruck der Verzweiflung aus. »Woher wollen Sie das wissen?« fragte er betroffen.

»Ich habe eben eine Nachricht aus Washington erhalten. Die Sowjets haben für heute abend um acht Uhr um eine offizielle Unterredung mit dem Außenminister gebeten.«

»Das glaube ich einfach nicht«, erwiderte Lawrence.

»Aber ich«, sagte Bush. »Wir haben schon immer gewußt, daß ihr gottverdammter Freund ein schäbiger Verräter ist, genau wie sein Vater. Eine andere Erklärung kann es nicht geben.«

»Er könnte auch tot sein«, antwortete Lawrence leise.

»Das hoffe ich in seinem eigenen Interesse«, gab Bush zurück.

Das Telefon auf Lawrences Schreibtisch klingelte. Er griff danach wie nach einer Rettungsleine. »Ein Dr. John Vance möchte Sie kurz sprechen, Sir«, sagte seine Sekretärin. »Er behauptet, Sie hätten um seinen Anruf gebeten.«

Vance? Vance? Der Name kam Lawrence bekannt vor, doch er wußte nicht so recht, wo er ihn unterbringen sollte. »Stellen Sie durch«, sagte er.

»Guten Morgen, Mr. Pemberton!« sagte eine Stimme.
»Guten Morgen, Dr. Vance! Was kann ich für Sie tun?«
»Sie baten mich, anzurufen, sobald ich Scott untersucht hätte.«
»Scott?« wiederholte Lawrence. Er glaubte seinen Ohren nicht zu trauen.

»Ja, Adam Scott! Sie erinnern sich bestimmt. Sie haben gewünscht, daß er sich einer kompletten Untersuchung unterzieht — wegen der Anstellung in Ihrer Abteilung.«

Lawrence war sprachlos.

»Ich habe ihm ein Gesundheitszeugnis ausgestellt«, fuhr der Arzt fort. »Alles bestens! Ein paar Schrammen und ein schlimmer Bluterguß, aber nichts, was nicht innerhalb von ein paar Tagen heilen würde.«

»Schrammen und Blutergüsse?« fragte Lawrence.

»Genau! Aber machen Sie sich keine Sorgen um diesen Scott. Er kann zu arbeiten beginnen, wann immer Sie wollen. Das heißt — falls Sie ihn noch wollen.«

»Falls ich ihn noch will!« wiederholte Lawrence. »Ist Mr. Scott zufällig eben bei Ihnen?«

»Nein«, sagte Vance. »Er hat meine Praxis vor etwa zehn Minuten verlassen.«

»Hat er Ihnen gesagt, wohin er geht?« erkundigte sich Lawrence.

»Nein, zumindest nicht genau. Er sagte nur, daß er einen Freund zum Flughafen begleiten müsse oder so etwas Ähnliches.«

Die Kaffeetassen waren abserviert worden. Romanow schaute auf die Uhr. Er hatte genügend Zeit, um seine Verabredung einzuhalten und sein Flugzeug trotzdem noch zu erreichen. Er dankte dem Botschafter für seine Unterstützung und verabschiedete sich. Dann lief er die Stufen vor der Botschaft hinunter und nahm auf dem Rücksitz des anonymen schwarzen Wagens Platz.

Der Chauffeur fuhr schweigend los; er war instruiert worden, wohin der Major wollte.

Während der kurzen Fahrt sprach keiner der beiden. Nachdem sie in die Charlotte Street eingebogen waren, stellte der Chauffeur den Wagen auf dem Parkstreifen ab. Romanow stieg aus, lief über die Straße zur Tür, nach der er Ausschau gehalten hatte, und drückte auf den Klingelknopf.

»Sind Sie Mitglied?« fragte eine Stimme durch die Gegensprechanlage.

»Ja«, antwortete Romanow. Nach einem metallischen Klicken stieß er die Tür auf und stieg eine dunkle Treppe hinab. Seine Augen brauchten einige Sekunden, bis sie sich an das schummrige Licht des Clubs gewöhnt hatten und er Mentor entdeckte, der allein an einem kleinen Tisch am anderen Ende des Raumes saß.

Romanow nickte. Der Mann erhob sich und ging direkt an ihm vorbei quer über die Tanzfläche. Romanow folgte ihm in den Toilettenraum, vergewisserte sich, daß sie allein waren, führte Mentor dann in eine kleine Kabine und stellte den Riegel auf »Besetzt«. Romanow zog tausend Pfund in Scheinen aus der Tasche und reichte sie dem Mann. Mentor ließ sich auf dem Toilettensitz nieder, riß gierig das Päckchen auf und begann zu zählen. Wie Romanow die Finger durchstreckte, sah er nicht. Als Romanows Hand mit einem zermalmenden Hieb auf seinen Nacken niedersauste, sank Mentor vornüber zu Boden.

Romanow zerrte ihn mit einem Ruck wieder hoch; innerhalb kurzer Zeit hatte er die Zehn-Pfund-Noten wieder vom Boden eingesammelt. Er stopfte sie in Mentors Taschen, knöpfte die Hose des Mannes auf und zog sie ihm bis zu den Knöcheln herunter, hob den Toilettendeckel, setzte Mentor auf den Sitz und spreizte Mentors Beine so weit auseinander, wie es die heruntergerutschte Hose erlaubte, bevor er seine Füße nach außen kehrte. Dann schlüpfte Romanow durch den breiten Spalt unter der Tür hinaus; das Abteil blieb von innen versperrt. Mit Wohlgefallen betrachtete er sein Werk. Von außen waren nur die auswärts gebogenen Beine und die heruntergerutschte Hose zu sehen.

Sechzig Sekunden später saß Romanow wieder im Wagen und fuhr Richtung Heathrow.

Zwei Stunden vor Abflug der Aeroflot-Maschine traf Adam in Heathrow ein. Er wählte seinen Posten so, daß er einen ausgezeichneten Blick auf die vierzig Meter lange Strecke hatte, die Romanow zurücklegen mußte, um an Bord des Flugzeugs zu gelangen. Adam war überzeugt, daß Romanow die Gangway der Aeroflot-Maschine niemals erreichen würde.

Kurz nach sechs checkte Romanow am BEA-Schalter ein. Er konnte der Versuchung nicht widerstehen, statt mit der Aeroflot mit BEA zu fliegen, obwohl er wußte, daß Zaborski die Anmaßung mißbilligen würde; er zweifelte allerdings daran, daß es unter den gegebenen Umständen je zur Sprache käme.

Nachdem er seine Bordkarte erhalten hatte, fuhr er mit der Rolltreppe hinauf zur Executive Lounge, wo er den Aufruf seiner Maschine abwartete. Es war immer das gleiche — kaum hatte er ein Unternehmen abgeschlossen, wollte er nichts wie nach Hause. Er verließ seinen Platz, um sich Kaffee einzuschenken. Als er an einem Tisch in der Mitte des Raumes vorbeikam, stach ihm die Schlagzeile des Londoner *Evening Standard* ins Auge: »Johnson sagt Weekend in Texas ab — Großes Rätselraten!« Romanow nahm die Zeitung vom Tisch und las den ersten Absatz; er enthielt keine Information, die er nicht schon gekannt hätte. Keine der Spekulationen in den folgenden Absätzen kam auch nur in die Nähe der Wahrheit.

Romanow konnte es kaum mehr erwarten, am nächsten Morgen die Titelseite der *Prawda* zu sehen, die — wie er wußte — die *wahre* Geschichte ausposaunen würde; nach westlichen Maßstäben würde es ein Exklusivbericht sein.

»Erster Aufruf für BEA-Flug 117 nach Moskau. Die Erste-Klasse-Passagiere werden zu Flugsteig Nr. 23 gebeten.«

Romanow verließ den Warteraum und ging durch den fast einen Kilometer langen Korridor zum Flugsteig. Wenige Minuten vor sechs Uhr fünfzig schritt er über das Flugfeld auf die wartende Maschine zu. Das Flugzeug mit der Ikone würde in etwa zwei Stunden in Washington aufsetzen. Und Romanow selbst würde rechtzeitig in Moskau eintreffen, um am Dienstag im Leninstadion das Fußballmatch Dynamo gegen Spartak ansehen zu können. Er fragte sich, ob man der Menge seine Anwesenheit über Lautsprecher verkünden würde — wie immer, wenn ein Politbüromitglied einem Spiel beiwohnte. Romanow kletterte die Treppe hinauf und ging an Bord. Er stieg über die Beine des Passagieres neben ihm. Er war glücklich, daß er einen Fensterplatz bekommen hatte.

»Möchten Sie vor dem Start einen Drink?« fragte die Stewardeß.

»Für mich nur einen schwarzen Kaffee«, sagte der Mann auf dem Nachbarsitz.

Romanow nickte zustimmend; auch er wollte Kaffee.

Die Stewardeß kam wenige Minuten später mit den beiden Kaffeetabletts und half dem Mann neben Romanow, das Tischchen aus der Armlehne zu ziehen. Romanow klappte sein Tischchen um; die Stewardeß reichte ihm den Kaffee.

Er trank einen Schluck, aber da der Kaffee noch zu heiß war, stellte er ihn wieder ab. Er beobachtete, wie sein Nachbar ein Päckchen Süßstoff aus der Tasche zog und zwei kleine Pillen in den dampfenden Kaffee fallen ließ.

Weshalb diese Umstände, dachte Romanow. Das Leben ist ohnehin viel zu kurz . . .

Er schaute aus dem Fenster und sah die Aeroflot-Maschine auf die Startbahn rollen. Er lächelte bei dem Gedanken, um wieviel bequemer *sein* Flug sein würde, und kostete ein zweites Mal von seinem Kaffee: genau so trank er ihn am liebsten. Er nahm einen großen Schluck. Er begann sich ein wenig müde zu fühlen. Es verwunderte ihn nicht weiter, da er seit einer Woche kaum geschlafen hatte.

Er lehnte sich in seinem Sitz zurück und schloß die Augen. Ja, nun würde er die Auszeichnungen entgegennehmen, die der Staat ihm zu bieten hatte. Da Waltschek glücklicherweise aus dem Weg geräumt war, kam er sogar für die Nachfolge Zaborskis in Betracht. Und falls daraus nichts würde, hatte ihm sein Großvater schließlich eine weitere Alternative gelassen.

Er bedauerte nur eines: daß er London verließ, ohne Scott umgebracht zu haben. Aber *das* Geschäft, so glaubte er annehmen zu dürfen, würden ihm die Amerikaner abnehmen. Zum erstenmal seit einer Woche mußte er sich nicht gegen das Einschlafen wehren ...

Wenige Augenblicke später nahm der Passagier neben Romanow die Kaffeetasse des Russen und stellte sie neben seine eigene, schob dessen Tischchen in die Armlehne zurück, breitete eine Wolldecke über Romanows Beine, streifte rasch die Augenbinde, welche die BEA ihren Passagieren zur Verfügung stellte, über Romanows Kopf, dessen offene Augen auf diese Weise verdeckt waren. Als der Passagier aufblickte, sah er die Stewardeß neben sich.

»Kann ich behilflich sein?« fragte sie lächelnd.

»Nein danke! Mein Nachbar hat nur darum gebeten, während des Fluges nicht gestört zu werden, da er eine sehr anstrengende Woche hinter sich hat.«

»Selbstverständlich, Sir«, antwortete die Stewardeß. »Wir starten in wenigen Minuten«, fügte sie hinzu, nahm die beiden Kaffeetassen und trug sie fort.

Der Mann trommelte ungeduldig mit den Fingern auf das Tischchen. Endlich tauchte der Chefsteward neben ihm auf.

»Ein dringender Anruf von Ihrem Büro, Sir! Sie sollen sofort nach Whitehall zurückkommen.«

»So etwas hatte ich erwartet«, gestand er.

Adam blickte dem sowjetischen Flugzeug nach, das steil aufstieg und in einer weiten Schleife nach Osten schwenkte. Es war ihm völlig unverständlich, weshalb Romanow nicht eingestiegen war. Der Russe wäre doch nie mit BEA geflogen! Doch dann glaubte er seinen Augen nicht zu trauen. Ungläubig starrte er zu Lawrence hinüber, der mit einem zufriedenen Lächeln im Gesicht über die Rollbahn zum Flughafengebäude zurückspazierte . . .

EPILOG

SOTHEBY'S
NEW BOND STREET
LONDON W 1

18. Oktober 1966

Epilog

»Verkauft an den Herrn in der Mitte des Saals um fünftausend Pfund. Wir kommen jetzt zu Nr. 32«, sagte der Auktionator und blickte von seinem erhöhten Podium am Ende des überfüllten Saales ins Publikum. »Eine Ikone, die den heiligen Georg mit dem Drachen darstellt«, verkündete er. Ein Gehilfe stellte ein kleines Gemälde auf die Staffelei an seiner Seite. Der Auktionator schaute auf die Gesichter der Experten, Amateure und Schaulustigen hinunter. »Was bieten Sie für dieses prachtvolle Beispiel russischer Kunst?« fragte er erwartungsvoll.

Robin griff nach Adams Hand. »Das letzte Mal war ich so nervös, als ich Romanow Auge in Auge gegenübergestanden habe!«

»Erinnere mich bloß nicht mehr daran«, sagte Adam.

»Es handelt sich selbstverständlich nicht um das Original aus dem Winterpalast«, fuhr der Auktionator fort, »aber nichtsdestoweniger um eine ausgezeichnete Kopie, wahrscheinlich das Werk eines Hofmalers, die um das Jahr 1914 entstanden ist. Wie hoch ist Ihr Eröffnungsangebot? Sagen wir achttausend?« Die folgenden Sekunden kamen Robin und Adam endlos vor. »Danke, Sir«, erwiderte der Auktionator endlich und nickte; offensichtlich hatte vorne im Saal jemand ein Zeichen gegeben.

Weder Robin noch Adam konnten erkennen, woher das Angebot gekommen war. Sie hatten die letzte halbe Stunde auf ihren Sitzen im hinteren Teil des Saales verbracht und zugesehen, wie die verschiedenen Gegenstände unter den Hammer kamen. In wessen Hände die Objekte schließlich gelandet waren, hatten sie nur selten zu erkennen vermocht.

»Wieviel könnte sie nach der Meinung der Experten bringen?« fragte Robin noch einmal.

»Zwischen zehn- und zwanzigtausend«, lautete Adams Antwort.

»Neuntausend«, sagte der Auktionator. Sein Blick wanderte zu einem der Bietenden, der offenbar rechts im Saal saß.

»Ich finde es noch immer erstaunlich«, meinte Robin, »daß die Sowjets überhaupt auf den Tausch eingegangen sind.«

»Wieso?« fragte Adam. »Sie haben ihre Ikone zurückerhalten, die Amerikaner haben den Vertrag herausgenommen, und ich bekam zuletzt mein Bild. Lawrence war wirklich in Höchstform — ein Musterbeispiel an diplomatischer Spitzfindigkeit.«

»Zehntausend der Herr in der vorderen Reihe. Danke, Sir«, rief der Auktionator.

»Was wirst du denn mit dem vielen Geld anfangen?«

»Einen neuen Kontrabaß kaufen, ein Hochzeitsgeschenk für meine Schwester besorgen, und den Rest bekommt meine Mutter.«

»Elftausend, ein neues Angebot aus dem Mittelgang«, rief der Auktionator. »Danke, Madam!«

»Keine Summe — und ist sie noch so hoch — kann Heidi wieder zum Leben bringen«, meinte Robin leise.

Adam nickte nachdenklich.

»Wie war das Zusammentreffen mit ihren Eltern?«

»Der Außenminister persönlich hat sie in der letzten Woche besucht. Das half freilich auch nicht mehr viel, aber zumindest haben sie von ihm erfahren, daß ich ihnen die Wahrheit gesagt habe.«

»Zwölftausend!« Der Blick des Auktionators wanderte zurück zu den vorderen Reihen.

»Hast du mit dem Außenminister persönlich gesprochen?«

»Du lieber Himmel, nein! Dazu bin ich in der Hierarchie viel zu weit unten. Ich kann schon von Glück reden, wenn ich Lawrence zu Gesicht bekomme − vom Außenminister ganz zu schweigen.«

Robin lachte. »Du kannst von Glück reden, glaube ich, daß dir überhaupt eine Stelle im Foreign Office angeboten wurde.«

»Zugegeben«, sagte Adam und lachte in sich hinein. »Aber unerwarteterweise wurde eben ein Posten frei.«

»Was verstehst du unter unerwarteterweise?« fragte Robin. Sie hatte es allmählich satt, daß Adam kaum eine ihrer Fragen direkt beantwortete.

»Ich kann dir nicht mehr sagen, als daß aus Lawrences altem Team jemand vorzeitig ausgeschieden ist«, antwortete Adam.

»Trifft das auch auf Romanow zu?« fragte Robin. Sie bemühte sich weiterhin unverdrossen, herauszufinden, was alles geschehen war, seit sie und Adam einander das letzte Mal gesehen hatten.

»Dreizehntausend!« rief der Auktionator.

»Lange wird er wohl nicht überlebt haben. Seine Auftraggeber haben das Täuschungsmanöver sicherlich durchschaut, durch das du den Sowjets die Kopie zugespielt hast, während Romanow dir das Original verehrt hat«, sagte Robin.

»Niemand hat von ihm seither gehört«, gab Adam mit Unschuldsmiene zu. »Unsere Informationen deuten darauf hin, daß sein Chef, Zaborski, wahrscheinlich bald von jemandem namens Juri Andropow abgelöst werden wird.«

»Vierzehntausend!« rief der Auktionator, und sein Blick ruhte erneut auf dem Herrn in einer der vordersten Reihen.

»Was geschah, nachdem du die Papiere vorgelegt hast, die beweisen, daß nicht dein Vater damals das Gift in Görings Zelle geschmuggelt hat?«

»Sobald die Sowjets sie beglaubigt hatten«, antwortete Adam, »stattete Lawrence dem Regimentschef einen offiziellen Besuch ab, bei dem er ihm das Beweismaterial vorlegte.«

»Und was war das Ergebnis?« erkundigte sich Robin.

»Sie werden einen Gedenkgottesdienst für Pa abhalten, und irgendein Bursche namens Ward wurde beauftragt, sein Porträt für das Kasino des Regiments zu malen. Mutter wurde eingeladen, das Gemälde zu enthüllen — in Gegenwart aller Offiziere, die gemeinsam mit meinem Vater gedient haben.«

»Vierzehntausend zum ersten«, sagte der Auktionator und hob den kleinen Hammer ein paar Zentimeter in die Höhe.

»Sie war bestimmt völlig fertig«, sagte Robin.

»Sie ist in Tränen ausgebrochen«, erzählte Adam. »Alles, was sie herausbrachte, war: ›Ich wünschte, Pa hätte das noch erlebt.‹ Das ist ja die Ironie! Hätte er doch nur diesen Brief geöffnet ...«

»Vierzehntausend zum zweiten«, rief der Auktionator. Der Hammer schwebte in der Luft.

»Was würdest du zu einem Essen im Ritz sagen — zur Feier des Tages?« fragte Adam, der glücklich war, daß die Versteigerung einen so erfreulichen Verlauf nahm.

»Nein danke«, erwiderte Robin.

Adam sah überrascht zu seiner Begleiterin hinüber.

»Ich finde es gar nicht amüsant, auf jede Frage, die ich an dich richte, nur die offiziellen Antworten des Foreign Office zu bekommen.«

Adam sah verzagt drein. »Tut mir leid!«

»Entschuldige, das war nicht fair von mir«, lenkte Robin ein. »Seit du dort angestellt bist, ist es vermutlich für dich gar nicht so leicht. Ich nehme daher an, daß ich die Frage, welcher Vertrag eigentlich in der Ikone gesteckt hat, mit ins Grab nehmen werde.«

Adam wandte den Blick von dem Mädchen ab, das ihm das Leben gerettet hatte.

»Oder vielleicht werde ich die Wahrheit im Jahr 1996 herausfinden, wenn die entsprechenden Unterlagen von der Regierung freigegeben werden.«

Langsam wandte er sich ihr zu.

»Herrje ...«, begann er, als der Hammer des Auktionators mit einem dumpfen Ton aufschlug. Beide blickten auf.

»Verkauft an den Herrn hier vorne für vierzehntausend Pfund.«

»Kein schlechter Preis«, sagte Adam lächelnd.

»Wenn du mich fragst, ist die Ikone einfach geschenkt«, erwiderte Robin leise.

Mit einem nachdenklichen Ausdruck im Gesicht schaute Adam sie an.

»Stell dir bloß vor«, flüsterte sie, »wieviel dir die Aleuten gebracht hätten, wenn sie zur Versteigerung gekommen wären!«

Band 12398

Erika Holzer
**Eye for an Eye
Auge um Auge**

Freispruch für den Mörder ihrer Tochter – was würden Sie tun, wenn Recht und Gesetz versagen?

Karen Newman muß am Telefon miterleben, wie ihre Tochter Sarah, die in einem abgelegenen Haus lebt, von einer Horde maskierter Jugendlicher überfallen, vergewaltigt und ermordet wird. Die einer New Yorker Streetgang angehörenden Täter werden schnell ermittelt, doch zu Karens Entsetzen für ihre scheußliche Tat nicht zur Rechenschaft gezogen. Aufgrund ihres Alters setzt sie der Richter auf freien Fuß...
Als Karen das vernimmt, zerbricht in ihr der Glaube an alles Gute in der Welt. Und plötzlich verfolgt sie nur noch das eine Ziel: das Verbrechen an ihrer Tochter selbst zu rächen... Auge um Auge...

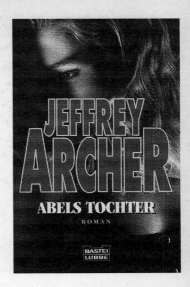

Band 12513

Jeffrey Archer
Abels Tochter

Eine Frau tritt aus dem Schatten ihres übermächtigen Vaters

Sie ist bildschön, hoch begabt, maßlos ehrgeizig und Erbin einer der größten Hotelketten der Welt: Florentina, Tochter des legendären "Chicago-Barons" Abel Rosnovski. Sie hat ein inniges Verhältnis zu ihrem Vater, bis sie in seinen Augen eine Todsünde begeht: Sie heiratet den Sohn seines größten Feindes.
Vom Wesen her ganz ihr Vater, baut sie sich ihr eigenes Imperium auf und gibt sich nur mit dem ersten Platz zufrieden. So zielstrebig verfolgt sie ihre Pläne, daß ihre Laufbahn trotz zahlreicher Rückschläge und Enttäuschungen an dem Ort endet, von dem sie schon als kleines Mädchen geträumt hat: im Weißen Haus von Washington...

PHILLIP M. MARGOLIN

Auf Ewig Unvergessen

Thriller

Gegen dieses Buch wirkt *Das Schweigen der Lämmer* wie ein Kindermärchen. Ein perverser Triebtäter, der seine Opfer grausam mißhandelt. Eine starke Frau, die dem Mörder auf der Spur bleibt und ihn unerbitterlich jagt... Ein Kriminalthriller, der das Blut in den Adern gefrieren läßt.

ZSOLNAY

**430 Seiten, gebunden
ISBN 3-552-04526-0**